Heinrich · Eine Handvoll Himmel

Willi Heinrich: Ich über mich

Daß ich hin und wieder Ferien in Holland mache, genauso gern aber auch ins Allgäu fahre, gibt, befürchte ich, für eine Selbstdarstellung nicht sehr viel her. Es widerlegt jedoch Gerüchte, die wissen wollen, daß ich meine Zeit ausschließlich mit dem Verfassen von Bestsellern verbringe. So ist es nicht; auch ich gebe mich gern dem süßen Nichtstun hin.

Mit Kriegsromanen fing es an: »Das geduldige Fleisch« (Steiner) zum Beispiel. Oder »In stolzer Trauer« und »Alte Häuser sterben nicht«. Das war damals noch kein Schnee von gestern und wird es, fürchte ich, nie sein. Dann die gesellschaftliche Achtung von Minderheiten in »Maiglöckchen oder ähnlich«. Oder das Rassenproblem in »Gottes zweite Garnitur« – da waren berufene Leute der Meinung, solche Probleme gebe es hierzulande gar nicht. Mittlerweile wissen sogar die Asylanten und die Aussiedler ein Lied davon zu singen. Oder der Neofaschismus in den »Gezeichneten«, erschienen im Jahre 1958, als wir von den Republikanern noch nichts wußten.

Trivialliteratur? Dann will ich mich heiteren Sinnes zu ihr bekennen. Freilich: Was manchen Kritikern, besonders an meinen jüngeren Romanen, zu mißfallen scheint, ist meine persönliche Art, so todernste Dinge wie die menschliche Sexualität, Opportunismus in der Politik ebenso wie in den Massenmedien, und Machtmißbrauch am Arbeitsplatz, nicht mit dem gebotenen Ernst, sondern in eher ironisierender Form darzustellen, was weder unserem spezifisch deutschen Tiefsinn noch jenen Kriterien gerecht wird, nach denen hierzulande Literatur gewogen und gemessen wird. Aber auch damit habe ich zu leben gelernt.

Nein, ich würde, rückblickend gesehen, keines meiner Bücher anders schreiben, als ich es getan habe, weil jedes meiner inneren Überzeugung entsprach. Ob alle, die so wie ich vom Schreiben leben, das guten Gewissens von sich behaupten können? Die Antwort darauf weiß nicht einmal der Wind.

28. September 1989

Willi Heinrich

Eine Handvoll Himmel

Roman

C. Bertelsmann Verlag

Einmalige Sonderausgabe
Willi Heinrich in 20 Bänden
Alle Rechte bei
C. Bertelsmann Verlag GmbH, München
Im Vertrieb der
Schuler Verlags GmbH, Herrsching
© 1976 C. Bertelsmann Verlag GmbH, München
Umschlaggestaltung: Franz Wölzenmüller
Gesamtherstellung: Mohndruck Graphische Betriebe GmbH, Gütersloh
ISBN 3-7796-5262-5

I

Heute, vierzehn Monate nach den hier zu schildernden Begebenheiten, bin ich davon überzeugt, daß Dieter Christiansen, im folgenden kurz DC genannt, wahrscheinlich recht hatte: Ohne seine desolate und depressive Gemütsverfassung während seiner Italienreise im Juli 1974 hätte er sich wohl kaum auf seine gefährlichen Erlebnisse mit Helga Borchert eingelassen. Es kann jedenfalls als sicher angesehen werden, daß es ihm in normaler Verfassung nicht eingefallen wäre, unmittelbar vor seiner Heimfahrt aus Modena, wo er sich drei Tage beruflich aufgehalten hatte, seine Reisepläne umzustoßen. Dieser impulsive Entschluß führte zu der Begegnung mit Helga Borchert und zu den sich hieraus ergebenden Ereignissen.

Der Chronist, 37, ledig, Anwalt, hauptsächlich mit Ehescheidungen beschäftigt und mit DC und dessen Wohngefährtin Marianne Schönburg seit längerem freundschaftlich verbunden, spielt in dem Bericht eine untergeordnete Rolle; sie beschränkt sich im wesentlichen auf seine Eigenschaft als Berichterstatter. Ihm sind die meisten Personen aus unmittelbaren Begegnungen bekannt. Dennoch ist er bei seinem Bericht auch auf Vermutungen und Kombinationen angewiesen, weil die Beteiligten zu vielen Einzelheiten entweder keine oder nur widersprüchliche Angaben gemacht haben.

Die entscheidende, alle künftigen Ereignisse wie eine Lawine auslösende Begegnung zwischen DC und Helga Borchert erfolgte nahe der französischen Grenze zwischen Cuneo und Limone Piemonte an der kleinen Tankstelle eines italienischen Gebirgsdorfes. Sie ist das letzte Gebäude am Südausgang des Dorfes. Von hier aus führt die Straße schnurgerade weiter talaufwärts. Sie wird von einer Doppelreihe schlanker Silberpappeln gesäumt. Hinter der rechten Pappelreihe fließt ein breiter Bach durch den Wiesengrund. Die Berge schirmen das Tal nach allen vier Himmelsrichtungen gegen die rauhen Höhenwinde ab und sind bis zur Baumgrenze mit dunkelgrünen Fichtenwäldern bewachsen. Ihre kreidefarbenen Kuppen, Steilhänge und senkrechten Felswände wirken unbegehbar und zerklüftet. In der weißen Sommersonne leuchten sie hell vor dem wolkenlosen Himmel, der in der staubfreien Luft des Hochtals unnatürlich blau erscheint.

DC erzählte mir, daß es nicht seine Absicht gewesen sei, an der kleinen Tankstelle am Ortsausgang zu halten. Er hatte noch vor seiner Abreise in Modena den Tank füllen lassen. Da dieser hundertzwanzig Liter faßte, hätte er damit weit über die französische Grenze bis an die Mittelmeerküste kommen können, aber dann sah er Helga Borchert. Sie bediente an der Tankstelle den Fahrer eines kleinen Fiats und unterhielt sich mit ihm. Als sie den roten Ferrari auf der Straße bemerkte, unterbrach sie das Gespräch und erwiderte den Blick von DC. Sie mußte sofort einen so starken Eindruck auf ihn gemacht haben, daß er unwillkürlich auf die Bremse trat, den Wagen zwar noch an der Tankstelle vorbeirollen ließ, ihn jedoch nach zwanzig oder dreißig Metern zum Stehen brachte. Im Rückspiegel stellte er fest, daß der Fiat inzwischen weggefahren war, aber Helga stand noch immer an derselben Stelle und blickte zu ihm her. Sicher war ihm auch ihr kurzgeschnittenes hellblondes Haar aufgefallen, im Südteil der Piemonteser Alpen kein alltäglicher Anblick. Nachdem er sie eine Weile im Rückspiegel betrachtet hatte und sie sich noch immer nicht von der Stelle rührte, legte er den Rückwärtsgang ein und fuhr zu ihr. Er stieg aus dem Wagen und bat sie, den Tank zu füllen. Während sie es tat, fragte sie ihn: »Wohin fahren Sie?«

»Nach Nizza«, antwortete er. Dann erst wurde ihm bewußt, daß sie akzentfrei deutsch sprach. Überrascht fragte er: »Sie sind keine Italienerin?«

»Nein«, sagte sie. »Ich komme aus Essen. Mein Mann ist von hier. Würden Sie mich bis zur Grenze mitnehmen?«

Obwohl ihre Frage sehr unerwartet kam, willigte er ohne zu zögern ein. Es fiel ihm auf, daß ihr Gesicht, trotz der Sonnenbräune, blaß aussah und daß sie gerötete Augen hatte. Er hatte sofort den Verdacht, daß mit ihr etwas nicht stimmte. Schon der Umstand, daß eine so auffallend attraktive Frau wie sie in diesem unscheinbaren

Gebirgsdorf einen Italiener geheiratet hatte und an einer Tankstelle arbeitete, war ungewöhnlich. Ebenso ihr Wunsch, mit einem Fremden bis zur Grenze fahren zu wollen. Er betrachtete das zur Tankstelle gehörende Haus. Es war, wie alle Häuser hier, aus rohbehauenen Steinen erbaut. Nur die kleine Waschhalle neben der Tankstelle schien neu zu sein; daneben befand sich noch ein Raum, vermutlich eine Werkstatt. Als er zufällig den Kopf hob, bemerkte er an einem der oberen Fenster eine ältere, schwarzgekleidete Frau, die jedoch sofort wieder verschwand. Sicher hätte er dem kleinen Erlebnis keine Bedeutung beigemessen, wenn ihm nicht der Ausdruck offener Feindseligkeit in ihrem hageren Gesicht aufgefallen wäre. Eine Frau, die ihn zu hassen schien, obwohl er ihr noch nie begegnet war. Nun wurde er neugierig.

Helga war inzwischen mit ihrer Arbeit fertig geworden. Sie sagte: »Sie müßten aber vielleicht eine Stunde auf mich warten; vorher kann ich hier nicht weg. Haben Sie soviel Zeit?« An Zeit fehlte es DC ausnahmsweise nicht, aber ihr Ansinnen war ungewöhnlich. Er fragte: »Wo soll ich auf Sie warten? Hier?«

»Nein«, sagte sie. »Am Ende der Pappelallee, aber nicht auf der Straße. Fahren Sie über die Brücke und dann den ersten Weg links zum Waldrand hinauf. Es ist besser, man sieht Ihren Wagen auf der Straße nicht.«

Wieder fiel ihm ihr kurzgeschnittenes Haar auf, die Frisur paßte zu ihrem langen, schmalen Kopf; er fragte: »Warum nicht?«

Sie vergewisserte sich mit einem raschen Blick zum Haus, daß sie unbeobachtet waren, dann sagte sie: »Ich kann Ihnen das jetzt nicht so genau erklären; meine Schwiegermutter würde sonst mißtrauisch werden. Ich möchte von hier weg. Wenn Sie mir dabei helfen, würden Sie mir einen größeren Gefallen tun, als ich Ihnen mit ein paar Worten sagen kann. Helfen Sie mir?« Er antwortete unschlüssig: »Es ist eigentlich nicht meine Art, einer Frau behilflich zu sein, ihrem Mann davonzulaufen. Oder habe ich Sie falsch verstanden?«

»Dann vergessen Sie, was ich gesagt habe«, antwortete sie. »Sie haben noch nicht bezahlt.« Er nahm einen Geldschein aus der Brieftasche und beobachtete, wie sie ins Haus ging. Während er auf sie wartete, fuhr wieder ein Wagen vor. Der Fahrer, ein junger Mann, stieg aus und betrachtete neugierig den Ferrari. Etwas später kam Helga zurück. Sie gab, ohne ihn anzusehen, DC das Wechselgeld und wandte sich sofort dem neuen Kunden zu. Offensichtlich kannte sie ihn, sie sprach auf Italienisch einige Worte mit ihm. Während der ganzen Zeit ließ DC keinen Blick von ihr. Er schätzte sie zwischen fünfundzwanzig und dreißig. Sie war etwa einsfünfundsiebzig groß, sehr schlank und schmalhüftig, eine auffallend hübsche Frau mit einem etwas verschlossen wirkenden Gesicht, das auch bei ihren letzten Worten keine Enttäuschung verraten hatte. Wäre er ihr unter anderen Umständen begegnet ...

Aber welche Umstände hinderten ihn eigentlich daran, ihre Bitte zu erfüllen? Doch nicht etwa die gleichen, die ihn dazu bewogen hatten, seine Reisepläne zu ändern, obwohl er heute abend zu Hause erwartet wurde? Er stieg in den Ferrari und blieb sitzen, bis der Kunde weggefahren war. Helga kam wieder zu ihm und fragte: »Worauf warten Sie noch?«

»Auf Sie«, sagte er.

Sie blickte ihn aufmerksam an, dann fragte sie: »Ist das auch wirklich wahr?«

»Ehrenwort«, sagte er.

»Ich glaube Ihnen«, sagte sie. »Obwohl es, wenn Sie es sich noch anders überlegten, sehr schlimm für mich wäre.«

»Wie schlimm?«

»Das zeige ich Ihnen nachher«, sagte sie.

Er beobachtete noch, wie sie wieder im Haus verschwand, dann fuhr er auf die Straße und zwischen den sonnendurchfluteten Pappeln mit ihren silbrig glänzenden Blättern das Tal hinauf. Er fand alles so, wie sie es ihm beschrieben hatte: die Brücke und hinter der Brücke den Weg zum Waldrand. Er fuhr ihn, da er sehr steinig war, vorsichtig hinauf und stellte den Wagen am Waldrand ab. Von hier konnte er das Dorf sehen und ein Stück der Straße zwischen der Pappelallee und der Brücke. Weiter unten versperrten die Pappeln den Blick, aber es würde genügen, wenn er die Frau auf die Brücke zugehen sah.

Er stieg aus dem Wagen und kletterte an einigen großen Felsbrokken vorbei zum Bach hinunter. Er hielt seine Hände in das klare Wasser; es war eiskalt. Er wusch das Gesicht ab und betrachtete die gelben und weißen Sommerblumen zwischen dem Felsengeröll auf der Wiese. Außer dem Plätschern des Baches und dem Gesumm zahlloser Insekten war in der Stille des Hochtals kein Geräusch zu hören. Über den Berggipfeln segelten ein paar weiße Federwolken im leuchtenden Blau des Himmels. Er kehrte zum Wagen zurück und setzte sich neben ihn auf einen Stein am Waldrand. Aus dieser Entfernung wirkte das Dorf wie eine Festung am Fuße der Berge. An seinem höchsten Punkt stand die kleine Kirche; sie hatte einen viereckigen Turm und ein flaches Dach. Unmittelbar hinter der Kirche stieg eine senkrechte Felswand zum Himmel. An ihrem oberen Rand krallten sich knorrige Bäume in den nackten Fels. Es sah aus, als müßten sie beim kleinsten Windstoß herunterfallen. Neben der Felswand öffnete sich ein schmales Seitental; DC erinnerte sich an eine Straßenkreuzung am Eingang des Dorfes. Die Häuser gruppierten sich eng um die Kirche auf einem flachen, den Bergen vorgelagerten Hügel. Nach Norden wurde das Tal breiter. Wären das Dorf und die Straße nicht gewesen, so hätte die Landschaft einen völlig verlassenen Eindruck gemacht.

Seit er von der Tankstelle weggefahren war, hatte DC über die möglichen Konsequenzen seines Verhaltens noch nicht nachgedacht. Da er der jungen Frau versprochen hatte, auf sie zu warten, hätte er sich auch nicht vom Fleck gerührt, wenn ihm nachträglich Bedenken gekommen wären. Er sah jedoch keinen Anlaß für Skrupel. Er hatte sich damit einverstanden erklärt, einer Frau, die seine Hilfe brauchte, gefällig zu sein; nicht mehr und nicht weniger. Vielleicht war etwas Wahres daran, wenn manche Leute von ihm meinten, er sei zu gutmütig. Möglicherweise hatte er alles nur seiner Gutmütigkeit zuzuschreiben: die Misere mit seinem Betrieb, seine privaten Probleme, die auch nicht kleiner waren als die geschäftlichen. Es war nur natürlich, wenn ein Mann in einer solchen Situation versuchte, Zeit zu gewinnen. Heute vormittag, als er aus Modena weggefahren war, hatte er plötzlich den Wunsch verspürt, die unangenehmen Entscheidungen der nächsten Tage etwas hinauszuschieben; nützen würde es ihm zwar nichts, im Gegenteil: er würde nur neuen und zusätzlichen Ärger haben, aber bei so viel Ärger, wie er ihn schon hatte, kam es auf das bißchen mehr auch nicht an. Deshalb war er von Mailand nach Turin gefahren, statt von Mailand nach Hause, und deshalb hockte er jetzt hier in diesem verlassenen Hochtal und wartete auf eine Frau, die er nicht kannte. Er hatte schon genug am Halse hängen, aber das ging den meisten Leuten genauso, und wenn jeder seine persönlichen Probleme zum Anlaß dafür nähme, sich den Teufel was um seine Mitmenschen zu kümmern, sähe es auf der Welt noch beschissener aus. Eine richtig beschissene Welt, und trotzdem gab es Landschaften wie diese hier, wo man sich hin und wieder ausruhen und vergessen konnte, daß es auch weniger friedliche und hübsche gibt.

Er ertappte sich dabei, daß er lächelte. Schon seit langem hatte er sich gewünscht, an einem verlassenen Waldrand in einem verlassenen Hochtal zu sitzen und nur die warme Sonne auf der Haut zu spüren und sonst nichts. An nichts zu denken, keine drängenden Probleme zu haben, sich nur dem Augenblick hinzugeben. Eine kleine Weile den Atem anzuhalten, den verdammten Druck auf der Brust nicht mehr zu spüren und den lieben Gott einen guten Mann sein zu lassen. Für ein paar Atemzüge lang zu vergessen, wer man war, woher man kam und wohin man ging.

Von der Paßhöhe kam ein schwerer Lastzug heruntergekrochen; er hatte ihn schon lange gehört, bevor er endlich am Waldrand auftauchte und über die Brücke rollte. Hinter ihm fuhren zwei Personenwagen; er beobachtete, wie sie zwischen den hohen Pappeln untertauchten. Kurz darauf kam ein kleiner Fiat aus der Pappelallee, fuhr über die Brücke und zum Paß hinauf. Dann lag die Straße wieder leer.

Helga kam früher, als er erwartet hatte. Seit er von der Tankstelle weggefahren war, konnten höchstens vierzig Minuten vergangen sein, und weil er noch nicht mit ihr gerechnet hatte, bemerkte er sie erst, als sie bereits über der Brücke war. Sie ging langsam. Die Straße stieg steil an. DC sah, daß sie eine schwere Tasche trug. Umgezogen hatte sie sich nicht, sie trug noch immer das schwarze Kleid. Mit ihren nackten Beinen und dem kurzgeschnittenen blonden Haar hätte man sie aus dieser Entfernung für ein großgewachsenes Mädchen halten können, das sich aufgemacht hatte, eine Tante jenseits des Passes zu besuchen.

Er stand auf und ging ihr, den direkten Weg über die geröllbedeckte Wiese einschlagend, rasch entgegen. Als sie ihn sah, blieb sie stehen und stellte die Tasche neben sich auf den Boden. Beim Näherkommen fiel ihm auf, daß sie einen erschöpften Eindruck machte; sie mußte noch kurz zuvor entweder gerannt oder sehr schnell gegangen sein; das dünne Kleid klebte verschwitzt an ihrem Körper. Atemlos sagte sie: »Ich kann nicht mit Ihnen fahren; es hat mit meinem Weggehen nicht so geklappt, wie ich gehofft hatte.«

Sie schien zu den Frauen zu gehören, die ständig voll neuer Überraschungen stecken. Er sagte: »Das tut mir leid, aber warum sind Sie dann überhaupt gekommen? Nur um mir das mitzuteilen?«

»Nicht nur deshalb«, sagte sie. »Meine Schwiegermutter hat mich weggehen sehen. Damit hatte ich nicht gerechnet. Kümmern Sie sich nicht länger um mich. Es ist besser so.«

»Und was haben Sie jetzt vor?«

»Das weiß ich noch nicht«, sagte sie. DC verstand kein Wort. Er bückte sich nach ihrer Tasche. Sie war schwer; für eine Frau mußte es sehr anstrengend gewesen sein, sie von der Tankstelle hierher zu schleppen. »Erklären Sie es mir da oben«, sagte er. Er stieg, ohne sich weiter um sie zu kümmern, mit ihrer Tasche zum Waldrand hinauf. Dort erst vergewisserte er sich, daß sie ihm gefolgt war. Sie ließ sich ins Gras fallen und sagte: »Es tut mir leid, daß ich Sie aufgehalten habe.«

»Das braucht Ihnen kein Kopfzerbrechen zu machen«, sagte DC und setzte sich zu ihr. »Haben Sie nicht damit rechnen müssen, daß Ihre Schwiegermutter Sie weggehen sieht?«

Sie schüttelte den Kopf. »Ich wußte, daß sie im Dorf etwas zu erledigen hatte. Sie kommt sonst vor einer Stunde nie zurück. Heute kam sie schon nach einer Viertelstunde wieder. Ich wollte gerade aus dem Haus.«

»Warum sind Sie nicht einfach geblieben, wenn das ein Problem ist?«

»Weil sie meine Tasche gesehen hat«, sagte Helga. »Sie hätte, auch wenn ich geblieben wäre, meinem Mann erzählt, daß ich wieder weglaufen wollte und daß sie mich dabei erwischt hat. Sie muß, weil Sie sich so lange bei mir an der Tankstelle aufgehalten haben, mißtrauisch geworden sein und ist deshalb vorzeitig zurückgekommen.«

»Haben Sie noch mit ihr gesprochen?«

»Sie wollte mich festhalten; ich habe mich losgerissen. Inzwischen hat sie sicher schon mit meinem Mann telefoniert. Er arbeitet in Limone; von der Tankstelle allein könnten wir nicht leben. Er betreibt dort mit seinem Bruder eine Autowerkstatt. Bestimmt sind sie schon auf dem Weg hierher.«

»Trotzdem verstehe ich Ihr Problem nicht«, sagte DC. »Oder fürchten Sie, er könnte Sie gewaltsam zurückhalten?«

»Er hat es schon zweimal getan«, sagte sie. »Vorgestern hat mich ein Franzose aus Menton mitgenommen. Sie haben ihn am Weiterfahren gehindert und ihn, als er sich das nicht gefallen lassen wollte, zusammengeschlagen. Sie kennen meinen Mann nicht.«

DC nickte. »Inzwischen kenne ich ihn etwas. Ich glaube nicht, daß es ihm gelingen wird, mich gegen meinen Willen anzuhalten. Ziehen Sie ein anderes Kleid an. Mein Wagen hat eine Klimaanlage; Sie würden sich, naßgeschwitzt wie Sie sind, sonst eine Erkältung holen. Wie weit ist es nach Limone?«

»Fünf Kilometer.«

»Dann können sie jeden Augenblick hier sein«, sagte DC. »Wohin führt dieser Weg?«

»In den Wald«, sagte sie. »Man kann ihn aber nicht weit fahren. Was wollen Sie tun?«

Er lächelte. »Nichts, wovor Sie sich zu fürchten brauchen. Steigen Sie ein; wir fahren von hier weg.«

Sie gehorchte. Er fuhr langsam am Waldrand weiter auf eine Kuppe zu. Dahinter öffnete sich ein kleines Tal; auf seinem Grund floß wieder der Bach, der weiter oben, wo das Tal sich verjüngte, aus dem Wald trat. Bis dorthin war der Weg noch einigermaßen befahrbar. Im Wald wurde er schmal und steil. Unmittelbar am Waldrand war eine Wiese. DC sagte: »Hier wird Ihr Mann Sie bestimmt nicht vermuten. Wir warten eine Stunde, bis dahin wird er auf der Straße sicher nicht mehr mit Ihnen rechnen. Halten Sie es für denkbar, daß er an der Grenzstation auf Sie wartet?«

»Das braucht er nicht«, sagte sie. »Ein Bruder von ihm ist Zollbeamter auf dem Colle di Tenda.«

»Eine tüchtige Familie«, sagte DC. »Hat er noch mehr Brüder?«

»Außer dem Zollbeamten und dem, der mit ihm in der Werkstatt arbeitet, noch zwei«, sagte Helga. »Aber auch wenn wir bis zum Zoll durchkämen, müßte ich dort aussteigen; er hat mir meine Personalpapiere weggenommen, und ohne sie komme ich nicht über die Grenze.«

Diesmal sagte DC nichts; er schaute sie nur an. Schließlich stieg er aus dem Wagen und setzte sich am Bachufer auf die Wiese. Sie kam zu ihm, setzte sich neben ihn und sagte: »Ich hätte es Ihnen gleich sagen sollen, aber dann hätten Sie mir nicht länger zugehört. Bei den anderen Autofahrern, mit denen ich schon darüber gesprochen habe, war es genauso.«

»Wundert Sie das?« fragte er verärgert.

»Nein«, sagte sie. »Sie brauchen sich auch nicht länger um mich zu kümmern. Ich kann vielleicht versuchen, zu Fuß über die Grenze zu kommen. Es gibt noch einen unbewachten Weg. Mit dem Geländewagen meines Mannes waren wir einmal oben; mit einem normalen Wagen würde man nicht hinaufkommen. Von der Paßhöhe aus kann man bei klarem Wetter das Meer sehen; dort oben verläuft auch die Grenze. Ich hatte Sie bitten wollen, mich bis zu diesem Weg zu fahren. Mehr hätten Sie nicht zu tun brauchen.«

»Und was wollen Sie in Frankreich?«

»Ich werde versuchen, nach Nizza zu kommen. Dort gibt es Speditionsfirmen, die regelmäßig nach Straßburg fahren. In Straßburg finde ich sicher einen, der über die deutsche Grenze fährt. Ich habe gehört, daß Lastwagen kaum durchsucht werden.«

»Haben Sie noch Familienangehörige in Deutschland?«

»Keine, zu denen ich gehen würde«, sagte sie kurz.

DC stand auf und holte eine Autokarte aus dem Wagen. Er breitete sie im Gras aus und sagte: »Wo führt dieser Weg über die Grenze?«

»Links von der Paßstraße«, sagte Helga. »Er zweigt kurz hinter Limone von der Straße ab; die Grenze verläuft oben auf dem Gebirgskamm. Im Sommer, wenn kein Schnee liegt, ist es nicht sehr schwierig, hinüberzukommen.«

»Und sie wird nicht bewacht?«

»Dort oben jedenfalls nicht. Als ich mit Stefano, so heißt mein Mann, oben war, haben wir Picknick gemacht. Wir haben keinen einzigen Grenzbeamten gesehen. Stefano sagt, seit es die EG gibt, würden nur noch die Straßen bewacht. Was ist das für eine Karte?« Sie beugte sich zu ihm herüber. Ihr ärmelloses schwarzes Kleid hatte einen tiefen Ausschnitt; sie trug keinen Büstenhalter; DC hatte es schon an der Tankstelle gesehen. Ihre Brüste waren genauso sonnengebräunt wie ihre Arme und Beine; das kurze Kleid bedeckte im Sitzen kaum ihren Schoß. Sie erwiderte unvermittelt seinen Blick, dann stand sie rasch auf und sagte: »Ich brauche meine Tasche.«

Er holte sie aus dem Wagen, stellte sie ihr vor die Füße und sagte: »Mir ist nicht ganz klar, was Sie wirklich vorhaben, aber mit dieser Tasche kommen Sie nicht weit. Nicht einmal auf den Paß, wenn Sie zu Fuß hinaufwollen.«

Sie fragte: »Sie glauben mir nicht?«

»Ich weiß nicht, wie wichtig es für Sie ist, von Ihrem Mann wegzukommen«, antwortete DC. »Bis jetzt kann ich mir kein rechtes Bild davon machen. Ich helfe Ihnen, wenn Sie es wollen, aber vorher hätte ich doch gern gewußt, woran ich mit Ihnen bin. Oder gibt es da noch etwas, was Sie mir nicht erzählt haben?«

»Vielleicht das«, sagte sie und öffnete den Reißverschluß ihres Kleides. Sie ließ es zu Boden fallen und drehte, die Arme vor der Brust verschränkt, DC den Rücken zu. Er betrachtete die blutunterlaufenen Striemen auf ihrer Haut; sie zogen sich bis unter den weißen Slip.

»Wofür haben Sie das bekommen?« fragte er nach einer Pause. »Weil Sie ihm vorgestern davongelaufen sind?«

»Wir haben uns gestritten«, sagte sie. »Er zog seinen Gürtel aus und riß mir das Kleid herunter.« Sie ging zu ihrer Tasche, öffnete sie und nahm ein anderes Kleid heraus. Während sie es über den Kopf streifte, schaute DC sie unverwandt an. Sie kam wieder zu ihm und sagte ruhig: »Ich habe jetzt gar keine andere Wahl mehr. Ich muß über die Grenze. Ich weiß zwar noch nicht genau, wie, aber ich muß es schaffen. So oder so. Wirst du mir dabei helfen?« Ihr Gesicht war todernst.

Er fragte: »Wie?«

»Du müßtest mich zu dem Weg hinauffahren und dann unten in Tende auf mich warten. Dort ist auch die französische Grenzstation.«

»Wo sie dich schnappen?«

»Ich komme erst weiter unten auf die Straße zurück«, sagte sie. »Nach der Grenzstation. Es gibt dort ein kleines Hotel, es ist das zweit- oder drittletzte Haus auf der rechten Seite. Dort könnten wir uns treffen. Wenn ich bis morgen mittag noch nicht dort bin, brauchst du nicht länger auf mich zu warten.«

»Und deine Tasche«, sagte er. »Die soll ich doch mitnehmen?«

»Ja«, sagte sie. »Wenn ich nicht mehr komme, kannst du sie behalten oder wegwerfen. Ganz wie du willst!«

»Ich bin schon nahe am Weinen«, sagte DC und kehrte mit der Tasche zum Wagen zurück. Er setzte sich hinein und wartete, bis Helga zu ihm kam. Sie sagte: »Ich mag diese Autos. An unserer Tankstelle fahren manchmal welche vorbei; reiche Leute aus Milano und Torino, wenn sie einen Abstecher nach Monte Carlo oder Nizza machen. Wie heißt du?«

»Dieter«, sagte er. »Und du?«

»Helga«, sagte sie. »Ich bleibe bei dir, so lange du es willst, Dieter.« Er lächelte. »Nur, wenn ich dein Typ bin.«

»Und deine Frau nichts dagegen hat«, sagte sie. Er sagte: »Sie hat einen Freund. Außerdem sind wir noch nicht verheiratet.« Sie blickte von der Seite prüfend in sein Gesicht. »Dann mußt du sie sehr lieben. Oder täusche ich mich?«

»Leider nicht«, sagte er. »Du brauchst dich aber nicht zu opfern. Für eine hübsche Frau wie dich tu ich auch mal was umsonst.«

»Ich opfere mich gern«, sagte sie. Er ließ den Motor an. »Dann wollen wir mal sehen, was dein italienischer Blaubart macht«, sagte er heiter. »Gibt es da oben, wo dieser Weg anfängt, einen guten Platz, um den Wagen zu verstecken?«

»Wozu willst du den Wagen verstecken?« fragte sie verständnislos.

»Damit er, während wir zusammen auf die Berge klettern, nicht gesehen wird. Ich möchte mich nämlich vergewissern, ob du gut hinüberkommst. Anschließend kehre ich zum Auto zurück, fahre mit deiner Tasche nach Tende und warte dort auf dich. Mehr kann ich nach Lage der Dinge im Augenblick nicht für dich tun.«

Sie blieb ein paar Sekunden still, dann fragte sie: »Hast du dir das auch gut überlegt?«

»Sicher besser, als du es dir überlegt hast«, sagte DC. »Ich war zwar noch nie dort oben, aber von Karten verstehe ich etwas, und auf meiner Karte sind die Berge beiderseits der Paßhöhe alle über zweitausend Meter hoch. Wie willst du das schaffen?«

»So schwierig ist das nicht«, sagte sie. »Ich habe auch ein Paar festere Schuhe dabei als diese hier, falls du das meinst. Außerdem haben wir damals, als wir mit dem Geländewagen hinaufgefahren sind, nicht länger als zwanzig Minuten gebraucht, obwohl wir langsam fahren mußten. Es sind höchstens sechshundert Meter Höhenunterschied.«

Er merkte, daß er sie vielleicht unterschätzt hatte. Vielleicht unterschätzte er sie auch in anderen Punkten. Sie war in einer Zwangslage, in der ihr, wenn sie erreichen wollte, was sie sich in den Kopf gesetzt hatte, jedes Mittel recht sein mußte. Sobald sie wieder festen Boden unter den Füßen hatte, würde sie ihn vielleicht eiskalt abblitzen lassen. Aber schließlich war er auf dieses Abenteuer nicht nur deshalb eingegangen, weil sie schmale Hüften, einen sehnigen Körper, aufreizende Brüste und ein hübsches Gesicht hatte. In Wirklichkeit steckte hinter seiner Hilfsbereitschaft etwas ganz anderes. Seit er ihr begegnet war, hatte er kaum mehr an seine eigenen Probleme gedacht. In den vergangenen Wochen hatte er fast vergessen gehabt, daß es auch noch andere Probleme auf der Welt gibt, und mit zweiunddreißig war ein Mann noch nicht am Ende, auch wenn es, wenn man die Arbeit von acht Jahren kaputtgehen sieht, so den Anschein hat. Am Ende war man erst dann, wenn man keine neuen Ideen und auch nicht mehr die Kraft hatte, sie zu verwirklichen, aber bis dahin hatte er noch einige Jahre Zeit.

Auf dem schmalen Weg konnte er mit dem Ferrari nicht wenden. Er fuhr im Rückwärtsgang zur Brücke und dann die steile Straße zum Paß hinauf. Sie war eng und kurvenreich. Helga sagte: »Stefano wünscht sich seit langem einen Porsche; er arbeitet fast jeden Abend bis zehn Uhr, um sich einen kaufen zu können, er ist wie verrückt darauf. Dabei gibt es Dinge, die für ihn und für uns alle viel wichtiger wären. Ich glaube, er wird noch in fünf Jahren für einen Porsche arbeiten. Ich verstehe nicht viel von Autos, ich habe auch keinen Führerschein. In diesem hier würde ich mich nie zurechtfinden, aber es gefällt mir. Wenn ich ein Mann wäre und viel Geld hätte, würde ich so ein Auto kaufen. Fährt deine Freundin auch?« DC nickte. Es fiel ihm auf, daß ihre Stimme heiser klang. Als er in ihr Gesicht schaute, war es ohne Farbe. Er fragte: »Fahr ich zu schnell?«

»Nein«, sagte sie. »Stefano fährt auch immer schnell. Ich habe dir etwas nicht gesagt. Er hat ein Gewehr. Er würde, wenn er uns sieht, eher auf dich schießen als uns entkommen lassen.«

»Warum sagst du das erst jetzt?«

»Es tut mir leid«, sagte sie. Er fuhr scharf an den rechten Straßenrand und trat auf die Bremse. Er stellte den Motor ab und fragte: »Wozu braucht er ein Gewehr?«

»Hier haben viele eins«, sagte sie. »Sie jagen Vögel damit; es ist eine Art Volkssport. Früher gab es auch Wild. Seit es kein Wild mehr gibt, schießen sie die Vögel ab. Ich glaube, er ist ein guter Schütze. Laß mich hier aussteigen und warte hinter Limone auf mich. Von hier aus ist es nicht mehr weit; ich gehe quer durch den Wald und treffe dich an der Straße. Ja?«

Er betrachtete das dichtbewaldete Gelände. Rechts der Straße stieg es steil an, auf der anderen Seite fiel es ebenso steil ab. »Durch welchen Wald willst du gehen?« fragte er. »Durch diesen hier?« Sie schwieg. Er legte einen Arm um ihre Schultern. »Ich glaube nicht, daß er den Rest seines Lebens im Gefängnis verbringen will.«

»Das wäre ihm egal«, sagte sie. »Er wird behaupten, du hättest mich entführen wollen. Jedes italienische Gericht wird ihm mildernde Umstände zubilligen. Deutsche sind hier sowieso nicht beliebt. Die Leute hassen sie, sie meinen, es geht ihnen viel besser als ihnen. Sie sehen sie jeden Tag mit ihren Autos an die französische Riviera fahren. Ich kenne hier Leute, die sind in ihrem Leben noch nie weiter als bis nach Cuneo oder Torino gekommen. Sie glauben auch, daß die italienischen Gastarbeiter in Deutschland schlecht behandelt würden. Stefano denkt genauso, obwohl mein Vater ihn immer gut behandelt hat.«

Er blickte sie rasch an. »War er bei ihm beschäftigt?«

»Als Gastarbeiter«, sagte sie und erwiderte seinen Blick. »Tut es dir jetzt leid?« Er verstand sofort, wie sie es meinte. »Ich bin für ein vereintes Europa«, sagte er ausweichend. »Mich stört etwas anderes. Ich habe den Eindruck, du weißt noch immer nicht richtig, was du eigentlich willst. Gibt es denn in dieser Gegend sonst keine Möglichkeit, schwarz über die Grenze zu kommen?«

»Westlich von Cuneo vielleicht«, sagte sie. »Aber dort kenne ich mich nicht aus. Die Berge sind dort noch höher als hier. Ich hätte dich da nicht hineinziehen dürfen.«

»Du bist nicht ungeschickt«, sagte DC und berührte mit den Fingerspitzen ihr Ohr.

»Warum sagst du das?«

»Wegen deiner Therapie«, sagte er. »Du läßt die Katze nur stückweise aus dem Sack. Hat er das Gewehr immer bei sich?«

»Gewöhnlich liegt es in seinem Kofferraum«, sagte sie und griff nach seiner Hand. Sie preßte sie gegen ihre Wange und sagte: »Ich habe das vorhin nicht aus Berechnung gesagt. Ich würde gern eine Weile mit dir zusammen sein. Auch wenn ich nicht in dieser Situation wäre. Du siehst mich falsch. Stefano ist nicht mein erster Mann, schon gar nicht der erste, mit dem ich etwas hatte. Ich lebe gern. Mir tut von dem, was ich bis heute getan habe, nichts leid. Ich möchte es nur nie länger tun müssen, als ich es will. Oder verstehst du das nicht?«

Diesmal glaubte er sie zu verstehen. Er lächelte. »Ob du damit auf die Dauer durchkommen wirst? Es wird immer ein paar altmodisch denkende Männer geben, die sich nicht einfach wegschicken lassen, wenn eine Frau ihrer überdrüssig geworden ist.«

Sie ließ seine Hand los. »Und so einer bist du auch?«

»Es ist schwer zu sagen, wie man selber ist«, antwortete DC.

»Möglicherweise war ich früher so. Inzwischen habe ich akzeptiert, daß man eine Frau nicht zur Treue zwingen kann. Wie weit ist es noch bis Limone?«

»Du hast mich doch nicht verstanden«, sagte sie. »Ich begreife nicht, warum es so schwer ist, mich zu verstehen.«

»Ich dachte, ich hätte dich verstanden.«

Sie sagte ungeduldig: »Und ich dachte, man könnte, wenn sich nachträglich herausstellt, daß man einen Fehler gemacht hat, ihn auch korrigieren. Vielleicht gehöre ich zu den Frauen, die nie auslernen. Ich bin impulsiv und leicht zu beeinflussen. Ich kann auch mal eine Weile einem blöden Mann nachlaufen, nur weil ich verrückt auf ihn bin, aber ich nehme für mich das Recht in Anspruch, dann auch wieder zu mir selber zurückzufinden, und dann will ich nicht ein Leben lang für eine Veranlagung büßen, für die ich nichts kann. Ich war immer so. Vielleicht werde ich mich auch nie ändern; damit muß ich eben leben.«

»Wenn du's dir damit nur nicht zu einfach machst«, sagte DC. Sie sagte: »Ach, scheiß mir doch eins!« Er schwieg verblüfft. Dann sah er, daß sie einen feuerroten Kopf hatte. Er tätschelte beruhigend ihr Knie und sagte: »Daß du in keinem katholischen Mädchenpensionat aufgewachsen bist, habe ich inzwischen schon mitbekommen.« Sie mußte lachen, biß sich jedoch gleich auf die Lippen. Während sie weiterfuhren, blickte sie ein paarmal in sein Gesicht, sagte aber kein Wort mehr.

Die Straße wurde jetzt kurvenreicher, sie führte an steilen Talwänden empor, schlängelte sich in engen Serpentinen an tiefen Schluchten vorbei, passierte hin und wieder einzelne Gehöfte, die wie verlassen auf steinigen Bergwiesen standen; der Wald wurde, je höher sie kamen, immer lichter, über seinen Tannenwipfeln tauchten hohe, kahle Bergkuppen auf; von Steilwänden plätscherten kleine Wasserfälle. Es gab kaum Gegenverkehr, hin und wieder begegnete ihnen ein Lastwagen, aber kein einziger PKW. Dann war der Wald zu Ende, und sie sahen Limone Piemonte am Ende eines Hochtals, eingerahmt von schroffen, kahlen Bergen, auf deren steilen Flanken nur vereinzelt Wald wuchs. DC trat auf die Bremse und betrachtete den Ort und die Straße. Die Häuser sahen alt und unscheinbar aus, sie standen, wie die meisten Dörfer hier, auf einem kleinen Hügel. Dazwischen gab es auch neue Appartementhäuser. Er fragte: »Ein Kurort?«

»Ja«, sagte sie. »Aber wir brauchen nicht durchzufahren; die Straße führt am Ort vorbei. Wenn man hinein will, muß man vorher abzweigen. Ich sehe seinen Wagen nicht.« Ihre Stimme klang erleichtert.

DC fragte: »Was für einen Wagen fährt er?«

»Einen roten Alfa.«

»Ich dachte, einen Geländewagen?«

»Den nimmt er nur, wenn er Autos abschleppen muß«, sagte sie. »Er arbeitet nebenher auch für den italienischen Automobil-Club; das hat schon sein Vater getan.«

»Wie lange bist du mit ihm verheiratet?«

»Etwas über ein Jahr«, antwortete sie. »Meinem ersten Mann bin ich schon nach einem halben weggelaufen. Was willst du sonst noch über mich wissen?«

»Eigentlich genügt das«, sagte DC verwundert. Er fuhr langsam auf der Straße weiter. Sie war breit und übersichtlich, aber dort, wo die ersten Häuser waren, machte sie eine Rechtskurve, und hinter der Kurve stand ein rotlackiertes Auto. DC sah es fast im selben Moment wie Helga, sie sagte heiser: »Das ist Stefano!«, aber da waren sie, weil DC das Gaspedal durchtrat, schon an ihm vorbei. Im Rückspiegel konnte er beobachten, daß der Alfa Romeo ihnen sofort folgte. Die Entfernung zu ihm war jedoch bereits auf über hundert Meter angewachsen, und sie wurde immer größer. Im Zeitraum von weniger als einer Minute hatte der Ferrari das offene Straßenstück zwischen dem Alfa und der nächsten Kurve, die wieder durch dichten Fichtenwald führte, hinter sich gelassen. Hier stieg die Straße in mehreren Serpentinen so steil an, daß DC in den zweiten Gang zurückschalten mußte. Dann fühlte er Helgas Hand auf seinem Arm. Sie sagte: »Hinter der nächsten oder übernächsten Kurve zweigt rechts ein Waldweg ab. Dort mußt du anhalten und ihn vorbei lassen. Auf dem Weg, der zum Paß hinaufführt, würde er den Wagen sehen.« Ihre Stimme klang schon wieder gefaßt. DC fragte: »Hast du sehen können, ob er allein im Wagen saß?«

»Er war allein«, sagte sie. »Francesco wartet vielleicht am Grenzübergang auf uns. Das ist sein Bruder, der bei ihm in der Werkstatt arbeitet. Die anderen wurden sicher auch schon verständigt. Einer arbeitet in Cuneo und der andere in Tende.«

»Dann haben wir noch den Zollbeamten«, sagte DC. »Der wird wohl auch in der Nähe sein?«

»Ich nehme es an«, sagte sie. Er lächelte. »Und das tue ich alles für deine hübschen, unschuldigen Augen.«

Er sah den Weg schon, bevor sie ihn darauf aufmerksam machte; er führte in einer engen Biegung von der Straße in den Wald. Schon nach wenigen Metern verschwand er hinter einer Felswand.

Helga sagte: »Du brauchst nicht weit hineinzufahren. Hinter dem Felsen kann man den Wagen von der Straße aus nicht sehen.«

»Vorausgesetzt, dein Mann kommt uns nicht nachgefahren«, sagte DC, und ihm war fast heiter zumute. Er fuhr eine Wagenlänge an dem Weg vorbei und ließ den Ferrari dann rückwärts zwischen die Bäume um die Wegkrümmung rollen. Er schaltete den Motor ab, stieg aus und horchte. Der Alfa mußte noch ein beträchtliches Stück unter ihnen sein, aber er war bereits zu hören. Helga kam zu ihm; sie sagte: »Mir ist ganz elend. Ich vertrage dieses schnelle Auto nicht. Es ist mir, als du Gas gegeben hast, richtig auf den Magen geschlagen.«

So sah sie auch aus; ganz grau im Gesicht. DC sagte: »Bis wir in Straßburg sind, hast du dich daran gewöhnt. Wo ist dieser Weg über die Grenze?«

»Ein paar hundert Meter weiter oben«, sagte sie. »Aber dort ist kein Wald mehr.«

»Und wo führt dieser hin?«

»Nach Limone. Es ist ein Fußweg; er ist nur auf den ersten zweihundert Metern so breit wie hier.« Sie schob eine Hand unter seinen Arm; er merkte, daß sie vor Aufregung zitterte. Das Motorengeräusch des Alfas war jetzt lauter geworden. Sie sagte: »Wenn er oben erfährt, daß wir nicht an der Grenzstation waren, wird er sofort wieder zurückkommen.«

Seit er aus dem Wagen gestiegen war, hatte DC an nichts anderes gedacht; die Paßstraße war eine Mausefalle. Ohne den Ferrari hätten sie versuchen können, zu Fuß auf den Paßweg zu kommen, aber auch dann wären sie, wenn er über freies Gelände hinwegführte, vermutlich gesehen worden. Er sagte: »Ich weiß nicht, was du dir dabei gedacht hast.«

»Nichts«, antwortete sie freimütig. »Ich wollte nur einfach von hier weg. Seit ich es vor drei Monaten zum erstenmal versucht habe, mußte ich immer den ganzen Tag an der Tankstelle bleiben. Vorher hat er mich, wenn er zu seinem Bruder nach Tende fuhr, auch mal mitgenommen. Ich war mit ihm auch schon in Menton und Nizza, aber heute . . .« Sie sprach nicht weiter und horchte auf das Motorengeräusch; es schwoll unvermittelt an. Der Wagen mußte jetzt auf der kurzen Geraden direkt auf die Serpentine zufahren. Es klang, als würde er jeden Augenblick hinter der Felswand auftauchen. DC spürte, wie Helga die Fingernägel in seinen Arm grub, aber dann wurde das Motorengeräusch ebenso unvermittelt leiser. Etwas später hörten sie es über sich; die Straße schien in ihrem weiteren Verlauf oberhalb der Felswand vorbeizuführen. DC fragte: »Wie lange fährt man von hier bis zur Grenze?«

»Höchstens ein paar Minuten«, sagte sie und ließ seinen Arm los. »Was tun wir jetzt?«

»So viele Möglichkeiten haben wir gar nicht«, sagte DC und kehrte zum Wagen zurück. Er überlegte sich, ob es nicht besser sei, mit ihr nach Mailand zu fahren. Dort würde man weitersehen. Sie folgte ihm sofort und sagte: »Ich bin dir nicht böse, wenn du jetzt aufgibst.« Er öffnete ihr die Tür und sagte: »Ob du mir böse bist oder nicht, ist mir im Augenblick piepe. Steig ein!« Sie gehorchte stumm. Während sie wieder nach Limone hinunterfuhren, sah sie unverwandt in sein Gesicht. In einer engen Kurve bemerkte DC die Einmündung einer schmalen Straße. Die Zufahrt wurde durch einen eisernen Schlagbaum verwehrt. »Die alte Paßstraße«, sagte Helga, als er anhielt und ihn betrachtete. »Sie führt über den Gebirgskamm; seit es den Tunnel gibt, ist sie gesperrt. Sie wird bewacht.«

»Dann nützt sie uns auch nichts«, sagte DC und fuhr weiter. Auch diesmal begegneten sie keinem anderen Wagen; die Paßstraße schien zu dieser Tageszeit kaum befahren zu sein, aber als sie nach Limone kamen, sahen sie mitten auf der Straße einen Mann stehen. Neben ihm, am Straßenrand, hielt ein grüner Kleinpritschenwagen. »Das ist Francesco!« stieß Helga hervor. »Fahr nicht weiter.«

Er trat auf die Bremse und brachte den Ferrari mit einem Ruck zum Stehen. Er betrachtete den Mann auf der Straße und den grünlackierten Kleinpritschenwagen; an seinem Lenkrad saß ein zweiter Mann. Er steckte den Kopf aus dem Fenster und blickte ihnen entgegen. Auch der Mann auf der Straße sah, ohne sich zu rühren, zu ihnen her. Er trug einen dunkelblauen Overall und wirkte groß und kräftig. Sein Gesicht konnte DC aus dieser Entfernung nicht erkennen. Die Begegnung erfolgte auf dem freien Straßenstück vor dem nächsten Waldrand auf der Höhe von Limone, dessen Konturen sich scharf vom blauen Mittagshimmel abhoben; DC blickte unwillkürlich auf seine Armbanduhr; es war acht Minuten nach halb eins. Seit er aus Modena weggefahren war, hatte er nichts gegessen. Sein Mund war trocken, sein Magen schmerzte. Es war heiß im Wagen. Da sie immer nur kurze Strecken gefahren waren, hatte die Klimaanlage nicht voll zur Wirkung kommen können. Helga sagte: »Laß mich aussteigen. Wenn ich zu ihnen gehe, werden sie sich nicht länger um dich kümmern.«

»Wer ist der Mann im Wagen?«

»Ich kann ihn von hier aus nicht erkennen«, sagte sie. »Vielleicht Antonio, der in Cuneo arbeitet. Meine Schwiegermutter wird ihn sicher auch verständigt haben.« Sie streckte DC die Hand hin und versuchte ein Lächeln. »Du hast viel Mühe mit mir gehabt, Dieter.«

»Ja, ich bin auch schon ganz gerührt über mich«, sagte er und legte einen Gang ein. Er ließ den Wagen langsam anrollen. Bis dorthin, wo die beiden Männer auf sie warteten, waren es noch etwa hundertzwanzig Meter. Er steuerte den Wagen auf die linke Straßenseite und fuhr im Schrittempo auf sie zu. Er sah, wie Francesco den Kopf drehte, einige Worte mit dem Fahrer des Pritschenwagens wechselte und dann zum linken Straßenrand ging. Fast gleichzeitig fuhr der Pritschenwagen an und stellte sich quer zur Straße. Obwohl er nicht groß genug war, um sie auf ihrer ganzen Breite zu blockieren, war der Raum links und rechts von ihm nicht breit genug für den Ferrari, und den Grünstreifen beiderseits der Straße traute DC nicht; falls der Boden weich war, würden sich die Reifen des über eineinhalb Tonnen schweren Fahrzeugs sofort eingraben. Er sagte: »Trotzdem müssen wir es versuchen. Halte dich gut fest.«

»Tu es nicht!« sagte Helga, aber er achtete nicht darauf. Die Entfernung zum Pritschenwagen war auf höchstens fünfzig Meter geschrumpft. Er nahm den Fuß vom Gaspedal und zog vorsichtig das linke Vorderrad auf den Grünstreifen; es ging gut, der Boden trug den Wagen. Jetzt war er den Männern nah genug, um ihre Gesichter deutlich zu sehen. Der Fahrer des Pritschenwagens war hager und dunkelhäutig. Francesco war breit und groß, mit kräftigen Backenknochen und tief in die Stirn gewachsenem Haar. Wenn sie noch rechtzeitig merkten, daß er nur bluffte, war alles umsonst gewesen. Er zog den Ferrari noch weiter auf den Grünstreifen, als wolle er vor dem Pritschenwagen vorbeifahren, und drückte das Gaspedal einen Millimeter tiefer; sogleich setzte sich dieser wieder in Bewegung und rollte mit seinen Vorderrädern bis zum linken Straßenrand. Hinter ihm, zwischen seinem Heck und dem rechten Grünstreifen, war jetzt eine Lücke von mehr als zwei Metern, und genau darauf hatte DC gehofft. Von da an ging alles sehr schnell. Noch ehe die beiden Männer seine Absicht durchschauten, war der Wagen wieder mit allen vier Rädern auf der Straße. Auf dem trockenen, griffigen Straßenbelag konnte DC die volle Kraft des 340-PS-Motors einsetzen; der Ferrari kam zwar, als DC das Lenkrad zuerst scharf nach rechts und dann gleich wieder nach links riß, ins Schleudern, geriet, während er ihn um Haaresbreite hinter dem Pritschenwagen vorbeizog, mit dem Vorderreifen auf den rechten Randstreifen und brach mit dem Heck seitlich aus. DC konnte nur mit Mühe verhindern, daß er sich querstellte. Ein paar Sekunden lang schlingerte der Wagen gefährlich über die Straße, dann hatte er ihn wieder unter Kontrolle und warf einen schnellen Blick in den Rückspiegel. Neben dem Pritschenwagen lag ein Mann auf der Straße; es konnte nur Francesco sein. Obwohl DC ihn, seit Beginn seines riskanten Manövers nicht mehr gesehen hatte, waren ihm die Zusammenhänge sofort klar. Francesco mußte, als der Ferrari auf die rechte Straßenseite schoß, hinter dem Pritschenwagen vorbeigerannt und von dem ausbrechenden Heck des Ferraris erfaßt und zu Boden geschleudert worden sein. DC erinnerte sich jetzt auch an ein dumpfes Geräusch; vorhin war er viel zu sehr mit dem Wagen beschäftigt gewesen, um ihm Beachtung zu schenken. Er trat mechanisch auf die Bremse, dann sah er im Rückspiegel, daß Francesco sich aufrichtete, zum Straßenrand humpelte und sich dort langsam und wie unter starken Schmerzen auf den Grünstreifen setzte. Auch der zweite Mann kam jetzt hinter dem Pritschenwagen hervor, er lief zu Francesco, beugte sich über ihn und schien mit ihm zu sprechen. Etwas später kam er auf den Ferrari zugelaufen. Helga hatte ihn ebenfalls gesehen, sie sagte: »Es ist Antonio. Warum hältst du?« Sie schien von dem Unfall nichts bemerkt zu haben, und als DC nicht sofort antwortete, griff sie nach seiner Hand und sagte mit vor Furcht rauher Stimme: »Laß dich nicht mit ihnen ein, sie sind zu allem fähig.«

Diesen Eindruck hatte DC inzwischen auch gewonnen. Unter anderen Umständen hätte er sich um den Verletzten gekümmert, aber dies hier war kein *normaler* Unfall gewesen; zwei Männer hatten widerrechtlich versucht, ein fremdes Auto anzuhalten; was geschehen war, ging allein auf ihr Konto. Er gab die Kupplung frei und ließ den Wagen die steil abfallende Straße hinunterschießen. Als er wieder in den Rückspiegel sah, war Antonio nur noch ein kleiner, dunkler Punkt auf dem hellen Straßenband. Aber damit waren ihre Probleme nicht gelöst, im Gegenteil, die Schwierigkeiten würden jetzt erst richtig anfangen. Helga saß stumm neben ihm; sie machte einen geistesabwesenden Eindruck. Er fragte: »Gibt es eine Möglichkeit, Cuneo zu umfahren?«

»Nein«, sagte sie. »Ich werde an der Tankstelle aussteigen.«

»Das ist auch keine Lösung«, sagte DC. »Weißt du zufällig, wo das nächste deutsche Konsulat ist?« Sie schüttelte den Kopf. »Und wenn ich es wüßte, würde ich nicht hingehen. Mit deutschen Behörden möchte ich nichts mehr zu tun haben.«

»Warum nicht?«

Sie sagte: »Als wir in Essen das Aufgebot bestellten, haben sie mich wie ein Flittchen behandelt. Im Konsulat würde es mir genauso ergehen. Wenn du als Deutsche einen italienischen Gastarbeiter heiratest, bist du der letzte Dreck. Nein, ich steige an der Tankstelle aus. Sicher werden sie auch dort schon auf uns warten. Wir würden nicht einmal nach Vernante hineinkommen.« Obwohl er schon selbst daran gedacht hatte, fragte DC: »Wer wird an der Tankstelle auf uns warten? Seine anderen Brüder?«

»Die können noch nicht hier sein«, sagte sie. »Aber Stefano kennt in Vernante genug Leute, die ihm helfen werden; er ist mit dem halben Dorf verwandt. Sicher hat er schon seine Mutter angerufen.« Sie berührte seine Hand. »Es ist zwecklos, daß du weiterfährst. Wir schaffen es nie. Durch Vernante kommen wir bestimmt nicht.«

»Dahin will ich auch nicht«, sagte er. »Wir fahren wieder auf den Weg vor der Brücke; in der Nähe des Dorfes werden sie uns am wenigsten vermuten.«

»Und dann?«

DC wußte es selber noch nicht, er antwortete: »Ich habe noch keine Zeit gefunden, darüber nachzudenken. Wir können es, sobald es dunkel wird, noch einmal versuchen. Notfalls müssen wir eine Nacht im Wagen verbringen. Natürlich nur, wenn du einverstanden bist.« Sie beobachtete stumm, wie er den Wagen durch eine enge Kurve zog. Dann fragte sie: »Warum tust du das alles?«

»Nimm an, du gefällst mir«, sagte er lächelnd. »Du gefällst mir auch«, sagte sie. »Dir wäre ich bestimmt nicht davongelaufen.«

»Vielleicht«, sagte er. »Aber ich möchte nicht auf dich aufpassen müssen.«

»Auf deine Freundin hast du auch nicht aufgepaßt«, sagte sie. »Vielleicht kannst du nur gut Autofahren, aber das kannst du.« Obwohl er den aufkommenden Ärger zu unterdrücken versuchte, gelang es ihm nicht ganz. Er sagte: »Ich habe als Rallyefahrer angefangen, und die Frauen, mit denen ich bisher geschlafen habe, waren alle der Meinung, daß ich das genausogut kann.«

»Bis auf die eine, die du liebst«, sagte sie. »Oder wozu braucht sie sonst einen zweiten Freund?«

Noch vor einer Stunde war sie für ihn nicht viel mehr als eine kurzweilige Bekanntschaft gewesen, die im günstigsten Falle in einem Hotelzimmer in Nizza oder Straßburg enden würde, und auch das war noch nicht einmal ganz ausgemacht, denn sie wäre, seit er Marianne kennengelernt hatte, sein erstes Abenteuer mit einer anderen Frau. Er hatte, weil sie seine Neugierde weckte, etwas mehr über sie erfahren wollen, aber inzwischen war sie ihm schon so wichtig geworden, daß er Dinge tat, für die er selbst keine Erklärung hatte. Er sagte: »Irgendwann werde ich dich aus dem Auto werfen.«

»Das dachte ich zuerst auch«, sagte sie. »Aber nun denke ich es nicht mehr. Ich wollte dich mit meiner Frage nicht ärgern; ich wäre verrückt, wenn ich dich ärgern wollte. Was du da für mich tust, das hat noch nie ein Mann für mich getan. Ich glaube, du weißt noch immer nicht, worauf du dich da eingelassen hast.« Er sagte leichthin: »Es wird mich nicht gleich den Kopf kosten.«

»Hier haben ihn schon Leute für weniger verloren«, sagte sie. »Wenn einem die Frau ausgespannt wird, greift er gleich zum Gewehr oder zum Messer.«

»Keine Landschaft für dich«, sagte DC belustigt. Sie schwieg. Kurze Zeit später erreichten sie die Brücke. Sie fuhren auf dem Weg über die kleine Kuppe in das schmale Seitental, das sich dort, wo der Bach aus dem Wald trat, zu einer Schlucht verengte. Obwohl der Weg hier so schlecht wurde, daß das Fahrwerk des Ferrari einige Male den Boden streifte, hielt DC erst an, als größere Steine das Weiterfahren unmöglich machten. Er sagte: »Hier wird uns sicher keiner suchen. Geht es dir jetzt besser?«

»Doch«, sagte sie. »Obwohl ich nicht weiß, was du dir davon versprichst. Sie werden nach uns suchen, bis sie uns gefunden haben. Stefano gibt nicht so schnell auf.«

»Das hat er mit mir gemeinsam«, sagte DC und stieg aus dem

Wagen. Er ging zum Heck und betrachtete den linken Kotflügel. Direkt über dem Rad war eine handbreite, flache Beule; Blutspuren konnte er nicht entdecken. Helga kam zu ihm, sie sagte: »Du hast sicher Hunger; ich habe Brot und Schinken in der Tasche. Butter konnte ich wegen der Hitze nicht mitnehmen. Willst du etwas essen?«

»Du bist ein Schatz«, sagte DC. Er holte ihre Tasche und eine Wolldecke aus dem Wagen und sah sich nach einem Rastplatz um. Da er in der engen Schlucht keinen passenden entdeckte, kehrten sie auf die Wiese zurück und setzten sich ans Bachufer. DC beobachtete, wie sie ihre Tasche öffnete, Brot, Schinken und ein Küchenmesser herausnahm, einige Scheiben abschnitt und auf ein weißes Taschentuch legte. Sie sagte: »Ich wollte noch Tee oder Kaffee mitnehmen, aber die Zeit war zu kurz. Wenn du Durst hast, mußt du aus dem Bach trinken. Ich habe keinen Hunger. Iß, bis du satt bist.«

Während sie nebeneinander am Ufer saßen und DC von dem geräucherten Schinken und dem Weißbrot aß und von dem eiskalten, kristallklaren Wasser trank, betrachtete er das Gelände etwas gründlicher. Auf der anderen Seite des Baches gab es hohe, dichtbelaubte Sträucher, dahinter war wieder eine steile, geröllbedeckte Wiese und weiter oben Fichtenwald, der sich nach rechts zum Bach hinunterzog. Links war das Tal offen, aber zwischen ihm und dem Dorf schob sich ein kahler Hügel ins Blickfeld. Dahinter mußte der Bach zur Straßenbrücke fließen. Die Entfernung dorthin war so groß, daß von der Straße kein Motorengeräusch an ihren Rastplatz drang. Trotzdem kamen DC, während er sich umschaute, Zweifel, ob es geraten sei, hier längere Zeit zu verbringen. Ein Fußgänger, der sich auf dem Weg näherte, würde erst zu sehen sein, wenn er unmittelbar hinter ihnen auf der kleinen Kuppe auftauchte. Er fragte: »Kennst du dich hier aus?«

»Ja«, sagte Helga. »Im Sommer bin ich oft zum Baden hier. Warum fragst du?« Es fiel ihm auf, daß sie immer wieder an ihren Rücken griff. »Hast du noch Schmerzen?«

»Das Kleid scheuert«, sagte sie. »Wenn wir eine gute Salbe im Haus gehabt hätten, wäre es schon besser.«

»Da habe ich etwas für dich«, sagte er und stand auf. Er wusch im Bach die vom Schinken fettig gewordenen Finger ab und ging zum Wagen. Aus dem Verbandskasten nahm er eine Tube mit Wundsalbe. Er schloß den Wagen ab und kehrte zu Helga zurück.

Sie sagte: »Wir könnten auch bis morgen früh hierbleiben und erst vor Hellwerden hinauffahren. Bis dahin sind sie vielleicht nicht mehr an der Straße.« DC hatte die Möglichkeit schon selber in Betracht gezogen. »Aber nicht hier«, sagte er. »Wir brauchen einen Platz, von dem aus wir den Weg beobachten können, ohne selbst gesehen zu werden. Kennst du einen?«

»Dort drüben«, sagte sie und deutete über den Bach. »In den Büschen. Man kommt nur im Sommer hinüber. Im Frühjahr und im Herbst ist die Strömung zu stark. Dann ist das Ufer auf der anderen Seite überschwemmt.« DC betrachtete den Bach. An seinen Ufern war das Wasser höchstens knietief, aber in der Mitte, wo es sich in kleinen Wellen an den im Bachbett liegenden Geröllbrocken brach, gab es eine von der Strömung ausgewaschene Rinne. Helga sagte: »Die Hose mußt du schon ausziehen, wenn du hinüberwillst.«

»Mit deiner Erlaubnis«, sagte DC. Er zog sich bis auf Hemd und Slip aus, legte die Kleider auf die Wolldecke, auch Helgas Schuhe und die schwere Tasche. Er schnürte, indem er die Zipfel der Decke verknotete, alles zu einem großen Bündel zusammen und hob es sich auf die Schulter. Helga sagte: »Laß mich vorausgehen. Die Steine sind glatt; du mußt aufpassen.« Sie stieg vor ihm in den Bach und tastete sich mit den Füßen zur Mitte. Dort reichte ihr das Wasser bis über den Schoß. Sie wartete mit bis an die Hüften gerafftem Kleid auf DC, der mit seiner Last mehr Mühe hatte als sie, aber sie kamen gut auf die andere Seite. Helga griff nach seiner Hand und führte ihn zu einer kleinen Lichtung inmitten des Gesträuchs. Der Boden war auch hier mit Gras bewachsen. Die dichtbelaubten Zweige spendeten reichlich Schatten; es war angenehm kühl auf dieser Seite des Baches. DC setzte das Bündel ab und fragte: »Dein Liebesversteck?« Sie errötete ein wenig und gab ihm einen leichten Klaps auf den Mund. »Was du von mir denkst! Gefällt es dir nicht?«

»Sehr gut sogar«, sagte DC. Sie musterte ihn mit einem kleinen Lächeln. Mit seinen langen, weißhäutigen Beinen und den vom Durchschreiten des Baches naßgewordenen Hemdzipfeln bot er einen seltsamen Anblick. Er zog das Hemd aus und hängte es zum Trocknen über einen Zweig. Helga sagte: »Du liegst nicht oft in der Sonne.«

»In meinem Beruf hat man wichtigere Dinge zu tun«, sagte er und knotete das Bündel auf. Er griff nach seiner Hose, aber Helga nahm sie ihm aus der Hand und sagte: »Du wirst sie nur zerdrücken. Oder ist dir kalt?« Es war ihm nicht kalt. Er beobachtete, wie sie Hose und Jackett ins Gras legte, unter ihr Kleid griff und den nassen Slip auszog. Sie hängte ihn neben sein Hemd und setzte sich auf die Wolldecke. »Was arbeitest du?« fragte sie. DC nahm die Wundsalbe aus seiner Hosentasche, schraubte die Tube auf und sagte: »Zuerst das. Sonst vergessen wir es. Oder willst du es selber machen?«

»Das geht schlecht«, sagte sie und zog den Reißverschluß an ihrem Rücken auf. Sie streifte im Sitzen das Kleid von den Schultern und hielt es vor ihrer Brust fest. »Tu mir nicht weh«, sagte sie. »Es brennt schrecklich.« Ihre Stimme klang zum ersten Mal weinerlich.

»Hast du dich nicht gewehrt?«

»Ich konnte nicht«, sagte sie. »Er drückte mich mit dem Gesicht auf die Tischplatte.«

»Wenn ich ihm mal begegne«, sagte DC grimmig, »drücke ich ihn mit dem Gesicht in einen Misthaufen.« Er rieb vorsichtig ihren Rücken ein und sagte dann: »Den schönen Rest wirst du wohl selber tun wollen.«

»Du hast sympathische Hände«, sagte sie. »Oder findest du es unschicklich von mir, wenn ich dich darum bitten würde?«

»Da verkennst du mich«, sagte DC und drehte sie sanft auf den Bauch. Während er sie auch unter ihrem Kleid einrieb, sagte er: »Das fühlt sich sehr knusperig an; du hast einen ziemlich kleinen Popo.«

»Meine Mutter auch«, sagte sie.

»Wie geht es ihr?« fragte DC. Sie drehte etwas den Kopf, damit sie in sein Gesicht schauen konnte. »Ich habe sie seit über zweieinhalb Jahren nicht mehr gesehen. Da, wo du jetzt bist, hat er mich nicht geschlagen.«

»Entschuldige bitte«, sagte er, ohne die Hand wegzunehmen; er konnte nicht mehr anders. Er beugte sich über sie und küßte ihren Nacken. Sie rollte sich rasch auf den Rücken und hielt seine Hand fest; ihr Gesicht hatte weiße Flecken. Er sagte wieder: »Entschuldige bitte.« Sie küßte ihn und sagte: »Nein, nicht deshalb, Dieter. Es ist nur . . .« Sie verstummte errötend. »Ja?« fragte er. Sie legte die Arme um seinen Hals und zog ihn neben sich. »Mir passiert dann immer gleich ein kleines Malheur«, sagte sie freimütig. »Ich bin so. Verstehst du?«

»Ja«, sagte er und streichelte mit den Fingerspitzen ihre Lippen. »Du hast einen aufregenden Mund. Ich hatte nicht vor, zudringlich zu werden, aber du siehst ja, was sich inzwischen alles getan hat.«

»Und was kann ich dagegen tun?« fragte sie lächelnd.
»Eigentlich nichts«, sagte er. »Ich nütze es nicht gerne aus, wenn eine Frau im Dreck sitzt. Kannst du mir noch einmal verzeihen?«
»Das weiß ich noch nicht«, sagte sie, ihn berührend. »Das muß ich mir noch sehr gut überlegen.«
»Ich erwarte das nicht«, sagte er. »Du bist mir nichts schuldig.«
»Ich tue es gern«, sagte sie. »Wir haben nur noch ein paar Stunden Zeit. Sobald es dunkel ist und du von hier wegkannst, gehe ich zu Stefano zurück. Ich möchte nicht, daß du in ein italienisches Gefängnis kommst; man hört hier so schlimme Dinge darüber. Was war mit Francesco?«
Er fragte betroffen: »Wie kommst du auf ihn?«
»Ich sah, wie er in dein Auto lief«, sagte sie. »Sie werden den Carabinieri erzählen, du hättest ihn absichtlich angefahren. Den Wagen auf der Straße wird dir hier keiner glauben, wenn sie es ableugnen. Über den Colle di Tenda kommst du jedenfalls nicht mehr.«
»Du hast das die ganze Zeit gewußt?« fragte er, noch immer betroffen.
»Ja«, sagte sie. »Du kannst jetzt nur noch deinen Wagen vorläufig an einem sicheren Ort stehen und ihn später abholen lassen. Wenn du mit der Bahn oder mit einem Mietwagen über die Grenze fährst, können sie dir nichts anhaben. Bis jetzt kennen sie nur dein Auto, sie wissen noch nicht, wer du selber bist.«
»Und was wird aus dir?«
»Das habe ich dir bereits gesagt. Ich gehe zu Stefano zurück.«
»Dafür habe ich jetzt schon zuviel in dich investiert«, sagte er. »Laß das lieber sein.« Er hielt ihre Hand fest.
»Warum?« fragte sie. »Ich tue es wirklich gern.«
»Anderen Leuten passiert hin und wieder auch ein kleines Malheur«, sagte er und zog sie an sich. Ein paar Minuten lang taten sie nichts anderes als sich zu küssen und zu liebkosen. Sie flüsterte: »Du bist ein guter Junge. Hab mich ganz lieb. Wirst du manchmal an mich denken?« Er mußte lächeln. »Sicher, aber darüber unterhalten wir uns später. Wir gehen zusammen über die Grenze oder gar nicht.« Sie machte sich rasch von ihm los und blickte ungläubig in sein Gesicht. »Du mit mir?«
»Ich mit dir«, sagte er. »Falls du damit einverstanden bist, schöne Helga.« Sie setzte sich aufrecht hin und betrachtete ihn, als sei er ihr

eben erst begegnet. »Du bist verrückt«, sagte sie etwas heiser. »Warum willst du das tun?«

»Das erkläre ich dir später«, sagte er und zog sie wieder an sich. Er streifte ihr das Kleid vom Körper und bedeckte ihn mit Küssen. Als er auch ihre Augen küßte, merkte er, daß sie weinte. Sie klammerte sich, wie von einem plötzlichen Sinnentaumel erfaßt, mit Armen und Beinen an ihn, rieb ihren Schoß an ihm und stöhnte. Als er sich, schon selbst nicht mehr Herr seiner Sinne, nicht länger zurückhalten konnte, begierig ihren gefügigen Körper ganz zu erfahren, widerfuhr ihr prompt ihr kleines Malheur. Sie warf sich, einen hellen, heiseren Schrei ausstoßend, der Länge nach auf ihn und preßte seine Hand an ihren Schoß. Eine Weile blieb sie wie betäubt mit geschlossenen Augen auf ihm liegen, und als sie sie wieder aufschlug, lächelte sie. Sie drückte mit dem Zeigefinger seine Nasenspitze platt und flüsterte: »Ich habe dich gewarnt. Was tue ich jetzt mit dir?«

»Nichts«, sagte er. »Bleib so liegen. Wir haben herrlich viel Zeit. Warum hast du ihn geheiratet?«

»Frag mich nicht«, sagte sie und rieb ihre Wange an der seinen. »Ich möchte jetzt nicht darüber reden. Bitte!« Er küßte sie behutsam auf den Mund. Dann vernahm er ein Motorengeräusch. Er drehte, um es besser hören zu können, den Kopf. Es kam von dem zur Straße führenden Weg und wurde rasch lauter. Helga, die es jetzt auch gehört hatte, richtete sich schnell auf, sie sagte verstört: »Das ist ein Auto!«

»Kein Alfa«, sagte DC.

»Woher weißt du das?«

»Ich höre es«, sagte er. »Zieh dich an.« Er griff nach seiner Hose, fuhr hinein und lief auf bloßen Füßen durch das dichte Gesträuch zum Bach, bis er zwischen den Zweigen hindurch den Weg sehen konnte. Auch den Wagen konnte er bereits sehen, er kam eben über die Kuppe gerollt, ein kleiner, alter Peugeot mit unregelmäßig laufendem Motor. Jetzt war er unmittelbar jenseits des Baches, am Lenkrad saß ein schwarzhaariger junger Mann. Augenblicke später hatte er den Waldrand erreicht, DC konnte ihn nicht mehr sehen, er hörte, wie der Wagen mit laufendem Motor stehenblieb, dann nur noch das Geräusch des Motors. Kurz darauf wurde heftig eine Wagentür zugeschlagen und der Peugeot kam im Rückwärtsgang wieder den Weg herauf. Er fuhr so rasch, daß sich auf dem steinigen

Boden die Antriebsräder durchdrehten. Ohne zu warten, bis er in sein Blickfeld kam, lief DC zu Helga zurück. Sie hatte inzwischen ihr Kleid angezogen und erwartete ihn aufgeregt. »Wer war es?« fragte sie.

»Das ist unwichtig«, sagte DC. »Hilf mir!« Er nahm sich nicht einmal die Zeit, sein Hemd anzuziehen, warf, während Helga ihm dabei half, ihre Sachen auf die Wolldecke, hängte sie sich mit einer Hand über die Schulter, ergriff mit der anderen Helgas Arm und rannte mit ihr zum Bach.

Als er ihn durchquerte, scherte er sich nicht darum, daß seine Hose naß wurde, aber mitten im Bach strauchelte Helga und fiel, obwohl er noch immer ihren Arm festhielt, kopfüber ins Wasser. Er half ihr, mit einer Hand die Decke auf seiner Schulter haltend, auf die Beine, zog sie zum Ufer und lief mit ihr zum Wagen. Er schloß ihn auf, warf das Deckenbündel hinein und sah sich dann nach Helga um. Sie saß, von einem lautlosen Weinkrampf geschüttelt, in ihrem klitschnassen Kleid am Boden. Er ging zu ihr, griff unter ihre Arme und stellte sie auf die Beine. »Sobald wir in Nizza sind«, sagte er, »kriegst du ein neues Kleid von mir. Komm!«

Sie wollte nicht, versuchte sich loszureißen, aber er war viel kräftiger als sie und zerrte sie zum Wagen. Er stieß sie nachdrücklich auf den Beifahrersitz, schlug die Tür hinter ihr zu und lief zur anderen Seite. Als er sich zu ihr setzte, sagte er grinsend: »Entschuldige bitte, aber das Hemd muß ich später anziehen.«

Sie sagte, vor Erregung und Verzweiflung fast schreiend: »Das hat doch keinen Sinn, Mensch! Sie haben jetzt den Ferrari gesehen.«

»Es war nur einer, der ihn gesehen hat«, sagte DC. »Und bis der an der Tankstelle oder im Dorf ist, sind wir schon wieder weit oben.«

»Wo denn?« schrie sie. »Wohin willst du denn fahren?«

Er küßte sie, während er den Motor anließ, mitten auf den Mund, und sagte: »Irgendwohin, wo ich ganz lieb zu dir sein kann.«

2

Von Stefano und seiner Familie habe ich, was die Ereignisse in Vernante betrifft, bei meinem späteren Besuch widersprüchliche Schilderungen erhalten. Zwar hatte er vier Jahre in Deutschland gelebt, trotzdem war es für einen Mann seiner Herkunft und seiner Bildung geradezu auffallend, wie gut er deutsch sprach. Seine Version, wie es zu seiner Bekanntschaft mit Helga, zu ihren erotischen Beziehungen und zu der Heirat gekommen war, weicht von der ihren in wesentlichen Punkten ab. Ich muß mich damit begnügen, sie so unparteiisch wie möglich wiederzugeben. Am Tag der ersten Begegnung zwischen DC und Helga wurde Stefano gegen Mittag von seiner Mutter in Limone angerufen. Sie war in großer Aufregung und schilderte ihm, was vorgefallen war. Er teilte sofort ihren Verdacht, daß Helgas plötzliches Weggehen mit dem Fahrer des roten Ferrari zusammenhing, der kurz zuvor an der Tankstelle gehalten und längere Zeit mit ihr gesprochen hatte. Als der Anruf kam, war zufällig außer Francesco auch sein Bruder Antonio in der Werkstatt, der bei einer Fiat-Vertretung in Cuneo arbeitete und ihm von dort einen dringend benötigten Austauschmotor heraufgefahren hatte. Da mit dem Eintreffen des Ferrari in der nächsten Viertelstunde zu rechnen war, fuhren sie alle drei auf die Paßstraße, Stefano in seinem Alfa Romeo, Francesco und Antonio mit einem Kleinpritschenwagen; er gehörte der Fiat-Vertretung in Cuneo, Antonio hatte ihn für den Transport des Austauschmotors gebraucht. Sie warteten eine Stunde vergeblich. Stefano fuhr zur Werkstatt zurück und telefonierte von dort aus mit seiner Mutter. Sie sagte, daß sie, wie er ihr aufgetragen hatte, während der ganzen Zeit die Straße im Auge behalten, den Ferrari jedoch nicht wieder gesehen habe. Vorsorglich bat er sie, ihren Bruder in Vernante zu verständigen, damit er mit zwei oder drei Männern an der Tankstelle die immerhin mögliche Rückkehr des Ferrari abwartete und seine Weiterfahrt gegebenenfalls verhinderte. Dann fuhr er wieder zu seinen Brüdern; sie hielten noch immer vergeblich nach dem Ferrari Ausschau. Francesco sagte: »Sie müssen sich irgendwo zwischen Vernante und hier aufhalten; warum fahren wir ihnen nicht entgegen?«

»Vielleicht sind sie in einen Waldweg eingebogen«, sagte Stefano. »Helga kann sich ausrechnen, daß ich hier auf sie warte. Sie weiß auch, daß sie ohne Papiere nicht über die Grenze kommt.«

»Vielleicht hat sie noch andere«, sagte Antonio. »Welche, von denen du nichts weißt, Stefano. Hast du all ihre Sachen durchsucht?«

»Sie hätte sie so gut verstecken können, daß er sie nicht gefunden hat«, sagte Francesco. »Oder sie hat sich von daheim neue Papiere schicken lassen.«

»Wohin?« fragte Stefano. Francesco zuckte mit den Schultern. Auch Antonio wußte nicht weiter. Sie blickten Stefano an; er kaute an seinen Fingerknöcheln. »Vielleicht sind sie schon wieder zurückgefahren«, sagte Antonio und sah die leere Straße hinunter. Stefano sagte: »Sie kommen nicht mehr durch.« Er erzählte ihnen von dem Gespräch mit ihrer Mutter. In ihren blauen Overalls sahen sie wie drei Arbeiter aus, die sich vor der Mittagspause noch ein wenig über ihre Familien oder eine neue Regierung in Rom unterhalten. »Wenn sie wirklich noch einen anderen Ausweis hat«, sagte Stefano, »bleibt ihnen jetzt nur noch der Colle di Tenda.«

»Warum kommen sie dann nicht?« fragte Francesco. Stefano hob rasch den Kopf. »Fahrt wieder zur Werkstatt. Es ist unnötig, daß wir alle drei hier herumstehen. Einer muß Filippino anrufen und am Telefon sein, falls sich an der Tankstelle etwas tut. Ihr könnt inzwischen etwas essen. Kommt in einer Stunde wieder her. Wenn sie bis dahin noch nicht aufgetaucht sind, suchen wir sie.« Sie nickten. Francesco legte ihm die große Hand auf die Schulter. »Laß das Gewehr im Wagen, Stefano. Er fährt einen Ferrari; wir wissen nicht, mit wem wir es zu tun haben. Wir erwischen sie auch so.«

»Ich weiß schon, was ich tue«, sagte Stefano. Er beobachtete, wie sie in den Pritschenwagen stiegen, und ging noch einmal zu ihnen. Durch das offene Fenster sagte er: »Einer von euch muß ein Auge auf die Straße haben, falls hier etwas schiefgeht. Der Ferrari ist fast doppelt so schnell wie mein Alfa. Und noch etwas: Wenn ihr mit

Filippino telefoniert, sagt ihm, Helga hätte das Geld aus der Kasse genommen; sie würde deshalb von den Carabinieri gesucht. Wenn sie wirklich Grenzpapiere hat, brauchen sie dort oben einen Grund, um sie festzuhalten. Francesco hat recht: Wir dürfen, solange wir nicht wissen, wer der Deutsche ist, nichts riskieren.«

»Ein Scheißkapitalist!« sagte Antonio und spuckte an Stefanos Kopf vorbei auf die Straße. »Und ein Deutscher dazu! Was glaubst du wohl, worüber die miteinander reden, wenn sie auf einem Waldweg sind?«

»Sei still!« sagte Stefano mit blassem Gesicht. Er blieb, als der Pritschenwagen weggefahren war, noch ein paar Minuten stehen. Dann setzte er sich in seinen Wagen und fuhr die Straße hinunter bis zur Krümmung. Wenn er auf dieser Seite wartete, würde er den Ferrari aus dem Wald kommen sehen, aber ebenso würde er selbst gesehen werden und ihnen damit vielleicht Gelegenheit geben, in den Wald zurückzufahren. Er entschloß sich deshalb, sie hinter der Kurve auf ihrer Fahrseite zu erwarten. Er wendete und stellte den Alfa Romeo scharf an den rechten Straßenrand. Von hier aus konnte er im Rückspiegel die auslaufende Kurve voll überblicken. Trotzdem bemerkte er den Ferrari, als der kurz darauf aus der Kurve kam, einige Sekunden zu spät. Er hatte sich darauf verlassen, daß er ihn durch das offene Fenster rechtzeitig hören würde, aber als er ihn hörte, war er bereits unmittelbar hinter ihm. Er würgte, weil er die Kupplung zu schnell losließ, den Motor ab, und bis er ihn wieder gestartet hatte, war der Ferrari schon weit vor ihm. Die Entfernung zu ihm vergrößerte sich so rasch, daß es den Anschein hatte, als bewege sich der Alfa kaum von der Stelle. Wenig später verschwand er am Ende der langen Geraden hinter der nächsten Kurve im Wald. Vor der Grenze würde er ihn nun nicht mehr zu Gesicht bekommen, er verließ sich jedoch darauf, daß Francesco oder Antonio inzwischen Filippino verständigt hatten. In diesem Augenblick war auch er fest davon überzeugt, daß Helga, deren Gesicht er, als der Ferrari an ihm vorbeischoß, deutlich erkannt hatte, im Besitz eines gültigen Personalausweises war; sie wäre sonst sicher nicht mit dem Deutschen auf den Colle di Tenda gefahren.

Während er mit durchgetretenem Gaspedal und ohne Rücksicht darauf, daß der neue Austauschmotor noch nicht ganz eingefahren war und er ihn auf der steilen Straße mit überhöhter Drehzahl ruinieren könnte, zum Paß hinaufraste, fiel ihm vor Zorn und Enttäuschung das Atmen schwer. Für die fünf Kilometer von Limone bis zur Grenze brauchte er, trotz der engen und vielen Kurven, nicht ganz fünf Minuten. Er sah Filippino schon, ehe er die Tunneleinfahrt erreicht hatte. Er stand, mit zwei anderen Grenzbeamten, vor dem heruntergelassenem Schlagbaum und schien ihn bereits zu erwarten. Stefano brachte den Wagen unmittelbar neben ihm zum Stehen, beugte sich aus dem Fenster und fragte atemlos: »Habt ihr sie durchgelassen?«

»Hier war kein Ferrari«, antwortete Filippino. Er war ein Jahr jünger als Stefano und ihm von allen Brüdern am ähnlichsten; ein großgewachsener, schlanker Mann in der operettenhaft wirkenden Uniform italienischer Doganieri. Er fragte: »Hast du sie gesehen?«

»Sie sind in Limone an mir vorbeigefahren«, sagte Stefano, und es war ihm vor Ärger fast schlecht. Er sagte noch: »Laß Helga, wenn sie hier auftaucht, auf keinen Fall passieren«, und fuhr, ohne sich um die verständnislosen Gesichter der drei Männer zu kümmern, wieder die Straße nach Limone hinunter. Er kannte hier jeden Meter Boden, es gab nur wenige Möglichkeiten, mit einem Auto die Straße zu verlassen, aber auf keinem der hierfür in Frage kommenden Wege konnte man weiter als einige hundert Meter fahren, mit dem tiefliegenden Fahrwerk eines Ferrari schon gar nicht. Trotzdem brauchte er über eine halbe Stunde, bis er sicher sein konnte, daß der Ferrari nach Limone zurückgefahren sein mußte. Auf den letzten zwei Kilometern riskierte er ein paarmal sein Leben; es wurde ihm gar nicht bewußt. Als er aus dem Wald kam, sah er den Pritschenwagen und ein paar Leute auf der Straße stehen; er kannte sie alle aus Limone. Auch Antonio befand sich bei ihnen. Francesco lag mit schmerzverzerrtem Gesicht auf dem Grünstreifen neben der Straße. Als Stefano zu ihnen kam, blickten sie ihm stumm entgegen, nur Antonio sagte: »Sie sind uns entwischt. Sie haben Francesco angefahren; wir wissen nicht, was ihm fehlt. Aus Cuneo kommt ein Krankenwagen. Dieser Deutsche hat ihn einfach umgefahren. Da, schau an, wie er da liegt! Diese Scheißdeutschen! Ich könnte sie alle umbringen.« Sein mageres Gesicht war gelb vor Wut. Stefano beugte sich über Francesco. »Wo hat es dich erwischt?«

»Ich glaube nicht, daß es schlimm ist«, sagte Francesco, aber er konnte kaum sprechen. Er griff nach Stefanos Hand und flüsterte: »Er konnte nichts dafür; ich bin ihm hinter dem Pritschenwagen in den Ferrari gelaufen. Mach keine Dummheiten, Stefano! Hörst du?«

Stefano küßte ihn rasch auf die Wange. Dann nahm er Antonio auf die Seite: »Was ist passiert?« Antonio erzählte es ihm und sagte dann: »Ich saß im Wagen. Ich wollte, als ich merkte, was der Deutsche vorhatte, zurückstoßen, aber es ging zu schnell; bis ich den Gang drinhatte, war er schon vorbei. Was willst du jetzt tun?«

»Ich muß nach Vernante«, sagte Stefano. »Wissen die Carabinieri schon Bescheid?«

»Ich wußte nicht, ob du das willst«, sagte Antonio. Stefano berührte seinen Arm. »Verständige sie. Erzähl ihnen, er hätte Francesco angefahren, als ihr versucht habt, ihn durch Winkzeichen anzuhalten. Ihr habt, weil Helga bei ihm saß, mit ihm sprechen wollen, sonst nichts. Ist das klar, Antonio?«

Antonio nickte. »Ich habe sie gesehen.«

»Ich auch«, sagte Stefano. »Fahr jetzt nach Cuneo; du bekommst sonst Ärger mit deinem Chef. In Cuneo gehst du zuerst zu den Carabinieri. Wir haben, falls wir die beiden in Vernante nicht abfangen, genug Leute, um sie zu suchen. Wenn wir sie bis heute abend nicht gefunden haben, hilfst du uns. Luigi auch; ich rufe ihn von unten an. Geh noch bei Francescos Familie vorbei. Ciao, Antonio!«

»Ciao, Stefano«, sagte Antonio. Er kehrte zu Francesco zurück. Stefano stieg in seinen Wagen und fuhr nach Vernante. Schon bald kam ihm der Krankenwagen aus Cuneo entgegen, den Fahrer kannte Stefano; sie grüßten sich mit aus dem Fenster gestreckter Faust. Stefano fuhr langsam, er brauchte sich diesmal nicht zu beeilen, auf Marco Marchetti, den Bruder seiner Mutter, war Verlaß, und die Benedettis und Marchettis waren zusammen eine große Familie. Mit Enkeln und Urenkeln hätten sie vier Bänke im Gestühl der Kirche von Vernante füllen können. Bei jedem von der Straße abweichenden Weg hielt er nach dem roten Ferrari Ausschau, aber es waren viele Wege bis nach Vernante, und ein Teil davon war auch für einen Ferrari befahrbar; sie führten jedoch alle nach Limone und Vernante. Es würde einige Zeit brauchen, um den Ferrari aufzuspüren, aber entkommen konnte er nicht; aus diesen Bergen gab es für ihn kein Entrinnen. Stefano war nun, da seine Empfindungen abkühlten, wieder fähig, ruhig zu denken. Er empfand sogar widerwillig Bewunderung für Helga; sie hatte ihn heute zweimal überlistet. Ein Ortsfremder, wie der Fahrer des Ferrari, hätte ihn nicht übertölpeln können. Er spürte hinter allem, was geschehen war, ihre unbändige Entschlossenheit, ihm diesmal endgültig zu entkommen; der

Fremde war ihr nur Werkzeug. Es gab vorläufig keine Anhaltspunkte dafür, wie sie ihn dazu gebracht hatte, sich darauf einzulassen, aber er glaubte es zu wissen, und er wurde, als er daran dachte, noch ruhiger. Als er nach Vernante kam, war er innerlich eiskalt.

Vor der Tankstelle hielt ein hellblauer Kombi; er war groß genug, um die sich vor der Pappelallee verengende Straße zu sperren. Er gehörte Pinola, dem Gemüsehändler, verheiratet mit der ältesten Tochter von Marco Marchetti, und wie immer, wenn er gebraucht wurde, war er zuverlässig zur Stelle. Marco hatte seine beiden jüngsten Söhne, Mario und Franco, mitgebracht, auch Guiseppe, der am anderen Ende des Dorfes wohnte und seit drei Jahren ohne Arbeit war, hatte sich eingefunden. Stefano begrüßte sie alle mit Handschlag. Dann küßte er seine weinende Mutter, die von Francescos Unfall schon wußte, tröstend auf die Wange und sagte: »Ich habe vorhin mit Francesco gesprochen; er wird bald wieder bei uns sein.« Zu den Männern sagte er: »Sie müssen irgendwo da oben im Wald stecken; wir brauchen nur auf sie zu warten.«

»Das ist alles, was du tun willst?« fragte Marco Marchetti. Er war ein kräftiger, finster blickender Mann mit kantigem Gesicht und eisgrauem Haar. Stefano sagte: »Ich erledige das mit Luigi und Antonio, sobald sie von der Arbeit kommen. Filippino muß auf dem Colle di Tenda bleiben, falls sie es dort noch einmal versuchen. Den Deutschen laßt ihr weiterfahren; ich möchte nur Helga haben.«

»Er hat deinen Bruder angefahren«, sagte Marco. »Willst du ihn laufen lassen?«

»Er kommt nicht weit«, sagte Stefano und ging ins Haus. Er telefonierte zuerst mit Filippino und dann mit seinem Bruder Luigi in Tende auf der anderen Seite des Colle di Tenda. Als er auf die Straße zurückkehrte, war der Krankenwagen mit Francesco eingetroffen; er hörte seine Mutter laut weinen. Marco kam ihm entgegen und sagte finster: »Er gefällt mir nicht, Stefano; vielleicht hat er innere Verletzungen. Wieso sagst du, daß der Deutsche, auch wenn wir ihn nicht festhalten, nicht weit kommt?«

»Es warten bald die Carabinieri auf ihn«, sagte Stefano und ging zu seiner Mutter. Sie saß im Krankenwagen neben Francesco und preßte schluchzend seine Hand an ihre Brust; Francesco sprach beruhigend auf sie ein. »Weiß seine Familie es schon?« fragte Pinola unbehaglich. Stefano nickte. »Das erledigt Antonio.« Sie standen jetzt alle vor der offenen Tür des Krankenwagens. Der Fahrer und sein Begleiter drängten zur Eile; Stefano zog seine Mutter mit sanfter Gewalt aus dem Wagen und brachte sie ins Haus. Dann besprach er sich mit Marco und den anderen. Antonio, der kurz darauf mit dem Pritschenwagen die Tankstelle passierte, hielt, als er sie stehen sah, bei ihnen und wechselte mit Stefano einige Worte. Er teilte seine Auffassung, daß der Ferrari auf einem Waldweg stehen mußte. »Über den Colle di Tenda werden sie es jetzt nicht mehr versuchen«, meinte er. »Helga weiß genau, daß Filippino dort auf sie wartet. Sie müssen hier vorbeikommen, ob sie es wollen oder nicht.«

»Das denke ich auch«, sagte Stefano. Sie konnten von da, wo sie standen, bis fast zum Ende der langen Pappelallee schauen. Auf der Straße herrschte nach der Mittagszeit wieder mehr Verkehr; auch Autos mit deutschen Touristen fuhren vorbei. Antonio sagte: »Ihr müßt aufpassen; vielleicht steigt sie in ein anderes Auto um.«

»Das glaube ich nicht«, sagte Stefano. »Und wenn: wir passen schon auf.« Er wies den Fahrer eines Fiat, der bei ihnen tanken wollte, mit der Begründung ab, daß die Tankstelle geschlossen sei. Auch Antonio fuhr weiter. Stefano ging ins Haus und zog sich rasch um. Als er zurückkehrte, stellte er fest, daß Mario fehlte. Marco sagte: »Ich habe ihn zur Brücke geschickt; er soll sich dort etwas umsehen.«

»Was versprichst du dir davon?« fragte Stefano. »Daß sie dort auf uns warten?« Marco schüttelte finster den Kopf. »Ich versuche, mich in ihre Lage zu versetzen. Sie wissen nicht, wo wir sie erwarten. An ihrer Stelle würde ich es wissen wollen. Ich würde bis zur Brücke fahren, dort den Wagen im Wald verstecken und mich zu Fuß umschauen, bevor ich weiterfahre. Vom Waldrand aus kann man die Tankstelle beobachten, ohne selbst gesehen zu werden.« Stefano wußte, welchen Waldrand er meinte; er zog sich hinter der Brücke auf der rechten Talseite bis fast zur Kirche hin, aber die Entfernung zur Tankstelle betrug auch da, wo er ihr am nächsten war, mindestens dreihundert Meter. Er sagte: »Dort gibt es keinen Weg, um einen Ferrari zu verstecken.«

»Dort nicht, aber links von der Brücke«, sagte Marco. »Sie können die Straße zu Fuß überquert haben und dem Waldrand gefolgt sein. Wir müssen jedenfalls damit rechnen.«

»Dann wissen sie auch, woran sie sind«, sagte Stefano, obwohl er nicht daran glaubte. Er hielt es für wahrscheinlicher, daß sie weiter oben die Dunkelheit abwarteten und es erst dann versuchten. Er stellte sich vor, daß sie irgendwo im Wald lagen und ganz andere Dinge taten. Er war schon schon so weit, daß er sich nichts anderes mehr vorstellen konnte. Auf der Straße zwischen der Pappelallee tauchte wieder ein Wagen auf; Marco sagte: »Es ist meiner. Mario muß etwas gesehen haben, sonst käme er nicht so bald zurück.« Sie traten erwartungsvoll auf die Straße. Noch ehe er ganz bei ihnen war, steckte Mario den Kopf aus dem Fenster und rief: »Der Ferrari; er ist da!« Stefano war mit ein paar schnellen Schritten neben ihm. »Wo, Mario?« Es waren noch mehr Männer aus dem Dorf eingetroffen, auch Frauen und Kinder kamen jetzt angelaufen; sie umringten den Peugeot. Mario erzählte hastig, wo er den Ferrari entdeckt hatte. Ohne eine weitere Frage an ihn zu richten, lief Stefano zu seinem eigenen, neben der Tankstelle parkenden Wagen, und fuhr als erster zur Brücke. Er fuhr so rasch, daß er sie schon erreichte, als der Ferrari noch auf dem vom Wald herabführenden Weg war; er hatte, weil er im Rückwärtsgang fuhr, keine Chance, die Einmündung des Weges zu erreichen. Stefano riß seinen Wagen scharf auf die linke Straßenseite, trat hart auf die Bremse und stellte den Alfa quer zum Weg. Mit einem schnellen Blick vergewisserte er sich davon, daß ein seitliches Ausbrechen des Ferrari wegen eines tiefen Straßengrabens, der nur an der Einmündung des Weges unterbrochen wurde, ausgeschlossen war. Er brauchte nur noch auf ihn zu warten. Dann fiel ihm auf, daß der Ferrari sein Tempo eher beschleunigt als gedrosselt hatte, es sah ganz so aus, als habe der Fahrer den querstehenden Alfa Romeo noch gar nicht bemerkt. Vielleicht konnte er ihn auf dem steil abfallenden Weg und durch seine flache und niedrige Heckscheibe auch gar nicht bemerken, ebensowenig wie Stefano von seinem Platz aus einen Blick in das Wageninnere werfen konnte. Er näherte sich so rasch, daß ein Zusammenprall unausweichlich erschien, und er würde genau dort aufprallen, wo Stefano hinter dem Lenkrad saß. Als ihm das bewußt wurde, ließ er sich mit der rechten Schulter auf den Beifahrersitz fallen und schloß unwillkürlich die Augen. Er hörte noch ein scharfes, sekundenlang anhaltendes Bremsgeräusch, spürte einen dumpfen Stoß, der ihn mit dem Kopf gegen den gepolsterten Haltegriff der rechten Tür prallen ließ, dann kam sein Wagen in Bewegung, schlitterte, sich leicht um seine Längsachse drehend, mit quietschenden Reifen über die Straße, und bis Stefano schließlich begriff, was wirklich geschehen war und daß ihm keinen Augenblick Gefahr gedroht hatte, schoß der Ferrari mit durchdrehenden Rädern davon. Stefano konnte gerade noch sehen, wie er auf die nächste Kurve zufuhr und gleich darauf im Wald verschwand, aber er machte keinen Versuch, ihm zu folgen. Er war sich seiner Sache so sicher gewesen, daß er vor Enttäuschung wie gelähmt war. Augenblicke später trafen Marco und die anderen ein. Sie kletterten aus ihren Autos und kamen zu ihm. Marco betrachtete die eingebeulte Wagentür. Er versuchte vergeblich, sie zu öffnen. »Bist du verletzt?« fragte er. Stefano schüttelte den Kopf. »Wir haben noch sehen können, wie er dich über die Straße geschoben hat«, sagte Marco. »Du hättest ihm auf dem Weg entgegenfahren und nicht an der Ausfahrt auf ihn warten sollen.«

»Ich habe mich von ihm reinlegen lassen«, sagte Stefano. »Das passiert mir nicht noch einmal.« Marco wandte sich an Mario, Franco, Pinola und Guiseppe, die mit enttäuschten und wütenden Gesichtern hinter ihm standen: »Ihr könnt hier nicht mehr helfen; fahrt zur Tankstelle zurück. Ich muß mit Stefano reden.« Sie gehorchten stumm. Bevor sie wegfuhren, rief Stefano noch einmal Pinola zu sich. »Telefoniere mit Zanetti«, sagte er. »Ich meine den, dem die große Tankstelle an der Einfahrt von Cuneo gehört. Er soll Antonio abfangen und ihm sagen, daß er nicht zu den Carabinieri gehen soll. Er darf die Carabinieri nicht verständigen. Verstehst du?« Pinola nickte.

»Und schick die Leute an der Tankstelle nach Hause«, sagte Marco. »Es gibt hier nichts mehr zu sehen.« Er wartete, bis sie weggefahren waren, dann setzte er sich zu Stefano in den Alfa und sagte: »Du hast Pech gehabt, Stefano; nimm es nicht zu schwer. Mit einem anderen Wagen als dem seinen hätte er das nicht mit dir machen können. Was wirst du jetzt tun?«

»Ich habe meine Ansicht geändert«, sagte Stefano. Er fuhr von der Straße einige Meter auf den Weg und sagte: »Ich möchte jetzt auch den Deutschen haben.«

»Darüber sprachen wir schon«, sagte Marco. »Er hat deinen Bruder angefahren, deine Frau entführt, und nun ist er dir auch noch eine neue Tür für dein Auto schuldig. Das hier geht jetzt nur noch unsere Familien was an. Mario muß die beiden gestört haben; der Deutsche hat nicht einmal mehr Zeit gefunden, sein Hemd anzuziehen. Ich weiß nicht, ob du es sehen konntest.« Stefano wandte ihm langsam das Gesicht zu. »Nein.«

»Ich habe es gesehen«, sagte Marco ruhig. »Vielleicht fand er auch keine Zeit mehr für seine Hose. Sie müssen, als sie Mario bemerkt haben, sofort losgefahren sein. Sie hätten aber genausogut hierbleiben können.«

»Vielleicht auch nicht«, sagte Stefano und betrachtete geistesabwesend den nahen Wald. Marco fragte: »Woran denkst du?«

»Daß es ihm auf den Ferrari vielleicht schon nicht mehr ankommt«, sagte Stefano. »Oder was würdest du an ihrer Stelle tun?«

»Ihn irgendwo stehen und später abholen lassen«, sagte Marco. »Wenn sie noch über die Grenze wollen, und das müssen sie, dann schaffen sie es jetzt nur noch zu Fuß. Ich nehme an, sie haben schon darüber gesprochen.«

»Über die alte Paßstraße?«

»Nein«, sagte Marco. »Dort würden sie von den Doganieri entdeckt werden. Wenn ich zu Fuß über die Grenze wollte, wüßte ich wo, und Helga weiß es sicher auch. Sie werden etwas klettern und schwitzen müssen, sich vielleicht auch ein paar Blasen an die Füße laufen, aber zu schaffen ist es, auch für eine Frau.« Stefano beobachtete im Rückspiegel ein vorbeifahrendes Auto. »Zwischen dem Colle di Tenda und dem Becco Rosso.«

»Oder zwischen dem Becco Rosso und dem Ciam di Pepino. Vom Becco Rosso aus müßten sie aber auf jeden Fall zu sehen sein, egal, welchen Weg sie einschlagen.«

Stefano nickte. »Morgen oder übermorgen haben wir Vollmond; sie könnten es auch in der Nacht versuchen.«

»Um so besser für dich«, sagte Marco. »Vielleicht bricht sich der Deutsche dabei das Genick; es würde uns allen viel Ärger ersparen. Hast du auch daran schon gedacht?« Stefano blickte in sein Gesicht. Seit vor vier Jahren Marcos Frau gestorben war, hatte er ihn nie wieder lachen sehen; er liebte ihn wie einen Vater. Er sagte: »Warum fragst du?«

»Du bist der einzige meiner Neffen, bei dem ich nie weiß, was er denkt«, sagte Marco. »Ich war gegen diese Heirat; das ist vorbei. Du weißt allein, wie wichtig diese Frau noch für dich ist.«

»Ich kann ohne sie nicht mehr sein«, sagte Stefano. Marco legte schwer die Hand auf seinen Arm. »Ich kenne keinen Benedetti, dem schon einmal die Frau davongelaufen wäre, Stefano. Wenn du nicht mehr ohne sie sein kannst, dann mußt du auch daran denken, daß der Deutsche es vielleicht nicht hinnehmen wird, daß sie gegen ihren Willen hierbleibt. Wer einen Ferrari fährt, ist sicher nicht arm und nicht ohne Einfluß. Wenn du sie diesmal nicht verlierst, dann spätestens nach seiner Heimkehr. Ich sage dir das, obwohl du es schon weißt.«

»Wir werden sehen«, sagte Stefano. »Du bleibst an der Tankstelle; ich möchte jetzt sichergehen.«

»Und wen brauchst du oben?«

»Nur Antonio und Luigi. In dieser Sache kann ich mich mit keinem anderen besprechen. Ich fahre dich rasch zurück.«

Marco wehrte ab. »Es ist besser, sie sehen dich an der Tankstelle nicht mehr; ich laufe. Deine Mutter hat mir vorhin von eurem letzten Streit erzählt. Du hättest deine Frau nicht schlagen dürfen, Stefano. Sie ist keine, die so etwas vergißt, und eine, die ihren Mann wirklich betrügt, erzählt es ihm nicht ohne Not. Hast du sie gezwungen, es dir zu erzählen?« Stefano schüttelte den Kopf. »Ich kenne hier keinen«, sagte Marco, »der es sich getrauen würde, ihr zu helfen, einem Benedetti Hörner aufzusetzen. Vielleicht suchte sie nur einen Vorwand, dir wieder davonzulaufen, und nun holt sie das nach, wofür du sie bereits hast bezahlen lassen. Eine gedemütigte Frau ist zu allem fähig, und der Deutsche wird es nicht umsonst tun. Als Frau weiß sie, wie man sich Männer gefügig macht. Du wirst es vergessen müssen, Stefano. Vergiß es oder laß sie laufen.« Stefano sagte: »Ich werde mich nicht mit ihr, sondern mit ihm darüber unterhalten. Besprich mit Antonio und Luigi, was wir alles brauchen, falls wir die ganze Nacht oben bleiben müssen. Sie sollen mit dem Landrover kommen und ihn bei Filippino stehenlassen; er könnte uns sonst verraten.«

»Viel Glück, Stefano«, sagte Marco und kletterte aus dem Wagen. Als er noch einmal durchs Fenster schaute, war sein Gesicht von Sorgen zerquält. »Ich hoffe, du tust das Richtige, Stefano. Deiner Brüder bist du dir sicher, deiner Frau nicht.«

»Wir werden es berücksichtigen«, sagte Stefano und fuhr rasch auf die Straße und von dort zum Paß hinauf. Im Wald sangen Vögel, die Sonne schien heiß durch die Frontscheibe. Hin und wieder kam ihm ein Auto entgegen, einmal auch, hinter einem Lastwagen, eine ganze Kolonne. Den Fahrer des Lastwagens kannte Stefano aus Limone; sie grüßten sich wieder mit aus dem Fenster gestreckter Faust. Diesmal hielt er sich nicht damit auf, nach dem Ferrari Ausschau zu halten, er fuhr bis zur Grenzstation, legte die letzten fünfzig Meter zu Fuß zurück und rief Filippino zu sich. Er erzählte ihm, was er wissen mußte. Filippino war ein Mann, der gerne lachte; diesmal lachte er nicht; er ging mit ihm zum Wagen und betrachtete die eingebeulte Tür. »Es ist ärgerlich, aber trotzdem nicht schlecht für dich«, sagte er. »Bei Francesco könnte er sich noch darauf hinausreden, von dem Unfall nichts bemerkt zu haben; das hier kann er nicht abstreiten.« Sie standen auf einem kleinen Parkplatz neben der Straße. Vor ihnen, wo der Wald endete und wo die Schranke war, führte die Straße am Fuße einer hohen Felswand in den Tunnel. Stefano sagte: »Erzähl deinen Kameraden vorläufig nichts; ich möchte, wenn wir ihn auch diesmal nicht erwischen, niemandem eine Erklärung geben müssen.«

»Sie hätten dir doch helfen können«, sagte Filippino verwundert. Stefano wußte, daß er ein korrekter und gewissenhafter Beamter war; von allen seinen Brüdern hätte er bei dieser Sache am meisten riskiert. Er sagte: »Marco meint, daß dies eine Angelegenheit ist, die nur unsere Familien angeht, und ich meine es auch, Filippino. Dich möchte ich aber nicht hineinziehen. Wann wirst du abgelöst?«

»In einer Stunde. Ich habe morgen Frühdienst; bis dahin habe ich Zeit. Ich komme mit euch. Ich kenne den Grenzverlauf am besten.«

»Eben deshalb möchte ich nicht, daß du dich daran beteiligst«, sagte Stefano. »Vielleicht müssen wir ihnen, wenn wir sie nicht gleich bemerken, bis über die Grenze folgen.«

»Das darf ich nicht«, sagte Filippino schnell. Stefano nickte. »Davon ging ich aus. Ich möchte dich an der Grenzstation wissen, dann bin ich sicher, daß hier nichts schiefläuft. Sie können es nur auf der linken Seite versuchen, im Westen müßten sie die alte Paßstraße in einem großen Bogen umgehen, und das würde sie zuviel Zeit und Kraft kosten. Sie müssen daran interessiert sein, auf der anderen Seite wieder so rasch wie möglich auf die Straße zu kommen; ohne die Straße schaffen sie es in den Bergen nicht bis nach Tende. Ich weiß, wo ich auf sie warten muß. Kannst du mir ein Fernglas geben? Du kriegst es zurück.«

Filippino ging zu dem kleinen Zollhaus neben dem Schlagbaum; seine Kameraden waren damit beschäftigt, drei Touristenautos abzufertigen. Er kehrte mit einem Fernglas zurück und sagte: »Mir ist nicht wohl dabei, Stefano. Du hast Gründe genug, es den Carabinieri zu überlassen; es wäre ihre Sache.«

»Helga auch?« fragte Stefano ruhig. Filippino sagte ausweichend:

»Antonio erzählte mir am Telefon, sie würde, weil sie die Kasse mitgenommen hätte, von den Carabinieri bereits gesucht werden.«

»Hast du schon mit deinen Kameraden darüber gesprochen?«

»Nein, ich wollte es von dir selbst hören, Stefano. Ich konnte es nicht glauben.«

»Dann vergiß es wieder«, sagte Stefano erleichtert; er hatte diese Sache schon aus dem Kopf verloren. »Als Antonio dich anrief, gingen wir noch von anderen Voraussetzungen aus. Ich halte es auch für unwahrscheinlich, daß sie, nach allem, was inzwischen geschehen ist, noch hierherkommen. Trotzdem wäre ich ruhiger, wenn ich dich hier wüßte. Kannst du das einrichten?«

»Ich tausche mit einem Kameraden«, sagte Filippino. »Das fällt nicht auf; ich kann morgen etwas vorhaben. Die meisten machen lieber Früh- als Nachtdienst. Aber wenn sie doch hierherkommen sollten, muß ich meinen Kameraden natürlich eine Erklärung geben.«

»Dann besteht auch kein Grund mehr, es nicht zu tun«, sagte Stefano ungeduldig. »Mehr möchte ich jetzt nicht dazu sagen.« Filippino schwieg. Sein hübsches, etwas weiches Gesicht drückte Unbehagen und Furcht aus. Stefano griff nach seiner Hand. »Vielleicht erledigt sich alles von selbst, Filippino. Es geschieht nichts, was dir Probleme schaffen könnte. Hab Vertrauen zu mir. Wenn Antonio und Luigi eintreffen, sagst du ihnen, daß mein Wagen weiter unten auf dem Waldweg nach Limone steht. Dort sollen sie auch den Landrover stehenlassen, damit er nicht auffällt; Helga würde ihn erkennen. Mach's gut, Filippino.« Er kletterte über den Beifahrersitz hinter das Lenkrad seines Wagens und fuhr die Straße hinunter. Im Rückspiegel sah er Filippino reglos auf dem kleinen Parkplatz stehen. Filippino war ein Mann, der immer rasch in Gewissenskonflikte geriet und dann zur Unschlüssigkeit neigte. Von allen seinen Brüdern wäre Francesco jetzt die größte Hilfe für Stefano gewesen. Antonio reagierte impulsiv und oft unbedacht. Luigi, der jüngste, hatte bei schwierigen Entscheidungen keine eigene Meinung; er schloß sich meistens der von Francesco an. Auch Stefano hörte in der Regel auf Francesco, aber in diesem Fall hätte er, wenn er anderer Ansicht gewesen wäre, auch Francescos Rat in den Wind geschlagen. Diesmal ging es um ein Problem, das in erster Linie ihn persönlich betraf, und niemand würde ihm seine Entscheidung abnehmen können; er war ganz allein mit ihr.

3

Diesmal bogen sie schon wenige Kilometer hinter Vernante auf einen Waldweg ab. Helga wußte, daß er parallel zur Straße lief und kurz vor Limone wieder in sie einmündete. Als Forst- und Jagdweg war er gut ausgebaut und auch für einen Ferrari risikolos befahrbar.

Allerdings sollte er, wie Helga sagte, für Privatwagen verboten sein, aber das war jetzt die geringste Sorge von DC. Seit ihrem letzten Erlebnis hinter der Brücke war er sich seiner Sache nicht mehr ganz so sicher wie bisher. Stefanos unerwartet frühes Auftauchen, die aufregenden Sekunden, als er, völlig ungewiß, ob er es auch diesmal schaffen würde, zu seinem nicht ungefährlichen Manöver ansetzte und den Alfa Romeo über die Straße schob, hatten auch bei ihm einen kleinen Schock hinterlassen. Er war, als er schon tief im Wald drinnen anhielt und das ziemlich verunstaltete Heck des Ferraris betrachtete, nicht gerade gut gelaunt, und Helga, die auf die jüngsten Erlebnisse wieder mit einem Weinkrampf reagierte, war ihm auch keine große Hilfe. Weinend sagte sie: »Ach, wäre ich doch nur tot. Ach, wäre ich doch nie auf die Welt gekommen!«

»Für eines von beiden mußt du dich entscheiden«, sagte DC verdrossen und nahm eine andere Hose aus seinem kleinen Reisegepäck. Sie hörte sofort auf zu weinen und fragte gereizt: »Wie meinst du das?«

»Wie ich es gesagt habe«, antwortete DC und wechselte seine nasse gegen die trockene Hose aus. »Du kannst entweder nicht geboren oder tot sein. Außerdem habe ich dir vorhin vermutlich zum zweitenmal dein junges Leben gerettet. Also beruhige dich und freue dich darüber. Hast du nicht auch eine nasse Hose an?« Verärgert über seinen rigorosen Ton stieg sie aus dem Wagen, zog das klitschnasse Kleid über den Kopf, schleuderte es wütend auf den Boden und sagte: »Mist! Hätte ich nur nicht auf dich gehört.« Er ging zu ihr hinüber und hob ihr Kleid auf. Sie sagte: »Schau mich nicht so an! Gib mir lieber meine Tasche heraus.« Er gab ihr die Tasche und sagte: »Ich bin es, der nicht auf dich hätte hören sollen. Was glaubst du wohl, weshalb ich an deiner vergammelten Tankstelle vorbeigekommen bin? Ich könnte jetzt schon seit mindestens zwei Stunden in Nizza sein und mir auf der Promenade des Anglais die hübschesten Sachen anschauen.«

»Die kannst du dir bei mir genausogut anschauen«, sagte sie, indem sie, zuerst auf dem linken, dann nur auf dem rechten Bein stehend, auch ihren nassen Slip auszog. Obwohl DC wichtigere Dinge im Kopf hatte, wirkte ihr Anblick wieder so unwiderstehlich auf ihn, daß er nicht anders konnte, als sie in die Arme zu nehmen. Mit einem gutmütig-nervösen Lachen erwiderte sie seine Küsse und murmelte: »Nicht jetzt, Dieter. Denk an Stefano. Er ist nicht dumm, er wird keine halbe Stunde brauchen, um uns auch hier zu finden. Gib mir das schwarze Kleid aus der Tasche.« Er holte es ihr und sagte: »Wir müssen den Wagen loswerden, aber an einem Platz, wo er sicher steht; er gehört nicht mir.« Sie blickte schnell in sein Gesicht. »Davon hast du mir bisher nichts gesagt. Wem gehört er?«

»Einem Kunden«, sagte DC und streifte ihr das Kleid über den Kopf und über die Hüften. Er gab ihr einen Klaps auf das Gesäß und fragte lächelnd: »Enttäuscht es dich?«

»Du bist Autohändler?« fragte sie. Er nickte. »Ich war es. Wenn ich heimkomme, ist allerdings Schluß damit. Ich habe mich finanziell übernommen und muß den Laden verkaufen. Wenn ich Glück habe, geht es unter dem Strich gerade auf. Ich hoffe, du hast dir nicht eingeredet, in mir einen Millionär geangelt zu haben.« Sie drehte ihm stumm den Rücken zu, nahm einen Slip aus ihrer Tasche und zog ihn an. Dann wandte sie sich nach ihm um und fragte ruhig: »Hast du das von mir gedacht.«

»Nein«, sagte er. Sie ging zum Heck des Wagens und betrachtete den Blechschaden und die zerdrückte Stoßstange. »Das ist sicher sehr unangenehm für dich«, sagte sie. »Was wirst du dem Kunden sagen?«

»Er wird nichts davon sehen«, sagte DC. »Gibt es zwischen Limone und Vernante eine Möglichkeit zu telefonieren?« Sie schüttelte den Kopf, sagte dann aber rasch: »Vielleicht doch. In einem der Häuser an der Straße ist eine Bereitschaftsstelle des Automobilclubs untergebracht. Die müßte eigentlich Telefon haben.«

»Wie kommt man hin?«

»Wir können auf dem Weg bleiben und weiter oben auf der Straße zurückfahren«, sagte sie. »Von dort kann es nicht weit sein.« DC küßte sie auf den Mund. »Vielleicht haben sie auch nichts dagegen, daß ich den Wagen, bis er abgeholt wird, bei ihnen unterstelle. Komm!« Sie fuhren auf dem Weg weiter. Es fiel DC auf, daß Helga nachdenklich und schweigsam war. Er fragte: »Woran denkst du?«

»Daran, was du eben über dein Geschäft erzählt hast«, sagte sie. »Es tut mir leid für dich, Dieter. Wie ist es dazu gekommen?« Er antwortete: »Ich habe mich auf Sportwagen spezialisiert, hauptsächlich Gebrauchtwagen. Meine Werkstatt hatte einen guten Ruf; die Kunden kamen zu mir, weil sie zufrieden waren. Ein solches Auto zu kaufen ist für einen Mann, der Geld hat, kein Problem, aber es gibt bei uns zu wenig Fachwerkstätten dafür; der Ärger fängt für die meisten Kunden erst hinterher an, wenn sie an ihrem Wohnort keinen finden, der ihnen einen Zwölf-Zylinder-Motor richtig einstellen und warten kann. Bis zur Ölkrise ging alles gut, dann blieb ich praktisch über Nacht auf sämtlichen Gebraucht- und Neuwagen sitzen, fast fünfhunderttausend Mark totes Kapital, das mir hinten und vorne fehlte.«

»Das tut mir wirklich leid«, sagte sie und griff impulsiv nach seiner Hand. »Wenn ich das geahnt hätte, wäre ich nie auf den Gedanken gekommen, ausgerechnet dich mit meinen eigenen Problemen zu belasten. Was wirst du jetzt tun?« Er zuckte mit den Achseln. »Mich nach einem anderen Job umschauen. Und rede dir keinen Unsinn ein; du belastest mich gar nicht, im Gegenteil: ich empfand dich vorhin als eine sehr süße Last, an die ich mich rasch gewöhnen könnte.« Sie errötete. »Du bist mir vielleicht einer!«

»Und wie zuverlässig das bei dir funktioniert!« sagte er. »Du kennst dich gut.« Sie sagte: »Du bist gemein. Wenn du knapp bei Kasse bist: Ich werde dich, wenn wir zusammen nach Frankreich kommen, nicht viel kosten. Wieso bist du mit einem Kundenauto unterwegs?« Er erklärte es ihr und sagte dann: »Ich habe selbst einen Ferrari, allerdings ein älteres Modell als dieses.«

»Und jetzt wolltest du an der schönen Côte d'Azur noch einmal auf die Pauke hauen?« fragte sie mit einem kleinen Lächeln.

»Nicht nur«, sagte er heiter. »Ich habe dort sentimentale Erinnerungen an schöne Stunden.«

»Auch das noch!« sagte Helga. »Du ersparst dir auch wirklich nichts.«

»Sowenig wie du«, sagte er.

Der Weg wurde jetzt kurvenreich und schmal. Hin und wieder konnten sie zwischen den Bäumen hindurch ein Stück der Straße sehen, die etwas unterhalb von ihnen durch den Wald führte. Sie erreichten sie eine Viertelstunde später an einer Stelle, die kaum mehr als einen Kilometer von Limone entfernt sein konnte. Da sie ihr jetzt wieder in Richtung Vernante folgen und jederzeit mit Stefano rechnen mußten, fuhr DC die unübersichtlichen Kurven vorsichtig an, aber die Autos, die ihnen entgegenkamen, waren alle mit Touristen besetzt.

Was Helga für eine Bereitschaftsstelle des italienischen Automobil-Clubs gehalten hatte, erwies sich als eine Notrufstelle, die in einem unscheinbaren Gehöft untergebracht war. Es stand auf einer Bergwiese unmittelbar am Waldrand und war mit der Straße durch einen schmalen Weg verbunden, der zuerst in den Talgrund und dort über eine kleine Brücke führte. Hinter der Brücke stieg er sehr steil zu dem Gehöft an, war dort jedoch noch nicht zu Ende, sondern folgte dem Waldrand weiter talaufwärts. Da er an der Rückseite des Gehöfts verlief, konnte der Wagen, als sie vor der Haustür hielten, von der Straße aus nicht gesehen werden. Die Haustür befand sich neben einem stallähnlichen Schuppen, sie wurde, als sie vorfuhren, von einer jüngeren Frau geöffnet, die sie freundlich grüßte. DC sagte: »Rede du mit ihr; mit meinem Italienisch ist es nicht weit her. Frag sie, ob wir mit Modena telefonieren und den Wagen hier stehenlassen können, bis er abgeholt wird.«

Während sie mit der Frau sprach, stellte DC fest, daß der stallartige Schuppen offensichtlich als Garage diente; zwischen den Bretterfugen hindurch sah er Autoreifen und Benzinkanister. Helga sagte: »Ihr Mann ist nicht daheim, aber sie sagt, daß wir den Wagen hier stehenlassen können. Mit Modena kannst du nicht telefonieren, ihr Telefon ist an kein Amt angeschlossen, nur an die Notrufzentrale des IAC in Cuneo. Die geben aber, wenn man die Gebühren bezahlt, jede Nachricht weiter. Du brauchst ihr nur die Rufnummer in Modena zu geben und zu sagen, was man ausrichten soll.« DC hatte die Rufnummer des Werks in seinem Notizbuch. Er schrieb sie auf einen Zettel und sagte: »Das Werk soll den Wagen so rasch wie möglich hier abholen lassen. Die Frau muß der Notrufzentrale sagen, daß er zwar beschädigt, aber noch fahrbereit sei. Der Besitzer sei krank geworden.«

»Wieso krank?« fragte Helga verwundert. Er grinste. »Liebeskrank. Aber so genau brauchst du ihr das nicht zu sagen.« Es dauerte eine Weile, bis Helga der jungen Frau alles erklärt hatte. Sie nickte und bat sie, einige Minuten zu warten. Während sie im Haus telefonierte, sagte DC: »Ich möchte den Wagen gerne in den Schuppen stellen; er steht dort noch sicherer als hinter dem Haus. Sag ihr, ich gebe ihr fünftausend Lire dafür.« Helga widersprach: »Das ist zuviel. Wir müssen sparen. Ich will nicht, daß du meinetwegen dein ganzes Geld ausgibst. Wieso läßt du in Modena ausrichten, daß du krank seist?« DC nahm ihre Nase zwischen Ring- und Mittelfinger und sagte: »Weil ich ihnen sagen mußte, daß der Wagen noch fahrbereit ist; sie wären sonst mit einem Abschleppwagen gekommen, aber wenn er fahrbereit und der Besitzer nicht krank ist, hätten sie sich darüber gewundert, weshalb er ihn nicht selber nach Modena bringt.«

»Ach so«, sagte sie. »Entschuldige bitte, daß ich so dumm bin.«

»Ich glaube nicht, daß du dumm bist«, sagte DC und ließ ihre Nase los. Ihn beschäftigte ein Einfall. Er sagte: »Ich bin immer noch am Überlegen, wie wir dir einen Personalausweis für den Grenzübergang von Frankreich nach Deutschland besorgen könnten. Mit einem Personalausweis könntest du in Nizza in ein Flugzeug steigen und direkt nach Frankfurt fliegen. Natürlich zusammen mit mir.«

»Hast du soviel Geld dabei?« fragte sie. Er sagte: »Meine Kreditkarte genügt.«

»Zu Hause muß noch einer liegen«, sagte sie. »In meinem Sekretär. Er ist auf meinen Mädchennamen ausgestellt und sicher noch gültig. Aber das nützt uns nichts.«

»Warum nicht? Du könntest ihn dir schicken lassen.«

»Das will ich nicht«, sagte sie. »Ich will nicht, daß sie daheim erfahren, was hier los ist. Ich würde lieber hierbleiben, als meinen Vater um etwas zu bitten. Verstehst du?« Ihre Stimme klang so entschieden, daß er das Thema für den Augenblick fallen ließ. Er sagte: »Vielleicht macht die Notrufzentrale eine Ausnahme und vermittelt auch ein Gespräch nach Deutschland. Ich muß den Besitzer des Ferrari verständigen; er hat mich heute abend zurückerwartet; ich wollte ihn ursprünglich von Nizza aus anrufen. Rede noch einmal mit der Frau.«

Sie mußten, bis diese zurückkam, noch ein paar Minuten warten. Die Notrufzentrale in Cuneo hatte die Nachricht bereits nach Modena durchgegeben. Während DC die relativ niedrigen Gebühren bezahlte, sprach Helga wieder mit der Frau und sagte dann zu DC: »Sie meint, daß ihr Mann nichts dagegen haben wird, wenn du den Wagen in den Schuppen stellst, aber Privatgespräche werden von der Notrufzentrale grundsätzlich nicht vermittelt. Sie fragt, warum wir nicht nach Limone gehen und von dort aus telefonieren. Wenn wir diesem Weg folgten, könnten wir in zwanzig Minuten dort sein.«

»Das ist vielleicht gar nicht so schlecht«, sagte DC und drückte der jungen Frau einen Geldschein in die Hand. Sie bedankte sich wortreich und öffnete ihm die Schuppentür. Er fuhr den Wagen hinein. Da sie nicht seinen Koffer und auch noch Helgas Tasche mitnehmen konnten, entschloß sich DC, den Koffer im Wagen zu lassen und nahm nur einen Trenchcoat, ein frisches Oberhemd und seinen Waschbeutel heraus. Auch Helga ließ, damit die Tasche leichter wurde, einen Teil ihrer Kleidungsstücke im Wagen. DC sagte: »Ich glaube nicht, daß der Koffer im Werk verschwinden wird, und wenn doch, kriegst du daheim ein paar neue Kleider von mir.«

»Von deiner Freundin?« fragte sie, biß sich aber sofort auf die Lippen. Er grinste. »Die dürften dir etwas zu kurz sein.« Er legte noch die nasse Hose und Helgas nasses Kleid in den Kofferraum, schloß ihn ab und gab den Schlüssel der Frau. Sie machte jetzt einen etwas nachdenklichen Eindruck. Vielleicht war ihr inzwischen eingefallen, daß diese Leute mit einem Wagen, der bis vor ihre Haustür gefahren war, auch noch nach Limone gekommen wären, aber sie stellte keine Frage und gab ihnen zum Abschied herzlich die Hand. DC sagte: »Eine nette Person.«

»Sie wird sich ihr Teil über uns gedacht haben«, sagte Helga. »So blöd, daß ihr nichts aufgefallen wäre, sah sie nicht aus.«

»Nur Männer sehen mitunter blöd aus«, sagte DC. Es war jetzt kurz nach sechzehn Uhr und nicht mehr so heiß. Am Waldrand war es angenehm zu gehen; DC trug die Tasche; den Trenchcoat hatte er hineingepackt. Später, als der Weg steiler wurde, zog er das Jakkett aus und legte es sich über die Schulter. Helga sagte: »Gib es mir.

Wo willst du überhaupt hin?« Er lächelte verwundert. »Ich denke, dieser Weg führt nach Limone?«

»Natürlich«, sagte sie. »Aber da wollen wir ja nicht hin.«

»Bist du dort sehr bekannt?«

Sie zögerte. »Ich war ein paarmal oben, aber das war im vergangenen Jahr, als Stefano mit Francesco die Werkstatt einrichtete.«

»Bist du damals mit Einwohnern zusammengekommen?«

»Er hat mich ein paar Freunden vorgestellt«, sagte sie. »Als wir zusammen in einem Gasthaus waren.«

»Das können wir riskieren«, sagte DC. »Mit einer Sonnenbrille und einem Kopftuch wird keiner dich erkennen. Ich habe jetzt Appetit auf eine Tasse Kaffee.« Sie blieb jäh stehen. »Du bist verrückt! Außerdem habe ich keine Sonnenbrille bei mir.«

»Dann nimmst du meine«, sagte er. »Anscheinend hast du noch nicht darüber nachgedacht, wo er dich am wenigsten vermuten wird. Oder doch?« Sie blickte ihn stumm an. Er klopfte sich mit dem Zeigefinger heiter an die Stirn und ging weiter. Sie folgte ihm und sagte verstört: »Das ist doch viel zu gefährlich, Mensch!«

»In einem Kurort?« fragte er. »Wo dauernd fremde Leute eintreffen? Du hast noch immer nicht nachgedacht. Oder wo willst du die Zeit bis morgen früh verbringen? Im Wald? Oder wo?« Sie antwortete zögernd: »Ich dachte, wir würden im Wagen . . .«

»Das könnten wir jetzt nicht mehr riskieren«, sagte DC. »Ich bin froh, daß wir ihn los sind. Wir müssen morgen früh ausgeruht sein, und in einem Bett ruht es sich besser aus als auf einem harten Ledersitz. Du hattest doch nicht vor, noch heute über die Grenze zu gehen?«

»Das schaffen wir jetzt nicht mehr«, sagte sie unschlüssig. »Wir würden vielleicht in die Dunkelheit kommen.«

»Dann ist ja alles klar«, sagte DC und legte im Gehen einen Arm um ihre Taille. »Was für ein Geschäft hat dein Vater?«

»Eine Heizölhandlung«, sagte sie. »Es ist die größte in Essen.«

»Dann kenne ich sie vielleicht«, sagte er. »Ich hatte öfter dort zu tun. Wie heißt sie?«

»August Borchert«, sagte sie. Er nickte. »Ja, den Namen habe ich wohl schon gehört. In der Kruppstraße?«

»In der Lindenallee«, sagte Helga. DC sagte: »Dann habe ich mich getäuscht«, und er war sehr zufrieden mit sich. Da der Weg nun immer steiler wurde, sprachen sie nichts mehr. Später führte er durch

Wald; dort machten sie eine Rast. »Es kann nicht mehr weit sein«, sagte DC. »Wir sind schon über eine Viertelstunde unterwegs. Hübsch hier!«

»Ja«, sagte sie und betrachtete die hohen Fichten mit ihren säulenartigen Stämmen. Die Nachmittagssonne schickte weiße Strahlenbündel durch die duftenden Nadelzweige auf den moosbewachsenen Waldboden. Zwischen den Bäumen lagen, ebenfalls mit Moos bewachsen, überall große Felsbrocken verstreut, wie schlafende Urtiere im grünen Dämmerlicht. Helga fragte: »Warum trennst du dich nicht von ihr, wenn sie einen anderen hat?«

»Ich kann es ihr nicht beweisen«, sagte er. »Ich weiß, daß sie mich betrügt, ich kann mir auch denken, mit wem, aber sie ist zu intelligent, um sich erwischen zu lassen. Sie ist eine ganze Portion intelligenter als ich.«

»Aber du willst sie nicht verlassen?«

»Man verläßt so leicht keinen Menschen, an dem man einmal sehr gehangen hat«, sagte DC. »Sie ist eine attraktive Frau, aber das allein ist es nicht, was mich noch mit ihr verbindet. Da spielen noch andere Dinge eine Rolle.«

»Zum Beispiel?«

Er küßte sie. »Das ist nicht der Augenblick, um darüber zu reden.«

»Verzeih«, sagte sie. Er fragte: »Warum entschuldigst du dich? Ich hätte dir ja nichts von ihr zu erzählen brauchen. Es ist auch sonst nicht meine Art, mich bei einer anderen auszuweinen.«

»Und jetzt noch diese Sache mit deinem Geschäft«, sagte sie. »Wir haben die Ölkrise auch gemerkt, einmal hatten wir acht Tage lang keinen Tropfen Benzin im Tank.« DC sagte: »Mit der Ölkrise allein wäre ich vielleicht fertig geworden, aber der Markt wurde uns noch durch andere Dinge versaut. Es ist mehr ein psychologisches Problem. Die Leute haben plötzlich Hemmungen, sich in der Öffentlichkeit mit solchen Autos sehen zu lassen. Früher wurden italienische Sportwagen angestaunt, man hat sich selbst dann, wenn man sich keinen eigenen leisten konnte, darüber gefreut, daß es sie gibt. Heute ist das alles anders. Vielleicht ist es ganz gut, daß ich mit diesem Kapitel zu Ende bin.« Sie blickte ihn prüfend an. »Wirklich?« Er hob gleichgültig die Schultern.

»Hier wählen die meisten kommunistisch«, sagte sie. »Sie gehen zwar jeden Sonntag in die Kirche, aber von den Christdemokraten haben sie fast alle genug. In diesem Land Ferien zu machen ist ganz schön, aber hier leben zu müssen macht einen krank. Bevor ich hierher kam, wußte ich nicht, daß Armut riecht. Es ist alles so deprimierend, so hoffnungslos. Als ich das Tal unten zum ersten Male sah, dachte ich, daß die Landschaft noch schöner ist als auf den Fotos, die Stefano mir gezeigt hat. Heute kann ich diese kahlen Berggipfel nicht mehr sehen. Es ist, als ob du in einen Käfig eingesperrt bist, in den zwar den ganzen Tag die Sonne hineinscheint, aber auch das wird man, wenn man die Probleme der Leute hier kennenlernt, bald über. Eines Tages versuchst du dir vorzustellen, wie schön eine Landschaft sein muß, wo du bis zum Horizont schauen kannst. Und diese belanglosen Probleme, die sie hier haben. Hier können sie stundenlang zusammenhocken und immer über die gleichen Dinge reden, ob einer ein Verhältnis mit wem hat, ob sie wieder denselben Bürgermeister wählen sollen oder einen anderen, ob der Pfarrer sie auf der Straße gegrüßt oder über sie hinweggeschaut hat. Darüber können die sich aufregen, du machst dir kein Bild davon. Du hast hier ständig das Gefühl, du wirst von lauter Banalitäten eingekreist, bis du keine Luft mehr kriegst. Ich habe mich noch nie in meinem Leben so allein gefühlt wie hier. Seine Familie war von Anfang an gegen mich, im ersten halben Jahr hat es meinetwegen dauernd Krach gegeben, es paßte ihnen nicht, wie ich mich kleidete, wie ich dachte und redete, daß ich sonntags nicht mit in die Kirche ging, daß mir ihr Essen nicht schmeckte. Die sind ja so anspruchslos, daß sie immer dasselbe essen, da wird oft für zwei oder drei Tage vorgekocht und dann immer nur Aufgewärmtes auf den Tisch gestellt. Ich esse, wenn ich wieder daheim bin, in meinem Leben keine Teigwaren mehr.«

DC sagte: »War das nicht alles voraussehbar? Oder hast du dir das alles ganz anders vorgestellt?«

»Ich weiß heute nicht mehr, was ich mir vorgestellt habe«, sagte sie offen. »Ich habe immer mal solche Zeiten, da tue ich etwas, von dem ich felsenfest überzeugt bin, daß es das richtige ist. Wäre ich damals nicht so fest davon überzeugt gewesen, daß eine Ehe mit Stefano mir zu meiner Selbstverwirklichung helfen könnte, ich hätte mich niemals darauf eingelassen. Ich glaube, ich war immer auf der Suche nach meiner Identität. Frauen haben es, wenn sie keinen Beruf ausüben, der sie ausfüllt, da viel schwerer als Männer. Männer können völlig in ihrem Beruf aufgehen, sich mit ihm identifizieren oder in ihm ihre Identifikation finden. Mir ist das nie gelungen, ich glaube, das einzige, was mir ab und zu das Gefühl gibt, nicht ganz umsonst auf der Welt zu sein, ist, daß ich mir einbilden kann, vielen Männern zu gefallen. Das verschafft mir so eine komische Art von Selbstvertrauen. Ist das verrückt?« Sie blickte ihn unsicher an. Er lächelte. »Wenn wir alles Hübsche abschaffen wollten, nur weil es keinen anderen Zweck erfüllt, als hübsch zu sein, wäre es auf der Welt noch viel trauriger. Was verstehst du unter Selbstverwirklichung?«

Sie sah von ihm weg zwischen die Bäume. »Eben so zu leben, wie es meiner wirklichen Art entspricht, sich nicht immer nur anzupassen, sondern auch mal gegen den Strom zu schwimmen. Vielleicht liegt es an den Männern, daß man sich als Frau so schwer damit tut. Ein Mann kann mit einem Dutzend Frauen gleichzeitig ein Verhältnis haben, ohne daß sich die Leute groß darüber aufregen, im Gegenteil, je mehr er zur Strecke gebracht hat, desto interessanter wird er für sie. Frauen werden, wenn sie es genauso oder auch nur halbwegs so treiben, gleich als Nymphomaninnen abgestempelt. Natürlich auch wieder von Männern, die bei solchen Gelegenheiten zeigen können, wie gebildet sie sind. Vielleicht klingt es primitiv, aber ich brauche das eben, um das Leben zu ertragen. Wenn ich einen Mann richtig liebe, kann ich alles andere vergessen, dieses beschissene In-den-Tag-Hineinvegetieren, die Angst, vielleicht mal genauso zu enden wie eine gute Freundin meiner Mutter, die an einem Unterleibstumor gestorben ist. Es war furchtbar, sag ich dir, ich werde das nie im Leben vergessen können. Das war kurz nachdem ich aus dem Internat nach Hause gekommen bin . . .«

»Du warst in einem Internat?« fragte DC überrascht. Sie lachte. »Obwohl du es mir nicht zugetraut hast. Sogar in einem katholischen in Lausanne. Wenn deutsche Spießbürger ihre Tochter in ein Internat schicken, dann muß es immer gleich in der Schweiz sein, damit sie vor ihren Bekannten damit angeben können. Ein Onkel meines Vaters war Dekan, der hat ihn dazu überredet, mir, weil schon meine Mutter angeblich nichts taugte, beizeiten den Teufel austreiben zu lassen. Aber so schlimm war das dort gar nicht, die Lehrer im Internat waren viel liberaler als in manchen Pfarrgemeinden. Auch viel liberaler als mein Vater. Bigott sind sie nur noch dort, wo sie noch nicht aufgeklärt sind, und unsere Lehrer waren solche, mit denen du über alles hast reden können. Besonders unser Religionslehrer, von dem habe ich auch zum erstenmal gehört, was ein Orgasmus ist. Die meisten anderen Mädchen wußten es schon, die sind viel früher aufgeklärt worden als ich. Eigentlich habe ich gar nichts gegen die Kirchen, nur gegen die verlogenen Frömmler, und die sterben jetzt, Gott sei Dank, immer mehr aus. Bist du katholisch?« Er sagte: »Weder, noch.« Sie griff impulsiv nach seiner Hand. »Du brauchst dir keine Sorgen zu machen, ich würde mich vielleicht an dich anhängen wollen. Vom Heiraten habe ich vorläufig genug, vielleicht heirate ich überhaupt nicht mehr. Bei meinem Vater habe ich so ziemlich alles gelernt, was man fürs Büro braucht. Ich werde mir eine Stellung suchen, vielleicht bei der Firma Saalbacher.« Sie lachte wieder. DC fragte neugierig: »Was ist das für eine Firma?«

»Die größte Konkurrenz meines Vaters in Essen«, sagte sie. »Die würden mich sogar einstellen, wenn ich von Tuten und Blasen keine Ahnung hätte. So ist das aber nicht. Kurz bevor ich Stefano heiratete, war ich so weit, daß ich im Betrieb auch ohne meinen Vater zurechtgekommen wäre. Ich bin nicht gerade auf den Kopf gefallen.«

»Nur wenn du dich verliebst«, sagte DC und küßte ihr Ohr. Sie sagte: »Bei Stefano kam noch mehr hinzu. Ich habe mir damals eingeredet, ich sei schwanger, nicht von ihm, sondern von einem, den ich auf keinen Fall geheiratet hätte. Seitdem nehme ich die Pille, ich habe sie mir auch hier von einem jungen Mann aus Vernante, der in Cuneo in einer Apotheke arbeitet, besorgen lassen. Stefano hat mir, bevor ich mit ihm hierhergekommen bin, versprochen, mit Kindern so lange zu warten, bis ich mich eingelebt habe, aber davon wollte er, als wir dann hier waren, nichts mehr wissen. Ohne die Pille wäre ich jetzt schon seit mindestens acht Wochen unglückliche Mutter und für immer an dieses Nest gebunden. Darauf hat er wahrscheinlich auch spekuliert, als er nicht mehr aufgepaßt hat. Natürlich hat er sich gewundert, daß es nie klappte. Er wollte, daß ich mich in Torino untersuchen lasse. Ich habe ihm gesagt: ›Bei mir ist alles in Ordnung; geh lieber du hin.‹«

DC grinste. »Und das einem stolzen Römer! Wie hat er reagiert?« Sie lachte wieder. »Frag mich nicht, er war so beleidigt, daß er acht Tage lang seine ehelichen Pflichten versäumte, obwohl er sonst . . .« Sie brach ab. »Ja?« fragte DC amüsiert. Sie wandte ihm das Gesicht zu. »Ich bin wohl sehr frivol, was?«

»Da du mich davon entbunden hast, dich heiraten zu müssen«, sagte DC, »kannst du ruhig so bleiben.«

»Was hat das miteinander zu tun?«

»Ich habe einen sehr konservativen alten Papa«, sagte DC. »Es wäre mir zu riskant, dich mit ihm zusammenzubringen.«

»Du meinst: peinlich?« fragte sie belustigt. »Hast du eine Ahnung, wie gut ich mich benehmen kann, wenn ich irgendwo einen gefälligen Eindruck hinterlassen muß. Ich kann genausogut schauspielern wie die unbefriedigten Damen aus Omas Kaffeekränzchen. So wie die habe ich nie werden wollen. Vielleicht bin ich deshalb ganz anders geworden. Ich bin ziemlich leichtfertig, fürchte ich. Enthemmt, sagt man wohl. Für jede Frau gibt's so was wie eine Schranke, an die sie eines Tages stößt. Die meisten machen dort kehrt; ich bin darüber hinweggesprungen und weitergegangen.« Sie verstummte und betrachtete mit einem etwas melancholischen Gesichtsausdruck das schräg zwischen den Bäumen einfallende Sonnenlicht. DC fragte: »Hast du es jemals bereut?«

»Ich weiß nicht«, antwortete sie. »Nein, ich glaube nicht, daß ich es bereut habe. Ich hätte es vielleicht, wenn ich damals schon gewußt hätte, was ich heute weiß, nie ganz so weit kommen lassen, aber das läßt sich hinterher leicht sagen. Von dem, was ich mit Männern erfahren habe, möchte ich eigentlich nichts missen. Für mich war das jedesmal wie ein Trip, eine Flucht aus meiner Wirklichkeit. Das hat mir geholfen, mit mir wieder ins reine zu kommen. Ich würde heute bestimmt nicht mehr so weit gehen, wie ich es manchmal getan habe, aber ich käme mir ohne das irgendwie ärmer vor. Ich habe dir schon gesagt, daß ich gern lebe, und daran wird sich auch in Zukunft nichts ändern. Ich scheiß . . .« Sie brach ab und errötete. DC sagte: »Du scheißt auf die Meinung der Leute. Warum nicht?«

»Vielleicht bin ich auch schon zu verkorkst«, sagte sie. »Ich meine, für ein Leben, wie du es wahrscheinlich mit einer Frau führen willst. Wenn du einmal unberücksichtigt läßt, was ich vorhin und heute vormittag gesagt habe: Ich würde auch dir eines Tages davonlaufen. Ganz bestimmt. Ich halte es nicht länger als ein Jahr bei einem Mann aus, dann treibt es mich wieder dazu, mein eigenes Leben zu führen. Vielleicht will ich auch nur wissen, wie es mit einem anderen Mann sein kann.«

»Bei mir weißt du es ja noch nicht«, sagte er vergnügt. Sie blickte ihm fest in die Augen und sagte: »Nein. Aber ich glaube, ich bin schon sehr ungeduldig, es zu erfahren. Jetzt habe ich auch keine Angst mehr, mit dir nach Limone zu gehen. Es gibt dort eine kleine Pension, sie gehört einem Franzosen; er hat sie erst vor ein paar

Monaten eröffnet. Ich weiß es von Stefano. Sie liegt auch sehr günstig für uns, etwas außerhalb; wir brauchen gar nicht in den Ort hineinzugehen. Komm!« Sie stand rasch auf, strich sich das Kleid glatt und fragte mit einem kleinen Lächeln: »Oder bist du jetzt nicht mehr neugierig auf mich?«

»Ich werde nie aufhören, es zu sein«, sagte DC, und es war ihm ganz ernst damit.

Sie brauchten nur noch wenige Minuten zu gehen, dann lichtete sich vor ihnen der Wald, und sie sahen die Häuser von Limone zwischen den Bäumen auftauchen. Am Waldrand blieben sie stehen. Von hier aus führte der Weg über hügeliges Wiesengelände zu den ersten Häusern. Bis dorthin waren es etwa vierhundert Meter. Auch die Straße und die Stelle, wo der Pritschenwagen gestanden hatte, konnten sie von hier aus sehen. Die von Helga erwähnte Pension war von ihrem Standort aus nicht auszumachen, sie wurde von einem der mehrstöckigen neuen Appartementhäuser verdeckt, die den etwas tiefer gelegenen Ortskern an seinem Südausgang überragten. Dort öffnete sich ein schmales Seitental mit einer weithin sichtbaren Kapelle. Sie stand auf einem den Bergen vorgelagerten Hügel. Die Berge auf der linken Talseite waren fast kahl, nur mit einzelnen Baumgruppen bewachsen, während rechts, hinter der Kapelle, junger Laubwald und darüber Fichtenwald die Bergflanken bedeckten. Um nicht durch den Ort zu müssen, folgten sie einem schmalen Pfad, der sich parallel zu ihm über einen steilen Hang hinwegzog. Sie verließen ihn erst, als sie bereits auf der Höhe der Appartementhäuser waren, und gingen dann über eine Wiese, auf der sich einige Kinder tummelten. Helga sagte, daß die meisten aus Torino kämen, um hier ihre Ferien zu verbringen. Es wohnten aber auch Franzosen hier. Sie hätten sich in Limone Ferienwohnungen gekauft, weil sie billiger seien als in Frankreich. Zu dieser Jahreszeit seien aber nur ganz wenige hier; in Frankreich fingen die Ferien erst im August an.

Obwohl viele Appartements bewohnt waren und aus fast allen offenstehenden Fenstern laute Radiomusik klang, begegneten sie kaum einem Menschen. Die Pension, ein zweistöckiges, weißverputztes Gebäude, stand unmittelbar an einer schmalen Straße, die steil in das Seitental führte. Das Haus machte mit seinen grüngestrichenen Fensterläden und dem breiten Umlaufbalkon einen guten Eindruck. Bereits an der Tür wurden sie von einem kleinwüchsigen

Mann empfangen, der sie lebhaft auf italienisch begrüßte und sie in ein Zimmer im oberen Stockwerk führte. Es war rustikal, jedoch nicht ohne Geschmack eingerichtet. In einem kleinen Nebenraum war das Badezimmer mit einer Sitzbadewanne und einem WC untergebracht. Vom Balkon aus hatte man zwischen den Appartementhäusern hindurch einen ungehinderten Blick auf die Berge. Der Besitzer stellte sich als Signor Mignard vor und fragte DC, ob sie mit dem Wagen gekommen seien. Helga antwortete geistesgegenwärtig, sie seien von Freunden hergebracht worden und würden am nächsten Morgen wieder abgeholt. Sie bestellte Kaffee aufs Zimmer. Signor Mignard empfahl ihnen hausgemachten Apfelkuchen und für den Abend eine kalte Platte, eine provenzalische Spezialität seines Hauses. Er verabschiedete sich höflich. Als die Tür hinter ihm zufiel, blickten sie sich ein paar Sekunden lang stumm an. Helga lächelte. »Es ist vielleicht verrückt, was wir tun, aber ich bin jetzt froh, daß wir hier sind. Ich bin fix und fertig.« DC erging es genauso, er sagte: »Wir haben Zeit, uns bis morgen früh auszuruhen. Wo ist die Werkstatt deines Mannes?«

»Fast am anderen Ende des Ortes«, sagte sie. »Hier wird er uns bestimmt nicht vermuten. Du bist ein kluger Mann, Dieter.«

»Gelegentlich«, sagte er. Sie betrachtete das breite Bett und sagte: »Man sieht, daß er Franzose ist.«

»Woran?« fragte DC. Sie küßte ihn auf den Mund und ging dann ins Bad. Kurz darauf brachte ein Zimmermädchen Kaffee und Kuchen; sie grüßte DC freundlich und servierte auf einem kleinen Tisch am Fenster. Er gab ihr tausend Lire; sie lächelte überrascht und fragte ihn etwas, aber er verstand sie nicht und nickte nur. Als Helga zurückkam, sagte er: »Wenn wir noch länger hierbleiben, muß ich besser Italienisch lernen. Du sprichst es sehr gut.«

»Ich habe es schon im Internat gelernt«, antwortete sie und schenkte ein. »Nimmst du Zucker?«

»Zwei«, sagte DC und zog sie auf seinen Schoß. Sie kam ihm verändert vor, so, als sei sie plötzlich befangen. Ihre Art, seine Küsse zu erwidern, wirkte gezwungen, wie eine Pflichtübung, der sie nur widerwillig nachkam. Auch beim Kaffeetrinken war sie auffallend wortkarg. Als er sie darauf ansprach, sagte sie: »Ich muß immerzu an Stefano denken. Du wirst hier vielleicht nicht viel von mir haben.« Er sagte ruhig: »Ich wollte auch heute mittag nichts von dir haben. Seitdem hat sich nichts geändert.«

»Für mich schon«, sagte sie mit gesenktem Kopf. »Ich glaube, ich mag dich sehr, Dieter. Aber heute mittag, das war irgendwie anders. Es hat sich so ergeben, und ich habe mir auch nicht viel dabei gedacht. Es ist das erstemal, daß ich mit einem Mann in einem Hotelzimmer bin. Es ist beinahe ernüchternd; ich weiß nicht, ob du das verstehst. Bei mir hat sich das immer aus bestimmten Situationen ergeben, ohne daß vorher darüber gesprochen worden ist. Worte machen alles so gewöhnlich, finde ich. So routinemäßig. Das klingt blöd, aber ich empfinde es so. Ich habe es bisher noch nie so empfunden. Ich weiß nicht, wie ich dir das erklären soll.«

»Du hast es mir bereits erklärt«, sagte er und griff über den Tisch hinweg nach ihrer Hand. »Erledigt.«

»Und du bist nicht enttäuscht?«

Er schüttelte den Kopf. Der heiße starke Kaffee tat ihm gut. Auch der Apfelkuchen schmeckte. Helga aß nur die Hälfte und legte den Rest auf seinen Teller. »Mir hat das alles so auf den Magen geschlagen, daß ich nichts runterbringe«, sagte sie und betrachtete durch das Fenster den kahlen Gebirgskamm vor einem hohen, aquamarinblauen Himmel. Seine steilen Flanken leuchteten rötlichbraun im gelben Licht der tiefstehenden Sonne. An einigen Stellen hatten sich verkrüppelte Olivenbäume angesiedelt; grüne Farbkleckse inmitten der sandsteinfarbenen Riesenfläche des Berges. Sie sagte: »Der Berg, über den wir hinweg müssen, sieht ganz ähnlich aus; er ist aber noch höher, und links und rechts von ihm sind sie alle über zweieinhalbtausend Meter hoch.« Sie blickte in sein Gesicht. »Ohne dich hätte ich es mir vielleicht doch nicht zugetraut. Es ist, glaube ich, nicht einfach, auf der anderen Seite wieder auf die Straße zu kommen. Es gibt dort so viele Täler und kleinere Berge, daß man sich in den dichten Wäldern leicht verlaufen kann. Es ist blöd, daß die französische Grenzstation erst in Tende ist und nicht schon am Ende des Tunnels wie die italienische, sonst könnten wir gleich nach der Grenze wieder auf die Straße zurück.«

»Wie groß ist der Tunnel?« fragte DC.

»Stefano hat es mir einmal gesagt, aber ich bin mir nicht mehr ganz sicher. Ich glaube, er ist über drei Kilometer lang. Und vom Ende des Tunnels sind es auf der Straße noch einmal sechs Kilometer bis nach Tende. Da wir auf der Straße nicht gehen können, wird es für uns noch weiter sein. Du hast deine Autokarte nicht mitgenommen.«

»Die nützt uns nichts«, sagte DC. »Sie hat einen viel zu großen Maßstab. Kann man Tende von oben aus sehen?«

»Nein, da sind noch ein paar Berge dazwischen. Du verstehst nicht, daß ich Stefano geheiratet habe?«

»Nein«, sagte er, und es tat ihm augenblicklich leid, aber es war nicht mehr rückgängig zu machen. Er sah rasch in ihr Gesicht; es war ohne Ausdruck. Sie sagte: »So ist das eben, Dieter.«

»Es ist nicht so«, sagte er und griff nach ihrer Hand.

»Ich weiß das besser«, sagte sie. »Ich habe das schon daheim, als es sich in unserem Betrieb herumgesprochen hatte, daß zwischen Stefano und mir was war, so oft mitgemacht, daß es mir nicht mehr unter die Haut geht. Die meisten waren schon zehn oder zwanzig Jahre verheiratet und sind trotzdem unseren Büromädchen nachgestiegen. Aber daß die Tochter ihres Chefs ein Verhältnis mit einem italienischen Gastarbeiter hatte, das haben sie nicht verwinden können. Ich glaube, erst als ich das mitbekam, habe ich mich endgültig entschlossen, Stefano zu heiraten. Ich habe es mir jetzt doch anders überlegt, Dieter.« Sie machte ihre Hand los und stand auf. Sie ging zur Tür, schloß sie ab und schloß auch die Tür zum Balkon. Dann zog sie ihr Kleid aus, ließ es auf den Boden fallen und legte sich auf das Bett. »Komm!« sagte sie.

»Warum tust du das?« fragte er.

»Ich tue das immer«, sagte sie. »Ich habe, glaube ich, in den vergangenen fünf Jahren nichts anderes getan, als mich für irgendeinen Mann auszuziehen.«

»Dann tu es wenigstens richtig«, sagte er.

»Viele Männer machen das gerne selbst«, sagte sie und zog auch den Rest aus. »Zufrieden?« fragte sie. Er blickte sie stumm an. Sie sagte: »Heute mittag warst du nicht so schwierig. Es ist noch derselbe Körper. Schau!« Sie drehte sich ihm zu. »Ich habe dich verletzt«, sagte er. »Es tut mir leid.«

»Das ist nicht wahr«, sagte sie. »Mich kann man gar nicht verletzen. Gibst du mir eine Zigarette?« Er holte die Packung aus seinem Jackett und zündete zwei an. »Ich war blöd«, sagte sie. »Ich habe mir da etwas eingeredet, in Wirklichkeit ist es so, daß ich gar nicht mehr richtig lieben kann.«

»Das glaube ich dir nicht«, sagte DC. Er setzte sich zu ihr, steckte ihr die Zigarette zwischen die Lippen und sagte: »Du zerbrichst dir zuviel den Kopf. Schau mich an: ich bin noch nie auf den Gedanken gekommen, meine Identität oder meine Selbstverwirklichung zu suchen. Das sind doch nur Schlagworte für Leute, die nichts mit sich anzufangen wissen. Wo hast du das aufgeschnappt?«

»Bei Hilde«, antwortete sie. »Das ist eine alte Schulfreundin von mir.« Sie setzte sich aufrecht, zog die Knie an die Brust und verschränkte die Arme über den Knien. »Wieso glaubst du nicht an Selbstverwirklichung? Ist das nicht etwas, was jeder anstrebt?« Er lächelte. »Ich kenne eine ganze Reihe von Leuten, die ohne das auskommen. Meine Kraftfahrzeugmechaniker zum Beispiel.«

»Oder die Arbeiter meines Vaters«, sagte sie und blies ihm Zigarettenrauch ins Gesicht. »Einer von ihnen schuftete schon für meinen Großvater. Er hat sein Leben lang Kohlensäcke in die Keller anderer Leute geschleppt. Heute ist er sechzig und verdient achtzehnhundert netto. Und das nach vierzig Jahren Arbeit. Soll ich dir verraten, was mein Vater heute verdient? Wieviel Geld fehlt dir, damit du dein Geschäft nicht zu verkaufen brauchst?«

»Nur eine Kleinigkeit«, sagte er. »So an die zweihunderttausend.«

»Soll ich sie dir besorgen?« fragte sie.

Er grinste. »Warum nicht?«

»Mein Vater könnte sie dir geben«, sagte sie. »Warum ziehst du nicht das blöde Jackett aus?«

Er zog es aus und sagte: »Du hast vorhin deine Mutter erwähnt. Was ist mit ihr?«

»Sie hat sich auch selbstverwirklicht«, sagte sie und knöpfte, die Zigaretten zwischen den Lippen, sein Hemd auf. Sie zog es ihm von den Schultern und küßte ihn, die Zigarette in die Finger nehmend, auf die Brust. »Vor zwei Jahren hat sie sich scheiden lassen und einen ehemaligen Kunden meines Vaters geheiratet, einen pensionierten höheren Beamten. Sie sollen in Lünen ein schönes Haus haben.«

»Und dein Vater?«

»Ist auch wieder verheiratet«, sagte sie. »Mit einer, die so alt ist wie ich.« Sie lächelte. »Viel Speck hast du nicht an dir.«

»Du auch nicht«, sagte er, ihre Knie streichelnd. »Findest du mich zu mager?« fragte sie. Er schüttelte den Kopf. »Ich esse nicht viel«, sagte sie und öffnete auch seine Hose. Er stand auf, ließ sie fallen und legte sich zu Helga auf das Bett. Obwohl er erregt war, hatte er noch Skrupel. Er sagte: »Du quälst dich doch nur.«

»Du bist ja verrückt«, sagte sie und drückte ihre Zigarette aus. Sie schlang, während sie sich an ihn preßte, die Arme um seinen Nacken und küßte ihn. »Es ist schon wieder vorbei«, murmelte sie. »Denk nicht mehr daran. Ist es gut so?« Er nickte, aber es war nicht so wie heute mittag, und als er merkte, daß er ihr wehtat, hielt er inne. »Laß mir etwas Zeit«, murmelte sie mit geschlossenen Augen. »Ich weiß nicht, was mit mir los ist. Ich habe das noch nie gehabt.«

»Ist es dann nicht besser, wir lassen es sein?«

Sie schüttelte den Kopf. »Nein, bleib so!« Sie legte die Beine um ihn und versuchte, sich ihm noch weiter zu öffnen. Dann schob sie ihn plötzlich mit beiden Händen von sich, stand auf und ging wortlos ins Bad. Er zündete sich eine Zigarette an und blickte zum Fenster. Die Bergspitzen auf der östlichen Talseite leuchteten rötlich im Licht der untergehenden Sonne; er fühlte sich melancholisch. Als Helga zurückkam, waren ihre Augen gerötet. Sie bückte sich nach ihrem Kleid, besann sich dann aber anders und setzte sich neben DC auf das Bett. »Du hast kein Glück mit mir«, sagte sie. »Ich kann dir nicht sagen, wie schrecklich mir das ist.« Sie fing an zu weinen. Er zog sie an sich und streichelte ihr kurzgeschnittenes Haar. Noch für keine andere Frau hatte er so viel Zärtlichkeit empfunden wie in diesem Augenblick für sie. Er sagte: »Beruhige dich, Mädchen. Was ist schon passiert! Sobald du das alles hinter dir hast und wir in Nizza sind, wirst du nicht mehr daran denken. Du hast heute zuviel durchmachen müssen.« Er lächelte. »Wenn einer Frau so was passiert, vergißt sie es wieder. Vielleicht bin ich eben doch nicht dein Typ. Was ich da vorhin über deine Heirat gesagt habe, tut mir leid. Kannst du mir verzeihen?« Sie schwieg. Er legte den Arm um ihre Taille und sagte: »Ich komme aus bürgerlichen Verhältnissen. Ich lebe zwar mit einer Frau in wilder Ehe, aber das geschah gegen meinen Willen; sie wollte es so, und ich wollte nicht auf sie verzichten. Mit meinem Vater hatte ich deshalb endlose Auseinandersetzungen, er ist Konstrukteur bei Daimler, eine ziemlich große Nummer. Von ihm habe ich das Geld für meine Autovertretung bekommen, sonst wäre ich heute bestenfalls kleiner Filialleiter in dieser Branche. Die technische Seite hat mich nie so stark interessiert wie ihn, ich hatte auch nicht die Geduld, mich so hochzuarbeiten, wie er das getan hat. Im Grunde genommen habe ich genauso bescheiden angefangen wie dein Stefano, nur habe ich beizeiten herausgefunden, daß ein selbständiger Autoverkäufer mehr verdienen kann als ein kleiner Konstrukteur. Soll ich uns etwas zu trinken bestellen?«

»Jetzt nicht«, sagte sie und wischte ihre Augen ab. »Du sprichst immer nur von deinem Vater.«

»Meine Mutter ist vor sieben Jahren gestorben«, sagte er. »Damals habe ich mit dem Rallyefahren aufgehört, obwohl das für mich auch so eine Art von Selbstverwirklichung war; die einzige, die mir Spaß gemacht hat.«

»Warum hast du dann aufgehört?«

»Ich hatte es satt, immer nur der Zweite oder Dritte zu sein«, sagte er und küßte sie. »Weißt du auch, wie wir dasitzen?«

»Wie?« fragte sie. Dann mußte sie lachen. Sie griff nach ihm und sagte: »Dabei hat er sich solche Mühe gegeben.«

»Er verdient dein Mitleid nicht«, sagte DC.

»Doch«, sagte sie. »Er war sehr brav.« Sie beugte sich zu ihm nieder und berührte ihn mit den Lippen. Als sie kurz darauf ihr Kleid anzog, sagte DC: »Das hättest du besser sein lassen.«

»Warum?« fragte sie und drehte sich nach ihm um. Er sagte lächelnd: »So verdorben, wie du dich hinstellst, bist du gar nicht. Ich habe noch keine verdorbene Frau erlebt, die so leicht errötet wie du.«

»Vielleicht bin ich die erste, die du kennenlernst«, sagte sie und öffnete die Balkontür. Sie saß dann, als er etwas später zu ihr kam, an einem kleinen, weißlackierten Tisch und gab ihm ein Zeichen, nicht laut zu sein, aber er hatte bereits gehört, daß nebenan Gäste waren. Sie konnten sie jedoch nicht sehen; der breite Umlaufbalkon war mit hohen Sichtblenden unterteilt. Helga sagte mit normaler Stimme: »Es sind Italiener; sie verstehen uns nicht. Wenn es dunkel ist, können wir noch einen kleinen Spaziergang machen; natürlich nicht in den Ort. Bist du sehr enttäuscht von mir?« Sie griff über den Tisch hinweg nach seiner Hand. Er sagte: »Ja. Seit du dich angezogen hast. Es ist kein Wunder, daß alle Männer so verrückt nach dir sind und dich unbedingt gleich heiraten wollen. So was wie dich teilt man nicht gern mit einem anderen, und ich rede da aus Erfahrung. Ich werde heute nacht keinen Finger nach dir krumm machen, aber ein Nachthemd ziehst du nicht an. Ich möchte dich wenigstens bewundern können.«

»Ich schlafe nie im Nachthemd«, sagte sie. »Gefalle ich dir so gut?«

Er grinste. »Ich kann meine Empfindungen nicht so präzis artikulieren wie du, ich breche auch nicht gleich in die Knie, wenn ich eine hübsche nackte Frau sehe, aber du hast mich ziemlich geschafft. Wenn ich jetzt auch noch das Herz mit ins Spiel bringe, bin ich dir fast hoffnungslos verfallen. Du hast mich, fürchte ich, in eine ziemlich verteufelte Situation gebracht.«

»Wie heißt sie?« fragte sie ruhig.

»Marianne«, sagte er. Sie ließ seine Hand los. »Ich bringe dich in keine Situation, weder in eine verteufelte noch in eine andere. Ich werde für dich nie zu einer ernstzunehmenden Alternative zu ihr werden, selbst dann nicht, wenn ich mich schrecklich in dich verlieben sollte. Ich werde dir für das, was du für mich tust, mein Leben lang dankbar sein, aber mehr brauchst du von mir nicht zu befürchten.«

»Dann hast du dich vorhin nur aus Dankbarkeit ausgezogen?« fragte er. Sie blickte in seine Augen. »Hattest du diesen Eindruck schon heute mittag?«

»Nein«, sagte er. »Heute mittag hatte ich andere Eindrücke. Zuerst mal den, daß du mich, aus welchen Gründen auch immer, scharfmachen willst, und dann . . .« Er sprach nicht weiter.

»Daß ich selber scharf bin?« fragte sie mit einem kleinen Lächeln. Er betrachtete nachdenklich ihr Gesicht. »Du könntest das ja, wenn ich dir glauben darf, nicht als Kränkung empfinden.«

»Nein«, sagte sie. »Ich habe dir wirklich die Wahrheit über mich erzählt. Ich gehöre zu den Frauen, die immer gleich auf den erstbesten Mann reinfallen, weil sie von einem bestimmten Augenblick an ihr Urteilsvermögen verlieren. Vielen wird das gar nicht bewußt, sie heiraten und finden sich irgendwann damit ab, den falschen Mann erwischt zu haben, vor allem, wenn sie früher mal sehr in ihn verliebt waren. Ich kriege das sowieso nie ganz auseinander: Liebe und Bett. Bei mir gehörte das immer zusammen, oder fast immer. Nur einmal nicht, aber das würde mir heute nicht mehr passieren. Meine Freundin sagt: die Liebe geht, das Bett bleibt.« Sie kicherte, wurde jedoch sofort wieder ernst und sagte: »Das ist blöd, ich weiß, aber ich glaube, manche machen sich und den anderen da was vor. Ich habe das auch an meinen Eltern erlebt. Die haben sich in den letzten zehn oder fünfzehn Jahren bestenfalls gehaßt, aber wenn ihnen danach zumute war, sind sie zusammen ins Bett gegangen. Ohne das würden viele Ehen schon lange nicht mehr funktionieren. Ich möchte meine Ehe nicht alleine davon abhängig machen. Was das betrifft, so hätte ich mich über Stefano nie zu beklagen brauchen; er ist heute noch genauso verrückt nach mir wie vor einem Jahr. Er ist so verrückt, daß er mich, glaube ich, lieber umbringen würde, als es zu ertragen, daß ich mit einem anderen schlafe. Als ich ihn kennenlernte, war ich nicht viel weniger verrückt als er, aber bei mir war das wie ein Strohfeuer. Ich bin zu sehr von anderen Dingen abhängig, um mich damit auf die Dauer alleine zufrieden zu geben, vielleicht auch von einem gewissen Lebensstil; ich bin ziemlich verwöhnt aufgewachsen. Trotzdem war ich daheim nie zufrieden, ich hatte dauernd ein Gefühl der Enge . . .«

»Das hattest du hier auch«, unterbrach DC. »Ich habe nur noch nicht recht mitbekommen, was dir eigentlich vorschwebt. Du bist dauernd auf der Suche. Vielleicht kannst du einem geistig unbemittelten Kleinbürger verständlich machen, was du suchst?«

»Keine Ahnung«, sagte sie und lachte. Er sagte: »Das Lachen wird dir noch vergehen. Wart nur mal ab, bis du zehn Jahre älter bist. Bei dir war doch, wenn ich das richtig verstanden habe, so ziemlich alles verkorkst, Elternhaus, Jugend . . .«

»Die Jugend nicht«, sagte sie schnell. »Die Zeit im Internat, das war meine schönste. Als junges Mädchen war ich dort sehr glücklich.«

»Und jetzt suchst du ein Internat für erwachsene Mädchen«, sagte er. »Für solche, die überall und nirgendwo gelandet sind. Für die verlorenen Mädchen, die von ihrer Identifikation und Selbstverwirklichung träumen und was sie sich sonst noch alles an Mistzeug haben einreden lassen. Soll ich dir sagen, wo du eines Tages landen wirst?«

»Auf einem Misthaufen«, sagte sie lächelnd. »Und dort werde ich kaputtgehen. Na und? Es ist doch egal, wie und wo du auf dieser Dreckswelt kaputtgehst. Ob in einer Luxusvilla mit einem Tumor im Bauch oder in so einem kleinen Arbeiterhaus in Vernante, wo sie jeden Tag Aufgewärmtes essen und fünfhundert Mark im Monat verdienen, und in Torino, da gibt es Leute, die haben zehn Häuser und auch noch eines unten an der Riviera, und in jedem haben sie so ein kleines Luxusauto stehen wie du eins hast.« Sie lachte wieder. »Jetzt bist du still, was?«

»Du hoffentlich auch«, sagte er grinsend. »Diese Freundin, von der du da immer erzählst, die hast du wohl in einer Kommune kennengelernt?«

»Mit eigenem Swimming-pool«, sagte sie und berührte unter dem

Tisch mit den Schuhen seine Knie. Dann zog sie die Schuhe aus und berührte ihn weiter oben. Er sagte: »Ich warne dich.«

»Das hat mein Vater auch immer getan«, sagte sie. »Du siehst ja, wohin das geführt hat. Entschuldige bitte! So sagst du doch in solchen Fällen. Ja?«

»Du solltest dich erst hinterher entschuldigen«, sagte er. Sie nahm ihre Füße weg und sagte wieder: »Entschuldige bitte.«

»Wie war das eigentlich in deinem Internat?« fragte er. »Hast du dort schon als Vierzehnjährige mit einem Lehrer geschlafen?«

»Nur mit einer Freundin«, sagte sie. »Die war ganz verrückt nach mir.«

»Wie Stefano auch.«

»Ja«, sagte sie etwas laut.

»Und dein erster Mann«, sagte er. »Den hast du sicher auch um den Verstand gebracht.«

»Es war schrecklich«, sagte sie. »Sogar beim Geschirrspülen durfte ich höchstens ein durchsichtiges Höschen anziehen. Er hat es für mich von so einem komischen Versandgeschäft kommen lassen. Als ich mich zum erstenmal damit im Spiegel betrachtet habe, habe ich mich halbtot gelacht.« Sie blickte ihn kichernd an. Er sagte: »Du bist eine richtige Hexe!«

»Und Geld nimmst du keins von mir?« fragte sie. »Ich könnte mir meinen Pflichtteil auszahlen lassen. Das sind viel mehr als zweihunderttausend Mark.«

»Du wolltest doch nicht mehr zu deinem Vater gehen?« fragte er belustigt. »Will ich auch nicht«, sagte sie. »Ich könnte das über einen Anwalt regeln. Vorher müßte ich aber wissen, ob du einverstanden bist.«

»Nein«, sagte er. Sie nickte. »Ich habe es mir gedacht. Du bist auch so ein blöder Heiliger. Dann eben nicht. Wenn mein Vater mal nicht mehr lebt, arrangiere ich mich mit meiner Stiefmutter, damit sie das Geschäft verkauft; sie hat doch keinen blassen Dunst davon. Von meinem Anteil lege ich mir dann zwei oder drei junge, hübsche Männer zu. Ich miete mir irgendwo in einer einsamen Gegend ein Haus und lasse mich von morgens bis abends verwöhnen.«

»Und nachts auch«, sagte DC. »Was glaubst du wohl, wie lange dir das Spaß macht?«

»Wenn es mir mal keinen Spaß mehr macht«, sagte sie, »spring ich von einem Berg runter oder finde einen anderen Dreh, Schluß zu machen. In Torino soll es steinreiche Frauen geben, die sich noch mit fünfzig und sechzig einen ganzen Stall junger Männer halten. Wenn du genug Geld hast, brauchst du als Frau keine Angst davor zu haben, alt zu werden. Soviel wie die werde ich zwar nie haben, aber für ein paar Jahre langt es, und die werde ich genießen.« Sie drehte den Kopf und betrachtete die Berge. Das rote Licht auf ihren Gipfeln war jetzt erloschen; sie standen schwarz und scharf konturiert in der Dämmerung des Hochtals. »Es wird kühl«, sagte sie und rieb fröstelnd ihre Arme. »Laß uns hineingehen, Dieter.«

Im Zimmer setzte sie sich auf seinen Schoß, küßte ihn und ließ sich von ihm den Rücken warmreiben. Sie sagte: »Hoffentlich rede ich dir nicht zuviel. Ich habe mich mein Leben lang noch nie so viel reden hören wie bei dir. Stört es dich?«

»Nein«, sagte er. »Ich höre dich gerne reden. Sicher hast du hier wenig Gelegenheit gehabt, dich zu unterhalten. Mit wem eigentlich? Mit deinem Mann?«

»Kaum«, sagte sie. »Er kam meistens erst sehr spät aus Limone zurück, und mit seiner Mutter konnte ich nicht reden. Sie hat mich vom ersten Tag an gehaßt. In Vernante haben sie während des Krieges mit deutschen Soldaten schlechte Erfahrungen gemacht, ihr Mann war damals in der italienischen Widerstandsbewegung; darauf sind sie noch heute stolz.«

»Lebt er noch?«

Sie schüttelte den Kopf. »Dann wäre es vielleicht noch schlimmer für mich gewesen; er soll getrunken haben. Hier als Deutsche leben zu müssen – das kannst du keinem Menschen beschreiben. Sie haben kein Fernsehen, nur ein altes Radio, und mit dem bekommst du nur einen Sender aus Torino. Sie kommen in kein Theater und in kein Kino. Wenn ich mir mal ein Buch wünschte, war kein Geld dafür da. Ich habe, seit ich hier lebe, keines mehr gelesen. Mein einziges Vergnügen war, daß ich mich manchmal hinter dem Haus auf unsere kleine Terrasse legen konnte, und auch darüber hat sich meine Schwiegermutter jedesmal aufgeregt. Ich hatte von daheim einen Bikini mitgebracht. Als sie mich zum erstenmal darin sah, hat sie sich sogar bekreuzigt. Ich habe mich, nur um sie zu ärgern, dann immer nackt in die Sonne gelegt. Stefano hatte nichts dagegen, er sah es gern, wenn ich von oben bis unten braungebrannt war. Am schlimmsten waren die Abende, so wie jetzt. In Vernante verschwindet die Sonne fast zwei Stunden früher als hier. Ich hockte dann meistens im Schlafzimmer und habe geflennt. Das viele Heulen habe ich mir erst hier angewöhnt, daheim hat mich nie ein Mensch weinen sehen. Was mir aber am meisten fehlte, war, daß ich mich nie in meiner Sprache unterhalten konnte. Stefano spricht gut Deutsch; er ist intelligent und hat es rasch gelernt. Heute möchte er nichts mehr davon wissen, er sagt, es sei eine Scheißsprache und er wolle sie nie mehr hören, auch von mir nicht. Kannst du dir vorstellen, was das für ein Leben war?«

Er streichelte stumm ihr Gesicht. Sie küßte seine Hand, preßte sie an den Mund und stand dann unvermittelt auf. Er beobachtete, wie sie ihre Tasche nahm und ins Bad ging; die Tür ließ sie offen. Er hörte sie singen, ein italienisches Lied; sie hatte eine schöne Altstimme; unwillkürlich hielt er den Atem an. Später legte er sich auf das Bett und sah zu, wie es vor dem Fenster dunkel wurde. Obwohl er wieder hungrig war, konnte er sich nicht dazu aufraffen, sich um das Abendessen zu kümmern. Als Helga zurückkam, war es fast dunkel im Zimmer. Sie fragte: »Wo bist du?«

»Hier«, sagte er. Sie kam zu ihm auf das Bett, kniete sich über ihn und fuhr mit den Lippen über sein Gesicht. Ihr Kleid hatte sie anbehalten, er streichelte ihre glatthäutigen Schenkel. Erst als er feststellte, daß sie keinen Slip trug, ließ er seine Hände ruhig liegen und fragte: »Bist du nicht hungrig?«

»Nein«, sagte sie. »Hier essen sie immer sehr spät. Warum bist du heute mittag zurück an die Tankstelle gekommen? Du warst schon vorbeigefahren.«

»Und dabei habe ich erst gesehen, wie hübsch du bist«, sagte er.

»Mir blieb fast das Herz stehen«, murmelte sie. »Und als ich dich dann nachher die Wiese herunterkommen sah, konnte ich kaum reden. Ich hätte, um dich dahin zu bringen, mir über die Grenze zu helfen, alles für dich getan. Ich hätte dir, wenn du es von mir verlangt hättest, sogar die Füße dafür geküßt. Und dann hast du es von ganz alleine und noch viel mehr getan, als ich zu hoffen wagte. Ich glaube, ich habe dich sehr gern, Dieter.«

»Ich dich auch«, sagte er. »Was war das für ein Lied vorhin?«

»Das singen sie hier alle«, sagte sie. »Es handelt von einem Mädchen, das jeden Abend auf ihren Verlobten wartet, er ist in den Bergen abgestürzt und wurde nie gefunden. Hat es dir gefallen?«

»Deine Stimme hat mir gefallen«, sagte er und hielt, als sie seine

Hose öffnete, ihre Hände fest. »Vielleicht solltest du das besser nicht tun.«

»Bist du nachtragend?« fragte sie ruhig. Er antwortete: »Ich denke an dich, wenn ich das sage.«

»Jetzt brauchst du nur noch an dich zu denken«, sagte sie und richtete den Oberkörper auf. Er hörte, wie sie ihr Kleid auszog, dann ließ sie sich wieder auf ihm nieder und streichelte ihn. Sie rückte auf den Knien noch enger zu ihm, verharrte ein paar Augenblicke auf den Ellbogen und flüsterte: »Ich bin schon fast soweit, Dieter. Soll ich auf dich warten?« Er schüttelte stumm den Kopf und zog sie auf sich. Sie war ganz anders, als er es von einer Frau wie ihr erwartet hatte, eng und seifenwändig, mit Kontraktionen, die sich wie kleine Berührungen anfühlten. Sie küßte sein Ohr und murmelte: »Als ob uns der liebe Gott aufeinander zugeschnitten hätte. Nicht wahr?« Er sagte: »Du lieber Himmel! Was bist du nur für eine Frau.«

Obwohl sie sich kaum bewegten, brach sie schon nach wenigen Augenblicken mit einem heiseren Schluchzen auf ihm zusammen und preßte sich heftig an ihn. Er wartete, bis sie sich etwas beruhigt hatte, dann drehte er sie sanft auf den Rücken, beugte sich über sie und küßte ihr Gesicht und ihre Brüste. Er streichelte ihre langen, festen Schenkel, die glatte Haut ihrer Hüften und dann, als sie seine Küsse zu erwidern begann, auch ihren Schoß. Er war noch bei keiner anderen Frau so geduldig und entschlossen zugleich vorgegangen, aber keine andere hatte es ihm auch so schwer gemacht, sich mit ihr abzustimmen. Sie war den Reaktionen ihres Körpers wie hilflos ausgeliefert, ihre sexuelle Erregung erfolgte wie nach eigenen Gesetzen, entweder explosiv oder überhaupt nicht, und auch dann, als er schon wieder in ihr war, dauerte es noch unnatürlich lange, bis er ihre Erregung zurückkehren fühlte. Diesmal kam er fast gleichzeitig mit ihr, sie wälzten sich, ineinanderverschlungen und ihrer Worte nicht mehr bewußt, in einem sekundenlang andauernden Sinnentaumel über das Bett. Er fand erst wieder zu sich selber zurück, als sie die Zähne so heftig in seine Brust grub, daß er vor Schmerz aufstöhnte. Ein paar Minuten lang lagen sie beide wie betäubt und rührten sich nicht. Dann fühlte er ihre Hand im Gesicht, und sie sagte mit einer ganz ruhigen Stimme: »So wie mit dir habe ich es noch nie erlebt, Dieter. Bist du auch glücklich?« Statt ihr zu antworten, küßte er sie. Sie kuschelte sich eng an ihn und sagte: »Ich möchte nie mehr aufstehen müssen. Wenn wir nur schon in Frankreich wären.«

»Morgen abend liegst du in einem Hotelbett in Nizza«, sagte er. »Wir werden nicht früher von dort weggehen, als du es willst. Du kannst meinetwegen vier Wochen bleiben.« Sie preßte die Lippen auf die blutunterlaufene Stelle an seiner Brust und sagte dann: »Für Nizza habe ich nicht die richtigen Kleider bei mir.«

»Das laß meine Sorge sein«, sagte er.

»Nein«, sagte sie. »Nur wenn ich dir das Geld zurückgeben darf.« Er sagte: »Du sollst nie mehr über Geld mit mir reden. Hast du verstanden?«

Sie schwieg. Nach einer Weile stand sie auf und ging ins Bad. Er hörte, wie sie Wasser einlaufen ließ. Als er zu ihr kam, saß sie in der Wanne und lächelte ihn an. Ihr Gesicht war gerötet, sie winkte ihn zu sich und sagte: »Laß mich das tun. Oder genierst du dich?« Er setzte sich neben sie auf den Rand der Wanne und beobachtete, wie sie ihn wusch. Ihre seifigen, langfingrigen Hände bewirkten viel mehr, als sie sollten, sie sagte kichernd: »Du bist wohl nicht kleinzukriegen, oder wie kommt das?«

»Du verwöhnst ihn eben zu sehr«, sagte er, schon wieder fasziniert von ihr. »War das ein Spezialfach in deinem Internat?« Sie sagte errötend: »Na hör mal! Wozu war ich zweimal verheiratet! Hast du es nicht gern, wenn man dich verwöhnt?«

»Doch«, sagte er. »Sehr sogar. Ich fürchte nur, du wirst heute nacht, wenn du so weitermachst, nicht viel zum Schlafen kommen.«

»Dieses Risiko muß ich eben auf mich nehmen«, sagte sie und küßte ihn mit gespitzten Lippen. Er stand mit rotem Kopf auf und kehrte in das Zimmer zurück. Während er sich hastig anzog, hörte er sie wieder singen. Er trat auf den Balkon und atmete ein paarmal tief durch. Er war schon genauso verrückt nach ihr wie Stefano und all die anderen Männer, die sie irgendwo aufgelesen und wieder fallengelassen hatte. Wenn er nicht aufpaßte, würde es ihm genauso ergehen, aber er sah schon fast keine Möglichkeit mehr, es zu verhindern. Er betrachtete die klaren Sterne und die scharfen Silhouetten der Berge. Der Himmel darüber sah aus, als reflektiere er die Lichter einer großen Stadt, aber hinter diesen Bergen war keine Stadt, sondern hundert andere Berge, genauso schroff und steil wie diese. Die Helligkeit mußte vom Mond herrühren, der noch tief am unsichtbaren Horizont stand.

Er kehrte zu Helga zurück; sie war damit beschäftigt, ihre schönen

Brüste einzuseifen. Als sie ihn hereinkommen sah, hielt sie ihm stumm die Seife hin. Er nahm sie ihr aus der Hand, versteckte sie zwischen ihren Beinen und küßte sie auf die Wange. »Sobald ich was im Magen habe«, sagte er, »werde ich dir jeden Wunsch erfüllen. Nüchtern überlebe ich das nicht. Ich bestelle uns etwas zu essen und für hinterher eine Flasche Champagner. Einverstanden?«

»Ja, Liebling«, sagte sie. »Ich möchte ja auch nicht, daß du mir tot umfällst, und Champagner habe ich schon eine Ewigkeit nicht mehr getrunken. Komm!« Sie spitzte die Lippen.

Als er etwas später Signor Mignard suchen ging, hatte er noch Seifengeschmack im Mund. Er traf ihn an der Haustür, wo er sich mit einer älteren Dame unterhielt. Sein Telefon stand in einem kleinen Büro; DC konnte durchwählen. Nach dem Gespräch bestellte er das Essen aufs Zimmer. Champagner hatte Signor Mignard im Haus, zum Essen empfahl er einen Rotwein. Helga sagte, als er zurückkam: »Du warst lange weg.« Sie saß angezogen am Tisch und lackierte ihre Fußnägel. Es amüsierte ihn, daß sie trotz der Eile, in der sie von daheim hatte aufbrechen müssen, sogar an ihren Nagellack gedacht hatte. »Ich habe noch telefoniert«, sagte er. »Du siehst sehr hübsch aus.«

»In diesem Kleid?« fragte sie.

»Blau steht dir gut«, sagte er.

»Ich habe es nur angezogen, damit es sich etwas glatthängt; ich konnte nur vier Kleider mitnehmen.« Sie lachte. »Viel mehr hatte ich auch gar nicht.« Sie schraubte das Fläschchen mit dem Nagellack zu, stellte es auf den Tisch und zog DC neben sich. »Mit wem hast du telefoniert? Mit ihr?« Er schüttelte den Kopf. »Wegen des Autos.« Er nahm, von jäher Zärtlichkeit überwältigt, ihr Gesicht in die Hände und küßte sie. »Wofür war das?« fragte sie lächelnd. Er antwortete: »Weißt du es nicht?«

»Ich habe mich wieder blöd angestellt«, sagte sie. »Das war nicht immer so bei mir, ich meine, daß es mir so schwerfällt, mich anzupassen. Ich hatte mal ein Erlebnis mit ein paar jungen Männern, die über mich hergefallen sind. Seitdem klappt es nicht mehr richtig bei mir.« Er fragte betroffen: »Vergewaltigt?«

»Ich konnte mich losreißen und davonlaufen«, sagte sie. »Trotzdem war es ekelhaft; irgendwie hat es einen Schock bei mir hinterlassen. Bei Stefano hatte ich auch immer Probleme, aber dem war es egal, ob es zwischen uns aufging oder nicht. Wenn er soweit war, hat er sich nicht länger um mich gekümmert. Du bist da ganz anders. Du bist nett und rücksichtsvoll, auch wenn ich mal spinne. Ich habe dir vorhin, als ich dir erzählte, daß mir das noch nie passiert ist, nicht die Wahrheit gesagt. Ist das schlimm?«

»Unverzeihlich«, sagte er und griff nach ihrer Hand. Er küßte nacheinander ihre Finger und sagte: »Vielleicht warst du seine erste Frau. Ich hatte einen Bekannten, der mit Vierzig noch nicht wußte, was ein Orgasmus ist. Bei uns hat sich das erst seit der Aufklärungswelle richtig herumgesprochen. In Amerika waren sie da trotz ihrer prüden Frauenvereine etwas weiter als wir.« Er streichelte ihre Wange. »Wann ist dir das mit den jungen Männern passiert?«

»Bevor ich Stefano geheiratet habe.«

»Als du dachtest, du seist schwanger?«

Sie fragte: »Muß ich dir alles erzählen?«

»Nein«, sagte er und streichelte ihre Hand.

»Vielleicht habe ich mir wirklich nur was eingeredet mit der Selbstverwirklichung und so, aber damals war es mir ernst damit. Ich meine auch jetzt noch, daß es lohnt, sich um so etwas zu bemühen. Vielleicht darum, eine andere Art Mensch zu werden. Nicht so wie diese reichen Nutten in Torino. Das vorhin habe ich nur so dahergeredet. Manchmal meine ich, ich könnte es einem Menschen, den ich gern habe, erklären, was ich damit meine, aber ich bin nicht intelligent genug. Es ist, als ob man versuchen wollte, Wasser in die Hand zu nehmen. Du siehst es vor dir, kannst es aber nicht fassen. Warst du in deinem Beruf glücklich? Ich meine, bevor du in Schwierigkeiten gekommen bist?«

»Er hat mich ausgefüllt«, sagte DC.

»Auch befriedigt?«

»Ist das nicht dasselbe?«

»Ich glaube nicht«, sagte sie. »Mein Vater ist auch einer von denen, die völlig in ihrem Beruf aufgehen, aber zufrieden war er eigentlich nie. Er hat keine Philosophie. Menschen ohne Philosophie wissen im Grunde nicht, wofür sie leben. Hast du eine?«

Er lächelte. »Vielleicht kannst du mir eine beibringen.«

»Du sprichst wenig über dich«, sagte sie. »Ich weiß jetzt, daß dein Geschäft kaputt ist und daß du eine Freundin hast, die noch einen anderen liebt. Du äußerst dich aber nicht dazu, du sagst nur, wie es ist, und du sagst es so, daß man nie weiß, was du dabei empfindest. Denkst du viel darüber nach?«

»Im Augenblick nur über dich«, sagte er. »Ich vermute, Stefano war dir nur Mittel zum Zweck, um von daheim wegzukommen?«

»Ich mußte weg«, sagte sie. »In unserem Betrieb hat nur mein Vater noch nicht gewußt, daß zwischen uns beiden was war. Ich mußte jeden Tag damit rechnen, daß er es erfährt, aber bis dahin war schon so viel zwischen Stefano und mir, daß ich es mir von keinem mehr kaputtmachen lassen wollte, denn wenn ich mich auf so was einlasse, dann stehe ich auch dazu. Leute, die sich von der Meinung anderer beeinflussen lassen, tun mir leid. Außerdem war ich in Stefano verliebt. Vielleicht kannst du damit nicht viel anfangen, wenn ich das sage. Heute liebe ich ihn eben nicht mehr. Wäre es zwischen uns noch so wie vor einem Jahr, dann hätte ich mich mit diesem Leben hier vielleicht abgefunden. Ich finde nur immer, daß es zu viele Leute gibt, die sich mit ihrer Art, leben zu müssen, zu rasch abfinden oder die einfach zu unaufrichtig sind, um sich einzugestehen, daß sie in Wirklichkeit unzufrieden sind und sich nur noch anpassen. Meine Mutter hat sich, glaube ich, nur in den ersten zwei Jahren ihrer Ehe angepaßt, dann hat sie angefangen, ihr eigenes Leben zu führen. Wenn Kurt und ich nicht gewesen wären, hätte sie meinen Vater schon spätestens nach drei oder vier Jahren verlassen; sie paßten einfach nicht zusammen. Ich hätte gar nichts dagegen gehabt, daß sie noch einmal heiratet, aber nicht so, wie sie es dann getan hat.«

»Wie?« fragte DC.

»Das erzähle ich dir ein andermal«, sagte sie. »Als sie dann wegging und mein Vater sich diese kleine Schnepfe ins Haus holte ...«

»Deine Stiefmutter?«

»Eine entfernte Verwandte von uns«, sagte sie und ließ sich eine Zigarette geben. »Irgend so ein Ableger aus der Familie meines Urgroßvaters. Ich erfuhr erst von ihr, als sie schon bei uns wohnte. Als ich sie zum ersten Male sah, hat mich fast der Schlag getroffen. Er erzählte mir, daß sie mich im Haushalt unterstützen würde. Keine drei Monate später erwischte ich sie morgens, wie sie aus seinem Schlafzimmer kam. Ich habe sie gefragt, ob sie den Rosenkranz mit ihm gebetet hätte. Anscheinend hat sie es ihm erzählt, er rief mich zu sich und erklärte mir, daß er sie heiraten würde. Das habe ich aber nicht mehr abgewartet.« DC nickte. Sie sagte: »Du brauchst nicht zu nicken, Dieter. Was du jetzt denkst, ist vollkommen falsch. Ich habe Stefano nicht allein wegen dieser Schnepfe geheiratet. Das einzige, worüber ich mich wirklich geärgert habe, war, daß sie jeden Sonntag zusammen in die Kirche gegangen sind, und daheim rutschte sie dauernd auf seinem Schoß herum. Ich war seit drei Jahren in keiner Kirche mehr. Deine Freundin sicher auch nicht?« Sie lächelte. Er lächelte auch. »Ich habe sie noch nie dabei ertappt.« Sie fragte neugierig: »Die hat dich, glaube ich, ganz schön um den Finger gewickelt. Ist sie eine Lady?«

»So könnte man es sagen«, antwortete er amüsiert.

Sie blies ihm ihren Zigarettenrauch ins Gesicht. »Eine, die jedesmal die Badezimmertür hinter sich abschließt. So etwas wie ich würde die sicher niemals tun.«

»Leider nicht«, sagte DC.

»Zu gebildet?« fragte sie. »Ich mach das auch nicht bei jedem. Oder kannst du dir vorstellen, daß wir in Vernante ein Badezimmer haben?« Er schüttelte den Kopf. Sie klopfte die Asche von ihrer Zigarette. »Die kommen das ganze Jahr mit einer alten Waschschüssel aus. Deshalb habe ich mir auch das Haar so kurz schneiden lassen. Im Winter, als ich nicht mehr an den Bach konnte, hätte ich oft vor mir selber davonlaufen können; von Hygiene haben sie hier kaum was gehört. Ich habe es vorhin richtig genossen, wieder in einer Badewanne zu sitzen. Seit ich hier bin . . .« Sie verstummte, weil an die Tür geklopft wurde; es war das Zimmermädchen mit dem Essen. Sie fragte DC etwas. Helga sagte: »Sie will wissen, ob sie auch den Champagner gleich servieren soll. Wenn sie es tut, werden wir später von ihr nicht mehr gestört.«

»Darum wollte ich Sie bitten«, sagte DC. Er gab dem Mädchen wieder einen Geldschein. Helga sagte: »Du bist verrückt.«

»Nur verliebt«, sagte er und betrachtete das Etikett auf der Rotweinflasche. Signor Mignard schien einen vorzüglichen Weinkeller zu haben. Auch die provenzalische Platte sah vielversprechend aus, verschiedene Salate, Wurst- und Fleischsorten, Käse und Leberpastete; es war eine riesengroße Portion. DC sagte: »Auch daran merkst du, daß er Franzose ist.« Er goß die Gläser voll. Etwas später brachte das Zimmermädchen den Champagner. DC schloß die Tür hinter ihr ab und sagte: »Vielleicht gewöhne ich mich so sehr an diese Pension, daß wir noch ein paar Tage hierbleiben.« Sie widersprach ihm sofort: »Nein, Dieter. Ich werde erst aufatmen, wenn wir über die Grenze sind. Wenn Stefano uns bis morgen früh nicht gefunden hat, wird er uns auch hier suchen.«

»Vielleicht auch dort, wo du über die Grenze willst?«

Sie hörte auf zu essen. »Wie kommst du darauf?«

»Das ist doch einfach«, sagte er. »Vielleicht hat das Werk den Wagen noch heute nachmittag abholen lassen. Wenn nicht, tun sie es morgen früh. Sie müssen mit ihm durch Vernante. Sobald Stefano davon hört, weiß er, daß wir nur noch zu Fuß über die Grenze können, und da er auch weiß, daß du keine Grenzpapiere hast, wird er sich Gedanken machen, an welcher Stelle du am leichtesten hinüberkommen könntest. Oder sehe ich das falsch?«

Sie legte mit blassem Gesicht das Besteck auf den Tisch und sagte: »Verdammt, daß ich daran nicht gedacht habe!«

»Was nicht gegen die weibliche Logik spricht«, sagte DC. »Das ist auch nur ein dummes männliches Vorurteil. Auch mir ist das eben erst eingefallen. Wenn da so ein schöner Spazierweg hinüberführt, der sogar mit einem Geländewagen befahrbar ist, wäre es ja nicht sehr intelligent von ihm, diese Möglichkeit nicht in Betracht zu ziehen. Gibt es da oben irgendwo Wald?«

»Auf dem Kamm nicht«, sagte sie. »Etwas weiter unten, ja. Aber nicht da, wo der Weg verläuft.«

»Dann müssen wir auf den Weg verzichten«, sagte DC. »Traust du dir das zu?«

Sie erwiderte seinen Blick. »Mit dir schon, Dieter.«

4

Während Antonio und Luigi, eingehüllt in ihre Wolldecken, in der Nacht zum 19. Juli wenigstens einige Stunden hatten schlafen können, hatte Stefano aus Furcht, sie könnten vielleicht weniger aufmerksam sein als er, kein Auge zugetan, und auch bei Sonnenaufgang, als sie im tiefen Schlaf lagen, hielt er noch immer nach Helga und ihrem Begleiter Ausschau. Von seinem Platz aus konnte er nicht nur in westlicher Richtung über den Colle di Tenda hinweg bis zu dem riesigen Felsmassiv des Monte Abisso blicken, er hatte auch eine ungehinderte Sicht nach Osten, wo sich in der kühlen Morgenröte die violetten Konturen des Monte Marquareis über den mit weißem Nebel gefüllten Tälern vom Horizont abzeichneten. Im Süden lag die ligurische Küste noch im Morgendunst, ein fast unüberschaubares dichtes Labyrinth zahlloser Berggipfel und tiefer Schluchten ließ sie wie unerreichbar erscheinen. Auch nach Norden machte die Landschaft mit ihren fast durchweg über zweitausend Meter hohen Bergen einen unzugänglichen Eindruck. Dort reichten die letzten Ausläufer der Seealpen noch über dreißig Kilometer weit bis nach Cuneo.

Der Gipfel des Monte Becco Rosso befand sich bereits auf französischem Boden, die Grenze verlief dreihundert Meter nördlich davon auf einem schmalen Gebirgskamm. Zwischen ihm und dem Becco Rosso öffnete sich ein tief eingeschnittenes Tal. Sein unterer Teil war bis zur Baumgrenze mit Fichtenwald bewachsen. Oberhalb des Waldes wirkten die steilen Bergflanken kahl und schuppig wie ein Krokodilpanzer, in dessen Fugen sich im Schutze unförmiger Felshöcker Silberdisteln und dürres Gras eingenistet hatten. Aus dem Tal führte vom Waldrand ein steiniger Weg über einen sattelartigen Grat, der den Becco Rosso mit dem Monte Abisso verband. Dazwischen, fast vierhundert Meter tiefer, konnte Stefano in der Morgendämmerung die alte Paßstraße über den Colle di Tenda erkennen, die sich in zahlreichen Serpentinen über den Gebirgskamm schlängelte und weiter unten, wo der Tunnel war, mit der neuen Straße zusammentraf. In der vergangenen mondhellen Nacht hatte er mit Filippinos Fernglas auch diesen Teil der auf dem Grat verlaufenden Grenze überwachen können. Er war überzeugt, daß ihm Helga und ihr Begleiter, wenn sie versucht hätten, sie westlich vom Becco Rosso zu überschreiten, nicht entgangen wären. Aber er rechnete ohnehin fest damit, daß sie auf dem Weg kommen würden, der vom Waldrand über den Grat nach Frankreich führte, weil es der einzige war, den Helga kannte. Von seinem Platz aus sah er auch die Stelle, an der sie, als sie mit dem Landrover heraufgefahren waren, gerastet hatten. Und es war der einzige Weg, auf dem man verhältnismäßig mühelos wieder auf die Straße kommen konnte, ohne die es keine Möglichkeit gab, durch dieses über fünfzig Kilometer tiefe Labyrinth von Bergen und Schluchten die französische Mittelmeerküste zu erreichen. Denn etwas anderes konnten sie nicht im Sinn haben.

In der aufgehenden Sonne fühlte er seine übermüdeten Augen schmerzen. Er weckte, weil er sich nicht mehr allein auf sie verlassen wollte, seine Brüder. Luigi, der fast immer hungrig war, kümmerte sich sofort um das Frühstück. Der Kaffee, den sie gestern abend in einer Thermosflasche mitgebracht hatten, war noch heiß. Sie setzten sich etwas unterhalb des Gipfels auf den felsigen Boden und aßen geräucherte Wurst und Weißbrot. Antonio machte Stefano Vorwürfe, weil er sie nicht schon früher geweckt hatte, und forderte ihn auf, sich nach dem Frühstück wenigstens eine Stunde schlafen zu legen, aber davon wollte Stefano nichts wissen, er sagte: »Wenn sie überhaupt kommen, dann innerhalb der nächsten Stunde.«

»Und wenn sie nicht kommen?« fragte Antonio. Von allen Brüdern war er Luigi am ähnlichsten, sie waren beide mittelgroß, mager, mit tief in die Stirn gewachsenem schwarzen Haar. Sie hatten beide etwas abstehende Ohren, spitze Nasen und schmale Lippen. Mit zweiundzwanzig war Luigi der jüngste, Antonio war fünfundzwanzig, zwei Jahre jünger als Stefano. Da Stefano auf Antonios Frage nicht antwortete, sagte dieser kauend: »Ich kann mir nicht denken, wo sie die ganze Nacht gesteckt haben sollen, Stefano.«

Luigi sagte: »Sie haben sicher im Wagen geschlafen.« Ihm war bei der ganzen Sache am wenigsten wohl; er hatte Angst, seine künftigen Schwiegereltern könnten davon erfahren und es nicht billigen, daß er sich daran beteiligt hatte. Er war auch der einzige von Stefanos Brüdern, der Helga als Schwägerin gerne sah, weil sie ihm gefiel. Insgeheim bewunderte er Stefano dafür, daß es ihm gelungen war, sie zur Frau zu gewinnen. Antonio dagegen sah das anders, er war der Meinung, sie passe nicht in die Familie. In dieser Einstellung war er nicht nur durch seine Mutter, sondern auch durch seine Frau bestärkt worden, die Helga nicht mochte, sie fand sie kalt und hochmütig und hatte, ebenso wie Francescos Frau, nie Kontakt zu ihr gefunden. Außerdem hatte Antonio kein Faible für blonde Frauen, in Milano und Torino gab es genug davon. Er sagte: »Wenn sie in seinem Wagen geschlafen haben, kann ich mir denken, wie.« Luigi versetzte ihm mit dem Ellbogen heimlich einen Stoß und blickte besorgt auf Stefano, aber der schien ihnen gar nicht zugehört zu haben; er betrachtete aufmerksam den unter ihnen liegenden Waldrand, der sich, ungefähr dreihundert Meter entfernt, noch etwa einen Kilometer weit nach Osten hinzog. Dort wurde das Tal schmal und lief in eine steil ansteigende Mulde aus, deren geröllbedeckte Sohle noch im Schatten der Berge lag. Sie endete unterhalb eines kahlen, zum Becco Rosso gehörenden Höhenrückens, der sich quer zur Mulde von Süden nach Norden erstreckt. Über ihn hinweg führte die Grenze auf den Hauptkamm des Gebirges zum Monte Marquareis hinauf, dessen Gipfelmassiv fast den ganzen östlichen Horizont ausfüllte. Der Nebel in den Tälern geriet langsam in Bewegung, er trieb wie weiße Rauchsegel die kahlen Felshänge empor und löste sich weiter oben, wo die Morgensonne die Berggipfel bereits in rötliches Licht tauchte, vor dem noch farblosen Himmel auf. Antonio sagte: »Wenn sie den Weg heraufkommen, werden sie uns hier sitzen sehen und in den Wald laufen, Stefano. Willst du uns nicht endlich sagen, was du vorhast?«

Stefano nahm das Glas von den Augen. »Sie sollen uns sogar sehen. Sie werden nicht auf dem Weg, sondern quer durch den Wald kommen.«

»Und wieder umkehren, wenn sie uns sehen«, sagte Antonio verständnislos. »Ich weiß nicht, was du dir davon versprichst.« Stefano wandte ihm das Gesicht zu. »Wir sind seit gestern hinter ihnen her. Sie haben seitdem nichts Warmes mehr zu essen und zu trinken ge-

habt. Auch wenn sie im Ferrari geschlafen haben, werden sie unausgeruht sein. Bist du schon einmal diesen Wald heraufgestiegen?«
Antonio grinste. »Ich bin ja nicht verrückt.«
»Dann werden sie auch nicht so verrückt sein, denselben Weg noch einmal zu machen«, sagte Stefano. »Sie werden, wenn sie uns sehen, im Wald weitergehen und am Ende des Tals herauskommen.«
»Sie kämen dort viel zu weit nach Osten ab«, warf Luigi ein.
»Wenn sie zu weit nach Osten abkommen, haben sie den Marquareis vor sich.« Stefano fragte ihn: »Wissen sie das?«
»Jetzt weiß ich, was du vorhast«, sagte Antonio rasch. »Du willst warten, bis sie nicht mehr können. Ja?« Stefano nickte.
»Wieso sollen sie nicht mehr können?« erkundigte Luigi sich. Antonio legte ihm grinsend die Hand auf die Schulter. »Sie haben nichts zu trinken dabei und sicher nur Halbschuhe an. Würdest du mit Halbschuhen über den Marquareis klettern?« Luigi betrachtete seine genagelten Bergstiefel und schwieg. Er wußte so gut wie Antonio und Stefano, daß die von Westen kommende Grenze auf dem Marquareis einen scharfen Knick nach Süden machte. Wer nördlich vom Marquareis vorbeimarschierte, würde niemals nach Frankreich kommen und sich in den Bergen hoffnungslos verlaufen. Er stand auf und betrachtete den schmalen Grat, der vom Becco Rosso zum Marquareis führte. Mit seinen schroffen Zacken und hohen Felstürmen glich er einem Hahnenkamm. Er senkte sich hinter dem Becco Rosso etwa zweihundert Meter in die Tiefe, um dann, kurz vor den ersten Gipfeln des Marquareis, wieder steil anzusteigen. Trotzdem war er leichter zu begehen als die nach Norden und Süden verlaufenden tiefen Täler; sie machten in ihrer steinernen Einöde einen unzugänglichen Eindruck. Er sagte unbehaglich: »Mir gefällt das nicht, Stefano. Antonio hat mir erzählt, wir wollten Helga nur daran hindern, über die Grenze zu kommen.«
»Etwas anderes wollen wir auch nicht«, sagte Stefano und blickte wieder durch sein Glas. Dann gab er es plötzlich Antonio und lächelte zufrieden. »Sie sind da«, sagte er, und in diesem Augenblick empfand er nur Genugtuung. Er konnte sie bereits mit bloßem Auge erkennen, obwohl die Mulde noch immer im Schatten lag. Sie bewegten sich vom Wald, der mit seinen letzten Bäumen wie eine Speerspitze in die Mulde hineinragte, langsam bergaufwärts. Es sah aus, als kämen sie auf dem geröllbedeckten Boden kaum von der

Stelle. Antonio sagte mit vor Aufregung heiserer Stimme: »Sie sind es tatsächlich, Stefano!« Er ließ das Glas sinken und drehte sich nach ihm um. »Ich habe ihnen, ehrlich gesagt, nicht zugetraut, daß sie es durch den Wald schaffen würden. Ob sie uns schon gesehen haben?«

»Das spielt jetzt keine Rolle mehr«, sagte Stefano und packte ihre Sachen in die Rucksäcke. Antonio half ihm dabei, er sagte lachend: »Diesmal entwischen sie dir nicht mehr, Stefano.« Er war so vergnügt, daß er sich mit beiden Händen auf die Schenkel schlug. Er freute sich jedoch weniger über die wiedergefundene Schwägerin als über die erlösende Gewißheit, daß sie die Mühen der vergangenen vierzehn Stunden nicht umsonst auf sich genommen hatten. Im Grunde hätte er Helga lieber über die Grenze gehen sehen, aber er war, wie Stefano auch, der Meinung, daß die Frau eines Benedetti ihrem Mann nicht ungehindert davonlaufen dürfte. Während er und Luigi sich die Rucksäcke überhängten, prüfte Stefano, ob beide Läufe seiner Jagdflinte geladen waren; er tat es nur vorsorglich. Das Fernglas hängte er sich um den Hals. Bevor sie sich auf den Weg machten, vergewisserte er sich noch einmal, daß die beiden noch immer in der Mulde waren. Er schätzte, daß sie bis auf den kahlen Bergrücken eine Stunde brauchen würden, und von dort auf den Grat würden sie noch einmal zwei Stunden klettern müssen, aber bis dorthin wollte er sie gar nicht erst kommen lassen. Als er zum Grat hinabstieg, hörten Luigi und Antonio ihn pfeifen. Sie hatten ihn seit langem nicht mehr pfeifen hören.

Es bereitete ihnen keine Mühe, dem Grat zu folgen, sie waren von Kindheit an mit den Bergen vertraut. Seine Zacken und Türme umgingen sie, indem sie ein paar Meter seine Süd- oder Nordflanke hinabkletterten. Diese waren oft so steil, daß sie sich mit den Händen gegenseitig absichern mußten. Da sie sich immer parallel zu der Mulde bewegten, verloren sie Helga und ihren Begleiter nie aus den Augen. Der Höhenunterschied zu ihnen betrug an der niedrigsten Stelle des Grats etwa vierhundert Meter; da dieser bald darauf wieder zum Monte Marquareis anstieg und auch die Mulde steil bergan führte, veränderte er sich in der nächsten halben Stunde kaum. Sie mußten sogar, um die beiden nicht zu überholen, hin und wieder eine Pause einlegen. Stefano beobachtete dann jedesmal durch sein Glas, wie sie sich mühsam durch das Felsgeröll arbeiteten. Die Entfernung zu ihnen schätzte er in Luftlinie auf etwa sechshundert

Meter, sie würde sich erst dann verringern, wenn sie den kahlen Höhenrücken erreicht hatten. Zwischen Haß und Bewunderung schwankend registrierte er, mit welcher Zähigkeit und Ausdauer dieselbe Frau, die er in den zurückliegenden zwölf Monaten kaum einmal zu einem kleinen gemeinsamen Spaziergang hatte bewegen können, nun an der Seite eines Mannes, der noch bis vor nicht einmal vierundzwanzig Stunden ein völlig Fremder für sie gewesen war, diesen auch für einen berggewohnten Wanderer schweißtreibenden Weg zurücklegte. Seit er sie beobachtete, hatten sie, obwohl die Sonne jetzt bereits über dem Monte Marquareis stand und auch die letzten Schatten aus der Mulde verschwunden waren, noch keine Rast gemacht. Sie trennten sich auch nie weiter als einige Schritte voneinander, meistens gingen sie nebeneinander her, wobei es für Stefano so aussah, als hielten sie sich bei der Hand. Zum erstenmal kam ihm der Gedanke, daß sie sich vielleicht gar nicht so fremd gewesen waren, wie er bisher angenommen hatte. Auch wenn er von dem Deutschen so gut wie nichts wußte und noch nicht einmal sein Gesicht gesehen hatte, so war ihm an seinem Ferrari doch sofort aufgefallen, daß er aus Köln kam, und Köln kannte Stefano genausogut wie Essen. Vielleicht war diese Begegnung gar nicht zufällig erfolgt, sondern von Helga vorbereitet worden. Er konnte zwar sicher sein, daß es zwischen ihr und ihrer Familie keine Verbindung mehr gab. Ob dies jedoch auch auf ihren ersten Mann und die anderen zutraf, die in ihrem früheren Leben eine Rolle gespielt hatten, vermochte er nicht mit Gewißheit zu sagen. Es hätte ihm zwar nicht entgehen können, wenn für sie aus Deutschland Post eingetroffen wäre, aber sie hätte hinter seinem Rücken einem der vielen deutschen Touristen, die an der Tankstelle gehalten hatten, eine Nachricht mitgeben können. Von da an ließ ihn der Gedanke nicht mehr los, und er faßte den Entschluß, sich über die Person ihres Begleiters so oder so Gewißheit zu verschaffen.

Als er einmal zurückschaute, stellte er fest, daß Luigi weit hinter ihnen geblieben war. Er sprach mit Antonio über ihn: »Er macht mir Sorgen. Vielleicht war es ein Fehler, ihn mitzunehmen.«

»Ich habe ihn mitgebracht, weil du es so wolltest«, sagte Antonio. Da es in der Sonne auf dem Grat schon sehr warm wurde, setzte er seinen Rucksack ab und zog seine Jacke aus. Er schnallte sie mit einem Riemen auf den Rucksack und ließ sich darauf nieder. »Sie müssen uns schon längst gesehen haben«, sagte er. »Sobald sie merken, daß sie uns nicht abschütteln können, werden sie umkehren, ob es ihnen paßt oder nicht. Was willst du dann tun?«

»Wir werden vor ihnen im Wald sein«, antwortete Stefano und setzte sich neben ihn. »Sie können jetzt nicht mehr umkehren, Antonio, und sie wissen es. Sie werden laufen, bis sie umfallen. Wenn es soweit ist, gehen wir zu ihnen hinunter.«

»So habe ich es mir auch vorgestellt«, sagte Antonio. Er holte eine Zigarette aus der Tasche, zündete sie an und betrachtete die unter ihnen liegende Landschaft. Im Süden, vor dem dunstigen Horizont der fernen Küste, machte sie den Eindruck einer Unzahl dicht gehäufter Maulwurfhügel von überdimensionalen Ausmaßen. Er sagte: »Wenn sie sehen könnten, was ich sehe, würden sie trotzdem umkehren, Stefano. Obwohl – eine Chance hätten sie vielleicht: sie müßten von hier aus nur zehn Kilometer quer durch die Berge marschieren, dann kämen sie nach Morignole, und wenn sie in Morignole sind, dann sind sie auch schon fast in Tende.«

»Von dort, wo wir sie herauflassen, führt kein Weg nach Morignole«, sagte Stefano. »Sie würden frühestens nach acht Tagen merken, daß sie sich noch immer in Italien befinden.«

»Bei San Remo«, sagte Antonio grinsend und sah sich nach Luigi um, aber der hatte sich, etwa fünfzig Meter von ihnen entfernt, ebenfalls hingesetzt und beobachtete Helga und den Deutschen. Sie befanden sich jetzt im oberen Drittel der Mulde; in spätestens einer Viertelstunde würden sie den kahlen Höhenrücken erreicht haben und sich entscheiden müssen, wie sie weitergehen wollten. Folgten sie ihrer bisherigen Richtung über den Höhenrücken hinweg, würden sie wieder in ein tiefeingeschnittenes, vegetationsloses Tal kommen. Es verlief am Fuße des Monte Marquareis in nordöstlicher Richtung. Dorthin konnten sie kaum wollen. Sie hatten, sobald sie auf dem Höhenrücken waren, nur noch die Wahl, entweder direkt zum Grat aufzusteigen oder nach Norden auszuweichen, aber dort würden sie in eine Landschaft kommen, die noch schlimmer aussah als südlich des Grats. Sie hätten genausogut in jeder anderen Richtung weitermarschieren können; Antonio hätte nicht mit ihnen tauschen mögen, nicht für hunderttausend Lire. Während er zu ihnen hinunterschaute, kamen sie ihm wie zwei Käfer vor, die sich in einer endlosen Steinwüste verlaufen hatten. Er blickte Stefano an, der ihnen den Rücken zukehrte, als interessiere ihn nicht mehr, was hinter ihm geschah. In Antonios Augen war er schon immer ein Eigenbrötler, er liebte ihn, aber er konnte seinen Gedanken nie recht folgen. Schon als er sich vor nunmehr fünf Jahren dazu entschlossen hatte, in Deutschland eine Arbeit zu suchen, war Antonio von seiner Entscheidung überrascht worden. Zwar gab es für einen Mann aus Vernante genug Gründe dafür, und ohne das Geld, das Stefano in Deutschland verdient hatte, hätten Francesco und er sich in Limone nicht selbständig machen können, aber für einen Mann wie Antonio war der Gedanke, seine Heimat verlassen zu sollen, unvorstellbar. Selbst wenn er anderswo die Möglichkeit gehabt hätte, das zu schaffen, was ihm in Vernante und Cuneo nie gelingen würde, nämlich Kraftfahrzeugmeister zu werden, hätte er sich nicht dazu überwinden können. Lieber würde er sein Leben lang einfacher Mechaniker bleiben; was er brauchte, um sich und seine Familie durchzubringen, verdiente er genausogut in Cuneo bei der Fiat-Vertretung, auch wenn sich die Familie im Laufe der Zeit noch etwas vergrößern sollte. Um die Prüfung zu bestehen, war er nicht intelligent genug; er konnte kaum schreiben, in der Schule hatte er sich immer schwer getan, und Stefano, der die Prüfung sicher hätte bestehen können, war davon ausgegangen, daß es für einen eigenen Betrieb genügte, wenn Francesco sie hatte. Während er also in Deutschland das erforderliche Geld verdiente, hatte Francesco die Meisterprüfung gemacht, und jetzt konnten sie in ihre eigene Tasche arbeiten. Antonio hätte sich ihnen gerne angeschlossen, der Betrieb wäre dann jedoch nicht mehr rentabel genug gewesen, Stefano und Francesco hatten ohnehin zu schuften, um sich über Wasser zu halten. Limone war ein kleiner Ort, und die Konkurrenz dort war schon groß genug, wenn auch nicht ganz so groß wie in Cuneo, wo die Werksvertretungen der großen Automobilmarken den Markt beherrschten. Andererseits: auch wenn er Stefano mitunter darum beneidete, für sich selber arbeiten zu können, hätte er nicht mit ihm tauschen mögen, denn der hatte wieder andere Probleme. Antonio konnte sich wenigstens damit trösten, glücklich verheiratet zu sein; seine Frau liebte ihn, sie würde nie auf den Gedanken kommen, ihm davonlaufen zu wollen, wie dies Stefano mit seiner deutschen Schlampe passierte, die nicht einmal fähig war, ein anständiges Mittagessen auf den Tisch zu stellen. Als Antonio sie zum erstenmal gesehen hatte, war er von ihrer Schönheit genauso beeindruckt gewesen wie Luigi, aber ein hübsches Gesicht konnte man sich mit allem was dazu gehörte in Milano an jeder Straßenecke kaufen und hinterher wieder seine eigenen Wege gehen. Er war wegen Helgas undankbarem Verhalten gegenüber Stefano so wütend auf sie, daß es ihm im Grunde hätte egal sein können, ob sie noch einmal aus den Bergen herauskäme oder nicht. Da sich jedoch Stefano um nichts auf der Welt von ihr trennen wollte und so sehr in sie vernarrt war, daß er vielleicht lieber sterben als auf sie verzichten würde, blieb Antonio gar nichts anderes übrig, als ihm dabei zu helfen, sie wieder einzufangen, auch wenn er sie schon längst zum Teufel wünschte. Er war dem Himmel dankbar dafür, daß er ihm solche Familienprobleme erspart hatte. Je mehr man als Mann bei der Suche nach einer Frau nach Höherem strebte, desto leichter konnte man dabei auf die Nase fallen. Er sagte: »Sie wird sich nicht von ihm trennen wollen, Stefano. Ich weiß nicht, wie du dir das vorstellst. Wir können sie nicht gleichzeitig von ihm fortschleppen und ihn festhalten, damit er uns nicht nachläuft. Luigi wird nichts mitmachen, was uns später in Schwierigkeiten bringen könnte. Wenn sie nicht deine Frau wäre, würde er ihretwegen seine Braut in Tende vergessen und keine Nacht mehr schlafen können. Ich nehme doch an, daß du das alles bedacht hast?« Stefano wandte ihm das Gesicht zu. »Ich habe die ganze Nacht nichts anderes getan.«

»Am besten für uns wäre es«, sagte Antonio, »wir könnten die beiden dazu bringen, sich zu trennen. Dann nehmen wir Helga mit und überlassen ihn sich selber. Tun dürfen wir ihm nichts; er könnte später gefunden werden, und wenn Helga davon hört...«

»Wir werden ihm nichts tun«, unterbrach Stefano ihn ruhig. »Vielleicht bricht er sich, wenn er versucht, aus den Bergen herauszufinden, das Genick; das wäre dann nicht unsere Schuld. Sobald er merkt, daß sie nicht mehr weiterkommt, wird er versuchen, Hilfe zu holen. Oder würdest du an seiner Stelle etwas anderes tun?«

»Nein«, sagte Antonio überrascht. Stefano lächelte ein wenig. »Dann brauchen wir nur noch zu warten.«

»Solange er uns in der Nähe weiß«, sagte Antonio, »wird er sie nicht alleine lassen, auch nicht, wenn sie vor Durst schreit. Er wird ihr, wenn er so ist, wie ich ihn einschätze, eher sein Blut zu trinken geben. Das ist ein zäher Bursche, Stefano. Ein anderer hätte ihretwegen nicht seinen Ferrari stehenlassen. Sie muß ihn genauso verhext haben wie...« Er sprach nicht weiter. Stefano fragte: »Wie mich?« Antonio antwortete unsicher: »Das wollte ich nicht sagen, Stefano, aber sie ist eine Frau, die weiß, wie man einen Mann dazu bringt, verrückt zu spielen. Ich sage dir, dieser Bursche ist schon verrückt. Nur ein Verrückter bringt es fertig, für eine Frau, die nicht einmal seine eigene ist, so viel zu riskieren.« Er blickte erbittert in die Tiefe, wo Helga und ihr Begleiter inzwischen die Mulde hinter sich gelassen hatten und zu dem kahlen Höhenrücken hinaufstiegen. Stefano sagte: »In zehn Minuten haben sie es geschafft. Komm!« Er stand auf und hängte sich das Gewehr über die Schulter. »Du hättest es besser im Auto lassen sollen«, sagte Antonio. »Francesco hat mir noch einmal ausdrücklich gesagt, daß wir keine Gewalt anwenden dürfen.«

»Das haben wir auch nicht nötig«, erwiderte Stefano und ging auf dem Grat weiter. Antonio folgte ihm sofort, und Luigi, der sie beobachtet hatte, schloß sich ihnen zögernd an. Sie brauchten nicht mehr weit zu gehen, dann hatten sie den Höhenrücken mit Helga und ihrem Begleiter unmittelbar unter sich. Von hier aus stieg der Grat zuerst sanft, dann immer steiler zum westlichen Vorgipfel des Monte Marquareis hinauf. Seine Nordflanke fiel weniger schroff ab als die Südflanke; sie war auch für einen, der das Klettern nicht gewohnt war, zu ersteigen. Etwa vierhundert Meter unter ihnen schob sich der Höhenrücken wie ein ausgestreckter Arm aus der Nordflanke in das Labyrinth der ihn umgebenden Berggipfel hinein. Stefano forderte seine Brüder auf, sich hinzusetzen. »Falls sie uns noch nicht gesehen haben«, sagte er, »lassen wir sie den halben Weg heraufkommen.«

»Warum nicht den ganzen?« fragte Luigi verständnislos. Antonio grinste. »Er will sie vorläufig nur erschrecken, Luigi, und wenn sie dann merken, daß sie sich die ganze Mühe umsonst gemacht haben, werden sie es so schnell nicht mehr versuchen.« Luigi wandte sich rasch an Stefano: »Was willst du eigentlich? Sie dir schnappen oder nicht?«

»Erklär es ihm«, sagte Stefano zu Antonio und beobachtete durch sein Glas, wie Helga und der Deutsche auf den Höhenrücken kamen. Sie blieben ein paar Minuten stehen und blickten sich nach allen Seiten um. Es sah so aus, als deute Helga zum Grat herauf, aber Stefano hielt es für unwahrscheinlich, daß sie mit dieser Geste ihren Begleiter auf ihn und seine Brüder aufmerksam machen wollte. Vor den kreidefarbenen Felsen des Grats und in der weißen Morgensonne hoben sie sich in ihrer unauffälligen Kleidung wahrscheinlich kaum ab. Er vermutete vielmehr, daß sie dem Deutschen gezeigt hatte, wo die Grenze verlief. Wenn sie über den Grat wollten – und etwas anderes konnten sie nicht im Sinn haben –, gab es für sie keine geeignetere Stelle als diese, weil er hier nicht nur am niedrigsten, sondern auch am leichtesten zu ersteigen war. Etwas später setzten sie sich hin; offenbar wollten sie, bevor sie auf den Grat stiegen, eine Rast einlegen. Auch wenn Stefano nicht wußte, wo sie den Ferrari gelassen hatten, konnte er doch davon ausgehen, daß sie in den vergangenen Stunden einen Höhenunterschied von mindestens tausend Metern überwunden hatten. Da ihr Weg sie zuerst durch den Wald und dann die steile Mulde hinaufgeführt hatte, mußten sie bereits ziemlich erschöpft sein, und noch ehe dieser Tag zu Ende ging, würden sie keinen Schritt mehr tun können. Sie würden die Nacht zwischen Felswänden und ohne ausreichenden Schutz gegen die besonders in den frühen Morgenstunden empfindlich abkühlende Hochgebirgsluft verbringen müssen. Und Helga würde Gelegenheit haben, an ihr verschmähtes Bett in Vernante zu denken.

Stefano setzte sich zu seinen Brüdern, und Luigi, der ihn zufällig anschaute, erschrak vor dem blanken Haß in seinen Augen.

5

Schon der zweistündige Aufstieg von Limone bis zum oberen Waldrand hatte so viel Kraft erfordert, daß DC mir später sagte, er sei mehr als einmal nahe daran gewesen, auf halbem Wege umzukehren. Das Gelände steigt dort so steil an, daß sie sich oft nur von Baum zu Baum schleppen konnten, von den Bodenverhältnissen gar nicht erst zu reden. Der ganze Wald habe auf ihn den Eindruck gemacht, als sei mitten darin ein riesiger Meteor niedergegangen und zwischen den Bäumen in zahllose große und kleine Teile zerborsten. Immer wieder hatten sie Felsklötze umgehen, über sie hinwegklettern oder sich durch dichtes Unterholz arbeiten müssen. Aber noch schlimmer war der Weg durch die geröllbedeckte Mulde gewesen; vom Waldrand aus hatte sie wie eine halbierte Röhre ausgesehen, die direkt in den Himmel führte. Es war wie das Gehen auf einer Treppe von überdimensionalen Ausmaßen, von der man, wenn man sie benutzte, nur die nächsten zwei oder drei Stufen sehen konnte. Erst als sie den kahlen Höhenrücken erreichten, sahen sie auch den Grat, und Helga sagte: »Dort oben muß die Grenze sein. Ich hatte schon Angst, wir würden es nie mehr schaffen.« Sie ließ sich, wo sie gerade stand, auf den Boden fallen, und DC setzte sich neben sie. Es war alles viel schlimmer, als er es sich vorgestellt hatte. Für einen Mann aus Köln, der sein Leben lang Berggipfel entweder nur von unten oder von einem bequemen Skilift aus gesehen hatte, war der hinter ihnen liegende Marsch eine Tortur gewesen; er hätte sich für nichts auf der Welt dazu entschließen können, ihn noch einmal zu unternehmen. Die Erfahrung, daß er kaum mehr dazu taugte, einen Berg zu ersteigen, verwirrte ihn. Er war mit zweiunddreißig noch nicht alt genug, um sich deshalb plötzlich verbraucht zu fühlen, aber er wurde doch zum ersten Male gewahr, daß seine Kondition schlecht war. Das viele Sitzen im Büro und im Auto war ihm nicht bekommen, es bestürzte ihn, daß er, wenn seine Kräfte einmal ernsthaft gefordert wurden, neben einer Frau wie Helga kaum Schritt zu halten vermochte. Er hatte es immer als selbstverständlich angesehen, daß er jeden Berggipfel, wenn er es nur versuchte, genausogut zu Fuß wie mit einem Skilift erreichen könnte, und nun, da er merkte, daß er sich weit überschätzt hatte, war er eher verwundert als bestürzt. Ein kleiner Trost war es ihm, daß er sich vor Helga nicht hatte anmerken lassen, wie hart ihm der Marsch geworden war, er hatte ihr auch dann noch über besonders schwierige Wegstrecken hinweggeholfen, wenn er selber eine stützende Hand hätte brauchen können. Natürlich tat er sich mit seinen dünnbesohlten Schuhen viel schwerer als sie, und sie war eben sieben Jahre jünger als er. Sie hatte ihm auch während ihrer ersten Rast an der Kapelle oberhalb von Limone erzählt, daß sie, nur um hin und wieder eine andere Perspektive zu haben, oft auf die Vernante umgebenden Berge gestiegen sei, wenn auch nie bis zu ihrem Gipfel; das habe sie sich alleine nicht zugetraut. Ihr Gesicht wirkte nach dem anstrengenden Weg eher erfrischt als ermüdet, eher erleichtert als von der Sorge beschattet, sie könnten sich mit diesem Marsch quer über die Berge vielleicht doch zuviel vorgenommen haben. Und als DC sie fragte, ob ihr nicht die Füße wehtäten, lachte sie und antwortete: »Ich halte schon etwas aus. Aber vielleicht dir? Hattest du keine anderen Schuhe dabei?«

»Ich wußte ja nicht, daß ich andere brauchen würde«, sagte er lächelnd. »Mach dir deshalb keine Sorgen; für dich würde ich sogar barfuß über die Berge klettern.« Er blickte über seine Schulter hinweg zum Grat hinauf. Der Weg dorthin war steil, sah aber nicht gefährlich aus. Sie würden zwar, um hinaufzukommen, auch die Hände benutzen müssen; dafür brauchten sie jedoch, sobald sie erst einmal oben waren, nur noch bergabwärts zu marschieren. Er hatte jetzt, da sie der Grenze schon so nahe waren, keine Bedenken mehr.

Die Sonne hatte bereits so viel Kraft, daß sie ihre Wärme auf der Haut spürten. Als sie heute früh aufgebrochen waren, hatte gerade die Dämmerung eingesetzt. Von Signor Mignard hatten sie sich schon nach dem Abendessen verabschiedet und auch gleich ihre Rechnung bezahlt. Er hatte ihnen noch gezeigt, wo der Haustürschlüssel hing, und dann waren sie, ohne einem Menschen zu begegnen, auf die fast dunkle Straße getreten. Und jetzt saßen sie rund eintausend Meter höher auf diesem kahlen Bergrücken in einer Landschaft, die nur aus vegetationslosen Kuppen, Kegeln, Felsplatten, Klippen und Halden zu bestehen schien. Nur hinter den Bergketten im Norden, vor dem dunstigen Horizont, schienen die Gipfel grüne Mützen zu tragen. Helga zeigte DC die Richtung, in der Turin liegen mußte. Sie sagte: »Ich habe es, als ich mit Stefano aus Deutschland gekommen bin, nur vom Zug aus gesehen. Stefano mag die Stadt nicht; er ist nie mit mir hingefahren, obwohl ich ihn oft darum gebeten habe. Ich glaube, er würde lieber in Frankreich leben als hier.« Sie blickte DC an. »Ich bin so froh, daß du bei mir bist, Dieter. Ich hätte es auch ohne dich versucht, aber ich wäre vor Angst sicher gestorben. Als ich noch im Internat war, haben wir einmal eine Bergwanderung mit unserem Mathematiklehrer gemacht und wurden dabei vom Nebel überrascht. Seitdem habe ich in den Bergen Angst.«

»Jetzt auch?« fragte DC. Sie schüttelte den Kopf. »Wenn du bei mir bist, nicht, im Gegenteil, mir ist mit jedem Schritt leichter geworden.«

»Mir nicht«, sagte DC lächelnd. »Eigentlich müßtest du heute morgen sehr müde sein.« Sie küßte ihn errötend auf den Mund und sagte: »Du machst mich eher munter. Ich dich nicht?« Ihre Augen glänzten feucht in der Morgensonne, er legte den Arm um ihre Schultern und preßte sie, überwältigt von seinen Empfindungen, an sich. Sie sagte mit einer sehr festen Stimme: »Ich hab dich wirklich lieb, Dieter. Ich möchte nicht, daß das zwischen uns so rasch zu Ende geht. Wann mußt du wieder zu Hause sein?« Er hatte noch nicht darüber nachgedacht, aber nun, da sie ihn fragte, fiel es ihm schwer, eine Antwort zu geben. Er sagte: »Darüber unterhalten wir uns, wenn wir in Nizza sind.«

»In zwei Wochen?« fragte sie. »Oder in drei?«

Als er aus Modena weggefahren war, hatte er vorgehabt, nur das Wochenende in Nizza zu verbringen, aber was es zu Hause zu erledigen gab, würde er vielleicht noch vierzehn Tage hinausschieben können. Er antwortete: »Sobald ich mit daheim telefoniert habe, weiß ich es besser als jetzt.«

»Mit Marianne?« fragte sie. Er nahm den Arm von ihren Schultern. »Das hängt nicht von ihr ab, ich habe einige wichtige Entscheidungen zu treffen; vielleicht kann ich es auch am Telefon tun.«

»Ich wollte dich nicht daran erinnern«, sagte sie und berührte seine Hand. »Das war dumm von mir.«

»Es war dumm von mir, daß ich dir überhaupt davon erzählt habe«, erwiderte DC und betrachtete die hornförmige Spitze eines kahlen Berggipfels, der sich rechts von ihnen am Ende eines tiefen Tals über einen messerscharf wirkenden Grat schob. Helga fragte: »Woran denkst du?«

»Daß man hier sterben könnte, ohne vielleicht jemals entdeckt zu werden«, sagte DC. »Was ist das für ein Berg?« Er deutete auf den westlichen Vorgipfel des Marquareis. Helga zuckte mit den Schultern. »Ich weiß es nicht, Dieter. Vielleicht hat Stefano, als wir damals auf dem Grat waren, seinen Namen erwähnt; ich habe ihn nicht behalten. Es soll dort oben auch italienische Forts geben; sie sind aber seit Jahren nicht mehr besetzt.« Sie stand auf und sagte lächelnd. »Es ist noch weit bis nach Nizza.« Merkwürdigerweise hatte er fast im gleichen Moment dasselbe gedacht. Er drehte sich um. Der Aufstieg zum Grat schien nur in seinem letzten Drittel beschwerlich zu sein, aber dort gab es glücklicherweise zahlreiche Felshöcker und Zacken, die Halt bieten würden. Das Gelände darunter war schrundig wie die Haut eines Elefanten, in den Fugen des steinigen Bodens hatten sich Disteln eingenistet, ihre dornigen Blätter waren mit weißem Staub bedeckt. DC sagte: »Traust du es dir wirklich zu? Das sind mindestens vierhundert Meter, die wir hinaufmüssen.«

»Wir müßten auch hinauf, wenn ich es mir nicht zutraute«, sagte sie. »Die Tasche wird dich behindern. Sollen wir sie wegwerfen?«

»Mit allem, was dir lieb ist?« fragte er. Sie preßte sich einen Augenblick lang fest an ihn und sagte: »Im Moment habe ich nur dich lieb.«

»Das befürchte ich auch«, sagte er. Sie runzelte die Stirn. »Daß du mich nur im Moment lieb hast«, sagte er. »Komm!« Er faßte sie bei der Hand. Die ersten hundert Meter konnten sie noch auf dem Bergrücken gehen. Dann mußten sie eine flache Mulde durchqueren, und jenseits der Mulde stieg der Boden steil an. Sie kamen nur schrittweise hinauf und mußten in immer kürzeren Abständen immer längere Pausen einlegen. Bis dorthin, wo die ersten Felshöcker aus der kahlen Bergflanke ragten, brauchten sie über eine Stunde. Mit der fortschreitenden Tageszeit wurde es in der Sonne, die jetzt schon hoch über dem Monte Marquareis stand, auf der schattenlosen Bergflanke bereits heiß. Sie setzten sich am Fuße eines Höckers auf seine der Sonne abgewandten Seite und blicken zum Grat hinauf, aber das Gelände über ihnen war so steil und zerklüftet, daß sie ihn nicht mehr sehen konnten. Trotzdem mußte er ihnen schon ganz nahe sein. DC sagte: »Du hast es bald geschafft.«

»Du auch«, sagte sie. »Mir ist unterwegs ein paarmal schwindlig geworden.« Sie preßte die Hände gegen die Brust und atmete tief durch. »Ich habe Durst«, sagte sie. DC öffnete die Tasche. Er hatte sich, weil sie nicht wußten, ob sie unterwegs auf einen Bach oder eine Quelle stoßen würden, von Signor Mignard zwei große Flaschen Mineralwasser mitgeben lassen. Sie machten Helgas Tasche zwar noch schwerer, als sie schon war, aber er war nun doch froh, daß er sie mitgenommen hatte. Während Helga trank, betrachtete er wieder das Gelände oberhalb ihres Rastplatzes. Zwischen zwei fast haushohen Felszacken entdeckte er eine tiefe, vom Regen oder Schneewasser ausgewaschene stufenförmige Rille. Sie führte zwar steil nach oben, trotzdem würden sie dort am sichersten hinaufkommen. Er machte Helga auf sie aufmerksam, sie nickte und sagte: »Das schaffe ich bestimmt, Dieter.«

»Du darfst nur nie zurückschauen«, sagte er und blickte an dem Felshöcker vorbei in die Tiefe. Von oben wirkte der Hang extrem abschüssig. Man würde, wenn man auf ihm ausrutschte oder das Gleichgewicht verlor, vor der flachen Mulde kaum mehr einen Halt finden, zumal man ebensogut in das tiefe Tal östlich des Höhenrückens abgleiten konnte. Wer dort hinabstürzte, hatte kaum eine Chance zu überleben. Merkwürdigerweise war ihm der Aufstieg zu ihrem jetzigen Rastplatz leichter gefallen als der Marsch durch den Wald. Von den schmerzhaften Durchblutungsstörungen in den Beinen und in der Herzgegend, die ihm den Weg bis auf den Höhenrücken so schwer hatten werden lassen, hatte er diesmal kaum etwas gespürt. Er nahm ebenfalls einen Schluck aus der Flasche; das Wasser schmeckte lauwarm. Er drehte sich nach Helga um. Sie hatte sich mit dem Rücken gegen seine Schulter gelehnt und sagte: »Mein Herz klopft, als müßte es zerspringen. Fühl mal.« Sie trug das kurze schwarze Kleid, das sie schon gestern an der Tankstelle getragen hatte. Er legte eine Hand auf ihre Brust und streichelte sie. Später schob er sie über ihre Schulter in den Ausschnitt und ließ sie dort liegen. Ihre verschwitzte Haut fühlte sich kühl an, er küßte ihren Nacken, und, als sie ihm mit geschlossenen Augen das Gesicht zuwandte, auch ihren Mund. Die Berührung ihres Körpers konnte ihn alles andere vergessen lassen. Als sie in der vergangenen Nacht neben ihm eingeschlafen war und er noch lange Zeit den Blick nicht von ihr hatte nehmen können, war ihm der Gedanke, sie jemals verlieren zu sollen, unerträglich gewesen. Er war ihm auch jetzt wieder unvorstellbar, er liebte sie bereits mehr, als er sich, wenn er sich an Marianne erinnerte, eingestehen wollte, und er hatte keine Ahnung, wo und wie das alles enden würde. Er wußte nur, daß er sich bereits in eine Abhängigkeit begeben hatte, die sich nicht mehr rückgängig machen ließ. Und wofür er sich auch entscheiden würde, er würde nie ganz sicher sein können, ob er die richtige Entscheidung getroffen hatte. Er fühlte sich beschwingt und deprimiert zugleich. In der Stille über den Bergen meinte er sein Herz klopfen zu hören. Neben ihm sagte Helga: »Ich war, glaube ich, noch nie so glücklich wie jetzt, Dieter. Ich wünschte, ich könnte etwas davon mitnehmen. Vorhin habe ich mal daran gedacht, wie einfach alles für uns wäre, wenn wir hier einfach sitzenbleiben könnten.«

»Ich auch«, sagte er. »Ich fürchte nur, im Winter wird es hier ziemlich kalt werden. Probleme hast du überall.«

»In Vernante habe ich mir oft gewünscht, tot zu sein«, sagte sie und hielt seine Hand auf ihrer Brust fest. »Obwohl ich, auch wenn es mir mal dreckig geht, gern lebe. Ich war eben unglücklich. Ich glaube, daß die meisten Menschen im Grunde nicht glücklich sind und es einfach verdrängen. Ich kann das nicht. Kannst du es?«

»Vielleicht war ich noch nie unglücklich«, sagte er. »Wenn mir etwas schiefläuft, arrangiere ich mich eben.« Sie wandte ihm das Gesicht zu. »Und das klappt immer bei dir.«

»In der Regel«, antwortete er lächelnd. »Ich tröste mich dann mit anderen, denen das Leben noch übler mitspielt als mir.«

»Eines habe ich noch nicht verstanden«, sagte sie. »Wem schuldest du eigentlich die zweihunderttausend Mark?« Er zog, weil ihm heiß geworden war, sein Jackett aus. »Meiner Bank. Ich mußte vor einem halben Jahr einen Kredit aufnehmen. Er wird in vierzehn Tagen fällig; sie will ihn mir nicht mehr verlängern. Warum, weiß ich auch nicht.«

»Was ist das für eine Bank?«

»Die Deutsche in Köln«, sagte er und küßte ihre Nasenspitze. Sie sagte: »Ich habe nie viel Geld gebraucht, auch nicht, als ich noch bei meinem Vater wohnte. Da bekam ich mein Taschengeld und später, als ich im Büro arbeitete, ein kleines Gehalt. Davon habe ich mir

Schallplatten gekauft oder bin auf den Tennisplatz gegangen, das ist ein Sport, den ich liebe, und man lernt andere Leute kennen. Ein eigenes Auto habe ich mir nie gewünscht, auch nicht den Führerschein gemacht, ich konnte mich nie dazu aufraffen. Mein Vater fährt einen Mercedes, er kauft sich alle zwei Jahre einen neuen. Da haben unsere Arbeiter dann jedesmal Bemerkungen darüber gemacht, mein Vater hat das nie mitbekommen, aber ich. Wenn ein Chef so etwas tut, schafft er nur böses Blut unter den Leuten, die ziehen dann Vergleiche zu dem, was sie selber verdienen. So viel, daß sie große Sprünge damit machen könnten, ist das ja auch nicht, und wenn einer alt ist und sein Leben lang geschuftet hat, muß er mit einer kleinen Rente auskommen. Ich finde das ungerecht, Dieter.«

Er lächelte. »Wenn du dich über solche Dinge aufregen kannst, solltest du in die Politik gehen. Vielleicht würde dich das ausfüllen?«

Sie schüttelte lachend den Kopf. »Dort würde ich mich bestimmt nicht lange halten können, Dieter. Ich würde den Leuten immer nur sagen, was ich denke und nicht, was sie gerne hören wollen. Politiker lassen sich von ihren Wählern korrumpieren. In Vernante liegt das Durchschnittseinkommen umgerechnet bei monatlich achthundert netto; dafür würde bei meinem Vater keiner mehr einen Finger krumm machen. Im Grunde bin ich aber auch nicht viel anders. Mir ist es immer viel zu gut ergangen, und wenn es mir dann einmal weniger gut geht, lasse ich mich genauso korrumpieren wie unsere Politiker. Soll ich dir verraten, womit ich am leichtesten zu korrumpieren bin?«

»Vielleicht damit«, sagte er, ihre Hand an seinen Schoß ziehend. Sie nickte lächelnd. »Damit auch. Du bist wohl nicht müde zu kriegen?«

»Ich habe heute nacht sehr gut geschlafen«, sagte er. »Du übrigens auch. Schläfst du immer auf dem Bauch?«

»Das habe ich schon als Kind getan«, sagte sie und blickte ihn neugierig an. »Hast du mich beobachtet?«

»Ich habe dich von Kopf bis Fuß studiert«, sagte er ernsthaft. »Du hast zwei sehr herzige Bäckchen.«

»Und sonst ist dir nichts aufgefallen?«

»Doch«, sagte er. »Du riechst überall aufregend.« Sie errötete und fragte: »Ja?« Er hielt ihre Hand fest. »Das geht im Nu bei dir«, sagte sie. Er sagte: »Bei dir, wenn ich mich recht entsinne, auch.«

»Nicht ganz so schnell«, sagte sie. »Sieh dich nur an.«

»Ich sehe es«, sagte er. »Es ist besser, du läßt das jetzt.«

»Ich kann nicht«, sagte sie. »Entschuldige vielmals, aber darf ich dich daran erinnern, daß du damit angefangen hast?«

»Ich nehme alle Schuld auf mich«, sagte er. »Aber leider sind wir noch nicht ganz in Nizza.«

»Das wird dich nicht gleich umwerfen«, sagte sie. »Oder findest du es frivol von mir?«

»Ich finde es sehr reizvoll«, sagte er und schob ihr Kleid hinauf. »Vielleicht sind wir aber ein bißchen verrückt.«

»Das macht nichts«, sagte sie. »Ich finde es sehr schön, hin und wieder verrückt zu sein. Wollen wir um etwas wetten?«

»Warum nicht?« fragte er und küßte ihren Nacken. »Worum geht es?« Sie lächelte nur. Er sagte: »Die verlierst du.«

»Ich weiß nicht«, sagte sie mit gerötetem Gesicht und legte ein Bein über seine Knie. »Ich mache es dir sogar ganz leicht. Siehst du! So ist es doch einfacher für dich.«

»Sicher praktischer«, räumte er ein. »Wenn es dich nicht zu sehr anstrengt?«

»Nein, gar nicht«, sagte sie. »Ich finde es sehr bequem so.«

»Vielleicht sitze ich nicht bequem für dich«, sagte er. Sie öffnete seinen Gürtel und sagte: »So geht es. Warnst du mich vorher?«

»Nein«, sagte er.

»Ich merke es auch so«, sagte sie. »Soll ich den Slip ausziehen?«

»Es wäre noch schöner«, sagte er und half ihr dabei. »Du hältst heute lange durch.«

»Du auch«, sagte sie. Er preßte die Lippen auf ihren Mund und sagte: »Nicht so heftig. Du hattest einen riesengroßen Vorsprung.«

»So riesig war er nicht«, sagte sie. »Du hast schon vorhin an mir rumgemacht.«

»Aber doch nicht hier«, sagte er.

»Oben bin ich genauso empfindlich«, sagte sie. »Ich glaube, du hältst es zurück!«

»Wie soll ich das?«

»Ich bin kein Mann«, sagte sie. »Könntest du es nicht?«

»Ich habe es noch nie versucht«, sagte er. »Man tut es ja auch nicht deshalb, glaube ich.«

»Nein«, sagte sie lächelnd. »Ich würde es nicht fertigkriegen. Bis wo hinauf willst du eigentlich noch?«

»Tu ich dir weh?«

»Nein«, murmelte sie mit zuckenden Lippen. »Ich glaube, du gewinnst.« Er hörte sie plötzlich stöhnen und dann einen kleinen Schrei ausstoßen. Sie kniete sich mit einer raschen Drehung ihres Körpers über ihn, schlang die Hände um seinen Nacken und bedeckte sein Gesicht mit heftigen Küssen. »Komm«, sagte sie atemlos. »Es macht mir nichts aus; ich bin jetzt ganz offen.« Er hatte, kaum daß sie ihn aufnahm, einen fast endlosen Orgasmus, und während der ganzen Zeit küßte sie sein Gesicht und murmelte unaufhörlich: »Ich liebe dich.« Später machte sie sich von ihm los und ging mit ihrer Tasche auf die andere Seite des Felshöckers. Sie blieb so lange weg, daß er unruhig wurde und nach ihr schaute. Sie saß mit übereinandergeschlagenen Beinen am Boden und ließ sich die Sonne ins Gesicht scheinen. Als sie ihn sah, streckte sie ihm die Hand entgegen und sagte: »Ich bin so glücklich, daß ich dir nicht mehr in die Augen schauen konnte, Dieter. Waren wir sehr dumm?« Er küßte sie und setzte sich neben sie. Sie sagte: »Ich wünsche mir oft, es würde mir nicht so viel bedeuten. Man kann sich als Frau so schrecklich abhängig davon machen. Ich hatte mal eine Zeit, da konnte ich keinen Tag ohne das sein. Hast du solche Zeiten auch?«

»Ja«, sagte er. Sie wandte ihm das Gesicht zu; ihre Augen waren feucht. »Ich verliere immer«, sagte sie lächelnd. »Aber du warst auch nahe dran. Ja?«

»Hast du es nicht gefühlt?« fragte er. Sie nickte. »Doch, es war...« Sie sprach nicht weiter. »Schön?« fragte er.

»Ich war fast am Sterben«, sagte sie. »Ich hatte es noch nie so rasch hintereinander. Vielleicht ist das nicht normal.«

»Bei dir ist alles normal«, sagte er, und er hätte sie schon wieder streicheln mögen. Sie sagte: »Wenn mir das einmal nichts mehr bedeutet, möchte ich nicht länger leben. Ich möchte lieber blind sein oder taub oder alles andere. Ich kann mich darauf freuen wie sonst auf nichts. Es ist für mich identisch mit leben, aber ich möchte es nicht mehr mit einem Mann tun müssen, den ich nicht liebe. Bei Stefano habe ich nichts mehr empfunden. Ich verstehe es nicht, aber es war so.«

»Seit wann? Doch nicht schon immer?«

»Nein«, sagte sie. »Ich weiß auch nicht mehr, wann und wie es dazu gekommen ist. Weißt du, Stefano kann nicht warten, er ist dann jedesmal gleich so direkt; er ließ mir nie Zeit, mich darauf einzustellen. So was wie eben zwischen uns wäre bei ihm nie möglich gewesen, er wollte es dann gleich richtig und ohne auf mich zu warten.« Sie betrachtete ihn. »Vielleicht sollte ich dir das nicht erzählen. Es ist genauso, als würde man schmutzige Wäsche waschen.«

»So empfinde ich es nicht«, sagte DC und griff nach ihrer Hand. »Vielleicht hat es dich in deinem Unterbewußtsein an die drei jungen Männer erinnert.«

»Daran habe ich auch schon gedacht«, sagte sie. »Es gibt da einen Zusammenhang; ich kann ihn dir aber nicht erklären. Es ist nicht so, daß ich unbedingt in einen Mann verliebt sein muß, um etwas dabei zu empfinden. Ich muß nur einfach in Stimmung sein; ich kann das nicht erzwingen; es kommt von alleine oder gar nicht. Natürlich, mit einem, der nicht mein Typ ist, könnte ich nicht. Das heißt, ich könnte vielleicht, aber es wäre nicht so wie eben. Beim Essen geht es mir manchmal genauso, ich habe großen Appetit auf irgendwas, aber wenn es dann auf den Tisch kommt, plötzlich überhaupt nicht mehr. Das klingt sicher alles blöd, was?« Er schüttelte den Kopf und preßte ihre Hand an den Mund. Sie sagte: »Du warst gleich mein Typ, Dieter. Jetzt ist natürlich alles ein bißchen schwierig geworden für mich. Als ich dich gestern mittag zum erstenmal sah, dachte ich, du seist einer von denen, die in allem ganz sachlich bleiben können, aber so einer wäre auch vorhin sachlich geblieben.«

»Das mußt du mir erklären«, sagte DC lächelnd. Sie kicherte. »Na ja, daß du in einer solchen Situation noch einen Kopf dafür hast.«

»Dafür habe ich ja keinen Kopf gebraucht«, sagte er. »Und wenn wir es wieder tun, dann so, daß ich gleichzeitig auch deinen hübschen Popo küssen kann.«

»Das geht doch gar nicht«, sagte sie verwundert. Er biß leicht in ihren kleinen Finger und fragte: »Nein?« Sie wurde rot und sagte: »Du bist ja ganz schlimm«.

»Aber du hättest nichts dagegen?« fragte er. »Oder darf ich nicht darauf hoffen?«

»Hoffen darfst du auf alles«, sagte sie und schob ihren Finger weit in seinen Mund. Dann stand sie rasch auf und zog ihr Kleid glatt. »Gehen wir?« fragte sie.

Als er etwas später vor ihr in die steile Rille einstieg, fühlte er seine Schläfen glühen, als hätte er hohes Fieber.

Die Rille war etwa drei Meter breit und zwei Meter tief, sie wurde jedoch, je höher sie hinaufstiegen, immer flacher. Sie führte auch nicht geradlinig zum Grat empor, sondern im Zickzackkurs an den vielen Felshöckern vorbei, die wie die Knöchel einer Faust überall aus der Bergflanke ragten und den Blick nach oben verwehrten. Sie machten den Aufstieg zwar noch mühsamer, weil zeitraubender, andererseits hatten sie den Vorzug, daß man an ihrer bergwärts gewandten Seite Verschnaufpausen einlegen konnte, ohne ständig den schwindelerregenden Blick zurück in die Tiefe ertragen zu müssen, der besonders Helga zu schaffen machte. Auf den letzten fünfzig Metern war die Rille so steil angestiegen, daß sie oft nur auf allen vieren weitergekommen waren, wobei DC von der schweren Tasche stark behindert wurde. Sie mußten immer öfter stehenbleiben. Später, als der Anstieg noch steiler wurde und die stufenförmigen Formationen der Rille die Höhe eines Tisches hatten, konnten sie sie nur überwinden, indem DC zuerst hinaufkletterte und Helga an den Händen nachzog. Sie sagte keuchend: »Von unten hat es viel weniger schlimm ausgesehen. Am liebsten würde ich mir mit einem Taschentuch die Augen verbinden. Mir wird jedesmal schlecht, wenn ich zurückschaue.«

»Tu es nicht«, sagte DC. »Schau immer nur nach oben. Ich mache es genauso.« Er lächelte. »Ich habe mir meine Reise nach Frankreich auch etwas einfacher vorgestellt.« Er blickte wieder den Berg hinauf; wenn er sich nicht sehr täuschte, mußten die kammartigen Felszakken, die über den nächsten, fast haushohen Felsbrocken weißlichgrau in den nun schon tiefblauen Himmel hinausragten, bereits zum Grat gehören, aber bis dorthin war es noch immer ein Höhenunterschied von sechzig bis achtzig Metern. Er sagte: »Warte hier; ich will mir das erst einmal anschauen. Vielleicht entdecke ich eine Stelle, wo wir leichter hinaufkommen.«

»Nein«, sagte sie rasch. »Bleib hier! Wenn dir etwas passiert...«

»Das werde ich uns beiden Schönen nicht antun«, sagte er und kletterte weiter. Die Rille führte jetzt wieder hinter einem etwa fünf Meter hohen Felsbrocken vorbei; ihre Stufen wurden hier flacher; sie waren sehr glatt, er rutschte, als er sich hinaufzog, ein paarmal mit den Schuhen aus, konnte sich jedoch, da er die Tasche zurückgelassen und jetzt beide Hände frei hatte, jedesmal rechtzeitig festklammern. Da das Klettern seine ganze Aufmerksamkeit erforderte, schaute er kein einziges Mal nach oben, und als ihm ein kleiner, runder Stein entgegenkam, der wie ein harmloser Kinderball von Stufe zu Stufe hüpfte, versuchte er ihn, damit er Helga nicht erschreckte, aufzufangen. Er verfehlte ihn jedoch und sah ihn hinter dem nächsten Felshöcker in der Rille verschwinden. In der Befürchtung, es könnten ihm noch mehr folgen, blickte er die Rille hinauf. Er war dem Grat schon viel näher, als er gehofft hatte, die Rille endete zwischen zwei pyramidenförmigen Felszacken keine vierzig Meter über ihm, und genau dort, wo sie sich spitzwinklig selbst zu strangulieren schien, standen drei Männer. Sie standen völlig reglos und blickten unverwandt zu ihm herunter. Sie trugen graue Hosen, die an den Knien ausgebeult waren, derbe Bergstiefel und kurzärmelige Hemden. Einer von ihnen, ein schlanker Mann mit einem Oberlippenbärtchen, hielt ein langläufiges Jagdgewehr in den Händen, und der Mann rechts von ihm war derselbe, der am Lenkrad des quer zur Straße stehenden Kleinpritschenwagens bei Limone gesessen hatte. Jetzt bückte er sich und ließ einen Stein die Rille herunterrollen. DC beobachtete, wie er, genau wie der erste auch, von Stufe zu Stufe hüpfte, und diesmal konnte er ihn auffangen. Er behielt ihn in der Hand, unfähig, sich zu einem Entschluß durchzuringen. Die Erkenntnis, daß alles, was er in den vergangenen zwanzig Stunden unternommen hatte, um Helga die Flucht vor Stefano und seinen Brüdern zu ermöglichen, umsonst gewesen war, legte sich lähmend auf sein Hirn, aber er empfand keine Furcht, keine Verzweiflung, sondern nur Enttäuschung und Wut. Er hatte kein Gefühl dafür, wie lange er schon auf der Stelle stand. Erst als er Helga seinen Namen rufen hörte, schaute er sich nach ihr um. Sie tauchte eben hinter dem nächsten Felshöcker auf, und ihr Gesicht, das bei seinem Anblick Erleichterung ausgedrückt hatte, wurde unvermittelt schneeweiß. Er sah, wie sie eine Hand gegen den Mund preßte, als wollte sie einen Schrei unterdrücken, dann ließ sie die Hand sinken und blickte über ihn hinweg zu Stefano und seinen Brüdern hinauf. Sie rührten sich noch immer nicht vom Fleck, und DC gewann, je länger er sie betrachtete, immer mehr den Eindruck, daß sie nicht vorhatten, zu ihnen herunterzukommen. Er verstand es nicht, auch nicht, wie sie es fertiggebracht hatten, sie in diesem unübersichtlichen Gelände ausfindig zu machen, aber nun, da er wieder einigermaßen klar denken konnte, verlor er keine Zeit mehr. Er sagte, ohne sich nach Helga umzudrehen: »Schaffst du es allein hinunter?«

»Nein«, sagte sie. Diesmal drehte er sich nach ihr um. Er sagte: »Du mußt es versuchen.«

»Ich gehe nicht ohne dich weg«, sagte sie. Er sagte ruhig: »Ich glaube nicht, daß sie uns hier schnappen wollen; sie hätten uns sonst auf den Grat hinaufkommen lassen. Bitte, steig hinunter, Helga. Du mußt es allein versuchen.«

»Nein«, sagte sie. Er kletterte, ohne sich länger um die drei Männer zu kümmern, zu ihr und zog sie an der Hand hinter den Felshöcker, damit sie von ihnen nicht mehr gesehen werden konnten. Er küßte sie und sagte: »Ich werde dich nie mehr um etwas bitten, aber diesmal muß ich es tun. Ich möchte nur sehen, ob sie uns folgen oder nicht. Ich komme dir nach, sobald ich weiß, was sie vorhaben.«

»Er wird dich erschießen«, sagte sie mit tonloser Stimme. Er schüttelte den Kopf. »Er hätte mich schon erschießen können, bevor ich ihn entdeckt habe; sie haben mich viel früher gesehen als ich sie. Ich weiß noch nicht, was sie damit bezwecken und ob es für uns überhaupt noch sinnvoll ist, uns noch weiter anzustrengen. Wenn wir sie nicht abschütteln können, gehst du zu ihnen.«

»Und du?« fragte sie. Er trat einen Schritt zurück und warf wieder einen Blick auf den Grat; die drei Männer hatten ihren Platz nicht verlassen; es bestärkte ihn in seiner Vermutung, daß sie etwas ganz anderes im Schilde führten, als sie hier zu stellen. Er antwortete: »Sobald ich erst einmal hier heraus bin, werde ich dich holen, und zwar ganz offiziell, verlaß dich darauf. Ich hätte das von Anfang an tun sollen: dich in Vernante lassen und später in Begleitung eines Anwalts abholen. Leider wußte ich da noch nicht, was ich jetzt weiß. Er hat überhaupt keine Chance, dich gegen deinen Willen in Vernante festzuhalten, Helga; er muß verrückt sein. Welcher von ihnen ist es? Der mit dem Gewehr?« Sie nickte und krallte die Hände in seine Arme. »Das weiß er doch alles selbst, Dieter«, sagte sie verzweifelt. »Vielleicht ist er verrückt, aber denken kann er genausogut wie du und ich. Wenn er dich entkommen läßt, kann er ebensogut mich entkommen lassen.« Er dachte darüber nach, dann sagte er: »Kann sein, aber er weiß auch, daß du, wenn er mich vor deinen Augen erschießt, nicht den Mund halten wirst, und wenn sie mich mit einer Kugel im Kopf finden, ist er auch so gut wie tot. Vielleicht kommen sie deshalb nicht herunter.« Er lächelte erleichtert. »Ja, das wird es sein. Ich glaube, wir können es riskieren, zusammen hinunterzusteigen.«

»Ich verstehe dich nicht«, sagte sie und blickte ihn aus weitgeöffneten Augen an. Er sagte: »Solange wir zusammen sind, kann mir nicht viel passieren, und dir auch nicht. Komm!« Er war sich seiner Sache inzwischen so sicher geworden, daß er sich nicht einmal mehr die Mühe machte, noch einmal nach Stefano und seinen Brüdern zu schauen. Nachdem er den schlimmsten Schock überwunden hatte, fühlte er sich schon fast wieder zuversichtlich. Es wurde ihm auch rasch klar, daß es für Helga unmöglich gewesen wäre, allein die steile Rille hinabzusteigen. Da sie jetzt immer den abschüssigen Hang vor sich hatten und ein Fehltritt zu einem verhängnisvollen Sturz in die Tiefe hätte führen müssen, erwies sich der Rückweg als viel anstrengender und gefährlicher als der Aufstieg. Besonders jener Teil der Rille mit den hohen, stufenförmigen Absätzen, deren Ränder wie von Schnee und Regen poliert aussahen, war tückisch. Sie konnten sie nur bezwingen, indem sie sich gegenseitig abstützten, und sie brauchten für denselben Weg fast die doppelte Zeit. Erst später, als die Absätze niedriger wurden, kamen sie besser voran. Da sie bis zu der flachen Mulde keine Rast einlegten, hatten sie, als sie unten ankamen, kaum mehr einen trockenen Faden am Leib. Trotzdem folgten sie noch ein Stück dem kahlen Höhenrücken. Obwohl sich DC mehrmals umschaute, konnte er von Stefano und seinen Brüdern nichts sehen, auch dann nicht, als sie weit genug gegangen waren, um die ganze Wand mit dem Grat überblicken zu können, aber selbst wenn sie noch oben gestanden hätten, wäre es ohne Fernglas kaum möglich gewesen, sie vor dem zerklüfteten Hintergrund des felsigen Grats ausfindig zu machen. Vielleicht steckten sie schon hinter einem der Felshöcker im oberen Drittel der Bergflanke und beobachteten von dort aus, wohin sie gingen. Helga, die jetzt einen erschöpften Eindruck machte, starrte mit zurückgelegtem Kopf hinauf und sagte atemlos: »Wo sind sie nur? Ich verstehe das nicht, Dieter. Warum sind sie uns nicht nachgekommen?« Er war darauf gefaßt gewesen, daß sie nun verzweifelt sein würde, aber sie wirkte erstaunlich gefaßt.

Er sagte: »Sie werden abwarten, was wir tun. Ich bringe dich jetzt nach Vernante. In spätestens zwei Tagen hole ich dich ab; wenn es sein muß, mit einer ganzen Kompanie Carabinieri.«

»Nein«, sagte sie und wandte ihm das Gesicht zu. »Ich bleibe bei dir. Ich würde lieber auf der Stelle tot umfallen, als noch einmal nach Vernante zu gehen. Oder willst du mich loswerden?« Er erinnerte sich der Striemen auf ihrer Haut; vielleicht würde es ihr, wenn Stefano sie zu fassen bekam, noch schlimmer ergehen als bei ihrem letzten Ausreißversuch. »Diesen Zeitpunkt habe ich wohl schon verpaßt«, sagte er mit einem kleinen Lächeln. »Weißt du hier irgendwo ein Hotel?« Sie blickte stumm in sein Gesicht. »Oder wenigstens einen Gasthof«, sagte er und betrachtete die endlosen Bergketten. »Auf ein Zimmer mit Bad würde ich ausnahmsweise verzichten. Nach Limone können wir wohl nicht mehr?« Sie schüttelte den Kopf. »Jetzt müßte ich dort ständig fürchten, er käme plötzlich zur Tür herein. Er würde uns auch gar nicht mehr nach Limone kommen lassen; er ist ein Teufel. Ich könnte ihn umbringen, ohne daß es mir etwas ausmachte. Luigi ist auch bei ihm; in Vernante hat er immer so getan, als stünde er auf meiner Seite. Wir haben einen Fehler gemacht, Dieter; wir hätten uns von Signor Mignard auch etwas zu essen mitgeben lassen sollen. In der Tasche ist zwar noch etwas Schinken und Brot von gestern, aber das Brot wird schon trocken sein. Ich könnte mich zu Tode ärgern, daß wir nicht daran gedacht haben. Wer weiß, wie lange wir jetzt unterwegs sein werden.«

»Ich fürchte, nicht lange«, sagte DC. »Sie werden uns nicht mehr aus den Augen lassen, und sicher können sie besser marschieren als du und ich.« Sie fragte ruhig: »Ist es dir lieber, wenn wir uns trennen?«

»Nein«, sagte er. »Ich weiß im Moment nur nicht recht, wie wir weitermachen sollen. Weißt du es?«

»Ich weiß es auch nicht«, sagte sie. »Ich mache, was du machst. Ich komme auch zwei Tage ohne Essen aus. Wenn es sein muß, auch drei. Vielleicht finden wir zum Schlafen irgendwo eine Hütte. Dann warten wir eben, bis sie weg sind.« Sie blickte wieder zum Grat hinauf. »Ob sie uns noch sehen können?«

»Stefano hatte ein Fernglas am Hals hängen«, sagte DC. »Sicher beobachtet er uns.«

»Dann küß mich«, sagte sie und legte die Arme um ihn. »Er soll sehen, daß du mich küßt. Er soll daran kaputtgehen, wenn er uns zuschaut. Oder hast du jetzt Angst, mich zu küssen?«

»Nicht sehr«, antwortete DC und küßte sie auf den Mund. Dann sah er, daß sie weinte. Er wünschte jetzt auch, daß Stefano ihnen zuschaute; er empfand einen fast animalischen Haß auf ihn. Über ihren Kopf hinweg betrachtete er, wie schon ungezählte Male an diesem Morgen, die Landschaft; sie schien nirgendwo aufzuhören und nirgendwo anzufangen, sie war überall gegenwärtig, anmutig, pittoresk und furchteinflößend zugleich. Mit einem unnatürlich blauen Himmel und ein paar weißen Federwolken, die schwerelos und duftig südwärts trieben oder auch nordwärts oder wohin auch immer. Er hatte noch nie in seinem Leben so viel Angst, aber auch noch nie soviel Zärtlichkeit empfunden. Er legte die Hand auf das verschwitzte Kleid über ihrem Schoß und sagte: »Mein Liebes.« Er erinnerte sich, wie es vorhin war und wie sie in der vergangenen Nacht mit den Zehen seine Lenden liebkost hatte. Er erinnerte sich an jedes Detail ihres Körpers, und er grub, während er sich erinnerte, die Finger in sie. Er war so verrückt nach ihr, daß er kaum mehr wußte, was er tat, empfand oder sich hätte anders wünschen wollen außer ihr. In diesem Augenblick hätte er für sie sterben können, aber weil es sicher angenehmer war, mit ihr zu leben, fragte er: »Wollen wir jetzt wieder etwas anderes tun?« Sie schüttelte, das Gesicht an seine Schulter gepreßt, den Kopf, und dann merkte er, daß sie vor unterdrücktem Lachen fast erstickte. Er griff rasch unter ihr Kinn und zwang sie, ihn anzuschauen; sie hatte vor Lachen Tränen in den Augen. Er fragte besorgt: »Fehlt dir etwas?« Aber sie schüttelte wieder den Kopf und stammelte: »Bist du komisch, Dieter! Mein Gott, bist du so verrückt komisch.« Sie riß sich von ihm los, drehte sich rasch um und hielt, während ihre Schultern noch immer vor Lachen zuckten, die Hände an den Mund. Schließlich ließ sie sie sinken und betrachtete eine kleine Weile die geröllbedeckte Mulde, aus der sie heute morgen heraufgekommen waren. Dann ging sie zur anderen Seite des Höhenrückens und blickte in das steilwandige Tal hinab. Es führte zuerst parallel zum Grat nach Osten und verlor sich weiter hinten in nordöstlicher Richtung am Fuße des Monte Marquareis im Labyrinth der Berge. DC ging zu ihr und fragte: »Woran denkst du?« Sie antwortete: »Ich versuche mich zu erinnern, wie der große Berg da hinten heißt. Stefano hat mir, als wir zusammen auf dem Grat waren, erzählt, er sei wie ein Eckpfeiler der Grenze. Von dort oben führt sie nach Süden.«

»Nach Menton«, sagte DC nickend. »Ich bin dort schon auf der Küstenstraße nach Frankreich gefahren.«

»Dann brauchen wir doch nur um den Berg herumzugehen?«

»Vielleicht«, sagte er. »Aber nicht von hier aus.«

»Warum nicht?«

Er wies mit dem Kinn zum Grat hinauf. »Sie können von dort aus jeden Schritt von uns beobachten, ohne daß wir sie sehen, und wenn wir dann an einer anderen Stelle hinaufsteigen, brauchen sie nur wieder auf uns zu warten.«

»Dann weiß ich auch nicht mehr, was wir noch tun könnten«, sagte sie. »Mir ist jetzt alles egal, Dieter.«

»Mir nicht«, sagte er und folgte mit dem Blick dem nach Norden führenden Höhenrücken. Er fiel in dieser Richtung sanft ab; von allen Möglichkeiten, die ihnen blieben, war diese die einzige, die sich vielleicht noch lohnte. Er sagte: »Wir müssen versuchen, sie vom Grat herunterzulocken; solange wir nie genau wissen, wo sie stekken, können wir sie auch nicht abschütteln.«

»Wie willst du das machen?« fragte sie. Er grinste. »Indem wir etwas tun, womit sie sicher nicht rechnen. Aber das kann eine ziemlich anstrengende Sache werden; vielleicht werden wir eine Nacht ohne Bett verbringen müssen.«

»Darauf kommt es nicht mehr an«, sagte sie. »Ich habe nur noch nicht verstanden, wie du dir das vorstellst. Sie brauchen uns, um uns nicht aus den Augen zu lassen, doch nur nachzulaufen.« DC blickte auf seine Armbanduhr; er schätzte, daß sie für den Abstieg etwa vierzig Minuten gebraucht hatten. Auch wenn Stefano und seine Brüder sich sehr beeilten, würden sie es kaum unter einer halben Stunde schaffen; es würde alles davon abhängen, wie das Gelände am Ende des Höhenzugs, der sich wie die Spitze eines Schuhs nach Norden verjüngte, beschaffen war, aber das ließ sich von da aus, wo sie standen, nicht beurteilen. Er sagte: »Ich erkläre es dir gleich. Kannst du gut rennen?«

»So gut wie du«, sagte sie. »Oder traust du es mir nicht zu?« Er sagte lächelnd. »Es hätte ja sein können, daß du dich jetzt zu müde dafür fühlst.«

»Ich habe dir vorhin gesagt . . .«

»Daß ich dich muntermache«, sagte er. »Davon rede ich nicht, Liebes, ich rede von unserem kleinen Spaziergang bis hierher.« Er ging die Tasche holen; Helga beobachtete stumm, wie er seine Brieftasche hineinsteckte, sein Jackett über die Schulter legte und noch einmal zum Grat hinaufschaute. Dann griff er nach ihrer Hand und sagte: »Wir laufen jetzt so schnell wie wir können auf diesem Berg weiter, bis wir in ein Tal kommen. Wenn wir ein wenig Glück haben, schaffen wir es, ehe sie vom Grat heruntergeklettert sind.«

»Aber das ist doch eine völlig falsche Richtung«, sagte sie. »Da kommen wir viel zu weit von der Grenze weg, Dieter.«

»Nur vorübergehend«, sagte er. »Solange die Sonne so hoch am Himmel steht, kann ich mich einigermaßen orientieren. Oder hast du kein Vertrauen zu mir?«

»Doch«, sagte sie. »Ich konnte mir nur nicht denken, was du damit bezweckst. Vielleicht stoßen wir in dieser Richtung auf ein Dorf. Irgendwo muß da hinten Sankt Bartolomeo liegen.«

»Turin nicht zu vergessen«, sagte er. »Ich glaube nicht, daß wir dein schönes Sankt Bartolomeo finden werden, aber wenn, dann zünde ich dort für uns eine Kerze an. Willst du wieder mit mir wetten?«

»Ich weiß nicht«, sagte sie und nahm ihm das Jackett ab. »Ich bin schon lange nicht mehr gelaufen. Du?«

»Immer nur hinter hübschen Frauen und Geld her«, sagte er. »Komm!« Sie rannten los. Da der Boden unter ihnen sanft abfiel und stellenweise mit dürrem Gras bewachsen war, kamen sie auf den ersten vierhundert Metern gut voran, dann wurde er felsig, und sie mußten ihr Tempo drosseln. DC, der keinen Augenblick lang Helgas Hand losließ, stolperte mit der schweren Tasche ein paarmal, konnte sich jedoch jedesmal noch rechtzeitig fangen. Obwohl sie schon nach wenigen Minuten ihre Kräfte verausgabt hatten und nur deshalb keine Pause einlegten, weil sie meinten, es dem anderen schuldig zu sein, noch ein Weilchen durchzuhalten, legten sie den etwa zwei Kilometer langen Weg auf dem Höhenrücken in einem Zug zurück. Erst als er sich zu einem immer schmaler werdenden Grat verengte und steil vor ihnen abfiel, ließen sie sich völlig erschöpft zu Boden fallen und warteten, bis sie wieder zu Atem gekommen waren. Schon auf dem Weg hierher hatte DC feststellen können, daß sich seine Hoffnung, sie würden am Ende des Höhenrückens ein bewaldetes Tal finden, nicht erfüllte. Seine linke Flanke senkte sich fast senkrecht in eine tiefe Schlucht, deren Grund nicht abzusehen war. Auf der rechten Seite war der Boden weniger abschüssig, führte jedoch in ein enges Tal mit einer geröllbedeckten Sohle. Von ihm zweigte ein anderes Tal rechtwinklig zu einem hohen Bergsattel ab, hinter dem wieder, den östlichen Horizont ausfüllend, der mehrgipfelige Gebirgsstock zu sehen war, dessen Name Helga nicht kannte. Von hier aus wurde deutlich, daß er sich weit nach Norden vorschob und daß sie, wenn sie ihn umgehen wollten, ihre bisherige Richtung noch mehrere Kilometer beibehalten müßten. Auch der schroff zu ihm hinaufführende Grenzkamm, den zu überklettern sie durch Stefano und seine Brüder gehindert worden waren, konnte DC von ihrem Platz aus ein großes Stück weit überschauen. Aus dieser Perspektive wirkte er fast unbesteigbar, es fiel DC schwer, sich vorzustellen, daß sie vor noch nicht ganz einer Stunde nur wenige Dutzend Meter unterhalb von ihm gewesen sein sollten. Es schien kaum einen Fleck in all diesen zahllosen Bergen zu geben, der von dort oben aus nicht einzusehen war, und bis zu diesem Augenblick hätten es Stefano und seine Brüder nicht nötig gehabt, ihnen, um sie nicht aus den Augen zu verlieren, auch nur einen Schritt nachzusetzen. Trotzdem hoffte er darauf, daß die eingeschlagene, für ihren Weg über die Grenze scheinbar völlig sinnwidrige Marschrichtung, Stefano und seine Brüder dazu bewogen hatte, ihren Platz auf dem Grat zu verlassen und ihnen zu folgen. Schließlich mußten sie auch damit rechnen, daß Helga und DC durch die unerwartete Begegnung eingeschüchtert, ihre Absicht, die Grenze zu überschreiten, endgültig aufgegeben und sich dazu entschlossen hatten, ihnen nach Norden zu entkommen.

Wenigstens dort sah es für diesen Zweck nicht ganz so ungünstig aus, denn unterhalb ihres Rastplatzes tat sich ein völlig zerklüftetes, von kleinen Schluchten und engen Tälern durchschnittenes Gelände auf. Er brauchte eine ganze Weile, um sich darüber schlüssig zu werden, an welchem dieser kahlen Gipfel vorbei und welchem kahlen Tal in welcher Richtung zu folgen sich am Ende als nützlich erweisen könnte, um etwa dorthin zu gelangen, wo der mehrgipfelige Gebirgsstock am weitesten nach Norden reichte. Er schätzte, daß es ein Weg von drei Stunden war; sie könnten es, mit etwas Glück und Ausdauer, bis zum Nachmittag schaffen. Dann würden sie versuchen müssen, an seiner Ostflanke vorbei ein Stück weit parallel zur Grenze nach Süden und später in westlicher Richtung nach Tende zu kommen. Aber vorher würden sie wieder den Grat überklettern müssen, und vielleicht war er dort noch steiler als hier. Sie würden dafür weitere fünf oder sechs Stunden brauchen, und nicht einmal sicher sein können, ob Stefano und seine Brüder sie nicht auch schon dort erwarteten. Und wenn dies nicht der Fall war, würden sie auf der anderen Seite hinunterklettern müssen und in der Dunkelheit in eine Landschaft geraten, die kaum weniger schlimm aussah als diese hier, und sie würden nie wissen, wo sie tatsächlich waren und wohin sie nun wirklich marschierten.

Er blickte Helga an. Sie saß schwer atmend neben ihm und betrachtete die Landschaft zu ihren Füßen. Er fragte: »Wo liegt dieses Bartolomeo?«

»Ich weiß nicht«, sagte sie. »Irgendwo da.« Sie machte eine unbestimmte Bewegung. Dann wandte sie ihm das Gesicht zu. »Es sieht schlecht aus, Dieter. Ja?«

»Mit einer guten Karte wäre es kein Problem«, antwortete er. »Aber auch so ist es nur eine Zeitfrage. Soweit ich es beurteilen kann, ist der Grat, auf dem die Grenze verläuft, die Wasserscheide. Wenn man von dort aus nach Süden marschiert, kommt man automatisch ans Mittelmeer, und wenn man nach Norden marschiert, nach Turin.«

»Dorthin wollen wir aber nicht«, sagte sie. »Oder hast du es dir anders überlegt?«

Er hatte es sich nicht anders überlegt, und selbst, wenn er es sich anders hätte überlegen wollen, sie hätten nicht viel damit gewonnen, denn wenn alles so klappte, wie er hoffte, würden sie in Nizza Helgas alten Personalausweis vorfinden. Einen Augenblick lang fühlte er sich versucht, ihr davon zu erzählen, aber wenn es nicht geklappt hatte, würde er sie damit nur unnötig verärgert haben. Er hatte ohnehin noch keine Ahnung, wie er ihr seine selbständige Handlungsweise beibringen sollte, zumal er nicht wußte, wie sie darauf reagieren würde. Er antwortete: »Nein. Ich habe dir eben ja gesagt, daß es nur eine Zeitfrage ist. Wenn wir genug zu essen und für die Nacht warme Kleidung hätten, wäre es mir egal, ob wir zwei oder vier Tage brauchen, um nach Nizza zu kommen.« Er grinste. »Ich hatte allerdings gehofft, schon das Wochenende mit dir dort verbringen zu können. Ich fürchte, daraus wird nun nichts. Wenn ich wüßte, wo der nächste Ort ist, würden wir noch einmal übernachten und erst morgen früh über die Grenze gehen. Nach allem, was du mir erzählt hattest, bin ich davon ausgegangen, wir würden spätestens um diese Zeit in deinem kleinen Hotel in Tende sein.«

»Wenn Stefano nicht gewesen wäre«, sagte sie, »könnten wir jetzt bald dort sein. Das werde ich ihm nie verzeihen.« DC lächelte. »Er dir sicher auch nicht.« Er stand auf. »Wir müssen weiter, sonst sind wir umsonst gerannt. Schaffst du es noch bis da hinunter? Wir müssen einen Platz suchen, wo sie uns, falls sie uns nachkommen, nicht so rasch finden können. Vielleicht in dieser Schlucht.« Er zeigte ihr, welche Schlucht er meinte. Sie sagte: »Bis dorthin schaffe ich es noch. Kann ich vorher einen Schluck zu trinken haben?« Obwohl eine der beiden Mineralwasserflaschen bereits halb leer war, gab er sie ihr. Er selbst trank nichts.

Der schroff abfallende Grat führte sie in ein Tal, das nur noch aus Felsen bestand. Nach Osten stieg es etwas an und gabelte sich nach einigen hundert Schritten. Während der rechte Teil unterhalb einer Wand in eine Geröllhalde mündete, verengte sich der linke zu einer Schlucht mit fast senkrechten Felswänden. In der Mitte befand sich ein kleines, steiniges Bachbett. Im Frühjahr nach der Schneeschmelze würde hier genug Wasser fließen, aber jetzt war es völlig ausgetrocknet. Immerhin war es in der Schlucht angenehm kühl; auf dem Höhenrücken hatte die Sonne schon heiß auf den nackten Fels gebrannt. Die Schlucht war etwa dreißig Meter breit, die Wände auf beiden Seiten wurden, je tiefer sie hineinkamen, immer höher; oft hatte es den Anschein, als ob sie sich überneigten. Ihre Sohle war keilförmig eingeschnitten und nur im Bachbett zu begehen, und auch dort erschwerten die vielen Steine das Vorankommen. Da der Boden sich jedoch senkte und die Schlucht ganz offensichtlich in die Tiefe führte, vermutlich in ein Tal, das ihre Richtung kreuzte, konnten sie in der nächsten halben Stunde eine größere Strecke ohne neue Rast zurücklegen, und der Gedanke, daß sie mit jedem Schritt die Entfernung zwischen sich und Stefano vergrößerten, spornte sie immer wieder neu an. Wenn sie einmal stehenblieben, so nur, um sich zu küssen. Helga sagte dann jedesmal: »Entschuldige bitte« oder: »Danke vielmals.«

6

Von den drei Männern auf dem Grenzkamm reagierte Stefano auf die unerwartete Verhaltensweise von DC und Helga am wenigsten überrascht. Antonio meinte: »Jetzt sind sie verrückt geworden!« Und Luigi sagte: »Dahin können sie doch nicht laufen!«

»Warum nicht?« fragte Stefano. Seine Brüder starrten ihn verständnislos an; Antonio sagte: »Aber dort kommen sie doch niemals über die französische Grenze!«

»Vielleicht haben sie es sich inzwischen anders überlegt«, sagte Stefano und beobachtete, das Fernglas an den Augen, wie Helga und der Deutsche auf dem kahlen Höhenrücken vor ihnen wegrannten und immer kleiner wurden. Dann forderte er seine Brüder auf, ihm zu folgen. Sie stiegen, ohne sonderliche Eile, den abschüssigen Hang auf den Höhenrücken hinab. Antonio fluchte ein paarmal, verlor aber sonst kein Wort, und auch Luigi verhielt sich schweigsam. Hier, einige hundert Meter unterhalb des Grats, war es schon viel wärmer als oben. Stefano betrachtete im Gehen den Himmel; der Tag würde genauso heiß werden wie der gestrige; er wußte jetzt, daß seine Erwartungen sich erfüllen würden. Er ging nicht rasch, jedoch mit großen Schritten; Luigi, der kleiner war als seine Brüder, hatte Mühe, ihnen zu folgen. Seit er in Tende als Lastwagenfahrer arbeitete, brauchte er kaum mehr zu Fuß zu gehen, er war auch früher schon lieber gefahren als marschiert; mit sechzehn hatte er sein erstes Moped bekommen, mit zwanzig war er stolzer Besitzer eines gebrauchten Fiats 500, und seit einem Jahr fuhr er einen Fiat 128 mit Frontantrieb und Einzelradaufhängung. Sein Herzenswunsch war ein Fiat X1/9, aber so viel Geld würde er, selbst wenn er ihn gebraucht erstehen könnte, nie haben; ein X1/9 gehörte wohl zu jenen

Dingen auf der Welt, auf die ein Mann wie er, wenn er bald eine eigene Familie gründen will, verzichten muß, und sobald man erst einmal verheiratet war, würde man auf noch mehr verzichten müssen. Allerdings liebte er seine künftige Frau so sehr, daß er sie sogar einem Ferrari oder einem Maserati vorgezogen hätte, und während er unlustig und belästigt von dem ungewohnten Rucksack und von einem kleinen Stein, der sich in seinen rechten Schuh eingeschlichen hatte, hinter seinen Brüdern herlief, dachte er mit Unbehagen an die bevorstehende Auseinandersetzung mit seinem Chef, der ihm die plötzliche Erkrankung seiner Mutter sicher nicht geglaubt hatte und vermuten würde, er habe sich nur ein verlängertes Wochenende machen wollen. Mit einem verlängerten Wochenende hätte er Besseres anzufangen gewußt als in den Bergen herumzulaufen und sich über den Stein im Schuh zu ärgern. Um ihn zu entfernen, hätte er stehenbleiben und den Schuh ausziehen müssen, und dazu konnte er sich nicht aufraffen. Er begann, ohne daß es ihm bewußt wurde, zu humpeln, und wünschte, der Tag wäre schon vorüber, aber so, wie es jetzt aussah, würden sie vielleicht noch zwei Tage in den Bergen herumsteigen müssen; er wurde, als er daran dachte, immer verdrossener. Allerdings hätte er Stefanos Bitte, ihn zu begleiten, schlecht zurückweisen können, nicht nur, weil er sein Bruder war, den er sehr bewunderte, sondern auch aus anderen Gründen; dazu gehörte, daß Stefano sämtliche Wartungs- und Reparaturarbeiten an seinem Fiat 128 kostenlos und bevorzugt ausführte. Er brauchte nur zu ihm in die Werkstatt nach Limone zu fahren und einen Wunsch zu äußern, dann ließ Stefano seinetwegen jede andere Arbeit liegen. Da durfte er ihn, wenn er einmal einen eigenen Wunsch hatte, nicht enttäuschen, auch wenn er deshalb am Montag Ärger mit seinem Chef und vielleicht auch mit seiner Braut haben würde, die sich bestimmt keinen Vers darauf machen konnte, wieso ihm auf einmal eine Bergwanderung mit seinen Brüdern wichtiger war als ein Wochenende mit ihr – aber es war ihm in der Eile keine bessere Ausrede eingefallen.

Auch Antonio hatte Sorgen, auch er hatte sich ganz kurzfristig von seinem Chef einen Tag freigeben lassen müssen, weil, wie er ihm erzählt hatte, seine Frau plötzlich hohes Fieber bekommen habe und er sich deshalb um sie und um das Kind kümmern müsse. Selbstverständlich würde er den Tag nicht bezahlt bekommen, das Geld würde ihm im nächsten Monat wieder fehlen, ausgerechnet jetzt, wo er sich endlich dazu entschlossen hatte, ein Fernsehgerät anzuschaffen. Freilich würde er sich das Gerät trotzdem leisten können, schließlich war er ein hochqualifizierter Kraftfahrzeugmechaniker, und so einer verdiente auch in Cuneo nicht schlecht. Das Geld für die Anschaffung würde er künftig dadurch einsparen, daß er weniger auf den Fußballplatz ging und sich die Spiele am Bildschirm anschaute. Trotzdem war es, fand er, nicht in Ordnung, daß er wegen dieser deutschen Schlampe einen so hohen Verdienstausfall hatte, und wenn es nach ihm gegangen wäre, hätten sie nicht so viel Zeit damit verloren, hinter ihr herzulaufen, statt sie endlich einzuholen und dorthin zu bringen, wo sie hingehörte. Mit ein paar schnellen Schritten setzte er sich an Stefanos Seite und sagte: »Wenn sie tatsächlich nicht mehr über die Grenze wollen, Stefano, werden sie es zu Fuß nie schaffen, aus den Bergen herauszukommen; Helga müßte das eigentlich wissen. Ich halte sie nicht für so dumm, einfach draufloszulaufen. Vielleicht wollen sie uns nur täuschen.«

»Das werden wir bald erfahren«, sagte Stefano. »Ich war einmal mit ihr in Sankt Bartolomeo; sie wird noch ungefähr wissen, wo es liegt.« Antonio sagte bedenklich: »Das könnten sie schaffen; was tun wir dann?«

»Hast du schon einmal eine kleine Schraubenmutter in einem Steinhaufen gesucht?« fragte Stefano. Antonio schüttelte verwundert den Kopf. Dann grinste er. »Sie könnten es nur finden, wenn sie genau wüßten, wo es liegt, andernfalls marschieren sie links oder rechts daran vorbei und landen in Cuneo oder Peveragno, aber bis dahin wollte ich an ihrer Stelle nicht marschieren müssen.«

»Ich glaube, sie haben etwas anderes vor«, sagte Stefano. »Vielleicht hätten wir uns den Weg hinunter ersparen können; ich wollte mich aber nicht darauf verlassen.« Er blickte über die Schulter zurück. Luigi ging etwa fünfzig Schritte hinter ihnen. »Wir hätten ihn daheim lassen sollen«, sagte Antonio. »Wenn es darauf ankommt, ist er genauso unzuverlässig wie Filippino.« Stefano sagte: »Es ist möglich, daß wir sie einmal vorübergehend aus den Augen verlieren, dann brauchen wir auch ihn; ich hätte ihn sonst nicht mitgenommen.«

»Es paßt ihm nicht, was du mit ihr vorhast«, sagte Antonio. »Mit ihm hat sie sich immer am meisten unterhalten, oder ist dir das nie aufgefallen? Sie hatte eine Schwäche für ihn.«

»Darüber brauchen wir jetzt nicht mehr zu reden«, sagte Stefano.

Er ging, ohne Rücksicht auf Luigi, etwas schneller, und bald darauf erreichten sie den steil abfallenden Grat. Von hier aus hatten sie Einblick in mehrere kahle Täler, die alle von Süden nach Norden verliefen. Antonio sagte beunruhigt: »Ich sehe sie nicht, Stefano. Siehst du sie?« Stefano deutete nach halbrechts, wo sich die Felsen zu der Schlucht verengten. »Sie können nur hier weitergegangen sein, sonst müßten wir sie sehen.«

»Aber dort geht es nicht nach Sankt Bartolomeo«, sagte Antonio und grinste wieder. Er begann, gegen seinen Willen, an der Verfolgung Spaß zu gewinnen. »Wo führt die Schlucht hin?« fragte er. Stefano, der sich von weiter oben aus die Landschaft eingeprägt hatte, antwortete: »Wir brauchen ihnen nicht nachzugehen; ich weiß, wo wir sie wieder sehen werden. Komm!« Sie stiegen in das Tal hinab, schlugen jedoch nicht den Weg durch die Schlucht ein, sondern folgten rechts davon dem kahlen Tal, bis es vor einer Felswand endete. An ihrem Fuß war eine Geröllawine niedergegangen. Sie umgingen die Wand, indem sie die linke Talseite hinaufstiegen; sie war oft so steil, daß sie klettern mußten. Als sie den Kamm erreichten, lag unter ihnen wieder ein Tal, noch schroffer als jenes, aus dem sie herausgekommen waren. Sie konnten es in seiner gesamten Länge überschauen. Im Süden wurde es von den nördlichen Ausläufern des Monte Marquareis begrenzt; sein unterer Teil endete am Fuße eines hohen Berges mit senkrechten Wänden. Stefano sagte: »Der Monte Jurin! Dort kommen sie nicht weiter.« Er zeigte Antonio die Stelle, wo die Schlucht in das Tal einmündete, und sagte: »Dort werden sie heraus- und dann hier unten vorbeikommen; sie haben keine andere Möglichkeit. Wären sie, so wie wir, hier heraufgeklettert, hätten sie sich zehn Kilometer ersparen können. Sie werden noch mehr Umwege machen müssen. Wir warten hier auf sie.« Er sah sich wieder nach Luigi um; er war noch etwa hundert Meter unter ihnen. Antonio schnürte den Rucksack auf und gab Stefano die Thermosflasche; der Kaffee war inzwischen lauwarm geworden. Stefano trank einen kleinen Schluck und setzte sich dann, das Gewehr über die Knie legend, auf den Boden. Antonio tat es ihm gleich und sagte: »Man muß es eben auch im Kopf und nicht nur in den Beinen haben. Was schätzt du, wie lange sie das durchhalten werden?«

»Wir werden es sehen«, sagte Stefano und betrachtete das Tal dort, wo es sich unter ihnen gabelte. Nach rechts zog es sich auf den kahlen Höhenrücken zu, den sie vorhin heruntergekommen waren. Sein linker Teil führte am Fuße des Monte Marquareis vorbei genau nach Osten und war nur ein kleines Stück weit einzusehen. Ihm würden die beiden vermutlich folgen. Die nach Norden abfallenden Flanken des Monte Marquareis wurden in dieser Richtung so schroff, daß sie nicht zu begehen waren. Von seinen Gipfeln aus würde der Blick über die steil abfallende Talwand hinab zur Talsohle verwehrt sein. Besser sah es auf der anderen Seite aus. Ein schmaler Grat erstreckte sich etwa zweihundert Meter über ihr parallel zum Tal. Es war nicht schwer abzuschätzen, daß man von ihm aus nicht nur die Talsohle, sondern auch die Landschaft ostwärts davon überwachen könnte. Er sprach mit Antonio darüber und sagte dann: »Wir warten, bis sie hier vorbei sind, dann gehen wir hinüber.«

»Ein schöner Weg«, sagte Antonio und blickte in das Tal hinab und dann auf den jenseits gelegenen Grat. »Warum nicht gleich? Sie gewinnen sonst, bis wir hinunter- und auf der anderen Seite wieder hinaufgestiegen sind, einen Vorsprung.«

»Ich möchte erst hinübergehen, wenn ich sicher bin, daß sie diese Richtung auch tatsächlich einschlagen«, antwortete Stefano und fragte Luigi, der jetzt zu ihnen kam: »Willst du etwas essen?« Luigi schüttelte stumm den Kopf. Antonio gab ihm die Thermosflasche und erklärte ihm, weshalb sie hier warteten. Nachdem er getrunken hatte, sagte Luigi: »Wenn wir hier sitzenbleiben, können sie uns sehen.«

»Das sollen sie«, sagte Stefano. Antonio grinste: »Damit sie sich keine Sorgen um uns zu machen brauchen. Sie werden sich wundern, daß wir schon wieder vor ihnen hier sind.« Er rieb sich erwartungsvoll und vergnügt die Hände. Luigi sagte: »Wenn sie irgendwo Wasser finden, halten sie es vielleicht noch drei Tage durch.«

»Bestimmt«, sagte Antonio grinsend. »Sie brauchen nur an die nächste Quelle zu gehen! Wenn du so klug bist, weißt du sicher auch, wo sie eine finden werden. Vielleicht da unten?« Er deutete feixend in das felsige Tal zu ihren Füßen. Luigi schwieg. Er bereute immer mehr, sich auf diese Sache eingelassen zu haben. Er konnte nicht einmal ein Tier leiden sehen, ohne den Wunsch zu verspüren, ihm zu helfen. Antonio sagte: »Sie wird nicht gleich daran sterben, wenn sie einmal einen Tag lang nichts zu trinken hat. Je größer ihr Durst ist, desto größer wird auch ihre Freude darüber sein, wenn wir sie fragen, ob wir sie einladen dürfen, mit uns nach Vernante zu kommen. Sie wird so froh darüber sein, daß sie vor Dankbarkeit uns allen um den Hals fallen und den Deutschen freiwillig auffordern wird, sich zum Teufel zu scheren. Wetten, daß sie sich dann nie wieder zu einem Ferrarifahrer ins Auto setzt?«

»Und was wird aus ihm?« fragte Luigi. »Laden wir ihn auch ein, mit uns nach Vernante zu kommen?« Antonio wechselte einen raschen Blick mit Stefano und sagte: »Was der Tedesco macht, kann uns egal sein; wer seine Nase in fremder Leute Wäsche steckt, soll selber sehen, wie er mit ihren Flöhen zurechtkommt. Hast du Mitleid mit ihm?«

»Wir können ihn nicht einfach verdursten lassen«, sagte Luigi aufsässig. »Dann könnte Stefano ihn gleich erschießen. Francesco hat gesagt, daß ihm nichts passieren darf. Ich würde so etwas jedenfalls nicht mitmachen.« Er wandte sich entschlossen an Stefano: »Das muß ich auch dir sagen: Ich mache so etwas nicht mit, Stefano. Ich mache alles für dich, aber ich möchte nichts damit zu tun haben, wenn ihm etwas passiert. Ich möchte, daß ihr das wißt.« Stefano nickte ruhig. »Wir wissen es jetzt, Luigi. Du wirst nichts damit zu tun haben. Sobald du dich ausgeruht hast, kannst du nach Tende zurückgehen; den Rucksack läßt du hier. Wir haben nicht vor, uns an dem Deutschen zu vergreifen; er soll selber sehen, wie er hier wieder herauskommt.«

»Das ist doch dasselbe!« widersprach Luigi. »Wenn ihr ihn so weit in die Berge treibt, daß er nicht mehr herausfindet, ist es dasselbe. Wenn er tot aufgefunden wird, wissen alle in Vernante, daß wir dahinterstecken.« Antonio, der vor Ärger ein krebsrotes Gesicht hatte, fuhr ihn gereizt an: »Du bist ein Dummkopf, Luigi, du hast noch immer nicht begriffen, daß wir, wenn er ungeschoren davonkommt, genausogut hätten daheim bleiben können. Soll ich dir sagen, was er tun wird, sobald er den nächsten Carabiniere sieht? Er wird ihm erzählen, daß wir eine deutsche Staatsangehörige gegen ihren Willen in Vernante festhalten, und soll ich dir sagen, wie der Carabiniere reagieren wird? Er wird sich mit ihm in ein Auto setzen und nach Vernante fahren. Er wird Helga verhören, und wenn sie die Aussagen des Deutschen bestätigt, wird er sie mit zum nächsten Carabinieriposten nehmen und protokollieren, was sie gesagt hat. Und anschließend wird er sie laufen lassen, wohin sie will. Wenn du zu nichts anderem mitgekommen bist, als ihr dazu zu verhelfen, dann werde ich keinem Menschen gegenüber mehr erwähnen, daß du mein Bruder bist.«

»Sei still«, sagte Stefano. Antonio wandte ihm schnell das Gesicht zu. »Wenn du es ihm nicht sagst, Stefano, dann tue ich es. Ich weiß, daß er in sie verknallt ist, und du weißt es auch, aber sie ist deine Frau und nicht die seine. Er soll erst mal trocken hinter den Ohren werden, bevor er sich um Frauen kümmert, die ihn . . .« Er verstummte, weil Luigi mit käsigem Gesicht aufgestanden war. Er drehte ihnen den Rücken zu und stieg, ohne sie noch einmal anzuschauen, das Tal hinab, aus dem sie heraufgekommen waren. Antonio sagte fassungslos: »Er geht tatsächlich! Aber dann ist er für mich so gut wie gestorben, das schwöre ich dir, Stefano.«

»Es ist besser so für ihn und auch für uns«, sagte Stefano. Er legte das Gewehr neben sich und folgte Luigi. Er rief seinen Namen, und als er stehenblieb, ging er zu ihm und berührte seine Schulter. »Ich danke dir, daß du mitgegangen bist, Luigi«, sagte er mit warmer Stimme. »Sag Mamma Bescheid, es kann Sonntagabend werden, bis wir zurückkommen; sie soll sich deshalb keine Sorgen machen. Wirst du das erledigen?« Luigi nickte. Er blickte unsicher an ihm vorbei und sagte: »Ich lasse dich nicht gern im Stich, Stefano. Es stimmt, ich habe Helga immer gemocht, aber nicht so, wie Antonio es jetzt meinte. Gerade deshalb möchte ich da nicht zuschauen müssen. Ich habe auch nicht zugeschaut, als du sie geschlagen hast; Mamma hat es mir erzählt. In einem Punkt hat Antonio recht: Sie ist deine Frau und nicht die meine; du kannst mit ihr tun, was du willst, nur möchte ich nicht dabei sein.«

»Ihr wird nichts passieren«, sagte Stefano. »Sobald ich mit ihr in Vernante bin, spreche ich mich mit ihr aus. Dem Deutschen möchte ich nur einen Denkzettel verpassen; mehr nicht. Er soll wissen, daß man einem Benedetti nicht ungestraft die Frau wegnehmen kann. Du brauchst dir seinetwegen keine Gedanken zu machen. Falls er wirklich zu den Carabinieri gehen sollte: Er hat Francesco angefahren und zweimal Fahrerflucht begangen; das bringt ihn bei uns für einige Monate ins Gefängnis, und bis dahin wird er keine Lust mehr verspüren, sich noch länger um Helga zu kümmern.«

»Wenn das so ist . . .« sagte Luigi erleichtert. Stefano nahm die Hand von seiner Schulter. »Es ist trotzdem besser, du gehst nach Hause«, sagte er. »Ich habe dir nun gesagt, was ich vorhabe. Es wird aber nicht allein von mir abhängen, ob alles so verläuft, wie ich es hoffe, und falls doch etwas schiefgehen sollte, dann möchte ich dich nicht mit hineinziehen.« Er lächelte. »Es wird Mamma beruhigen, wenn sie dich sieht; an dir hängt sie am meisten. Geh jetzt!«

»Und du bist nicht enttäuscht?« fragte Luigi, nur halb beruhigt. Stefano küßte ihn auf die Wange und kehrte zu Antonio zurück. »Hast du schon etwas sehen können?« fragte er.

Antonio schüttelte verdrossen den Kopf. Obwohl ihm seine heftigen Worte bereits leid taten, war er noch nicht bereit, es sich einzugestehen, er sagte: »Ich war gleich dagegen, ihn mitzunehmen. Ich habe es nur getan, weil du es so gewollt hast. Ich sage dir, er ist doch in sie verknallt.«

»Sie gefällt ihm eben«, sagte Stefano. »Wenn ihr euch alle so viel um sie gekümmert hättet wie er, wäre sie vielleicht nicht weggelaufen.«

»Das wäre zuerst deine Aufgabe gewesen«, erwiderte Antonio trotzig. Stefano schwieg. Weil es in der Sonne immer heißer wurde, zog er sein Hemd aus. Er schätzte mit den Blicken die Entfernung zur jenseitigen Talwand ab. In einer halben Stunde könnten sie drüben auf dem Grat sein; er brauchte sich über den Vorsprung, den Helga und ihr Begleiter dabei gewinnen würden, keine Gedanken zu machen. Antonio, der mit seinen Gewissenskonflikten nicht mehr ins reine kam, sagte mürrisch: »Was ist er auch so empfindlich! Ich habe ihm immer geholfen, wenn er mich gebraucht hat. Da darf man doch auch einmal den Mund aufmachen!«

»Du machst ihn zu oft auf«, sagte Stefano. »Es ist mir lieber, wir brauchen keine Rücksicht mehr auf ihn zu nehmen; er ist noch zu jung, um es anders sehen zu können. Wenn er erst verheiratet ist, wird er genauso denken wie wir.« Er blickte auf seine Armbanduhr. »Vor einer Stunde brauchen wir nicht mit ihnen zu rechnen. Wenn du willst, kannst du schlafen. Ich wecke dich.«

»Ich bin nicht müde«, sagte Antonio. Er überlegte, was seine Frau in diesem Augenblick tun würde, sicher war sie noch beim Einkaufen; er lebte immer ein wenig in der Furcht, jemand könnte ihr heimlich das Kind wegnehmen, wenn sie den Wagen, während sie im Geschäft war, vor der Tür stehenließ. Es brauchte ja nicht gleich einer zu sein, der Geld erpressen wollte, es gab auch andere, die an hübschen Kindern Gefallen fanden, weil ihnen eigene versagt geblieben waren, und jene, die es des Geldes wegen taten, konnten ja nicht wissen, ob die Eltern arm oder reich waren. Vielleicht wäre es klüger gewesen, einen einfachen statt einen so teuren Kinderwagen zu kaufen; als Vater hatte man nichts als Sorgen.

Er drehte etwas den Kopf und betrachtete den Grenzkamm, von dem sie vorhin heruntergestiegen waren. Er versperrte wie eine ungeheure zerklüftete Mauer den ganzen südlichen Horizont, stieg oft schroff an, um dann wieder zu einem flachen Sattel abzufallen. Der tiefe Einschnitt des Colle di Tenda war von hier aus deutlich zu erkennen, auch die kahle Kuppe, auf der die alte Paßstraße die Grenze überschritt. Weiter links kletterte der Kamm steil zum westlichen Vorgipfel des Monte Marquareis und von dort zum Hauptgipfel hinauf, wo er nach Süden abknickte und aus dem Blickfeld entschwand. Die zarten Wolkenschleier des frühen Morgens hatten sich in der Hitze aufgelöst, der Himmel sah aus wie ein Tuch, das sich seidig blau über die Berge spannte. Es gab dort oben kaum einen Gipfel oder Grat, den Antonio nicht schon einmal erklettert hatte, aber das lag über zehn Jahre zurück. Seit er berufstätig war, fand er keine Zeit mehr, in den Bergen herumzusteigen.

Es dauerte über eineinhalb Stunden, bis Helga und ihr Begleiter in dem kahlen Tal zu ihren Füßen auftauchten. Entweder hatten sie in der Schlucht eine längere Rast eingelegt oder insgesamt fast zwei Stunden gebraucht, um sie zu durchschreiten. Stefano beobachtete durch sein Glas, wie sie dort, wo die Schlucht in das Tal mündete, eine Weile unschlüssig stehenblieben. Dann kamen sie langsam näher. Er gab Antonio das Fernglas. »Scheinen schon fast am Ende zu sein«, sagte Antonio, nachdem er sie einige Sekunden beobachtet hatte. »Sie kommen kaum mehr voran.«

»Das Tal steigt in dieser Richtung steil an«, gab Stefano zu bedenken. »Sie sind jetzt schon seit mindestens sechs Stunden unterwegs.« Antonio grinste. »Hätte ich ihr nicht zugetraut«, sagte er mit widerwilliger Bewunderung. »In Vernante war sie nicht so gut zu Fuß. Ich an ihrer Stelle wäre, wenn ich dieses Tal gesehen hätte, in die Schlucht zurückgekehrt und hätte es in einer anderen Richtung versucht.«

»Sie wollen noch immer über die Grenze«, sagte Stefano und kaute wieder an seinen Fingerknöcheln. »Von hier aus können sie es nur noch tun, indem sie den Monte Marquareis umgehen.«

»Dann wünsche ich ihnen viel Spaß dabei«, sagte Antonio, und diesmal grinste er nicht. Sie mußten noch eine halbe Stunde warten, bis die beiden fast unterhalb ihres Rastplatzes waren. Stefano ergriff wieder einen kleinen Stein und ließ ihn über die schroff abfallende Bergflanke zu ihnen hinunterrollen. Sie beobachteten, wie er immer schneller wurde und zu hüpfen anfing. Etwa fünfzig Meter vor den beiden erreichte er die Talsohle; sie schienen ihn jedoch nicht bemerkt zu haben und setzten ihren Weg unverändert fort. Antonio sagte: »Du mußt sie noch näher herankommen lassen, Stefano. Nimm einen größeren.« Er stand auf, suchte in der Umgebung nach einem passenden Stein und warf ihn dann, aufrecht stehend, in einem hohen Bogen in die Tiefe. Diesmal wurde er von Helga und ihrem Begleiter bemerkt, sie verhielten den Schritt und blickten eine Weile herauf. In seinem Glas konnte Stefano deutlich erkennen, wie sie miteinander redeten; es war offensichtlich, daß sie von ihnen bemerkt worden waren. Einem weiteren Stein, den Antonio zu ihnen hinabrollen ließ, wichen sie aus, indem sie einige Schritte zurücktraten. »Kannst du ihre Gesichter sehen?« fragte Antonio. »Ich würde zehntausend Lire dafür geben, wenn ich hören könnte, worüber sie reden.« Stefano gab ihm wieder das Glas, aber die Entfernung zu der Talsohle war zu groß, um mehr von ihnen zu erkennen, als daß Helgas Begleiter noch immer ihre Tasche und sie ein Kleidungsstück über dem Arm trug; augenscheinlich war es sein Jackett. Antonio gewann den Eindruck, daß sie nicht mehr recht wußten, was sie tun sollten, sie blieben, miteinander redend, längere Zeit stehen, dann deutete der Deutsche mit ausgestrecktem Arm talaufwärts, und sie setzten sich wieder in Bewegung. »Sie wollen es also doch versuchen«, sagte Antonio. Stefano nickte. »Sie werden eingesehen haben, daß es für sie zwecklos ist, in die Schlucht zurückzukehren. Bis sie dort wieder hinaufgeklettert wären, würden wir an ihrem Ausgang schon auf sie warten. Soviel haben sie inzwischen mitbekommen.« Obwohl er nicht daran zweifelte, daß sie sich an der Gabelung des Tals nach links wenden und dem Fuße des Monte Marquareis folgen würden, beobachtete er gespannt ihren weiteren Weg, und als sie sich an der Gabelung tatsächlich nach links wandten, stand er rasch auf, hängte sich Luigis Rucksack auf den Rücken und nahm das Gewehr in die Hand. Zusammen mit Antonio, der ihm sofort folgte, kletterte er die steile Talwand hinab. Als sie die Talsohle erreichten, waren Helga und ihr Begleiter bereits aus ihrem Blickfeld verschwunden. Ohne sich einen Augenblick lang Ruhe zu gönnen, durchquerten sie das Tal und stiegen so rasch sie konnten auf der anderen Seite zu dem schmalen Grat hinauf. Sie benötigten dazu etwa eine halbe Stunde und folgten ihm dann dorthin, wo das Tal sich gabelte. Hier änderte der Grat seine bisher von Norden nach Süden verlaufende Richtung in eine nach Nordosten führende; sie hatten jetzt, während sie auf dem Grat weitergingen, einen ungehinderten Blick in das Tal. Ihr Weg war nicht ungefährlich, denn auch links von ihnen fiel der Berg sehr steil in ein Tal ab, und oft war der Grat kaum mehr als fußbreit. Es gab jedoch auch Stellen, wo sie ihn leichter begehen konnten. Sehr bald wurde ihnen bewußt, daß Helga und ihr Begleiter nach der neuen, unerwarteten Begegnung ihr Marschtempo wesentlich beschleunigt hatten, denn sie mußten dem Grat längere Zeit folgen, bis das Paar hinter einer Talkrümmung wieder sichtbar wurde. Sie bewegten sich, etwa einen Kilometer von ihnen entfernt, noch immer auf der Talsohle, schienen allerdings, weil der Boden dort wieder anstieg, langsamer geworden zu sein. Das Tal schlängelte sich in vielen Windungen und den Konturen des Monte Marquareis folgend in nordöstliche Richtung, aber dann geschah etwas für Stefano und Antonio völlig Unerwartetes. Ein von links einmündendes schmales Quertal setzte ihrem Weg auf dem Grat ein jähes Ende. Ein einziger Blick genügte, um Stefano davon zu überzeugen, daß die fast senkrechten Talflanken mit den ihnen zur Verfügung stehenden Mitteln nicht zu bezwingen waren. Sie hätten sich, um die Verlängerung des Grats jenseits des Quertals zu erreichen, abseilen müssen. Da der Abstieg über seine Flanken auf ihrem bisherigen Weg ebenfalls nur mit einem Seil möglich gewesen wäre, mußten sie entweder dorthin zurückkehren, wo sie mit dem Aufstieg begonnen hatten, oder versuchen, im unteren Teil des Quertals nach einem Abstieg zu suchen. In beiden Fällen würden sie viel Zeit und Helga sowie ihren Begleiter vielleicht aus den Augen verlieren. Er unterhielt sich mit Antonio darüber. Während dieser sich dafür aussprach, es im Quertal zu versuchen, neigte Stefano eher für Umkehr. Er sagte: »Wir wissen dann wenigstens mit Sicherheit, wo wir hinunterkommen. Wenn wir dem Quertal folgen, wissen wir es nicht.« Antonio sagte verdrossen: »Wir hätten gleich im Tal bleiben sollen, Stefano; wenn wir umkehren, wird ihr Vorsprung so groß, daß wir sie kaum mehr einholen können. Außerdem wissen wir nicht, in welcher Richtung sie weitergehen werden.«

»Es gibt für sie jetzt nur noch eine Richtung«, sagte Stefano. Er legte ihm die Hand auf die Schulter. »Ihnen im Tal folgen zu wollen, hat jetzt keinen Sinn mehr; ich muß auf den Monte Marquareis. Von dort aus kann ich die Grenze nach Westen und nach Süden überblicken; sie werden es wieder irgendwo versuchen; sie haben gar keine andere Möglichkeit mehr.« Antonio wischte sich mit dem Handrücken den Schweiß von der Stirn. »Ich hoffe, du weißt, wovon du da redest, Stefano. Wenn du auf den Monte Marquareis willst, mußt du auf den Hauptkamm zurück; es gibt von hier aus keinen anderen Weg hinauf.« Stefano nickte. »Das weiß ich, Antonio. Ich könnte auch versuchen, ihn, so wie sie es machen, zu umgehen, aber dazu ist ihr Vorsprung jetzt schon zu groß. Sobald wir wieder auf dem Höhenrücken sind, steige ich allein hinauf. Ich kann von dir nicht verlangen, daß du mitkommst.« Er drehte sich um und ging denselben Weg zurück. Sie mußten wieder das Tal durchqueren und zu der Stelle hinaufsteigen, an der Luigi sich von ihnen getrennt hatte. Bis dorthin, wo sie vom Hauptkamm auf den kahlen Höhenrücken heruntergekommen waren, brauchten sie, obwohl sie kein einziges Mal stehenblieben, fast zwei Stunden. Sie ließen sich atemlos zu Boden fallen, und Antonio holte die Thermosflasche aus dem Rucksack. Er war wütend, deprimiert und am Ende seiner Kräfte. Trotzdem sagte er, als Stefano sich anschickte, den Inhalt der beiden Rucksäcke umzupacken: »Du glaubst doch nicht im Ernst, daß ich dich jetzt allein lasse, Stefano! Wir haben diese Sache gemeinsam angefangen und wir bringen sie auch gemeinsam zu Ende. Darüber diskutiere ich nicht mit dir.«

»Auch ich habe nicht die Absicht«, sagte Stefano lächelnd.

7

DC meinte einmal nach seiner Rückkehr in einem Gespräch zwischen uns, Helgas Art, auf ihre damaligen gemeinsamen Abenteuer zu reagieren, habe ihm, von Ausnahmen abgesehen, ihre wirklichen Empfindungen nie richtig bewußt werden lassen. Dies scheint mir charakteristisch für sie zu sein und schon deshalb bemerkenswert, als sie sich über den tödlichen Ernst, mit dem Stefano ihre Verfolgung betrieben hatte, viel früher klar gewesen sein mußte als DC, der, wie er mir sagte, wenigstens noch in den ersten Tagen ständig das Gefühl gehabt hatte, er sei versehentlich in die Dreharbeiten zu einem Italo-Western geraten. Im weiteren Verlauf, als auch er den Ernst ihrer Situation immer mehr zu begreifen begann, faßte er, seiner Art entsprechend, eher mit Sturheit als mit Kleinmut die Gegebenheiten ins Auge. Spätestens nach der zweiten Begegnung hatten sie sich über Stefanos Absichten keinen Zweifel mehr hingeben können. Trotzdem hatten sie, da eine Umkehr sinnlos gewesen wäre, ihren Weg fortgesetzt, und erst eine Stunde später, als sie das Tal schon längst hinter sich gelassen und Zugang zu einem anderen gefunden hatten, das wieder in ihre alte Richtung nach Norden führte, war Helga einmal darauf zu sprechen gekommen. Sie sagte unvermittelt: »Ich weiß nicht, ob das, was wir hier tun, noch einen Sinn hat, Dieter. Sie kennen sich hier viel besser aus als wir. Mir tut der rechte Fuß weh; hier unten!« Sie zeigte ihm, wo er ihr wehtat. Er forderte sie auf, sich hinzusetzen und ihn den Fuß sehen zu lassen. Zu ihren dicksohligen Schuhen, die sie in ihrer Tasche mitgebracht und erst in Limone angezogen hatte, trug sie Kniestrümpfe. Er zog ihr den Schuh aus und stellte fest, daß die Schmerzen von einer kleinen Strumpffalte herrührten, die sich beim Gehen unter ihrer Sohle gebildet hatte. Da sie schon zu fest getreten war, um sich glätten zu lassen, riet er ihr zu anderen Strümpfen. »Du läufst dir sonst eine Blase«, sagte er. »Kannst du überhaupt noch gehen?«

»Du mußt es ja auch tun«, sagte sie, ihre Strümpfe wechselnd. Während er sie dabei beobachtete, konnte er ein paar Augenblicke lang vor Zorn und Enttäuschung nicht reden. Er streichelte mit dem Handrücken ihr verschwitztes Gesicht und betrachtete das Tal. Es war breiter als jenes, das sie hinter sich gelassen hatten, und wurde auf beiden Seiten von spitzkegeligen Gipfeln flankiert. Sie reihten sich, etwas seitenversetzt und durch sattelförmige Felskämme verbunden, einer hinter dem anderen, als blickten sie sich gegenseitig über die nackten Schultern. Zu den Bergsätteln führten tiefe Mulden und Rillen empor, deren Sohlen mit Geröll bedeckt waren. In der grellen Mittagssonne wirkte die Landschaft wie versteinerte Lava. »Wir müssen hier heraus«, sagte er. »Solange wir uns in einem Tal aufhalten, sind sie uns immer überlegen. Wir müssen es genauso machen wie sie: sie beobachten, ohne daß sie uns sehen können.«

»Wie willst du das anstellen?« fragte Helga. Er betrachtete wieder die Berggipfel auf der östlichen Talseite; ihre Südflanken fielen ziemlich sanft in das Tal ab und würden, wenn auch mit einiger Mühe, zu erklettern sein. Obwohl sie nach seinen Schätzungen alle über zweitausend Meter hoch sein mußten, betrug der Höhenunterschied von der Talsohle bis zu ihren Gipfeln bestenfalls zwei- bis dreihundert Meter. Von dort oben aus würden sie nicht nur einen genauen Überblick gewinnen, wo sie sich befanden, sie würden auch Stefano und seine Brüder rechtzeitig bemerken und ihre weiteren Absichten besser erkennen können. Er fragte Helga, ob sie es noch schaffen würde, auf einen dieser Gipfel zu steigen. Sie nickte. »Auf einen bestimmt. Was willst du dort oben?« Er erklärte es ihr und sagte dann: »Falls wir einen günstigen Platz finden, bleiben wir am besten bis morgen früh dort; in dieser Hitze kommen wir doch nicht mehr viel weiter. Morgen früh wissen wir auch, ob wir sie inzwischen losgeworden sind oder nicht.« Helga, die ihre Schuhe wieder angezogen hatte, sagte, etwas sarkastisch: »Das wäre mir eine große Beruhigung.« Sie stand auf, legte die Hände auf seine Schultern und fragte, indem sie in sein Gesicht schaute: »Was ist, wenn wir sie nicht losgeworden sind, Dieter?« Er grinste ein wenig. »Dann können wir uns immer noch überlegen, ob wir wie Romeo und Julia sterben oder uns lieber etwas Besseres einfallen lassen wollen.« Er blickte in die Richtung, aus der sie gekommen waren. Obgleich er das Tal in einer Länge von etwa zwei Kilometern überschauen konnte, deutete noch nichts auf die Anwesenheit von Stefano und seinen Brüdern hin. Es hätte ihn nach seinen jüngsten Erfahrungen allerdings nicht gewundert, wenn sie plötzlich wieder auf einem der Berggipfel auf der westlichen Talseite aufgetaucht wären. An der östlichen brauchte er, wenigstens vorläufig, nicht mit ihnen zu rechnen, denn dazu hätten sie erst das Tal durchqueren müssen und dann hätte er sie bemerkt. Wie sie vorhin seelenruhig auf dem Grat gesessen hatten und ihre Steine herunterrollen ließen, dieser Anblick war nach dem langen, kräftefressenden Marsch durch die Schlucht so schokkierend gewesen, daß ihm dabei fast schlecht geworden war; er würde ihn sein Leben lang nicht vergessen können. Wahrscheinlich hätten er und Helga die Männer ohne die herabrollenden Steine gar nicht bemerkt, sie waren zu diesem Zeitpunkt schon viel zu erschöpft gewesen, um auch noch den Talrändern Beachtung zu schenken, zumal sie schlimmstenfalls darauf gefaßt waren, ihre Verfolger hinter und nicht schon wieder vor sich zu haben. Ihre Absichten wurden für DC immer offensichtlicher, wenngleich er sich noch nicht recht vorzustellen vermochte, was sie im Endeffekt damit bezweckten. Er sagte: »Ich glaube nicht, daß sie uns auch diesmal wieder den Weg abschneiden können; ich müßte mich schon sehr täuschen.« Helga küßte ihn lächelnd auf den Mund. »Du hast dich, als du glaubtest, sie in der Schlucht endgültig abgeschüttelt zu haben, auch getäuscht, Dieter, aber ich mache, was du willst. Allein würde ich hier sowieso nicht mehr rausfinden, ich habe keine Ahnung, wo wir überall herumgelaufen sind. Oder weißt du es noch?« Er nickte. »Ungefähr, aber dorthin wollen wir ja nicht mehr zurück. Sobald wir aus diesem Tal heraus sind, sehen wir auch wieder, wo die Grenze verläuft. Wir steigen jetzt da hinauf.« Er zeigte ihr einen Berggipfel. Sie betrachtete ihn ein paar Sekunden lang, er war genauso spitzkegelig wie die anderen, unterschied sich von ihnen jedoch dadurch, daß seine Spitze von einem zerklüfteten, in der Sonne kreidefarben schimmernden riesigen Felsklotz gekrönt wurde. »Warum gerade auf diesen?« fragte sie.

»Weil wir uns dort am besten verstecken können«, antwortete DC. »Auf den anderen würde Stefano uns mit seinem Fernglas entdecken. Wir brauchen nicht ganz hinaufzusteigen; nur bis zu dem Felsen.«

»Damit bin ich einverstanden«, sagte sie. »Auf den Felsen würde ich sicher nicht hinaufkommen.«

»Ich auch nicht«, sagte DC und griff nach ihrer Tasche. Über den Weg war er sich bereits schlüssig geworden, sie folgten zuerst einer der tiefen Rillen. Sie führte in mäßiger Steigung zu einem felsigen Grat empor, der eine direkte Verbindung zum Nachbargipfel herstellte. Erst als sie, kurz unterhalb des Grats, steiler wurde, verließen sie die Rille und gingen quer über die kahle, nur mit Disteln bewachsene Bergflanke zu ihrer Südseite. Sie hatte von unten weniger schroff ausgesehen, als sie sich hier zeigte, doch wurde sie nie so steil, daß sie ihnen unüberwindliche Schwierigkeiten bereitet hätte. Sie mußten zwar, je näher sie dem Gipfel kamen, immer öfter stehenbleiben, und Helga vermied es dann jedesmal, zurück in die Tiefe zu schauen, aber auch der Blick hinauf zu dem riesigen Felsklotz, dessen hohe Südwand im oberen Teil etwas überhing, war schwindelerregend genug. Am schlimmsten setzte ihnen die Hitze zu; auf der felsigen, schattenlosen Bergflanke war sie schier unerträglich, sie waren, noch bevor sie die Hälfte ihres Weges zurückgelegt hatten, in Schweiß gebadet. DC fühlte ihn an seinem Rücken hinabrinnen, feuchtklebrig an den Schenkeln, und in den Augen brennen, die ohnehin vom grellen Sonnenlicht, das durch die weißen Kalksteinfelsen noch intensiviert wurde, geblendet waren. Obwohl er an der Tasche genug zu schleppen hatte, versuchte er, indem er Helga streckenweise bei der Hand führte oder, an besonders schwierigen Stellen, den Arm um ihre Taille legte, ihr den Aufstieg etwas zu erleichtern. Bis zum Fuße der Wand brauchten sie etwa eine Stunde, dann waren sie beide so erschöpft, daß sie sich auf den steinigen Boden fallen ließen und nach Luft rangen. Da das Terrain jedoch an dieser Stelle sehr abschüssig war und Helga sich, in plötzlicher Furcht, abzugleiten, an DC festklammerte, entschloß er sich, nachdem er einigermaßen zu Atem gekommen war, einen besseren Platz zu suchen. Er forderte Helga auf, mit dem Gesicht am Boden liegen zu bleiben, und ging, der Wand folgend, auf die Westseite des Berges. Hier wurde der Boden jedoch noch abschüssiger, er kehrte um und versuchte es auf der entgegengesetzten Seite. Dabei stellte er fest, daß der Felsklotz fast quadratisch und daß seine Ostflanke niedriger war als im Süden und Westen. Er stieß sehr bald zwischen der Wand und einem großen, aus der Bergflanke ragenden Felshöcker auf eine wannenförmige Mulde, die nicht nur genug Platz für sie beide bot, sondern auch im Schatten der Wand lag. Er ging zu Helga zurück. Augenblicke später saßen sie schwer atmend und am Ende ihrer Kräfte in der schattigen Mulde und warteten, bis sie sich etwas erholt hatten. DC öffnete die Tasche, nahm die angebrochene Mineralwasserflasche heraus und gab sie Helga. Als sie von dem lauwarmen Wasser getrunken hatten, war die Flasche leer. DC warf sie aber nicht weg, sondern legte sie in die Tasche zurück; vielleicht stießen sie morgen auf eine Quelle oder einen Bach, wo er sie füllen könnte. Er erinnerte sich daran, daß er heute früh wegen des Gewichts ursprünglich nur eine Flasche hatte mitnehmen wollen, weil er noch davon ausgegangen war, daß sie spätestens im Laufe des Nachmittags in Tende sein würden. Die Vorstellung, wie sie dann diesen Marsch hätten durchstehen sollen, erschreckte ihn nachträglich. Helga, die ihn stumm beobachtet hatte, fragte: »Wozu hebst du sie auf?« Er erklärte es ihr. Sie sagte: »Ich glaube nicht, daß wir hier in der Nähe Wasser finden werden, Dieter. Frühestens auf der anderen Seite, wenn wir über der Grenze sind; dort gibt es auch wieder Wald.« Sie hatte sich auf sein Jackett gesetzt und hob mit den Fingerspitzen das verschwitzte Kleid von ihrem Rücken ab. DC sagte: »Zieh es aus; ich mach es genauso. Tut dir der Rücken noch weh?«

»Jetzt wieder«, sagte sie. »Es muß vom Schwitzen kommen; den ganzen Morgen habe ich nichts gespürt.« Sie zogen sich bis auf den Slip aus und legten die feuchten Sachen zum Trocknen auf den großen Felsklotz. DC öffnete wieder die Tasche und nahm die Wundsalbe heraus. »Daran hast du gedacht!« fragte Helga gerührt. Er sagte: »Nur, um dir wieder den Rücken einreiben zu dürfen. Du hast doch nicht im Ernst angenommen, ich würde mir das entgehen lassen! Dreh dich auf den Bauch!« Während er sie einrieb, sagte sie: »Jetzt bin ich froh, daß wir hier heraufgestiegen sind, Dieter. Hier finden sie uns bestimmt nicht.«

»Falls sie uns nicht dabei beobachtet haben«, sagte er sachlich. »Ich schaue mich nachher etwas um. Fühlst du dich jetzt besser?«

»Sehr viel besser.« Sie schlang impulsiv die Arme um seinen Hals. »Ich werde dir das nie vergessen, Dieter. Solange ich lebe, nicht.«

»Über die Zeit danach wollen wir auch lieber gar nicht erst reden«, sagte er. Er zündete zwei Zigaretten an, gab Helga eine und betrachtete die Wand über ihnen. Sie war so glatt, daß auch ein geübter Bergsteiger sie nicht hätte erklettern können. Der Felsboden unter ihm fühlte sich noch warm an; er schloß daraus, daß die Mulde den ganzen Vormittag über in der Sonne gelegen hatte. Ein Blick auf die Uhr zeigte ihm, daß es schon auf drei zuging; weit wären sie heute ohnehin nicht mehr gekommen. Er sagte: »Vorhin habe ich nur zwei von ihnen gesehen, du auch?« Sie fragte besorgt: »Ob das etwas zu bedeuten hat?« Er befürchtete es, wollte sie jedoch nicht beunruhigen. »Vielleicht saß der dritte weiter hinten.« Sie legte den Kopf auf seinen Schoß und sah ihn unverwandt an. Obwohl er noch immer erschöpft und dies sicher nicht der richtige Augenblick dafür war, konnte er es sich nicht versagen, ihre Brüste zu streicheln. Sie fühlten sich kühl, feucht und fest an. Er beobachtete, wie ihre Warzen unter seinen Liebkosungen erigierten, und als er ihren Blick erwiderte, lächelte sie. »Das funktioniert wohl immer bei dir?« fragte er. Sie drehte den Kopf, berührte mit den Lippen seinen Schoß und fragte: »Bei dir nicht?«

»Spätestens heute abend wieder«, sagte er und drückte seine Zigarette aus. Er beugte sich über sie, küßte ihre Nasenspitze und sagte: »Ich bin gleich wieder da. Ich will mich nur vergewissern, daß sie noch nicht heraufkommen.« Sie richtete sich rasch auf und fragte bestürzt: »Hältst du das für möglich?«

»Für möglich schon, jedoch nicht für wahrscheinlich«, sagte er beruhigend. »Ich möchte nur nicht ausgerechnet in deinen schönen Armen von ihnen überrascht werden. Versprich mir, daß du dich nicht von der Stelle rührst.« Sie nickte und sagte: »Paß aber auf, Dieter.«

»In spätestens acht Tagen kann ich genausogut klettern wie Auto fahren«, sagte er und zog seine Hose und die Schuhe an. Er ging zuerst an die Südseite der Wand, wo sie heraufgestiegen waren. Tief unter sich sah er das Tal. Dort rührte sich kein Lebewesen, auch nicht auf den Berggipfeln ringsum. Er war mit Helga schon viel weiter gekommen, als er gehofft hatte; das mehrgipfelige Bergmassiv, auf dem, wie Helga ihm erzählt hatte, die Grenze ihre Richtung änderte, lag jetzt genau südlich von ihnen; bisher hatten sie immer nur seine Westflanke gesehen. Um auf seine Ostseite zu kommen, brauchten sie nur dem breiten Tal zu folgen, das sich, wenn er den Kopf nach links drehte, unter ihm auftat. In drei oder vier Stunden müßte man das schaffen. Es jedoch noch heute zu versuchen, wäre unverantwortlich gewesen. Morgen früh, wenn sie wieder bei Kräften waren, dürfte der Weg dorthin kein Problem sein. Er wurde, je länger er die Landschaft betrachtete, immer zuversichtlicher. Tende mußte südwestlich von ihnen liegen. Wenn sie den Gebirgsstock nach Osten umgingen und dann wieder eine westliche Richtung einschlugen, dürfte es nicht zu verfehlen sein, zumindest würden sie auf die vom Colle di Tenda herabführende Straße stoßen und dort sicher einen Autofahrer finden, der sie mitnehmen würde. Den kahlen Höhenrücken, über den sie in die Schlucht gekommen waren, konnte er von hier aus nicht sehen, nur den hohen Grenzkamm. Vorsorglich ging er noch auf die Westseite des Gipfels; er brauchte dazu immer nur dem Fuße der Wand zu folgen. Das Bild war überall gleich: in der ihn umgebenden Bergeinöde, deren Gipfel und Grate nach allen Himmelsrichtungen den Horizont begrenzten, schienen sie die einzigen Menschen zu sein, obwohl in manchen dieser tiefeingeschnittenen Täler sicher kleine Gebirgsdörfer versteckt sein mußten, aber sie ohne eine Landkarte aufzuspüren, wäre wohl ein hoffnungsloses Unterfangen gewesen.

Es fiel ihm auf, daß er eine kleine Erektion hatte, die ihm bisher nicht bewußt geworden war, auch vorhin nicht, als er Helgas Brüste liebkoste. Er war wohl davon ausgegangen, daß er nach diesem stundenlangen Marsch durch die Berge gar nicht mehr imstande sein würde, Lustempfindungen zu haben. Vielleicht hatte er, um diese Erfahrung zu machen, erst eine Frau wie sie kennenlernen müssen. Die Grenze zwischen Leben und Tod war so schmal wie ein tückischer Berggrat. Vielleicht ist auch der Wunsch nach körperlicher Liebe nirgendwann größer als in solchen Augenblicken der Ungewißheit und Angst. Er erinnerte sich an sein letztes Rallye-Rennen bei der East African Safari zusammen mit Karl, bei dem sie nur mit Mühe einem gräßlichen Unfall entgangen und zu Tode erschöpft in ein Hotel gekommen waren, um dort mit zwei schwarzen Mädchen eine ganze Nacht lang ihr Überleben zu feiern. Er versuchte, an Marianne zu denken, aber ihr Bild verflüchtete sich jedesmal hinter dem von Helga. Er war wie verhext von ihr, er wünschte sich nichts sehnlicher, als endlich mit ihr nach Nizza zu kommen, um ohne diese physischen und psychischen Belastungen ihre Gegenwart zu erleben. Vermutlich hatte er sich in den vergangenen Jahren zu sehr von seiner Arbeit ablenken lassen und Mariannes Gegenwart schon als zu selbstverständlich empfunden, als daß er ihr noch starke Sinnesreize hätte abgewinnen können.

Er registrierte, während er an Helga dachte, die Diskrepanz zwischen seiner wachsenden Erregung und seiner desolaten körperlichen Verfassung, denn auch ohne seine schmerzenden Füße und Beinmuskeln, auch ohne seinen knurrenden Magen und das permanente Durstgefühl, das durch die wenigen Schlucke lauwarmen Mineralwassers eher noch stärker geworden war, hätte er im Augenblick ganz andere Bedürfnisse haben müssen als jene, die sich jetzt regten. Er stand inmitten einer unwirtlichen Landschaft am Fuße einer schroffen Felswand in der heißen Nachmittagssonne und konnte an nichts anderes mehr denken als an den Körper einer Frau, von der er bis vor nicht einmal dreißig Stunden noch gar nichts gewußt hatte. Als er zu ihr zurückkehrte, schwitzte er wieder. Sie erwartete ihn bereits voller Ungeduld und Sorge. »Ich wollte gerade nach dir schauen, Dieter. Hast du sie gesehen?« Er stellte fest, daß sie inzwischen einige Weißbrotschnitten mit Schinken belegt hatte. Sie sagte: »Das Brot ist fast alle, Dieter. Es ist auch schon so trocken, ich weiß nicht, ob du davon essen willst. Der Schinken reicht noch für heute abend. War etwas?« Er schüttelte den Kopf. »Ich habe mich überall umgeschaut und habe sie nirgendwo entdecken können. Wegen des Brotes brauchst du dir keine Gedanken zu machen; ich wollte schon lange einmal einige Fasttage einlegen. Außerdem würde ich dir nicht raten, zu viel von dem Schinken zu essen. Er ist stark gesalzen und macht nur Durst.«

»Daran habe ich auch schon gedacht«, sagte sie. »Hätten wir uns nur von Signor Mignard etwas mitgeben lassen!« Sie wirkte plötzlich mutlos. DC setzte sich zu ihr, nahm ihr Gesicht in die Hände, küßte sie und sagte: »Wir schaffen es auch so; wir haben gar nicht mehr so weit zu marschieren, wie ich befürchtet habe. Morgen abend bist du in Nizza.« Er holte, weil sie noch immer auf dem nackten Steinboden saßen, seinen Trenchcoat aus der Tasche, breitete ihn aus und sagte: »Heute nacht können wir uns, falls es uns kühl wird, damit zudecken. Ich glaube jetzt wirklich, daß wir sie losgeworden sind. Sie haben, um in das Tal hinunterzusteigen, zu viel Zeit und uns aus den Augen verloren. Wir haben insgesamt drei oder vier Seitentäler passiert; sie wissen nicht, welchem wir gefolgt sind, und auch wenn sie in dieses kommen sollten, werden sie nicht klüger sein als vorher. Mach dir keine Sorgen.« Er nahm die volle Mineralwasserflasche aus der Tasche, öffnete sie und gab sie Helga. »Mehr als die Hälfte dürfen wir heute nicht davon trinken«, sagte er. »Der Rest ist für morgen. Wenn es auf der anderen Seite Wald gibt, dann finden wir dort sicher auch Wasser.« Während sie aßen, blickte er sie immer wieder an. »Stimmt etwas nicht mit mir?« fragte sie. Er grinste. »Im Gegenteil; ich kann mich an dir nicht sattschauen.«

»Wenn du sonst keine Probleme hast...« sagte sie mit einem kleinen, nervösen Lachen. »Ist es dir nicht zu warm in der Hose?« Er stand auf, zog sie aus und legte sie zu seinen anderen Sachen. Als er sich wieder nach Helga umdrehte, wurde sie rot und fragte: »Wie ist denn das passiert?«

»Es tut mir leid«, sagte er, sich wieder zu ihr setzend. »Es ist ganz plötzlich über mich gekommen. Kannst du mir verzeihen?«

»Wenn du auch den Slip auszieht«, entschied sie.

»Vielleicht nach dem Essen?« schlug er ihr vor. Sie sagte: »Ich bin schon satt. Stört dich das, solange du ißt?«

»Nein«, sagte er, legte dann aber die angebissene Brotscheibe samt Schinken auf die Seite und nahm sie in die Arme. Er half ihr bei ihrem Slip und sie ihm, und als er sie fragte, ob sie auch nicht zu müde dafür sei, antwortete sie: »Überhaupt nicht. Nur die Beine tun mir etwas weh, aber die brauchen wir ja nicht. Oder?«

»Nicht unmittelbar«, räumte er ein.

»Dann kann ich sie ja auch ein wenig auf die Seite nehmen«, sagte sie. »Genügt dir das?«

»Vielleicht noch eine Kleinigkeit mehr«, meinte er. Sie sagte: »Entschuldige bitte. Ist es so besser?«

»Wenn du sie vielleicht noch eine Handbreit...« sagte er. Sie sagte: »Viel weiter geht es wirklich nicht. Ich kann mich ja nicht wie Rumpelstilzchen auseinanderreißen, oder?«

»Nein, das möchte ich nicht«, sagte er, ihre Küsse erwidernd. »So ist es auch schon viel besser. Ich glaube, so kommen wir hin.« Sie lächelte. »Du kommst sogar sehr gut hin, oder hast du noch eine Beschwerde?«

»Etwas jungfräulich«, sagte er, während er ihren Atem schneller werden hörte. Sie fragte: »Wirklich? Das ist mir aber ganz neu. Vielleicht solltest du nicht einfach wie ein Stein auf mir liegenbleiben. Bist du faul?«

»Schrecklich«, sagte er und starrte fasziniert auf sie nieder. Sie schlang die Arme um seinen Hals und murmelte: »Du verrückter Kerl. Paß auf, sonst hast du nichts mehr davon. Ich könnte mit dir sterben.«

»Ich auch mit dir«, sagte er, schneller werdend. »Zufrieden?«

»Ja«, sagte sie stammelnd, »ja sehr.« Dann mußte sie wieder

schreien und biß ihm so heftig in die Schulter, daß ein wenig Blut aus seiner Haut trat, aber er war noch nicht ganz so weit wie sie, und als sie ihn kommen fühlte, umschlang sie ihn mit den Beinen und hielt ihn auf sich fest, bis keine Kraft mehr in ihm war. Sie streichelte sein verschwitztes Gesicht und sagte mit nassen Augen: »Trotzdem möchte ich jetzt nicht tot sein, Dieter. Es wäre doch schade um uns, oder nicht?«

»Um all das, was wir noch vor uns haben«, sagte er, und er war noch nie so glücklich. Sie betrachtete die Bißstelle an seiner Schulter, leckte sie ab und sagte: »Entschuldige bitte; ich beiße sonst nie.«

»Du beißt immer«, sagte er und ließ sich neben sie fallen. Sie waren beide so außer Atem, daß sie eine Weile keuchend liegen blieben und sich nur stumm in die Augen schauten. Dann lachte sie und sagte: »Wir können uns nicht einmal waschen.«

»Hast du das immer tun können?« fragte er. Sie errötete wieder. »Meistens. Früher mußten die Männer auch besser aufpassen als heute.«

»Das war doch in der Steinzeit«, sagte er und legte die Hand zu ihr hinüber. Sie würde nie aufhören, ihn zu faszinieren, selbst in solchen Augenblicken nicht. Er sagte: »In Nizza nehmen wir uns eine ganze Suite und ich werde dich von einem Zimmer ins andere tragen und auf jedem passenden Möbelstück lieben.«

»Auf welchen?« fragte sie und zeichnete mit dem Zeigefinger die Konturen seiner Nase nach. »Auch auf dem Tisch?«

»Damit ich dich noch besser betrachten kann«, sagte er. Sie kicherte. »Was hast du noch nicht gesehen? Ich habe deine Blicke bis in den Bauch gefühlt. Es ist ja kein Mysterium.«

»Für mich ist es eins«, sagte er. »Wenigstens bei dir.«

»Bei ihr nicht?« fragte sie und hielt mit den Oberschenkeln seine Hand fest. Ihre Worte vermochten ihn nicht zu ernüchtern, er war nicht einmal fähig, sie als unpassend zu empfinden. »Sie ist es auf eine andere Art als du«, sagte er. »Du bist unverwechselbar, auch hier!« Sie drehte sich auf die Seite, legte ein Bein über seine Knie und sagte: »Ich hätte dich nicht danach fragen sollen; ich bin sehr glücklich mit dir, Dieter. Ich möchte es mit dir so oft tun können, wie mein Herz schlägt. Wenn ich mit dir so eng beisammen bin, habe ich vor nichts mehr Angst. Ich wünsche mir nur jedesmal, es würde nicht so rasch zu Ende sein.«

»Obwohl wir es kaum abwarten können«, sagte er lächelnd.

»Oder ist das bei dir anders?« Sie streichelte wieder sein Gesicht. »Nein, aber es hört eben so unvermittelt auf; ich habe dann immer das Gefühl, um etwas betrogen worden zu sein; ich kann es dir nicht erklären. Darf ich einen Schluck trinken?« Er gab ihr die Flasche. »Bin ich maßlos?« fragte sie. Er mußte lachen. »Nein, trink nur; du hast es dir verdient.«

»Du aber auch«, sagte sie ernsthaft. Sie nahm nur einen kleinen Schluck, wischte sich einen Tropfen vom Kinn, und sagte: »Habe ich dir schon erzählt, daß ich gern Bier trinke?« Er erinnerte sich nicht, und gegen ein Glas eiskalten Biers hätte auch er jetzt nichts einzuwenden gehabt. Er trank ebenfalls einen kleinen Schluck und sagte, nachdem er die Flasche in die Tasche zurückgelegt hatte: »Nein. Seit wann? Seit du in Italien bist?«

»Hier kriegst du doch kein gescheites Bier«, sagte sie. »Wenigstens in Vernante nicht. Wenn du unser eigenes gewöhnt bist, wird dir fast schlecht davon. Nein, das war, als ich noch in Essen lebte.«

»Du hast Heimweh?« fragte er. Sie zuckte mit den Achseln. »Ich weiß nicht, Dieter, ob das Heimweh ist. Daheim hatte ich immer Fernweh. Ohne Stefano wäre ich Gott weiß wo gelandet; sicher nicht bei dir. Erzähl mir etwas von dir! Kennst du keinen, der dir die zweihunderttausend Mark leihen könnte? Ist dein Vater arm?«

»Er hat mir schon vor sieben Jahren geholfen, als ich mein Geschäft aufgemacht habe«, sagte DC. »Auch die Eltern meiner Mutter waren nicht unvermögend. Wenn ich heute wieder Geld von ihm nähme, wäre das mehr oder weniger ein Eingeständnis, daß er mit seiner Warnung, mich nicht nur auf so ausgefallene Autos zu spezialisieren, recht behalten hat. Nein, ich würde kein Geld mehr von ihm nehmen, obwohl wir gut miteinander stehen. Ich besuche ihn jeden Monat ein- oder zweimal in Stuttgart.«

»Du bist dort geboren?«

Er grinste. »Spreche ich so? Mein Vater arbeitete, bevor er die Stellung bei Daimler bekam, zuerst bei Opel und dann bei Ford. Er hat sich sein Geld sauer verdienen müssen.« Sie lächelte. »Und trotzdem hatte er genug, um dich Rennfahrer werden zu lassen! Das kostete doch sicher ein Vermögen?« Er nickte. »Wenn du keine Sponsors hast; das sind große Firmen wie Martini und andere, die sich bei dir einkaufen oder eigene Teams haben. Ich habe allerdings einen alten Freund, der von zu Hause aus so gut gestellt ist, daß er ohne Sponsors auskommen kann. Er hat auch mir geholfen; sein

Vater hat bei Köln eine große Likörfabrik; er hat nie etwas anderes getan als Auto fahren; er ist Profi. Vielleicht schafft er dieses Jahr die Formel-2-Europameisterschaft.«

»Was ist das?« fragte sie neugierig. Er antwortete lustig: »Eine der zuverlässigsten Sportarten für Leute, die nicht alt werden wollen. Wenn mein Vater auch eine Likörfabrik und den Ehrgeiz hätte, einen Weltmeister in der Familie zu haben, würde ich vielleicht heute noch fahren.« Sie drehte sich so, daß sie den Kopf auf seinen Schoß legen konnte und fragte: »Hast du noch andere Freunde?«

»Einen, er ist Anwalt. Ich kann ihn dir, wenn du einen für deine Scheidung brauchst, empfehlen.«

»Dann kennt er sicher auch deine . . . ich meine, Marianne?«

»Ziemlich«, antwortete er lächelnd. »Sie sind beide feinsinnig und seelenverwandt. Falls du ihn kennenlernen solltest, nimm dich vor ihm in acht, er ist Junggeselle und vielleicht auch Mädchenhändler.«

»Dann bin ich schon neugierig auf ihn«, sagte sie. »Wieso sagst du, daß er vielleicht Mädchenhändler sei?« Er blickte auf sie hinab. Sie hatte die Hände im Schoß verschränkt. Es fiel ihm auf, daß ihre Brüste auch dann, wenn sie auf dem Rücken lag, kaum ihre Konturen veränderten. Er antwortete: »Er hat jedes Jahr zwei neue Puppen; die alten verschwinden dann so spurlos aus seinem Leben, daß man auch als sein Freund nie weiß, wo sie verblieben sind. Er könnte, glaube ich, mit einer schönen Frau auch zusammenleben, ohne mit ihr schlafen zu wollen.«

»Wie mit einem Bild der Mona Lisa«, sagte sie verwundert. »Was ist er, ein Ästhet?« Er nickte lächelnd. »So könnte man es nennen.«

»Der interessiert mich«, sagte sie lebhaft. »Ob ich ihm wohl auch gefallen würde?«

»Todsicher«, sagte DC. »Zumal auch er eine Philosophie hat. Wenn sie aber einem Mann im Leben nicht weiterhilft, weiß ich nicht, wozu sie gut sein soll. Dir hat sie ja auch nicht viel weitergeholfen, meine arme Maus.«

»Sag das noch einmal«, bat sie. Er beugte sich zu ihr nieder, küßte sie und sagte gerührt: »Meine arme, kleine Maus.« Sie blickte ihn mit feuchten Augen an und sagte: »Ich glaube, du bist ein guter Mensch, Dieter. Vielleicht ist es deine Philosophie, gut zu sein. Wo stehst du politisch?« Er lachte. »Auf der Seite der Kleinunternehmer.«

»Wie mein Vater«, sagte sie. »Mir persönlich ist es egal, welche

Regierung bei uns an der Macht ist. Frauen wie ich profitieren doch von keiner und sind für sie auch nicht interessant. Ich bin nie wählen gegangen und habe bisher auch keine Kinder in die Welt gesetzt. Sogar von den Prostituierten profitiert der Staat mehr als von mir. Sie zahlen, was ich nie zu tun brauchte, Steuern, und tragen dazu bei, sexuelle und soziale Aggressionen abzubauen. Wenn die sich nicht von jedem durchlüften ließen, würde unsere Gesellschaft noch weniger funktionieren. Das weiß sogar der Erzbischof von Paderborn.«

DC grinste. »Durchlüften? Woher hast du diesen unmöglichen Ausdruck?«

»Von einer Schulfreundin«, antwortete sie kichernd. »Wenn der danach zumute war, sagte sie jedesmal, sie müßte sich wieder mal durchlüften lassen. Wenn Männer sich darüber unterhalten, drücken sie sich ja auch nicht viel vornehmer aus, oder?«

»Vielleicht konventioneller«, räumte er ein. »Aber konventionell bist du ja auch sonst nicht.«

»Nein?« fragte sie. Er beugte sich zu ihr nieder, berührte mit der Zunge ihren Körper und sagte: »Ich weiß ja nicht, was du sonst noch alles kannst.« Sie fragte ernsthaft: »Warum unterhältst du dich dann nicht mit mir darüber?«

»Das fällt mir schwer«, sagte er offen.

»Mir nicht«, sagte sie, das Gesicht seinem Körper zuwendend. Er streichelte, während sie ihn mit den Lippen liebkoste, ihr kurzgeschnittenes Haar und sagte: »Es geht ja auch, ohne daß wir uns darüber unterhalten.« Sie ließ lächelnd von ihm ab, legte die Hände in seinen Nacken und murmelte: »Das war nur eine kleine Kostprobe. Was denkst du jetzt von mir? Daß ich schrecklich verdorben bin?« Er antwortete: »Offen gestanden bin ich gar nicht mehr fähig zu denken. Ich habe dir ja schon gesagt, daß du mich um den Verstand gebracht hast.«

»Das schadet nichts«, sagte sie. »Ihr Verstand hindert Männer oft nur daran, das zu tun, was sie gerne tun möchten. Früher habe ich auch viel über mich nachgedacht, wozu ich überhaupt auf der Welt bin und so weiter. Heute denke ich nur noch daran, aus der Handvoll Leben, die ich mitbekommen habe, das Beste zu machen. Ich brauche gar keinen anderen, mit dem ich mich identifizieren kann. Viele Leute kommen ohne das nicht aus, sonst würden sie wohl an ihrer eigenen Unwichtigkeit verzweifeln. Wenn ich in einen Mann verliebt bin, komme ich mir nie unwichtig vor, ich weiß dann, daß er mich genauso braucht wie ich ihn.«

»Wenn du eigene Kinder . . .« sagte er. Sie ließ ihn nicht aussprechen: »Ich glaube nicht, daß ich eine gute Mutter wäre, Dieter. Kinder brauchen Liebe und Geborgenheit, die ich ihnen nicht schenken könnte. Für mich wäre ein Kind wie ein Klotz am Bein, der mich daran hindern würde, meiner Art gemäß zu leben. Das klingt egoistisch, ist es sicher auch, aber wer ist das im Grunde nicht. Ich möchte nicht so leben müssen wie die meisten anderen Frauen, ich meine, in einer Fabrik oder sonstwo zu arbeiten, obwohl: viele brauchen das, sie hätten sonst keine Kommunikation; für die ist das ein Ersatz für etwas, das sie in ihrer Ehe nicht finden. Meine Art zu leben ist natürlich auch nicht ideal, ich meine nur, daß eine schlechte Alternative besser ist als keine; ohne Alternative würde ich verzweifeln. Vielleicht, wenn ich mal älter bin, sehe ich das anders als heute. Komischerweise sind es die Männer, die am häufigsten von Emanzipation reden, und wenn eine Frau es dann wirklich mal zu etwas gebracht hat, warten sie nur darauf, daß sie auf ihrem Posten versagt, weil sie ihn ihr insgeheim nicht gönnen oder einfach finden, daß eine Frau sich nicht dafür eigne.« Sie blickte in sein Gesicht. »Was ich heute morgen gesagt habe, war nicht richtig, Dieter. Ich bin auf Stefano wütend, weil er es mir so schwer macht, von ihm wegzukommen, aber ich möchte ihm nicht wehtun. Ich wünschte, ich hätte mich mit ihm über unsere Trennung einigen können.«

Ihre Sprunghaftigkeit ließ es ihm schwer werden, ihren Worten zu folgen, er wußte auch nicht, wovon sie sprach, und als er sie danach fragte, antwortete sie: »Ich meine: Als ich gesagt habe, er solle daran kaputtgehen, wenn er sieht, wie du mich küßt; das tut mir leid. Er hat es nicht verdient, daß ich so von ihm rede, aber was soll ich tun, wenn ich ihn nicht mehr liebe? An seiner Seite kaputtgehen?« Er schüttelte stumm den Kopf. »Ich kann für meine Gefühle nichts«, sagte sie. »Sie entwickeln sich von allein und sie hören auch von allein wieder auf. Manchmal wünschte ich, ich könnte sie in meiner Brust festhalten und zur Ruhe kommen. Ich bin es oft so leid, immer wieder Veränderungen ins Auge fassen, mich an neue Situationen gewöhnen zu müssen, was ich erreicht habe, einfach hinter mir zu lassen, daß ich es keinem Menschen sagen kann. Aber das andere in mir, das mich dazu treibt, ist stärker. Ich glaube, der Wunsch nach Veränderungen steckt in jedem Menschen, nur bekommen es die meisten fertig, ihn irgendwie zu neutralisieren. Wie ist das bei dir? Hast du nie das Bedürfnis gehabt, noch einmal neu anfangen zu können?«

»Vielleicht versuche ich es gerade«, sagte er nachdenklich. Sie schüttelte den Kopf. »Ich glaube nicht, daß du es ernsthaft versuchst, Dieter, du steckst bei allem, was wir zusammen tun, innerlich voller Zweifel. Das fühle ich doch.«

»Dann hilf mir, sie loszuwerden«, sagte er.

»Das kann ich nicht«, sagte sie. »Meine Mutter meinte einmal, man müßte einen Mann mit solchen Problemen allein fertig werden lassen.«

»Mit welchen?«

»Die du hast«, sagte sie und wich, als er sich mit der Hand ihrem Schoß näherte, etwas zurück. Er fragte: »Warum willst du sie nicht mehr sehen? Weil sie euch verlassen hat?«

»Nein«, sagte sie. »Ich habe ihr nur die Art, wie sie es getan hat, übelgenommen. Sie kam nachts an mein Bett, weckte mich und sagte: Morgen verlasse ich ihn für immer, Helga. Ich antwortete ihr: Dann mußt du auch mich verlassen, Mutter. Seitdem habe ich sie nicht mehr gesehen.«

»Also doch, weil sie euch verlassen hat?«

Sie hielt seine Hand fest und antwortete: »Sie hätte es mir schon früher sagen sollen, nicht erst in der Nacht davor. Wir hatten bis dahin nie Geheimnisse voreinander. Ich habe sie nicht einmal mehr gefragt, wohin sie gehen will. Ich ahnte es allerdings. Mein Typ ist er nicht. Ich möchte auch nichts mit ihm zu tun haben; er ist mir zuwider. Was willst du eigentlich immer mit deiner Hand? Du mußt doch noch satt sein!«

»Das hat nichts damit zu tun, daß ich dich gerne streichle«, sagte er. »Oder ist dir auch das zuwider?«

»Im Gegenteil«, sagte sie. »Wenn du mich einen Augenblick entschuldigst!« Sie stand auf, griff nach ihrer Tasche und kletterte langbeinig über ihn hinweg und aus der Mulde; er blickte ihr fasziniert nach. Als sie zurückkam, sagte sie: »Wollen wir etwas spazierengehen?« Er mußte lachen. »Hast du noch nicht genug?«

»Ich würde mich gerne in die Sonne setzen«, sagte sie. »Du kannst mir zeigen, wie wir morgen gehen müssen. Oder bist du zu müde?«

»Schrecklich«, sagte er. »Würdest du dich bitte einmal umdrehen?« Sie tat es und fragte, über ihre Schulter blickend: »Sieht man die Striemen noch sehr?«

»Nicht mehr so wie gestern«, antwortete er. »Du hast einen hübschen, kleinen, erregenden Popo.«

»Und du willst müde sein?« fragte sie, sich im zuwendend. Er stand rasch auf. Als er nach seiner Hose greifen wollte, sagte sie: »Ich sehe dich gern ohne sie.« Er half ihr aus der Mulde und ging mit ihr, sie an der Hand führend, zur Südseite des Gipfels, wo die Nachmittagssonne noch mit voller Kraft die kahle Bergflanke traf. Auf einem kleinen Felsvorsprung, der wie eine Bank aussah, setzten sie sich Seite an Seite an den Fuß der überhängenden Wand, und DC erklärte ihr, welchen Weg sie einschlagen müßten. Sie sagte unvermittelt: »Monte Marquareis! Jetzt fällt es mir wieder ein.« Sie deutete auf den mehrgipfeligen Gebirgsstock vor ihnen. »So heißt er, Dieter. Wenn wir links an ihm vorbeigehen, haben wir die Grenze rechts von uns und brauchen nur noch über den Grenzkamm zu klettern. Ich erinnere mich jetzt auch, daß er dort nicht so hoch ist wie an der Stelle, wo wir es heute früh versucht haben.« Sie schob die Hand unter seinen Arm und sagte zuversichtlich: »Das schaffen wir morgen bestimmt. Ich möchte nur wissen, wo sie stecken. Sie hätten doch inzwischen auch schon in dieses Tal kommen müssen, wenn sie uns noch suchen.«

»Dann suchen sie uns eben nicht mehr«, sagte er. Er hatte sich schon, als sie auf die Südseite gekommen waren, vergewissert, daß Stefano und seine Brüder noch immer nicht zu sehen waren, weder im Tal noch auf den schmalen Graten seiner steilen Wände. Dort hätten sie sich vor dem stahlblauen Himmel deutlich abheben müssen. Er betrachtete die Gipfel des Monte Marquareis; von ihnen aus müßte, wenn die Küste nicht im Dunst lag, das Meer zu sehen sein. Er nahm sich vor, in Nizza einen Wagen zu mieten und mit Helga die ganze Küste bis nach Cannes abzufahren. Er kannte dort einige berühmte Restaurants, und im ersten Bistro, an dem sie am morgigen Tag vorbeikämen, würde er sich eine Flasche eiskalten Biers geben lassen und sie auf einen Zug leeren. Er befeuchtete mit der Zunge die trockenen Lippen und sagte: »Wir sollten nicht zu lange in der Sonne bleiben; sie wird uns nur noch durstiger machen.«

»Ich bin gar nicht durstig«, sagte sie. »Ich fühle mich jetzt wieder frisch wie ein Fisch im Wasser. Hast du Durst?« Er schüttelte den Kopf. »Auf der anderen Seite finden wir bestimmt gleich Wasser«, sagte sie. »Vielleicht einen kleinen Bach. Ich werde mich hineinlegen, bis mir die Haut blau wird, Dieter. Ich kann dir nicht sagen, wie sehr ich mich darauf freue, mit dir in Nizza zu sein. Das wird der schönste Tag meines Lebens. Freust du dich auch?«

»Ja«, sagte er, aber er mußte noch immer an das eiskalte Bier denken. Seine Beine fühlten sich merkwürdig schlaff an, er schüttelte sie und sagte: »Bis wir dort sind, werden wir beide einen Muskelkater haben, der uns zwei Tage lang nicht mehr aus dem Bett kommen läßt.« Sie küßte ihn rasch auf die Wange. »Darauf mußt du dich so und so gefaßt machen. Das vorhin, daß ich dir dabei helfen sollte, deine Zweifel loszuwerden, hast du doch sicher nicht im Ernst gemeint?« Er wußte es nicht; er hatte auch keine Ahnung, wie er aus diesem Zwiespalt wieder herausfinden sollte, aber er hielt es jetzt schon für unwahrscheinlich, daß er fähig sein könnte, künftig ohne sie auszukommen, mit oder ohne Zweifeln, mit oder ohne Skrupel, obwohl es ihm fast genauso unvorstellbar war, Marianne aufzugeben. Er war, als er Helga kennenlernte, überzeugt, daß nicht mehr als ein kleines Abenteuer daraus werden würde, aber nun erging es ihm wie einem Mann, der mit dem Ruderboot nur einen Kanal hatte überqueren wollen und dabei versehentlich auf die hohe See hinausgetrieben worden war. Er wußte vorläufig nur eines mit Gewißheit: Daß er alles in seinen Kräften Stehende tun würde, um zu verhindern, daß sie noch einmal in Stefanos Hände fiel. Er hatte jetzt einen Punkt erreicht, von dem aus es kein Zurück mehr gab, und gemessen daran waren seine früheren Probleme mit Frauen belanglos gewesen; ernsthafte hatte es im Grunde nie gegeben. Mit dreiundzwanzig war er sein erstes festes Verhältnis eingegangen, ein Jahr später hatte er es gelöst. Als Mann, der nicht nur ein Studium, sondern im Jahr auch noch ein halbes Dutzend Rennsportveranstaltungen absolvierte, hatte er zuwenig Zeit gehabt, sich fest an eine Frau zu binden. Er war auch nie einer begegnet, die er sich nicht nur als Freundin, sondern nur als Ehefrau hätte vorstellen können; seine Bindungen waren Episoden geblieben, und als er sich mit fünfundzwanzig selbständig machte, hatte er wichtigere Dinge im Kopf gehabt als Frauen, auch wenn er nie ganz auf ihre angenehme Gesellschaft verzichtet hatte. Bis er dann Marianne begegnet und der Blitz bei ihm einschlug. Nun hatte er ein zweites Mal eingeschlagen, und er würde sehen müssen, wie er sich dazwischen zurechtfand. Er hatte vorläufig keine Ahnung, wie er das bewerkstelligen sollte, aber dies war auch nicht der geeignete Augenblick, sich darüber den Kopf zu zerbrechen; im Moment hatte er dringlichere Probleme. Er antwortete:

»Und wenn ich es im Ernst gemeint hätte?« Sie blickte ihn ein paar Sekunden lang von der Seite prüfend an, dann sagte sie: »Warte lieber noch ein paar Wochen damit, Dieter. Bis heute habe ich mich immer von meinen Gefühlen hinreißen lassen. Das ist sicher kein gutes Rezept, um etwas Beständiges daraus zu machen. Außerdem habe ich dir ja schon gesagt, daß ich nie weiß, was ich am nächsten Tag tun werde. Ich nehme an, du wirst, wenn du erst einmal wieder zu Hause bist, auch manches anders sehen als jetzt. Warum sollen wir uns schon heute damit belasten? Mir genügt es, dich für ein paar Tage ganz für mich zu haben. Ich möchte nicht, daß du dir jetzt Dinge in den Kopf setzt, die du daheim vielleicht bereuen würdest. Ich bin mir da sogar fast sicher.«

»Daß ich sie bereuen würde?« fragte er. Sie nickte. »Du wirst dich immer wieder fragen, warum ich einen Mann wie Stefano geheiratet habe, aber darauf werde ich dir nie eine zufriedenstellende Antwort geben können, ich meine, eine die dich auch intellektuell zufriedenstellt. Das war eine Entscheidung, die ich damals mit dem Herzen und nicht mit dem Verstand getroffen habe. Du wirst sie als solche akzeptieren oder dir eine eigene Antwort darauf suchen müssen. Ich fürchte nur, du bist zu gründlich, um dich damit zufrieden zu geben.«

»Wenn du mich liebst . . .« sagte er. Sie legte rasch die Hand auf seinen Arm. »Nicht jetzt darüber reden, Dieter. Ich habe dir schon gesagt, daß ich dich gern habe und daß ich sehr glücklich darüber wäre, eine Weile mit dir zusammen zu sein. Über mehr habe ich noch nicht nachgedacht, und du solltest das auch nicht tun. Wenigstens heute noch nicht. Ich habe dauernd den Eindruck, es könnte bei dir noch etwas zum Vorschein kommen, von dem ich bisher noch gar nichts weiß. Du erinnerst mich ein bißchen an einen Schrank voller Kleider; man sieht sie zwar, wenn man die Tür aufmacht, aber um zu beurteilen, ob sie einem auch passen, muß man sie erst einmal herausnehmen und nacheinander anprobieren. Kann sein, daß mir die meisten nicht passen.«

»Dieses hier hat dir jedenfalls gepaßt«, sagte er, die Beine öffnend. Sie umfaßte ihn sanft und sagte lächelnd: »Das ist normalerweise nur für den Abend. Die anderen müssen mir genausogut passen. Ich halte dich nach allem, was ich bis jetzt von dir weiß, für ziemlich stur. Ich bin das auch. Was ich mir in den Kopf gesetzt habe, das erreiche ich, und wenn es sein muß auf den Knien. Ich finde, wir lassen es vorläufig dabei.« Sie lachte unvermittelt auf. »Wenn uns jetzt einer so sehen könnte! Ich meine immer, Stefano müßte irgendwo stehen und uns durch sein Fernglas beobachten!« DC hatte auch schon daran gedacht, er verließ sich jedoch auf seine guten Augen. Wenn sie von Stefano tatsächlich beobachtet würden, dann mußte die Entfernung so groß sein, daß sie sich am Fuße des riesigen Kalksteinfelsens auch in einem starken Fernglas bestenfalls wie zwei Insekten ausnehmen würden. Jetzt, da er sich einigermaßen sicher zu sein glaubte, daß sie ihn endgültig abgeschüttelt hatten, wurde er sich, während er Seite an Seite mit Helga in dieser menschenleeren Landschaft saß, ihre Liebkosungen und die Sonne auf seiner Haut fühlte, der Unwiederholbarkeit dieses Augenblicks bewußt. Er drehte den Kopf und schaute sie an. Sie hatte das Kinn auf seine Schulter gestützt und verfolgte, einen fast entrückten Ausdruck im Gesicht, seine wachsende Erregung. Er sagte: »Eben hast du mich an ein kleines Mädchen mit seiner Puppe erinnert.« Sie erwiderte geistesabwesend seinen Blick, dann lächelte sie. »Ich sehe das gern, Dieter. Ist das animalisch von mir?«

»Wie meinst du das?«

»Keine Ahnung«, sagte sie. »Es war nur so ein Einfall. Wenn ich einen Mann richtig gern habe, möchte ich ihn dauernd anfassen. Ich fühle mich dann mit ihm zusammengehörig, als wäre es mein eigener Körper, den ich streichle. Ich empfinde es irgendwie mit. Ich weiß nicht, ob du das verstehen kannst.«

»Sonst würde ich dich nicht genauso gern anfassen«, sagte er. »Es gibt keine Stelle an deinem Körper, die ich nicht streicheln möchte. Sogar diese versteckte hier.«

»Das ist sehr lieb von dir«, sagte sie. »Ich finde es prima, wenn man mit einem Mann so freimütig über all das reden und es auch tun kann. Stefano . . .« Sie stockte errötend. »Ich bin unmöglich, Dieter«, sagte sie dann. »Ich lerne es nie, zuerst zu denken und dann zu reden.«

»Aber jetzt hast du schon geredet«, sagte er. »Was war mit ihm?« Sie wich seinem Blick aus. »Es war ihm peinlich, über solche Dinge zu sprechen. Er war in dieser Beziehung zu . . . ich würde sagen, zu einfallslos. Ich bin da ganz anders, ich möchte einem Mann auch sagen können, wie ich es am liebsten haben möchte oder was ich, wenn ich so etwas tue wie jetzt, dabei denke und empfinde. Es ist wie eine Handvoll Leben, das man kommen und vergehen fühlt.« Er sagte lächelnd: »Bei mir ist es jetzt schon fast wieder am Vergehen.« Sie nahm ihre Hand weg und sagte: »Dann wollen wir es uns noch ein bißchen bewahren. Du bist mir deshalb doch nicht böse?« Er preßte sie heftig an sich und küßte sie. Dann fragte er: »Was ist dir an mir unklar?«

»Dein Wesen«, antwortete sie. »Wenn du an nichts mehr gebunden wärst, was würdest du dann tun? Wieder Autorennen fahren?« Er schüttelte den Kopf. »Das ist für mich endgültig vorbei; ich habe dabei jedesmal zu viel Todesangst ausgestanden. Außerdem ist auch die Zeit inzwischen darüber hinweggegangen; in ein paar Jahren wird sich kaum einer mehr diesen Sport noch finanziell leisten können.« Sie sagte: »Ich wollte dich eigentlich etwas anderes fragen: Ob du mit dem, was du, bevor jetzt diese Sache mit deinem Geschäft passierte, erreicht hattest, zufrieden warst. Oder hast du nicht alles erreicht, was du dir vorgenommen hast?« Er zuckte mit den Achseln. »Ich glaube schon. Nach dem Abitur hatte ich mir vorgenommen, Autorennfahrer zu werden und mich später beruflich selbständig zu machen. Rennfahrer war ich, ein Geschäft hatte ich auch . . .«

»Und jetzt?« fragte sie rasch. »Was wirst du jetzt tun?« Er küßte sie auf die Wange. »Ich weiß es noch nicht, Helga. Vorläufig habe ich keine Ahnung, wie es weitergehen wird. Als Ingenieur käme ich vielleicht wieder irgendwo unter. Es würde für mich aber nicht mehr das sein, was es bisher war.« Sie nickte, als hätte sie keine andere Antwort erwartet. »Und trotzdem reagierst du so gelassen darauf?«

»Das scheint nur so«, sagte er grinsend. »Als ich mich vorgestern entschloß, noch einen Abstecher nach Nizza zu machen, war ich seelisch ziemlich auf den Brustwarzen.«

»Aber du wolltest dich dort nicht umbringen?«

Er lachte. »Dazu hätte ich nicht ausgerechnet nach Nizza zu fahren brauchen. Das ist auch nicht ganz meine Art.«

»Und was ist wirklich deine Art?« fragte sie beharrlich. »Daß du dich mit den Dingen, so wie sie sind, abfindest?« Er dachte darüber nach, dann sagte er: »Vermutlich nicht. Irgendwie werde ich wieder versuchen, mich auf eigene Füße zu stellen. Ich tauge nichts für einen großen Betrieb; wenn du so lange Zeit selbständig warst wie ich, würdest du dort nur überall anecken. Vielleicht ist mir das, was ich bis heute erreicht hatte, zu leicht in den Schoß gefallen. Als ich

Rennfahrer werden wollte, hatte ich die richtigen Leute, die mich protegierten. Als ich mein Geschäft aufmachte, hat mir mein Vater das Geld dafür gegeben. Natürlich war überall eine kleine Portion Glück dabei. Ich hatte zufällig genug Intelligenz, um neben der Rennfahrerei auch noch mein Studium zu absolvieren. Als ich meine Prüfungen machte, hatte ich zufällig einen guten Tag, als ich mich nach eigenen Geschäftsräumen umgesehen habe, kam ich zufällig gleich an die richtige Adresse, und bei den Autofirmen, die ich vertreten habe, war ich zufällig nicht ganz unbekannt. Es ging alles ziemlich glatt bei mir. In den ersten Jahren mußte ich mir natürlich einiges einfallen lassen, um die Kundschaft zu finden, die ich brauchte, damals arbeitete ich nur mit einem Monteur, ich habe halbe Nächte in der Werkstatt verbracht. Später, als ich mir einen Meister leisten konnte, wurde es dann leichter. Der Monteur, mit dem ich angefangen habe, hat inzwischen seinen Meister gemacht und ist, weil ich ihn gut bezahlen konnte und es ihm bei mir gefiel, bei der Stange geblieben. Es gab auch Rückschläge. Mit denen bin ich aber immer ganz gut fertig geworden, und als ich meinem Vater das Startkapital zurückbezahlen konnte, dachte ich, endgültig aus dem Schneider zu sein. Damals war so ein Scheißding wie die Ölkrise noch nicht abzusehen. Ich habe mich, auf lange Frist gesehen, verkalkuliert, aber deshalb mache ich mir nicht gleich in die Hose, falls es das ist, was du von mir hören wolltest.«

»Das würde ich dir auch gar nicht zutrauen«, sagte sie lächelnd. »Mehr wollte ich nicht wissen, Dieter. Ich kann mir jetzt ungefähr denken, was für ein Mensch du bist.«

»Ja, wirklich?« fragte er überrascht. Sie nickte. »Es kann natürlich auch sein, daß ich mich täusche, deshalb möchte ich mich, wenn du erlaubst, nicht dazu äußern. Kennst du das?« Sie summte ihm eine Melodie vor, und weil er sie kannte, summte er sie mit. Er fand, daß sie sehr gut zusammen summen konnten, und als sie damit fertig waren, sagte sie: »La Montanara. Woher kennst du es?« Er sagte: »Vermutlich vom Autoradio. Bist du glücklich, meine Maus?« Statt ihm zu antworten, sang sie dasselbe Lied im Originaltext. Da er keine so schöne Stimme hatte wie sie, küßte er derweil ihren schlanken Nacken, und mitten im Text hörte sie auf und bot ihm die Lippen. Er sagte: »Doch, mit dir könnte ich sehr vergnügt sein, meine Maus.«

»Jetzt bist du ganz gelöst«, sagte sie. »Vorher warst du immer ein

wenig verkrampft und undurchsichtig. Du brauchst ziemlich lange, bis du aus dir herausgehst. Dich würde ich schon hinbringen.« Er schwieg verwundert. Sie griff neugierig zu ihm hinüber und fragte: »Ist das jetzt normal?«
 »Völlig«, antwortete er.
 »Du schwindelst«, sagte sie. »Ein bißchen verstehe ich auch davon.«
 »Du verstehst sogar viel davon«, sagte er, ihre Berührung erwidernd. »Ich darf doch?«
 »Wenn du schön zart bist«, sagte sie und betrachtete etwas melancholisch die Landschaft. »Jetzt werde ich euch nie wieder sehen, ihr Scheißberge«, sagte sie. »Ob wir heute nacht frieren werden?«
 »Da sehe ich keine große Gefahr für uns«, sagte er. »Außerdem werde ich bis dahin einen solchen Sonnenbrand haben, daß mir heiß genug neben dir sein wird.«
 »Es schadet nichts, wenn du etwas Farbe kriegst«, entschied sie sich. »Du solltest mal Stefano sehen; er liegt kaum in der Sonne und ist doch viel gebräunter als ich. Das sind die in Vernante alle. Es muß an der Luft liegen. Das einzige, was ich daheim vermissen werde, ist die Sonne. Von ihr könnte ich mich totscheinen lassen, Dieter. Daheim wird es doch nur wieder regnen, und jetzt haben wir schon Juli. Vor dem Winter habe ich ein bißchen Angst. Hier liegt dann wenigstens Schnee, und wenn dann noch die Sonne drauf scheint, sieht es abenteuerlich schön aus. Das werde ich ganz bestimmt ein bißchen vermissen, ja.« Sie wandte ihm unvermittelt das Gesicht zu. »Findest du mich sehr naiv?«
 »Auf eine süße Art«, sagte er. Sie lachte. »Ein Lehrer, ich war damals schon siebzehn, sagte mir mal, ich wäre so naiv wie eine Zehnjährige, aber der redete oft nur so, weil ich ihm gefiel und er sich das vor den anderen Mädchen nicht anmerken lassen wollte. Der war richtig frech. Einmal sagte er, meine Eltern hätten das Geld für das Internat ruhig sparen können, weil ich eines Tages doch beim Film landen würde und dort als Naive mich nur selber zu spielen brauchte, um einen Riesenerfolg zu haben. Wenn der wüßte, wo ich wirklich gelandet bin!« Sie kicherte, wurde jedoch gleich wieder ernst und sagte: »Wirklich, Dieter, ich sage manchmal Dinge, daß ich mich hinterher oft frage, ob ich noch meine sieben Sinne beisammen habe. Vielleicht ist das eine Art von Persönlichkeitsspaltung. Ich muß da eine Hemmschwelle zuwenig haben, auch Männern ge-

genüber. Mit Willenskraft allein hat das sicher nichts zu tun. Wenn es darauf ankommt, kann ich eisenhart sein. Ich bin eben kein positiver Typ.«

»Das ist Unsinn«, sagte er. Sie erwiderte nachdrücklich: »Das ist kein Unsinn, Dieter. Ich bringe den Menschen, mit denen ich zusammenlebe, kein Glück. Unter einem positiven Typ verstehe ich einen, der andere irgendwie zu bereichern vermag und ihnen auch nicht ihre Illusionen kaputtmacht.«

»Mich bereicherst du sehr«, sagte DC, »und Illusionen habe ich schon lange keine mehr. Machst du dich absichtlich so eng?«

»Ja«, sagte sie. »Ich will dir vorher noch etwas sagen, Dieter, sonst vergesse ich es vielleicht wieder. Ich habe Stefano geheiratet, weil ich mit ihm schlafen wollte. Daheim war mir das zu riskant geworden.«

»Es ist gut«, sagte er. Sie erwiderte seinen Blick. »Ich war ihm richtig hörig, falls ich mich nicht klar genug ausgedrückt habe.«

»Geht in Ordnung«, sagte er. »War das alles, was du sagen wolltest?«

»Nein«, sagte sie. »Er war es mir gegenüber genauso und ist es auch noch heute. Ich glaube nicht, daß er es inzwischen aufgegeben hat, uns zu finden. Es wäre falsch, wenn du dir das einreden würdest, Dieter.«

»Und was noch?« fragte er.

»Das war jetzt wirklich alles«, sagte sie, und sie sah plötzlich ein wenig erschöpft aus. Er lächelte. »Dann könnten wir ja wieder über nettere Dinge reden.«

»Doch, das könnten wir«, sagte sie. »Willst du mich küssen?«

»Es gibt nichts, was ich mir mehr wünschte«, sagte er. »Wie kannst du nur so dumm fragen?«

»Das war gar nicht so dumm gefragt«, sagte sie. »Es gibt schließlich viele Arten, eine Frau zu küssen.«

»Ich verstehe«, sagte er. »Deshalb auch dieser gurrende Ton.«

»Ich habe nicht gegurrt«, sagte sie. »Ich habe dich in völlig normalem Ton gefragt, ob du mich küssen willst.«

»Und ich habe dir in völlig normalem Ton geantwortet, daß das eine dumme Frage ist«, sagte er.

»Da wußtest du noch gar nicht, woran ich dabei gedacht habe, als ich dich fragte, ob du mich küssen willst«, sagte sie.

»Ich weiß es auch jetzt noch nicht«, sagte er. »Aber wenn du dich nicht näher darauf festlegen lassen willst, meine Maus, dann mußt du es eben darauf ankommen lassen, ob ich deine Intentionen errate.« Sie sagte: »Nein, das ist mir zu ungewiß. Ich möchte, bevor wir von hier weggehen, sicher sein, daß du nichts anderes willst als ich.«

»Jetzt bist du ziemlich erregt«, stellte er fest.

»Du auch«, sagte sie. »Versuche nicht abzulenken.« Er sagte: »Ich habe bisher nur verstanden, daß du von hier weggehen willst. Darf ich vielleicht auch wissen, wohin?«

»Natürlich an unseren Platz zurück«, sagte sie. »Hier ist es doch viel zu eng dafür.«

»Um dich zu küssen?«

»Um mich dabei ausstrecken zu können«, belehrte sie ihn.

»Du mußt dich zum Küssen ausstrecken?« vergewisserte er sich. Sie antwortete: »Das kommt immer darauf an, wo ich mich von dir küssen lassen möchte, Liebster. Warum hältst du denn dauernd meine Hand fest?«

»Weil man sie dir nicht oft genug festhalten kann«, sagte er. »Wenn du dich zum Küssen ausstrecken mußt, hättest du dich vorhin ruhig auf meine Intentionen verlassen können.«

»Sicher ist sicher«, sagte sie kichernd. Er küßte, bevor er ihr auf die Beine half, hingerissen ihre schönen, langen Finger.

8

Von Helgas Existenz erfuhr ich erstmals durch DC, als er mich am späten Donnerstagabend in meiner Privatwohnung anrief. Er sagte, ohne Einzelheiten zu erwähnen, daß er sich in einer verteufelten Situation befinde und dringend meiner Hilfe bedürfe. Für mich kam das um so überraschender, als ich ihn noch immer in Modena wähnte. Er hatte zwar mehrere Tage nichts von sich hören lassen und war länger weggeblieben, als vorgesehen war, aber weder Marianne noch ich hatten uns deshalb Sorgen gemacht. Es passierte, wenn er nach Modena fuhr, fast regelmäßig, daß er sich mit der Heimkehr verspätete. Entweder dauerten die Reparatur- und Überholungsarbeiten im Werk länger, als ihm zugesagt worden war, oder er verknüpfte seine Reise mit einem außerplanmäßigen Kurzurlaub, den er dann zumeist an einem der oberitalienischen Seen, in Varenna oder Cadenabbia, verbrachte. Früher, bevor es zu ihren Auseinandersetzungen gekommen war, hatte er, wenn Marianne aus irgendwelchen Gründen darauf verzichtet hatte, ihn zu begleiten, täglich mit ihr telefoniert; seitdem ließ er, wenn er verreist war, kaum von sich etwas hören. Da es sich diesmal um meinen eigenen Wagen handelte, den er zu einer Generalüberholung nach Modena gebracht hatte, erkundigte ich mich natürlich auch, ob damit alles in Ordnung sei. Er antwortete mir jedoch lediglich, daß ich mir um ihn keine Sorgen zu machen brauchte. Dann äußerte er einen merkwürdigen Wunsch, der mich, aus terminlichen und persönlichen Gründen, in einige Verlegenheit brachte. Trotzdem konnte und wollte ich ihm seine Bitte nicht abschlagen, ich fragte nur: »Was tust du in Nizza?«

»Vorläufig bin ich noch in Italien«, antwortete er und beendete, ehe ich eine zusätzliche Frage an ihn richten konnte, abrupt unser kurzes Gespräch. Es beschäftigte mich so sehr, daß ich mich an diesem Abend zu keiner vernünftigen Beschäftigung mehr aufraffen konnte. Ich kannte DC seit sieben Jahren, er neigte eher zum Understatement; ich hatte ihn, selbst in schwierigen Zeiten, noch nie sagen hören, daß er sich in einer verteufelten Situation befinde; es paßte sowenig zu ihm wie ein Zylinderhut. Obwohl er mich ausdrücklich darum gebeten hatte, Marianne nichts von unserem Gespräch zu erzählen, sondern erst seinen nächsten Anruf abzuwarten, fiel es mir sehr schwer, mich daran zu halten. Am nächsten Vormittag sagte ich drei Termine ab und fuhr mit dem Wagen nach Essen. Es bereitete mir keine Mühe, die Büroräume der Firma A. Borchert in der Lindenallee zu finden. Sie waren in einem dreistöckigen, unscheinbar wirkenden Gebäude untergebracht; die oberen Stockwerke dienten wohl als Wohnräume. Da ich mich bei Herrn Borchert telefonisch angemeldet hatte, empfing er mich umgehend. Er führte mich zu einer kleinen Sitzgruppe am Fenster seines Büros und fragte mit nur mühsam unterdrückter Erregung: »Wie geht es meiner Tochter?« Als ich ihn vor meiner Abfahrt aus Köln kurz anrief und ihm sagte, daß ich ihm von seiner Tochter eine Nachricht zu bestellen hätte und ihn deshalb umgehend aufsuchen wollte, hatte er mich nur gefragt, wo sie stecke. Ich schätzte ihn auf sechzig, ein nicht unsympathischer, mittelgroßer Mann, weißhaarig, mit Brille und einem mageren Gesicht. Er hielt, vielleicht aus Angewohnheit oder wegen eines Bandscheibenleidens, den Rücken etwas gekrümmt. Nach meinen bisherigen Erfahrungen mit Geschäftsleuten hätte ich ihn eher für einen Beamten als für den Inhaber einer großen Heizölhandlung gehalten. Ich sagte: »Das weiß ich nicht, Herr Borchert. Ein Bekannter von mir hat sie in Italien kennengelernt. Er bittet Sie in ihrem Namen um ihren Personalausweis; er soll in ihrem Zimmer liegen; vermutlich in ihrem Sekretär. Sie hat ihren Reisepaß verloren; da sie mit meinem Bekannten nach Frankreich will, benötigt sie für den Grenzübertritt einen Personalausweis.«

Er fragte enttäuscht: »Sie haben nicht mit ihr gesprochen?«

»Nur mit meinem Bekannten. Ich weiß auch nicht mehr, als ich Ihnen gesagt habe.«

Er starrte ein paar Sekunden lang vor sich auf den Boden, dann blickte er rasch auf und sagte: »Ich bin etwas durcheinander; entschuldigen Sie bitte. Ich habe seit über einem Jahr von meiner Tochter nichts mehr gehört; ich erfuhr lediglich, daß sie bei Turin leben soll. Wohnt Ihr Bekannter auch dort?«

Mir wurde klar, daß ihm viel daran gelegen sein mußte, etwas über DC zu erfahren. Ich erzählte ihm das Notwendigste und schloß: »Wenn Ihre Tochter in seiner Gesellschaft ist, brauchen Sie sich um sie keine Sorgen zu machen.«

»Das ist mir eine große Beruhigung«, sagte er. »Sicher wundert es Sie, daß sich meine Tochter nicht direkt mit mir in Verbindung gesetzt hat?«

Ich sagte lächelnd: »Ich bin Anwalt, Herr Borchert. In meinem Beruf hat man es oft mit familiären Problemen zu tun.«

»Hat Ihr Bekannter Ihnen nicht gesagt, warum meine Tochter mit ihm nach Frankreich will?«

»Nein. Ich ging davon aus, Sie wüßten es vielleicht.«

Er stand auf und ging zu seinem Schreibtisch. Er öffnete eine Schublade und kam mit einem postkartengroßen Foto zurück. Er gab es mir und sagte: »Das ist sie. Wenn es Ihrem Bekannten gelingt, sie zur Heimkehr zu überreden, würde ich mich in jeder denkbaren Weise erkenntlich zeigen. Ist er verheiratet?«

»Verlobt«, sagte ich und betrachtete das Foto. Es zeigte ein junges, sehr hübsches Mädchen mit schulterlangen blonden Haaren. Die Aufnahme schien auf einem Tennisplatz gemacht worden zu sein, das Mädchen trug ein kurzes weißes Kleid und weiße Schuhe. Herr Borchert sagte: »Es ist eine ältere Aufnahme. Ihre Mutter sah, als ich sie kennenlernte, genauso aus. Befassen Sie sich auch mit Ehescheidungen?«

»Hauptsächlich«, sagte ich. Er blickte auf seine Armbanduhr. »Darf ich Sie zum Essen einladen?« Da ich für den Nachmittag noch einige unaufschiebbare Termine hatte, mußte ich ablehnen. Er sagte enttäuscht: »Ich hätte mich gerne noch etwas mit Ihnen unterhalten. Meine Tochter ist vor einem Jahr mit einem italienischen Gastarbeiter, der in meiner Firma zwei Jahre als Fahrer und Kraftfahrzeugmechaniker beschäftigt war, davongelaufen. Ich bin überzeugt, daß sie das inzwischen längst bereut hat, aber sie würde sich, wenn sie in einer Notlage ist, aus Gründen, auf die ich im Augenblick nicht eingehen kann und möchte, eher an einen wildfremden Menschen als an mich wenden. Ich bitte Sie nur um eines: Verständigen Sie mich, sobald Sie von Ihrem Bekannten etwas Näheres erfahren. Wohin sollen Sie den Personalausweis senden?«

»An ein Hotel in Nizza«, antwortete ich. Seit ich das Foto gesehen hatte, mußte ich dauernd daran denken und daß diese Frau jetzt bei DC war. Ich versuchte mir vorzustellen, wie Marianne darauf reagieren würde. Herr Borchert stand auf. »Hoffentlich ist der Ausweis inzwischen nicht abgelaufen, aber ich glaube, sie hat ihn sich, ein oder zwei Jahre bevor sie wegging, neu ausstellen lassen. Als sie buchstäblich über Nacht verschwand, hat sie nur ihren Reisepaß mitgenommen.«

»Sie ist mit dem Italiener verheiratet?« fragte ich. Herr Borchert seufzte. »Ich erfuhr es erst, als es schon passiert war; sie haben sich vor ihrer Abreise noch hier in Essen trauen lassen; sie hinterließ mir einen Brief. Kommen Sie bitte mit.«

Er führte mich auf den Flur und dann eine Treppe hinauf. »Das Haus gehörte schon meinen Eltern«, sagte er. »Ich habe auch meine Privatwohnung hier; ich konnte mich nie dazu entschließen, sie aufzugeben. Hier ist das Zimmer meiner Tochter.« Er nahm einen Schlüsselbund aus der Tasche und schloß die Tür auf. »Wir haben alles so gelassen, wie es war«, sagte er. »Es wurde nichts verändert.«

Es war ein Eckzimmer mit zwei großen Fenstern; mir fielen sofort einige große bunte Plakate an den Wänden auf, wie man sie sonst nur in Reisebüros sieht; ein einsamer weißer Sandstrand mit Palmen, daneben eine weite, grüne Landschaft mit blauen Bergen im Hintergrund, ein Segelboot im kleinen Hafen eines typisch italienischen Fischerdorfes. Herr Borchert, der meinen Blick bemerkte, sagte: »Meine Tochter hatte schon immer eine Schwäche für den Süden. Sie ist sehr wetterfühlig; Sie kennen ja unser Klima. Früher habe ich nie Zeit für einen richtigen Urlaub gefunden, ich habe nach dem Krieg ganz neu anfangen müssen; heute beliefere ich rund zehntausend Kunden mit Heizöl, aber das war ein ziemlich harter Weg bis dahin, ich mußte investieren, Tanklager bauen, Tankzüge anschaffen. Wenn man, wie in meiner Branche, von großen Mineralölkonzernen abhängig ist, hängt man ständig in der Luft. Wer sich als Händler nicht bewährt, wer sich auf dem Markt nicht durchsetzt, bleibt auf der Strecke liegen. Später, als ich dann mehr Zeit und auch Geld für größere Urlaubsreisen hatte, klappte es mit meiner Ehe nicht mehr; meine Frau hat sich vor zwei Jahren von mir getrennt. Es war wohl meine Schuld, aber darüber können wir uns später einmal unterhalten; als Anwalt ist Ihnen sicher nichts Menschliches fremd. Ich schaue nur mal rasch nach dem Personalausweis.« Während er den kleinen Sekretär neben den Fenstern öffnete, sah ich mich etwas gründlicher im Zimmer um. Auf der breiten Schlafcouch saßen drei bunte Stoffbären zwischen farbigen Kissen, daneben standen Plattenspieler und Radio. Tisch, Sessel und Bücherwände waren aus Teakholz. Auf dem kleinen Frisiertisch mit seinem ovalen Spiegel bemerkte ich in der Mittagssonne eine dünne Staubschicht. Es war das Zimmer einer Frau, die von dem, was jungen Mädchen von heute im allgemeinen wichtig ist, bereits Abschied genommen, jedoch noch keine persönliche Note gefunden hatte. Ich hätte mir gerne noch die Bücher im Regal angesehen, weil sie mehr über Menschen aussagen, als ihren Besitzern zumeist bewußt ist, aber Herr Borchert hatte inzwischen den Personalausweis gefunden. »Er ist noch eineinhalb Jahre gültig«, sagte er.» So sah meine Tochter vor zwei Jahren aus; damals hatte sie bereits ihre erste Ehe hinter sich. Ihren Mann hatte ich als Vertreter beschäftigt. Als ich dahinterkam, daß sie ein Verhältnis mit ihm hatte, warf ich ihn hinaus. Zwei Tage später verschwand auch meine Tochter. Ich bin sicher, er hat sie nur geheiratet, um sich für die Kündigung an mir zu rächen. Es gab schon vorher eine Verlobte in seinem Leben; kein halbes Jahr nach der Heirat hat er mit ihr wieder Verbindung aufgenommen. Die Ehe zwischen Helga und ihm dauerte nicht einmal ein Jahr.«

»Kam Ihre Tochter zu Ihnen zurück?« fragte ich, während ich das Foto im Personalausweis betrachtete.

»Meine geschiedene Frau konnte sie dazu überreden«, sagte Herr Borchert. »Sie hatte mehr Einfluß auf Helga als ich. Das Verhältnis zwischen den beiden war, wenn man das so sagen kann, fast freundschaftlich, aber als meine Frau sich dann von mir trennte, da hat Helga es ihr, merkwürdigerweise, nie verziehen. Sie haben sich seitdem auch nicht mehr gesehen.«

»Und dann hat sie diesen Italiener geheiratet?« fragte ich. Herr Borchert seufzte wieder. »Sehen Sie, sie ist meine Tochter, Herr Dr. Lutz, mein eigen Fleisch und Blut, aber ich habe dieses Mädchen nie verstanden. Ich habe sie in ein teures Internat geschickt, habe sie das Abitur machen lassen, aber studieren wollte sie nicht. Dann habe ich ihr die Möglichkeit gegeben, sich hier im Büro einzuarbeiten, aber dafür hatte sie auch kein rechtes Interesse, und seit ihre erste Ehe auseinanderging, hat sie sich völlig verändert. Sie erzählte mir nichts mehr, ließ sich mit Männern ein, die weit unter ihrem Niveau waren. Ich weiß nicht einmal, wie viele es waren. Ich möchte es auch nicht wissen. Werden Sie mich anrufen, sobald Sie von Ihrem Bekannten etwas Neues erfahren?«

»Sie können sich darauf verlassen«, sagte ich und schob den Personalausweis in meine Brieftasche. Ich wollte mich gerade von ihm verabschieden, als die Tür geöffnet wurde, eine junge Frau schaute herein und sagte: »Du hast Besuch?« Ich schätzte sie auf fünfundzwanzig, sie war recht ansehnlich, ein adrettes Ding mit langen Beinen und einem etwas zu kurz geratenen Rock. Herr Borchert sagte schroff: »Das siehst du doch! Laß uns allein.«

»Entschuldige bitte!« sagte sie und zog eingeschnappt die Tür hinter sich zu. Ich sah sie nicht mehr. Herr Borchert begleitete mich bis zur Haustür, er sagte: »Ich habe mich, als meine Frau wegging, ziemlich allein gefühlt. Angelika, Sie haben sie eben gesehen, ist eine entfernte Verwandte. Sie sprang im Haushalt ein, Helga kümmerte sich, seit ihre Mutter weg war, so gut wie um nichts mehr. Ich brauchte jemand, der sich um das Haus, um meine Wäsche und um das Essen sorgte. Mein Arzt hat mich schon vor vier Jahren auf Diät gesetzt; ich konnte nicht ständig im Gasthaus essen. Es hat sich eben so ergeben. Vielleicht war es ein Fehler, Angelika zu heiraten. Ich tat es erst, als im Büro getratscht wurde.«

»Sie haben sonst keine Kinder aus Ihrer ersten Ehe?« fragte ich.

»Einen Sohn. Er ist im Staatsdienst und mit der Tochter eines hohen Regierungsbeamten verheiratet, der ihn protegiert. Jemand muß ihm eingeredet haben, daß es für seine Karriere nützlicher ist, die Verbindung mit seinen Eltern nicht länger zu pflegen.« Er gab mir die Hand.

Ich mußte noch an ihn denken, als ich bereits wieder auf der Autobahn nach Köln fuhr. Er hatte an der Tür gewartet, bis ich im Wagen saß, ein trauriger, früh gealterter Mann, dem die ganze Familie weggelaufen war und der sich bei einer Frau zu trösten suchte, die fast seine Enkelin sein könnte. Vielleicht wog sein Geld die Nachteile einer solchen Ehe für sie auf; sie hatte einen ziemlich intelligenten Eindruck auf mich gemacht.

Es war kurz nach dreizehn Uhr, als ich in mein Büro zurückkam. Meine Sekretärin, Frau Schwartz, war schon zum Essen weggegangen, sie hatte mir einige schriftliche Mitteilungen hinterlassen, ich las sie flüchtig durch, setzte mich an den Schreibtisch und holte den Personalausweis von Helga B. aus der Brieftasche. Er war auf ihren Mädchennamen ausgestellt, wahrscheinlich hatte sie sich nach ihrer ersten Ehe darum bemüht, wieder ihren Geburtsnamen tragen zu dürfen. Auf dem großen Foto, das Herr Borchert mir gezeigt hatte, mußte sie mindestens fünf Jahre jünger gewesen sein; heute war sie, wie ich dem Personalausweis entnehmen konnte, fünfundzwanzig. Sie hatte sich, gegenüber dem älteren Foto, nicht zu ihrem Nachteil verändert, im Gegenteil: die kürzere Frisur brachte ihr Gesicht besser zur Geltung; sie sah reifer, femininer und sehr verführerisch aus; es war ein ausdrucksvolles, einprägsames Gesicht. Ich konnte mir, je länger ich es auf dem kleinen Foto betrachtete, über die Beweggründe ihrer Handlungsweise immer weniger schlüssig werden, aber ich hatte es mir ohnedies längst abgewöhnt, vom Äußeren eines Menschen Schlüsse auf seinen Charakter zu ziehen. Wahrscheinlich lag die Erklärung dort, wo Herr Borchert aufgehört hatte, zu erzählen; bei den Ereignissen, die er nicht erwähnt, vielleicht nicht einmal angedeutet hatte. Er schien mir nicht der Typ von Mann zu sein, der sein Herz auf der Zunge trägt. Seine freimütigen Geständnisse und Selbstbezichtigungen waren wohl auf die innere Erregung zurückzuführen, die meine Nachricht bei ihm ausgelöst hatte. Es war anzunehmen, daß er sich, seit der neuesten Flucht seiner Tochter aus dem Elternhaus, mit kaum einem Menschen darüber aussprechen konnte, nicht mit seiner geschiedenen Frau, nicht mit einem Sohn, dem seine Existenz peinlich war. Er war mit seinen Gedanken und Problemen immer nur sich selbst überlassen gewesen, denn die Art, wie er in meiner Gegenwart mit seiner jetzigen Frau umgesprungen war, ließ es als unwahrscheinlich erscheinen, daß er sich mit ihr über Familienprobleme unterhielt.

Ich steckte den Ausweis in einen Umschlag, adressierte ihn an das Hotel in Nizza und überlegte, wie ich zu der Rufnummer des Hotels kommen könnte. Ich fand sie schließlich in einem Hotelführer. DC stieg, wenn er schon in einem Hotel wohnen mußte, stets in den besten ab; er verabscheute es, auf gewohnten Komfort verzichten zu müssen. Ich konnte durchwählen und fragte bei der Rezeption nach ihm, er war jedoch noch nicht eingetroffen, ein Hotelgast seines Namens war nicht bekannt und wurde, wie man mir versicherte, bis zur Stunde auch nicht erwartet. Ich war, als ich das Gespräch beendete, tief beunruhigt.

Ich hatte, weil ich die abgesagten Termine des Vormittags nachholen mußte, noch einen anstrengenden Arbeitstag, der mich bis gegen zwanzig Uhr im Büro festhielt. Für den nächsten Tag standen zwei Gerichtstermine an, auf die ich mich noch vorzubereiten hatte. Ich nahm die Unterlagen mit nach Hause, aber meine Gedanken schweiften immer wieder ab zu DC. Den Brief an das Hotel hatte ich persönlich per Luftpost aufgegeben, er würde, wenn ich dem Postbeamten glauben durfte, morgen früh in Nizza sein. Ich kenne Nizza nur aus Erzählungen von DC und Marianne, sie hatten dort ein paarmal Urlaub gemacht. Um meinen Ferrari machte ich mir keine Sorgen; ich wußte ihn auch dann bei DC in guten Händen, wenn dieser ausnahmsweise in einer verteufelten Situation war. Wahrscheinlich hätte ich mir nie im Leben einen Ferrari gekauft, wenn DC nicht Vertragshändler dieser Nobelmarke wäre, und da ich mir sonst nur wenig Luxus leiste und noch immer, wie schon vor sieben Jahren, ein Fünf-Zimmer-Appartement im Süden Kölns bewohne, schlug die Anschaffung des Wagens, zumal ich ihn gebraucht gekauft hatte, auch nicht zu sehr zu Buche, und DC berechnete mir für Wartung und Einzelteile nicht jene Mondpreise, die für Autos dieser Gattung mancherorts verlangt werden. Eigentlich bin ich nur durch DC zum Autofan geworden; bevor ich ihn kennenlernte, betrachtete ich diese Spezies mit milder Nachsicht.

Daß Marianne ausgerechnet noch an diesem Abend zu mir kam, würde ich, ohne meine atheistische Prägung, vielleicht für eine Fügung halten. Sie sagte: »Ich habe im Vorbeifahren noch Licht bei dir gesehen und dachte, du hättest Besuch. Oder hast du doch welchen?« Sie blickte neugierig zu meiner Schlafzimmertür. Ich sagte: »Ich muß dich wieder mal enttäuschen.«

»So oft hast du mich noch nicht enttäuscht«, sagte sie. »Schläfst du eigentlich nie?«

»Nur mit guten Freundinnen«, sagte ich. »Zu denen du ausnahmsweise und leider noch immer nicht zählst.«

»Diese Tür haben wir ja nie ganz zwischen uns zugeschlagen«, sagte sie und machte es sich mit übereinandergeschlagenen Beinen in einem Sessel bequem. Sie trug schwarze Strümpfe, schwarze Lackschuhe und ein schwarzes, enganliegendes Kleid. Sie hatte schwarze Haare, ein blasses, schmales Gesicht und blaßgeschminkte Lippen. Sie sah meistens so aus, als käme sie gerade von einer Beerdigung, eine zierliche, kaum einsfünfundsechzig große Frau mit etwas schwermütig blickenden, von langen Wimpern bedeckten dunklen Augen. Sie lag nie in der Sonne, trieb keinen Sport, hatte keine Ambitionen, keine Hobbys wie andere Frauen; die meiste Zeit verbrachte sie bei ihrer Mutter, die nach einem schweren Unfall, bei dem ihr Mann ums Leben kam, ans Haus gebunden war. Sie waren von einem jungen Mädchen, das erst drei Wochen zuvor seinen Führerschein gemacht hatte, auf einem Fußweg angefahren worden. Marianne wirkte meistens kühl und immer ein wenig desinteressiert. Ich hatte sie noch nie richtig ärgerlich, noch nie richtig wütend und auch noch nie richtig traurig erlebt. Es gab nur eines, was sie aufregen konnte: Autorennen, und das paßte so wenig zu ihrem Typ wie ein Minirock. Ich werde nie vergessen, wie sie sich in meiner Gegenwart bei einer solchen Veranstaltung vor innerer Erregung einmal die Fingerknöchel blutig gebissen hatte. Ich sagte, auf ihre letzte Bemerkung eingehend: »Ich schon.«

Sie lächelte nur, und das zu recht, denn sie wußte so gut wie ich, daß ich sie einmal sehr begehrt hatte, aber damals stand ich, obwohl ich ihn einige Jahre länger kenne als sie, mit DC noch nicht so gut wie heute. Sie hatte es auch nie darauf angelegt, meine Standhaftigkeit ernsthaft auf die Probe zu stellen, und daß sie mir in manchen Augenblicken kleine Zärtlichkeiten zugestand, geschah wohl eher aus Neugierde, so wie kleine Mädchen hin und wieder einen Blick unter das Kleid ihrer Puppe werfen. Ich bin wohl gar nicht ihr Typ, sie mochte mich auf eine rein freundschaftliche Art. Sie hatte mich schon gemocht, bevor ich sie mit Karlchen erwischt habe, in einem kleinen Restaurant für Verliebte bei Morsbach, Hand in Hand und Auge in Auge. Ich war vorher noch nie in diesem kleinen Restaurant gewesen, aber an jenem Abend hatte ich mich dort mit einem Klienten verabredet; wie der Zufall es so will, und als sie mich sah, lächelte sie genauso, wie sie jetzt lächelte.

Es war kurz nach elf, ich war mir sicher, daß sie auch diesmal von Karlchen kam. Sie hatte vermutlich mit ihm geschlafen, war dann in ihr Auto gestiegen, und als sie bei mir noch Licht sah, hatte sie den Wunsch verspürt, mit mir zu plaudern. So wie sie schon am Tag nach unserer etwas peinlichen Begegnung zu mir gekommen war, um mit mir zu plaudern, das heißt, um mir zu sagen, daß sie mir diese Sache mit Karlchen nicht erklären könne und daß sie sich darauf verlasse, in mir einen guten Freund zu haben. Daß ich damals und auch später DC gegenüber den Mund gehalten hatte, ist nicht besonders erwähnenswert, allerdings hat es mich doch oft in Gewissenskonflikte gebracht und meine Psyche in nicht unerheblichem Maße belastet.

Ich stand auf, holte uns etwas zu trinken und verschüttete, als ich eingoß, ein paar Tropfen auf die Tischdecke. Marianne fragte: »Was hast du heute? Hast du etwas von Dieter gehört?« Ihr Instinkt, Geschehnisse, die sie unmittelbar betrafen, zu ahnen, hatte mich schon öfter in Verlegenheit gebracht. Ich kehrte zu meinem Sessel zurück. Belügen wollte ich sie nicht, ich antwortete: »Gestern abend. Er will noch einige Tage bleiben.«

»Und deshalb hat er dich angerufen?«

»Schließlich ist er mit meinem Wagen unterwegs«, sagte ich. »Er wird sich gedacht haben, daß ich mir Sorgen mache.« Sie betrachtete mich mit halbgeschlossenen Augen, dann kam sie zu mir, setzte sich auf meine Knie und legte einen Arm um meine Schultern. »Hast du Geheimnisse vor mir?« Geheimnisse gab es zwischen ihr und mir schon lange nicht mehr, sie wußte über meine Frauenbekanntschaften Bescheid und welche Unterwäsche ich bevorzugte. Sie wiederum erzählte mir, wie oft sie sich mit Karlchen traf, mit welcher Freundin sie im Café war und welche Bücher, Musik oder Schuhe sie liebte. Nur weshalb sie DC mit Karlchen hinterging, darüber sprach sie nie. Ich sagte: »Er hat in Italien eine Frau kennengelernt.«

»Sicher nicht zum erstenmal«, sagte sie. »Was macht dich daran so nervös?« Eigentlich wäre jetzt sie an der Reihe gewesen, nervös zu werden; ich sagte: »Ich glaube nicht, daß er dich betrogen hat. Sicher steckt auch diesmal nichts Besonderes dahinter, und wenn, könnte es dir doch nur recht sein.«

»Warum?« fragte sie. »Ich suche keinen Trennungsgrund.«

»Was ich noch nie verstanden habe«, sagte ich offen. Sie küßte mich auf die Stirn. »Karl ist für mich kein Mann für immer«, sagte sie. »Ich brauche einen, bei dem ich mich geborgen fühle.«

»Und bei Dieter fühlst du dich geborgen?«

»Ja«, sagte sie. »Aber wenn ich genau wüßte, daß irgendwo eine andere Frau ist, könnte das vielleicht auch zwischen dir und mir einiges ändern.«

»Um ihm wieder eine Nasenlänge voraus zu sein?« fragte ich. »Wo hört das eigentlich auf zwischen euch?«

»Dort, wo einer von uns beiden es so will«, sagte sie.

»Meinetwegen«, sagte ich, »aber du mußt damit rechnen, daß er sich eines Tages nicht mehr damit abfinden wird, nur zu vermuten, was mit Sicherheit wir beide allein wissen.«

»Wir drei«, sagte sie. »Du hast Karl vergessen.«

»Besonders in seiner augenblicklichen Situation nicht«, sagte ich.

Sie ging zum Tisch, holte ihr Glas und setzte sich wieder auf meine Knie. »Was hat das mit seiner Situation zu tun?«

»Manche Männer machen bei solchen Anlässen auch privat reinen Tisch.«

»Er fällt schon wieder auf die Beine«, sagte Marianne. »Entweder wird ihm sein Vater oder ein anderer helfen. Warum hilfst du ihm nicht?«

»Ich habe keine zweihunderttausend Mark«, sagte ich. »Ich gebe mein Geld genauso schnell aus, wie ich es verdiene. Ich habe zwei Freundinnen und eine Aufwartefrau zu unterhalten; mehr ist da vorläufig nicht drin, und mit fünfzigtausend Mark ist ihm nicht geholfen. Soviel könnte ich im Augenblick flüssig machen.«

»Ich habe dich für reicher gehalten«, sagte sie. »Ich würde ihn gerade in diesem Augenblick nicht verlassen; selbst wenn ich es wollte. Es würde ein falsches Licht auf mich werfen. Wenn *er* sich von mir trennen will, ist das natürlich etwas anderes. Du hast mich nie gefragt, warum ich mich mit Karl eingelassen habe.«

»Nein«, sagte ich. »Ich frage es dich auch heute nicht.«

»Dieter wird sich nicht von mir trennen«, sagte sie. »Nicht, wenn ich es nicht will.« Sie trank ihr Glas leer und gab es mir: »Holst du mir noch eins?«

»Wie soll ich das?« fragte ich. Sie stand lächelnd auf.

Es ließ mich nicht gleichgültig, wenn sie auf meinen Knien saß. Ich spürte es bis zum Halswirbel hinauf, und ich wollte nicht, daß sie es merkte. Außerdem war ich heute so weit, daß ich, solange sie bei DC wohnte, um keinen Preis der Welt mit ihr geschlafen hätte. Sie wahrscheinlich auch nicht mit mir, ihre Bemerkung von vorhin nahm ich nicht ernst; sie tat oft so, als trennte uns nur noch ein kleiner Schritt vom Schlafzimmer; in Wirklichkeit war sie in meiner Gegenwart erotisch kalt. Bei Karlchen war sie es augenscheinlich nicht, und wie sie bei DC war, wußten nur sie und er. Über solche Dinge spekulierte ich auch nicht; ich hatte schon zuviel über Menschen erfahren, und ich erfuhr fast jeden Tag noch etwas Neues. Aber da war noch etwas: jedesmal, wenn sie von Karlchen kam, war sie mir auf eine nicht ganz definierbare Art zuwider, eher physisch als psychisch. Ich führte es darauf zurück, daß ich Karlchen nicht mochte. Ich brachte ihr das Glas und sagte: »Mehr, als ich schon weiß, möchte ich auch nicht wissen; es ist euer Problem. Ich glaube aber nicht, daß er sich von seinem Vater Geld pumpen wird. Hat er mit dir darüber gesprochen, was, wenn er das Angebot von Krattenmacher akzeptiert, für euch übrigbleibt?«

»Nein«, sagte sie. »Er hat mit mir noch nie über geschäftliche Dinge gesprochen; ich verstehe auch nichts davon. Ich wußte bis vor vier Wochen nicht einmal, daß er verkaufen muß.«

»Er wußte es damals selber nicht«, sagte ich und gab ihr das Glas. »Mir sagte er, daß seine Bank plötzlich den Kredit nicht verlängert hat. Er steckt dort mit fast zweihunderttausend in der Kreide. Ich würde sie ihm auch dann nicht geben, wenn ich sie hätte. Er hat innerhalb kurzer Zeit sein gesamtes Betriebskapital verbraucht.«

»Was bedeutet das?« fragte Marianne. Sie war viel zu intelligent, um es nicht zu wissen. Trotzdem sagte ich: »Daß er mit zweihunderttausend Mark den jetzigen Zustand vielleicht nur um ein paar Monate hinausschieben könnte, dann wäre auch mein Geld weg, und ich müßte, um es wieder zu kriegen, die peinlichsten Dinge tun. Er hat, als er mit diesen Nobelautos anfing, auf das falsche Pferd gesetzt. Außerdem ist er gegenüber seinen Kunden, die einen Gebrauchtwagen in Zahlung geben, zu großzügig. Er bezahlt ihnen mehr dafür, als er beim Wiederverkauf hereinholen kann. Bei dir hat er das, als du ihm den Jaguar deines Vaters verkauft hast, auch getan. Willst du dich nicht hinsetzen?«

»Ich warte, bis du es tust«, sagte sie und betrachtete mich abwägend. Ich sagte: »Irgendwann machen wir alle unseren großen Fehler, Marianne. Du hast ihn, fürchte ich, schon gemacht.«

»Du auch«, sagte sie. »Jetzt, in diesem Moment.« Sie gab mir das Glas zurück. »Trink es für mich aus, Fred. Ich hätte es gern, wenn wir immer gute Freunde bleiben.«

»Ich auch«, sagte ich. »Hast du noch andere Probleme?«

»Probleme schon«, sagte sie und verließ das Zimmer. Sie war, bis ich das Glas auf den Tisch gestellt und sie eingeholt hatte, bereits an der Wohnungstür. Ich schob meinen Arm zwischen sie und die Tür und sagte: »Warum sprichst du nicht mit mir darüber?« Sie versuchte, meinen Arm auf die Seite zu drücken, und als ihr das nicht gelang, sagte sie: »Laß mich gehen, Fred. Das ist doch kindisch.«

»Welche Probleme hast du?« fragte ich unbeirrt. Sie sagte: »Es ist nicht meine Schuld, wenn es mit seinem Betrieb nicht mehr klappt. Er tut aber so. Ich kann nicht mehr, als zu ihm zu halten. Oder was soll ich sonst noch tun?«

»Mit Karlchen aufhören«, sagte ich. »Er ist ein guter Rennfahrer, und vielleicht wird er es irgendwann zum Weltmeister bringen. Er sieht, zugegebenermaßen, auch nicht schlecht aus, aber ich kann mir nicht vorstellen, daß das alles sein soll, was dich zu ihm hinzieht. Bist du ihm hörig?«

»Ich war noch nie einem Mann hörig«, sagte sie. »Wofür hältst du mich? Wenn ich damit aufhören wollte, könnte ich es in dieser Sekunde tun.« Ich sagte: »Dann hör auf damit. Tu es mir zuliebe, falls Dieter für dich kein besseres Argument mehr ist. Ich will nicht mit meinem Beruf renommieren, aber ich weiß, wie solche Geschichten in der Regel enden. Du bist eine hübsche, interessante Frau, Marianne. Es täte mir leid, wenn du an den falschen Mann kämst.« Sie lehnte sich mit dem Rücken an die Tür und sagte: »Du würdest wohl alles für Dieter tun?«

»Nicht alles«, sagte ich. »Aber wenn es nur darum ginge, euch endlich zum Standesamt zu bringen, würde ich nichts unversucht lassen.«

»Das kann nur er selber tun«, sagte sie. »Es liegt bei ihm und nicht bei mir. Kann ich jetzt gehen?«

Ich trat einen Schritt zurück und wartete, bis sie hinausgegangen war. Dann trank ich im Zimmer unsere Gläser leer, legte mich mit unter dem Kopf verschränkten Händen auf die Couch und erinnerte mich des Tages, als DC sie kennenlernte. Er ist mir deshalb unvergeßlich geblieben, weil ich an diesem Tag meinen ersten Sportwagen bei DC gekauft hatte, einen gebrauchten Jaguar der E-Type, fünf Jahre alt, aber noch in tadellosem Zustand. Wir unterhielten uns gerade über die Zahlungsmodalitäten, als Marianne den Verkaufsraum betrat. Es gibt Frauen, die erregen, wenn sie einen Raum betreten, sofort die Aufmerksamkeit der meisten anwesenden Männer; so erging es damals uns allen, mir ebenso wie DC und seinem damaligen Angestellten, der gerade mit einem anderen Kunden beschäftigt war, und auch dieser drehte sich, als Marianne hereinkam, neugierig nach ihr um. Die Begegnung erfolgte vier Wochen nach dem schweren Unfall ihrer Eltern, sie trug ein langes schwarzes Kleid und einen breitrandigen schwarzen Hut, der ihr blasses Gesicht halb verdeckte. DC stand, als er sie sah, wie geistesabwesend auf und ging ihr entgegen. Mich schien er, unter dem Eindruck ihrer Persönlichkeit, vollkommen vergessen zu haben; ich ärgerte mich darüber, aber er hielt sich nicht lange bei ihr auf, sie verließ den Raum, ohne uns anderen einen Blick geschenkt zu haben, und DC sagte, als er zurückkam, genauso geistesabwesend, wie er vorhin aufgestanden war: »Eine Kundin, entschuldige bitte.« Wir führten unser Gespräch zu Ende, ich merkte jedoch, daß er nicht mehr recht bei der Sache war, und als ich mich von ihm verabschieden wollte, sagte er: »Ich komme mit hinaus. Wann willst du den Wagen haben?«

»So bald wie möglich«, sagte ich. Er nickte nur. Im Hof sah ich Marianne wieder, sie betrachtete meinen Jaguar; DC hatte ihn nach unserer Probefahrt vor der Tür stehenlassen. Mir fiel sofort auf, daß sie ihm größeres Interesse schenkte, als Frauen solchen Autos gegenüber im allgemeinen aufbringen. Ähnlich versunken hätte ich sie mir vor den Auslagen eines exklusiven Modegeschäfts vorstellen können. Sie fuhr, als sie uns bemerkte, wie ertappt zusammen und trat rasch einen Schritt zurück. Beim Weggehen hatte ich das Gefühl, daß sie mir nachschaute. Zwei Tage später konnte ich den Jaguar abholen, und auch diesmal begegnete ich Marianne, wir stießen, als ich den Verkaufsraum betreten wollte, beinahe in der Tür zusammen. DC machte mich mit ihr bekannt, er sagte zu ihr: »Dr. Lutz ist mein Freund und Anwalt.« Sie lächelte mich an. »Dann sind Sie der Mann mit dem schnellen Jaguar?«

»Herr Christiansen hat ihn mir aufgeredet«, sagte ich. »Ihnen wird er, wie ich ihn kenne, sicher einen Ferrari verkaufen wollen.«

»Das ist mehr ein Männerauto«, sagte sie und gab mir die Hand; sie fühlte sich kühl und so schmal an, daß ich mich kaum getraute, ihren Druck zu erwidern. DC begleitete sie noch hinaus, er blieb auffallend lange weg. Nach seiner Rückkehr sprachen wir über sie, er erzählte mir von dem Unfall ihrer Eltern und daß sie den Wagen ihres Vaters, einen großen Jaguar vom Typ XJ6, verkaufen wolle. Die Lieferfirma hatte ihr achttausend Mark dafür geboten, sie war mit dem Preis jedoch nicht einverstanden und hatte sich, weil sie zufällig erfahren hatte, daß DC für gut erhaltene Gebrauchtwagen dieser Marke mehr bezahlen würde als die Vertragshändler, an ihn gewandt. Er sagte: »Mehr als achttausend ist er auch nicht wert, aber ich gebe ihr zehn dafür. Sie hat seit dem Unfall sicher allerhand durchmachen müssen; ihre Mutter liegt noch immer im Krankenhaus.«

Ich erinnerte mich unklar, von dem Unfall gelesen zu haben, und fragte, weil sie auch diesmal wieder einen nachhaltigen Eindruck auf mich gemacht hatte, nach dem Beruf ihres verunglückten Vaters, aber darüber wußte DC noch nichts. Sicher wäre sie mir früher oder später aus dem Sinn gekommen, wenn ich sie nicht, ungefähr zwei Monate danach, zufällig an der Seite von DC in einem Ferrari gesehen hätte; meine Intuition im Verkaufsraum von DC, daß sich zwischen den beiden etwas anbahnen würde, war also nicht falsch gewesen. Ich begegnete ihr dann noch öfter bei ihm, irgendwie schien sie mich zu mögen, sie unterhielt sich jedesmal etwas länger mit mir, erkundigte sich nach meinem Jaguar und war immer sehr nett. Drei Monate später quartierte sie sich in seiner Wohnung ein, ein Schritt, den ich ihr ohne vorherige Eheschließung eigentlich nicht zugetraut hätte, aber DC sagte mir damals, daß sie mit der Heirat noch einige Wochen oder Monate warten wollten; ihre Gründe verriet er mir allerdings nicht. Inzwischen sind fast drei Jahre vergangen. Daß ich im Laufe der Zeit immer häufiger Gast in ihrem Haus war, hatte ich sicher in erster Linie Marianne und ihrer persönlichen Sympathie zu danken. Gewiß war es auch nur ihrem Einfluß auf DC zuzuschreiben, daß meine Beziehungen zu ihm noch freundschaftlicher wurden als bisher. Er unterhielt sich, was er früher kaum getan hatte, auch über persönliche Dinge mit mir, die er, bei seiner Wortkargheit, vordem bestenfalls mit seinem alten Stallgefährten Karlchen zu erörtern pflegte, aber von Meinungsverschiedenheiten zwischen ihm und Marianne war dabei nie die Rede. Ohne das zufällige Zusammentreffen bei Morsbach hätte ich von ihren Problemen erst viel später erfahren.

Ich war mir an diesem Abend nach Mariannes Weggehen nicht sicher, ob ich richtig gehandelt hatte, ihr den vollen Inhalt meines Telefongesprächs mit DC zu verschweigen. Heute, ein gutes Jahr danach, brauche ich mir dieselbe Frage nicht mehr zu stellen. Wenn ich bedenke, wie ahnungslos ich selber war, wie tief ich in der Nacht nach Mariannes Besuch geschlafen habe, während zur selben Zeit die hier zu schildernden Ereignisse abliefen, fühle ich mich noch immer auf eine absurde Weise schuldbewußt, obwohl ich keinesfalls imstande gewesen wäre, das Geschehen zu beeinflussen oder gar zu verhindern.

Am Samstagvormittag hatte ich noch im Büro zu tun. Um die Mittagszeit rief ich wieder das Hotel in Nizza an. Mein Brief mit Helgas Personalausweis war eingetroffen, DC jedoch noch immer nicht. Auch nicht Stunden später, als ich es noch einmal versuchte. Ich war jetzt so nervös, daß ich mich über mein Versprechen gegenüber DC hinwegsetzte und mit Marianne telefonierte. Sie hörte mir wortlos zu und sagte dann kurz: »Warte in deiner Wohnung auf mich.« Kaum zwanzig Minuten später läutete sie an meiner Tür. Sie ging stumm an mir vorbei, setzte sich im Wohnzimmer in einen Sessel und schlug die Beine übereinander. Ich sagte: »Dieter hatte mich ausdrücklich darum gebeten, dir nichts zu erzählen, Marianne. Ich hätte dir gestern abend auch nichts von seinem Anruf sagen sollen. Was sollte ich tun?«

»Und warum erzählst du es mir jetzt?« fragte sie

»Weil ich mir Sorgen um ihn mache«, antwortete ich. »Ich nehme an, diese Frau hat keinen Personalausweis bei sich. Er hat sie in Italien kennengelernt und will mit ihr nach Nizza.«

»Wohin in Nizza?«

Ich nannte ihr den Namen des Hotels. Mir fiel auf, daß sie sich verfärbte, aber ihre Stimme klang unverändert ruhig: »Hast du dich auch nicht verhört?«

»Auf keinen Fall«, sagte ich und setzte mich zu ihr. Ich bot ihr eine Zigarette an, sie schüttelte den Kopf und sagte: »Das hätte ich ihm niemals zugetraut.«

»Ich habe dir schon gestern abend erzählt, daß er eine Frau kennengelernt . . .« Sie unterbrach mich schroff: »Davon rede ich nicht. Ich verstehe auch noch immer nicht, warum du dir um ihn Sorgen machst. Hängt es mit dem Personalausweis zusammen?«

»Ich habe seit vorgestern abend fast ununterbrochen über seinen Anruf nachgedacht«, sagte ich. »Ich fürchte, er hat sich wegen dieser Frau in Schwierigkeiten gebracht. Wieso und warum kann ich nur vermuten, aber ich gehe davon aus, daß er sich von ihr dazu hat überreden lassen, sie illegal über die Grenze zu bringen. Wie er das schaffen will, weiß ich nicht. Es deutet jedenfalls alles darauf hin.«

»Erklär mir das bitte«, sagte sie und griff jetzt doch nach meinen Zigaretten. Ich gab ihr Feuer und sagte: »Sie hat keinen Personalausweis, sonst würde sie sich nicht ihren alten schicken lassen. Dieter hat sie in Italien kennengelernt und will mit ihr nach Frankreich; ohne Personalausweis kommt sie aber nicht über die Grenze. Sie kann es also nur illegal versuchen.« Sie dachte ein paar Augenblicke darüber nach, dann schüttelte sie den Kopf und sagte etwas ungeduldig: »Das gibt doch alles keinen Sinn, Fred. Warum hat sie sich den Ausweis dann nicht direkt nach Italien schicken lassen?« Ich zuckte mit den Schultern. »Das weiß ich sowenig wie du. Ich könnte nur spekulieren.«

»Dann spekuliere«, sagte sie. »Was für einen vernünftigen Grund könnte es dafür geben? Doch nur den, daß sie Hals über Kopf aus Italien wegmußte und keine Zeit mehr hatte, dort auf die Post zu warten?« Ich nickte. »Das würde ich auch sagen.«

»Aber das würde doch bedeuten, daß sie vor irgendwem auf der Flucht ist?« sagte sie verständnislos. »Oder siehst du noch eine andere Möglichkeit?«

»Vorläufig nicht«, sagte ich. Sie sah mich wieder ein paar Augenblicke lang stumm an, dann sagte sie: »Du denkst an ihren Mann?«

»An den denke ich auch«, sagte ich. Sie stand auf, ging zum Fenster und schaute geistesabwesend auf die Straße hinab. Schließlich drehte sie sich nach mir um und sagte: »Das ist doch ein Flittchen, Fred. Oder bin ich da voreingenommen?«

»Vielleicht«, sagte ich. Sie kam zum Tisch zurück, drückte ihre Zigarette aus und schlug das Telefonbuch auf. »Was hast du vor?« fragte ich. Sie gab keine Antwort. Sie nahm den Hörer ab, wählte und fragte dann nach einer direkten Flugverbindung nach Nizza. Während sie auf die Auskunft wartete, trommelte sie mit ihren dünnen Fingern ungeduldig auf den Tisch. »Würdest du mir bitte etwas zum Schreiben geben?« fragte sie. Ich holte ihr Kugelschreiber und Papier. »Was versprichst du dir davon?« erkundigte ich mich. Sie schüttelte nur den Kopf. Nach dem Gespräch steckte sie den Zettel in ihre Handtasche und setzte sich wieder hin. »Gib mir bitte etwas zu trinken«, sagte sie. Ich hatte sie zu dieser Tageszeit noch nie Alkohol trinken sehen; sie mußte völlig durcheinander sein, auch wenn sie es sich mit keiner Regung ihres Gesichts anmerken ließ. Falls DC sie eines Tages zu ihrer Mutter zurückschickte, würde ich nicht aufhören, hinter ihr her zu sein, bis ich erfahren hatte, ob sie am ganzen Körper so schön war wie im Gesicht, und sei es um den Preis, sie heiraten zu müssen. Sie sagte: »Erzähl mir bitte etwas mehr von ihr. Was hast du bei ihrem Vater über sie gehört?« Ich erzählte ihr alles, was ich wußte. Sie sagte: »Dann ist das schon ihre zweite Ehe. Und du bist dir noch immer nicht sicher, ob sie ein Flittchen ist?«

»Vielleicht war sie, als sie sich mit ihren Männern einließ, noch zu unerfahren«, sagte ich. »Auf ihren Fotos machte sie jedenfalls nicht den Eindruck eines Flittchens.«

»Wie sieht sie aus?«

Ich schilderte ihr Helga, so gut ich konnte. Sie sagte: »Für Blonde hatte Dieter bisher nicht viel übrig. Ich werde sie mir anschauen. Wer weiß, was sie ihm alles vorgelogen hat. Ich meine, was sind das für Frauen, die wie sie aus einer guten Familie kommen und trotzdem auf einen italienischen Gastarbeiter reinfallen? Ich finde das Verhalten dieser Frau vulgär. Oder wie würdest du es nennen?« Ich lächelte. »Hast du dir nie gewünscht, mit einem feurigen Italiener zu schlafen?«

»Nein«, sagte sie kühl. »Diesen Wunsch habe ich, ganz aufrichtig, nie verspürt. Oder traust du mir das zu?« So selbstbeherrscht wie sie aussah, traute ich es ihr tatsächlich nicht zu. Ich hätte ihr aber auch Karlchen nicht zugetraut, jedenfalls nicht, solange sie mit DC ins Bett ging, und ihre Mutter war nach allem, was ich von Marianne und DC über sie erfahren hatte, eine Dame aus der sogenannten guten Gesellschaft, einzige Tochter eines Universitäts-Rektors, dessen Name noch heute in Göttingen und anderswo einen guten Klang hat, und auch sie heiratete in angesehene, nicht unvermögende Kreise. Immerhin war ihr Mann ein bekannter Kunsthändler in Köln mit einem Faible für schnelle Autos. Marianne, die an seinem Gewerbe nie sonderlich interessiert war, einigte sich nach seinem tragischen Tod mit ihrer Mutter darauf, das Geschäft nicht zu verkaufen, sondern zu verpachten. Ihre eigenen Interessen galten damals noch der Musik, sie studierte sogar in Köln einige Semester, um jedoch irgendwann zu schlußfolgern, daß eine attraktive Frau kein Musikstudium brauchte, um einen Mann zu finden. Allerdings hätte ich ihr aufgrund ihrer Herkunft als Liebhaber eher einen Intellektuellen zugetraut als einen Rennfahrer oder simplen Autohändler. Möglicherweise war ihr die seriöse Familientradition zu langweilig geworden. Der Tod ihres Vaters hatte ihr dann die Möglichkeit eröffnet, einmal das zu tun, wovon Frauen aus ihren Kreisen sonst nur zu träumen wagen, aber das war nicht viel mehr als eine Hypothese. Ich antwortete: »Karlchen liegt ja auch nicht ganz auf deinem Niveau.« Diesmal hatte ich, wenn auch ungewollt, einen Blattschuß erzielt, denn so weit vor getraute ich mich bei ihr üblicherweise nicht, aber außer einer etwas rauhen Stimme verriet nichts, wie tief ich sie getroffen hatte. Sie fragte: »Bleibst du immer auf deinem Niveau?« Sie war schon zwei- oder dreimal bei mir hereingeschneit, wenn ich gerade Besuch hatte, und meine gelegentlichen Freundinnen konnten sich, wie ich zugeben muß, geistig kaum mit ihr messen.

Ich sagte: »So einen Glückstreffer wie Dieter landet eben nicht jeder.«

»Würdest du bitte deutlicher werden?« fragte sie mit halbgeschlossenen Augen. Ich sagte: »Entweder sie haben nicht deine Figur oder nicht deine Intelligenz; irgendwo muß man fast immer Abstriche machen; wir leben in einer Welt der Unvollkommenheiten, und Frauen wie du bestätigen nur die Regel. Du tust das ja auch, ich meine Abstriche machen. Ich glaube, du wärst zu stolz, mit einer Frau, von der du so wenig hältst, die Kräfte zu messen. Was willst du ihr sagen? Daß er dir gehört und daß du nicht auf ihn verzichten willst? Sie ist, fürchte ich, das Kämpfen um einen Mann eher gewöhnt als du.«

»Um was für Männer?« fragte sie kühl. Sie hatte sich bereits wieder gefaßt. Einen Augenblick lang hatte ich gehofft, sie wenigstens einmal verletzt oder auch irritiert zu sehen, aber nicht einmal diese kleine Blöße gab sie sich. Ich sagte: »Sie hat sich mit dieser Heirat über ihre gesamte Umwelt hinweggesetzt. Ich stelle mir vor, daß es dazu mehr Kraft bedarf, als sich einen bestimmten Mann zu angeln. Du solltest sie jedenfalls nicht unterschätzen, Marianne. Ich verstehe, daß du nach Nizza fliegen willst. Genausogut könntest du aber auch damit warten, bis er tatsächlich mit ihr im Hotel eingetroffen ist, und, bevor du etwas unternimmst, mit ihm telefonieren. Wir können es ja noch einmal versuchen; vielleicht haben wir heute abend mehr Glück.« Sie dachte über meinen Vorschlag nach, sagte dann aber: »Möglicherweise will er dort gar nicht wohnen, sondern nur den Brief in Empfang nehmen. Ich wüßte an seiner Stelle auch nicht, wohin ich ihn mir sonst schicken lassen sollte.« Es kam mir vor, als klänge ihre Stimme erleichtert. Ich fragte: »Kennst du das Hotel?«

»Wir haben dort gewohnt«, sagte sie kurz. Erst jetzt verstand ich, weshalb sie sich vorhin verfärbt hatte. Sie sagte: »Meine Maschine fliegt gegen neun. Würdest du mich zum Flughafen bringen, Fred?«

»Mit Überwindung«, sagte ich. »Ich halte es noch immer für falsch, was du tun willst. Wenn er dieser Frau nur aus Mitleid geholfen hat oder weil sie eine Landsmännin ist, wird er dein unerwartetes Auftauchen sicher in den falschen Hals bekommen, Marianne. Du könntest damit möglicherweise einen Effekt erzielen, an den du noch gar nicht gedacht hast.« Sie musterte mich mit hochgezogenen

Augenbrauen. »Du meinst, er könnte sich desavouiert fühlen?«

»Das auch«, sagte ich. »Ich gehe einmal davon aus, daß die beiden inzwischen genug Zeit hatten, sich auszusprechen und auch die beiderseitigen Familienverhältnisse anzuschneiden. Er hat ihr ja nicht gut erzählen können, daß er verheiratet sei, und dann taucht plötzlich doch eine Frau auf, die ihn mehr oder weniger zu bevormunden sucht. Ich glaube nicht, daß er sich damit begnügen wird, eine solche Situation nur als peinlich zu empfinden. Es könnte für ihn der Tropfen sein, der das Faß zum Überlaufen bringt. Daß es schon randvoll ist, weißt du vielleicht besser als ich. Ich habe nie verstanden, Marianne, weshalb du zu ihm gezogen bist, und ich habe dich auch nie danach gefragt.«

»Ich hatte Streit mit meiner Mutter«, sagte sie. »Wohin hätte ich sonst ziehen sollen? Zu dir?« Ich lächelte. »Für dich hätte ich immer irgendwo einen Platz gefunden, angebetete Marianne.«

»In deinem Bett?« fragte sie distanziert.

»Ich rede ausnahmsweise von meinem Gästezimmer«, sagte ich. »Es steht die meiste Zeit leer. Wenn du Dieter damals gleich geheiratet hättest . . .«

»Das konnte ich meiner Mutter nicht antun«, sagte sie. »Ein paar Monate nach dem Tod meines Vaters! Sie lebt heute noch in dem Glauben, ich hätte mir eine Zweizimmerwohnung gemietet. Mein eigenes Zimmer wurde damals für die Pflegerin gebraucht; die ist eine rechthaberische und unausstehliche Person. Ich hatte vom ersten Tag an Differenzen mit ihr. Da meine Mutter sich nicht von ihr trennen wollte, habe ich selber die Konsequenzen gezogen.«

Auf diese Erklärung wäre ich von alleine nie gekommen, vielleicht deshalb nicht, weil sie so simpel war. Ich hatte mir da immer viel komplizertere Umstände ausgemalt, und ich ärgerte mich ein wenig, daß weder sie noch DC es jemals für erforderlich erachtet hatten, mich darüber aufzuklären. Ich sagte: »Inzwischen wohnst du fast drei Jahre bei ihm, und ihr habt noch immer nicht geheiratet. Ich habe ja nichts gegen eine angemessene Probezeit . . .« Sie unterbrach mich wieder: »Davon war zwischen Dieter und mir nie die Rede. Ich habe mich an diesen Zustand gewöhnt, das ist alles.«

»Dieter sich auch?« fragte ich. Sie drückte ihre Zigarette aus und stand auf. »Wann holst du mich ab?«

»Wird Karlchen dich nicht vermissen?«

Sie kam zu mir, blieb dicht vor mir stehen und blickte auf mich herab. »Du wirst in letzter Zeit etwas vorlaut, Fred«, sagte sie. »Ich würde es bestimmt überleben, wenn du Dieter von Karl und mir erzähltest. So ganz ahnungslos ist er ohnehin nicht.«

»Nicht durch meine Schuld«, sagte ich. »Dir unterlaufen zu oft Regiefehler. Drück der Pflegerin deiner Mutter hin und wieder zwanzig Mark in die Hand, dann wird sie dich nicht mehr verleugnen.« Sie sah mich ein paar Augenblicke lang stumm an, dann setzte sie sich auf meine Knie und fragte: »Wann war das?«

»Vor vierzehn Tagen«, sagte ich. »Als du Dieter erzählt hast, du würdest bei deiner Mutter übernachten. Bist du nie auf den Gedanken gekommen, daß er dich dort einmal anrufen könnte?«

»Ich habe ihn immer selbst angerufen.«

»Aus der Wohnung deiner Mutter?« fragte ich lächelnd. »Dann wollte er es diesmal eben genau wissen. Am nächsten Morgen rief er mich an und fragte mich, ob ich eine Ahnung hätte, wo du in der Nacht gesteckt haben könntest. Ich habe ihm gesagt, du hättest dich am Abend wieder mal bei mir ausgeweint und anschließend in meinem Gästezimmer geschlafen. Seitdem stehe ich, fürchte ich, bei ihm in dem üblen Verdacht, ihn mit dir zu betrügen.« Sie betrachtete mich eine Weile stumm, dann sagte sie: »Davon hat er mir kein Wort erzählt.«

»Du erzählst ihm ja auch nicht alles«, sagte ich. »In einem Punkt hattest du vorgestern abend recht: wenn er sich schon einredet, daß du ganze Nächte in meinem Bett verbringst, könnten wir es auch ruhig tun. Ich lasse mich nicht gern für etwas prügeln, das ich gar nicht verbrochen habe.«

»Und du hast mir auch nichts davon erzählt«, sagte sie. »Warum nicht?«

Ich nahm eine ihrer schwarzen Haarsträhnen zwischen die Finger und sagte: »Ich war mir nicht sicher, ob du es billigen würdest.«

»Daß ich bei dir geschlafen hätte?«

»Ja«, sagte ich. »Mit oder bei mir; er wird es jetzt so oder so durcheinanderbringen.«

»Und trotzdem ruft er, wenn er dringend einen Menschen braucht, dich und keinen anderen an«, sagte sie. »Wundert dich das nicht?«

»Bei euch beiden wundert mich schon lange nichts mehr«, sagte ich. Einen Augenblick lang fühlte ich ihre Lippen auf meinem Mund, dann stand sie auf und sagte: »Schlafen werde ich nie mit dir, Fred, aber ohne dich würde ich mich manchmal sehr allein fühlen. Wann holst du mich ab?«

Ich blickte auf meine Armbanduhr. »Kurz nach acht. Du hast noch kein Ticket bestellt.«

»Tust du das für mich?« fragte sie. Ich griff resignierend zum Telefon. Während ich mit dem Flughafen sprach, hörte ich hinter mir eine Tür zufallen; Marianne war gegangen, aber ich glaubte noch immer den sanften Druck ihrer Lippen auf meinem Mund zu spüren. Ich hatte dann noch einige Stunden Zeit, verbrachte sie untätig auf der Couch und hörte Musik; Mariannes Lieblingsplatte, die Chöre aus ›Nabucco‹ von Verdi. Sie hatte mich schon öfter geküßt, zum Abschied oder zur Begrüßung, aber noch nie so wie heute, noch nie mit der Zungenspitze zwischen meinen Lippen, so daß es mich nacheinander heiß und kalt überlief und ich nur noch an sie denken konnte und an nichts anderes mehr. Daß ich fast einen Monat lang meine beiden Angebeteten vernachlässigte und sie, wenn es sich schon einmal nicht umgehen ließ, ihre Gegenwart zu erdulden, nur mit Überwindung ertrug. Als hätte mich Marianne mit ihrem sinnlichen Kuß in einen Bann geschlagen, aus dem nur sie selber mich wieder erlösen könnte.

9

Über die Nacht, die sie auf dem Berggipfel in der kleinen Mulde am Fuße der Felswand verbracht hatten, waren weder von DC noch von Helga Details zu erfahren gewesen. Sie erklärten lediglich übereinstimmend, sie sei ihnen trotz ihres nicht gerade bequemen Lagers relativ kurz vorgekommen, am Morgen hätten sie sich allerdings wie gerädert gefühlt und Appetit auf eine Tasse heißen Kaffees gehabt. Ihren Hunger stillten sie mit den Resten des inzwischen kaum mehr genießbaren Weißbrots und des salzigen Schinkens, der ihnen nur wieder Durst machte, so daß sie auch die zweite Flasche Mineralwasser zur Hälfte leertranken, aber sie waren beide zuversichtlich, an diesem Tag auf Wasser zu stoßen. Um auf dem unebenen Felsboden der Mulde nicht zu hart zu liegen, hatten sie sämtliche Wäsche- und Kleidungsstücke aus Helgas Tasche als Unterlage benutzt und sich mit ihrem und dem Mantel von DC zugedeckt. Gefroren hatten sie nicht, sie waren am Morgen nur unausgeschlafen und ein bißchen mitgenommen gewesen. Ich hatte ihnen das nachfühlen können.

Damit sie vor der größten Tageshitze noch auf den Grenzkamm kämen, warteten sie den Sonnenaufgang nicht mehr ab, sondern kletterten noch im Halbdunkeln nach der anderen Seite in das zum Monte Marquareis führende Tal hinunter. Sie folgten ihm, während es immer heller wurde, etwa eine Stunde, dann wurden seine Wände jedoch so steil, daß DC sich entschloß, es zu verlassen. An seinem Ende wären sie, da es unmittelbar an der fast senkrecht erscheinenden Nordflanke des Monte Marquareis auszulaufen schien, ohnehin nicht weitergekommen. Sie suchten eine geeignete Stelle, an der sie die Ostwand des Tals erklettern konnten, aber der Grat, auf den sie dann gelangten, war so schmal und so steil, daß sie es nicht wagten, ihm nach Süden zu folgen. Statt dessen kletterten sie an seiner Ostseite in ein anderes Tal hinunter, das zuerst auch nach Süden, später jedoch unvermittelt nach Osten führte. Seine Wände waren so unbegehbar, daß ihnen nichts anderes übrigblieb, als auf seiner Sohle zu bleiben. Ihr Weg führte sie ständig bergan, sie mußten wieder über zahllose Felsbrocken und Geröll hinwegklettern, und als sich der Himmel zu röten begann, waren sie beide schon so erschöpft, daß sie eine längere Rast einlegen mußten. DC stellte fest, daß er nur noch zwei Zigaretten in der Packung hatte, er fragte: »Wollen wir sie uns noch etwas aufheben oder lieber jetzt rauchen?«

»Lieber jetzt«, sagte Helga. »Wenn es so weitergeht, bin ich in ein paar Stunden sowieso tot, und dann brauche ich keine mehr. Ich habe mir diese Drecklandschaft nicht so schlimm vorgestellt. Von oben sah es aus, als wäre es nur ein Spaziergang. Wo kommen wir überhaupt hin, wenn wir in dieser Richtung weitergehen?« Er gab ihr Feuer, zündete auch seine Zigarette an und sagte: »Nach Finale Ligure, wenn ich mich nicht sehr täusche.« Sie sagte verwundert. »Das muß doch südlich liegen? Irgendwo an der Küste.«

»Das mit der Küste stimmt«, sagte er. »Wenn du jetzt noch ein bißchen berücksichtigst, daß sie von San Remo in nordöstlicher Richtung nach Genua verläuft, kommen wir einigermaßen hin.«

»Nach Genova?« fragte sie. Er grinste. »Dagegen hätte ich auch nichts einzuwenden, aber heute würden wir das bestimmt nicht mehr schaffen. Ich gebe zu, es sieht etwas beschissen aus für uns, aber hier kommen wir nirgendwo heraus, wir müssen im Tal bleiben, bis wir auf ein anderes stoßen, das wieder nach Süden führt. Oder würdest du dich getrauen, da hinaufzuklettern?« Er deutete auf die südliche Talwand. Sie war so steil und hoch, daß Helga, um hinaufzuschauen, den Kopf in den Nacken legen mußte. »Nie im Leben«, sagte sie. »Vielleicht hätten wir doch besser umkehren sollen, aber jetzt ist es wohl schon zu spät dafür?«

»Wolltest du wirklich den ganzen Weg noch einmal zurücklaufen?« fragte er. Sie schüttelte entsetzt den Kopf. Er sagte: »Dann müssen wir eben auf den lieben Gott vertrauen, und sag jetzt nicht wieder, daß du darauf scheißt.«

»Auf den lieben Gott nicht«, sagte sie. »Der kann ja nichts dafür, daß wir hier hocken. Weißt du, daß mir irrsinnig die Füße wehtun? Als wir heute morgen aufgestanden sind, hätte ich mich am liebsten gleich wieder hingesetzt. Für dich mit deinen dünnen Schuhsohlen muß das doch noch viel schlimmer sein?« Er küßte sie und sagte: »Barfuß wäre noch schlimmer. Du hast dich bis jetzt großartig gehalten, meine Maus. Du bist so tapfer, daß ich richtig stolz auf dich bin.«

»Ich auch auf dich«, sagte sie. »So was wie du läuft sicher nur einmal in Köln herum.«

»Ich kenne dort noch so ein paar Idioten«, sagte er und drückte die halb aufgerauchte Zigarette an einem Stein aus. Die Kippe steckte er in sein Jackett. »Das mach' ich auch«, sagte Helga. »Mein Vater erzählte mir mal, im Krieg hätten sie es genauso getan. Ich glaube, jetzt muß ich meine vielen Sünden abbüßen, und kein Mensch weiß es, sonst würden sie mir vielleicht alle vergeben. Vergibst du mir auch?«

»Es ist schon geschehen«, sagte er und half ihr auf die Beine.

Das Tal schien keine Ende zu nehmen; es wurde, je weiter sie ihm nach Osten folgten, immer enger. Seine schrundigen, kreidefarbenen Wände gehörten zu den fast senkrecht abstürzenden Flanken mehrerer Berggipfel, die es auf beiden Seiten säumten und die durch sattelförmige Grate miteinander verbunden waren. Ihre Kuppen und Spitzen waren im oberen Drittel in rötliches Licht getaucht, das ohne Unterlaß aus dem Himmel zu rieseln schien, bis er immer fahler wurde, als ob er langsam verblute. Da das Tal in Windungen verlief, konnten sie es nie weiter als bis zur nächsten Krümmung einsehen, es war völlig vegetationslos, selbst Disteln und andere Alpenpflanzen des Mittelmeerbereichs hatten in seiner steinernen Einöde nicht heimisch werden können. Obwohl DC wieder nach einem ausgetrockneten Bachbett Ausschau hielt, konnte er auf der geröllbedeckten Sohle keins entdecken, das Schneewasser mußte im Frühjahr in den zahllosen Felsfugen versickern, die unter dem Geröll hin und wieder sichtbar wurden. Es fiel ihm immer schwerer, sich vorzustellen, wo und wie dieses Tal enden könnte. Der Monte Marquareis mußte schon einige Kilometer hinter ihnen liegen, sie waren in diesem Tal an seiner gesamten Nordflanke vorbeimarschiert, ohne ihn noch einmal gesehen zu haben, er begann zu zweifeln, ob sie hier jemals wieder herausfinden würden. Helga bewegten ähnliche Gedanken, sie blieb oft stehen und betrachtete die nackten Bergflanken oder den sich allmählich blau färbenden Himmel. Die Sonne war noch nicht zu sehen, ihre ersten Strahlen veränderten das rötliche Licht auf den Gipfeln und Graten in einem minutenlang andauernden Farbspiel vom tiefen Orange zu einem flachsfarbenen Leuchten, das sich allmählich abschwächte und noch im Erlöschen die Talsohle erreichte. Erst jetzt war es richtig Tag geworden.

Endlich traf ein, worauf DC, seit sie in dieses Tal gekommen waren, bisher vergeblich gehofft hatte: Hinter einer neuen Talkrümmung, zwischen einem Zwillingspaar spitzkegeliger Berggipfel, tat sich ein schmales Tal nach Süden auf. Es stieg noch steiler an als ihr bisheriger Weg, war jedoch, weil seine Sohle kaum mit Geröll bedeckt war, leichter zu begehen. Bevor sie ihm folgten, legten sie wieder eine Rast ein. Obwohl die Sonne noch immer nicht über die Berge gekommen und eine Orientierung deshalb noch schwierig war, erfüllte der Anblick des Seitentals DC mit neuer Zuversicht. Wenn seine Erwartungen zutrafen, kamen sie, wenn sie diesem Tal folgten, endlich auf die Ostseite des Monte Marquareis und brauchten, wenn sie weit genug marschiert waren, nur wieder die westliche Richtung einzuschlagen, um mit einiger Sicherheit auf den Grenzkamm zu kommen. Er sprach mit Helga darüber, setzte jedoch einschränkend hinzu: »Natürlich können wir wieder Pech haben und zu weit nach Süden abkommen, aber irgendwie schaffen wir es jetzt. Es sieht jedenfalls besser aus als noch vor einer Stunde. Tragen deine Füße dich noch?«

»Vielleicht muß bald ich sie tragen«, sagte sie und zog die Schuhe aus. Er massierte behutsam ihre schmerzenden Sohlen, sie sagte ihm, daß die Stelle, an der sie sich gestern die Falte gelaufen hatte, besonders wehtue, aber er konnte, als sie auch den Strumpf auszog, keine Rötung feststellen. Er küßte sie dort, wo es ihr wehtat, und sagte: »In ein paar Tagen wirst du das alles vergessen haben, meine Maus.« Seine Arme waren von dem Gewicht der Tasche wie taub geworden, er schlenkerte sie, um das Blut besser zum Zirkulieren zu bringen. Helga sagte: »Wir sollten sie leichter machen und ein paar Sachen wegwerfen.« DC widersprach: »Ohne sie hättest du heute nacht noch härter liegen müssen.«

»Was hat das damit zu tun?« fragte sie. Dann verstand sie ihn, sie fragte: »Du glaubst, daß wir noch eine Nacht im Freien verbringen müssen?«

»Ich weiß es noch nicht«, antwortete er. »Wir sollten jedenfalls mit der Möglichkeit rechnen. Wäre das sehr schlimm für dich?« Sie schüttelte stumm den Kopf. Er streichelte ihre Hand und sagte: »Arme Maus. In Nizza werde ich dich von morgens bis abends verwöhnen. Du wirst diesen Mist schneller vergessen haben, als du es jetzt noch für möglich hältst. Wenn wir jetzt schlappmachen, können wir gleich hier liegenbleiben.«

»Ich mache nicht schlapp«, sagte sie, obwohl es kaum eine Stelle an ihrem Körper gab, die ihr nicht wehtat. »Ich habe nur eine Stinkwut im Bauch. Wenn ich für Stefano noch etwas übrig gehabt hätte, jetzt wäre es vollends gestorben, aber er wird mir das hundertfach büßen, verlaß dich darauf.« DC lächelte. »Er büßt es schon, indem du ihm davongelaufen bist.«

»Das meinte ich«, sagte sie. »Er wird jede Nacht, wenn er allein im Bett liegt, daran denken. Ich weiß nicht, ob ich einen Mann wirklich verhexen kann, aber ihm wünschte ich, daß es so wäre und daß er nie mehr froh sein soll, solange er lebt, nicht. Wenn ich eine Ahnung gehabt hätte, wie diese Italiener sind, ich wäre lieber gestorben, als mit einem zu schlafen. Ich wäre lieber in ein Kloster gegangen. Mich bringt kein Mensch mehr in dieses Drecksitalien, Dieter. Schau doch nur dieses Drecksland an! Hier wirst du, wenn du hier leben mußt, von ganz alleine verrückt. Diese gottverdammten Scheißberge.« Sie geriet so sehr in Zorn, daß sie kaum mehr wußte, was sie sagte. Er küßte sie beruhigend auf die Wange. »Ich kenne einige sehr hübsche Landschaften hier«, sagte er. »Du hattest dir für Italien vielleicht nur nicht die richtige Wohngegend ausgesucht. Zugegeben, ausgesprochen schön ist es hier nicht.« Er betrachtete grinsend einen haushohen Felsbrocken inmitten des Tales und die in der Morgensonne kreidefarben schimmernden Steilwände mit ihren kahlen Gipfeln, über denen nun schon so oft die Sonne aufgegangen war, daß man hätte meinen können, sie seien bereits so ausgebrannt, daß sie, wenn nur ein Windstoß sie anrührte, allesamt in weißen Staub zerfallen müßten. Die Landschaft machte einen Eindruck der Verlassenheit, der sich nicht nur auf die Sinne niederschlug, sondern auch fast physisch fühlbar war, als stieße man mit dem Kopf gegen eine Glaswand, hinter der sich eine grenzenlose Leere auftat. Er ertappte sich dabei, daß er sich, als sei er plötzlich alleine auf der Welt, zwischen den Schenkeln kratzte, und als er betroffen Helga anblickte, lächelte sie. Er nahm die Hand aus der Hose und sagte: »Entschuldige bitte. Das ist mir in Gegenwart einer Dame noch nie passiert.« Sie fragte: »Juckt es dich?«

»Nicht dort, wo du vielleicht befürchtest«, sagte er. Er hatte das Jucken schon gestern abend gespürt. »Ich muß mich beim Gehen wundgescheuert haben.« Sie sagte: »Zeig her!« Er ließ die Hose herunter, tatsächlich waren die Innenflächen der Schenkel stark gerötet. »Das kommt vom Schwitzen und von diesen engen Hosen«, sagte Helga. »Warte.« Sie holte die Wundsalbe aus der Tasche und rieb die gerötete Haut ein. »Jetzt kann ich mich mal revanchieren«, sagte sie. »Bist du auch hier wund?«

»Nein«, sagte er.

»Aber etwas geschwollen«, stellte sie mit einem sachkundigen Blick fest. »Es schadet nichts, wenn du auch da ein bißchen Salbe hinkriegst. Ist es gut so?«

»Vortrefflich«, sagte er. »Tausend Dank.«

»Keine Ursache«, sagte sie und legte die Tube in die Tasche zurück. Dann stand sie unvermittelt auf. »Vielleicht schaffen wir es heute doch noch. Du meinst, daß wir in diesem Tal richtig sind?«

»Zumindest nicht vollkommen verkehrt«, sagte er und zog seine Hose hoch. »Du siehst blaß aus.«

»Ich friere plötzlich«, sagte sie. »Beim Laufen wird es sicher vergehen. Soll ich die Tasche eine Weile tragen?« Sie griff danach. Er nahm sie ihr aus der Hand, gab ihr einen Klaps auf das Gesäß und sagte: »Kompanie marsch.«

»Spielverderber«, sagte sie.

Da sie jetzt etwas ausgeruht waren, kamen sie, obwohl das Seitental steil anstieg, wieder rascher voran. Weiter oben wurde es immer enger und mündete in eine Schlucht mit überhängenden Felsen ein. »Ob wir da noch einmal herauskommen?« fragte Helga bedenklich. DC sagte: »Sicher, ich kann dir nur noch nicht sagen, wo. Hast du Angst? Wir können auch wieder umkehren.«

»Das wäre ja fast noch schlimmer«, sagte sie und betrachtete mißtrauisch die überhängenden Felsen. »Ob hier überhaupt schon mal ein Mensch durchgelaufen ist?«

»Keine Ahnung«, sagte er. »Wir können ja fragen.« Sie sagte: »Werde nicht frech, Dieter. Du hast ja vorhin gesehen, wie es einem ergeht, der frech ist.«

»Wovon redest du?« fragte er überrascht. Sie berührte ihn und sagte: »Von dem hier.«

»Ich wundere mich immer wieder über dich«, sagte er. Sie antwortete: »Das hat mich, wenn ich mal so beschissen dran war wie jetzt, jedesmal am Leben erhalten. Ist eben meine Art.«

»Eine sehr reizvolle«, sagte er und stieg vor ihr in die Schlucht ein.

Ihre Sohle sah aus, als sei sie jahrtausendelang mit gewaltigen Gesteinsbrocken bombardiert worden, die auf ihrem Grund in unzählige Teile zerborsten waren. Manche waren so groß wie ein Auto, oft lagen mehrere übereinander, es gab Stellen, an denen sie sich tief bücken mußten, um einen Durchschlupf zu finden, und über andere mußten sie mühsam klettern. DC ging dann jedesmal ein Stück voraus und vergewisserte sich, ob es überhaupt noch möglich war, weiterzukommen. Die Felswände neigten sich zu ihren Köpfen mitunter so weit über, daß sie sich fast berührten und nur noch einen schmalen Streifen des blauen Himmels sehen ließen. Es herrschte eine dämmrige Kühle in der Schlucht, einige der Felswände sahen feucht aus, es gab jedoch nirgendwo Wasser. Ein paarmal sprachen sie wieder darüber, ob sie nicht doch besser umkehren sollten, Helga entschied sich aber jedesmal im letzten Augenblick dagegen und sagte: »Nein, das geht jetzt doch nicht mehr, Dieter«, oder: »Jetzt sind wir schon so weit, da kehre ich nicht mehr um.« Einmal verschwand sie hinter einem Felsbrocken, und als sie hervorkam, sagte sie mit blassem Gesicht: »Das schlägt mir alles so auf den Magen, du glaubst es nicht, Dieter.« Er tätschelte tröstend ihren festen Popo. Sie mühten sich über eine Stunde lang ab, den Ausgang der Schlucht zu erreichen, dann waren sie so erschöpft, daß sie nicht mehr weiter konnten. Sie setzten sich mitten in der Schlucht auf einen großen Stein, und Helga sagte keuchend: »Jetzt geb ich bald auf, Dieter. Mir tun so die Beine weh, daß ich schreien könnte.« Er kniete vor ihr nieder, massierte mit beiden Händen ihre Waden und Schenkel, und fragte: »Hast du Durst?«

»Ja«, sagte sie. »Aber wir dürfen jetzt noch nichts trinken, Dieter. Draußen wird es sicher wieder heiß werden, und wenn wir dann nichts mehr zu trinken haben, gehe ich keinen Schritt weiter.«

»Meinst du das jetzt im Ernst?« fragte er. Sie küßte ihn auf die Stirn. »Natürlich nicht, Dieter. So schnell kriegt mich keiner klein. Die Freude, hier kaputtzugehen, werde ich Stefano nicht machen.«

»Vielleicht wäre es ihm gar keine«, sagte er. »Eines kann uns trösten: Hier findet er uns bestimmt nicht, und bis er wieder auf unserer Fährte ist, sind wir bereits in Frankreich.«

»Hoffen wir es«, sagte sie trocken. »Ich wäre schon froh, wenn wir aus dieser elenden Schlucht heraus wären. Ich habe nicht gewußt, daß Schluchten so groß sein können. Ich meine, die muß doch irgendwo aufhören, oder nicht?«

»Es ist anzunehmen«, sagte er. »Ich habe jedenfalls noch nie davon gehört, daß es auch endlose Schluchten gibt.« Er grinste. Sie sagte: »Du bist schon wieder frech.«

»Dann entschuldige bitte«, sagte er und ließ ihre Beine los. »Hat es etwas geholfen?«

»Doch, sehr«, sagte sie. »Ich danke dir, mein Schatz. Du kannst das sehr gut, du hast sehr liebe Hände. Wenn wir in Nizza sind, darfst du mich den ganzen Tag massieren.«

»Wo ich will?«

»Wo es dir Spaß macht«, bestätigte sie. Er setzte sich wieder neben sie und betrachtete zum ungezählten Male die senkrechten Felswände. Er schätzte sie auf über fünfzig Meter. Was darüber war, ließ sich von unten nicht absehen, vielleicht ein Hochplateau oder auch nur wieder die Flanken zweier Berge, zwischen denen sich in Urzeiten Gletschereis oder Schneewasser diese tiefe Rinne geschaffen hatte. Helga fragte: »Wie ist es mit *deinen* Beinen?«

»Vorzüglich«, sagte er. »Ich habe sie nur noch in der ersten Stunde gespürt; jetzt nicht mehr.« Er holte die Zigarettenkippe aus der Tasche, zündete sie an und hielt Helga das brennende Feuerzeug hin. Sie schüttelte den Kopf. »Nicht jetzt. Ich hab einen ganz trockenen Mund, sie würde mir doch nicht schmecken.« Sie lachte. »Wenn ich daran denke, wie einfach ich mir das vorgestellt habe! Und jetzt sitzen wir hier und wissen nicht wo. Es ist eigentlich so verrückt, daß ich mich gar nicht mehr darüber ärgern kann. Es war blöd von mir, daß wir es ausgerechnet hier versucht haben. Aber wenn ich dich an der Tankstelle gefragt hätte, ob du mich nach Cuneo fahren würdest, hättest du es sicher abgelehnt.«

»Was hättest du in Cuneo getan?« fragte er. Sie zuckte mit den Schultern. »Jedenfalls hätte Stefano mich dort nicht mehr finden können, ich hätte mich nach Torino mitnehmen lassen, vielleicht auch nach Milano. Nur möglichst weit weg von ihm, aber wenn man so nahe an der französischen Grenze wohnt wie in Vernante, denkt man natürlich zuerst an den Colle di Tenda und nicht an einen anderen Grenzübergang. Ich habe mir so oft vorgestellt, wie ich nach Tende kommen würde, daß ich an etwas anderes gar nicht mehr denken konnte. Ist auch egal, jetzt sitze ich jedenfalls hier, und wenn ich erst mal wieder daheim bin, werde ich ein ganz anderes Leben anfangen. Das ist sicher. Ich habe es immer nur verschenkt, verstehst du? Es war mir nie so viel wert, daß ich erst lange überlegt hätte, was ich am besten damit beginnen soll. Vielleicht war das ein Fehler, obwohl ich nichts davon bereue.«

»Das hast du schon einmal gesagt«, sagte DC. »Ich bin mir aber nicht ganz sicher, ob das wirklich deine Überzeugung ist.« Sie fragte: »Warum nicht? Ich habe ja etwas davon gehabt. Es gibt an der Ruhr bestimmt sehr viele Frauen, die gerne einmal ein halbes oder ganzes Jahr in Italien leben würden.«

»Und mit einem Italiener schlafen«, sagte DC und rieb seine schmerzenden Fußknöchel. »Aber es war ja nicht nur Sonnenschein.« Sie sagte gleichgültig: »Wo gibt es das schon! Wenn du als Frau zwei oder drei Kinder großziehen mußt, hast du ohnehin keine Zeit mehr, dich ums Wetter zu kümmern. Da ist ein Tag wie der andere. Wenn ich irgendein Talent hätte, verstehst du, Malen oder sonstwas, das mich ausfüllte und befriedigte, irgendeine wirklich sinnvolle Tätigkeit, die mir auf die Haut zugeschnitten ist, vielleicht hätte ich dann mehr aus mir gemacht. Ich habe immer so eine unbestimmbare Sehnsucht, kann sie aber nicht analysieren. Es ist ähnlich, als hättest du einen Deckel in der Hand, und du probierst ihn auf ein paar Dutzend Töpfen aus, aber er paßt nirgends. So ergeht es mir mit mir selbst, ich passe nirgendwohin, so oft ich es auch ausprobiere, ich bin immer irgendwie übrig oder einfach zuviel. Von meinen ehemaligen Schulfreundinnen sind heute auch die meisten schon verheiratet, wenn du die reden hörst, dann ist alles prima bei denen, aber sie kommen, weil sie daheim kleine Kinder haben, nie richtig aus dem Haus. Ich will damit nicht sagen, daß ich grundsätzlich keine Kinder haben möchte, aber bevor ich für meinen Deckel nicht auch den passenden Topf gefunden habe, fange ich gar nicht erst damit an. Irgendwie ist es mir auch noch immer unvorstellbar, mir zwischen Jungsein und Altwerden nichts anderes als eigene Kinder zu wünschen, meine schönste Zeit damit zu verbringen, sie zu füttern oder auf sie aufzupassen, bis sie mir eines Tages davonlaufen, und dann bleibst du allein zurück und mußt dich doch eigentlich fragen, was du aus deinem Leben wirklich gemacht hast.«

»Du kannst Kinder haben und trotzdem dein eigenes Leben führen«, sagte DC. »Oder sehe ich das als Mann falsch?« Sie sagte: »Du wirst immer abhängig von ihnen sein und dir ihretwegen mehr Gedanken machen als um dich selbst. Du verbrauchst dich doch nur für sie. Ich wäre lieber als Mann auf die Welt gekommen, als Mann hast du, wenn du halbwegs intelligent oder für etwas talentiert bist, viel mehr Alternativen als eine Frau. Für Männer ist der Beruf oft identisch mit Selbstverwirklichung, für Frauen nur eine Ersatzbefriedigung. Vielleicht gibt es nicht viele, die das so sehen wie ich, aber wenn ich mir früher in Essen in Geschäften oder Supermärkten die verdrossenen Gesichter der Hausfrauen beim Einkaufen angeschaut habe, dann fühlte ich mich nie versucht, mit ihnen tauschen zu wollen. Die kamen mir immer wie geistig abgetreten vor, so, als ob sie . . .« Sie schnippte, nach Worten suchend, mit den Fingern. DC fragte: »Programmiert wären?« Sie nickte überrascht. »Ja, genau das meinte ich.« Sie drückte mit dem Zeigefinger seine Nasenspitze platt. »Du bist nicht dumm.« Er mußte lachen. »Es ist nett, daß du das sagst.«

»So habe ich es auch nicht gemeint«, sagte sie. »Ich wollte damit nur sagen, daß wir an dasselbe denken können, obwohl du mich jetzt sicher wieder für verrückt halten wirst.« Er küßte sie auf die Wange. »Nur für sehr kompliziert, meine Maus, aber unkomplizierte Frauen gibt es ja genug auf der Welt. Falls sich deine unbestimmbaren Sehnsüchte eines Tages erfüllen sollten, mußt du sie mir verraten. Vielleicht sind es auch meine eigenen, obwohl die sich, wenn ich sie im Augenblick konkretisieren sollte, vielleicht auf so banale Dinge wie ein gutes Frühstück oder ein weiches Bett beschränken. Wie wäre es, wenn wir uns jetzt zum Weitergehen programmierten?« Sie stand seufzend auf. »Ich treffe nie einen Menschen, mit dem ich mich mal vernünftig darüber aussprechen kann. Du bist auch nur ein Pragmatiker.«

»Aber doch ein halbwegs liebenswerter?« fragte er und ließ sich von ihr auf die Beine helfen. Sie antwortete: »Einverstanden.«

Sie setzten ihren Weg durch die Schlucht fort, aber sie brauchten noch einmal eine halbe Stunde, bis die Wände auf beiden Seiten niedriger wurden und den Blick auf kahle Berggipfel freigaben, die nicht anders aussahen als die vielen, die sie in den letzten vierundzwanzig Stunden gesehen hatten. Trotzdem wirkte ihr Anblick belebend auf sie, sie gingen unwillkürlich rascher. Tatsächlich lief die Schlucht auf einem Plateau aus, das sich, wie eine riesige, nach Süden ansteigende Tischplatte, ihren Augen darbot, und halbrechts davon, wie eine Fels gewordene Troika, versperrte wieder das Gebirgsmassiv des Monte Marquareis den Horizont. Sie blieben stehen, betrachteten es und blickten sich dann lächelnd in die Augen. Helga sagte: »Irgendwie werden wir jetzt schon hinkommen, Dieter.«

»Wenn du dich so tapfer hältst wie bisher«, sagte er und schätzte mit den Blicken die Entfernung zu dem vom Monte Marquareis nach Süden verlaufenden Grenzkamm ab. In Luftlinie konnten es nicht viel mehr als zwei Kilometer sein, aber das Gelände dazwischen sah nicht sehr schön aus. Er sagte: »Heute abend bist du in Frankreich, meine Maus.«

»Ja, jetzt glaube ich es auch«, sagte sie impulsiv. Er holte die Mineralwasserflasche aus der Tasche und gab sie ihr. »Du hast dir wieder einen Schluck verdient. Warte hier auf mich. Ich will rasch nachsehen, ob es da vorne einen Abstieg gibt. Wenn nicht, müssen wir nach rechts hinunter. Ruh dich ein bißchen aus.«

»Sei aber vorsichtig«, sagte sie besorgt. Er nickte ihr beruhigend zu. Auf dem Plateau war es schon sehr warm. Er zog das Jackett aus. Mit einem Blick auf die Armbanduhr stellte er fest, daß es bereits auf neun zuging. Wenn sie auf ihrem weiteren Marsch zum Fuß des Grenzkamms nicht in die größte Mittagshitze geraten wollten, würden sie sich beeilen müssen.

Bis dorthin, wo er einen Abstieg vermutete, mußte er fast eine Viertelstunde gehen. Inmitten der sonnenbeschienenen Riesenfläche des Plateaus fühlte er sich winzig wie eine Ameise, und als er sein südliches Ende erreichte, stand er am Rande einer senkrecht abstürzenden Felswand. Der Blick in die Tiefe ließ ihn schwindelig werden. Immerhin konnte er sich von hier aus ein ungefähres Bild über ihren weiteren Weg verschaffen. Das Plateau wurde von einem hufeisenförmigen Tal gesäumt. In dieses würden sie hinabsteigen und einem anderen folgen müssen, das an der Ostflanke des Monte Marquareis vorbei in vielen Krümmungen auf einen hohen Bergrücken zuführte, der den Blick nach Süden versperrte. DC schätzte, daß er über zweitausend Meter hoch war. Von ihm aus müßte es möglich sein, auf den schroffen Grenzkamm zu kommen, der nach Süden zu immer niedriger wurde. Oberhalb des hohen Bergrückens hatte er einen tiefen, keilförmigen Einschnitt. Dort würde er am leichtesten zu überschreiten sein.

Um Helga nicht zu beunruhigen, hielt er sich nicht länger auf. Da der Rückweg über das Plateau ständig abwärts führte, brauchte er diesmal nur zehn Minuten. Er sagte: »Es sieht nicht schlecht aus für uns, aber dort vorne kommen wir nicht hinunter. Wir versuchen es hier.« Er deutete auf eine flache Mulde zwischen dem Plateau und den Bergen, die es nach Norden begrenzten. Sie wurde zwar in ihrem unteren Teil sehr abschüssig, doch kamen sie, indem sie sich gegenseitig abstützten, gut in das hufeisenförmige Tal hinunter, und zehn Minuten später standen sie am Fuße der senkrecht ansteigenden Südwand des Plateaus. DC zeigte Helga die Stelle, von der aus er heruntergeschaut hatte. Sie sagte erschreckt: »Wie leicht hättest du da abstürzen können.« Er lächelte. »In dieser Landschaft mußt du es dir abgewöhnen, immer gleich an das Schlimmste zu denken.«

Von dem nach Süden führenden Tal trennte sie nur noch ein flacher Hügel, dessen Rücken mit spitzen Felszacken bedeckt war wie die Haut eines Igels mit Stacheln. Sie brauchten deshalb, um in das Tal zu kommen, länger, als DC ursprünglich angenommen hatte. Hier ruhten sie sich wieder ein paar Minuten aus und betrachteten die gewaltige Ostflanke des Monte Marquareis. Der kürzeste Weg auf den nach Süden verlaufenden Grenzkamm hätte hier hinaufgeführt, aber ein Blick zeigte DC, daß sie das nie schaffen würden, und wie es ganz oben aussah, ließ sich vom Tal aus nicht beurteilen. Möglicherweise gab es dort wieder Steilwände, die zu überwinden ihnen vielleicht unmöglich gewesen wäre. Sie würden sich zwar, wenn sie dem Tal folgten, nicht direkt parallel zum Grenzkamm halten können, da dieser, soweit DC das vom Plateau aus hatte beurteilen können, in einer mehr südwestlichen Richtung verlief, aber es schien ihm sicherer zu sein, diesen Umweg in Kauf zu nehmen als zu riskieren, in unpassierbares Gelände zu geraten. Er erklärte Helga den weiteren Weg und sagte: »Sobald wir auf dem hohen Bergrücken sind, haben wir das Schlimmste hinter uns. Er führt direkt zum Grenzkamm. Ich weiß auch schon, wo wir ihn überklettern werden.«

»Dann wollen wir keine Zeit mehr verlieren«, sagte sie.

Das Tal war genauso vegetationslos wie die anderen, die sie in den letzten vierundzwanzig Stunden gesehen hatten. Sie hielten sich am Rande einer ausgetrockneten Bachrinne, die auf der rechten Talseite zwischen großen Felsblöcken die Talsohle begrenzte. Auch wenn ihre Richtung sie genau nach Süden führte, war das Tal doch immer nur ein kleines Stück weit einzusehen, da sich hinter jeder Krümmung neue Bergflanken in das Blickfeld schoben und den schlangenförmigen Verlauf des Tals bestimmten. War seine Sohle anfangs noch über hundert Meter breit gewesen, so wurde sie im weiteren Verlauf ihres Marsches zunehmend schmäler, die flankierenden Berge rückten enger zusammen, der Anstieg wurde mühsamer und steiler. Sie mußten öfter Ruhepausen einlegen, als es ihnen lieb sein konnte, weil sie dadurch kostbare Zeit verloren, zumal es mit der fortschreitenden Tageszeit im Tal immer heißer wurde. Die nackten Felswände auf beiden Seiten schienen die Hitze noch zu reflektieren, sie hatten das Gefühl, sich in einem riesigen Backofen zu bewegen. Obwohl DC das Jackett nicht mehr angezogen hatte, fühlte er sein Hemd naß am Rücken kleben, die enge Hose scheuerte wieder an den Innenseiten seiner Schenkel, er hätte Hemd und Hose am liebsten ausgezogen, befürchtete jedoch einen Sonnenbrand. Sein Durst war inzwischen so groß geworden, daß er kaum mehr an etwas anderes als an das lauwarme Mineralwasser denken konnte, aber sie hatten die Flasche schon zu zwei Dritteln leergetrunken und würden mit dem Rest vielleicht noch bis morgen hinkommen müssen. Da auch Helga, obwohl sie genauso durstig sein mußte wie er, nur stumm neben ihm herschritt, wollte er seinem Bedürfnis nach einem kleinen Schluck Wasser nicht früher nachgeben als sie. Immer wieder befeuchtete er mit der Zunge die trockenen Lippen. Auch das Gewicht der Tasche wurde ihm lästig, er wechselte sie alle paar Minuten von der einen Hand in die andere, ohne dadurch das schmerzhafte Ziehen in seinen Armmuskeln wesentlich lindern zu können. Hinter jeder neuen Talkrümmung hoffte er, endlich den hohen Bergrücken auftauchen zu sehen, aber es war jedesmal dasselbe Bild: Außer kahlen Gipfeln, die Schulter an Schulter beiderseits des Tals ihren Weg säumten und, je weiter sie nach Süden kamen, noch höher zu werden schienen, gab es keinen Hinweis darauf, daß sie ihrem vorläufigen Ziel schon bedeutend näher gekommen wären. Der Anblick ihrer kreidefarbenen Felsen in der grellen Vormittagssonne wurde ihm unerträglich, auch wenn er die Augen für einige Schritte lang schloß, waren sie ihm unverändert gegenwärtig, als hätten sich ihre Konturen unauslöschbar in seiner Netzhaut verfangen. Es fiel ihm auf, daß Helga ihm einen halben Meter voraus war, er ging, seinen Schritt dem ihren anpassend, unwillkürlich etwas rascher, und als sie ihm einmal die Tasche aus der Hand nehmen wollte, schüttelte er den Kopf. Sie quälten sich noch eine Weile weiter das kahle Tal hinauf, dann entdeckte DC an der linken Talwand hinter einem Felsvorsprung einen schattigen Platz. Er steuerte wortlos darauf zu, und Helga, die seine Absicht erkannte, folgte ihm sofort. Sie ließen sich auf den steinigen Boden fallen und blieben eine Weile stumm nebeneinander sitzen. Dann holte DC die Flasche heraus, öffnete sie und gab sie Helga. Sie trank nur wenig, und als er sie fragte, ob ihr das genügte, sagte sie: »Ich glaube jetzt nicht mehr daran, daß wir heute noch Wasser finden werden, Dieter, und in Nizza werden wir heute abend bestimmt auch nicht sein. Hast du mich vorhin nur beruhigen wollen?«

»Das Tal scheint länger zu sein, als es von oben ausgesehen hat«, sagte er. »Trotzdem müssen wir es jetzt bald geschafft haben.« Sie sagte: »Deine Stimme klingt ganz heiser, du mußt jetzt auch etwas trinken, Dieter. Wenn es alle ist, trinken wir eben nichts mehr. Mehr Flaschen hätten wir gar nicht mitnehmen können; die Tasche wäre sonst noch schwerer geworden.« Sie stand auf, zog das verschwitzte Kleid über den Kopf und legte es zum Trocknen in die Sonne. Dann ging sie auf die andere Seite des Felsvorsprungs, und als sie wieder zurückkam, hatte sich auch DC bis auf den Slip ausgezogen. Sie küßte ihn, bevor sie sich wieder zu ihm setzte, auf den Mund und sagte: »Das verdankst du nur mir. Ohne mich hättest du dir das alles ersparen können. Bist du sehr böse auf mich?«

»Es hält sich in Grenzen«, sagte er. Sie betrachtete den Rest Mineralwasser in der Flasche und fragte: »Hast du schon getrunken?« Er nickte. Sie sagte: »Ich weiß genau, daß wir hier herauskommen werden. Wenn ich es nicht genau wüßte, würde ich einfach hier liegenbleiben. Ich bin jetzt langsam restlos fertig. Du doch sicher auch?«

»Du bist noch zäher als ich«, sagte er, ihren naßgeschwitzten Rücken streichelnd. »Ich habe dich vorhin bewundert.« Sie lächelte unfroh. »Weshalb? Für dich ist das sicher noch ungewohnter als für mich. In Vernante kannst du gar nicht spazierengehen, ohne daß du irgendeinen Berg hinaufsteigen mußt. Ich hätte mir allerdings selber nicht zugetraut, daß ich das so lange durchhalten würde, aber ich habe einen solchen Haß in mir, daß ich gar nicht anders kann, als nicht schlappzumachen. Es geht mir dabei auch um dich, oder würdest du mich, wenn ich nicht mehr weiterkönnte, hier allein zurücklassen?«

»Nein«, sagte er. Sie sagte: »Dann dürfte ich schon deinetwegen nicht schlappmachen. Solange ich noch die Beine bewegen kann, werde ich laufen, und irgendwann müssen wir aus diesem Scheißtal herauskommen. Du Scheißtal«, sagte sie zu dem Tal. Und dann sagte sie noch einmal ganz laut: »Du Scheißtal.« DC grinste müde. »Das wird es bestimmt gehört haben und sich schämen.« Sie sagte: »Schade, daß ich heute morgen schon war, sonst würde ich noch hinein . . .« Sie sprach nicht weiter, lehnte das Gesicht an seine Schulter und sagte: »Ich weiß, glaube ich, schon nicht mehr, was ich rede. Vielleicht kriege ich einen Sonnenstich.«

»Fühlst du dich so?« fragte er besorgt. Sie mußte lachen. »Nein, auch wenn ich noch so blöde daherrede. Ich weiß gar nicht, wie das ist, wenn man einen Sonnenstich hat. Weißt du es?«

»Keine Ahnung«, sagte er. »Ich hatte noch keinen. Was machen deine armen Füße?«

»Frag mich nicht«, sagte sie. Er zog ihr die Schuhe und Strümpfe aus und massierte wieder ihre Beine. Sie sagte mit feuchten Augen: »Du bist so lieb zu mir, Dieter. Wenn wir beide nicht so kaputt wären, würde ich jetzt alles mögliche mit dir anstellen, aber damit würden wir uns nur noch kaputter machen. Ich bin nur froh, daß wir nicht schon gestern so müde waren. Du auch?« Er nickte. Es war auch im Schatten kaum kühler als in der Sonne; die geringfügige Anstrengung, ihre Füße zu massieren, machte, daß ihm der Schweiß aus allen Poren trat. Er legte sich auf den Rücken und griff, eine Zigarette suchend, nach seinem Jackett, dann fiel ihm ein, daß er keine mehr hatte. Helga sagte: »Ich habe noch meine Kippe. Warte.« Sie suchte in der Tasche, bis sie sie fand. »Willst du sie nicht selber rauchen?« fragte er. Sie sagte: »Nein, ich hätte jetzt doch nichts davon. Ich habe gar keinen Appetit mehr darauf.«

»Vielleicht später?« sagte er. Sie schüttelte den Kopf. »Rauch sie nur, Dieter. Ich rauche sonst auch nicht so viel wie hier. Daheim habe ich kaum geraucht. Ist dir genauso heiß? Am liebsten würde ich auch noch den Slip ausziehen.«

»Dann tu es doch«, sagte er. Sie zog ihn aus und sagte: »Ich bin überall klebrig. Stell dir vor, wie lange wir uns jetzt schon nicht mehr gewaschen haben. In Vernante hatten wir wenigstens eine Dusche.« Er sagte verwundert: »Du erzähltest mir doch, daß ihr nur eine alte Waschschüssel . . .«

»Die Dusche funktionierte doch meistens nicht«, sagte sie rasch. »Da hast du erst ein Gebet sprechen müssen, damit ein bißchen Wasser kam.« Sie fuhr mit der Hand über sein unrasiertes Kinn. »Du siehst schon aus wie ein Landstreicher. Wenn du so unrasiert und mit deinem zerdrückten Anzug ins Hotel kommst, werden sie uns gar nicht aufnehmen. Wie lange sind wir jetzt schon wieder unterwegs?« Er blickte auf seine Armbanduhr. »Sechs oder sieben Stunden.«

»Gestern waren es fast zwölf«, sagte sie. »Hoffentlich finden wir, falls es uns heute doch nicht mehr bis über die Grenze reichen sollte, wenigstens wieder so einen bequemen Platz wie gestern. Dorthin würde ich später, wenn wir das erst einmal alles hinter uns haben, gerne noch einmal mit dir gehen. Nur so zum Spaß, verstehst du? Wir würden uns genug zu essen und trinken mitnehmen und wieder dort oben schlafen. Wir zwei ganz allein und kein Mensch weit und breit. Würdest du das auch noch einmal tun wollen?« Er streichelte stumm ihr Gesicht. Sie drehte sich auf den Bauch und sagte: »Der Boden ist schön kühl. Du solltest es genauso machen wie ich, den Slip ausziehen und dich ganz fest an den kühlen Boden pressen. Er fühlt sich sogar etwas feucht an.«

»Das scheint dir nur so, weil du naßgeschwitzt bist«, sagte er. Da der enge Slip ohnehin beim Sitzen in seine Hüften schnitt, tat er es wie sie, und sie fragte: »Ist es so nicht viel besser? Wenn wir genug zu trinken hätten, wäre mir jetzt alles egal. Ohne Essen komme ich ein paar Tage hin. In Nizza werde ich mir als erstes eine Riesenportion Eis bestellen. Ich werde so viel Eis essen, bis mir davon schlecht wird, und im Hotelzimmer werde ich mich den ganzen Tag in die Badewanne legen. Fühlst du, wie kühl der Boden ist? Am besten ist es, wir bleiben hier liegen, bis die schlimmste Hitze vorbei ist. Oder können wir uns das nicht leisten?«

»Es ist klüger, wir versuchen noch ein Stück weiterzukommen«, sagte er. »Wenn es uns heute schon nicht mehr bis nach Nizza reichen sollte, dann wenigstens bis über die Grenze.« Sie bettete das Gesicht auf ihre Arme und blickte ihn von der Seite an. »Du glaubst noch daran?«

»Nichts wird mich davon abbringen«, sagte er. »Mich auch nicht«, sagte sie. »Aber ich bin so müde, daß ich glatt einschlafen könnte. Ich kann nicht mal mehr die Augen offenhalten. Schau!« Sie ließ ihn mit erhobenen Kopf die geschlossenen Augen sehen, er berührte sie mit seinen in der Hitze rissig gewordenen Lippen und sagte: »Dann schlaf doch ein wenig.«

»Ich bin zu unruhig dazu«, sagte sie. »Ich werde erst wieder schlafen können, wenn wir aus diesem Scheißtal heraus sind. Hier gibt es nur Scheißtäler. Das andere, durch das wir heute morgen marschiert sind, war genauso ein Scheißtal. Und dann diese Scheißschlucht. Entschuldige bitte, aber wenn ich daran denke, kann ich nicht anders, als mich vulgär auszudrücken. Hier habe ich dauernd das Bedürfnis, etwas Unanständiges zu sagen oder zu tun. Wenn wir nachher weitermarschieren, ziehe ich nur meine Strümpfe und Schuhe an. Würde dich das stören?«

»Keinesfalls«, sagte er müde lächelnd. »Du wirst dir aber einen Sonnenbrand holen.« Sie widersprach ihm. »Ich nicht. Einen Sonnenbrand habe ich mir in Vernante nur einmal geholt, und seitdem nie wieder, obwohl ich mich nie eingeölt habe.« Sie drehte sich auf den Rücken und betrachtete die Berggipfel auf der anderen Talseite. »Du wirst mich für verrückt halten«, sagte sie, »aber wenn ich so ausgezogen wie jetzt in Vernante auf unserer Terrasse gelegen habe, hatte ich oft das Gefühl, als ob die Berge lebende Wesen wären, die mich dauernd mit ihren Blicken verfolgten. Sogar auf dem Klo, ich habe dann jedesmal das Fenster zugemacht, damit sie nicht mehr hereinschauen konnten. Ist das nicht verrückt?« DC mußte lachen, brachte jedoch, weil ihm die ausgetrocknete Kehle dabei schmerzte, nur ein heiseres Kichern hervor. Sie lachte auch. »Natürlich ist das blöd, ich weiß, aber ich habe mir in Vernante einen richtigen Bergkomplex geholt. Dort kannst du hinschauen, wohin du willst, du siehst nichts als Berge, genau wie hier auch.« Sie beugte sich zu ihm herüber und betastete mit den Fingerspitzen seine geröteten Schenkel. »Das sieht gar nicht gut aus, Dieter«, sagte sie. »Ich werde sie dir noch einmal einreiben.« Sie holte die Salbe aus der Tasche, rieb ihn ein und sagte: »Du solltest die Hose beim Gehen besser weglassen oder, wenn du Angst vor einem Sonnenbrand hast, den Reißverschluß aufmachen, damit Luft hinkommt. Tut das gut?« Er lächelte nur. Sie küßte ihn und sagte: »In Nizza werde ich dich viel pflegen. Wie es jetzt aussieht, könntest du bestimmt keinen Preis mehr damit gewinnen, aber ich krieg dich schon wieder hin. Überlaß das nur ruhig mir.« Er blickte sie stumm an. Sie fragte: »Du glaubst mir nicht?«

»Doch«, sagte er und nahm sie in die Arme. Sie küßten sich eine Weile, dann machte sie sich rasch von ihm los und sagte: »Du könntest mich sogar jetzt noch dazu bringen. Gib mir bitte meine Schuhe.« Er zog sie ihr an. »Den Slip lasse ich aus«, entschied sie sich. Sie machte ein paar kleine Schritte und verzog schmerzhaft das Gesicht. »Jetzt tut es noch mehr weh als vorher. Ich kann kaum mehr laufen.« DC erging es genauso, und als sie etwas später weitermarschierten, humpelten sie beide. Helga sagte: »Ich glaube, das schaffe ich keine fünfhundert Meter weit, Dieter«, aber sie schaffte es dann doch, und nachdem sie eine Viertelstunde lang marschiert waren, sagte sie: »Jetzt geht es besser. Vorhin dachte ich wirklich, ich könnte keinen Schritt mehr gehen. Ist es bei dir jetzt auch besser?« Er nickte. Sie sagte: »Ich habe nicht gewußt, daß Füße so wehtun können. Hast du das gewußt?« Er legte einen Arm um ihre Taille und sagte: »Du wirst vom vielen Reden nur noch durstiger werden.«

»Ich scheiß auch auf den Durst«, sagte sie. »Es lenkt mich ab, wenn ich rede. Ich würde sonst bei der Stille hier einen Koller kriegen. Hier hörst du doch keinen Laut, nicht einmal einen Vogel singen. Das kommt nur davon, weil sie sie alle mit ihren Scheißgewehren abgeschossen haben. Ich verstehe nicht, wie man so was tun kann. Ich glaube, die haben von der vielen Sonne alle etwas abbekommen. Ich werde mich nie mehr in meinem Leben auch nur eine einzige Minute lang in diese Scheißsonne legen.« Sie setzte noch einige unverständliche Worte hinzu. Er fragte: »Was sagtest du?« Sie rieb sich die Augen und sagte: »Sie brennen so. Das kommt von dieser blöden Schwitzerei. Ich habe doch kaum etwas getrunken, um es wieder herausschwitzen zu müssen. Mir klebt überall das Kleid.«

»Du wolltest es vorhin auslassen«, erinnerte er sie. Sie murmelte: »Ach was, nachher begegnet uns doch jemand. Das habe ich einmal getan und nie wieder.«

»Was hast du getan?« fragte er, aber sie schien seine Frage nicht gehört zu haben und sagte: »So wie wir jetzt dahängen, könnten sie doch alles mit uns machen, wir hätten überhaupt keine Kraft mehr, uns noch zu wehren. Könntest du dich jetzt noch wehren?«

»Ich weiß nicht«, sagte er. Sie sagte: »Ich jedenfalls nicht mehr. Ich würde lieber alles mit mir machen lassen.« Sie setzte sich unvermittelt auf einen neben dem ausgetrockneten Bachbett liegenden großen Stein und sagte: »Nur eine Minute, Dieter. Wie weit sind wir jetzt schon wieder gekommen? Einen Kilometer?«

»Vielleicht«, sagte er und stellte die Tasche ab. Er blinzelte ein paarmal in die genau über ihnen stehende Sonne und betrachtete die Landschaft. Das Tal war in der letzten halben Stunde noch enger geworden, das ausgetrocknete Bachbett wechselte dauernd von einer Talseite zur anderen, so daß sie jedesmal seine geröllbedeckte Sohle durchschreiten mußten. Auch die Talkrümmungen wurden immer zahlreicher, je weiter sie hinaufstiegen, oft waren es nur zwei- oder dreihundert Schritte bis zur nächsten. Er schloß daraus, daß sie sich bald dem Ende des Tales nähern mußten. Er sagte: »Hier darfst du nicht sitzenbleiben. Es ist zu heiß hier. Vielleicht finden wir wieder einen schattigen Platz.«

»Das glaube ich nicht«, sagte sie. »Wo willst du hier noch einen schattigen Platz finden?« Sie zog den Reißverschluß seiner Hose auf und sagte: »Ich habe dir vorhin gesagt, daß du ihn beim Gehen offenlassen sollst. Schau, wie ich es mache.« Sie fächelte sich mit dem Kleid Luft zwischen die Beine und sagte: »So einen heißen Tag wie heute habe ich noch nie erlebt.«

»Was mußtest du auch ausgerechnet im Juli davonlaufen«, sagte er und befeuchtete mit der Zunge seine rissigen Lippen. Sie fragte: »Willst du was sehen?« und ließ ihn unter ihr Kleid schauen. Dann lächelte sie verwundert und sagte: »Ich glaube, ich bin schon ein bißchen meschugge, oder wie heißt das?«

»Meschugge«, sagte er und zog sie an ihren kurzgeschnittenen Haaren von dem Stein hoch. Sie sagte: »Au!« und trat mit dem Fuß nach ihm. Dann trat sie, weil sie ihn nicht getroffen hatte, gegen sein Schienbein. Sie blickte ihn bestürzt an. »Hat es wehgetan?« Es hatte sogar sehr wehgetan, aber er sagte nichts, legte nur wieder den Arm um ihre Taille, und sie stiegen weiter das steile, kahle Tal hinauf. »Ich wollte dich nicht treffen, Dieter«, sagte sie entschuldigend. »Ich kann es nur nicht leiden, wenn man mich an den Haaren zieht.«

»Sei jetzt bitte still«, sagte er. Sie nahm seinen Arm von ihrer Taille und sagte: »Das ist viel zu warm, wenn du das tust. Ich komme auch ohne dich weiter. Paß auf!« Sie setzte sich mit ein paar großen Schritten vor ihn, und jedesmal, wenn er sie einzuholen versuchte, ging sie noch rascher als er. Einmal schob sie das Kleid bis über die Hüften hinauf und sah sich nach ihm um. »So habe ich immer mal durch Essen laufen wollen, um den Leuten dort zu zeigen, was ich von ihnen halte. Gefällt es dir?« Er lächelte nur. Sie ging noch eine Weile mit geschürztem Kleid vor ihm her, dann streifte sie es hinunter und sagte: »Andere Männer wären froh, ich würde sie das sehen lassen.«

»Es sah sehr hübsch aus«, sagte DC. »Du hast ein Scheibenwischergrübchen.« Sie wartete auf ihn und fragte neugierig: »Was ist das, ein Scheibenwischergrübchen?«

»Eins, das dir beim Gehen dauernd von einem Bäckchen zum anderen springt«, sagte er. Sie sagte enttäuscht: »Ich dachte, du redest von was anderem.« Sie deutete auf einen Berg halbrechts vor ihnen und fragte: »Wie hoch der wohl ist? Was schätzt du?« Er blickte sie stumm an. Sie sagte: »Ich kann auch still sein«, und ging wieder, mit einem halben Schritt Vorsprung, neben ihm her. Er fragte: »Kannst du nicht etwas langsamer gehen?«

»Wieso?« fragte sie. »Du willst doch heute noch unbedingt in dein Drecks-Nizza kommen. Ich wäre auch mit Monte Carlo zufrieden. Dorthin ist es nicht mehr ganz so weit. Wieso hört dieses Tal überhaupt nicht auf?« Er schwieg, und auch sie sagte eine ganze Weile nichts mehr, er hörte sie nur noch schwer atmen. Sie hatten jetzt wieder eine Talkrümmung zu durchschreiten, und dann sahen sie einen langgestreckten Bergrücken, der sich quer zu ihrer Marschrichtung über das Tal erhob. DC blieb unwillkürlich stehen. Auch Helga blieb stehen und blickte ihn fragend an. »Ist er das?« Im ersten Augenblick war er sich nicht ganz sicher, der Rücken wirkte viel weniger hoch als jener, den er vom Plateau aus gesehen hatte, aber dann erinnerte er sich, daß sie nun seit über zwei Stunden bergauf marschiert waren. Er drehte etwas den Kopf und betrachtete die Landschaft rechts davon. Dort führte ein schmaler, hoher Grat genau nach Süden. Oberhalb des sich von Osten nach Westen erstreckenden kahlen Bergrückens hatte er einen tiefen, keilförmigen Einschnitt, und genau auf seinem Kamm mußte die Grenze verlaufen – oder ihr ganzer bisheriger Weg war umsonst gewesen. Entgegen seinen Erwartungen endete das Tal nicht am Fuße des Bergrückens, sondern gabelte sich dort nach Osten und Westen. Er ging, ohne ein Wort zu sagen, noch etwa zweihundert Schritte weiter und blickte in den westlichen Teil; er führte geradenwegs auf den Grenzkamm zu. Sie würden das Tal irgendwo verlassen, auf den Bergrücken und von dort zu dem keilförmigen Einschnitt hinaufsteigen müssen, und dann waren sie, wenn seine Berechnungen stimmten, schon so gut wie in Frankreich. Helga, die ihm nach einigem Zögern gefolgt war, fragte: »Warum sagst du nichts?«

»Ich wollte dich nicht schon wieder enttäuschen müssen«, sagte er, »aber jetzt glaube ich, daß wir richtig liegen. Da oben auf dem Kamm muß die Grenze verlaufen. Wenn wir noch ein kleines Stück weitermarschieren, werden wir sehen, ob er zum Monte Marquareis hinaufführt. Traust du dir das noch zu?«

»Meinetwegen«, sagte sie und setzte sich wieder in Bewegung. Soweit DC ihre nähere Umgebung überblicken konnte, gab es nirgendwo Schatten. Die senkrecht am Himmel stehende Sonne breitete über die Landschaft einen fleckenlosen Teppich gleißenden

Lichts, das noch bis in die kleinsten Felsfugen zu dringen schien. Die Hitze zwischen den kahlen Talwänden war hier noch größer als dort, wo sie zuletzt gerastet hatten, DC hatte beim Gehen ständig das Gefühl, sich gegen eine Mauer angestauter Wärme stemmen zu müssen. Auch der nach Westen führende Teil des Tals stieg steil an, sie kamen jedoch mit jedem Schritt, den sie zurücklegten, nicht nur dem Grenzkamm näher, sondern verringerten auch den Höhenunterschied zu dem parallel verlaufenden Bergrücken. Ein paarmal war DC versucht, ihn direkt anzugehen, aber er fühlte sich nicht mehr dazu imstande. Er wußte auch nicht, ob Helga damit einverstanden sein würde, und er konnte sich nicht dazu aufraffen, sie danach zu fragen. Sie war jetzt immer einige Schritte hinter ihm; als er sich wieder einmal nach ihr umdrehte, sah er, daß sie das Kleid ausgezogen und die Kniestrümpfe bis zu den Knöcheln hinabgerollt hatte. Er wartete auf sie und sagte mit heiserer Stimme: »Vielleicht machst du es damit nur noch schlimmer.« Sie ging, ohne ihm zu antworten, an ihm vorbei.

Sie blieben in dem Tal, bis der Höhenunterschied zu dem Bergrücken auf etwa hundert Meter geschrumpft war, dann kletterten sie ihn hinauf. Da sie kaum mehr von der Stelle kamen und immer wieder Verschnaufpausen einlegen mußten, brauchten sie über eine halbe Stunde, und als sie ihn endlich erreicht hatten und zurückschauten, meinte sie auch wieder den Monte Marquareis hinter dem nächsten Berggipfel und seinen steil nach Süden abfallenden Grenzkamm zu sehen, der mit jenem, der nun unmittelbar vor ihnen das westliche Ende des Höhenrückens überragte, identisch war. DC hatte es nicht mehr anders erwartet, und selbst wenn er Zweifel gehegt hätte, wäre er in diesem Augenblick der Gewißheit außerstande gewesen, noch Erleichterung zu empfinden. Er betrachtete den keilförmigen Einschnitt über ihnen, eine Geröllhalde führte empor, zumeist größere Steine, die genügend Halt bieten und sich beim Hinaufklettern auch nicht lösen würden. Es konnten nicht mehr als zweihundert Meter zu dem über ihnen liegenden Felsspalt sein, und dort oben gab es auch Schatten; er hatte es schon gesehen, als sie den Bergrücken erreicht hatten. Er ging noch ein paar Schritte weiter, bis er seinen Blick auf die andere Seite des Rückens werfen konnte; er fiel nach seiner Südseite sehr steil zu einem felsigen Labyrinth zahlloser Berggipfel ab, und dahinter, bis zu dem milchigen Dunst des Horizonts, wirkte die Landschaft wie ein wellenförmiger, samtgrüner Rasen. Er starrte eine Weile atemlos hinunter, dann drehte er sich nach Helga um. Sie saß mit an die Brust gezogenen Beinen am Boden, hatte die Arme über die Knie und das Gesicht in die Hände gelegt. Er ging zu ihr, setzte sich neben sie und sagte mit fast tonloser Stimme: »Ich habe etwas gesehen, das dir gefallen wird. Willst du es dir nicht auch anschauen?« Sie schüttelte, ohne die Hände vom Gesicht zu nehmen, den Kopf. Er holte die Flasche aus der Tasche, öffnete sie und sagte: »Trink etwas. Bis heute abend haben wir Wasser gefunden.«

»Ich mag nicht mehr«, sagte sie. »Laß mich hier sitzen. Ich bin schon so gut wie tot. Ich kann keinen Schritt mehr gehen.«

»Ich weiß, daß du heute noch sehr viele Schritte gehen wirst, und du weißt es auch«, sagte er. »Trink.« Sie schüttelte wieder den Kopf. Er legte einen Arm um ihren Hals, zwang sie auf den Rücken und setzte ihr die Flasche an die Lippen. Sie trank mit geschlossenen Augen, und als sie aufhörte, war in der Flasche gerade noch so viel, daß er seinen trockenen Mund damit ausspülen konnte. Er warf sie den Berg hinab und beobachtete, wie sie auf dem steinigen Boden zerschellte. Helga richtete sich rasch auf und fragte: »Warum hast du das getan? War sie leer?«

»Ja«, sagte er. Sie blickte ihn eine Weile stumm an, dann sagte sie: »Und ich habe sie leergetrunken. Warum hast du das zugelassen?«

»Es war auch noch genug für mich drin«, sagte er. Er deutete auf den keilförmigen Einschnitt in der Felswand über ihnen und sagte: »Da hinauf mußt du noch, dann kannst du dich ein paar Stunden ausruhen.«

»Das schaffe ich nicht mehr«, sagte sie. »Es tut mir leid, Dieter, aber du mußt jetzt ohne mich weitergehen.«

»Dann warte ich eben oben auf dich«, sagte er und stand auf. Er ging bis zum Fuße der Geröllhalde und kletterte sie, ohne ein einziges Mal stehenzubleiben, hinauf. Erst als er den Felsspalt erreichte und sah, daß seine Sohle noch weiter anstieg, stellte er die Tasche in den Schatten seiner Südflanke und sah sich nach Helga um. Sie war bereits im unteren Drittel der Geröllhalde; das Kleid hatte sie wieder angezogen. Er kletterte ihr entgegen, faßte sie bei der Hand und ließ sie, bis sie oben waren, nicht mehr los. »Setz dich in den Schatten«, sagte er. »Ich bin gleich wieder bei dir.« Sie machte keinen Versuch, ihn zurückzuhalten. Der keilförmige Felsspalt, der den hohen Gebirgskamm in seiner ganzen Tiefe aufriß, war auf seiner Sohle etwa drei Meter breit, oben klaffte er weit auseinander. Seine Wände waren so steil, daß nur ein geübter Bergsteiger sie hätte erklettern können. Von unten sah er wie ein riesiger Trichter aus. In der Mitte der Sohle führte eine schmale Rinne empor, DC stieg sie etwa vierhundert Schritte hinauf, dann hatte er ihren höchsten Punkt erreicht und blickte durch den westlichen Ausgang des Spaltes auf einen mit grünen Sträuchern bewachsenen Hügel jenseits eines schmalen Tals. Er kletterte, ohne sich einen Augenblick lang zu besinnen, die abschüssige Rinne in das Tal hinab; in seinem nach Süden führenden Teil waren die Bergflanken mit Ginsterbüschen bedeckt. Er drehte sich um und betrachtete den hohen Gebirgskamm mit seinen auch nach dieser Seite schroff abfallenden Wänden. Als er die beiden Männer bemerkte, standen sie dort, wo er durch den keilförmigen Einschnitt auf einer Länge von etwa hundert Metern unterbrochen war. Er hatte sie jetzt schon so oft gesehen, daß er sie selbst noch aus dieser Entfernung sofort erkannte. Sie standen reglos oben und schienen ihn zu beobachten. Vermutlich hatten sie ihn auch schon beobachtet, als er sich heute vormittag auf dem Plateau des weiteren Weges vergewisserte. Ein paar Sekunden lang wußte er nicht mehr, was er tun sollte, dann kletterte er so rasch wie er konnte in den Spalt zurück. Er vergaß seine Müdigkeit, seine schmerzenden Beine und seine ausgetrocknete Kehle. Er war nur noch von dem Gedanken besessen, Helga in dieses Tal zu holen, bevor die Männer Zeit fanden, vom Kamm herunterzusteigen. Er rannte und keuchte und schlug sich, zweimal stolpernd und hinstürzend, auf dem felsigen Boden Hände und Knie wund, ohne es zu spüren, und dann hatte er wieder den höchsten Punkt der Spaltsohle erreicht und konnte bergabwärts rennen. Er rief Helgas Namen, noch ehe er sie sehen konnte, er schrie ihn ein paarmal, und als sie ihm mit verstörtem Gesicht entgegenkam, lief er wortlos an ihr vorbei, griff nach seinem Jackett und nach ihrer Tasche und rannte zu ihr zurück. Er faßte nach ihrer Hand und sagte atemlos: »Stefano ist wieder hier. Denk an ihn, wenn du nicht mehr laufen kannst, denn jetzt mußt du laufen, sonst war alles für die Katz.« Ihr Gesicht wurde aschfahl, sie sagte: »Ich kann wirklich nicht mehr laufen, Dieter.«

»Versuch es wenigstens«, sagte er und zog sie an der Hand hinter sich her bis zu dem abschüssigen Teil der Spaltsohle. Dort ließ er sie vorausgehen, und sie sagte: »Da sind ja grüne Sträucher, Dieter. Wo ist Stefano?« Er sagte: »Frag jetzt nicht, geh, so schnell du kannst, aber paß auf, damit du nicht ausrutschst.« Er blickte, während sie den abschüssigen Teil hinabstiegen, ein paarmal zum Rand der Felsspalte hinauf, konnte jedoch die beiden Männer nicht entdecken. Er sah sie erst wieder, als sie in das Tal kamen, einer von ihnen war bereits fast die Hälfte der steilen Talwand heruntergeklettert, der zweite war noch ein Stück weiter oben. Sie kamen nicht unmittelbar an dem tiefen Einschnitt herab, sondern ein Stück weit talaufwärts; dort war die Wand in ihrer oberen Hälfte weniger steil als hier, wurde jedoch nach unten so stark abschüssig, daß es fast unvorstellbar erschien, jemand könnte sie heruntersteigen. Helga hatte die beiden Männer jetzt auch gesehen, sie sagte mit vor Furcht unkenntlicher Stimme: »Ich will nicht, daß sie uns erwischen, Dieter. Ich will es nicht.« Er fragte: »Kannst du erkennen, ob der erste Stefano ist?«

»Es muß Antonio sein«, stieß sie hervor. »Der andere über ihm ist Stefano, aber Luigi sehe ich nicht.«

»Er wird nicht mehr bei ihnen sein«, sagte DC. »Sie waren schon gestern vormittag nur noch zu zweit.« Obwohl sie keine Minute mehr hätten verlieren dürfen, starrte er unverwandt zu den beiden Männern hinauf. Während Antonio noch immer die steile Wand herabstieg, war Stefano stehengeblieben, sie konnten hören, wie er ein paar Worte herunterrief, es klang, als ob er Antonio warnen wollte. Sie sahen, wie dieser innehielt und nach oben blickte, sahen Stefano mit beiden Armen winken, aber Antonio setzte seinen Weg unverändert fort. DC vermutete, daß er von dort aus, wo er sich befand, den zur Talsohle fast senkrecht abfallenden unteren Teil der Wand noch nicht überblicken konnte. Ihr Ende war für DC nicht abzusehen, weil sich von der anderen Talseite eine schmale Bergzunge dazwischenschob und sie seinen Blicken entzog. Er sagte: »Es ist ausgeschlossen, daß er das ohne Seil schafft. Er wird wieder umkehren müssen.«

»Dann laß uns doch endlich weiterlaufen«, sagte Helga drängend. »Worauf warten wir denn noch, Dieter?«

»Du kannst doch nicht mehr laufen!« sagte er, ohne sich vom Fleck zu rühren. Dann hörte er Stefano wieder einen warnenden Ruf ausstoßen, seine Stimme brach sich an der gegenüberliegenden Talwand und kehrte nachhallend als Echo wieder, aber Antonio ließ sich auch diesmal nicht zurückhalten, er kletterte, sich mit Händen und Füßen vortastend, weiter nach unten. DC beobachtete mit angehaltenem Atem, wie er sich immer mehr dem fast senkrecht abstürzenden Teil der Wand näherte, dann plötzlich innehielt und nach oben schaute, und in diesem Augenblick geriet er ins Rutschen. DC sah ihn noch über die Wand fallen und hinter dem zungenförmigen Ausläufer der anderen Talseite verschwinden, dann faßte er nach Helgas Hand und rannte mit ihr das Tal hinunter auf die grünen Ginsterbüsche zu. Fast im selben Moment vernahm er hinter sich einen peitschenden Knall und dann noch einen. Er zog unwillkürlich den Kopf zwischen die Schultern, und Helga, die ihm, obwohl er sie an der Hand hielt, kaum mehr folgen konnte, brach in Schluchzen aus, aber er hatte jetzt keine Zeit, sich um sie zu kümmern und ging erst wieder langsamer, als sie die nächste Talkrümmung erreicht hatten und von Stefano nicht mehr gesehen werden konnten. Er blickte ein paarmal über seine Schulter zurück, und als Helga aufhörte zu schluchzen, sagte er: »Noch ein paar Kilometer, dann kannst du dich ausruhen, solange du willst, meine Maus. Vielleicht finden wir dort auch Wasser. Hier sieht es doch schon viel hübscher aus, oder nicht?« Sie gab keine Antwort. Aus den Augenwinkeln sah er, wie sie sich die Tränen von den Wangen wischte und die Lippen zusammenpreßte. Das Tal verlief genauso kurvenreich wie das andere, das sie jenseits des Kamms heraufgestiegen waren, aber diesmal führte ihr Weg sie ständig bergab, und die Ginsterbüsche auf den sandroten Bergflanken wurden immer höher und zahlreicher. An manchen hingen noch verwelkte gelbe Blüten, und als sie noch weiter hinabkamen, standen auch grüne Sträucher mit roten Beeren auf beiden Seiten der Talsohle. Sie hätten sich, falls Stefano ihnen auch jetzt noch folgte, hinter ihnen verstecken können, aber DC ging davon aus, daß der nun andere Probleme haben würde. Er empfand, wenn er an den Anblick des im freien Fall über die senkrechte Wand stürzenden Körpers dachte, Übelkeit und Genugtuung zugleich, er hatte diesen Anblick schon vor Augen gehabt, ehe es dazu gekommen war, und er würde ihn sein Leben lang nicht mehr vergessen.

Sie hätten jetzt unbesorgt eine Rast einlegen können, aber da Helga kein Wort davon sagte und im Gehen nur fest seine Hand umklammert hielt, marschierten sie ohne Pause in das Tal hinab. Es wurde, je weiter sie ihm folgten, immer breiter und grüner. Einmal sagte er: »Weißt du auch, daß wir schon in Frankreich sind?« Sie sagte wieder nichts und preßte nur seine Hand. Er sagte: »Ich will verdammt sein, wenn wir es jetzt nicht geschafft haben. Du wirst heute nacht zwar noch nicht in einem Hotelzimmer wohnen, aber du wirst auf einem weichen Boden liegen und zu trinken haben, und wenn wir morgen früh ausgeruht sind, werden wir es uns auch wieder leisten können, ans Essen zu denken.«

»Wie haben sie uns nur gefunden?« fragte sie atemlos. Er hatte sich schon während der ganzen Zeit den Kopf darüber zerbrochen und sagte: »Sie müssen uns gestern nicht mehr gefolgt, sondern auf den Monte Marquareis gestiegen sein. Von dort aus haben sie uns aus der Schlucht auf das Plateau kommen sehen und sind dann auf dem Grenzkamm weitergegangen, bis wir wieder unter ihnen aufgetaucht sind. Sie wußten in jeder Minute, was wir wollten, sie haben immer nur auf uns zu warten brauchen, und wenn der Felsspalt nicht gewesen wäre, wären sie uns auf dem Kamm vielleicht bis nach San Remo nachgelaufen, aber jetzt können sie es nicht mehr tun.«

»Es war furchtbar«, sagte sie, und er hörte, daß sie wieder weinte. Er küßte sie im Gehen und sagte: »Vielleicht hat er Glück gehabt und sich weiter unten festhalten können. Ich wünsche ihm nicht, daß er tot ist, obwohl es ihm sicher nichts ausgemacht hätte, *uns* sterben zu sehen. Darauf haben sie vielleicht schon seit gestern gewartet.«

In der nächsten halben Stunde führte das Tal parallel zum Grenzkamm genau nach Süden auf die jetzt tiefer stehende Sonne zu, dann schoben sich andere Berge dazwischen, die bis zur halben Höhe mit grünen Sträuchern und Ginster bewachsen waren. Das Gefälle der Talsohle wurde, je weiter sie hinabkamen, immer stärker. Bald darauf mündete es in ein anderes Tal ein, das seine Richtung kreuzte. Auf seiner Sohle verlief ein breites, jedoch völlig ausgetrocknetes Bachbett, nach Osten stieg es steil an. Sie folgten seinem westlichen Teil, und auch er führte immer abwärts. Hier stießen sie bald auf die ersten Bäume, verkrüppeltes Nadelholz, das reichlich Schatten spendete, aber sie hielten sich nirgendwo auf, und DC sagte: »Wenn wir uns jetzt hinsetzen, kommen wir nicht mehr auf die Beine und finden heute kein Wasser mehr. Hältst du es noch eine Weile durch?« Helga nickte nur. Ihr Gesicht war geschwollen, und er konnte, als sie einmal etwas sagte, ihre Worte nicht verstehen und ihr auch nicht mehr antworten, weil sein Mund so ausgetrocknet war, daß er ihn kaum mehr aufbrachte, aber der Gedanke, daß sie in dieser grünen Landschaft bald irgendwo auf Wasser stoßen müßten, hielt sie beide aufrecht. Sie folgten auch diesem Tal bis zu seinem Ende in ein anderes, das wieder nach Süden führte, und auf seiner geröllbedeckten, schmalen Sohle floß ein kleines Gewässer. Sie gingen, als sie es sahen, kein bißchen schneller, und sie verloren auch kein Wort darüber. Sie knieten nebeneinander an seinem Ufer nieder, und DC sagte, nachdem er seinen trockenen Mund ausgespült und ein paar Schluck getrunken hatte: »Trink nicht zu viel, meine Maus. Es ist schön kalt.« Es war nur ein Rinnsal in dem sonst ausgetrockneten schmalen Bachbett, er suchte, während Helga auf dem Bauch liegend noch immer von dem eiskalten Wasser trank, nach einer flachen Stelle mit angeschwemmtem Sand und staute das Wasser mit ein paar Steinen. Einmal unterbrach er seine Arbeit und kehrte zu Helga zurück. Er zog sie an den Füßen vom Ufer weg und fragte: »Willst du dich umbringen?« Sie blickte ihn mit ihrem verschwollenen Gesicht lächelnd an. Er sagte: »Du mußt dich zuerst äußerlich abkühlen; ich richte dir gerade ein Bad ein. Es wird dir zwar, fürchte ich, nur bis zum Popo reichen, aber du kannst dich ja auch hineinlegen. Komm mit.« Er griff unter ihre Achseln, stellte sie auf die Beine und führte sie dorthin, wo er den kleinen Staudamm errichtet hatte. Sie beobachtete, wie er ihn noch etwas höher machte und seine Fugen mit feuchtem Sand abdichtete. »Warte noch ein paar Augenblicke, bis sich genug angesammelt hat«, sagte er. »Ich schaue mich inzwischen nach einem Platz für uns um.« Sie griff, als er an ihr vorbeigehen wollte, nach seiner Hand und erwiderte seinen Blick. Er sah, daß sie nasse Augen hatte und lächelte. »Du hast mir ja nicht glauben wollen, daß wir heute noch auf Wasser stoßen.«

»Nein«, sagte sie und preßte seine Hand an ihre Wange. »Ich bin so müde und so glücklich, Dieter, daß ich es dir nicht sagen kann.« Er küßte sie und sagte: »Ich bin auch froh, meine Maus. Beeil dich, wir dürfen nicht lange hierbleiben. Vielleicht kommt er uns doch nach. Falls Antonio den Absturz nicht überlebt hat, wird ihn nichts davon zurückhalten, uns noch bis Nizza nachzulaufen.«

»Müssen wir noch weit gehen?« fragte sie. Er schüttelte den Kopf. »Ich suche uns ganz in der Nähe einen Platz, an dem wir uns, falls er noch kommen sollte, verstecken können.«

»Dann gehe ich mit dir«, sagte sie. »Ich habe Angst, allein hier zu bleiben. Wir können uns später waschen, Dieter, wenn sicher ist, daß er uns nicht mehr verfolgt. Jetzt, wo ich getrunken habe, fühle ich mich schon viel besser. Wo willst du hingehen?« Er hatte sich bereits etwas umgesehen, auf der linken, steil ansteigenden Talseite wuchsen nur Disteln und Ginster. Darüber ragte ein großer, turmähnlicher Felsklotz in den blauen Himmel. Auf der anderen Seite sah es für ihre Zwecke besser aus; hinter einem sich am Talgrund hinziehenden Streifen halbhohen Nadelgehölzes aus Zwergkiefern stieg das Gelände sanft zum Fuße eines kahlen Berggipfels an. Es war ebenfalls mit Ginster bewachsen. Um auf die bergwärts gelegene Seite des Gehölzes zu kommen, mußten sie es durchqueren. Da es sehr dicht war und seine Zweige bis fast zum Boden reichten, hatten sie einige Mühe damit, aber der Weg hatte sich für sie gelohnt; sie fanden am jenseitigen Rand zwischen den Bäumen und dem hohen Ginster einen schattigen Platz. Helga ließ sich augenblicklich in das dürre Gras fallen und sagte: »Hier kriegst du mich nicht mehr weg, Dieter.« Er hatte nichts dagegen einzuwenden; einen besseren Platz würden sie so rasch nicht finden, und heute nacht würden sie unter den Bäumen auf dem mit dürren Nadeln bedeckten Boden ein weiches Lager haben. Da er seinen Durst nur unvollständig gelöscht hatte, nahm er die von gestern aufbewahrte zweite leere Mineralwasserflasche aus der Tasche und ging noch einmal zum Bach. Er vergewisserte sich, daß sich hinter dem kleinen Staudamm genug Wasser angesammelt hatte. Dann füllte er die Flasche, trank sie halb leer und füllte sie wieder. Bevor er zu Helga zurückkehrte, warf er noch einen prüfenden Blick in das Tal, aus dem sie gekommen waren, er konnte jedoch nichts Verdächtiges feststellen. Obwohl er sich am Bach kaum aufgehalten hatte, erwartete Helga ihn bereits voller Unruhe, sie fragte: »Was hast du so lange getan?« Er setzte sich neben sie und antwortete: »Ich war höchstens fünf Minuten weg, meine Maus. Du hast keinen Grund mehr, besorgt zu sein. Wenn ich dir jetzt auch noch etwas zu essen anbieten könnte, würde ich sagen, daß ich der zufriedenste Mensch auf der Welt bin. Wie fühlst du dich?« Sie legte sich auf den Rücken und betrachtete den blauen Himmel. »Woran denkst du?« fragte er. Sie wandte ihm das Gesicht zu. »Was er mit Antonio gemacht hat, wenn er nur verletzt war? Ich stelle mir das furchtbar vor. Er kann ihn doch nicht tragen!« DC sagte: »Er wird Hilfe holen; wir hätten ihm, selbst wenn er es zugelassen hätte, in unserer Verfassung nicht helfen können. Versuche, nicht mehr daran zu denken.«

»Ich krieg es nicht aus dem Kopf«, sagte sie. »Ich habe Antonio nie gemocht, aber daß er jetzt vielleicht mit gebrochenen Beinen da oben in diesem Scheißtal liegt, das habe ich ihm nicht gewünscht, Dieter. Stell dir vor, wie weit Stefano, wenn er Hilfe holen will, laufen muß, und Antonio wird dann während der ganzen Zeit allein da oben liegen und vielleicht furchtbare Schmerzen haben oder verbluten. Er hat eine Frau und eine kleine Tochter. Die wissen jetzt noch gar nichts davon. Es ist so schrecklich, daß ich, wenn ich daran denke, schreien könnte.« Er streichelte ihr Gesicht. Sie sagte: »Natürlich war er selber daran schuld, ich habe verstehen können, wie Stefano ihm zugerufen hat, er solle umkehren.«

»Aber er ist nicht umgekehrt«, sagte DC. »Er wollte unter allen Umständen verhindern, daß du ihnen entwischst. Ich kann für einen Mann, der eine Frau fast zu Tode hetzt, kein Mitleid empfinden, wenn er dabei selber draufgeht. Er muß gesehen haben, daß du dich kaum mehr auf den Beinen halten konntest, und er hat dich trotzdem weiter durch die Berge hetzen wollen. Er hat dich genauso gehaßt wie dein Mann.«

»Stefano haßt mich nicht, er liebt mich«, sagte sie. DC grinste wütend. »Wenn er vorhin mehr als zwei Kugeln in seinem Gewehr gehabt hätte, könnte er dich jetzt vielleicht für immer lieben.«

»Ich glaube nicht, daß er gezielt geschossen hat, Dieter.«

»Vielleicht trifft er nur Vögel«, sagte DC und öffnete seine Hose. Er streifte sie hinunter und betrachtete seine aufgeschürften Knie. »Wie ist das passiert?« fragte sie bestürzt. »Bist du hingefallen?«

»Ein bißchen«, sagte er. Sie griff in die Tasche, holte Watte heraus und befeuchtete sie aus der Flasche. Sie betupfte die aufgeschürfte Haut und rieb sie dann mit der Wundsalbe ein. »Wenn du sie nicht rechtzeitig gesehen hättest«, sagte sie, »wären wir dort oben sicher noch eine Weile im Schatten sitzengeblieben, und sie hätten, ohne daß wir es gemerkt hätten, zu uns heruntersteigen können. Hast du dich noch irgendwo aufgeschürft?« Er drehte seine Handflächen nach oben, sie sagte: »Das ist nicht so schlimm wie an den Knien, Dieter. Hoffentlich kannst du morgen damit laufen.« Sie rieb auch seine Handflächen und seine von der Hose wundgescheuerten Schenkel ein und legte die Salbe in die Tasche zurück. Dann zog sie ihr naßgeschwitztes Kleid aus, stand auf und hängte es über einen Ginsterstrauch. Sie sagte: »Diese Drecks-Nylonkleider kannst du nur im Winter tragen. Glaubst du wirklich, daß er gezielt hinter uns hergeschossen hat?«

»Ich meinte, die Kugeln pfeifen zu hören«, sagte er. »Vielleicht habe ich es mir aber auch nur eingebildet.« Sie kauerte sich dicht neben ihm nieder und sagte: »Hier riecht es nach Lavendel oder Rosmarin. Riechst du es auch?«

»Ich rieche nur dich«, sagte er und zog sie an sich. Er bedeckte ihr verschwollenes Gesicht mit Küssen und sagte: »Du bist ein sehr tapferes Mädchen, Helga.«

»Ich muß schrecklich aussehen«, sagte sie, mit geschlossenen Augen seine Küsse erwidernd. »Wenn ich viel schwitze, bekomme ich jedesmal ein aufgedunsenes Gesicht; meine Mutter hat das auch, ich muß es von ihr geerbt haben. Sie hat, im Gegensatz zu mir, die Sonne nie vertragen, aber bei mir geht das rasch wieder weg. Bis heute abend siehst du es nicht mehr.«

»Es ist mir egal, wie du aussiehst«, sagte er und preßte sie, von Zärtlichkeit und Erleichterung überwältigt, an sich. Sie sagte: »Nicht, ich bin doch völlig verdreckt, Dieter. Ich möchte nicht, daß du mich so küßt. Das ist doch viel zu unhygienisch.« Er lachte nur und bedeckte auch ihre Brust mit Küssen. Sie murmelte. »Du bist ein ganz verrückter Kerl, Dieter. Ich weiß nicht, was aus uns beiden noch wird, aber ich glaube, ich werde dich immer gern haben.«

»Ich dich auch«, sagte er. »Ich werde dich nie mehr aus dem Kopf bekommen.«

»Wirklich nicht?« fragte sie. »Woher willst du überhaupt so genau wissen, daß wir schon in Frankreich sind?«

»Das fühle ich«, sagte er. »Und du wirst es mir auch nicht vermiesen.«

»Ich will dir gar nichts vermiesen«, sagte sie. »Ich kann nur noch nicht daran glauben. Es kommt mir so unwahrscheinlich vor, daß ich einfach nicht daran glauben kann. Vor einer Stunde war ich noch fest davon überzeugt, daß wir irgendwo in diesen Scheißbergen sterben müssen, und jetzt leben wir und haben Wasser gefunden und sind vielleicht schon in Frankreich. Es ist irgendwie ... ich weiß nicht, wie ich es sagen soll.«

»Vielleicht wie Weihnachten?« fragte er lächelnd. Sie betrachtete das sonnenbeschienene Ginsterfeld auf der sanft ansteigenden Bergflanke und den aquamarinblauen Himmel darüber, dann wandte sie ihm das Gesicht zu und sagte: »Ja, genauso empfinde ich es, Dieter.«

10

Meine Bekanntschaft mit DC verdanke ich meinem Beruf; er brauchte damals für einen Rechtsstreit mit einem Grundstücksnachbarn einen Anwalt und geriet zufällig an mich. Seitdem blieben wir wie Kletten aneinander hängen. Da er zu den Männern gehört, die selbst Freunden gegenüber kaum über ihre Vergangenheit sprechen, brauchte ich ziemlich lange, um die wichtigsten Details aus seinem bisherigen Leben zu erfahren. Nach dem Abitur verhalf ihm sein Vater zu einem Praktikum in der Lehrwerkstätte bei Daimler. Anschließend studierte er Kraftfahrzeugtechnik und machte seinen Ingenieur. Schon vor und während seines Studiums war er begeisterter Anhänger des Autosports gewesen. Aus jenen Jahren stammte seine Freundschaft mit Karlchen, der heute als Formel-2-Rennfahrer einen internationalen Namen hat. Sie hatten sich in einem deutschen Automobilclub kennengelernt, waren beide, fast gleichzeitig, zuerst Privat-, dann Ausweis- und schließlich Lizenzfahrer geworden. Verschiedene große Rallyeveranstaltungen wie die von Monte Carlo und die London-Mexiko-Rallye hatten sie gemeinsam bestritten, bis Karlchen von March-Direktor Max Mosley entdeckt und als Lizenzfahrer angeworben wurde. Er vermittelte auch DC die Möglichkeit, für March zu fahren, aber die Zukunftspläne von DC waren zu jener Zeit bereits von dem Entschluß bestimmt, sich wirtschaftlich selbständig zu machen. Diese Pläne wurden durch den tragischen Tod seiner Mutter noch intensiviert. Sein Vater stellte ihm, um ihn von seinen rennsportlichen Ambitionen abzubringen, ein größeres Startkapital zur Verfügung, mit dessen Hilfe DC sich eine vakant gewordene Autowerkstatt mit zugehörigem Verkaufsraum aneignen konnte. Er bemühte sich dann um die

Haupt- oder Untervertretung renommierter Sportwagenfirmen. Da er in allen Fällen durch die finanzielle Unterstützung seines Vaters die gewünschten Kautionssummen hinterlegen konnte und durch seine frühere Tätigkeit als Sportwagenfahrer den meisten Firmen kein Unbekannter war, hatte er einen relativ guten Start. Schon nach wenigen Monaten beschäftigte er zwei qualifizierte Kraftfahrzeugmeister sowie vier erfahrene Mechaniker, die ihren Teil dazu beitrugen, daß er sich bei Interessenten für so exklusive Sportwagen wie Ferrari, Iso Rivolta und Lamborghini bald einen guten Namen machte. Später übernahm er noch die Vertretung weiterer italienischer Nobelmarken und wurde auch als Spezialist für hochgezüchtete Serienautos bekannt. An Gebrauchtwagen hatte er immer ein großes Angebot gepflegter Modelle vorrätig. In der Ölkrise wäre ihm das fast zum Verhängnis geworden.

Sicher gehört er nicht zu jenen Männern, die in ihrem Beruf aufgehen und darin ihre Erfüllung suchen. Zwar hatte er, um seinem Vater das Startkapital zurückzahlen zu können, zumindest in den ersten vier Jahren kaum Zeit gefunden, sich auch mit anderen Dingen zu beschäftigen, zumal er sich alljährlich mit immer neuen Automodellen und ihrer komplizierten Technik vertraut machen mußte, ich wußte aber aus zahlreichen Gesprächen, daß er darunter litt, durch seinen aufreibenden Beruf gezwungen zu sein, sich immer mehr zum Fachidioten zu entwickeln. Vielleicht war es gerade, weil ich völlig anders gelagerte Interessen hatte als er, zu unserem freundschaftlichen Verhältnis gekommen. Um es sich jedoch in seinem Beruf etwas leichter zu machen, war er ein zu gewissenhafter Mensch. Obwohl seine Mitarbeiter zuverlässig und sorgfältig waren, verließ kaum ein Auto seine Werkstatt, mit dem er nicht vorher eigenhändig eine Probefahrt gemacht hätte. Hinzu kam noch seine Neigung, Kunden, die ihm sympathisch waren, finanziell oft bis an die Grenze des wirtschaftlich Vertretbaren entgegenzukommen. Ich schätzte ihn als einen erstklassigen Spezialisten für alle die Autobranche betreffenden technischen Details. Jedoch hätte ich ihm, in seinem eigenen Interesse, einen Teilhaber gewünscht, der vom Kaufmännischen genausoviel verstand wie er von der Technik. Er war ein vorzüglicher Verkäufer, jedoch kein guter Rechner, er verstand etwas von Kundenpsychologie, und er war imstande, selbst solchen Leuten einen gebrauchten Ferrari oder Lamborghini anzudrehen, die sich in einem Volkswagen vielleicht wohler gefühlt hätten. Seine Interessenten für Neuwagen waren meist Architekten, Ärzte oder erfolgreiche Immobilienmakler; vermögende Industrielle waren kaum darunter, die zogen, seit viele Leute in ihnen nur kapitalistische Ausbeuter sahen, in der Regel unauffälligere Autos vor. Ich bewunderte immer wieder seinen Einfallsreichtum, der es ihm ermöglichte, so teuere Wagen loszuwerden. Da er an einem einzigen verkauften Ferrari – obwohl er für diese Marke nur eine Untervertretung hatte – bis zu achtzehntausend Mark verdiente, hätte er, wenn solche Wagen leichter abzusetzen wären, bereits ein steinreicher Mann sein können. Aber was er an Neuverkäufen verdiente, mußte er bei Gebrauchtwagen nicht selten zum Teil wieder drauflegen. Zudem schätzte ich seine monatlichen Unkosten einschließlich der Gehälter für seine Mitarbeiter auf mindestens fünfzehntausend Mark. Er hatte eine ganz persönliche Methode entwickelt, seine Superschlitten an den Mann zu bringen. Meistens stellte er einen oder zwei davon tagsüber in einem Villenviertel ab, wo sie als faszinierender Blickfang für die nicht ganz unvermögenden Anlieger dienten, zumal sie fast immer von Neugierigen umlagert wurden. So ließen sie auch hinter den Fenstern der angrenzenden Freizeitheime für Fortgeschrittene den Wunsch wachwerden, als stolzer Besitzer eines solchen Wagens ähnliche Beachtung zu finden wie das Gefährt selbst. Natürlich erleichterte DC interessierten Betrachtern den Weg zu ihm durch ein diskret am Heck des Wagens angebrachtes Firmenschild, so daß keiner auf den Gedanken kommen konnte, ihn gar bei der bösen Konkurrenz erstehen zu wollen.

Vom Wesen her hätte DC gut zu Marianne passen müssen, sie wirkten beide fast immer ausgeglichen und selbstbeherrscht, und sie konnten sich über die gleichen Politiker amüsieren. Sie spielten beide gerne Bridge und gingen beide oft ins Theater; nur ihre Musikinteressen waren verschieden. Während Marianne grundsätzlich klassische Musik bevorzugte und selbst Johann Strauß als den Trivialkomponisten zugehörig betrachtete, entspannte sich DC am liebsten bei Interpreten wie Neil Diamond, den Les Humphries Singers oder den Rolling Stones, deren Darbietungen Marianne bestenfalls ein resigniertes Lächeln zu entlocken vermochten. Zu Differenzen war es deshalb jedoch, meines Wissens, nie gekommen, wie ja gegenseitige Toleranz bei zwischenmenschlichen Beziehungen – und nicht nur dort – eine nicht unmaßgebliche Rolle spielt. Dafür ergaben sich andere Probleme. Daß die schöne, immer so überlegen wirkende Marianne sich als Tochter eines hochangesehenen Kunsthändlers während ihres ebenfalls der hehren Kunst gewidmeten Studiums von einem ziemlich unscheinbaren gleichaltrigen Studienkollegen ein uneheliches Kind hatte anhängen lassen, kann höchstens solche Leute verwundern, die den menschlichen Fortpflanzungstrieb mit Sex und geschlechtliche Lust mit einer degenerierten Spielart volkstümlicher Freizeitbeschäftigung geistig anspruchsloser Zeitgenossen verwechseln. Daß in jenen Kreisen, die sich oft in so abgeklärter Weise über Fleischeslust mokieren, genauso gerne und genausooft zwischen andere – und auch die eigenen – Beine gegriffen wird, wäre mir, hätte ich es nicht schon vorher geahnt, in meinem Beruf längst klargeworden. Es kann jedoch im Rahmen dieses Berichts nicht meine Aufgabe sein, moralische Heuchelei oder die Nuancierung zwischen Selbstverzicht und Unvermögen in all ihren subtilen Erscheinungsformen bloßzustellen. Mir scheint nur, daß gerade in so gutbürgerlichen Kreisen, denen auch Marianne, ebenso wie Helga, zuzuordnen sind, Sexualität erst dann ernstgenommen wird, wenn das Kind schon in den Brunnen beziehungsweise in die Wiege gefallen ist. Es entsprach auch durchaus den noch immer in sogenannten guten Kreisen herrschenden Gepflogenheiten – an welchen die Emanzipation anscheinend wenig hatte ändern können –, daß ein solcher Art ausgetragenes Kind möglichst hinter den sieben Bergen – in diesem Falle in einem Privatsanatorium im Siebengebirge – auf die Welt zu kommen und seine ersten Lebensjahre bei einer Ziehmutter zu verbringen hat, wozu sich für Marianne eine sitzengebliebene Tante aus ihrer Verwandtschaft väterlicherseits als vorläufige Lösung bis zu einer endgültigen Klärung anbot, zu der es jedoch durch den tragischen Unglücksfall ihrer Eltern dann nicht mehr gekommen ist.

Dies alles erfuhr ich von Marianne im Laufe mehrerer Gespräche nach ihrer Rückkehr aus Nizza, als sie mir, nervlich ziemlich am Ende, auch ihre letzten süßen Geheimnisse enthüllte. Natürlich hatte sie, wie dies in gutbürgerlichen Kreisen ebenfalls üblich ist, ihrem künftigen Ehegatten den jungfräulichen Fehltritt nicht unterschlagen, jedoch trotz ihrer bereits intimen Beziehungen seine Mentalität falsch eingeschätzt. Denn statt froh zu sein, daß er sich mit diesem etwas unbequemen Erbe aus der Frühzeit ihrer Sexerfahrungen nicht zu belasten brauchte, hatte er ihr eindringlich nahegelegt, das Kind von der Tante weg- und in das gemeinsame Heim zu holen, wo er das fremde Töchterlein wie sein eigenes halten wollte. Marianne wies dieses Ansinnen mit der Begründung zurück, es sei unzumutbar für sie, gegenüber ihrem eigenen und dem früheren und noch vorhandenen großen Bekanntenkreis ihrer Eltern plötzlich als Mutter einer damals zweijährigen Tochter auftreten zu sollen, zumal es in deren Augen schon schlimm genug sei, daß sie mit ihm in wilder Ehe lebe. Darauf erklärte DC ihr, er gedenke ihr beiderseitiges Leben in Sünde erst dann in einem Standesamt zu beenden, wenn sie zu einer anderen Entscheidung gekommen sei. Die Vorstellung sei ihm unerträglich, so sagte er ihr, daß sich ihre Tochter eines Tages, mit zunehmender Intelligenz und Einsicht in die persönlichen Verhältnisse der wirklichen Mutter, ihrer schämen müsse. Da er andererseits unfähig war, Mariannes liebgewordener Nähe zu entsagen und sie wiederum unfähig, sich von ihm zu trennen und zu ihrer Mutter zurückzukehren, einigten sie sich auf den Kompromiß, die Lösung ihres schwierigen Problems auf unbestimmte Zeit zu vertagen und es bei ihrem derzeitigen Verhältnis zu belassen, vielleicht in der geheimen Erwartung, der andere würde, wenn er nur lange genug darüber nachgedacht hatte, früher oder später klein beigeben.

Nun hätte man ja meinen sollen, daß sich zwei erwachsene vernünftige Menschen in einem solchen Falle einigen könnten, aber auf die menschliche Vernunft zu spekulieren war schon immer ein Privileg unbelehrbarer Optimisten. Sie waren beide dickköpfig und viel zu sehr den Verhaltensweisen ihrer jeweiligen Familien verhaftet, um eine selbständige Entscheidung treffen zu können. Gäbe es die kleinen Probleme der menschlichen Dickköpfigkeit und des Rechthabenwollens nicht, so ließen sich vermutlich auch die großen Probleme dieser Welt einigermaßen lösen. Ich habe schon Ehepaare nur deshalb auseinandergehen sehen, weil keiner von beiden es über sich brachte, den ersten Schritt zu einer Versöhnung zu tun, obwohl sie sich insgeheim nichts sehnlicher wünschten. Da kann man nur noch, so man an ihn glaubt, den lieben Gott dafür verantwortlich machen, denn schließlich soll er es gewesen sein, der die Menschen nach seinem Vorbild erschaffen hat, und nicht umgekehrt. An ihren ersten Liebhaber war Marianne nicht weniger unerfahren geraten als Helga. Offensichtlich war er ein sehr talentierter Cellist gewesen, mit einem Stipendium für die Musikhochschule in Köln, wo Marianne sich zur gleichen Zeit wie er hatte immatrikulieren lassen.

Er hatte ihr von der ersten Begegnung an den Hof gemacht. Unter anderen Umständen hätte sie ihn sicher abblitzen lassen, aber in der noch ungewohnten Atmosphäre der Hochschule hatte sie sich anfangs unsicher und ziemlich allein gefühlt, zumal sie nicht der Typ war, um rasch Freundschaften zu schließen. Der Kontakt mit dem jungen Mann hatte ihr geholfen, ihre Anpassungsprobleme zu überwinden. Aus ihren gelegentlichen Begegnungen entwickelte sich im Laufe der Zeit eine persönliche Bindung, die schließlich auch zu Intimitäten, wenn auch noch harmloser Natur führte. Marianne wünschte sie einerseits nicht, war jedoch damals nicht willensstark und erfahren genug, um sie zu verhindern. Am Ende mußte er sie dann ziemlich überrumpelt haben, sie sagte dazu nur, es sei ihr hinterher selber unbegreiflich gewesen, wie es dazu gekommen war. Es blieb auch bei diesem einen Mal, weil sie ihm fortan konsequent aus dem Weg gegangen war, jedoch leider, wie sich kurz darauf herausstellte, schon etwas zu spät. Sie mußte sich ihren Eltern offenbaren und brach am gleichen Tag das Studium ab. Den jungen Mann hatte sie nicht wieder gesehen.

Ihre Eltern scheinen von recht unterschiedlichem Charakter gewesen zu sein; religiös waren sie wohl beide. Marianne mußte noch während ihres Studiums regelmäßig mit ihnen die Kirche besuchen und auch zur Kommunion gehen, obwohl sie, wie sie mir erzählte, immer nur sehr ungern gebeichtet und darin eine Vergewaltigung ihrer Persönlichkeit gesehen hat. Ihrer Mutter waren solche Gedanken nie gekommen; seit ihrer Querschnittlähmung wurde sie regelmäßig von einem Priester besucht, der ihr monatlich die Beichte abnahm. Die Heilige Messe erlebte sie, seit sie das Haus nicht mehr verlassen konnte, am Fernsehgerät oder Radio. Von ihrem Vater erzählte Marianne, er sei wohl nur aus Rücksicht auf ihre Mutter in die Kirche gegangen, habe sich zwar immer gut mit ihr verstanden, jedoch durch seinen Beruf als Kunsthändler mehr oder weniger ein eigenes Leben führen können, da er sehr viel auf Reisen gewesen sei, wobei Marianne ihn oft begleiten durfte. Um das Geschäft hatten weder sie noch ihre Mutter sich jemals zu kümmern brauchen, es sei auch in Abwesenheit ihres Vaters von zwei erfahrenen Mitarbeitern zuverlässig geführt worden. Sie selbst habe kein Interesse dafür gehabt, der Umgang mit Kundschaft habe ihr nicht gelegen, sie habe sich nie dazu überwinden können, wie eine kleine Verkäuferin hinter der Ladentheke zu stehen.

Das Musikstudium hatte sie nur deshalb angefangen, weil sie schon als Kind musikalisch war und weil sich ihr so die Möglichkeit bot, der gestrengen Aufsicht ihrer Mutter ein wenig zu entrinnen. Ganz offensichtlich hatte sie stärker an ihrem Vater als an ihr gehangen, von ihm hatte sie auch die Leidenschaft für Autorennen übernommen. Selbst ein begeisterter Autofahrer, hatte er keine nennenswerte deutsche Rennsport-Veranstaltung ausgelassen und Marianne schon als Kind jedesmal zum Nürburgring, nach Hockenheim oder auf den Norisring in Nürnberg mitgenommen, wofür seine Frau allerdings nie Verständnis aufgebracht hatte. Marianne meinte, für ihren Vater seien solche Veranstaltungen ein notwendiger Ausgleich zu seiner doch sehr diffizilen Beschäftigung mit Kunstgegenständen gewesen. Sein Tod mußte sie noch schmerzlicher getroffen haben als ihre Mutter, die sich relativ rasch mit ihrem Schicksal abfand. Da sie schon früher das Haus nur selten verlassen und das Autofahren nie vertragen hatte – es war ihr, besonders in den schnellen Autos, die ihr Mann bevorzugte, jedesmal schlecht geworden –, fiel ihr die Umstellung vielleicht weniger schwer. In ihrem Gottvertrauen war sie ohnehin von einem Wiedersehen im Jenseits überzeugt und ertrug das ihr auferlegte Unglück mit der Würde eines Menschen, der darin nur eine himmlische Prüfung erblickt. Allerdings wurde sie auch immer eigensinniger und schwieriger, ihr wäre es am liebsten gewesen, wenn Marianne ihr Los, an das Haus gebunden zu sein, fortan geteilt hätte. Vielleicht machte sie sich aber auch nur Sorgen um sie, anscheinend befürchtete sie, daß es ihr mit der nächsten Männerbekanntschaft wieder genauso ergehen könnte wie mit der ersten. Merkwürdigerweise war sie auch, im Gegensatz zu anderen Großmüttern, denen ein illegales Enkelkind immer noch lieber ist als gar keins, nie daran interessiert, die kleine Enkeltochter zu sich ins Haus zu nehmen, angeblich hätten ihre Nerven die Anwesenheit eines lebhaften Kindes nicht mehr ertragen. Es erschien mir jedoch wahrscheinlicher, daß sie sich vor ihren Bekannten genierte, den Fehltritt ihrer einzigen Tochter eingestehen zu müssen. Auch Mariannes eigene Verhaltensweise scheint davon entscheidend beeinflußt worden zu sein.

Für sie war die Begegnung mit DC wie eine Erlösung, zumal er ihrer Vorstellung von einem Mann in fast jedem Punkt entsprach, und daß er früher Rennfahrer gewesen war, mochte, in ihrem Unterbewußtsein, glückliche Kindheitserinnerungen wachgerufen haben. Möglicherweise sah sie in ihm eine Art Reinkarnation ihres verstorbenen Vaters, zumal er wohl eine gewisse Ähnlichkeit mit ihm hatte, und da auch er sofort Gefallen an ihr fand, hätte ihrem Glück eigentlich nichts mehr im Wege gestanden. Aber schon als er sie zum ersten Male einlud, mit ihm auszugehen, entschuldigte sie sich damit, daß sie ihre kleine Tochter besuchen müsse. Er schaute sie völlig entgeistert an und fragte: »Sie sind verheiratet?«

»Man kann auch eine Tochter haben, ohne verheiratet zu sein«, belehrte sie ihn und überließ ihn seiner Überraschung. Er ließ dann eine Woche lang nichts mehr von sich hören, rief sie jedoch an einem Samstagvormittag wieder an, um zu fragen, ob sie auch für diesen Tag schon eine Verabredung mit ihrer Tochter habe, aber diesmal hatte sie keine. Er holte sie von zu Hause ab, und sie sagte mit kaum unterdrückter Begeisterung: »Das ist ja ein Ferrari! Gehört der Ihnen?«

»Eine schöne Frau wie Sie würde ich nie in ein Kundenauto setzen«, sagte er. »Wohin wollen Sie fahren?«

»In diesem Auto fahre ich mit Ihnen, wohin Sie wollen«, sagte sie und ließ sich von ihm hineinhelfen. Schon an diesem Nachmittag erzählte sie ihm, wie sie zu ihrer Tochter gekommen war. Als er sie fragte, ob er sie einmal kennenlernen dürfe, antwortete sie: »Nein. Und fragen Sie mich das bitte nie wieder.« Sie fuhren bis nach Freudenberg, kehrten dort zu einem Kaffee und am Abend in ein Gasthaus nahe bei Köln ein. Nach dem Essen ergriff er ihre Hand und sagte: »Sie sind außergewöhnlich schön, Marianne. Ich darf Sie doch mit dem Vornamen anreden?«

»Wieso glauben Sie, daß Sie das dürfen?« fragte sie.

»Weil ich mit Ihnen einen unvergeßlichen Nachmittag verbracht habe.«

»Ich auch mit Ihnen, Dieter«, sagte sie. »Ich danke Ihnen dafür. Hoffentlich haben Sie damit niemanden enttäuscht.«

»Meine letzte Verlobung liegt schon einige Zeit zurück«, sagte er lächelnd. »Mein Geschäft läßt mir wenig Zeit.«

»Dann hatte ich Glück, daß heute Samstag ist«, sagte sie. »Ich bin noch nie in einem Ferrari gefahren.«

»Das können Sie künftig tun, so oft Sie wollen«, sagte er und füllte ihr Glas nach. Sie sagte: »Ich bin nicht beschwipst zu machen.«

»Das hatte ich auch nicht vor«, sagte er. »Der Wein tut Ihnen gut; Sie haben jetzt viel mehr Farbe im Gesicht. Ich überlege mir schon den ganzen Nachmittag, wieso der Vater Ihres Kindes Sie nicht geheiratet hat.«

»Weil ich es nicht wollte«, sagte sie. Er nickte. »Dann ist mir alles klar. Sie werden jetzt Männern gegenüber doppelt vorsichtig sein, Marianne. Sie können sich mir unbesorgt anvertrauen. Ich werde Sie erst dann küssen, wenn Sie mich darum bitten.« Sie mußte lächeln. »Das wird aber eine sehr große Geduldsprobe für Sie werden. Übrigens lege ich als Mutter eines unehelichen Kindes keinen Wert darauf, mich zu binden.«

»Weder so noch so?« fragte er. Sie antwortete: »So auf keinen Fall.« »Und so?« fragte er. Sie blickte nachdenklich in sein Gesicht. »Dafür kennen wir uns sicher noch nicht lange genug.«

»Das läßt mich wieder hoffen«, sagte er. »Außerdem war das rücksichtslos von mir. Ich hätte an Ihren Vater denken müssen. Entschuldigen Sie bitte, ich habe es einen Augenblick lang vergessen.« Sie sah von ihm weg. »Er war immer sehr verständnisvoll; er würde auch das verstehen.« DC drückte stumm ihre Hand. Im Wagen sagte er: »Ich möchte Sie bald wiedersehen, Marianne. Sie werden natürlich, wenn Sie sich um Ihre Tochter und um Ihre Mutter kümmern müssen, wenig Zeit . . .«

»Meine Tochter lebt bei meiner Tante«, sagte sie. »Für meine Mutter habe ich eine Pflegerin gefunden; sie wird sich, sobald sie aus dem Krankenhaus entlassen wird, um sie kümmern. Ich habe mehr Zeit, als mir lieb ist. Seit mein Vater nicht mehr lebt . . .« Sie brach ab. Er griff wieder nach ihrer Hand und sagte: »Sie haben sehr an ihm gehangen?«

»Er war wie ein guter Freund«, sagte sie. »Ich werde nie darüber hinwegkommen, daß gerade ihm so etwas passieren mußte.«

»Lassen Sie mich Ihnen dabei helfen«, sagte DC. »Wie geht es Ihrer Mutter?« Sie schwieg. Vor ihrem Haus bat sie ihn, noch auf einen Sprung mit hineinzukommen; es war ein mittelgroßer Bungalow, im Garten blühte Flieder. Marianne sagte: »Mein Vater hat es vor zehn Jahren gekauft; er wollte nicht zuviel Geld für ein eigenes Haus anlegen. Wenn jetzt bald eine Pflegerin für meine Mutter hier wohnt, dürfte es ein Zimmer mehr haben. Wundern Sie sich nicht über die vielen Antiquitäten. In einer anderen Umgebung hätte sich mein Vater nicht wohl gefühlt.« Sie schloß die Haustür auf und schaltete in der Diele das Licht an. DC lächelte. »Sie haben nicht zu viel versprochen.«

»Hier sieht es noch schlimmer aus«, sagte sie und ließ ihn das Wohnzimmer und das frühere Arbeitszimmer ihres Vaters sehen. »Wie ein Museum«, sagte sie. »Allein für den Flügel hat mein Vater ein Vermögen bezahlt.«

»Spielen Sie auch?« fragte er. Sie nickte. »Oft.« Sie klappte den Flügel auf und spielte im Stehen einige Takte. »Kennen Sie das?« fragte sie. Er schüttelte den Kopf. »Nein, aber Sie sind eine Künstlerin.«

»Das wollte ich einmal werden«, sagte sie. »Jetzt spiele ich nur noch für mich. Setzen Sie sich irgendwohin, Sessel sind ja genug da. Sie können sich auch auf dieses kleine Sofa setzen, achtzehntes Jahrhundert, mein Vater hat es einmal aus Frankreich mitgebracht. Trinken Sie einen Kaffee?«

»Gern«, sagte er und sah sich beeindruckt um; er fand, daß sie nicht anders hätte wohnen können. »Ich verstehe von Antiquitäten nicht viel«, sagte er, »aber hier würde ich mich auch wohlfühlen.«

»Ich verstehe nicht viel mehr davon als Sie«, sagte sie und zog ihre schwarze Kostümjacke aus. Während sie sich um den Kaffee kümmerte, betrachtete DC die alten Gemälde an den Wänden. Marianne, die ihn dabei überraschte, sagte: »Er hat sein ganzes Vermögen hineingesteckt. Vielleicht werden wir jetzt das eine oder andere Stück verkaufen.«

»Sie brauchen Geld?«

»Nein«, sagte sie und goß Kaffee in zwei Tassen. »Wir haben zwar im Augenblick fast so gut wie kein Bargeld; mein Vater hat kurz vor seinem Tod noch größere Einkäufe erledigt, aber im Geschäft geht jeden Tag etwas ein. Mit der Versicherungssumme will ich seine langjährigen Mitarbeiter abfinden; wir geben das Geschäft auf. Da ich nicht viel davon verstehe und jemand da sein muß, der sich beim Einkauf auskennt, hat es für uns keinen Sinn, es zu halten. Meine Mutter ist damit einverstanden, daß wir es auf Rentenbasis verkaufen; das ist heute sicherer als ein größerer Geldbetrag, mit dem wir im Augenblick doch nichts anzufangen wüßten. Wir haben auf ein Inserat verschiedene Anfragen bekommen. Ich überlasse die Entscheidung dem Anwalt meines Vaters; er weiß in geschäftlichen Dingen besser Bescheid als ich. Nehmen Sie Zucker?« Er schüttelte den Kopf und betrachtete die beiden Tassen. Marianne lächelte. »Meißen um 1730/35; ein Geschenk meines Vaters zu meinem achtzehnten Geburtstag. Ich verwende das Service nur für besondere

Anlässe. Ich möchte Ihnen gerne Ihre Auslagen zurückgeben, Dieter.«

»Welche?« fragte er. Sie setzte sich neben ihn auf das kleine Sofa. »Das Abendessen und was Sie sonst noch für mich ausgegeben haben.«

»Vierzig Liter Superbenzin«, sagte er. »Ihnen berechne ich nur Normalbenzin, Marianne.«

»Im Ernst«, sagte sie. Er nickte. »Machen Sie es bei allen Männern so, daß Sie nichts schuldig bleiben?«

»Sie sind der erste, von dem ich mich wieder habe einladen lassen«, sagte sie. »Seit mir diese Sache passierte. Vorher habe ich Frauen, die sich gegen ihren Willen ein Kind machen lassen, nie verstehen können.«

»Ja, das geht ziemlich rasch«, sagte er. Sie hob ihre Tasse zum Mund und blickte ihn merkwürdig an. Er fragte: »Hätten Sie nichts dagegen tun können?«

»Nein«, sagte sie. »Das ist in unserer Familie nicht üblich. Bei uns trägt man ein Kind aus, auch wenn man es sich nicht gewünscht hat. Erzählen Sie mir etwas von sich, Dieter. Leben Ihre Eltern noch?«

Als er sie eine Stunde später verließ, wußte sie mehr über ihn als er über sie. Er traf sie jedoch schon nach zwei Tagen wieder und von da an regelmäßig. Nach ihrer fünften Begegnung küßte er sie beim Abschied, aber sie erwiderte seinen Kuß nicht; sie duldete nur, daß er sie küßte. Beim nächstenmal küßte er sie nicht und auch nicht in den darauffolgenden Wochen, obwohl sie sich immer öfter sahen. Am Tag, bevor ihre Mutter aus dem Krankenhaus entlassen wurde, fuhren sie, obwohl es ein Montag war, schon am Vormittag weg. Marianne kannte bei Lüdenscheid einen kleinen Waldsee; sie hatte ihn mit ihrem Vater auf einer Geschäftsreise zufällig entdeckt. Sie mußten, um ihn zu erreichen, von der Straße auf einen Waldweg einbiegen und noch einige hundert Meter weit fahren, dann tauchte er zwischen den Bäumen auf. Sie fragte: »Gefällt er dir?« DC betrachtete die bewaldeten Berge ringsum und dann den See; sein Wasser war smaragdgrün. Er sagte: »Ich würde mit dir gerne einmal über das Wochenende an die holländische Küste fahren.«

»Das hättest du früher tun sollen«, sagte sie. »Jetzt, wo meine Mutter nach Hause kommt, geht das nicht mehr.«

»Du bist eine erwachsene Frau«, sagte er. Sie öffnete ihre Tasche, nahm einen Bikini heraus und verschwand zwischen den Bäumen.

Als sie zurückkam, war DC bereits im Wasser. Er beobachtete, wie sie sich am Ufer auf eine Wolldecke setzte und Gesicht und Arme mit einem Sonnenschutzöl einrieb. Er schwamm zu ihr ans Ufer und sagte: »Du bist unwahrscheinlich.«

»Du auch«, sagte sie, ohne ihn anzusehen. Er legte sich neben sie in die Sonne und fragte: »Würdest du mich heiraten?«

»Nein«, sagte sie und wischte ihre öligen Hände an seiner Brust ab. »Darüber haben wir doch schon gesprochen.«

»Dann kann ich dich nur noch bitten, meine Geliebte zu werden«, sagte er. »Ich komme nicht mehr mit mir klar, Marianne.« Sie beugte sich über ihn und küßte ihn. Dann sagte sie: »Vielleicht bin ich ganz anders, als du denkst. Es wird jetzt auch mit meiner Mutter schwierig. Sie wird, wenn ich nur eine Stunde das Haus verlasse, wissen wollen, wohin ich gehe.«

»Dann ziehst du eben zu mir«, sagte er. »Meine Wohnung ist groß genug. Du bleibst so lange bei mir wohnen, bis du weißt, ob du mich heiraten willst oder nicht. Deine Tochter ist mir auch willkommen.«

»Sie ist gut aufgehoben«, sagte sie. »Ich glaube nicht, daß ich das tun kann, Dieter. Diese Art von Zusammenleben ist nicht mein Fall; ich könnte das schon allein wegen meiner Mutter nicht tun.« Er fragte ruhig: »Warum denkst du nicht auch einmal an dich?«

»Sie hat es jetzt schwerer als ich«, sagte sie. »Es ist furchtbar, wenn man sich nicht mehr bewegen kann; sie braucht zu allem, was sie tut, eine Hilfe. Wenn ich so wäre, ich würde keinen Tag mehr leben wollen.«

»Ja, es ist beschissen«, sagte er und streichelte mitfühlend ihre Hand. »Hast du keine Lust, ins Wasser zu gehen?«

»Ich bade nicht gern«, sagte sie. »Vor Wasser habe ich Angst. Ich finde es tückisch. Woran ist deine Mutter gestorben?«

»An mir«, sagte er. »Ich fuhr damals für March das Eifelrennen. Mein Vordermann kam von der Straße ab, ein Rundfunkreporter verwechselte in der Aufregung unsere Wagen. Meine Mutter hörte es am Radio. Sie bekam einen Herzanfall, von dem sie sich nicht mehr erholte. Danach habe ich das Fahren aufgegeben.« Sie blickte ihn stumm an, dann sagte sie: »Wenn ich es einmal zu Hause nicht mehr aushalten sollte, Dieter, komme ich vielleicht zu dir, aber nicht mit meiner Tochter, und meine Mutter dürfte auch nichts davon wissen. Ich würde ihr sagen, daß ich eine eigene Wohnung habe.«

»Bis dahin ist es ja noch ein weiter Weg«, sagte er. »Ich wäre schon glücklich, dich nur einmal sehen zu dürfen.«

»Du siehst mich so oft, wie du willst«, sagte sie. Er berührte ihre Brust. »Ohne Bikini.«

»Dabei würde es doch nicht bleiben«, sagte sie.

»Ich verspreche es dir.«

Sie blickte ihn wieder eine Weile stumm an. »Ich verstehe nicht, was du davon hättest«, sagte sie schließlich.

»Das kann nur eine Frau nicht verstehen«, sagte er. Sie duldete es, daß er ihre Brust streichelte. Als er ihr aber das Oberteil ihres Bikinis aufzuknöpfen versuchte, sagte sie: »Nicht hier, Dieter. Es könnte jemand hinzukommen.« Sie machte sich von ihm los, ging einige Schritte in den Wald und lehnte sich mit dem Rücken an einen Baum. »Ich habe es mir an einem anderen Tag gewünscht«, sagte sie.

»Für mich ist jeder Tag mit dir gleich schön«, sagte er und bedeckte ihr Gesicht mit Küssen. Diesmal erlaubte sie es, daß er ihr den Bikini abstreifte. Er trat etwas zurück und betrachtete sie; sie übertraf alle seine Erwartungen. Er nahm sie in die Arme und preßte sie heftig an sich. »Du wolltest mich nur sehen«, erinnerte sie ihn. Er sagte: »Sonst tu ich ja nichts. Meine Hände sind hier.«

»Ich rede nicht von deinen Händen«, sagte sie.

»Wovon sonst?« fragte er lächelnd.

»Von diesem gräßlichen Ding hier«, sagte sie und wich mit den Hüften ein wenig zurück. Er fragte: »Hast du Angst?«

»Ja«, sagte sie. »Es war damals ein Schock für mich.« Sie wirkte völlig verkrampft. Er zog sie neben sich auf den Boden und sagte: »Ich wußte das nicht, Marianne. Ich dachte, du hättest ihn länger gekannt.«

»Es war nur einmal etwas zwischen uns«, sagte sie. »Ich habe es dann nie wieder dazu kommen lassen.«

»Das kann ich verstehen«, sagte er, ihre Brust liebkosend. Er lächelte. »Genauso habe ich sie mir vorgestellt; du bist bildschön, Marianne.« Sie schwieg. Erst als er auch ihren Schoß streichelte, sagte sie: »Bitte nicht, Dieter. Nicht hier.«

»Ich tu dir nichts«, sagte er und preßte die Lippen an ihren Schoß. Sie gab keinen Laut von sich, aber er fühlte, wie sich ihre Finger in seinem Nacken krallten, und einmal sagte sie: »Mein Gott.«

Am Abend fuhr sie mit in seine Wohnung und blieb bis zum Morgen bei ihm. In den nächsten Wochen besuchte sie ihn fast täglich, aber immer nur zwei oder drei Stunden, und wenn sie einmal zusammen wegfuhren, dann nie länger als einen halben Tag, damit ihre Mutter keinen Verdacht schöpfte. Obwohl er diesen Zustand unerträglich fand, respektierte er ihre Gründe. Etwa fünf Wochen nach ihrem Ausflug an den Waldsee kam sie mitten in der Geschäftszeit zu ihm in den Verkaufsraum. Er unterhielt sich gerade mit einem Kunden, überließ diesen jedoch, als ihm ihr blasses Gesicht auffiel, seinem Verkäufer und ging mit ihr in die Wohnung hinauf. Sie setzte sich sofort hin und sagte: »Ich kann nicht mehr, Dieter. Jetzt soll ich dieser Person sogar mein Zimmer geben; meine Mutter gerät immer mehr unter ihren Einfluß.« Da sie ihm schon einige Male von ihren Problemen mit der Krankenpflegerin ihrer Mutter erzählt hatte, wußte er gleich, von wem sie sprach. Er griff nach ihrer Hand und sagte: »Erzähl!«

»Ich habe sie schon ein paarmal in meinem Zimmer erwischt«, sagte sie. »Es ist fast doppelt so groß wie das Gästezimmer. Sie behauptet jetzt, es wäre für sie günstiger, weil es Wand an Wand mit dem Schlafzimmer meiner Mutter liegt; sie könnte nachts besser hören, wenn sie nach ihr rufe. Meine Mutter war sofort damit einverstanden, daß wir tauschen. Als ich ihr sagte, daß ich das auf keinen Fall tun würde, bekam sie einen Herzanfall.«

»Sicher keinen echten«, sagte DC. Sie nickte. »Vielleicht, vielleicht auch nicht; ich kann das nicht riskieren. Ich habe ihr gesagt, daß ich mir eine eigene Wohnung suchen werde. Wann kann ich zu dir kommen?«

»Warum fragst du das?«

Sie wich seinem Blick aus. »Ich möchte noch nicht heiraten, Dieter. Mir ist der Gedanke daran noch zu ungewohnt.«

»Wir heiraten, wann du es willst, und keinen Tag früher«, sagte er. »Ich fahre dich jetzt nach Hause, damit du deine Sachen holen kannst.« Sie sagte: »Ich nehme mir ein Taxi; die Pflegerin könnte dich sonst sehen.« Sie lächelte verwundert. »Ich hätte mir das nie zugetraut, Dieter. Seit ich dich kenne, tue ich Dinge, zu denen ich früher nicht fähig gewesen wäre.«

»Darüber freut sich dein Geliebter«, sagte er. »Wir werden, hoffe ich, noch sehr viele hübsche Dinge zusammen tun.« Er schlug sich an die Stirn. »Großer Himmel, wir brauchen ein anderes Schlafzimmer.«

»Wozu?« fragte sie. Er lachte. »Damit du, wenn du künftig mit mir geschlafen hast, besser schlafen kannst; in meinem Junggesellenbett wird es auf die Dauer zu eng für uns beide werden.«

»Das hat noch Zeit«, sagte sie. »Wir erledigen das zusammen.« Sie blickte ihn fest an. »Dieter! Wenn ich jetzt zu dir komme, dann nicht nur für ein paar Wochen. Ich möchte, daß das vorher zwischen uns klar ist.«

Er nahm sie in die Arme, und ein halbes Jahr lang ging es sehr gut mit ihnen. Sie verreisten während dieser Zeit viel, Marianne begleitete ihn auch auf allen seinen Geschäftsfahrten. Tagsüber, wenn er zu tun hatte, hielt sie sich oft bei ihrer Mutter oder bei ihrer Tochter auf. Dann sagte er eines Morgens beim Frühstück: »Zu Weihnachten möchte ich gerne verheiratet sein, Liebes. Ich muß dich allmählich meinem Vater vorstellen.« Sie fragte: »Kannst du das nicht auch tun, ohne daß wir verheiratet sind?«

»Er wird Fragen stellen«, sagte DC. »Ich möchte ihn nicht anlügen.« Sie sagte etwas kühl: »Meine Mutter lüge ich an, seit ich dich kenne.«

»Das liegt ausschließlich an dir«, sagte er. Sie warf ihre Serviette auf den Tisch und ließ ihn allein. Er fand sie dann im Schlafzimmer; sie rauchte auf dem Bett eine Zigarette. Er setzte sich zu ihr und sagte: »Ich liebe dich unverändert, Marianne. Wenn du meine Gefühle noch erwiderst, sehe ich nicht ein, worauf wir eigentlich warten. Ich finde es auch langsam kindisch, daß ich deine Tochter nicht sehen soll. Ich möchte sie meinem Vater als meine eigene vorstellen, und das kann ich nicht, wenn sie erst einmal vier oder fünf Jahre alt ist.«

»Warum mußt du sie ihm unbedingt als deine eigene vorstellen?« fragte sie. Er zuckte mit den Schultern. »Er ist ein bißchen konservativ; schließlich geht es ihn auch nichts an, ob sie meine eigene ist oder nicht.«

»Das meine ich auch«, sagte Marianne. Er bekam einen roten Kopf. »Was ist nur plötzlich los mit dir? Bisher haben wir uns über alles vernünftig unterhalten können.«

»Wir haben uns nie richtig unterhalten«, sagte sie. »Wir haben auch im vergangenen halben Jahr nicht mehr über Heirat gesprochen. Was hast du von mir erwartet? Daß ich dich fragen würde, ob du noch willst?« Er starrte maßlos betroffen in ihr Gesicht. »Das hat doch einzig und allein bei dir gelegen; ich wollte dich nicht drängen. Es war doch deine Entscheidung, dich vorläufig nicht festzulegen.«

»Du hättest mich inzwischen ja wieder mal danach fragen können«, sagte sie und drückte ihre Zigarette aus. »Schön, dann heiraten wir.« Er küßte sie und sagte erleichtert: »Niemand ist darüber glücklicher als ich, Marianne. Und deine Tochter ...«

»Die bleibt vorläufig, wo sie ist«, unterbrach sie ihn. »Du hast mich, was Ingeborg angeht, noch immer nicht verstanden, Dieter; ich möchte, daß sie so lange bei meiner Tante bleibt, bis ich es für richtig finde, sie von dort wegzuholen.«

»Und wann ist das der Fall?« fragte er mit erzwungener Ruhe.

»Das weiß ich heute noch nicht«, sagte sie. »Ich bin jetzt hier schon allen Leuten bekannt; sie glauben, daß wir verheiratet sind; sogar dein Personal glaubt es. Ich kann nicht plötzlich eine fast dreijährige Tochter vorzeigen.«

»Warum nicht?«

Sie wandte ihm schnell das Gesicht zu. »So können wir doch nicht miteinander reden, Dieter. Du hast anscheinend nie versucht, dich auch einmal in meine Situation zu versetzen. Ich möchte Ingeborg keine Veränderung zumuten, die vielleicht auch nur wieder vorübergehend ist. Sie soll sich, sobald sie erwachsen genug dafür ist, selbst entscheiden. Bis dahin ist sie bei meiner Tante genausogut aufgehoben wie hier.«

Er blickte sie kopfschüttelnd an. »Das ist doch ein Scheißkomplex von dir, Marianne. Ich verstehe noch immer nicht, worum es dir eigentlich geht. Ob du nicht genug Vertrauen zu mir hast oder dich vor der Öffentlichkeit tatsächlich nicht zu deiner Tochter bekennen willst. Ich will dir jetzt mal etwas sagen: Wir heiraten, sobald Ingeborg im Haus ist, und keinen Tag früher. Das ist für mich endgültig, und darüber diskutiere ich nicht.«

»Ich auch nicht«, sagte sie kühl. Er verließ stumm das Zimmer.

In der folgenden Zeit erwähnte er ihre Tochter mit keinem Wort mehr. Sonst gab es vorläufig keine tiefgreifenden Differenzen zwischen ihnen. Dennoch veränderte sich ihr Zusammenleben nach dieser Auseinandersetzung in einer für sie beide zuerst unmerklichen Weise. Sie sprachen nicht mehr so oft miteinander, wie das früher der Fall gewesen war, sie gewöhnten es sich an, kleine Meinungsverschiedenheiten nicht mehr auszudiskutieren, wodurch sie immer zwischen ihnen standen und latente Verstimmung hervorriefen. Ihre gelegentlichen Versuche, die vergiftete Atmosphäre zu bereinigen, waren nie entschlossen genug, um den anderen von ihrer Aufrichtigkeit überzeugen zu können. Sie fielen in alte Gewohnheiten aus der Zeit vor ihrem Zusammenleben zurück, ihre Gemeinsamkeiten reduzierten sich immer mehr auf die rein praktische Seite einer Wohngemeinschaft zwischen Mann und Frau, ohne mehr Übereinstimmung, als für einen geordneten Tagesablauf gerade noch erforderlich war, und weder ihr noch ihm scheint das recht bewußt geworden zu sein. Sie zogen sich in ihrem heimlichen Unmut wie Schnecken in ihr Haus zurück. Im gleichen Maße, wie sie die Hoffnung aufgaben, der andere würde sich früher oder später dem eigenen Standpunkt anpassen, kühlten auch ihre Empfindungen füreinander ab. Selbst dann, wenn sie, was selten genug geschah, versuchten, das strittige Thema zur Sprache zu bringen, verfielen sie bald darauf wieder in verstocktes Schweigen. Sie waren einander, ohne es zu merken, fremd geworden.

11

Auf den Karten, die ich mir, um den Marsch von Helga und DC durch die Seealpen rekonstruieren zu können, in Deutschland gekauft hatte, stellte sich heraus, daß sie in einem Punkt einem Irrtum unterlegen waren. Sie hatten die französische Grenze viel weiter südlich überschritten, als sie es während ihres Marsches geglaubt hatten, und zwar nicht unmittelbar hinter dem Monte Marquareis, sondern erst südlich des fast zweieinhalbtausend Meter hohen Monte Bertrand. In ihrer damaligen Verfassung mußten sie diese beiden Berge miteinander verwechselt haben. Vielleicht sehen sie sich ähnlich, und da der Monte Marquareis nur knapp hundertfünfzig Meter höher ist als der Monte Bertrand, mußte dieser ihnen genauso gewaltig erschienen sein. Vermutlich war es auch allein ihrem weiten Marsch nach Süden zu verdanken, daß Stefano und Antonio keine Zeit mehr gefunden hatten, sich noch rechtzeitig nach einem ungefährlichen Abstieg vom Grenzkamm umzusehen. Die beiden konnten, nachdem sie in mühsamer Kletterei nicht nur den Monte Marquareis und Monte Bertrand, sondern auch noch mehrere dazwischenliegende kleinere Berggipfel hatten überwinden müssen, erst kurz vor Helga und DC an dem keilförmigen Einschnitt des Grenzkamms eingetroffen sein. Seine genaue Lage läßt sich anhand der Karten nicht bestimmen, man darf jedoch annehmen, daß er sich irgendwo zwischen dem Monte Bertrand und dem etwa fünfzehn Kilometer weiter südlich gelegenen Gipfel des Monte Saccarel befindet. Das Tal, in dem sie dann auf Wasser gestoßen waren, hatte sie auf ihrem weiteren Marsch am dritten Tag schon nach zweieinhalb Stunden in das kleine französische Gebirgsdorf La Brique südöstlich von Tende geführt. Es war von zahlreichen französischen Touristen bevölkert, zumeist Sonntagsausflüglern, die zum Mittagessen hierhergefahren waren oder die bei La Brique gelegene Chapelle de Notre-Dame des Fontaines mit ihren berühmten Fresken anschauen wollten. Aber von dieser ahnten Helga und DC, als sie den Ort erreichten, noch nichts, sie wußten nicht einmal, wo sie sich überhaupt befanden. Zwar waren sie sehr bald nach ihrem morgendlichen Abmarsch auf der rechten Talseite auf einen schmalen Pfad gestoßen, der sich später zu einem bequemen Fußweg verbreiterte. Sie waren jedoch so sehr in der Meinung befangen gewesen, noch etliche Marschstunden von der nächsten menschlichen Siedlung entfernt zu sein, daß sie, als hinter einer neuen Talkrümmung, zwischen Olivenbäumen, schlanken Zypressen und alten Kastanien, plötzlich die Häuser von La Brique auftauchten, ungläubig stehenblieben und sie nur stumm anschauen konnten. Auf dem Weg durch den Ort kamen sie auch an der romanischen Kirche vorbei, Orgelklang und Liedersang erinnerten sie daran, daß Sonntag war; sie hatten es vergessen.

An einem alten Steinbrunnen mit frischem Quellwasser kühlten sie Gesicht und Hände ab, und DC sagte: »An diesen hübschen Sonntag werde ich noch in zweihundert Jahren denken, meine Maus.« Und dann nahm er sie vor all den neugierigen Touristen in die Arme und küßte sie lange, und Helga sagte: »Du hast einen Bart wie ein Stachelschwein. Wo sind wir hier?«

»Ich kann schlecht danach fragen«, sagte er lächelnd. »Komm mit!« Er führte sie an der Hand über die Straße zu den im Freien stehenden Tischen und Stühlen eines kleinen Restaurants, und fragte: »Was willst du essen?«

»Ich will nur einen heißen Kaffee haben«, sagte sie, und als sie an einem Tisch mit einer weißen Decke saßen, mußte sie weinen. DC sagte: »Die Leute werden meinen, ich hätte dich verhauen. Nimm dich zusammen oder such dir einen anderen Mann. Ich falle mit meinem unrasierten Gesicht und dem zerknitterten Anzug schon genug auf.« Er wischte mit einem Taschentuch ihre Augen ab, ließ sie hineinschneuzen und steckte es weg. »Das ist ein französisches Restaurant«, stellte sie fest. »Hast du das gewußt?«

»Ich habe es gehofft«, antwortete er lächelnd. »Und da willst du wirklich nichts essen?«

»Sie haben Rühreier«, sagte sie, in den Anblick der Speisekarte versunken. »Sogar mit Schinken«, sagte er. »Ja, das könnte mir jetzt schmecken. Bestell es für uns beide und vier Kannen Kaffee dazu. Ich geh mich rasch rasieren.«

»Wo?« fragte sie. Er griff nach der Tasche. »Das weiß ich noch nicht, meine Maus, aber irgendwo in diesem Haus wird es so etwas wie eine Steckdose geben.« Während seiner Abwesenheit betrachtete Helga die hohen Platanen auf dem halbrunden Platz mit dem Steinbrunnen; auf grünlackierten Bänken saßen alte Leute in der Sonne, einige Männer mit hochgekrempelten Hemdsärmeln spielten Boule. Als ein junges Mädchen mit weißer Schürze zu ihr an den Tisch kam, bestellte Helga zweimal Omelette au jambon und zwei Portionen Kaffee. Dann betrachtete sie abwechselnd die hohen Platanen und ihre schmutzigen Schuhe. DC blieb lange weg, sie wurde unruhig und betrat das Restaurant. Dort sah sie ihn an der Theke mit dem Wirt reden. Erleichtert kehrte sie an ihren Tisch zurück, und als er etwas später zu ihr kam, küßte er sie wieder vor allen Gästen und sagte: »Ich habe uns ein Taxi bestellt; es kommt aus Tende.«

»Ich weiß noch immer nicht, wo wir sind«, sagte sie. Er gab ihr einen bunten Prospekt und sagte: »Vom Wirt. Damit du La Brique nie vergißt.«

»Den Namen habe ich schon gehört oder gelesen«, sagte sie. »Du willst mit einem Taxi nach Nizza fahren?«

»Über Sospel«, sagte er. »Es sind rund sechzig Kilometer. Würdest du sie lieber laufen?« Sie griff über den Tisch hinweg nach seiner Hand und blickte ihm in die Augen. »Wo hast du dich rasieren können?« Er sagte: »Im WC.« Das Mädchen brachte Kaffee und Rühreier. Sie sprachen, während sie aßen, kein Wort, und DC bestellte noch einmal zwei Portionen Kaffee. Er sagte: »Ich könnte mich daran tottrinken.«

»Hast du überhaupt französisches Geld?« fragte sie.

»Der Wirt hat mir hundert Mark umgetauscht.«

»Das Taxi wird viel mehr kosten«, sagte sie. Er ließ sie einen Blick in seine Brieftasche tun und fragte: »Zufrieden?« Sie zog seine Hand an den Mund und küßte sie. Er fragte: »Wie geht es den Füßen?«

»Das ist mir jetzt egal«, sagte sie. »Ich bin so glücklich, daß mir alles egal ist, Dieter. Ist es nicht ein Wunder, daß wir hier sind?«

»Doch«, sagte er. »Aber mit dir hätte ich auch den doppelten Weg geschafft. Ich glaube, mit dir könnte ich alles schaffen, meine Maus.«

»Ich mit dir auch, Dieter«, sagte sie. »Bei dir hätte ich vor nichts mehr Angst. Ich weiß nicht, woher es kommt, ich bin glücklich und traurig zugleich.« Er fragte betroffen: »Weshalb traurig?«

»Irgendwie tut es mir auch wieder leid, daß wir schon hier sind«, sagte sie, seinem Blick ausweichend. »Unterwegs habe ich oft daran gedacht, daß ich, wenn wir erst einmal über der Grenze sein würden, nie wieder einen Wunsch verspüren könnte, und jetzt merke ich, daß das falsch war und daß ich einen sehr großen Wunsch habe, aber ganz große Wünsche gehen im Leben nie in Erfüllung.«

»Verrat ihn mir«, sagte er. Sie schüttelte den Kopf. »Das kann ich nicht, Dieter. Es ist etwas, worüber ich mit keinem Menschen sprechen würde, auch mit dir nicht.« Sie lachte unvermittelt auf. »Ich habe Rühreier nie gemocht, Dieter, und jetzt könnte ich noch eine Portion essen.«

»Aber das ist nicht dein großer Wunsch?« fragte er und sah sich nach der Kellnerin um. Sie legte über den Tisch hinweg rasch die Hand auf seinen Arm und sagte: »Nein, ruf sie nicht, Dieter. Wenn ich jetzt zuviel esse, verträgt es mein Magen nicht. Ich muß mich erst wieder langsam daran gewöhnen. Wo werden wir in Nizza wohnen?«

»Ich weiß nicht, ob wir dort, wo ich gerne wohnen würde, so kurzfristig ein Zimmer bekommen«, antwortete er. »Versuchen werden wir es auf jeden Fall. Es ist das *Plaza*.« Sie sagte: »Dann muß ich mich vorher umziehen«, und verschwand mit ihrer Tasche im Restaurant. Als sie zurückkam, trug sie ein weißes Kleid mit dekorativem Kragen und weiße Schuhe mit hohen Absätzen. »Wie ist das?« fragte sie. Er konnte sie nur anschauen. Dann kam das Taxi, ein alter Citroën. Der Chauffeur, ein kleiner, schwarzhaariger Mann, stieg aus und blickte sich suchend um. DC ging zu ihm und verhandelte mit ihm über den Fahrpreis. Er verlangte für die Fahrt über Sospel dreihundert Francs. Helga sagte: »Dafür könnten wir auch fliegen!«

»Vielleicht hat er Sonntagspreise«, sagte DC und half ihr, nachdem er das Frühstück bezahlt hatte, in den Citroën. Während sie das Tal hinabfuhren, blickte Helga stumm aus dem Fenster; er wußte, woran sie dachte, und sie hatten auch schon darüber gesprochen, ohne es direkt zu tun. Es erging ihm plötzlich genauso wie ihr: Er konnte nicht richtig darüber froh werden, neben ihr in diesem Taxi zu sitzen und mit ihr nach Nizza zu fahren. Sie fragte unvermittelt:

»Wie hast du es dir jetzt gedacht, Dieter? Wir haben keinen Wagen mehr.«

»Wir werden fliegen«, sagte er.

»Das geht nicht«, sagte sie. »In einem Flugzeug muß ich mich ausweisen.« Er legte, weil er nicht wußte, ob der Fahrer Deutsch verstand, den Finger auf die Lippen. Sie sagte: »Es ist mir egal, ob er uns zuhört. Wenn du fliegen willst, müssen wir uns schon in Nizza trennen. Könnten wir nicht mit der Bahn fahren?«

»Wohin?« fragte er. Sie schwieg. Er griff nach ihrer Hand und sagte: »Warte bis Nizza, dann sehen wir weiter.«

»Das leuchtet mir nicht ein«, sagte sie. »Ich werde dann genausowenig Papiere haben wie jetzt, und mit der Bahn komme ich auch nicht über die Grenze; ich müßte in Straßburg aussteigen.« Er lächelte. »Das hast du doch von Anfang an vorgehabt?«

»Das war alles noch anders«, sagte sie. »Du hast da irgendwas mit mir gemacht. Ich könnte mich jetzt zu keinem anderen Mann mehr ins Auto setzen. Vielleicht werde ich mir von meinem Vater Geld und meinen alten Ausweis schicken lassen. Ich möchte aber nicht selber mit ihm telefonieren. Würdest du das für mich tun?«

»Natürlich«, sagte er erleichtert. »Außerdem brauchen wir uns nicht heute schon über diese Dinge zu unterhalten. Wir bleiben mindestens vierzehn Tage in Nizza, vielleicht auch noch länger.«

»Das möchte ich nicht«, sagte sie, ohne ihn anzusehen. »Ich finde, man soll so etwas nicht künstlich verlängern, Dieter. Das ist wie bei diesen Intensivstationen, wo sie die Menschen noch eine Weile damit quälen, am Leben zu bleiben, obwohl sie schon so gut wie tot sind oder dankbar wären, wenn man sie endlich sterben ließe. Wenn ich einmal wüßte, daß ich eine unheilbare Krankheit hätte, würde ich ein Röllchen Tabletten schlucken und mir, kurz bevor ich einschlafe, noch die Pulsadern aufschneiden, damit mich keiner mehr zurückholen kann.«

»Daran hast du schon einmal gedacht?« fragte er. Sie betrachtete den Wald beiderseits der Straße. »Schon oft, Dieter. Wenn ich nicht so sehr an meinem Leben hinge: Es gab Zeiten, da bedeutete es mir nichts mehr, aber dann sagte ich mir jedesmal wieder, du kriegst kein anderes, und was ich daraus mache, das geht nur mich was an. Ich finde es immer so ungeheuerlich, daß es Menschen gibt, die anderen Moral predigen oder ihnen vorschreiben wollen, wie sie zu leben haben, als wären sie etwas Besonderes. Ich wollte nicht in ihr Privatleben hineinschauen können. Ich finde, die sollen sich um ihre eigene Schei . . .« Sie verstummte und blickte zum Fahrer. DC war inzwischen jedoch überzeugt, daß der sie nicht verstand. Er beobachtete sie zwar hin und wieder im Rückspiegel, aber eher neugierig als anteilnehmend. Er sagte: »Ich weiß nicht, warum du plötzlich so bitter bist, meine Maus.«

»Ich bin nur müde, Dieter, und wenn ich müde bin, sehe ich nicht viel weiter als über den Augenblick hinaus. Ich frage mich nur, was wir, wenn wir vierzehn Tage in Nizza bleiben, damit gewinnen würden. Ich würde mich dann nur noch mehr an dich gewöhnen . . .«

»Ich mich nicht auch an dich?« fragte er. Sie sah ihn an. »Das kann ich nicht beurteilen, Dieter; du kennst dich besser als ich. Bei mir war es bis heute immer so, daß ich, wenn ich merkte, ich komme irgendwo nicht mehr weiter, es vorgezogen habe, wieder umzukehren statt nur auf der Stelle zu treten. Vielleicht siehst du das als Mann anders, ich glaube, Männer können sich mit halben Sachen eher arrangieren als Frauen. Viele spielen nach außen den glücklichen Ehemann und in Wirklichkeit gehen sie bei jeder Gelegenheit fremd oder halten sich, wenn sie das Geld dafür haben, nebenher eine feste Freundin. Für so eine Rolle würde ich mich nie hergeben. Wenn ich einen Freund hätte, dann würde ich ihn für mich allein und nicht zusammen mit einer anderen haben wollen; das würde mir nicht genügen, ich käme mir da irgendwie verschaukelt vor.«

»Die meisten, die so etwas tun, begnügen sich in der Regel auch nicht mit einem Mann«, meinte DC. Sie erwiderte: »Das finde ich dann noch schlimmer. Bei zwei oder drei Männern immer nur sozusagen auf Abruf warten zu müssen! Dann könnte ich gleich auf den Strich gehen. Das hätte wenigstens den Vorteil, daß ich es nur dann zu tun brauchte, wenn ich mich disponiert genug fühle.«

»Was bei dir ja nicht immer der Fall ist.«

»Du hast dich bis jetzt kaum beklagen können. Oder?«

»Nein«, sagte er.

»Höchstens ich mich über dich«, sagte sie. »Seit vorgestern abend war ja nicht mehr sehr viel mit dir anzufangen.« Er lächelte. »Du hast mir auch nicht den Eindruck gemacht.«

»Du hast es ja gar nicht erst versucht«, sagte sie. »Mir hätte das vielleicht sogar gut getan.«

»Wenn du ein bißchen ausgelüftet worden wärst?«

»Bei der Hitze hätte das gar nicht viel schaden können«, sagte sie. »Vielleicht hätte es mir neuen Lebensmut gegeben.«

»An dem hat es dir eigentlich keinen Augenblick lang gefehlt«, sagte er. »Du hast dir ja dauernd etwas Neues einfallen lassen.«

»O ja«, sagte sie. »Um Einfälle bin ich eigentlich nie verlegen.«

»Und jetzt geht es dir auch schon wieder sehr viel besser«, sagte er heiter.

Sie sagte: »Doch, ich fühle mich nach dem Kaffee und den Rühreiern relativ frisch, ich habe heute nacht nur etwas unruhig geschlafen. Du warst mir dauernd so nahe.«

»Das tut mir leid«, sagte er. »Ich hatte mir eingeredet, dich warmhalten zu müssen.«

»Dann hast du mir nur deshalb das Kleid hinaufgeschoben?« fragte sie neugierig. Er fragte verwundert: »Das hast du gemerkt?«

»Natürlich habe ich das gemerkt«, sagte sie. »Ich habe auch das andere gemerkt.«

»Dann bitte ich dich vielmals um Entschuldigung«, sagte er, ihre Hand küssend. »Ich glaubte dich tief im Schlaf.« Sie lächelte nur und lehnte den Kopf an seine Schulter. Kurze Zeit später kamen sie auf eine Hauptverkehrsstraße, Helga sagte: »Das ist die Paßstraße auf den Colle di Tenda, Dieter. Ich muß mal fragen, wo wir sind.« Sie wechselte auf Französisch ein paar Worte mit dem Chauffeur und sagte dann: »An Tende sind wir hier schon vorbei, wir kommen jetzt gleich nach Sankt Dalmas. In Breil biegen wir von der Hauptstraße ab und fahren nach Sospel, sonst würden wir nach Bordighera kommen, also wieder über die italienische Grenze müssen, aber da wollen wir ja nicht mehr hin.«

»Nein«, sagte DC und küßte sie. Später, als sie auf den Cole de Brouis fuhren, schlief sie mit dem Kopf an seiner Schulter ein und wachte erst kurz vor Sospel wieder auf. Mit seinen farbigen Häusern lag es wie ein Haufen bunter Steine in einem grünen Talkessel. An einem Flußufer standen alte Platanen und kleine Restaurationstische. Helga sagte: »Hier bin ich auch einmal mit Stefano durchgefahren; auf der Rückfahrt von Nizza. Jetzt müssen wir noch über den Col de Braus, und dann geht es immer bergab.«

»Und das hast du diesmal alles zu Fuß machen wollen?« fragte DC. Sie zog das Kleid von den braungebrannten Schenkeln und sagte: »Du hast in Vernante ja auch angehalten, als du sie gesehen hast.«

»Ich sah nur dein Gesicht«, sagte er. Sie drückte seine Hand.

Es war schon Mittag, als sie nach Nizza kamen. Helga fragte: »Wo steht das Hotel?«

»An einer Grünanlage mit hübschen Palmen«, sagte DC und fragte den Fahrer, ob er auch mit deutschem Geld bezahlen könne; es ging, aber er verlangte dann zweihundertfünfzig Mark. Helga sagte: »Das ist doch nicht der offizielle Wechselkurs.«

»Er hat eben seinen eigenen«, sagte DC. »Ich würde ihm auch das Doppelte bezahlen.«

Das Hotel und seine Lage am Jardin Albert I. gefielen Helga, sie schürzte beeindruckt die Lippen und fragte: »Mit wem hast du hier gewohnt? Mit Marianne?« Sie kletterte, ohne seine Antwort abzuwarten, aus dem Wagen. Aus dem Hotel kam ein Page und fragte nach ihrem Gepäck. DC drückte ihm Helgas Tasche in die Hand und sagte: »Aufmerksam waren sie schon damals.« Er bezahlte den Chauffeur und sagte zu dem Pagen auf Deutsch: »Mehr haben wir nicht.« Helga kicherte über dessen erstauntes Gesicht. DC fragte sie: »Sprichst du gut französisch? Mich versteht er anscheinend nicht.« Sie erklärte dem Pagen, daß ihnen bei einem Unfall Wagen und Gepäck abhanden gekommen seien. Er sagte mitfühlend: »O grand malheur, Madame.« Sie sagte zu DC: »Ein hübscher Junge.«

»Wenn er dir gefällt, kaufe ich ihn dir«, sagte DC. Ein livrierter Portier öffnete ihnen die Tür und betrachtete zuerst Helga und dann den zerknitterten Anzug von DC. Der Page war schon mit der Tasche vorausgelaufen und sprach an der Rezeption mit einem dunkelgekleideten grauhaarigen Herrn. Hinter der Theke standen noch zwei jüngere, ebenfalls in Dunkel gekleidete Hotelangestellte. In Plüschsesseln saßen Gäste in festlicher oder sommerlicher Garderobe. Der grauhaarige Herr äußerte DC gegenüber ein paar Worte des Bedauerns über ihr grand malheur und musterte sie aufmerksam, Helga etwas länger als DC. Eine Suite hatte er nicht frei, nur ein Doppelzimmer zur Straße. DC gab ihm Kreditkarte und Reisepaß. Der Grauhaarige blätterte in dem Paß und ging mit ihm und der Kreditkarte, während DC die Anmeldung ausfüllte, in einen Raum hinter der Rezeption. Helga sagte: »Du bist unverantwortlich. Nach einer teuren Suite zu fragen! Er traut dir in deinem Aufzug sowieso nicht, oder warum hat er deinen Reisepaß mitgenommen?«

»Wenn wir mit dem Ferrari vorgefahren wären, hätte er vielleicht auch eine Suite gehabt«, sagte DC. »Außerdem überprüfen sie in großen Hotels grundsätzlich Kreditkarten, und bei den vielen Schulden, die ich schon habe, spielte es keine Rolle mehr, ob wir in einem Doppelzimmer oder in einer Suite wohnten. Wann bist du geboren?« Sie sagte es ihm und blickte ihm dabei über die Schulter. »Du hast eine schöne Handschrift, Dieter. Meine kannst du kaum lesen.«

»Dafür hast du sehr schöne Hände«, sagte DC. Der Grauhaarige kehrte zurück und gab ihm einen Brief. »Er liegt schon einige Tage bei uns, Herr Christiansen«, sagte er. Helga sagte nichts dazu. Erst im Fahrstuhl fragte sie: »Von Marianne?« Er öffnete ihn und gab ihr ihren deutschen Personalausweis; sie betrachtete ihn ungläubig. »Wie kommst du dazu?« Er erklärte es ihr, und sagte dann: »Ich wußte nicht, daß du deine Meinung ändern würdest. Bist du mir böse?«

»Es war irgendwie nicht richtig von dir«, sagte sie blaß. »Du hättest das vorher mit mir besprechen sollen.«

»Ich kannte dich noch nicht so gut wie jetzt«, sagte er. »Ich wollte dir auch gegen deinen Willen helfen. Was muß ich tun, damit du mir verzeihst?« Sie schwieg. Im Zimmer trat sie ans Fenster und blickte auf die Grünanlage hinab. Er kam zu ihr und berührte ihre Schulter. »Vielleicht kenne ich dich auch jetzt noch nicht«, sagte er. »Seit wir nach La Brique gekommen sind, bist du verändert, Helga. Was ist inzwischen geschehen?«

»Nichts«, sagte sie. »Wir sind in Nizza. Ich weiß nicht, was du dir da einredest.« Sie wandte sich ihm zu. »Es wäre mir lieber gewesen, Fred wäre nicht zu meinem Vater gegangen, Dieter. Ich weiß, wie er anderen Leuten gegenüber von mir redet. Fred hat sicher keinen guten Eindruck von mir gewonnen.«

»Kommt es darauf an?«

»Er scheint in deinem Leben eine größere Rolle zu spielen, als ich bisher angenommen habe. Vielleicht läßt du dich von ihm . . .« Sie verstummte. Er sagte: »Sprich weiter.«

»Nein«, sagte sie. »Es ist ohnedies etwas, worüber wir nicht mehr zu sprechen brauchen. Das wäre nur für einen bestimmten Fall gewesen.«

»Für welchen?« fragte er. Sie sagte: »Ich habe jetzt wieder Hunger, Dieter, aber vorher muß ich heiß baden. Willst du dir nicht den Anzug bügeln lassen? In so einem großen Hotel bekommt man das doch sicher gemacht.«

»Das ist eine gute Idee«, sagte er und griff zum Telefonhörer. Sie sagte: »Laß mich das tun; du hast keinen Morgenmantel; vielleicht schicken sie das Zimmermädchen. Ich möchte ihr noch zwei Kleider von mir mitgeben. Du kannst schon das Bad einlaufen lassen.«

Während er im Bad auf sie wartete, dachte er wieder an Marianne. Helga hatte recht: Das Problem würde sich in acht oder vierzehn Tagen nicht anders stellen als heute, im Gegenteil, es würde mit jedem Tag, da dieser Zustand dauerte, nur noch größer werden. Er hörte sie draußen reden, kurz darauf kam sie zu ihm und sagte: »Es dauert nur eine halbe Stunde, ich habe ihr gesagt, daß wir . . .« Sie verstummte und blickte ihn aufmerksam an. Er fragte: »Was erwartest du, was ich tun soll?« Sie antwortete nicht sofort, dann sagte sie nur: »Kann ich jetzt baden?« Er ging an ihr vorbei ins Zimmer und öffnete das Fenster. Zwischen den Palmen der Grünanlage sah er das Meer in samtener Bläue. Er blickte eine Weile geistesabwesend hinaus, dann fiel ihm ein, daß er kaum bekleidet war. Er legte sich aufs Bett, verschränkte die Hände im Nacken und betrachtete die vergilbten Stuckornamente der Zimmerdecke. Es war alles ganz anders, als er es sich vorgestellt hatte. Ein paarmal fühlte er sich versucht, nach Helga zu schauen, aber er ertappte sich dabei, daß er darauf wartete, daß sie ihn riefe, und da sie es nicht tat, blieb er auf dem Bett liegen, bis sie aus dem Bad zurückkam; ihr Kleid hatte sie schon angezogen. Sie setzte sich zu ihm und blickte stumm auf ihn nieder. Als er sie küssen wollte, sagte sie: »Ich muß ständig an Antonio denken. Warum bist du nicht zu mir ins Bad gekommen?«

»Ich wußte nicht, ob du es willst.«

»In Limone wußtest du es auch nicht und bist trotzdem gekommen. Du hättest mir den Rücken abwaschen dürfen.«

»Ich habe an nichts anderes gedacht«, sagte er. Sie ging zum Tisch und griff nach ihrem Personalausweis. Sie betrachtete das Foto. »Damals war ich im Gesicht noch nicht so mager wie heute«, sagte sie. »Willst du es sehen?« Sie zeigte es ihm. Er sagte: »Du warst damals schon hübsch. Heute gefällst du mir aber noch besser.«

»Mir stehen lange Haare nicht«, sagte sie. »Deshalb habe ich sie mir auch abschneiden lassen. Was ist eigentlich mit uns los, Dieter? Oder findest du das in Ordnung?«

»Ich weiß nicht, wovon du redest«, sagte er. »Was findest du nicht in Ordnung?«

»Daß wir uns verhalten, als wären wir schon seit zehn Jahren verheiratet«, sagte sie. »Es ist merkwürdig, ich habe mich während dieser ganzen Tage so wahnsinnig auf Nizza gefreut, aber als wir heute morgen aufgewacht sind, da fühlte ich, daß es nicht das werden wird, was ich mir davon erhofft habe. Erging es dir auch so?« Er zog sie neben sich auf das Bett, und diesmal duldete sie, daß er sie küßte. Sie erwiderte seine Küsse und sagte: »Vielleicht sind wir nur übermüdet.«

»Sicher«, sagte er. »Für mich hat sich nichts geändert, Helga. Ich habe mich darauf gefreut, mit dir hierher zu kommen, und jetzt freue ich mich, daß wir hier sind.«

»Und wie lange wirst du dich freuen?« fragte sie. »Seit du hier bist, denkst du doch nur noch an sie.«

»Das redest du dir ein«, sagte er. Sie schüttelte den Kopf. »Nein, Dieter, das rede ich mir nicht ein, und du weißt das noch besser als ich. Ich habe sie bisher nicht zwischen uns gefühlt; jetzt fühle ich sie. Es ist genauso, als ob sie bei uns im Zimmer wäre und uns zuhörte. Ich habe eine Bitte an dich, Dieter.« Er blickte sie fragend an. Sie machte sich von ihm los und sagte: »Es wird sicher dumm klingen, aber ich möchte von dir unabhängiger sein. Ich möchte, wenn wir beide das so wollen, jederzeit zur Tür hinausgehen und in einen Zug steigen können, ohne daß ich dich vorher noch um das Geld dafür bitten müßte. Meinen Vater will ich jetzt, nachdem Fred bei ihm war, nicht mehr anrufen.«

»Du bist verrückt«, sagte er. Sie fragte: »Du willst es mir nicht geben?« Er ging seine Brieftasche holen und legte drei Hundertmarkscheine auf den Tisch. »Genügt das?«

»Du verstehst mich nicht?«

»Vielleicht kommt es darauf nicht an.«

»Doch«, sagte sie. »Ich möchte, daß du es verstehst. Ohne das Geld für die Heimfahrt würde ich vielleicht länger bei dir bleiben, als es für uns beide gut ist. Ich will nicht daran glauben, aber jetzt fällt es mir noch leicht, dich darum zu bitten.«

»Woran willst du nicht glauben?« fragte er. Sie öffnete ihre Reisetasche, nahm eine kleine Handtasche heraus und steckte das Geld und den Personalausweis hinein. Sie legte die Handtasche auf ihren Nachttisch und setzte sich dann wieder zu DC auf das Bett. »Daß zwischen uns etwas geschehen könnte, das es mir unmöglich machen würde, dich noch darum zu bitten«, sagte sie. »Jetzt brauche ich dich nicht mehr darum zu bitten, und eines Tages werde ich dir alles zurückzahlen, Dieter. Und nun fühle ich mich auch viel wohler, und sag mir bitte nicht, daß ich spinne.«

»Manchmal fällt es mir schwer«, sagte er irritiert. Sie küßte ihn lächelnd. »Geh baden, ich habe Hunger. Dein Anzug wird sicher gleich zurückgebracht. Über alles andere unterhalten wir uns später. Ja?«

Als er aus dem Bad kam, saß sie auf dem Bett und lackierte ihre Fußnägel. Sein Anzug und das frische Oberhemd aus Helgas Reisetasche hingen über einem Kleiderbügel. Er sagte: »Das war sehr aufmerksam von dir.«

»Oh, das bin ich immer«, sagte sie. »Wenn wir verheiratet wären, hätte ich dir auch den Slip gewaschen.«

»Das habe ich eben getan«, sagte er. Sie sagte: »Deshalb! Ich dachte schon, du wolltest mich animieren.«

»Könnte ich das?« fragte er. Sie stellte das Fläschchen mit dem Nagellack auf den Boden und sagte: »Wenn du etwas näher kommst.« Sie befühlte und betrachtete ihn und sagte: »Scheint alles wieder in Ordnung zu sein. Wenn wir gegessen haben, reibe ich dich noch einmal mit der Salbe ein.« Er sah keinen Grund mehr dafür und sagte: »Wozu? Du sagtest doch selber, daß alles wieder in Ordnung ist.«

»Das muß sich erst noch erweisen«, sagte sie und beschäftigte sich wieder mit ihren Fußnägeln. Ihr Stimmungsumschwung überraschte ihn, er äußerte sich jedoch vorsichtshalber nicht dazu, und als er die Hose anzog, sagte sie: »Wenn das der gepflegte Geschäftsführer wüßte.«

»Vielleicht trägt er auch keinen Slip«, sagte DC. Sie kicherte. Er griff ihr hingerissen unter das Kleid, und sie hörte ein paar Augenblicke lang mit ihrer Beschäftigung auf und fragte: »Was willst du nun? Essen oder das?« Er fragte: »Was willst *du*?«

»Beides«, sagte sie. »Aber zuerst essen.«

»Dann wollen wir keine Zeit mehr verlieren«, sagte er und zog auch sein Hemd an; auf die Krawatte konnte er bei dem heißen Wetter verzichten. Er ging noch einmal ins Bad, und als er zurückkam, war auch Helga fertig. Er öffnete ihr die Tür und sagte: »Nach Ihnen.«

»Merci, Monsieur«, sagte sie und wedelte, während sie auf den Flur traten, mit dem Gesäß, hörte jedoch, als ihnen Gäste entgegenkamen, damit auf. An der Rezeption bekam DC von dem grauhaarigen Herren Reisepaß und Kreditkarte zurück. Er wünschte ihnen beaucoup de plaisir. Zum Strand hatten sie nur wenige Schritte zu gehen, sie überquerten an einer Ampel die vierspurige Promenade des Anglais und reihten sich in eine müde Prozession sonnenverbrannter Müßiggänger ein, die sich an zahlreichen Liegestühlen vorbeibewegte, in denen andere Müßiggänger ihren Müßiggang beobachteten. Auch am Strand herrschte reger Müßiggang, Helga betrachtete Bikinis, und DC das, was sie nicht verhüllten. Sie folgten der Prozession bis zum Quai des Etats Unis und setzten sich dort auf die Terrasse eines kleinen Restaurants mit dienstfertigen, weißbefrackten Kellnern. Helga sagte, während sie aufmerksame Blicke von den Nachbartischen registrierte: »Eigentlich sind wir doch ein ganz hübsches Pärchen.«

»Davon rede ich nun seit bald einer Woche schon«, sagte DC und griff nach der Speisekarte. Sie einigten sich auf ein Menü mit sechs Gängen, und nach der zweiten Vorspeise sagte Helga: »Wir hätten auch escargots bestellen können.«

»Es kommt mir nicht darauf an«, sagte DC. »Sie sind am Diner's Club angeschlossen.« Sie fragte: »Und das kostet dich nichts?«

»Nein«, sagte er. »Das bezahlen alles die Amerikaner.« Er betrachtete das Meer, roch seine salzige Frische und die Pommes frites aus der Restaurationsküche und fragte: »Willst du meine Entscheidung schon heute haben?«

»Wovon redest du?« fragte sie. Dann wurde es ihr unvermittelt klar, sie sagte: »Darüber wollen wir gar nicht erst reden, Dieter. Es wäre unfair, verstehst du?«

»Nein«, sagte er. Sie fragte: »Wie lange lebst du schon mit ihr zusammen?« Er blickte sie an. Sie sagte: »Wenn du erst wieder in Köln bist, wirst du anders darüber denken. In einer solchen Umgebung wie hier würde ich nie eine wichtige Entscheidung treffen, auch nicht, wenn ich ein Mann wäre.«

»Ich finde sie hübsch«, sagte DC und betrachtete wieder das Meer, das sich wie ein dunkelblaues Segel in den leeren Horizont schob. Sie sagte: »Du brauchst nur ein paar Meter vom Strand wegzugehen, dann ist es eine Stadt wie jede andere.« Er fragte: »Und du denkst, daß ich dich genauso sehen könnte?«

»Sobald du einmal hinter meine Fassade geschaut hast«, versicherte sie. »Ich bin nicht mehr verrückt genug, mich noch einmal auf so etwas einzulassen. Hinter meiner Fassade bin ich launisch, unzuverlässig und ekelhaft. Ich kann mich oft selber nicht ausstehen. In einem halben Jahr hättest du mich so satt, daß du mich nicht mehr ertragen könntest. Wenn ich mit dem Gefühl leben müßte, ständig mit einer anderen verglichen zu werden, die ich von ihrem Platz verdrängt habe, würde ich daran kaputtgehen. Meine Mutter ist auch fast daran kaputtgegangen, nur wieder auf eine andere Art, die mußte es sich über zwanzig Jahre lang gefallen lassen, mit ihrer Schwiegermutter verglichen zu werden. Hör auf deinen konservativen Papa und bleib, was du bist. Zusammen mit mir führt kein Weg ins Paradies.«

»Du tust dir wohl selber leid«, sagte er. Sie reagierte unvermittelt gereizt: »Ich scheiß dir eins, Dieter. Ob ich mir leid tue oder nicht, ist meine Privatsache. Wenn ich einmal einem Mann begegne, bei dem ich das Gefühl habe, der könnte es sein, dann ist er entweder verheiratet oder sonstwie liiert, aber deswegen tue ich mir noch lange nicht leid. Mit dir würde ich schon deshalb nicht zusammengehen, weil ich dir viel zu verpflichtet bin; ich würde vielleicht noch aus Dankbarkeit bei dir bleiben, wenn ich längst nichts mehr für dich empfinden könnte. Stefano war ich nicht verpflichtet, und das bißchen, wozu ich ihm verpflichtet war, habe ich ein Jahr lang im Bett abgearbeitet. Jetzt bin ich quitt mit ihm. Seine Mamma wird ihn schon trösten, oder er wird sich eben einen Porsche kaufen und mit dem schlafen. Wenn das mit Antonio nicht passiert wäre, würde ich keinen Augenblick lang mehr an ihn denken. Wenn ich nur wüßte, ob er noch lebt. Es macht mich so wahnsinnig fertig, dauernd an ihn denken zu müssen, ich habe heute nacht sogar von ihm geträumt. Ich glaube, das wird mich mein Leben lang verfolgen.« Sie griff nach ihrem Glas, trank es halb leer und erwiderte den begehrlichen Blick einer elegant gekleideten Dame mittleren Alters, die sie von einem Nebentisch aus unverwandt anschaute. Sie erwiderte ihren Blick so lange, bis sie die Augen niederschlug und etwas errötete. Dann sagte sie: »Scheißweiber!«

»Von wem sprichst du?« fragte DC verständnislos. Sie antwortete: »Von mir selbst; ich gehöre auch zu ihnen. Ich bin blöde, sentimental und was Frauen sonst noch alles sein können. Ich habe all die blöden Eigenschaften von hundert Frauen gleichzeitig.« Sie sah in sein Gesicht. »Natürlich bist du mir nicht gleichgültig, Dieter, ich habe mich in dich verknallt, aber das hat nichts zu bedeuten, ich habe mich auch in Stefano und in meinen ersten Mann verknallt. Darauf brauchst du dir nichts einzubilden. Ich kann mich sogar in eine Frau verknallen, wenn sie mir gefällt.« Er grinste. »Okay.«

»Sag nicht okay«, sagte sie. »Das hat mein erster Mann immer gesagt. Er hat sich eingeredet, das verleihe ihm etwas Weltläufiges, aber der war nur in einer Beziehung läufig.« Sie kicherte. DC blickte hingerissen in ihr hübsches Gesicht. Sie sagte: »Genau wie du auch.«

»Darüber reden wir noch im Hotel«, sagte er.

»Du kannst auch schon im nächsten Klo mit mir reden«, sagte sie. »Ich stehe dir überall und in jeder Position zur Verfügung.« Er warf einen besorgten Blick in die Runde und sagte: »Das war etwas laut.«

»Ich kann noch viel lauter sein«, sagte sie. »Und diese blasierten Promenadefiguren kümmern mich schon gar nicht. Die machen hier auf High Society, und in ihrem Hotelzimmer bumsen sie, was das Zeug hält.« Sie beugte sich kichernd zu ihm hinüber. »Bin ich nicht auch eine Lady, mein Süßer?« Er mußte grinsen. »Du bist das letzte Stück, und falls du mich hier in Verlegenheit zu bringen versuchst: Das schaffst du nicht.«

»Darauf wollen wir es lieber nicht ankommen lassen«, sagte sie. »Im Gegensatz zu dir habe ich nicht einmal mehr einen guten Ruf zu verlieren. Was willst du denn im Hotelzimmer tun?«

»Du kommst immer wieder vom Thema ab«, sagte er. Sie fragte: »Von welchem? Wir haben über eine Unmenge Themen gesprochen.«

»Vor allem du«, sagte er. »Gibt es eigentlich auch Augenblicke, wo du nichts redest?«

»Weißt du das noch nicht?« fragte sie lächelnd.

Sie wurde erst nach dem fünften Gang ruhiger, und nach dem Dessert sagte sie: »Jetzt hab ich mich glatt überfressen, Dieter. Ich weiß, so etwas zu sagen ist nicht ladylike, aber die Lady stellen wir im Hotel ohnehin in den Kleiderschrank. Ich habe heute noch einiges mit dir vor, was einer echten Lady schlecht zu Gesicht stünde.«

»Das klingt ziemlich doppeldeutig«, sagte er. Sie sagte: »Sollte es auch. Jetzt bin ich neugierig, ob das mit deiner Kreditkarte klappt.« Es klappte dann tatsächlich, sie sagte verwundert: »Mein Vater bezahlte immer bar, und Stefano hat es nie zu einer Kreditkarte gebracht. Ist da auch das Trinkgeld inbegriffen?«

»Nein«, sagte DC und legte fünf Francs auf den Teller. Sie sagte:

»Dafür müßte man auch noch eine Kreditkarte erfinden.« Auf dem Weg zum Hotel hakte sie sich bei ihm unter. Er sagte: »Du humpelst noch ein wenig.«

»Natürlich humple ich noch ein wenig«, sagte sie. »Ich habe jetzt drei Tage lang gehumpelt; so schnell gewöhne ich mir das auch nicht mehr ab.« Sie blickte ihn von der Seite an. »Einigen wir uns auf acht Tage, Dieter. Ich finde, das ist lange genug, um sich überzukriegen, und bis dahin wirst du von mir die Nase gestrichen voll haben. Wir geben uns dann noch ein Küßchen, und du gehst dahin, wohin du gehörst.«

»Und wohin gehörst du?« fragte er. Sie sagte: »Das werde ich mir auf der Heimfahrt noch überlegen. Zu meinem Papi jedenfalls nicht; da wäre ich nur im Weg.« Sie lachte. Er fragte: »Worüber lachst du?«

»Über meine Stiefmutter«, sagte sie. »Es könnte mich fast interessieren, wie er nach eineinhalb Jahren Ehe mit ihr zurechtkommt. Die hat schon damals gewußt, wie man einen alten Ofen anheizt.« Sie blieb stehen und betrachtete einige weiße Segelboote auf dem Meer; ihr Gesicht wirkte plötzlich melancholisch. Er sagte: »Warum nicht vierzehn Tage? Vielleicht sehe ich bis dahin klarer.«

»Ob du Marianne den Laufpaß geben willst?« fragte sie. »Was willst du ihr sagen? Daß ich besser sei?«

»In diesem Ton können wir uns nicht darüber unterhalten«, sagte er. Sie fragte rasch: »In welchem sonst? Außerdem war mir bisher nicht bekannt, daß du dich über dieses Thema mit mir unterhalten willst. Oder hatte ich mich nicht verständlich genug ausgedrückt?«

»Du drückst dich immer sehr verständlich aus«, sagte er. »Aber du hattest, als wir uns kennenlernten, deine Entscheidung schon getroffen. Wie lange hast du dir damit Zeit gelassen? Drei Monate oder sechs?« Sie zog die Hand unter seinem Arm hervor und ging weiter. Er folgte ihr und fragte: »Was findest du daran anstößig? Du hast mir ein paarmal erklärt, daß du auch mir eines Tages davonlaufen würdest.«

»Und ein Risiko würdest du nicht eingehen?« fragte sie. Er schwieg. Sie schob wieder die Hand unter seinen Arm und sagte: »Wir zerreden es doch nur, Dieter. Es ist für mich genauso schwierig wie für dich. Was erwartest du eigentlich von mir? Daß ich dich darum bitte, dich von ihr zu trennen? Das ist doch absurd.«

»Ich möchte wissen, wo ich dich in Deutschland erreichen kann«, sagte er. »Es ist mir unerträglich, mir vorzustellen, daß ich dann nicht einmal deine Adresse habe.«

»Wozu brauchst du sie?« fragte sie. Er biß sich auf die Lippen. Sie sagte: »Du redest doch immer nur von halben Dingen, Dieter. Daß du Zeit benötigst oder Gott weiß was sonst.«

»Vielleicht liegt das auch an dir«, sagte er. »Du hast mich bisher nie ernsthaft dazu ermuntert, dir etwas anderes zu sagen.«

»Und wenn ich es täte? Würde das an deinen Problemen etwas ändern?«

Er gab keine Antwort. Da sie das Hotel erreicht hatten, ließ sie seinen Arm los und betrat vor ihm das Vestibül. Er wußte, daß es falsch war, darüber zu sprechen, aber er konnte an nichts anderes mehr denken. Im Zimmer verschwand sie sofort im Bad; er hörte sie die Tür verriegeln. Ein paar Augenblicke lang blieb er unschlüssig in der kleinen Diele stehen, dann setzte er sich in einen Sessel und dachte nach. Als sie aus dem Bad kam, sagte sie: »Dein Slip ist fast trocken. Was machst du für ein Gesicht?« Er sagte etwas atemlos: »Ich möchte dich, falls du damit einverstanden bist, heiraten.«

»Danach habe ich dich nicht gefragt.« Sie setzte sich auf seinen Schoß. Es fiel ihm auf, daß sie blaß aussah, er streichelte mit dem Handrücken ihre Wange. »Wir werden noch einmal nach Nizza kommen, und dann wird alles ganz anders sein.«

»Das ist nicht unser Problem«, sagte sie. »Unser Problem ist, daß du sie liebst und jetzt nicht mehr weißt, was du tun sollst. Für mich stellt sich dieses Problem nicht, und ich war auch noch nie in der Lage, einer anderen den Mann ausspannen zu müssen. In eine solche Situation möchte ich auch gar nicht kommen, sie würde mich dauernd daran erinnern, daß es mir einmal genauso ergehen könnte. Lieber würde ich freiwillig auf einen Mann verzichten. Ich bin schon zu oft reingefallen.« Sie küßte ihn. »Laß uns miteinander schlafen, Dieter. Zum Schlafen braucht man keine blöden Worte. Oder bist du jetzt nicht mehr disponiert?«

»Du hast mich ziemlich demoralisiert«, sagte er.

»Dagegen kann man ja etwas tun.« Sie stand auf, zog das Kleid aus und ging zum Bett. Als er sich zu ihr legte, sagte sie lächelnd: »So arg indisponiert sieht das gar nicht aus.« Dann war jedoch sie es, die indisponiert war, und als er es merkte, ließ er sich neben sie fallen und murmelte: »Bitte verzeih mir; ich war zu ungeduldig.«

»Ich auch«, sagte sie. »Ich habe es mir diesmal vielleicht zu sehr gewünscht. Du hättest deshalb aber nicht runterzugehen brauchen, Dieter. Ich wäre schon noch gekommen.« Er küßte sie und sagte: »Ganz bestimmt, du hattest einen ganz hingerissenen Ausdruck in deinen schönen Augen. Ich bin mit deinem Mechanismus noch nicht so vertraut, wie ich mir das wünsche.«

»Es hat mehr mit der Seele zu tun«, sagte sie. »Wir werden heute über diese Dinge nicht mehr reden, Dieter. Ja?« Er nickte. Sie sagte: »Mir tun all die Frauen leid, die in einer solchen Situation sind. Ich habe schon einmal mit einem, als ich erfuhr, daß er verheiratet war, Schluß gemacht. Das war, bevor ich Stefano kennenlernte. Das war auch der einzige Mann, den ich seelisch nie ganz verkraftet habe. Vielleicht habe ich es Stefano deshalb so leicht gemacht; ich wollte ihn vergessen. Ich weiß, daß das blöd ist, andere Frauen fragen auch nicht danach, ob einer schon gebunden ist oder nicht. Ich glaube, bei Frauen ist das so eine Art von Selbsterhaltungstrieb; sie können in dieser Beziehung viel skrupelloser sein als Männer. Ich bin es auch, nur eben wieder auf eine andere Weise, indem es mir nichts ausmacht, einen Mann, der mir nichts mehr bedeutet, einfach fallenzulassen. Auf Frauen habe ich eigentlich immer viel mehr Rücksicht genommen als auf Männer. Warum, weiß ich selbst nicht. Gibst du mir eine Zigarette?« Er holte die Packung vom Tisch und gab ihr Feuer. Sie hustete und sagte: »Die schmecken mir nicht, Dieter. Hatten sie in La Brique keine anderen?«

»Leider nicht«, sagte er und zog seine Hose an. »Wohin gehst du?« fragte sie. Er sagte: »An die Rezeption; dort haben sie sicher auch eine deutsche Marke.«

»Das brauchst du nicht zu tun«, sagte sie. Er küßte sie lächelnd. »Im Augenblick versäumen wir ja nicht viel, meine Maus. Ich bin in drei Minuten zurück.«

»Das ist sehr lieb von dir«, sagte sie. Er fuhr mit dem Fahrstuhl hinunter und ließ sich zwei Päckchen Zigaretten geben. Er bezahlte sie, und als er sich umdrehte, stand Marianne vor ihm. Sie sagte: »Guten Tag, Dieter.« Ihr Anblick traf ihn wie ein Stein ins Gesicht und ließ ihn sekundenlang völlig erstarren. Dann ging er schwerfällig zu einem der im Vestibül stehenden kleinen Rauchtische, setzte sich in einen Sessel und riß die Zigarettenpackung auf. Er hatte das Gefühl, sich übergeben zu müssen. Marianne setzte sich ihm gegenüber und sagte: »Ich habe eben erst erfahren, daß du hier bist. Ich ahnte ja nicht, daß du sie als deine Frau ausgibst, ich hätte dir diese Begegnung sonst erspart.«

»Woher wußtest du, daß ich hier sein werde?« fragte er, als er wieder reden konnte. Sie antwortete: »Fred hat mir von deinem Anruf und von dieser Frau erzählt. Wir haben uns beide Sorgen um dich gemacht, weil du gestern noch immer nicht im Hotel eingetroffen warst. Ich habe mich ins nächste Flugzeug gesetzt. Kann ich auch eine haben?« Er gab ihr stumm die Zigarettenpackung. »Auch Feuer?« fragte sie. Als ihre Zigarette brannte, lehnte sie sich im Sessel zurück, schlug die Beine übereinander und fragte ruhig: »Willst du, daß ich wieder nach Hause fliege?« Er gab keine Antwort, er war noch immer unfähig, einen Gedanken zu fassen. Sie sagte: »Ich finde es ziemlich geschmacklos, daß du ausgerechnet hier mit ihr abgestiegen bist, aber du bist dein eigener Herr und kannst tun und lassen, was du willst. Nur erwarte nicht von mir, daß ich dich auch noch zu ihr beglückwünsche. Wie lange willst du hier mit ihr wohnen bleiben?«

»Du weißt nicht, was inzwischen alles passiert ist«, sagte er. Sie sagte kühl: »Was ich weiß, das genügt mir, Dieter. Du kannst jetzt mit mir nach Hause fahren oder hierbleiben, aber wenn du hierbleibst, wirst du mich daheim nicht mehr antreffen. Diese Entscheidung liegt ganz bei dir. Ich bin auch nicht neugierig darauf, diese Frau kennenzulernen. Was ich von Fred über sie erfahren habe, genügt mir.« Er fragte mit rotem Kopf: »Was hast du erfahren?«

»Darüber möchte ich mich mit dir nicht unterhalten«, sagte sie unverändert kühl. »Hast du dich schon entschieden?« Er starrte sie stumm an. Sie drückte ihre Zigarette aus und stand auf. »Ich wohne in Zimmer 84«, sagte sie. »Ich werde dort auf dich warten.« Sie ging zur Rezeption; er beobachtete, wie sie mit einem der dunkelgekleideten jungen Männer sprach; anscheinend ließ sie ihre Rechnung fertig machen. Dann ging sie, ohne noch einmal nach ihm herzusehen, zum Aufzug. Es fiel ihm auf, daß ihr die meisten der im Vestibül anwesenden Gäste nachschauten. Er blieb noch ein paar Minuten lang unschlüssig sitzen, schließlich kehrte er zu Helga zurück. Sie hatte ihren Morgenrock angezogen und sagte: »Du warst aber . . .« Sie sprach nicht weiter, weil ihr sein Gesichtsausdruck auffiel. Er setzte sich neben sie auf das Bett und sagte: »Marianne ist hier. Fred hat ihr erzählt, wohin ich mir deinen Ausweis habe schicken lassen.« Sie blickte ihn, während sich ihr Gesicht langsam verfärbte, eine

Weile an, dann setzte sie sich aufrecht hin und fragte: »Was wirst du tun?«

»Ich weiß es noch nicht«, sagte er. »Ich muß noch einmal mit ihr reden.«

»Über mich?« fragte sie. Er erwiderte geistesabwesend ihren Blick, dann fragte er: »Bist du mir böse, wenn ich noch einmal zu ihr gehe?«

»Tu, was du tun mußt«, sagte sie, und ihr Gesicht war jetzt ganz weiß. Er fragte: »Verstehst du das nicht?«

»Ich verstehe dich sehr gut«, sagte sie. »Laß sie nicht länger warten.«

Marianne öffnete ihm sofort; er sah, daß sie inzwischen ein anderes Kleid angezogen hatte. »Hast du mit ihr gesprochen?« fragte sie. Er setzte sich an den Tisch und sagte: »Die Zeit war zu kurz. Ich habe ihr gesagt, daß du hier bist; mehr nicht.«

»Das genügt doch«, sagte sie. »Was willst du ihr sonst noch sagen? Daß du dich in Deutschland wieder mit ihr treffen willst?« Sie mußte, als er an ihre Tür geklopft hatte, beim Packen gewesen sein; ihr Koffer lag auf dem Bett. Er sagte: »Um dir alles zu erklären, brauchte ich ein paar Stunden. Es war nicht so, wie du denkst.«

»Ich denke, daß du schon mit ihr im Bett warst«, sagte sie. »Was soll ich sonst denken?« Sie fuhr fort, ihren Koffer zu packen. Er ging zu ihr, griff nach ihrem Arm und zwang sie, ihn anzuschauen. »Ich habe ihr geholfen, weil sie aus Deutschland kommt, Marianne. Das andere ergab sich, ohne daß ich es wollte. Ist dir das nicht auch schon passiert?« Sie blickte ihn prüfend an, schließlich sagte sie: »Es geht mir gar nicht darum, ob du mit ihr im Bett warst, Dieter. Ich möchte nur wissen, woran ich mit dir bin. Hast du den Wagen in der Garage stehen? Vor dem Hotel sah ich ihn nicht.« Er antwortete: »Wir mußten ihn in Italien zurücklassen. Wir sind zu Fuß über die Grenze gegangen. Sie hatte keine Papiere; ihr Mann hat sie ihr weggenommen.«

»Sicher nicht ohne Grund«, sagte sie und ging zum Tisch. Sie zündete sich eine Zigarette an und wandte ihm wieder das Gesicht zu. »Sie ist ihm davongelaufen?«

»Das soll ja mitunter vorkommen.«

»Sicher«, sagte sie. »Besonders wenn man einen italienischen Gastarbeiter heiratet. Oder ist ihr das erst in Italien aufgefallen?« Er sagte gereizt: »Du hast keinen Grund, so von ihr zu reden.«

»Weil ich eine uneheliche Tochter habe? Wenn sie dir schon so wichtig ist, daß du mir meine Vergangenheit . . .« Er fiel ihr schroff ins Wort: »Ich habe nicht von deiner Vergangenheit gesprochen, Marianne. Ich wollte dich lediglich darum bitten, nicht in diesem Ton von ihr zu reden.«

»Du wirst es mir nicht verwehren können, mir mein eigenes Urteil über sie zu bilden«, sagte sie beherrscht. »Was du an ihr findest, das hat doch bestimmt nichts mit ihrem Charakter zu tun, aber vielleicht verschafft dir der Umgang mit solchen Frauen eine größere Befriedigung.«

»Ganz bestimmt«, sagte er, und er wußte vor Zorn kaum mehr, was er sagte. »Aber dafür, wofür du sie hältst, ist sie viel zu kompliziert. Sie kann einen Mann glücklicher machen als manche dieser hochanständigen Töchter aus gutem Hause, die sich heute schon progressiv vorkommen, wenn sie im Bett ein bißchen die Beine spreizen.« Sie verfärbte sich ein wenig, sagte jedoch gleichbleibend beherrscht: »Das kannst du sicher besser beurteilen als ich.« Es wurde ihm bewußt, daß er zu weit gegangen war. Er zwang sich zur Ruhe und sagte: »Ich kann sie jetzt nicht einfach auf die Straße schikken. Denke von ihr, was du willst. Du hast dir schon immer deine eigene Meinung gebildet. Vor allem über die Leute, mit denen ich beruflich verkehren muß.«

Sie sagte: »Falls du jetzt von deiner gepflegten Kundschaft sprichst . . .«

»Von der auch«, sagte er. »Du hast nie lernen müssen, von anderen Leuten abhängig zu sein. Du warst es auch von mir nicht.«

»Darüber bin ich jetzt sehr froh«, sagte sie. Er sagte: »Natürlich! Ich habe dir sogar drei Jahre lang Gelegenheit gegeben, darüber froh zu sein. Mir ist nur nie so recht klar geworden, worauf du dir so viel einbildest. Oder warum hältst du dich für besser als die anderen Frauen?«

Sie blickte ihn ein paar Sekunden lang schweigend an, dann drückte sie ihre Zigarette aus und sagte: »Wenn du bis morgen abend nicht zu Hause bist, werde ich dich verlassen, Dieter. Geh jetzt, bitte. Ich muß in einer halben Stunde zum Flughafen.« Er verließ wortlos das Zimmer und kehrte zu Helga zurück. Sie stand am offenen Fenster. Als sie ihn hereinkommen hörte, drehte sie sich nach ihm um, und sagte: »Du bist lange weggeblieben.« Er ließ sich in einen Sessel fallen und zündete sich, bevor er ihr antwortete, eine

Zigarette an. »Was erwartest du von mir? Daß ich eine solche Sache in fünf Minuten erledigen kann? Sie fliegt nach Hause; ich bringe sie nachher zum Flughafen.«

»Du hast dich von ihr getrennt?« fragte sie. Er schwieg. Sie setzte sich zu ihm an den Tisch. »Machen wir uns doch nichts vor, Dieter. Du bist nicht der Mann, der eine Frau, nur weil ihm eine andere über den Weg läuft, einfach wegschickt. Und ich bin wahrscheinlich nicht die Frau, die sie dir ersetzen könnte. Immer zusammenleben zu müssen, das ist etwas ganz anderes als das, was wir miteinander erlebt haben. Es würde nicht mehr dasselbe sein. Es war es schon heute nicht mehr. Das war eine ganz andere Welt, die läßt sich nicht auf Köln oder Essen übertragen. Ich habe mir ein Taxi bestellt; meine Tasche wurde bereits abgeholt.« Er öffnete protestierend den Mund, aber sie griff rasch nach seiner Hand und sagte: »Ich werde das, was du für mich getan hast, nie vergessen, Dieter. Wenn du zwei Minuten später gekommen wärst, hättest du mich schon nicht mehr angetroffen, aber das wollte ich nicht. Ich wollte nicht weggehen, ohne dir Lebewohl gesagt zu haben. Versuche nicht, mich davon abzubringen. Es würde alles nur noch schlimmer machen.« Sie beugte sich zu ihm hinüber, küßte ihn, und stand auf. Er sagte heiser: »Das kannst du nicht tun, Helga. Wir haben überhaupt noch nicht darüber gesprochen.«

»Wir haben schon viel zuviel gesprochen«, sagte sie. Er hatte ihr Gesicht noch nie so entschlossen gesehen. »Es hat uns keinen Schritt weitergebracht, und es würde uns auch diesmal nicht weiterbringen, Dieter. Es ist einfach zuviel gegen uns. Dafür können wir beide nichts, aber deshalb kann man es nicht ignorieren. Wir hätten uns eben schon viel früher begegnen sollen. Leider kann man sich das nicht heraussuchen, und vielleicht ist das ganz gut so; wir würden es sicher auch dann verkehrt anpacken, wir sind eben blöde, und am blödesten sind jene, die es nicht wissen.« Sie ging rasch zur Tür. Statt sie, was er tun wollte, daran zu hindern, beobachtete er reglos, wie sie die Tür öffnete, sich noch einmal nach ihm umdrehte, einen Augenblick zögerte und dann hinausging. Als er ihr dann schließlich doch noch nachlief, schloß sich gerade die Fahrstuhltür hinter ihr, er rannte die Treppe hinunter, aber es waren drei Stockwerke, und als er unten ankam, sah er sie in ein Taxi steigen. Sie schaute nicht mehr zu ihm her, und er machte auch keinen Versuch, sie doch noch zum Bleiben zu bewegen. Er beobachtete, wie das Taxi die Avenue

Verdun zur Promenade des Anglais fuhr und dort aus seinen Blicken verschwand. Jemand fragte ihn auf französisch, ob er ein Taxi haben wolle, er drehte sich um und sah, daß es der livrierte Portier war. Er schüttelte den Kopf und kehrte ins Hotel zurück. Über eine Viertelstunde lang blieb er untätig in seinem Zimmer sitzen, dann fiel ihm wieder Marianne ein. Er ging zu ihr, sie stand, den Koffer neben sich, reisefertig vor dem Spiegel und schminkte sich die Lippen. Sie erwiderte im Spiegel seinen Blick und fragte: »Was willst du noch?«

»Ich bringe dich zum Flughafen«, sagte er. Sie wandte sich nach ihm um. »Hast du ihr das gesagt?«

»Sie hat das Hotel schon verlassen«, sagte er. »Ich hoffe, du bist zufrieden.«

»Bist du es?« fragte sie.

»Hör auf damit«, sagte er. »Hast du das Taxi schon bestellt?«

»Es muß jeden Augenblick kommen.« Sie berührte mit der flachen Hand seine Wange und sagte: »Mir tut das leid, Dieter, aber was hätte ich anderes tun sollen? Ich habe außer dir und Ingeborg niemanden mehr, der mir wichtig genug wäre, mir einen von euch beiden ersetzen zu können. Ich komme, wenn solche Dinge passieren, darüber hinweg, auch über das, was du mir vorhin gesagt hast, aber ich möchte dabei die Gewißheit haben, daß sie uns nicht endgültig trennen. Ich kann dich für ein paar Stunden bei einer anderen Frau wissen, aber nicht für ein paar Tage oder Wochen. Soviel Selbstverleugnung, um damit fertig zu werden, besitze ich nicht. Warum fliegst du, wenn sie schon weggegangen ist, nicht einfach mit mir? Kannst du meinen Anblick jetzt nicht mehr ertragen?«

Er gab keine Antwort. Sie nahm die Hand von seiner Wange und verließ das Zimmer. Er folgte ihr sofort und sagte auf dem Flur: »Du hättest mir wenigstens einen Tag Zeit lassen sollen.«

»Ich lasse dir sogar bis morgen abend Zeit«, sagte sie. »Daran hat sich nichts geändert. Wenn du mich nicht mehr sehen willst, brauchst du nur hierzubleiben. Einfacher kann ich es dir nicht machen. Außerdem leuchtet mir nicht ein, was du mit einem weiteren Tag gewonnen hättest. Du warst mindestens drei Tage mit ihr zusammen. Ich weiß nicht, wo ihr euch während dieser Zeit überall herumgetrieben habt; ich möchte es auch nicht wissen. Bestimmt in einem anderen Hotel, weil du hier mit mir rechnen mußtest.«

»Natürlich!« sagte er. Sie blieb unvermittelt stehen. »Ich möchte nicht, daß du mit an die Rezeption kommst, Dieter. Ich bin ohne dich hier eingetroffen, und ich möchte auch ohne dich abreisen. Der Empfangschef hat dich sicher zusammen mit ihr gesehen; er würde sich, wenn er dich nun plötzlich mit mir sehen würde, sein Teil von mir denken. Laß mich jetzt allein; ich habe es genauso nötig wie du. Außerdem gibt es vorläufig nichts mehr zwischen uns zu besprechen. Wir haben uns alles gesagt, sogar ein bißchen mehr, als zu sagen war.« Sie ging rasch weiter. Er sah sie noch im Fahrstuhl verschwinden, dann kehrte er in sein Zimmer zurück und betrachtete das leere Bett. Helga mußte, bevor er zurückgekommen war, die Decke glattgezogen haben; es gab hier nichts mehr, was ihn noch an sie erinnert hätte. Er verließ das Zimmer und ging auf die Promenade des Anglais. Er betrachtete das Meer und die nahen Silhouetten des Esterel-Gebirges unter der schon tiefstehenden Sonne, die das Wasser honigfarben aufleuchten ließ. Er setzte sich auf eine leere Bank und fühlte den Schirokko im Gesicht und den salzigen Atem des Meeres. Später ließ sich eine ältere Dame mit breitrandigem Hut neben ihm nieder und sagte glücklich: »Qu'il fait beau, Monsieur.« Er blickte sie grinsend an.

12

Um Mariannes Freundschaft und ihr völliges Vertrauen zu gewinnen, hatte ich immerhin zwei Jahre gebraucht. Bei Helga B. gelang mir das bereits nach unserer zweiten Begegnung. Allerdings hatte ich in den vorausgegangenen Wochen, während DC vergeblich bemüht war, ihren Wohnsitz ausfindig zu machen, von ihm so viel über sie erfahren, daß sie mir, als sie mich ganz überraschend besuchte, längst keine Unbekannte mehr war. Auch hat sie mir mehr über sich erzählt als die meisten Frauen, mit denen ich beruflich oder privat zu tun hatte. Ihre tieferen Beweggründe dafür wurden mir erst später klar, obwohl ich schon bei ihrem ersten Besuch gemerkt hatte, daß sie in ihrer schwierigen Situation einen Menschen suchte, dem sie sich rückhaltlos anvertrauen konnte. Ich bin für sie, wie für Marianne auch, so etwas wie ein Beichtvater geworden. Daß dies alles hinter dem Rücken von DC geschehen mußte, brachte mich ihm gegenüber oft in peinliche Situationen.

Bei meinen verschiedenen Gesprächen mit Helga und ihrem Vater gewann ich auch einen umfassenden Einblick in ihre Familienverhältnisse. Sie sind, zum besseren Verständnis ihrer Verhaltensweisen in den vergangenen fünf bis sieben Jahren, unerläßlich. Die Eltern von A. Borchert kamen aus gutbürgerlichen Verhältnissen; sein Vater, F. Borchert, war Inhaber einer großen Brennstoffhandlung in Essen. Der ältere Bruder von F. Borchert hatte Theologie studiert und war später Pfarrverweser einer katholischen Gemeinde in Essen. Man darf davon ausgehen, daß auch die übrigen Familienangehörigen konfessionell stark gebunden waren und ihre moralischen Maßstäbe aus dem religiösen Glauben bezogen. Das mag auch der Grund dafür gewesen sein, daß sie das Nazi-Regime von der ersten

Stunde an schroff ablehnten. Diese mutige Einstellung führte schon kurz vor Kriegsausbruch zu existenzbedrohenden Problemen, weil die Firma bei der Brennstoffzuteilung von den dafür zuständigen Instanzen stark benachteiligt wurde und die meisten ihrer alten Kunden an die Konkurrenz verlor.

Es spricht für die Eltern von A. Borchert, daß sie diese Repressalien auf sich nahmen, ohne ihren politischen Standort zu verändern. Bei so viel moralischer Widerstandskraft kann es nicht verwundern, daß auch andere sittliche Werte in dieser Familie besonders hoch geachtet wurden. Man kann die Eltern von A. Borchert aus heutiger Sicht, ohne ihnen damit Unrecht zu tun, puritanisch nennen. A. Borchert sagte mir, daß beispielsweise ein voreheliches Verhältnis in den Augen seiner Eltern und ihrer Familien nicht weniger schwer wog als ein Ehebruch. So ist es auch verständlich, daß es zu einer echten Familientragödie kam, als er sich, damals immerhin schon im reifen Mannesalter, anläßlich eines Fronturlaubs im Jahre 1942 auf intime Beziehungen mit einem achtzehnjährigen Mädchen einließ, das nicht nur unehelich geboren war, sondern auch noch den keineswegs standesgemäßen Beruf eines Servierfräuleins ausübte.

A. Borchert erklärte mir diese Beziehung mit der schwierigen psychologischen Situation eines Soldaten, der einerseits keine andere Wahl hatte, als an der Front seine Pflicht zu tun, andererseits von seinen Eltern in jedem Fronturlaub auf das Verbrecherische dieses Krieges hingewiesen wurde. Daß ihm solche Vorhaltungen die Rückkehr an die Front nicht leichter werden ließen, ist begreiflich. Er fühlte sich in diesem inneren Zwiespalt nicht mehr verstanden und sprach sich, als er seine spätere Frau kennenlernte, bei ihr aus, zumal sie, im Gegensatz zu seinen Eltern, vom Endsieg ebenso überzeugt war wie von der moralischen Legitimität des Krieges gegen die Erzfeinde Großdeutschlands; ein Standpunkt, der für ein achtzehnjähriges Mädchen damals vielleicht nicht ungewöhnlich war. Hinzu kam, daß sie Gefallen an ihm fand – wobei offenbleiben muß, ob der Umstand, daß er der Sohn eines vermögenden Geschäftsmannes war, ihre Gefühle beeinflußt hat. So gab sie seinem Werben schon nach wenigen Tagen nach.

Für A. Borchert, damals dreißigjährig, war diese Begegnung um so bedeutungsvoller, als er bis dahin zu keiner Frau intime Beziehungen gehabt hatte. Sicher war das eine Folge seiner puritanischen Erziehung, aber er war auch Frauen gegenüber gehemmt, und diese

Hemmungen verlor er eben erst unter den anomalen Umständen eines Fronturlaubs. Jedenfalls muß ihn das elementare Erlebnis seiner ersten Erfahrungen mit dem weiblichen Körper so stark beeindruckt haben, daß alle Bitten und Drohungen seiner Eltern, sein unstandesgemäßes und sündhaftes Verhältnis zu diesem Mädchen sofort abzubrechen, wirkungslos blieben. Er brach sogar – obwohl er sehr an ihnen gehangen hatte und als einziges Kind verwöhnt und behütet aufgewachsen war – jede Verbindung mit ihnen ab, verbrachte den Rest seines Urlaubs mit dem Mädchen in einem Hotelzimmer und blieb für seine Eltern fortan verschollen. Diesen Zustand, der sie wahrscheinlich um so härter getroffen hat, als sie ihn an der Front in ständiger Lebensgefahr wußten, beendete erst ihr tragischer Tod während eines alliierten Luftangriffs auf Essen im Juli 1944. Trotzdem heiratete A. Borchert schon wenige Monate nach Kriegsende das Mädchen und begann das väterliche Geschäft neu aufzubauen.

Daß es dann sehr früh zu Unstimmigkeiten in seiner Ehe kam, dürfte nicht zuletzt auf den Einfluß seines priesterlichen Onkels zurückzuführen sein, der sich mit dieser Heirat, zumal sie ohne kirchliche Trauung erfolgt war, noch immer nicht abgefunden hatte. Anscheinend ist es ihm gelungen, seinem Neffen einzureden, er habe den Tod seiner Eltern mitverschuldet, weil sie sich einer Evakuierung aus Sorge widersetzten, ihm damit die Rückkehr in sein Elternhaus zu erschweren. Der Wahrheitsgehalt dieser Behauptung läßt sich natürlich nach so langer Zeit und ohne die Aussage der Eltern nicht nachprüfen, doch scheint A. Borchert ernsthaft daran geglaubt zu haben, zumal er, wiederum beeinflußt von seinem Onkel, an der ehelichen Treue seiner Frau zu zweifeln begann. Tatsächlich hatte sie ihm, unerfahren wie er war, vor ihrer Ehe eingeredet, noch unschuldig zu sein, obwohl sie, wie sein Onkel später durch Recherchen herausfand, schon mit sechzehn intime Beziehungen zu einem Soldaten und später zu einem Berufskollegen hatte, mit dem sie erst kurz vor ihrer Verheiratung Schluß machte.

Daß sie ihn, während er an der Front war und er sich ihrer Treue sicher wähnte, noch mit dem Kellner hintergangen hatte, nahm er später als Indiz hin, ihr auch künftig nicht mehr vertrauen zu können. Man darf wohl davon ausgehen, daß sie, in jungen Jahren, ein sehr sinnenfrohes, gewiß auch, aufgrund ihrer persönlichen Verhältnisse, die Geborgenheit suchendes Mädchen war, das sich rasch und vielleicht auch unüberlegt einem Mann anschloß. Während der Zeit ihrer Ehe hatte ihr A. Borchert keinen Treuebruch nachweisen können; sie soll allerdings, wie er mir erzählte, sehr häufig mit Männern, vor allem mit Kunden der Firma, in einer für ihn oft peinlichen Weise geflirtet haben.

Ohne Zweifel hat der Umstand, daß A. Borchert wegen des tragischen Todes seiner Eltern unter permanenten Schuldkomplexen litt, viel zu den Differenzen in ihrer Ehe beigetragen. Er hatte sie verloren, ohne sich mit ihnen ausgesöhnt zu haben – und das um einer Frau willen, die, wie ihm sein Onkel zu suggerieren verstand, seine Wertschätzung nicht verdiente und deren nunmehr offengelegtes Vorleben die großen Bedenken seiner verstorbenen Eltern im Nachhinein nur zu bestätigen schien. Es ist, menschlich gesehen, verständlich, daß er im Laufe der Jahre immer mehr dazu neigte, seine Schuldkomplexe zu kompensieren, indem er sein vorgebliches Fehlverhalten zunehmend seiner Frau anlastete. Eine wesentliche Rolle wird dabei auch ihre grundverschiedene Mentalität gespielt haben: sie, eine heitere, den angenehmen Dingen des Lebens zugewandte Frau, während A. Borchert sich, nicht zuletzt wegen mancherlei geschäftlicher Krisen und Rückschläge, zu einem auch der eigenen Familie gegenüber verschlossenen und wortkargen Mann entwickelte, dessen ganzes Denken und Trachten hauptsächlich darauf gerichtet war, seine Firma gegen den wachsenden Konkurrenzdruck zu behaupten und zu vergrößern.

Zwei Jahre nach der Eheschließung brachte seine Frau einen Sohn, wiederum zwei Jahre später eine Tochter zur Welt. Es scheint mir charakteristisch für A. Borchert zu sein, daß er, eingedenk seines, wie er es formulierte, Fehlverhaltens bei der Wahl der Ehefrau, und einem, wie er es sich augenscheinlich einredete, Vermächtnis seiner Eltern folgend, die Erziehung der Kinder im gleichen puritanischen Geist vollzog, der auch schon seine eigene Kindheit mit Vorurteilen belastet hatte. Wahrscheinlich befürchtete er vor allem bei seiner Tochter schlechte Erbanlagen von seiten der Mutter und versuchte, indem er sie in ein katholisches Internat steckte, diese gar nicht erst zur Entfaltung kommen zu lassen. Helga B. erzählte mir einmal, daß gerade diese Jahre im Internat ihren Werdegang entscheidend beeinflußt hätten, weil sie dort die Unaufrichtigkeit und Heuchelei mancher katholischen Kreise gegenüber sexuellen Problemen erkannt habe. Dazu dürfte nicht zuletzt ein intimes Verhältnis mit einem

Mädchen beigetragen haben, dem sie sich im Internat eng angeschlossen hatte. Obwohl sie dieses Verhältnis mir gegenüber als romantische Schwärmerei herunterzuspielen suchte, gewann ich doch den Eindruck, daß es ihr etwas mehr bedeutet haben muß und daß sie sich dabei ihrer eigenen Sinnlichkeit bewußt geworden war.

Dieses Erlebnis war wohl ursächlich dafür, daß sie sich sehr bald nach ihrer Heimkehr aus dem Internat mit einem jungen und, wie es den Anschein hat, liebeserfahrenen Angestellten ihres Vaters einließ, um, wie sie mir freimütig gestand, noch mehr von diesen Dingen mitzubekommen. Dies mag eine Schutzbehauptung gewesen sein, möglicherweise hatte sie mir nur nicht eingestehen wollen, daß sie es ihm so leicht gemacht hatte, sie zu verführen. Sicher ist, daß sie ihm sexuell hörig wurde und fast täglich Gelegenheit suchte und fand, mit ihm zu schlafen. Damals arbeitete sie bereits im Büro ihres Vaters, und daß sie sich sogar einmal während der Mittagspause zusammen mit dem jungen Mann ausgerechnet auf dem väterlichen Schreibtisch erwischen ließ, gibt hinreichend Anlaß zu der Vermutung, daß ihre Beziehungen bereits ein Stadium erreicht hatten, wo die Wahl des Ortes und der Zeitpunkt des Geschehens nur noch eine sekundäre Rolle spielen. Natürlich setzte ihr Vater, zutiefst schokkiert über den sich ihm bietenden Anblick, den jungen Mann umgehend auf die Straße, sperrte seine Tochter, nachdem er sie – seinen eigenen Angaben folgend – vor Enttäuschung über ihr »schamloses Verhalten« vorübergehend die Selbstkontrolle verlierend, mit einer Hundepeitsche geschlagen hatte, in ihr Zimmer ein und ließ sie dort, gegen den Willen seiner Frau, zwei Tage ohne Nahrung. Es war ihre Mutter, die ihr schließlich die Tür öffnete. Helga B. lief, ohne sich einen Augenblick lang zu besinnen, in die Mietwohnung des jungen Mannes, der begreiflicherweise innerhalb dieser beiden Tage noch keine andere Stellung gefunden hatte. So blieb ihnen ausreichend Zeit, die Versäumnisse der letzten achtundvierzig Stunden nachzuholen, und als ihr der junge Mann vorschlug, ihn zu heiraten, willigte sie sofort ein.

Daß ihr Entschluß vor allem eine Trotzreaktion auf die demütigende Behandlung durch den Vater war, kann als sicher angesehen werden. Sie traf sich hinter seinem Rücken mit ihrer Mutter, und obwohl diese ihr, wegen der wirtschaftlich ungesicherten Zukunft des jungen Mannes, von der Heirat abriet, stimmte sie, als sie erkannte, daß der Entschluß ihrer Tochter unumstößlich war und sie mit weiteren Einwänden nur riskieren würde, sie ganz zu verlieren, letztlich zu. Sie besorgte ihr auch die für eine Eheschließung erforderlichen Papiere.

Dies alles tat sie ohne Wissen ihres Mannes – wohl ein Indiz dafür, wie weit sie sich ihm zu diesem Zeitpunkt bereits entfremdet hatte. Ich gewann bei den Schilderungen von Helga B. sogar den Eindruck, diese unüberlegte Handlungsweise ihrer Tochter könnte eine schon lange erwartete Gelegenheit für Frau Borchert gewesen sein, sich für die Demütigungen in ihrer Ehe an ihrem Mann zu rächen. Vielleicht ging sie damals auch noch von der Hoffnung aus, er würde sich früher oder später mit der Heirat seiner Tochter abfinden und den in der Branche nicht unerfahrenen jungen Mann als Nachfolger in der Firma einarbeiten. Dies hätte um so näher gelegen, als Helgas Bruder, angewidert von den häuslichen Verhältnissen und bereits unter dem Einfluß seiner damaligen Verlobten und künftigen Frau stehend, zum Kummer seines Vaters an dem familieneigenen Geschäft kein Interesse zeigte und andere Zukunftspläne hatte, die von seinem künftigen Schwiegervater stark gefördert wurden.

Was Helgas Verhältnis zu ihrem Bruder betraf, so war es nie herzlich gewesen, und der lange Internatsaufenthalt hatte es nur noch mehr abgekühlt. Dabei dürfte auch eine Rolle gespielt haben, daß er sich wegen der Herkunft seiner Mutter geschämt und sie für seine Zukunftspläne als hinderlich empfunden hatte, während seine Schwester keinen Anstoß an der Vergangenheit nahm, ja, sogar zum Ärger ihres Vaters allen Bekannten, die noch nichts davon wußten, unbefangen erzählte, unter welch schwierigen Lebensbedingungen ihre Mutter aufgewachsen und seine Frau geworden war.

Daß es dann mit der ersten Ehe von Helga B. nicht klappte, lag wohl nicht zuletzt an ihrer baldigen Erkenntnis, daß ihr Mann sie vor allem wegen des väterlichen Geschäftes geheiratet hatte. Seine unrealistischen Erwartungen und Hoffnungen scheiterten jedoch an der unversöhnlichen Haltung A. Borcherts ebenso wie an Helgas Widerstand gegen solche Pläne.

Die folgenden Monate müssen für sie eine ziemlich harte Zeit gewesen sein, zumal sich ihr Mann, noch immer eine angenehme und gutbezahlte Stellung im schwiegerväterlichen Geschäft vor Augen, zu keiner festen Arbeit aufraffte und in den regelmäßigen Geldzuwendungen von Helgas Mutter ein erstes Einlenken seines Schwiegervaters zu erkennen meinte. Je länger aber dieser Zustand andauerte, je beharrlicher Helga B. sich weigerte, eine Versöhnung mit ihrem Vater in die Wege zu leiten, desto häufiger kam es zu Auseinandersetzungen. Sie führten schließlich sogar dazu, daß er Verbindung mit seiner früheren Verlobten aufnahm, von der er sich erst kurz vor seiner Heirat getrennt hatte. Vermutlich in der irrigen Annahme, seine Frau eifersüchtig machen und ihren Widerstand auf diese Weise doch noch brechen zu können, brachte er seine ehemalige Verlobte schließlich in die gemeinsame Wohnung mit und stellte sie seiner Frau als alte Schulfreundin vor. Welche Überwindung es Helga B. gekostet haben mußte, reumütig und dem Drängen ihrer Mutter folgend, ins Elternhaus zurückzukehren, wird allein schon daraus ersichtlich, daß sie die Zumutungen ihres Mannes erst dann nicht mehr ertrug, als sie ihn mit seiner früheren Verlobten im eigenen Ehebett überraschte. Am selben Tag verließ sie ihn.

Meine erste Begegnung mit ihr erfüllte alle Erwartungen, die ich in sie gesetzt hatte; es war, als ob ihr Anblick mich aus Mariannes Zauberkreis erlöste und mir wieder bewußt werden ließ, daß weibliche Schönheit kein Privileg der Dunkelhaarigen ist und daß es zu viele hübsche Frauen auf der Welt gab, als daß es ökonomisch gewesen wäre, sich nach einer einzigen zu verzehren. Als Frau Schwartz mir an jenem denkwürdigen Freitag im August kurz nach fünfzehn Uhr einen persönlichen Anruf meldete, dachte ich natürlich zuerst wieder an meine beiden Angebeteten, die ich in den zurückliegenden Wochen in so unverantwortlicher Weise vernachlässigt hatte, aber die weibliche Stimme im Hörer war mir völlig fremd, sie sagte: »Ich weiß nicht, ob Sie schon von mir gehört haben. Ich bin Helga Benedetti. Ich habe in Italien Ihren Freund Dieter Christiansen kennengelernt. Hat er Ihnen von mir erzählt?« Ich war so überrascht, daß ich im ersten Moment keinen Ton hervorbrachte, aber meine Furcht, sie könnte mein Schweigen mißverstehen und plötzlich auflegen, war noch größer als meine Überraschung, ich fragte etwas atemlos: »Von wo telefonieren Sie?«

»Ich bin hier in Köln«, antwortete sie. »Sie kennen mich also?« Ich mußte lachen. »Und ob ich Sie kenne, Frau Benedetti! Wissen Sie, daß Dieter Sie seit Wochen wie eine Stecknadel sucht?«

»Mein Vater hat es mir erzählt«, antwortete sie. »Ich will aber auf keinen Fall, daß Dieter von diesem Anruf etwas erfährt; ich möchte Sie als Anwalt nehmen. Können Sie das miteinander in Einklang bringen?« Es war eine reine Zumutung; trotzdem sagte ich ohne

Zögern: »Selbstverständlich. Wenn Sie als Klientin zu mir kommen, bin ich ohnehin an meine Schweigepflicht gebunden. Wann darf ich Sie erwarten?«

»Wann Sie für mich Zeit haben«, sagte sie. Ich überlegte rasch. »Heute nachmittag geht es schlecht, aber ich könnte, wenn Ihnen das recht ist, den Abend für Sie freihalten. Würde Ihnen das passen?«

»Ja, sehr«, sagte sie.

Ich gab ihr meine Privatadresse, vereinbarte noch die Uhrzeit und beendete unser Gespräch in reichlich konfuser Verfassung. An diesem Nachmittag brachte ich kaum meine Gedanken richtig zusammen, und als sie dann endlich vor meiner Wohnungstür stand und ich ihr aufmachte, war ich vor Ungeduld schon ganz zappelig geworden. Obwohl ich ihre Fotos gesehen hatte, wäre ich auf der Straße sicher an ihr vorbeigegangen, ohne sie zu erkennen; sie trug das Haar so kurz, daß es ihren schmalen Kopf wie ein Fell bedeckte, aber auch wenn ich sie auf der Straße nicht erkannt hätte: umgedreht hätte ich mich todsicher nach ihr. Wir schauten uns eine Weile stumm an, ich glaube, es war so etwas wie Liebe auf den ersten Blick, wenn auch nicht im herkömmlichen Sinne. Schließlich gab ich ihr die Hand und sagte: »Ich habe mich schon lange über einen Besuch nicht mehr so gefreut wie über Ihren, Frau Benedetti. Oder ist es Ihnen lieber, wenn ich Sie mit Ihrem Mädchennamen anrede?«

»Weder noch«, sagte sie und folgte mir ins Zimmer. »Sagen Sie einfach Helga zu mir; Dieter hat mir so viel von Ihnen erzählt, daß Sie längst kein Fremder mehr für mich sind, Doktor Lutz.«

»Fred«, sagte ich. »Mir geht es nämlich genauso wie Ihnen. Was trinken Sie, Wein, Bier, Cherry, Whisky oder etwas Stärkeres?« Sie entschied sich für Whisky. Während ich die Gläser füllte, fragte sie: »Wann haben Sie Dieter zuletzt gesehen?«

»Vorgestern abend«, sagte ich. »Wir haben uns wieder fast ausschließlich über Sie unterhalten.« Ich setzte mich ihr gegenüber und starrte sie, ohne Rücksicht darauf, welchen Eindruck es auf sie machen mußte, neugierig an; ich fand sie noch hübscher als auf den Fotos. In ihrem schicken Jersey-Kostüm hätte ich mich auf den ersten Blick in sie verlieben können. Sie erwiderte lächelnd meinen aufdringlichen Blick und sagte: »Sie sind genauso, wie Dieter Sie geschildert hat, Fred. Er erzählte mir, die meisten Ihrer Klienten seien junge, attraktive Frauen.«

»Leider nicht immer so attraktiv wie Sie«, sagte ich. »Aber Sie sind sicher nicht hier, um sich das von mir sagen zu lassen.«

»Ich wollte mich bei Ihnen erkundigen, wie es Dieter geht«, sagte sie. »Sie sind der einzige, den ich danach fragen kann. Hat er sein Geschäft verkauft?«

»Leider nicht«, sagte ich. Sie lächelte überrascht. »Warum leider?«

»Er hätte dann mehr Zeit gehabt, über sich nachzudenken«, sagte ich. »Er flüchtet sich in seine Arbeit, um sich von Ihnen abzulenken. Warum reden Sie nicht mit ihm?« Sie wich meinem Blick aus. »Es gab am Schluß Unstimmigkeiten zwischen uns. Ich bin mir noch nicht sicher, was ich tun werde. Zuerst will ich aber meine Scheidung von Stefano in die Wege leiten. Dieter hat Ihnen sicher alles erzählt, vielleicht können Sie sich schon ein Urteil darüber bilden, wie ich am besten vorgehen soll. Am liebsten wäre es mir, Sie würden sich einmal persönlich mit Stefano in Verbindung setzen. Nach allem, was geschehen ist, will ich keinesfalls mehr mit ihm sprechen. Dieter und ich wissen ja nicht einmal, was mit Antonio passiert ist, ob er noch lebt oder nicht. Wenn er umgekommen ist, könnte ich seiner Familie nie mehr unter die Augen treten. Ich habe mir deshalb gedacht, daß Sie nach Vernante fahren, mit Stefano reden und sich nach Antonio erkundigen. Würden Sie das tun?«

Ich nickte. »Ich halte das auch für den besten Weg. Wegen der Scheidung brauchen Sie sich keine Gedanken zu machen. Da Ihr Mann Sie mißhandelt und gegen Ihren Willen in Vernante festgehalten hat, werden wir mit Ihrer Klage nach deutschem Recht durchkommen. Mehr werden wir in Ihrem wie in Stefanos Interesse vor Gericht gar nicht zur Sprache bringen, es sei denn, er hätte gegen Sie und Dieter bei der italienischen Staatsanwaltschaft eine Anzeige erstattet, was ich jedoch nach Lage der Dinge für völlig unwahrscheinlich halte. Ihr Vater ist sehr in Sorge um Sie, Helga. Er hat Dieter und auch mir erzählt, daß Sie sich bisher nur zweimal bei ihm telefonisch gemeldet haben. Von mir wollte er wissen, welche Möglichkeiten es gäbe, Sie, ohne die Polizei einzuschalten, ausfindig zu machen. Ich konnte ihm da leider keinen praktischen Hinweis geben. Ich glaube, er würde sich sehr freuen, wieder von Ihnen zu hören. Wo wohnen Sie? Hier in Köln?« Sie griff nach ihrem Glas, nahm einen Schluck und stellte es auf den Tisch zurück. Ich sagte: »Wenn Sie nicht darüber reden wollen ...«

»Als mein Anwalt müssen Sie wissen, wo Sie mich erreichen können«, sagte sie. »Ich wohne vorläufig bei einer Schulfreundin in Essen. Ihre Telefonnummer habe ich nicht im Kopf; ich rufe Sie morgen an.«

»Falls Sie bis dahin Ihren Besuch bei mir noch nicht bereut haben«, sagte ich lächelnd.

»Deshalb bin ich hier«, sagte sie. »Ich wollte Sie persönlich kennenlernen, Fred. Ich glaube nicht, daß ich diesen Besuch bereuen werde. Als ich hierherkam, hatte ich noch Bedenken; jetzt nicht mehr. Sie waren mir schon sympathisch, als Dieter mir von Ihnen erzählt hat. Eigentlich weiß ich von Ihnen mehr als von ihm. Er hat immer nur mich reden lassen. Ist er auch bei Ihnen so schweigsam?«

»Er ist in der Regel wortkarg«, sagte ich. »Er kann einen ganzen Abend lang neben einem sitzen und über eine Sache nachgrübeln.«

»Dann hat er vielleicht doch eine Philosophie«, sagte sie lächelnd. Ich fragte verwundert: »Was verstehen Sie darunter?«

»Das kann ich Ihnen nicht erklären«, sagte sie. »Es gab zu diesem Thema mal ein Gespräch zwischen uns, das heißt, eigentlich habe nur ich gesprochen. Ich möchte mehr über ihn erfahren, aber nicht heute. Darf ich Sie gelegentlich wieder besuchen?«

»Sie brauchen vorher nur anzurufen«, sagte ich. »Sind Sie mit der Bahn gekommen?«

»Ja. In einer Stunde geht mein Zug.«

»Dann fahre ich Sie nach Hause«, sagte ich. Zu meiner Enttäuschung lehnte sie mein Angebot freundlich aber bestimmt ab: »Das geht nicht, Fred. Trotzdem vielen Dank. Sie sind sehr nett. Ich bin froh, daß ich zu Ihnen gekommen bin; ich habe mir das, bevor ich Sie heute mittag angerufen habe, fast drei Wochen lang überlegt. Ich war auch dauernd durch andere Dinge abgelenkt. Im Augenblick bin ich noch auf Stellungssuche; sobald das geklärt ist, muß ich mich nach einer Wohnung umschauen. In Essen will ich auf keinen Fall bleiben . . .«

»Wie wäre es mit Köln?« warf ich ein. »Vielleicht könnte ich Ihnen helfen; ich kenne hier sehr viele Geschäftsleute . . .« Ich sprach nicht weiter, weil ich ihr ansah, daß sie auf meinen Vorschlag keinesfalls eingehen würde. »Sie befürchten, Sie könnten zufällig Dieter begegnen?« fragte ich.

»Er wäre mir hier zu nahe«, sagte sie. »Außerdem habe ich schon eine Antwort aus Düsseldorf; ich muß mich nächste Woche dort vorstellen.«

»Dann hätte ich Sie wenigstens etwas näher bei mir«, sagte ich erleichtert. Und weil ich jetzt vorsichtiger geworden war, fragte ich beiläufig: »Das kostet Sie doch sicher eine Menge Geld, die Wohnung in Düsseldorf . . .«

»Die Firma würde mir eine besorgen«, sagte sie. »Wenn ich Geld brauche, bekomme ich es von meiner Schulfreundin.«

»Ihr Vater . . .«

»Von dem habe ich schon bekommen, was ich wollte«, sagte sie unklar. »Wie ist das eigentlich mit Ihrem Wagen ausgegangen? Haben Sie ihn wieder?«

»Dieter hat ihn vor acht Tagen in Modena abgeholt«, sagte ich. Sie verfärbte sich. »Er war in Italien? Das war doch viel zu gefährlich.«

»Er kam anstandslos über die Grenze«, sagte ich. »Ich hatte ihm auch davon abgeraten, es hätte mir nichts ausgemacht, ihn selber abzuholen, aber er bestand darauf. Ich vermute, weil er noch einmal nach Vernante oder Limone fahren wollte.« Diesmal wurde sie kreideweiß. »Woraus schließen Sie das?«

Ich zuckte mit den Achseln. »Er war vier Tage weg. Normalerweise braucht er, um in Modena einen Wagen abzuholen, nur zwei. Können Sie sich nicht vorstellen, daß es ihn dahin zog, wo er Sie kennengelernt hat? Oder erscheint Ihnen das so unwahrscheinlich?« Sie gab keine Antwort. Ich beugte mich zu ihr und berührte ihre Knie. »Er ist wie krank nach Ihnen, Helga. Warum machen Sie es ihm so schwer? Er hat nichts anderes mehr im Kopf als Sie, aber Marianne ist keine Frau, die sich so leicht etwas wegnehmen läßt. Er wird sie, solange er nicht weiß, ob er Sie noch einmal sehen wird, nicht aufgeben.«

»Wie den Spatz in der Hand?« fragte sie ruhig. »Das ist ein Thema, über das ich heute nicht mit Ihnen reden möchte, Fred.«

»Sie lassen mir keine andere Wahl«, sagte ich.

»Nein«, sagte sie und trank ihr Glas leer. Sie stand auf. »Ich muß gehen, sonst erwische ich meinen Zug nicht mehr.«

»Wenn ich Sie wenigstens zum Bahnhof . . .«

»Bitte nicht«, sagte sie. Dann griff sie, wie entschuldigend, nach meiner Hand. »Ich möchte jetzt ein Stück zu Fuß gehen. Dieser

Besuch bei Ihnen war mir sehr wichtig, Fred. Ich wäre schon früher zu Ihnen gekommen, aber das war alles so schrecklich, ich meine, mit Antonio und was sonst noch passiert ist. Ich mußte das erst einmal verarbeiten, ich war unfähig, mich mit einem Menschen darüber zu unterhalten. Ich habe auch mit meiner Schulfreundin nicht darüber gesprochen. Seit ich wieder in Deutschland bin, habe ich noch nicht wieder zu mir selbst gefunden. Vielleicht können Sie mir dabei helfen, ich glaube, mit Ihnen kann ich besser reden als mit Dieter. Er ist mir inzwischen nicht gleichgültig geworden, im Gegenteil, ich habe es aber irgendwie sattbekommen, mich ihm gegenüber ständig rechtfertigen zu wollen. Ich habe bei allem, was wir miteinander gesprochen haben, nichts anderes getan, als mich zu rechtfertigen. Schließlich konnte ich mich selber nicht mehr reden hören.« Sie sah plötzlich verzweifelt und mutlos aus. Ich fragte ruhig: »Wofür rechtfertigen? Für Ihre Heirat mit Stefano?«

»Dafür auch«, sagte sie. »Aber das war es nicht allein. Wenn ich Ihnen einmal alles über mich erzählt habe, werden Sie mich besser verstehen. Dazu brauche ich noch etwas Zeit. Sie werden Dieter also nichts von meinem Besuch verraten?« Ich schüttelte stumm den Kopf. »Wie oft sehen Sie ihn?« fragte sie. »Einmal in der Woche oder öfter?«

»In den letzten Wochen sahen wir uns fast täglich«, sagte ich. Meine Antwort schien sie zu erleichtern, sie sagte: »Dann können Sie ja etwas auf ihn aufpassen. Tun Sie das?«

Mir wäre wohler gewesen, ich hätte einen gewußt, der auf *sie* aufpaßte. Sie kam mir wie eine junge Katze vor, die sich in einem fremden Wald verlaufen hat.

Nach ihrem Weggehen dachte ich den ganzen Abend und die halbe Nacht über sie nach. Die späteren Begegnungen mit ihr verdichteten meinen schon bei dieser ersten Begegnung gewonnenen Eindruck, daß sie im Grunde unsicher, verletzlich und einsam war, dauernd auf der Suche nach einem Lebensinhalt, bei der ihr weder ihr Elternhaus noch die Männer, die sie dann geheiratet oder mit denen sie sich eingelassen hatte, hatten behilflich sein können. Anfänglich glaubte ich, sie zähle zu jenen jungen Menschen, die sich durch modische Begriffe hatten verunsichern und dazu verführen lassen, die ihnen mißliebige Gesellschaft dadurch zu desavouieren, daß sie sich ihren Spielregeln widersetzten und ihre eigenen Wege gingen, auch wenn sie sich damit nicht selten nur in neue Abhängigkeiten verstrickten. Sicher kann man davon ausgehen, daß sie sich, wenigstens zeitweilig, mit diesen jungen Leuten zu identifizieren suchte, indem sie sich manche ihrer unausgegorenen Theorien zu eigen machte, wozu nicht zuletzt der unheilvolle Einfluß von Hilde E. beigetragen haben mochte. In Wirklichkeit waren ihre persönlichen Probleme jedoch von ganz anderer Art, und was sie von Hilde E. an fragwürdigen Ansichten übernommen hatte, diente ihr vermutlich nur dazu, sich vor sich selber zu rechtfertigen. Sie war jedoch eine viel zu selbstkritische Frau, um sich damit auf die Dauer zufriedenzugeben, zumal ihren Handlungsweisen ein politisches Engagement fehlte. Zwar hatte sie ein stark ausgeprägtes Gefühl für soziale Ungerechtigkeiten, das sich nicht erst durch ihre Eindrücke in Vernante entwickelt hatte, aber andererseits war sie doch von einem Lebensstandard abhängig, der es ihr unmöglich machte, sich mit sozial tiefer stehenden Menschen zu solidarisieren. Wenn ich sie richtig einschätzte, war Armut für sie identisch mit Krankheit und üblen Gerüchen, sie konnte Menschen, die wirtschaftlich schlechter daran waren als ihre eigene Familie, zwar bedauern, sich jedoch mit ihnen auf eine Stufe zu stellen, ihre Lebensbedingungen zu ihren eigenen zu machen, ging auf die Dauer über ihre Kraft. Sie hatte sich, als sie sich auf ihre Ehe mit Stefano einließ, möglicherweise überschätzt.

Allerdings hatte ich bei meinem Besuch in Vernante Gelegenheit, mich zu vergewissern, daß manches von dem, was sie DC erzählt hatte, nicht zutraf. Die Benedettis lebten zwar in ärmlichen Verhältnissen, von unhygienischen Zuständen konnte jedoch keine Rede sein. Die einfach möblierten, freilich auch sehr kleinen Zimmer machten einen ordentlichen und gepflegten Eindruck, an den Fenstern hingen saubere Gardinen, die Betten wirkten frisch bezogen. Als noch die ganze Familie im Haus gewohnt hatte, mußte es allerdings unvorstellbar bedrängt zugegangen sein. Zwei Schlafzimmer für fünf heranwachsende Söhne, das Schlafzimmer der Eltern, eine Wohnstube und eine kleine Küche, in der die gemeinsamen Mahlzeiten eingenommen worden waren; mehr Räume konnte ich bei meinem Rundgang durch das Haus nicht entdecken. Es war verständlich, daß sich die Söhne deshalb frühzeitig selbständig gemacht hatten. Francesco und Antonio waren seit ihrer Heirat in Cuneo ansässig, Filippino bewohnte in Limone ein möbliertes Zimmer, und für Luigi, der als Kraftfahrer bei einem Fuhrunternehmen jenseits der Grenze in Tende arbeitete und bis zu Stefanos Rückkehr aus Deutschland bei seiner Mutter gelebt hatte, war die Heimkehr seines Bruders mit einer deutschen Frau vermutlich ein willkommener Anlaß gewesen, im Elternhaus seiner Verlobten, einer jungen Französin aus Tende, schon vor der Hochzeit Einlaß zu finden, zumal ihn das der Mühe enthob, seiner Mutter an der Tankstelle in Vernante weiterhin in seiner Freizeit behilflich zu sein. Diese Arbeit wurde nach Helgas Aufnahme in die Familie sofort ihr übertragen, eine Beschäftigung, die ihr wohl schon deshalb nicht sonderlich liegen mochte, weil die Benedettis ihrer durchreisenden Kundschaft auf einer über den Zapfsäulen angebrachten Tafel mitteilten, daß die Tankstelle Tag und Nacht geöffnet sei. Unter der Tafel war ein Klingelknopf, und wer ihn benutzte, durfte, wie Helga mir erzählt hatte, die Gewißheit haben, daß er im Haus gehört wurde. Die Glocke befand sich zwischen den Schlafzimmern in der Diele. Auch wenn Stefano in den ersten Wochen ihrer Ehe seiner Mutter und Helga das nächtliche Aufstehen abgenommen habe, sei sie durch das schrille Anschlagen der Glocke doch jedesmal aus dem tiefsten Schlaf gerissen worden. Für eine verwöhnte Frau wie sie, die auch während ihrer ersten Ehe nie vor acht Uhr hatte aufstehen müssen, war das sicher eine große Umstellung. Dies um so eher, als Stefano und seine Mutter die Bedienung der Tankstelle im Laufe der Zeit immer mehr auf sie abwälzten – Stefano mit der Begründung, er müsse morgens ausgeruht zur Arbeit nach Limone kommen, seine Mutter angeblich aus gesundheitlichen Gründen, woran ich, als ich sie kennenlernte, jedoch nicht mehr glaubte; sie machte auf mich einen sehr rüstigen und energischen Eindruck. Nach allem, was ich in Vernante gesehen habe, kam ich zu dem Ergebnis, daß die Lebensbedingungen der Benedettis besser waren, als Helga sie DC geschildert hat, und daß auch eine Frau aus Essen sich bei ihnen hätte einleben können, etwas guten Willen und gegenseitige Rücksichtnahme vorausgesetzt. Aber eben daran scheint es auf beiden Seiten gefehlt zu haben. Daß eine Frau wie Helga in Vernante Anpassungsprobleme hatte, war unvermeidlich, sie hätten ihr jedoch durch ihre neue Familie mit etwas psychologischem Einfühlungsvermögen erleichtert werden können. Aber auch wenn ich berücksichtigte, daß ihr die Ehe zwischen Stefano und Helga viel Leid gebracht hat, machte Helgas Schwiegermutter auf mich den Eindruck einer uneinsichtigen, ja fast bösartigen Frau von so einfachem Wesen, daß sie wohl auf keinen Fall imstande gewesen wäre, sich in Helgas Psyche einzufühlen. Ihre ablehnende Einstellung gegenüber der Schwiegertochter aus Deutschland hatte sicher auch das Verhalten der übrigen Familienmitglieder negativ beeinflußt. Umgekehrt wäre es, um das gerechterweise anzumerken, für eine verwöhnte und gebildete Römerin wohl kaum einfacher gewesen, etwa in einer ländlichen Gemeinde Oberbayerns oder Schleswig-Holsteins Familienanschluß zu finden.

Mein erster Eindruck von der Gegend um Vernante war sehr gut. Ich war bis Cuneo mit der Bahn gefahren und hatte mir dort ein Taxi genommen. Unter anderen Umständen hätte ich die Reise im eigenen Wagen zurückgelegt, aber ich hatte nur ein Wochenende Zeit, und mit dem Wagen wäre mir das zu anstrengend gewesen. Sicher, es war eine sehr einsame Landschaft, deren man vielleicht bald überdrüssig werden könnte, und der Anblick der imposanten Bergwelt war auf die Dauer auch kein Ersatz für Geborgenheit und menschliche Wärme, aber kaum eine Autostunde von der französischen und italienischen Riviera entfernt und mit dem Wagen von Turin aus fast ebenso rasch zu erreichen, lag dieses Vernante doch nicht außerhalb der Zivilisation; ich für meine Person hätte es, eine angemessene Unterkunft vorausgesetzt, hier eine unbestimmte Weile aushalten können, ohne mich von Gott und der Welt verlassen zu fühlen. Daß Helga dies nicht genauso hatte sehen können, leuchtete mir jedoch spätestens ein, als ich die Benedettis kennenlernte. Ich hatte, um Stefano mit einiger Sicherheit anzutreffen, für meine Reise ein Wochenende gewählt. Als mein Taxi vor der Tankstelle hielt und ich ihn aus dem Haus kommen sah, wußte ich sofort, daß er es war. Bei unserem kurzen, auf deutsch geführten Gespräch sagte ich ihm, daß ich in Helgas Auftrag zu ihm käme. Ich stellte mich ihm als ihr Anwalt vor und fragte ihn, ob er etwas Zeit für mich habe. Obwohl mein Besuch ihm völlig unerwartet kommen mußte, reagierte er ohne jedes Anzeichen von Überraschung. Er forderte mich mit einer Handbewegung auf, ihm ins Haus zu folgen. In der halbdunklen Diele begegneten wir seiner Mutter, er sagte einige Worte zu ihr, und der Blick, mit dem sie mich dann maß, drückte so viel Haß aus, daß ich erschrak. Sie verschwand wortlos in einer Tür. Stefano führte mich eine Treppe hinauf in ein Schlafzimmer mit zwei einfachen, nebeneinandergerückten Betten, einem Kleiderschrank und einem kleinen Tisch am Fenster. Während wir uns an den Tisch setzten, bemerkte ich in der Ecke einen kleinen Frisiertisch mit einem ovalen

Spiegel. Gewiß hatte Helga in diesem Zimmer geschlafen, in diesem Frisierspiegel hatte sie sich jeden Morgen betrachtet, an diesem Tisch hatte sie sicher oft gesessen und durch das Fenster auf die Berge geschaut. Und in diesen Betten war ihre Liebe zu Stefano gestorben. Warum er mich ausgerechnet hierher gebracht hatte, wurde mir erst später klar. Er fragte: »Wo ist meine Frau?«

»Bei ihrem Vater in Essen«, antwortete ich.

»Das ist nicht wahr«, sagte er. Ich blickte rasch in sein Gesicht; es war kalt und verschlossen. Das Oberlippenbärtchen ließ ihn älter erscheinen als er war, sein dichtes, schwarzes Kopfhaar wirkte gepflegt. Wenn ich noch nicht gewußt hätte, weshalb Helga sich so sehr in ihn verliebt hatte: in diesem Augenblick wäre es mir klargeworden. Sosehr ich mich an weiblicher Schönheit erfreuen kann, so ungern habe ich es mit schönen Männern zu tun, und Stefano war genau das, was viele Frauen unter einem hübschen Mann verstehen, besonders wenn er in Italien beheimatet ist. Ich fragte: »Woher wollen Sie wissen, daß sie nicht bei ihrem Vater ist?« Statt mir zu antworten, sagte er kurz: »Weshalb sind Sie hier?« Mir kam zum erstenmal der Verdacht, daß er in den zurückliegenden Wochen in Deutschland gewesen sein könnte, um Nachforschungen nach Helga anzustellen, eine Möglichkeit, an die weder sie noch ich bisher gedacht hatten. Ich nahm mir vor, sie noch vor meiner Heimreise anzurufen und zu warnen. Ich sagte: »Ihre Frau will sich aus begreiflichen Gründen von Ihnen scheiden lassen, Signor Benedetti. Sie möchte von Ihnen hören, ob Sie damit einverstanden sind.«

»Nein«, sagte er und blickte mich kalt an. Daß er nicht nur ein hübscher, sondern auch ein gefährlicher Mann war, hatte ich schon gewußt, bevor ich hierher kam; ich sagte: »Dann ist mein Auftrag bereits erledigt, Signor Benedetti. Die Entscheidung darüber wird nun bei einem deutschen Gericht liegen. Ich nehme an, daß Sie das wissen.«

»Was hat sie Ihnen erzählt?« fragte er. Ich lächelte. »Darüber kann ich leider nicht reden. Ihnen sind die Gründe für ihren Entschluß sicher noch besser bekannt als mir. Sie haben vier Jahre bei uns gelebt und müßten eigentlich mit unserem deutschen Eherecht etwas vertraut sein. Für den Fall, daß Sie es sich noch anders überlegen sollten, hinterlasse ich Ihnen meine Adresse.« Ich legte ihm meine Karte auf den Tisch. Er nahm sie in die Hand und blickte eine Weile stumm darauf nieder, dann sah er rasch auf und sagte: »Ich kenne das deutsche Eherecht nicht, Signore. Wenn in Italien eine Frau ihren Mann betrügt, wird sie nicht geschieden. Sie wird nicht geschieden, nur weil sie keine Kinder von ihm haben will, und sie wird nicht geschieden, wenn sie ihren Mann ohne Grund verläßt. Ist das in Deutschland anders?« Ich sagte ruhig: »Sie hat Sie verlassen, weil Sie sie mißhandelt und daran gehindert haben, ihre Familie in Deutschland zu besuchen.«

»Hat sie das erzählt?« fragte er mit einem dünnen Grinsen. »Das ist alles gelogen.«

»Daß Sie sie mißhandelt haben?« fragte ich.

»Sie hat mich betrogen«, sagte er. »Sie hat es mir gesagt. Sie hat mir nicht gesagt, mit wem. Heute weiß ich, mit wem. Wir haben es herausbekommen. Fragen Sie sie nach Lorenzo, und fragen Sie sie, wie oft sie mich mit ihm betrogen hat, damit sie von ihm die Pille bekam und kein Kind von mir. Fragen Sie sie das alles, und fragen Sie sie, warum ich sie geschlagen habe. Dann wird sie wieder lügen, aber ich sage die Wahrheit. Ich werde sie auch dem deutschen Gericht sagen, und ich werde ihm sagen, daß ich ihr verzeihe und daß ich mich nicht scheiden lasse. Ich habe alles für sie getan. Keine andere Frau in Vernante hat so wenig arbeiten müssen wie sie. Fragen Sie meine Mutter, meine Brüder. Sie hat nicht zu kochen brauchen, keine schmutzige Arbeit. Sie ist eine Dame, Signore, und sie hat bei uns wie eine Dame leben können, hat in der Sonne gelegen, ist spazierengegangen, sonst nichts. Die Tankstelle, ja, wenn sie Lust hatte, war sie an der Tankstelle, sonst nicht. Meine Brüder und meine Mutter werden das bezeugen.«

»Ihr Bruder Antonio auch?« fragte ich und sah, wie sich seine Pupillen weiteten, aber seine Stimme klang unverändert kalt: »Antonio ist tot, Signore; er ist verunglückt.«

»Ich habe davon gehört«, sagte ich. »Ihre Frau hoffte, daß er sich nur verletzt habe; es wird ihr leid tun, wenn sie es erfährt. Glauben Sie nicht, daß es für sie unter diesen Bedingungen erst recht unmöglich ist, hier noch zu leben? Es kann doch nicht ernsthaft Ihre Absicht sein, mich zu zwingen, im Interesse Ihrer Frau auch diese Vorfälle vor einem deutschen Gericht zur Sprache zu bringen?«

»Ich verstehe Sie nicht«, sagte er.

Von Lorenzo hatte Helga mir nichts erzählt. Falls Stefano ihr schon vor ihrer Flucht einen Ehebruch nachweisen könnte, würden sich ihre Chancen für eine Scheidung ungemein verschlechtern. Ich sagte ruhig: »Ihr Bruder Antonio ist bei dem Versuch verunglückt, Ihre Frau an der Flucht zu hindern. Ihre Mutter wird das ebensowenig vergessen können wie Ihre Brüder, Herr Benedetti. Aber ebensogut hätte auch Ihre Frau verunglücken können. Sie sollen sogar mit einem Gewehr auf sie geschossen und sie zwei Tage lang gezwungen haben, Wege einzuschlagen, die Ihren Bruder Antonio das Leben gekostet und Ihre Frau und ihren Begleiter in die größte Gefahr gebracht haben. Für mich ist es ein Wunder, daß sie aus den Bergen überhaupt noch einmal herausgefunden...«

»Sie waren selbst daran schuld«, unterbrach er mich schroff. »Niemand hat sie gezwungen, diese Wege zu gehen. Niemand hat auf sie geschossen, Signore. Ich habe zwei Schüsse abgegeben, um sie zu warnen. Ich war mir nicht sicher, ob sie von dort, wo sie weitergelaufen sind, noch einmal herausfinden würden. Antonio ist verunglückt. Das passiert in den Bergen oft, Signore. Er war mein Bruder, aber Helga ist meine Frau. Er war leichtsinnig; das war nicht ihre Schuld. Niemand wird ihr deshalb, solange ich lebe, einen Vorwurf machen. Sagen Sie ihr das. Das hier war ihr Zimmer. Es wird ihr Zimmer bleiben, bis sie zurückkommt. Ich wollte keine deutsche Frau heiraten; sie hat mich dazu gebracht. Sie ist freiwillig hierhergekommen, ich wollte noch zwei Jahre in Deutschland bleiben, ich wollte noch Geld verdienen, heute fehlt es mir. Ich habe getan, was sie sagte, und dann betrügt sie mich und läuft mit einem Deutschen davon. Das kann sie mit mir nicht machen. Ich finde sie auch ohne Sie.«

Er stand auf und öffnete mir die Tür.

Ich hatte nichts anderes erwarten können; diese Reise hierher war im Grunde überflüssig gewesen. Ich hatte es schon vorher gewußt und war trotzdem gefahren. Was mich dazu getrieben hatte, wurde mir erst viel später bewußt. Merkwürdigerweise ließ mich Stefano dann noch die anderen Räume sehen, das im gleichen Stockwerk liegende Schlafzimmer seiner Mutter und die kleine Wohnküche im Erdgeschoß. Daneben führte eine Tür auf die Terrasse an der Rückseite des Hauses. In einer Ecke bemerkte ich einen zusammengeklappten Liegestuhl und einen Sonnenschirm. Stefano sagte: »Bei schönem Wetter hat sie immer hier gelegen; ich habe ihr in Cuneo den Liegestuhl und den Sonnenschirm gekauft. Bevor sie zu uns kam, hat keiner von uns einen Liegestuhl gebraucht. Wir hatten keine Zeit, uns in die Sonne zu legen. Meine Mutter nicht, meine

Brüder nicht und ich auch nicht.« Er kehrte in die Diele zurück und öffnete eine Tür; sie gehörte zum Wohnzimmer. Auf einem alten Sofa saß eine schwarzgekleidete junge Frau mit einem etwa zweijährigen Kind auf dem Schoß; sie blickte mich stumm an. Stefano sagte mir, daß sie Antonios Frau war und daß sie mit ihrem Kind bis zu Helgas Rückkehr im Haus wohnen würde. Er ging dann noch mit mir ins Freie. Das Wohnzimmer war kaum größer gewesen als die Küche; ich versuchte mir vorzustellen, wie Helga nach ihrem Eintreffen in Vernante zwischen den versammelten Benedetti, vielleicht bei einem Espresso, auf dem alten Sofa gesessen hatte und von ihnen kritisch gemustert worden war; das Bild war absurd. Stefano sagte: »Ich wollte, daß Sie sehen, wie sie bei uns gelebt hat, Signore. Vielleicht hat sie Ihnen erzählt, daß wir wie Zigeuner leben. Die Benedetti sind keine Zigeuner; sie hatte keinen Grund, sich bei uns nicht wohl zu fühlen.« Er ließ mich, ohne sich von mir zu verabschieden, stehen und ging zu seiner Mutter, die an der Tankstelle zu tun hatte. Mein Taxi wartete noch dort, wo ich ausgestiegen war. Der Fahrer unterhielt sich mit einem weißhaarigen, breitschultrigen Mann, der, als er mich kommen sah, vom Wagen zurücktrat. Ich hatte, als ich vom Hotel in Cuneo aus das Taxi bestellte, darum gebeten, mir einen deutschsprechenden Fahrer zu schicken. Er hieß Corradi und hatte mir auf der Fahrt hierher erzählt, daß er in München fünf Jahre als Taxifahrer gearbeitet und sich dann in Cuneo selbständig gemacht habe. Er öffnete mir die Tür und fragte mich, ob wir direkt nach Cuneo zurückfahren würden. Ich sagte ihm, daß ich mir noch Limone anschauen wollte. Er wechselte ein paar Worte mit dem weißhaarigen Mann und sagte mir dann, daß Signor Marchetti gerne mit mir sprechen würde, aber nicht hier, sondern nach unserer Rückkehr aus Limone in seiner Wohnung, wo er uns erwarten würde. Sein Name kam mir sofort bekannt vor; ich willigte natürlich ein; möglicherweise hatte er mir etwas zu erzählen, was Stefano und seine Mutter nicht hören sollten. Als wir etwas später auf die lange Pappelallee zurollten, standen sie alle drei reglos nebeneinander und blickten mir nach, und jetzt erst erinnerte ich mich, daß Signor Marchetti der Bruder von Stefanos Mutter war.

Aus den Erzählungen von Helga und DC war mir die Landschaft bereits so vertraut, daß ich, als wir das Ende der Pappelallee erreichten, gleich den Weg entdeckte, an dessen Einmündung DC mit dem roten Alfa von Stefano kollidiert war. Ich bat den Fahrer, anzuhalten, stieg aus und ging zu Fuß zum Waldrand hinauf. Das Laub an den Bäumen hatte sich, obwohl erst Anfang September war, bereits verfärbt, es war ein Tag mit Pastellfarben, Berge und Wälder waren wie von einem durchsichtigen Schleier aus Melancholie und Vergänglichkeit verhangen. Der leere Himmel über den kahlen Berggipfeln war blaß und dunstig, das Gras auf den geröllbedeckten Wiesen stand hoch und trocken mit gelben Halmen. Die Luft roch herbstlich, und selbst das Wasser des Gebirgsbaches auf der Talsohle schien von seiner langen Wanderung durch den Sommer müde geworden zu sein und suchte sich lustlos seinen Weg zwischen dem Felsengeröll inmitten der steilen Ufer. Auch dort, wo Helga und DC es durchwatet hatten, war es zu dieser Jahreszeit so flach, daß man auf den im Bachbett liegenden Steinen trockenen Fußes das andere Ufer mit dem dichten Gesträuch hätte erreichen können. Ich blieb eine Weile in Gedanken versunken stehen; hier hatte zwischen Helga und DC alles angefangen, ich versuchte mir vorzustellen, wie sie bei ihrem zweiten Aufenthalt drüben in dem Gebüsch gelegen und den alten Peugeot gehört hatten, und dort am Waldrand, wo der Weg zwischen den Bäumen verschwand, hatte mein Ferrari gestanden.

Ich kehrte zum Taxi zurück. Signor Corradi hatte meine Abwesenheit zu einem kleinen Sonnenbad am Straßenrand benutzt. Während wir weiterfuhren, erzählte er mir von seiner Familie in Cuneo. Ich ließ mir von ihm das Gehöft mit der Notrufstelle des IAC zeigen, wo DC meinen Ferrari zurückgelassen hatte, und als ich ihn auf der Höhe von Limone anhalten ließ, um mir nichts anderes als die leere Straße zu betrachten, erfuhr ich von ihm, daß seine Frau aus Torino stammte und ihr Vater Eisenbahner war. Wir fuhren dann zuerst nach Limone hinein bis zu der Pension von Signor Mignard. Ich machte einen Rundgang um das Haus; die meisten Zimmer waren belegt, ich sah einige Gäste auf dem Balkon in der Sonne sitzen. In einem der oberen Zimmer hatten Helga und DC die Nacht vor ihrer gefährlichen Wanderung verbracht; DC hatte mir ihre langen Gespräche fast wörtlich wiedergegeben und gesagt, er werde diese Stunden in der Pension von Signor Mignard wohl nie vergessen. Als Marianne ihn dann in Nizza in ihrer kühlen und spöttischen Art gefragt hatte, ob ihm der Verkehr mit einer Frau wie Helga größere Befriedigung verschaffe als in ihren Armen, hatte er sich, wie sie mir, zum ersten Male außer Fassung, erzählte, zu Äußerungen hinreißen lassen, die ich, hätte eine andere als Marianne sie mir wiedergegeben, für pure Erfindung gehalten hätte.

Ich fuhr dann mit Signor Corradi noch ein Stück weit auf der Straße in das Seitental. Hinter den letzten Häusern verwandelte sie sich in einen schmalen, steinigen Weg, der in steilen Serpentinen zu der weithin sichtbaren Kapelle hinaufführte, die, fast am Ende des Tals, auf einem grünen, mit Olivenbäumen bewachsenen Hügel thronte. Die letzten zweihundert Meter stieg ich, um alleine zu sein, zu Fuß hinauf. Es war derselbe Weg, den Helga und DC in den frühen Morgenstunden des 19. Juli benutzt hatten. Daß er weiter oben auf die fast parallel verlaufende Paßstraße stieß, hatten sie von Signor Mignard erfahren. Sie hatten ihn jedoch schon vorher verlassen und waren einem schmalen Pfad gefolgt, der an der westlichen Talwand auf einen hohen Bergrücken führte, der das Tal nach Süden abschloß. Sie hatten gehofft, von dort oben aus an die Grenze zu kommen, ohne den ursprünglich ins Auge gefaßten Grenzweg benutzen zu müssen, waren jedoch später in ein fast unpassierbares Waldgelände geraten.

Von der Kapelle aus hatte ich einen eindrucksvollen Blick auf die Limone Piemonte umgebenden Berge. Vom Ort selbst war nur der nördliche Teil zu sehen. Talaufwärts, wo die Berge zusammenrückten, ragte ein eigenartig geformter Felszacken in den dunstigen Himmel; in der Einsamkeit des Hochtals war kein Geräusch zu hören. Die kleine Kapelle, ein halbrundes Gebäude mit spitzem Turm, wirkte genauso verlassen wie die Berge ringsum. Hier hatten DC und Helga ihre erste Rast eingelegt. Ich setzte mich auf eine grünlakkierte Bank und ließ mir die warme Sonne ins Gesicht scheinen. Über die Berge kam ein kleiner Wind und fächelte angenehm mein vom ungewohnten Klettern erhitztes Gesicht. Als Helga und DC hier gerastet hatten, war es noch kühl gewesen; sie erzählten mir übereinstimmend, daß sie in ihrer dünnen Kleidung gefroren hätten, aber sie hatten wenigstens die Nacht zuvor ein Bett gehabt, während Stefano und seine Brüder Antonio und Luigi am frühen Morgen bereits vierzehn Stunden auf dem über zweitausend Meter hohen Gipfel des Becco Rosso verbracht hatten. Was sich an jenem und auch schon am vorangegangenen Tag zugetragen hatte, erfuhr ich, aus ihrer Sicht, eine halbe Stunde später in aller Ausführlichkeit von Signor Marchetti, der ganz offensichtlich bemüht war, die Schuld daran alleine Helga und DC zuzuschreiben. Es war ein Gespräch unter vier Augen in seinem Haus in Vernante. Daß seine Frau nicht mehr lebte, hatte ich bereits von Helga erfahren. Er bewirtete mich mit einem Glas Rotwein, seine Einladung, auch etwas zu essen, lehnte ich ab. Da sein Deutsch sehr schlecht und mein Italienisch nicht viel besser war, unterhielten wir uns auf französisch, das wir beide einigermaßen beherrschten. Von meinem Vorschlag, den deutschsprechenden Taxifahrer als Dolmetscher einzuschalten, wollte er nichts hören – sicher aus Furcht, sich einen unbequemen Mitwisser einzuhandeln. Ich erfuhr im Laufe unserer langen Unterhaltung, daß er in seiner Jugend vier Jahre in Nizza gearbeitet und eine französische Schwiegertochter in Entrevaux hatte. Er machte auf mich den Eindruck eines zwar verschlossenen, jedoch ehrenwerten und besonnenen Mannes. Daß er Stefano und dessen Familie in unser Zusammentreffen nicht eingeweiht hatte, war mir von Anfang an klar gewesen, er hätte mir seine Einladung sonst durch ihn und nicht durch meinen Taxifahrer zukommen lassen. Ich merkte allerdings sehr bald, daß er, obwohl seine ablehnende Einstellung gegenüber Helga recht eindeutig war, von einer Scheidung ebensowenig wissen wollte wie Stefano. Als ich ihn fragte, ob das nicht für beide Seiten die vernünftigste Lösung sei, antwortete er seufzend, daß Helga als Stefanos Frau nun einmal mit zur Familie gehöre und deshalb nicht alleine darüber entscheiden könne, ob sie zu Stefano zurückkehren wolle oder nicht. Ihm schien es bei unserer Unterhaltung hauptsächlich darum zu gehen, mich zu bewegen, Helga von der Scheidung abzuraten. Er ließ sogar durchblicken, daß sich seine und Stefanos Familie dafür erkenntlich zeigen würden. Seine Loyalität gegenüber Stefano, die ihn bestimmte, wider besseres Wissen dessen Argumente zu seinen eigenen zu machen, nötigte mir Bewunderung ab. Solch eine konsequente Solidarisierung wäre unter denselben Voraussetzungen innerhalb einer deutschen Familie wohl kaum denkbar gewesen. Er tat mir, als ich ihm zu erklären versuchte, meine Aufgabe als Helgas Anwalt bestehe darin, eine Scheidung und keine Versöhnung herbeizuführen, fast leid. Noch während der Rückfahrt nach Cuneo mußte ich immer wieder an ihn denken und an den Blick, mit dem er sich von mir verabschiedet hatte. Ich hatte nicht nur Trauer, Erbitterung und ohnmächtigen Zorn aus ihm zu lesen geglaubt, sondern noch etwas anderes, das mir erst viel später bewußt wurde, nämlich Angst, aber damals konnte ich mir noch nicht denken, wovor er sich hätte fürchten sollen. Als einziges erfreuliches Ergebnis unseres Gesprächs konnte ich wenigstens die Gewißheit mitnehmen, daß der Unfall auf der Straße bei Limone für Francesco ohne gesundheitliche Folgen geblieben war. Ich hatte schon Stefano danach fragen wollen, jedoch keine Gelegenheit mehr dazu gefunden. Antonios Tod war für die Benedetti schlimm genug. Und nicht nur für sie.

13

Da DC bei Helga an eine Frau geraten war, die genauso dickköpfig sein konnte wie er und Marianne, hielt ich es, nachdem ich sie persönlich kennengelernt hatte, kaum für möglich, daß sie und DC jemals zusammenfinden würden. Am meisten ärgerte ich mich über Dieters schon fast unwahrscheinliche Naivität, mit der er sich ernsthaft einredete, die plötzliche Kulanz seiner Bank, die bereits erfolgte Kündigung seines laufenden Geschäftskredits ohne nähere Begründung auf vorläufig unbefristete Zeit zu stornieren, sie allein einer nachträglichen Einsicht der hohen Direktion in seine unverschuldete Situation zu danken. Er ließ sich dabei von der sicher angenehmen, wenn auch vollkommen irrigen Annahme leiten, seine kaufmännische Unbescholtenheit und sein Ruf als hervorragender Spezialist für hochkarätige Automobile seien letztlich doch nicht ohne Eindruck auf die verantwortlichen Bankmenschen geblieben. Als wären kaufmännische Seriosität und Tüchtigkeit jemals ein stichhaltiges Argument für nüchtern denkende Bankdirektoren gewesen, einem Geschäftsmann, der ganz offensichtlich – ob nun schuldhaft oder nicht – in Schwierigkeiten geraten war, nicht den Hahn zuzudrehen. Auf die viel realistischere Annahme, hinter der unverhofften Generosität seiner Bank könnte vielleicht gar kein himmlischer Engel, der nächtlicherweise den Direktoren im ehelichen Schlafgemach gut zugeredet hatte, sondern Helga, beziehungsweise deren Vater stecken, wäre er wahrscheinlich auch dann nicht verfallen, wenn man ihn hätte heiß oder kalt raten und dabei in Essen anfangen lassen. Natürlich war diese von der Firma A. Borchert in aller Diskretion geleistete Bankbürgschaft nicht alleine dem Umstand zuzuschreiben, daß DC die verschollene einzige Tochter des Firmeninhabers aus der Höhle des italienischen Drachen befreit und glücklich nach Hause gebracht hatte. Vielmehr war dieser großzügigen Geste ein sehr unfamiliäres Ultimatum Helgas vorausgegangen: entweder für DC zu bürgen oder ihr den Pflichtteil auszuzahlen – und da mußte August Borchert nach Abwägung beider Unannehmlichkeiten sich wohl für das kleinere Übel entschieden haben. Ich bin mir nicht mehr ganz sicher, wann sie mir das erzählt hatte, ob schon bei ihrem vierten oder erst bei ihrem fünften Besuch in meiner Wohnung. Verbrüdert haben wir uns jedenfalls bereits bei ihrem zweiten, und zwar bevor ich, ihrem Auftrag und meiner Neugierde gehorchend, nach Vernante gefahren war. Sie küßte mich nämlich schon an der Tür impulsiv auf die Wange und sagte: »Servus, Fred. Wie geht es Dieter?«

»Er träumt noch immer jede Nacht von Ihnen«, sagte ich. »Sie sehen heute sehr zufrieden aus.«

»Ich habe die Stellung in Düsseldorf bekommen«, sagte sie. »In acht Tagen fange ich an. Eine Wohnung habe ich auch schon, zwei Zimmer.« Sie setzte sich lächelnd neben mich und blickte mich an. »Ich glaube, Sie haben mir Glück gebracht, Fred.«

»Dann sollten wir darauf trinken«, sagte ich und füllte, weil ich schon alles vorbereitet hatte, unsere Gläser. »Auf deine Stellung«, sagte ich, korrigierte mich jedoch sofort: »Auf Ihre Stellung. Entschuldigen Sie bitte, Helga, aber wenn man sich, so wie ich, fast jeden Tag über Sie unterhalten muß, noch dazu mit einem Mann, mit dem man so eng befreundet ist . . .«

»Wir können uns ruhig duzen«, fiel sie mir ins Wort und erzählte mir dann von ihrer Stellung. »Sozusagen Empfangsdame«, sagte sie. »Als mich mein Chef zum erstenmal sah, ein Foto hatte er natürlich schon, sagte er sofort, ich sei genau das, was er suche.«

»Und was suchte er?« fragte ich. Sie mußte über meinen skeptischen Ton lachen. »Nicht das, was du befürchtest. Ich muß nur der Damenoberbekleidungsindustrie ein bißchen dabei helfen, ihre internationalen Verkaufs- und Modewochen in Düsseldorf vorzubereiten, Auskünfte geben, Besucher empfangen; ich glaube, daß mir das Spaß machen wird.« Sie wurde unvermittelt ernst. »Ich brauche dreitausend Mark, Fred. Für ein halbes Jahr, nicht länger. Geht das?«

Ich ging in mein Arbeitszimmer, stellte einen Scheck aus und gab ihn ihr. Sie betrachtete ihn und sagte: »Du hast eine schöne Handschrift.« Dann hob sie rasch den Kopf. »Ich habe bei meiner Schulfreundin noch Schulden. Es hätte mit der Rückzahlung zwar Zeit gehabt, aber ich möchte ihr das Geld sofort geben.«

»Ich habe dich nicht danach gefragt, wofür du es brauchst«, sagte ich. Trotzdem sagte sie: »Ich möchte nicht länger von ihr abhängig sein. Sie will, daß ich bei ihr wohnen bleibe. Ich will es nicht.«

»In Ordnung«, sagte ich. Sie faltete den Scheck zusammen und schob ihn geistesabwesend in ihre Handtasche. »Wie geht es Marianne?«

»Auch gut«, antwortete ich. »Sie rechnet nicht mehr mit dir; du warst ein ziemlicher Schock für sie. Hat Dieter dir erzählt, daß sie ein uneheliches Kind hat?«

»Von wem?« fragte sie rasch. »Doch nicht von ihm?« Ich schüttelte den Kopf. »Ich wußte es bis vor zehn Tagen selbst nicht; ich dachte, er hätte es dir erzählt.«

»Nein«, sagte sie und heftete den Blick in mein Gesicht. »Warum sagst du mir das?« Ich hatte zum erstenmal den Eindruck, daß sie mir mißtraute. Da ihr Glas halb leer war, goß ich es voll und sagte: »Ich habe sie immer für eine Frau ohne große Probleme gehalten.«

»Ist das Kind ein Problem zwischen ihnen?« fragte sie ruhig.

»Es brauchte keins zu sein«, antwortete ich und erzählte ihr, was ich von der Sache wußte. Sie hörte mir zu und sagte dann: »Sicher war sie, als sie sich mit dem jungen Mann einließ, genauso unerfahren wie ich vor meiner ersten Ehe. Sie tut mir leid.«

»Deshalb habe ich es dir nicht erzählt«, sagte ich.

»Ich glaube doch«, sagte sie, genauso ruhig wie vorhin. »Du bist doch gut mit ihr befreundet?«

»Ich rede es mir ein.«

»Und trotzdem hast du es mir erzählt«, sagte sie. »Damit brauchte sie doch, wenn ich das richtig sehe, nicht zu rechnen?« Ich antwortete lächelnd: »Sie weiß ja nicht einmal, daß du schon bei mir warst.«

»Das ändert doch nichts daran!«

»Sicher nicht«, sagte ich. Sie betrachtete mich abwägend. »Vielleicht erzählst du ihr auch das, was ich dir von mir erzähle.«

»Das ist unwahrscheinlich«, sagte ich. »Du siehst das nicht richtig; erstens bist du meine Klientin, und zweitens versuche ich nur, den Vorteil, den sie dir gegenüber hat, ein wenig auszugleichen. Ich nehme an, Dieter hat dir nicht viel von ihr erzählt?«

»Nein«, sagte sie und stand auf. Ich beobachtete, wie sie zum Fenster ging und eine Weile auf die Straße hinabschaute. Dann drehte sie sich nach mir um und sagte: »Wenn ich mir Dieter in den Kopf setze, würde das an meiner Entscheidung überhaupt nichts ändern. Ich kann meine Empfindungen für ihn nicht davon abhängig machen, ob Marianne ein uneheliches Kind hat oder nicht. Als ich das erste Mal bei dir war, hatte ich noch den Eindruck, dir sei viel daran gelegen, daß ich mich mit ihm ausspreche. Was hat sich seitdem geändert?«

»Nichts«, sagte ich. »Ich habe inzwischen nur über euch nachgedacht.«

»Du findest uns zu verschieden?«

»Das kann ich noch nicht beurteilen. Wenn er dir sehr viel bedeutet, wirst du dich ihm vielleicht anpassen.«

»Marianne hat sich auch nicht angepaßt«, sagte sie. »Was willst du eigentlich? Mich von ihm weg- oder mit ihm zusammenbringen?« Ich trank, bevor ich antwortete, mein Glas leer; sie würde vermutlich nie begreifen, worum es mir ging, auch wenn ich es ihr zu erklären versuchte. Ich sagte so gleichgültig wie möglich: »Es geht nicht darum, was *ich* will, sondern nur um die Frage, was für dich richtig ist. Vorläufig bist du noch mit Stefano verheiratet.« Sie sah von mir weg. »Manchmal kommt es mir vor, als hätte ich das alles nur geträumt. Vernante, mein Gott, wo liegt das!« Ihr Gesicht wirkte geistesabwesend. Sie hatte sich von mir dreitausend Mark geben lassen, obwohl es sie sicher nur einen Anruf bei ihrem Vater gekostet hätte, um noch viel mehr zu bekommen. Es mußte ihr plötzlich sehr wichtig sein, ihre Abhängigkeit von ihrer früheren Schulfreundin zu lösen; die Gründe dafür hätten mich neugierig machen können. Ich sagte: »Du wirst mir alles erzählen müssen, damit ich, wenn ich zu ihm fahre, mir schon ein ungefähres Bild von ihm machen kann. Ich weiß zwar schon einiges von Dieter . . .«

»Ich werde dir alles erzählen«, unterbrach sie mich. »Aber nicht heute. Ich kenne dich jetzt wieder ein bißchen besser. Es ist nicht einfach, aus dir schlau zu werden, Fred.«

»Ähnlich ergeht es Dieter«, sagte ich. »Er hat keine Ahnung, woran er mit dir ist.«

»Dann hat er mir nie richtig zugehört«, sagte sie. »So schwer ist das gar nicht zu verstehen. Ich möchte mich da nicht reindrängen und etwas kaputtmachen. Ich würde ihm das vielleicht nicht ersetzen können. Bei mir ist es so, Fred, daß ich mir nie sicher bin, was ich am nächsten Tag tun werde. Er fand, ich machte es mir sehr bequem.

Ich glaube nicht, daß es bei mir nur Bequemlichkeit ist. Bequem ist nur, sich anzupassen; ich wünschte, ich könnte es. Wenn du mir heute wieder geraten hättest, zu ihm zu gehen, wäre ich vielleicht nicht mehr hierher gekommen. Ich möchte das aus freien Stücken tun oder überhaupt nicht. Jetzt, wo ich meine Schulden an ihn bezahlt habe, fällt es mir auch leichter.«

»Womit bezahlt?« fragte ich. Sie lächelte nur, aber ich hatte mir da schon meine Gedanken gemacht. Sie sagte mit warmer Stimme: »Du bist ein patenter Mann, Fred. Ich kann dir nicht sagen, wie wichtig dieser Besuch wieder für mich war. Bei dir fühle ich mich schon fast ein wenig daheim.«

»Das freut mich«, sagte ich und beobachtete enttäuscht, wie sie ihr Glas leertrank und aufstand. Mir leuchtete, wenn sie jetzt schon wieder gehen wollte, nicht ganz ein, weshalb sie überhaupt gekommen war; ich hatte mir den ganzen Abend für sie freigehalten. »Vielleicht fällt dein Besuch deshalb immer so kurz aus«, sagte ich. Sie lachte. »Ich möchte dir Zeit lassen, damit du dich langsam an mich gewöhnen kannst. Wenn ich dir erst einmal alles über mich erzählt habe, wirst du mich vielleicht nicht mehr sehen wollen.«

»Das kann ich mir kaum vorstellen«, sagte ich. »Falls sich das zwischen dir und Dieter nicht mehr einrenken läßt, würde ich notfalls in die Bresche springen.«

»Das würde ich dir nie antun, Fred«, sagte sie mit tiefernstem Gesicht. »Niemals, verstehst du?«

»Ich bin es gewohnt, daß Frauen mir davonlaufen«, sagte ich und ging mit ihr zur Tür. Sie zu fragen, ob ich sie nach Köln fahren dürfte, getraute ich mich diesmal gar nicht erst. Sie lächelte wieder. »Das sagt man so dahin.«

»Kann sein, daß ich dich eine Zeitlang suchen würde«, räumte ich ein. »Mit einem Zeitungsinserat unter Kleintieranzeigen.« Sie fragte verwundert: »Wieso dort?«

»Junge Katze entlaufen«, sagte ich. Sie küßte mich rasch auf den Mund. Dann hatte ich wieder den ganzen Abend Zeit, über sie nachzudenken. Die Berührung ihrer Lippen mußte mich ähnlich verhext haben wie Mariannes Zungenkuß. Ich bin nie dahinter gekommen, weshalb ein so banaler Vorgang wie diese im Grunde alberne Küsserei Gefühle auszulösen vermag, die man hinterher kaum wieder unter Kontrolle bringt. Sicher passiert einem das nicht bei jeder Frau, obwohl es mir beim ersten Kuß jedesmal wie beim ersten Schluck

Bier ergeht: der Genuß ist unwiederholbar, und je mehr man trinkt, desto schaler schmeckt es. Die Küsse meiner Angebeteten bin ich schon einigermaßen leid geworden, obwohl ich sie beide aufrichtig und von Herzen liebe. Daß ich bisher noch keine von ihnen geheiratet habe, liegt an Umständen, die für diesen Bericht, ebenso wie meine Person, vorläufig belanglos sind und deshalb auch hier noch keine Erwähnung finden sollen. Eine gewisse Bedeutung haben sie insofern, als sie es mir erleichterten, Dieters Verhaltensweise besser zu verstehen. Ich hätte nach dieser zweiten Begegnung mit Helga keinesfalls in seiner Haut stecken wollen.

Meine Meinung über sie mußte ich im Laufe der Zeit mehrmals revidieren. Daß ich sie ursprünglich für eine leicht beeinflußbare, willensschwache Frau gehalten hatte, war nur eine von meinen Fehleinschätzungen gewesen. Offensichtlich ist sie jenen Menschen zuzurechnen, die in außergewöhnlichen Situationen zwar über sich selbst hinauszuwachsen vermögen, sich jedoch immer dann, wenn für wichtige Entscheidungen Herz und Vernunft gefordert werden, nur von ihrem Gefühl hinreißen lassen. Solches Verhalten hinterläßt zwangsläufig einen zwiespältigen Eindruck, den ich auch bei Helga nie ganz loswerden konnte. Einerseits manövrierte sie sich in Situationen, die, aus Mariannes Perspektive, völlig indiskutabel waren, andererseits entwickelte sie, um sich wieder aus ihnen zu befreien, eine schier unglaubliche Willenskraft. Nur immer dann, wenn sie an sich selbst zu zweifeln anfing – und anders als zweifelnd und unsicher habe ich persönlich sie nie erlebt –, war von dieser Kraft nichts zu spüren. Als wäre sie plötzlich mit Blindheit geschlagen, verirrte sie sich in immer neue und immer größere Probleme, völlig unfähig, einen erlösenden Entschluß zu fassen.

Den starken Eindruck, den sie auf mich gemacht hatte, habe ich bereits erwähnt. Man hätte sich, wenn man sie in Gedanken neben Marianne aufbaute, kaum gegensätzlichere Frauen vorstellen können. Marianne war der Typ der mondänen, augenscheinlich extravaganten, mit großer Selbstdisziplin ausgestatteten Frau. Ob Helga B. hübscher war als sie, hätte ich nicht zu beantworten gewagt; sie waren einfach zu verschieden, als daß man ästhetische Vergleiche hätte anstellen können. Bei Marianne faszinierte mich jedesmal das makellose, fast klassisch schön anmutende Profil, Helga B. dagegen war wieder auf eine andere Art schön, auf eine mehr weiblich anmutige, wie überhaupt ihr Eindruck auf einen Mann vor allem dadurch geprägt wurde, daß sie eine stark erotische Ausstrahlung hatte. Marianne wirkte auf eine eher verhaltene, unaufdringliche, nicht ganz ergründbare Art sinnlich. Ihre kühles, immer beherrschtes Gesicht, ließ kaum Schlüsse darauf zu, in welchem Maße es erotische Empfindungen zu reflektieren fähig war, während ich bei Helga B. weniger Mühe hatte, mir ihre physiognomischen Reaktionen auf sexuelle Empfindungen auszumalen. Auch figürlich waren sie sehr konträr, Helga B., um einen guten halben Kopf größer als Marianne, wirkte drahtig und sportlich, mit schmalen Hüften, langen, sehnigen Beinen und ziemlich aufregenden, weil unübersehbar wohlgeformten Brüsten. Marianne dagegen konnte männliche Neugierde dadurch wecken, indem sie unter raffiniert geschneiderten Kleidern ihre körperlichen Vorzüge eher nur andeutete als betonte und gerade deshalb der Phantasie reichlich Raum ließ. Hätte ich die Wahl zwischen beiden gehabt, so wäre ich möglicherweise zu dem Ergebnis gekommen, daß sie sich für meinen Geschmack viel zu sehr ergänzten, als daß ich mir die eine ohne die andere hätte wünschen können, und so war es ganz gut, daß mir persönlich diese Entscheidung erspart geblieben ist. Auch hatte DC mir gegenüber den Vorteil, beide Frauen so gut kennengelernt zu haben, daß er seine Entscheidung nicht nur aufgrund eines äußeren – und deshalb oft fragwürdigen – Eindrucks zu treffen brauchte. Daß er, was Frauen betrifft, keinen schlechten Geschmack hatte, war mir schon vor seiner Ehe aufgefallen, aber da er selbst ein – wie man so simplifizierend sagt – gutaussehender Mann war und durch seine rennsportliche Vergangenheit als erfolgreicher Rallye- und Formel-2-Fahrer Frauenherzen ohnehin schneller ansprach als ein den Banalitäten dieses Daseins verhafteter Anwalt, wunderten mich seine Eroberungen nicht. Marianne fand, daß er große Ähnlichkeit mit seinem früheren Stall-Direktor Max Mosley hatte, einem zugegebenermaßen prächtig aussehenden Frauentyp, dem die markige Männlichkeit unter lockigem und dichtfülligem Haupthaar nur so aus dem sympathischen Gesichtszügen leuchtete. Daß die meisten Frauen sich eher von der vorzüglichen Erscheinung eines Mannes als von seinen sonstigen Qualitäten blenden lassen – was umgekehrt wohl genauso gilt –, dürfte ein nicht unwesentlicher Grund für meine florierende Anwalts-Praxis sein, und warum sollte ich mich darüber beklagen! Schließlich hatte auch Helga B. es allein ihrer Schwäche für gutaussehende Männer zuzuschreiben, daß sie sich zweimal unstandesgemäß verheiratete. Sie sagte dazu: »Als ich mich in Paul, meinen ersten Mann verliebte, war ich gerade neunzehn. Ich hatte bis dahin nie Gelegenheit, mit Männern zusammenzukommen, erst als ich aus dem Internat kam. Mein Vater wollte, daß ich mich im Büro einarbeitete. Er hat, als er merkte, daß Kurt, mein Bruder, kein Interesse an der Heizölhandlung zeigte, gehofft, ich würde später mal einen Mann heiraten, der etwas davon versteht. Aber die Leute, die wir damals kannten, interessierten mich nicht; die meisten waren genauso verklemmt und bigott wie meine Großeltern. Paul gefiel mir sofort, er war schlank, groß, ein etwas weicher, hübscher Typ; als unerfahrenes Mädchen habe ich mich eben von ihm beeindrucken lassen. Heute würde mir das bei einem wie ihm nicht mehr passieren. Ich merkte auch bald, daß er ein Auge auf mich hatte; jedesmal, wenn er mich allein im Büro antraf, machte er Andeutungen, beispielsweise, er würde, wenn ich nicht die Tochter des Chefs wäre, gern mal mit mir ins Kino gehen. Ich habe mir das ein halbes Jahr angehört, dann habe ich ihn gefragt, was das eigentlich miteinander zu tun habe, daß er mich ins Kino einladen möchte und mein Vater sein Chef sei. Ein paar Tage darauf waren meine Eltern bei meinem Onkel. Ich sollte mitgehen, erfand aber eine Ausrede und ging, ohne daß sie es wußten, mit Paul ins Kino. Ich weiß nicht mehr, wie der Film hieß, jedenfalls war es einer, den ich mir, wenn es nach meinen Eltern gegangen wäre, auf keinen Fall hätte ansehen dürfen. Damals lief gerade die Sex-Welle in den Kinos an, Paul hatte uns einen Logenplatz besorgt, außer uns saß nur noch ein junges Pärchen in der Nähe. Die beiden waren richtig hemmungslos, später setzte sich das Mädchen, obwohl wir sie beobachten konnten, sogar auf seinen Schoß. Irgendwie hat es mich damals erregt, im Internat haben wir uns oft über solche Dinge unterhalten; da war man eben neugierig geworden. Paul wurde dann auch zudringlich. Anfangs habe ich mich gesträubt, aber es war alles so ungewohnt für mich, der Film, das hemmungslose Pärchen neben uns, mein erstes Zusammensein mit einem Mann...« An dieser Stelle sprach sie nicht weiter. Ich fragte: »Wie weit ist es an diesem Abend zwischen euch gekommen?«

»Wieso interessiert dich das?« fragte sie belustigt. Wir unterhielten uns in meiner Wohnung und tranken einen Cherry. Ich antwortete: »Es regt mich auf. Wenn du nicht weitererzählst, verrate ich Dieter, wo du dich vor ihm versteckst und daß er den verlängerten Kredit nicht einem plötzlichen Entgegenkommen seiner Bank, sondern dir verdankt. Für deinen Scheidungsprozeß ist es auch nicht unwichtig, wenn ich dem Gericht glaubhaft machen kann, daß du bei deiner ersten Eheschließung ein noch völlig unerfahrenes, eben erst aus dem Internat kommendes Mädchen warst, das von seinem ersten Mann verführt worden ist, ohne richtig zu wissen, worauf es sich da eingelassen hat. Man wird dir sonst deine Ehe mit Paul anlasten.«

Sie lächelte: »So ganz unerfahren war ich eigentlich nicht mehr. Paul hätte mich an diesem Abend gar nicht so weit gebracht, wenn ich nicht selber neugierig gewesen wäre.«

»Wie weit?«

Sie griff nach meinen Zigaretten und ließ sich von mir Feuer geben. »Nun ja«, sagte sie, »es kam eben zu dem, was man Petting nennt. Er sagte mir hinterher, daß ich für ihn das erste Mädchen sei, das von solchen Dingen noch keine Ahnung hatte.«

»Aber du sagtest doch eben . . .« Sie unterbrach mich: »Im Internat haben wir oft darüber gesprochen. Natürlich hat Paul gemerkt, daß ich, Männern gegenüber, noch unerfahren war. In der Theorie waren wir ziemlich unterrichtet, nur in der Praxis noch nicht. Ich wollte dann mit Paul auch nicht mehr ausgehen, aber was ich an dem Abend im Kino erlebt habe, das hat mich nur noch neugieriger werden lassen. Ein paar Wochen später ließ ich mich wieder von ihm einladen, diesmal fuhren wir mit seinem Wagen weg. An dem Tag ist es dann auch passiert. Eigentlich war ich selber daran schuld, ich habe ihn, glaube ich, dazu provoziert, und als es dann einmal soweit zwischen uns war, trafen wir uns fast jeden Tag. Daran, was später aus uns werden sollte, habe ich erst gedacht, als wir schon verheiratet waren, aber ich wäre, wenn er sich nicht so negativ entpuppt hätte, auf jeden Fall bei ihm geblieben, egal, was aus uns geworden wäre. Mit seinen Eltern habe ich mich gut verstanden, das waren nette Leute, die sich in sein Privatleben nicht einmischten. Sein Vater war kleiner Beamter, Vermögen war keins da. Gegen die Scheidung hat Paul sich lange gesträubt. Nachdem er aber so ungeschickt war, sich von mir mit seiner ehemaligen Verlobten erwischen zu lassen, kam er vor Gericht natürlich nicht damit durch. Mein Vater hatte damals einen guten Anwalt genommen.«

»Und dann kam Stefano?«

»Das dauerte noch eine Weile«, sagte sie und drückte ihre Zigarette aus. Sie trug an diesem Abend ein weißes, enganliegendes Kleid, von dem sich ihre braungebrannte Haut noch auffälliger abhob. »Stefano kam erst zwei Jahre später zu uns«, sagte sie. »Er hatte vorher bei Opel gearbeitet, war aber mit dem, was er dort zu tun hatte, nicht zufrieden; die Arbeit war ihm zu stumpfsinnig. Außerdem verdiente er bei meinem Vater mehr. Er ist nach Deutschland gekommen, weil er Geld für eine eigene Werkstatt brauchte; das hätte er sich in Cuneo oder Vernante nicht verdienen können. Damals lebte auch sein Vater noch und betrieb die Tankstelle in Vernante. Er verunglückte etwa ein Jahr vor unserer Heirat, als er einen im Schnee steckengebliebenen Touristenwagen abschleppen wollte. Wir dachten alle, Stefano würde, als er zu seiner Beerdigung nach Vernante fuhr, nicht mehr zurückkommen, aber er kam dann doch wieder, nur meinetwegen, wie er mir später erzählte.«

»Gab es damals schon Beziehungen zwischen euch?«

Sie schüttelte den Kopf. »Erst im Mai 1973, ungefähr acht Wochen vor unserer Heirat. Daß er schon vorher in mich verliebt war, hatte ich natürlich gemerkt. Zu jener Zeit war das jedoch noch kein Thema für mich. Du mußt wissen, nach meiner Ehe mit Paul war ich ziemlich depressiv. Die Arbeit im Büro sagte mir auch nicht zu. In meiner Freizeit konnte ich allerdings tun und lassen, was ich wollte. Seit meiner Ehe mit Paul wagte mein Vater kaum mehr, mir über mein Privatleben Vorschriften zu machen. Auf dem Tennisplatz lernte ich wieder einen Mann kennen. Er war Geschäftsführer in einem Supermarkt, vorher hatte er in Oldenburg gearbeitet. Die Stellung hatte er erst vor vier Wochen angetreten, er wußte noch nicht, ob er sie behalten konnte, sein Vertrag mit der Gesellschaft sah eine halbjährige Probezeit vor. Er sah gut aus, ich habe mich, trotz meiner schlechten Erfahrungen, sofort in ihn verliebt. Vielleicht habe ich mir auch eingeredet, es würde mir über meine erste Enttäuschung hinweghelfen. Als ich ihn kennenlernte, wohnte er in einem neuen Hochhaus. Ich besuchte ihn dort oft, bis ich merkte, daß er über das Wochenende jedesmal nach Oldenburg fuhr. Zuerst erzählte er mir, er würde nur seine Eltern besuchen, später rückte er damit heraus, daß er verheiratet war und vorgehabt hatte, seine Frau, sobald der Vertrag mit seiner Gesellschaft perfekt wurde, nach Essen nachkommen zu lassen. Angeblich wollte er sich meinetwegen von ihr scheiden lassen. Mir war das zu unsicher, ich habe ihm auch nicht verziehen, daß er mich während der ganzen Zeit belogen hatte.«

Sie griff nach ihrem Glas, trank es leer und blickte mich merkwürdig an. »Weißt du eigentlich, warum ich dir das alles erzähle?«

»Weil ich dein Anwalt und, wie ich hoffe, noch etwas mehr für dich bin«, sagte ich. »Oder habe ich etwas vergessen?«

»Als ich das erste Mal bei dir war«, sagte sie, »hast du mich gefragt, warum ich nicht will, daß Dieter meine Adresse erfährt. Ich habe dir damals gesagt, daß ich noch nicht darüber sprechen möchte. Ich wußte noch zu wenig von dir. Dieter hat mir zwar viel von dir erzählt, aber ich war mir nicht sicher, ob du nicht alles, was ich dir von mir erzähle, sofort an ihn weitergeben wirst.«

»Und jetzt bist du dir sicher?« fragte ich. Sie nickte. »Immerhin seid ihr gute Freunde. Ich konnte schon deshalb nicht ausschließen, daß du vor ihm keine Geheimnisse hast. Inzwischen weiß ich es besser. Ich weiß heute auch, daß man mit dir so ziemlich über alles reden kann. Bei Dieter weiß ich es noch nicht.«

Ich fragte: »Ist das dein Problem?«

»Es ist groß genug«, sagte sie und beobachtete, wie ich ihr Glas nachfüllte. »Er hat im Grunde nie verstanden, weshalb ich Stefano geheiratet habe. Ich hatte Hemmungen, mit ihm so offen darüber zu reden, wie ich das bei dir tue. Bevor ich mich noch einmal mit ihm treffe, möchte ich deine Meinung darüber hören, wie er darauf reagieren wird. Du kennst ihn besser als ich. Wenn er so reagiert, wie ich es befürchte, ist es besser, ich sehe ihn nicht mehr. Ich könnte mich ja auf den Standpunkt stellen, daß ihn meine Vergangenheit nichts anginge, aber das ist, finde ich, keine gute Ausgangsposition, und bis jetzt hat er immer noch Marianne bei sich wohnen.«

»Das ist vielleicht deine eigene Schuld«, gab ich zu bedenken.

»Vielleicht«, sagte sie. »Ich bin mir da noch nicht ganz sicher. Es gibt, was Stefano betrifft, noch eine Vorgeschichte. Eigentlich war mein Vater daran schuld, daß es überhaupt so weit zwischen uns gekommen ist. Er wollte immer, daß ich unsere Fahrer, wenn sie das Öl zu den Leuten brachten, begleitete. Er meinte, das würde einen guten Eindruck auf die Kundschaft machen, wenn ich mich als seine Tochter hin und wieder auch persönlich dort sehen ließe und mich erkundigte, ob sie mit den Lieferungen zufrieden seien. Außerdem sollte ich gleichzeitig etwas auf die Fahrer aufpassen. Es gab da welche, die in ihre eigene Tasche arbeiteten und der Kundschaft, wenn sie sich um das Einfüllen nicht selbst kümmerte, mehr Heizöl berechneten, als sie tatsächlich eingefüllt hatten. Was dann im Tankwagen übrigblieb, fuhren sie zu ihrer Wohnung oder verkauften es schwarz. Stefano habe ich auch zwei- oder dreimal begleitet, er erzählte mir von seiner Heimat und zeigte mir Fotos von Vernante und Limone. Mein Wunsch war schon immer, irgendwo im Süden zu wohnen. Seit ich in dem Schweizer Internat war, gefiel es mir in Essen nicht mehr, ich vertrug das Klima auch nicht, hatte ständig eine leichte Bronchitis. Stefano sagte mir, er würde sich in Limone eine eigene Werkstatt aufbauen und auch die Tankstelle in Vernante vergrößern; sein Bruder Francesco sei Kraftfahrzeugmeister in Cuneo und wolle sich zusammen mit ihm selbständig machen. Ich hätte mich trotzdem nie darauf eingelassen, wenn er mir nicht so sympathisch gewesen wäre. Er imponierte mir irgendwie, vielleicht durch seine ruhige Art, er war so ganz anders, als man sich hier in Deutschland Italiener vorstellt. Ich habe dir schon ein paarmal von meiner Schulfreundin erzählt. Als ich nach Deutschland zurückkam, wußte ich sonst niemand, zu dem ich hätte gehen können. Ich habe schon nach meiner ersten Ehe Verbindung mit ihr aufgenommen. Die meisten Mädchen, die ich noch aus der Grundschule kannte, waren bereits verheiratet oder berufstätig. Bei Hilde ist das anders, ihre Mutter ist vor ein paar Jahren gestorben, seitdem führt sie ihrem Vater das Haus. Er ist Exportchef einer großen pharmazeutischen Fabrik und die Hälfte des Jahres im Ausland. Sie haben am Grugapark ein schönes Haus mit Schwimmhalle. Ans Heiraten denkt sie noch nicht, sie meint, sie wolle vorher ihre Freiheit noch genießen, es sei verrückt, sich in unserem Alter schon an einen Mann zu binden. Sie hat mir damals, weil ich ihr so ziemlich alles von mir erzählt habe, geraten, es genauso zu machen wie sie. Bei meinem Aussehen könnte ich Freunde haben, soviel wie ich wolle, ohne mich gleich auf einen festzulegen.«

»Und fandest du welche?« fragte ich. Sie wurde ein wenig rot. »Zu jener Zeit wußte ich noch nicht, worauf ich mich da eingelassen habe. Heute ist Hilde auch ganz anders, so was wie damals würde sie bestimmt nicht mehr tun. Über diese Sache wollte ich eigentlich schon bei meinem ersten Besuch mit dir reden.«

»Rede«, sagte ich. Sie schüttelte den Kopf. »Ich muß vorher noch einmal darüber nachdenken. Ich bin da irgendwie in eine dumme Geschichte hineingeschliddert. Wann fährst du zu Stefano?«

»Anfang nächster Woche«, sagte ich und ging mit ihr, weil sie unvermittelt aufstand, zur Tür. Vom Fenster aus beobachtete ich dann, wie sie rasch die Straße überquerte und zur Bushaltestelle ging.

Auf ihre Geständnisse, Hilde E. betreffend, ließ sie mich bis nach meiner Rückkehr aus Vernante warten. Sie hatte sie zufällig in der Stadt getroffen und nach so vielen Jahren kaum wieder erkannt. In einem Café tauschten sie über zwei Stunden lang gemeinsame Schulerinnerungen aus. Hilde lud sie für den nächsten Abend in ihre Wohnung ein. Von da an war Helga regelmäßig Gast bei ihr und lernte auch Hildes Freunde kennen, die immer dann, wenn ihr Vater verreist war, zu ihr ins Haus kamen. Nach allem, was sie mir über Hilde E. erzählt hat, darf man davon ausgehen, daß diese durch das Alleinsein in dem großen Haus, durch den plötzlichen Tod ihrer Mutter und durch eine stark ausgeprägte Geringschätzung bürgerlicher Moralbegriffe aus der Bahn geworfen worden war und einen recht unbekümmerten Lebenswandel führte. Helga schilderte sie mir als ein gutgewachsenes Mädchen mit Stupsnase und Sommersprossen. Ihre Freunde – darüber, wie viele es in den vergangenen Jahren insgesamt waren, hatte sich Helga nie recht schlüssig werden können – waren meistens junge Männer zwischen achtzehn und fünfundzwanzig, die sie in Beat-Schuppen und ähnlichen Etablissements aufgelesen hatte und, damit in der Nachbarschaft kein Gerede entstand, nach Einbruch der Dunkelheit über einen an den Grugapark grenzenden Gartenzaun und durch offenstehende Fenster ins Haus kommen ließ. Zwei von ihnen, Walter G. und Horst F. lernte Helga persönlich kennen, anscheinend handelte es sich dabei um feste Freunde von Hilde. Es sollen, nach Helgas Worten, recht nette und gut erzogene junge Männer gewesen sein, vor allem Walter, Bankangestellter und aus besserer Familie stammend, schien sie nicht unbeeindruckt gelassen zu haben. Obwohl er weder ihr Typ noch ein Mann war, mit dem sie sich unter normalen Umständen eingelassen hätte; er war sogar noch ein Jahr jünger als sie. Hilde, die offensichtlich mit beiden ein Verhältnis hatte, war wohl von Anfang an bemüht gewesen, Helga mit Walter zusammenzubringen, vielleicht in dem guten Glauben, sie dadurch von ihren unangenehmen Erinnerungen an ihre erste Ehe abzulenken. Dies scheint jedoch bei den gelegentlichen Begegnungen im Hause von Hilde, wo man Schallplatten hörte und bei mancherlei Getränken aus dem väterlichen Weinkeller dazu tanzte, nicht richtig vorangegangen zu sein. Ob schon bei diesen Gelegenheiten Zärtlichkeiten zwischen ihnen ausgetauscht worden waren – darüber hatte sich Helga mir gegenüber ausgeschwiegen. Zu einem Verhältnis schien es jedoch erst an jenem Abend gekommen zu sein, als Helga wieder einmal zusammen mit Hilde in deren väterlichem Schwimmbecken war. Sie erzählte mir, daß sie sich, seit ihrem ersten Besuch bei Hilde, als sie keinen Badeanzug mitgebracht hatte und Hilde ihr sagte, sie würde immer nackt baden, dazu habe überreden lassen, es ihr gleichzutun, aber das war nie in Gegenwart der jungen Männer geschehen. An jenem Abend aber tauchten sie, für Helga völlig überraschend, am Schwimmbecken auf und entledigten sich, bevor sie richtig begriff, was sie vorhatten, ebenfalls ihrer Kleider. Hilde gestand ihr später, daß sie das so arrangiert habe, damit sie endlich ihre dummen Hemmungen verliere. Helga sagte, eher verwirrt als schockiert, daß sie das doch nicht machen könnten, aber da waren die beiden jungen Männer bereits bei ihnen im Wasser und Hilde forderte Helga ungeduldig auf, kein Spielverderber zu sein, sie hätte mit den beiden schon öfter nackt gebadet. Man kann annehmen, daß der Anblick der unbekleideten, vermutlich in schon erregtem Zustand befindlichen Männer, auf Helga trotz ihrer Skrupel eine stimulierende Wirkung hatte. Sie sagte dazu: »Zuerst wollte ich sofort weggehen, aber sie redeten alle auf mich ein und sagten, da sei heute doch nichts mehr dabei und an vielen Badestränden sei das sogar offiziell erlaubt. Hilde sagte dann lachend, ich sei eben noch nicht in der richtigen Stimmung und schwamm zu Horst. Sie taten dann Dinge miteinander, von denen ich bis dahin noch gar nichts gewußt hatte. Paul, mein erster Mann, hatte dafür viel zuwenig Phantasie. Ich kletterte aus dem Schwimmbecken und wollte mich anziehen, aber Walter kam mir nachgelaufen und zog mich, obwohl ich nicht wollte, neben dem Becken auf den Boden. Ich konnte ihn, weil mir das vor den anderen peinlich war, wenigstens dazu bewegen, mit mir in Hildes Zimmer zu gehen. Ich weiß heute nicht mehr, wieso ich mich überhaupt darauf eingelassen habe, ich war wie im Fieber. Später kamen dann auch die anderen zu uns und Hilde zog Walter von mir weg und fing mit *ihm* an. Horst kam zu *mir*. Mir war, als das geschah, schon alles egal.«

Jedenfalls mußte dieses Erlebnis, auf dessen Details sie nicht näher einging, einen so nachhaltigen Eindruck auf sie gemacht haben, daß sie ihren nachträglichen Vorsatz, Hilde nie mehr zu besuchen, nicht einmal eine Woche lang durchhielt und sich dann wieder mit ihr und den beiden jungen Männern traf. Diese intimen Begegnungen scheinen über einen längeren Zeitraum hinweg regelmäßig stattgefunden zu haben, sie wurden nur durch die Heimkehr von Hildes Vater für einige Wochen unterbrochen. Zu Komplikationen kam es erst, als Hilde einen dritten jungen Mann hinzuzog, um, wie sie zu Helga sagte, etwas mehr Abwechslung in die ganze Sache zu bringen. Allerdings scheint es sich bei Wolfram K., ihrem ersten Intimfreund, um einen jungen Mann gehandelt zu haben, der sich einmal ernsthaft um sie beworben hatte und später von ihr, als sie sich mit weiteren Männern einließ, enttäuscht worden war. Helga sagte mir, er habe sich nie richtig an ihren gemeinsamen Spielen beteiligt und die meiste Zeit nur zugesehen. Auch damals habe sie seinetwegen wieder endgültig Schluß machen wollen, es sei aber wie eine Droge gewesen, von der man, wenn man sich erst einmal darauf eingelassen habe, nicht mehr loskomme.

Während Hilde im Falle von Horst und Walter insofern eine gewisse Menschenkenntnis bewiesen zu haben scheint, als es zwischen ihnen, trotz ihres nicht unkomplizierten Verhältnisses zueinander, nie zu Eifersüchteleien gekommen ist, traf dies, wie sich später herausstellte, auf Wolfram nicht zu. Er brachte, ohne Hilde etwas davon zu sagen, eines abends vier Freunde mit, bei denen es sich nach Helgas Worten um üble Typen gehandelt haben mußte. Es war für Wolfram, der die Gewohnheiten im Hause begreiflicherweise gut kannte, nicht schwierig gewesen, den besten Zeitpunkt für ihr Erscheinen abzuwarten. Als die fünf Männer durch das offene Fenster, das zum Schlafzimmer von Hildes Vater gehörte, in das Haus eindrangen, hielten sich Hilde und Walter in dem überdachten Swimming-pool auf, der direkt an das Schlafzimmer grenzte und durch eine Tür mit ihm verbunden war. Die großen Fensterscheiben des nachträglich eingebauten Schwimmbades führten zum rückwärtigen Teil des Gartens; den Einblick von außen verwehrten Jalousetten. Horst war an diesem Abend nicht gekommen. Helga saß am Rande des Schwimmbeckens und bemerkte die fünf Männer zuerst. Sie wurde sofort von ihnen umringt, ein breitschultriger, rothaariger Bursche, augenscheinlich der Anführer, drückte sie, als sie sich erheben wollte, auf den Boden zurück und sagte: »Bleib sitzen! Die Vorstellung hat doch noch gar nicht angefangen.« Seine vier Begleiter grinsten. Zwei von ihnen trugen, wie ihr Anführer, Lederjacken. Viel älter als zwanzig war keiner, aber sie waren alle groß und kräftig. Als Walter bei ihrem Anblick aus dem Schwimmbecken klettern wollte, hinderte ihn einer daran, indem er ihm mit seinem Stiefel hart auf die Finger trat. Walter fiel mit einem Schmerzensschrei ins Wasser zurück. Hilde, die außer Wolfram keinen von ihnen kannte, wurde von ihnen ebenfalls daran gehindert, das Becken zu verlassen. Der Rothaarige sagte zu ihr: »Vorher will ich erst mal was sehen, Kleine. Ich habe noch nie zuschauen dürfen, wie so was im Wasser gemacht wird. Wenn du es uns vorführst, lassen wir dich raus.«

»Ihr Schweine«, sagte sie wütend. »Daß du so ein Schwein sein kannst, Wolfram!« Die jungen Männer lachten nur, auch Wolfram lachte. Sie verteilten sich auf alle Seiten des Schwimmbeckens. Der Rothaarige und Wolfram blieben bei Helga stehen und drückten sie jedesmal, wenn sie aufzustehen versuchte, an den Schultern nieder. Der Rothaarige sagte zu Walter: »Los, zeig mal, was du kannst, sonst machen wir dich fertig und sie dazu. Oder sollen wir dir dabei helfen?«

»Ihr seid ja verrückt!« sagte Walter. »Wenn ihr nicht verschwindet, rufen wir die Polizei!« Die Männer lachten wieder. »Die Bullen bumsen auch gern«, sagte der Rothaarige. »Und wenn einer von euch zu laut wird, machen wir ihn fertig. Das gilt auch für dich!« sagte er zu Helga. Er ging hinter ihr in die Hocke und tastete ihre Brüste ab. Sie sträubte sich, er schlug ihr mit der Handkante so hart in den Nacken, daß sie mit dem Gesicht auf die Beine fiel. Er zog sie an den Haaren hoch, drückte sie mit den Schultern auf den Boden und hockte sich, das Gesicht ihren Füßen zugewandt und mit den Knien ihre Arme festhaltend, breitbeinig über sie. Dann griff er, um sie zu erregen, plumpfingerig an ihren Schoß. Die anderen beobachteten es mit gierigen Blicken. Wolfram schob, damit sie es besser sehen konnten, den Fuß zwischen ihre Schenkel. Ein anderer stieß Hilde, als sie wieder versuchte, aus dem Wasser zu kommen, mit der Faust zurück. Walter war an die flachste Stelle des Beckens geschwommen und stand unschlüssig bis zur Brust im Wasser. Der Rothaarige sagte, während er sich mit Helga beschäftigte: »Fang endlich an, Kerl. Du sollst sie bumsen, oder müssen wir dir dabei helfen?«

»Das tu ich nicht«, sagte Walter mit blassem Gesicht. »Und wenn ihr mich umbringt.«

»Dann bringen wir dich eben um«, sagte der Rothaarige und gab seinen Freunden ein Zeichen. Zwei zogen sich aus und sprangen in das Becken. Sie faßten Walter an den Armen und versuchten, ihn in das Wasser zu tauchen, aber er wehrte sich so heftig, daß ihnen ein dritter Mann dabei helfen mußte. Wolfram, der bei dem Rothaarigen geblieben war und keinen Blick von Helga ließ, fragte: »Hast du sie schon soweit?«

»Siehst du das nicht?« fragte der Rothaarige grinsend. Er beobachtete, wie die drei Männer im Becken Walter unter das Wasser drückten. »Es genügt«, sagte er. »Sonst ist er kaputt.« Sie ließen ihn los, aber er war schon halb besinnungslos. Sie mußten ihn heraustragen und legten ihn neben dem Becken auf den Boden. Einer sagte besorgt: »Der ist weg.«

»Legt sie auf ihn«, sagte der Rothaarige, Hilde anschauend. »Dann kommt er bestimmt wieder zu sich.« Sie holten auch Hilde aus dem Wasser. Sie war jetzt so eingeschüchtert, daß sie keinen Widerstand leistete. Auch Helga machte keinen Versuch mehr, sich gegen den Rothaarigen zu wehren. Der Schlag in den Nacken hatte sie halb betäubt. Die Männer schleppten Hilde zu Walter und legten sie auf ihn. Während der ganzen Zeit gab ihnen der Rothaarige obszöne Anweisungen. Sie zwangen sie, Walter mit den Beinen zu umfassen. Der Rothaarige sagte zu ihr: »Ich habe gehört, du sollst so gut sein. Zeig es uns.«

»Ich glaube, der ist wirklich hin«, sagte einer der drei Männer. Auch Wolfram ging jetzt zu ihnen und beugte sich über Walter. »Er lebt«, sagte er. »Der spielt nur den toten Mann.«

»Dann soll sie ihn lebendig machen«, sagte der Rothaarige ungeduldig. »Oder muß ich ihr erst zeigen, wie?«

»Der kriegt ihn jetzt doch nicht hoch«, sagte einer der jungen Männer.

»Ihr seid ja von gestern«, sagte der Rothaarige. Er ließ Helga los, zog Hilde an den Füßen halb von Walter herunter und sagte ihr, was sie zu tun habe. In diesem Augenblick, als sie sich alle fünf über die beiden am Boden Liegenden beugten und lüstern beobachteten, wie Hilde die Befehle des Rothaarigen ausführte, stand Helga auf und rannte zur Tür. Es ging so schnell, daß keiner der Männer sie daran hindern konnte. Sie rannte durch das angrenzende Schlafzimmer von Hildes Vater auf den Flur und von dort in Hildes Zimmer. Sie erreichte es mit einem Vorsprung von etwa zehn Schritten vor dem Rothaarigen und Wolfram, die ihr sofort gefolgt waren. Sie schlug die Tür hinter sich zu, schloß sie ab und riß, während die beiden Männer draußen versuchten, die Tür aufzubrechen, Hildes Kleiderschrank auf. Sie nahm einen Mantel heraus, streifte ihn über, rannte zum Fenster und sprang hinaus. Als sie auf bloßen Füßen durch den dunklen Garten zum Tor hetzte, tauchten links von ihr zwischen hohen Oleanderbüschen zwei Männer auf. Sie änderte ihre Richtung und lief auf den hinteren, an den Grugapark grenzenden Zaun zu. Er war über einen Meter hoch, sie verhedderte sich, während hinter ihr die beiden Männer angekeucht kamen, mit ihrem Mantel, dann war plötzlich ein dritter Mann neben ihr. Sie machte instinktiv eine abwehrende Bewegung, aber er faßte nach ihrem Arm und sagte: »Spring! Schnell!« Er half ihr über den Zaun und wandte sich sofort den beiden heraneilenden Männern zu. Bis ihr richtig bewußt wurde, daß es Stefano Benedetti war, der ihr geholfen hatte, war Helga bereits auf der Straße. Dann hörte sie im Garten einen Mann brüllen. Sie blieb unwillkürlich stehen und blickte zurück, konnte jedoch in der Dunkelheit nichts erkennen. Im Haus gegenüber wurde eine Tür geöffnet, Licht fiel auf die Straße, sie sah einen Mann herauskommen; er blickte aufmerksam zu ihr her. Weil das Brüllen inzwischen verstummt war, ging sie schnell weiter. Noch ehe sie die nächste Straßenkreuzung erreichte, hörte sie rasche Schritte hinter sich. Sie drehte sich um und erkannte im Licht einer Straßenlaterne Stefano Benedetti. Er war ohne Jackett, sein Hemd hing ihm in Fetzen vom Körper. Er stopfte es, während er sich ihr näherte, in die Hose. Dann sah sie, daß er aus dem Mund und aus der Nase blutete. Auch seine rechte Hand war blutig. Er sagte: »Nicht warten. Gehen Sie weiter.«

»Was ist Ihnen passiert?« fragte sie.

»Nichts«, sagte er und griff nach ihrem Arm. Er führte sie in die nächste Querstraße. Dort stand sein Wagen, ein alter Opel mit rostzerfressenen Stoßstangen. Er schloß ihr die Tür auf. Im Wagen bekam sie einen Weinkrampf. Stefano, der sich neben sie gesetzt hatte, sprach beruhigend auf sie ein, und als das nichts half, streichelte er ihr Gesicht. Sie stieß jäh seine Hand von sich und sagte: »Sie sind noch im Haus. Meine Freunde brauchen Hilfe. Wir müssen die Polizei verständigen.«

»Nicht nötig«, sagte Stefano und blickte durch das Heckfenster zur Straßenkreuzung. Dort fuhren eben mit donnernden Auspuffrohren drei schwere Motorräder vorbei. »Das waren sie«, sagte Stefano. »Sie brauchen einen Arzt.«

»Wofür?« fragte Helga. Er griff in seine Hose und zeigte ihr ein blutverschmiertes Taschenmesser. »Nicht schlimm«, sagte er. »Nur hier.« Er deutete auf seinen Arm. »Ich habe alle zwei hier gestochen.

Daran stirbt ein Mann nicht. Ich mußte stechen, sie hätten mich sonst totgetreten.« Er zeigte auf seinen blutenden Mund und lächelte. Helga blickte ihn ein paar Sekunden lang stumm an, dann fragte sie: »Wie kamen Sie in den Garten?« Er wischte mit einem Taschentuch das Blut aus dem Gesicht und ließ den Motor an. »Sie müssen schlafen«, sagte er.

»Ich habe Sie etwas gefragt«, sagte Helga, griff nach dem Zündschlüssel und stellte den Motor ab. »Ich will wissen, wie Sie hierher kommen.« Er zuckte mit den Achseln. »Ich stand vor Ihrer Wohnung und sah Sie weggehen. Ich bin Ihnen nachgefahren. Ich habe im Garten gewartet. Dann kamen die fünf Männer. Ich habe schon vorher ihre Motorräder gehört. Sie gingen durch das Fenster in das Haus.«

»Sie haben mir nachspioniert«, sagte Helga, die nur das verstanden hatte und sonst nichts. »Nicht spioniert«, sagte Stefano. »Ich habe mir Sorgen gemacht. Ich wußte, daß das einmal schlechtgehen würde.« Helga rückte ein Stück von ihm ab und sagte steif: »Sie wußten gar nichts, Stefano.«

»Doch«, sagte er. »Eine Freundin und zwei Männer, manchmal auch drei.« Sie sagte kalt: »Und? Wir haben getanzt. Wir sind gute Freunde.«

»Schlechte Freunde«, sagte Stefano. »Wenn man schlechte Freunde eingeladen hat, soll man alle Fenster schließen. Ich war auch im Haus. Einmal.«

Sie blickte ihn wieder ein paar Sekunden lang stumm an, dann fragte sie: »Was haben Sie gesehen?«

»Vielleicht besser nicht darüber reden«, sagte Stefano und startete den Motor. Diesmal hinderte ihn Helga nicht daran. Sie fühlte sich beschmutzt und erniedrigt. Während der ganzen Fahrt sprach sie kein Wort mit ihm und ließ sich, ohne seine Einwände zu beachten, an der nächsten Obushaltestelle absetzen. Sie verabschiedete sich nicht und sie bedankte sich auch nicht. In der Nacht brachte sie kaum ein Auge zu, am nächsten Morgen sagte sie zu ihrer Mutter, daß sie sich nicht wohl fühle, und blieb den ganzen Tag im Bett. Gegen Mittag rief sie Hilde an. Wolfram und seine Freunde hatten das Haus nach Helgas Flucht sofort verlassen. Hilde fragte: »Hast du eigentlich noch mitbekommen, was draußen los war? Da war plötzlich so ein Geschrei.«

»Nein«, sagte Helga. »Ich bin direkt nach Hause gelaufen.« Hilde sagte: »Das wird Wolfram mir büßen. Wir treffen uns heute abend bei mir, Werner und Horst kommen auch.«

»Ich habe keine Zeit«, sagte Helga und legte auf. Das Essen, das ihre Mutter ihr hereinbrachte, ließ sie stehen, aber am darauffolgenden Tag stand sie zur gewohnten Zeit auf und arbeitete im Büro. Sie ließ noch drei Tage verstreichen, in denen sie jedes Zusammentreffen mit Stefano vermied, dann richtete sie es, ohne daß es ihrem Vater auffallen konnte, so ein, daß sie Stefano auf einer größeren Fahrt begleitete. Sie führte sie nach Bredenscheid zu einem alten Kunden ihres Vaters, der dort einen holzverarbeitenden Betrieb hatte. Helga stieg jedoch schon vorher aus und ging bis zu Stefanos Rückkehr auf einem Waldweg spazieren. Sie hatte auch während dieser Fahrt kein Wort mit ihm gesprochen, und er hatte von sich aus keinen Versuch gemacht, sie anzureden. Jetzt aber, als er mit dem leeren Tankzug zurückkam, forderte sie ihn auf, mitzukommen. Er fuhr den Tankwagen auf den Waldweg. Es war ein schöner Tag, laulüftig und mit frischem Grün an den Bäumen. Helga betrachtete, während sie nebeneinander dem Weg folgten, das große Pflaster auf Stefanos Handrücken und seinen Mund. Er war noch etwas angeschwollen. »Ich habe mich noch nicht bei dir bedankt«, sagte sie. »Was bin ich dir schuldig, Stefano?« Sie hatte ihn zwar, wie alle Fahrer ihres Vaters, schon immer beim Vornamen angesprochen, jedoch bisher nie geduzt. Er war etwas größer als sie, ein schlanker Mann mit braungebranntem Gesicht und einem kleinen Oberlippenbart. Jedesmal, wenn sie ihn sah, ertappte sie sich bei dem Wunsch, ihm das dichte, krause Haar zu streicheln. Er sagte kurz: »Nichts.«

»Ich bleibe aber nicht gern etwas schuldig«, sagte sie. »Was hast du in diesem Haus gesehen?« Er schwieg. »Du willst es mir nicht verraten?« fragte sie. Er sagte: »Nein.« Sie verließ den Waldweg und ging etwa hundert Schritte durch das dichte Unterholz. Dann blieb sie stehen, lehnte sich mit dem Rücken gegen einen Baum und blickte Stefano, der ihr unschlüssig gefolgt war, mit flachen Augen an. »Willst du mich küssen?« fragte sie. Er näherte sich ihr zögernd, preßte dann jedoch, als sie ihn reglos anschaute, die Lippen auf ihren Mund. Als seine Küsse immer leidenschaftlicher wurden, schob sie ihn mit beiden Händen von sich und sagte: »Erst will ich wissen, was du in dem Haus gesehen hast, Stefano. Wo warst du, als du uns beobachtet hast? Im Schlafzimmer von Hildes Vater? Oder haben wir die Zimmertür meiner Freundin offenstehen lassen.«

»Ich weiß nicht, welches Zimmer es war«, sagte er. »Aber es war ein Schlafzimmer. Ich konnte in die Schwimmhalle schauen.«

»Und dort hast du uns gesehen?« Er nickte. »Und was hast du gesehen?« fragte sie. »Haben wir etwas getan? Im Wasser?«

»Nicht im Wasser«, sagte er. »Sie nicht im Wasser.« Er wollte sie wieder küssen, aber sie hielt ihn von sich und sagte: »Erst wenn du mir sagst, was du gesehen hast. Was haben wir getan? Habe *ich* etwas getan? Mit einem der jungen Männer?« Er bekam eine rote Stirn. »Nicht mit Männern«, sagte er. »Mit Freundin.«

»Im Schwimmbecken?«

»Am Boden«, sagte er. »Die Männer schauten zu.« Sie erinnerte sich und sagte: »Das war nur einmal. Oder warst du öfter im Haus?« Er schwieg wieder. »Also warst du mehr als einmal im Haus«, sagte sie verwundert. »Wieso haben wir dich nicht bemerkt?«

»Zimmer dunkel«, sagte er und wich ihrem Blick aus. Sie sagte: »Ich habe das mit meiner Freundin nur getan, weil die beiden jungen Männer es so wollten. Es hat ihnen Spaß gemacht.«

»Ich fand es nicht so«, sagte Stefano.

»Nicht spaßig?« fragte sie.

»Ich fand es nicht spaßig«, sagte er.

»Es war unfair von dir, uns zu beobachten«, sagte sie kühl. »Stört es dich, wenn Frauen sich gern haben?«

»Hast du sie gern?« fragte er zurück. Sie lächelte. »Hilde hat einen hübschen Körper. Sie hat kein hübsches Gesicht, aber einen sehr hübschen Körper. Hast du ihn nicht auch hübsch gefunden?« Er schwieg. Sie sagte: »Ich mag alles, was hübsch ist, Stefano. Ich mag alles, was lebt, hübsch und warm ist und sich weich anfaßt. Ich fürchte mich vor dem Sterben, und weil ich mich davor fürchte, möchte ich, solange ich lebe, viele hübsche Sachen anfassen können. Liebst du mich?«

»Du weißt das«, sagte er. Sie nickte. »Ja, ich weiß es, Stefano. Du hast den traurigen, entsagungsvollen Blick aller Männer, die unglücklich lieben. Du bist Italiener, und ich bin Deutsche, aber du hast mir geholfen. Du hast mir sogar sehr geholfen, und ich will nicht, daß du deinen Kameraden hier etwas von dem erzählst, was du gesehen hast. Wirst du still sein?«

»Ich habe nichts gesehen«, sagte er. »Ich werde es vergessen.«

»Wenn du nichts gesehen hast, dann brauchst du auch nichts vergessen«, sagte Helga. »Es ist dir doch klar, Stefano, daß zwischen uns beiden nie etwas Ernsthaftes werden kann? Nicht, weil du bei meinem Vater arbeitest und auch nicht, weil du Italiener bist. Ich würde keinen Ausländer heiraten, egal ob Italiener, Franzose oder Engländer. Ich werde überhaupt nicht mehr heiraten. Ich war schon einmal verheiratet.«

»Ich weiß es«, sagte er.

»Woher?«

»Ich weiß es eben«, sagte er. Sie sagte: »Als du mich mit meiner Freundin beobachtet hast, was habe ich da getan?« Er drehte ihr den Rücken zu und ging davon, aber als sie ihn beim Namen rief, blieb er stehen. Sie sagte: »Komm her, Stefano. Ich habe dich auch gern. Komm her!« Er kam zögernd zurück und sagte: »Ich möchte nicht, daß du das fragst.«

»Möchtest du mich auch nicht lieben?« fragte sie. »Nicht hier. Später einmal?«

»Wann, später?« fragte er.

»Das weiß ich noch nicht«, sagte sie. Er ging zu ihr, nahm sie in die Arme und küßte sie. Sie erwiderte seine Küsse, schob ihn jedoch, als er sich an sie drängte, wieder von sich und sagte: »Nicht hier, Stefano.«

»Warum dann wir hier?« fragte er schwer atmend und griff nach ihren Armen. Sie riß sich von ihm los und lief zum Weg zurück, aber er holte sie schon nach ein paar Dutzend Schritten ein und zwang sie zu Boden. Er legte sich mit dem Oberkörper auf sie und bedeckte ihr ganzes Gesicht mit Küssen. Sie setzte sich erst wieder zur Wehr, als er ihr das Kleid hinaufschieben wollte. »Bitte, warte noch, Stefano«, sagte sie. »Nicht hier. Bitte nicht hier. Es könnten Leute vorbeikommen und uns hören.«

»Dann komm«, sagte er und zog sie in die Höhe. Er führte sie noch tiefer in den Wald, bis niemand mehr sie hören konnte. Aber sie sträubte sich auch hier wieder und stieß mit den Knien nach ihm. Er drängte sie gegen einen Baum und griff unter ihr Kleid. Erst jetzt, als sie ihm ihre Erregung nicht länger verbergen konnte, gab sie ihm nach. Sie beobachtete mit feuchten Augen wie er seine Hose fallen ließ. »Warte noch«, sagte sie und knöpfte sein Hemd auf. Sie streifte es ihm von den Schultern, legte die Hände auf seine schmalen Hüften und sagte heiser und bewegt: »Was für ein hübscher Junge du bist, Stefano!«

14

Nach meiner Rückkehr aus Vernante gerieten die Dinge endlich in Bewegung; ich empfand, weil es mir zuletzt immer schwerer gefallen war, DC gegenüber meinen engen Kontakt zu Helga zu verheimlichen, fast Erleichterung darüber, auch wenn ich anfangs noch nicht absehen konnte, welche Entwicklung sie nehmen würden. Ich kam am 9. September aus Cuneo zurück; es war ein Montag. Ich war noch nicht richtig in meiner Wohnung, als DC mich anrief. Natürlich hatte ich ihm vorher nichts von der geplanten Reise verraten, er sagte, er habe mich seit Freitagabend fast ununterbrochen anzurufen versucht. »Du erzählst mir doch sonst immer, wenn du einige Tage verreist«, sagte er. »Oder durfte ich diesmal nichts davon wissen?«

»Franziska hat mich dazu überredet, über das Wochenende mit ihr wegzufahren«, log ich. Er schwieg ein paar Sekunden, dann fragte er: »Bist du sicher, daß es Franziska und nicht Marianne war?«

»Wie kommst du darauf?« fragte ich perplex. Er antwortete: »Sie ist verschwunden.« Im ersten Moment traute ich meinen Ohren nicht. »Wohin?«

»Das wollte ich eigentlich von dir erfahren«, sagte er. »Als ich am Freitagabend nach Hause kam, war sie weg. Sie hat sämtliche Kleider mitgenommen. Ist sie bei dir?«

»Du bist verrückt«, sagte ich und atmete einmal tief durch. »Traust du mir das wirklich zu?«

»Nein«, sagte er. »Obwohl . . .« Er sprach nicht weiter. Ich sagte so ruhig wie ich konnte: »Um das ein für allemal klarzustellen, Dieter: zwischen Marianne und mir war nie etwas, das du nicht hättest wissen dürfen. Genügt dir das?«

»Doch«, sagte er. »Das genügt mir. Wir hätten schon früher darüber reden sollen. Und du hast auch keine Ahnung, wo sie stecken könnte?«

»Hast du schon bei ihrer Mutter gefragt?«

»Dort ist sie nicht«, sagte er. »Ich habe mit der Pflegerin gesprochen.« Er machte eine Pause, dann fragte er unvermittelt: »Hat sie dir schon einmal etwas von ihrem unehelichen Kind erzählt?«

»Vor vierzehn Tagen«, sagte ich. »Sie war ziemlich konfus. Warum hast *du* mir nie etwas davon erzählt?«

»Ich habe immer darauf gewartet, daß sie es dir selber sagt«, antwortete er. »Vielleicht ist sie zu ihm gefahren. Hast du eine Ahnung, wo es lebt?« Ich fragte ungläubig: »Darüber hast du nie mit ihr gesprochen?«

»Sie hat nie mit *mir* darüber gesprochen«, sagte er. »Sie wollte das Kind aus unserem Zusammenleben heraushalten; du kennst ja ihren Scheißstolz. Wahrscheinlich hat sie sich eingeredet, sie würde sich, wenn sie das Kind mit in unsere Ehe brächte, auf ein Almosen von mir einlassen. Sie hat dir nicht erzählt, wo es lebt?«

»Bei irgendeiner Tante«, sagte ich. »Mehr weiß ich auch nicht. Das muß doch von ihrer Mutter zu erfahren sein!«

»Die hat mich nicht empfangen«, sagte er. »Kannst du noch auf einen Sprung bei mir vorbeikommen?«

»In einer halben Stunde«, sagte ich und setzte noch hinzu: »Damit hast du doch immer einmal rechnen müssen, Dieter. Ich meine, daß sie diesen Zustand auf die Dauer nicht durchhalten wird!«

»Ich habe ihn auch durchhalten müssen«, sagte er und legte auf. Anschließend mußte ich etwas trinken; ich hätte Marianne nie zugetraut, daß sie sich einmal dazu aufraffen würde, das Tischtuch zwischen ihnen durchzuschneiden, aber seit ihrer gemeinsamen Rückkehr aus Nizza war der Bruch eigentlich abzusehen gewesen; ich hatte es nur nicht wahrhaben wollen, weil ich sie beide mochte und weil ich mich in einem gewissen Sinne verantwortlich fühlte. Ich stürzte hintereinander zwei Gläser hinunter und fühlte mich trotzdem elend. Meine Befürchtung, daß sie wohl eher zu Karlchen als zu ihrem Kind gegangen war, mochte vielleicht nur hypothetisch sein, aber ich hätte in diesem Augenblick so oder so, nachdem ich es über ein Jahr lang in meiner Brust vergraben hatte, über dieses Thema nicht mit ihm reden können. Ich hätte viel darum gegeben, wenn ich vor diesem Zusammentreffen noch Gelegenheit gehabt hätte, mit Helga zu sprechen; sie war jedoch nur tagsüber telefonisch zu erreichen, und ich würde DC ohne ihre Einwilligung nicht einmal jetzt verraten dürfen, daß ich seit fast vier Wochen mit ihr in Verbindung stand; es war mir unerträglich, daran zu denken.

Gegessen hatte ich schon im Zug. Ich nahm rasch eine kalte Dusche, zog einen anderen Anzug an und fuhr dann zu DC. Da er von seinem Vorgänger im gleichen Haus auch eine große Wohnung übernommen hatte, waren er und Marianne nie auf den Gedanken gekommen, sich eine andere zu suchen. Für DC war es praktisch, nur eine Treppe hinuntersteigen zu müssen, um in sein Büro zu kommen. Es war ein zweistöckiges Haus mit einem nachträglich angebauten Ausstellungs- und Bürogebäude. Die Werkstatt befand sich im Hof, sie hatte fünf Hebebühnen und war supermodern eingerichtet. Im Hof standen unter einem großen Kunststoffdach einige Dutzend Gebrauchtwagen; ich betrachtete im Vorübergehen einen extrem flachen Lamborghini; er stand schon seit einigen Monaten da; seit ich ihn zum erstenmal gesehen hatte, überlegte ich ständig, ob ich ihn nicht gegen meinen Ferrari eintauschen sollte. Er gefiel mir noch besser; Franziska auch, sie war ganz verrückt nach ihm.

Als DC mir die Wohnungstür öffnete, erschrak ich über seinen Anblick. Er sah aus, als hätte er eine Woche lang nicht geschlafen. Er gab mir stumm die Hand und führte mich in das Wohnzimmer; ich glaubte, noch das Parfüm von Marianne wahrzunehmen. »Ich bin fix und fertig«, sagte er und ließ sich in einen Sessel fallen. »Setz dich hin, Fred. Wenn du was trinken willst, du weißt ja, wo das Zeug steht. Wo wart ihr?«

»Das ist unwichtig«, sagte ich und setzte mich ihm gegenüber. »Wie ist es dazu gekommen?«

»Seit Nizza wollte sie nicht mehr mit mir schlafen«, sagte er. »Sie ist ins Gästezimmer umgezogen. Am Donnerstagabend hab ich es mal wieder bei ihr versucht, und als sie mich abblitzen ließ, habe ich mich dazu hinreißen lassen, dummes Zeug zu reden.«

»Zum Beispiel?« fragte ich. Er wandte mir müde das Gesicht zu. »Daß ein Petting mit Helga zehnmal interessanter gewesen sei als ein Beischlaf mit ihr.«

»War es das wirklich?« fragte ich. Er starrte mich an, als wollte er mir an den Hals, dann grinste er plötzlich und sagte: »Einmal hat sie sogar mit mir gewettet, wer es zuerst von uns schafft. Aber sie hat verloren, wie immer. Weißt du, wie ich mich fühle, Fred?«

»Ich sehe es dir an«, sagte ich. »Manche Männer wollen sich mit Gewalt zwischen alle Stühle setzen.« Er winkte ab. »Wenn du das sagst, klingt es nur komisch. Oder hat Franziska das Rennen plötzlich gewonnen?«

»Ich warte noch immer auf die erlösende Erleuchtung«, sagte ich. »Sexuelle Probleme habe ich euch eigentlich nie zugetraut.«

»Sie ist kalt wie ein Fisch«, sagte er. »Legt sich hin und läßt sich bewundern, aber du kannst dich auch an einem Rembrandt sattsehen. Ich habe sie in diesen ganzen Jahren kein einzigesmal dazu gebracht, mich anzufassen. Für sie war das immer eine Sache, die sich nur in ihrem Bauch abzuspielen hat. Ich glaube, der Anblick einer männlichen Erektion hat sie eher anwidern als erregen können. Sie muß in diesen Scheißkreisen, in denen sie aufgewachsen ist, gelernt haben, daß man etwas, das zwischen die Beine gehört, nicht in die Hand nimmt.«

»Oder sonstwohin«, sagte ich. »Ich nehme an, du bist in dieser Beziehung von Helga verwöhnt worden und hast sie, nachdem sie dir den Laufpaß gegeben hat, in Marianne wiederzufinden gehofft.«

»Diese Scheißkreise«, sagte er. »Sie erziehen ihre Kinder heute noch genauso wie vor hundert Jahren, ohne Rücksicht darauf, daß sich die Welt inzwischen völlig verändert hat, und wenn sie sich dann auf die eigenen Füße stellen müssen, sind sie so hilflos wie ein Kanarienvogel, der plötzlich aus dem Käfig gelassen wird. Das sind die gleichen Leute, die sich heute noch über Sex aufregen können, und Mariannes Mutter lebt unverändert in dem Wahn, ihre Tochter ginge jeden Sonntag in die Kirche.«

»Warum nicht, wenn es sie beruhigt«, sagte ich. »Für viele Leute ist es ganz gut, daß es die Kirche gibt; sie wären sonst noch hilfloser. Ich hätte ihr damals nichts von Nizza verraten sollen, Dieter, es war ein Fehler, ich sehe ihn heute ein, aber ich machte mir eben Sorgen um dich. Sie hat mir vor ein paar Wochen erzählt, warum ihr nicht geheiratet habt. Trotzdem: Begriffen habe ich es eigentlich nicht. Du wolltest sie nicht heiraten, weil sie das Kind nicht in eure Ehe bringen . . .«

»Das war es nicht«, unterbrach er mich. »Wir waren uns im Grunde darin einig, daß es eines Tages dahin kommen soll, wohin es gehört. Nur über den Zeitpunkt konnten wir uns nicht einigen. Dabei hängt sie an ihm, sie ist mindestens viermal in der Woche bei ihm. Du hast dich ja oft darüber gewundert, was sie immer bei ihrer Mutter treibt, in Wirklichkeit war sie bei ihrer Tochter. Sie muß in der Nähe von Köln untergebracht sein, Marianne blieb nie länger als einen halben Tag weg, und wenn sie wieder zurückkam, war sie wie verwandelt, richtig aufgedreht.« Er holte sich etwas zu trinken und sagte: »Sie hat einen Scheißkomplex, sie hat Angst davor, sich mit dem Kind auf der Straße zu zeigen, plötzlich einen Kinderwagen mit einem Baby herumzuschieben; sie wollte immer damit warten, bis es älter wird. Ich habe ihr x-mal gesagt, das Kind sei kein Baby mehr, und sie hat mir geantwortet, sie wolle nicht, daß das Kind darunter zu leiden hätte, keinen legalen Vater, sondern nur einen Stiefvater zu haben. Sie redete sich Gott weiß was ein, wie das einmal werden würde, wenn es in die Schule käme und ihre Schulfreundinnen ihr vielleicht nachschreien würden...«

»Aber das hätte man doch...« fiel ich ein. Er unterbrach mich gereizt: »Natürlich hätte man das, aber darüber war mit ihr doch gar nicht zu reden. Sie hatte einen richtigen Schuldkomplex, verstehst du? Einen Mutter-Schuldkomplex, den Komplex, ein Kind unehelich auf die Welt gesetzt zu haben, wobei ich mir nicht einmal sicher bin, ob es ihr zuerst um das Kind oder zuerst um sich selber geht. Hier, unsere Nachbarn, da gibt es keinen, den sie jemals gegrüßt oder nur angeschaut hätte; sie hat sie wie Luft behandelt, und nun soll sie ihnen ein Kind vorweisen, das sie in der Lust der Sünde gezeugt hat, mit einem kleinen Musikstudenten, der ihr geistig nicht einmal bis zum Nabel reichte. Sie, die stolze Marianne Schönburg, hat sich in einer dunklen Ecke das Kleid hinaufschieben und ein Kind verpassen lassen. Als ob das in ihren Kreisen nicht genauso passieren kann wie in anderen. Ich bin davon überzeugt, sie würde sich heute lieber von einer Frau einen abkitzeln lassen, als sich noch einmal so heftig in einen Mann zu verlieben, daß sie mit sich tun läßt, was er will. Aber auch dazu ist sie zu stolz; sie würde nachträglich vor Scham im Boden versinken oder sich was antun, wenn es jemals dazu kommen sollte. Sie ist verpfuscht, sie war es vom ersten Tag an. Zuerst hat mich ihre Passivität verrückt gemacht: eine, die so aussieht wie sie und so gebaut ist wie sie, und die sich zum Beischlaf auszieht, als wäre das im Grunde eine Sache für Halbwilde, bei der mitzumachen, weil sie zufällig unter ihnen lebt, sie nun einmal nicht umhin kann, und die, auch wenn sie zum Orgasmus kommt, ein Gesicht macht, als müßte sie sich dafür entschuldigen. Ja, vielleicht war es das, was mich an ihr gereizt hat; von den anderen, die ich vor ihr kennengelernt hatte, war keine so wie sie. Für mich war sie vom ersten Tag an einsame Klasse, aber wenn dir dann eine Frau wie Helga über den Weg läuft, dann merkst du plötzlich, daß du blödsinnigerweise jahrelang auf das Salz in der Suppe verzichtet hast; du hast es nur nicht gewußt, weil dir der Geschmack dafür abhanden gekommen ist, und trotzdem, verdammt noch mal, jetzt, wo ich sie beide los bin, fehlt mir Marianne so sehr, daß ich mich beim Heulen erwische.«

»Dann hol sie zurück«, sagte ich. »Sie wird ja nicht aus der Welt sein. Vielleicht weiß Karlchen, wo sie steckt. Mit ihm hat sie sich doch immer gut verstanden. Hast du schon mit ihm gesprochen?«

»Der ist zur Zeit in Belgien«, sagte er und setzte sich wieder zu mir. »Er liegt jetzt auf dem dritten Platz. Im Oktober Buenos Aires und im November Kyalami; er hat wichtigere Dinge im Kopf als sie. Vielleicht schaffte er es diesmal. Warum trinkst du nichts?«

Ich ging mir was holen. »Wie geht das Geschäft?«

»In den letzten Tagen gut«, sagte er. »Die Leute fangen wieder an, Spaß an diesen Autos zu haben.«

»Du hoffentlich auch«, sagte ich. »Und wie geht es deinem Bankdirektor?«

»Besser«, sagte er. »Ich schulde ihm jetzt nur noch hundertfünfzigtausend.« Ich sagte beeindruckt: »Das ist gut. Wie hast du das geschafft?«

»Ein Jaguar XJ12, ein Khamsin und ein GTB/4«, sagte er. »Alles Neuwagen.« Er trank sein Glas leer und sagte, ohne mich anzuschauen: »Bei dir hat sich Helga auch nie gemeldet?« Ich fühlte einen Moment lang mein Herz aussetzen. »Wie kommst du darauf?«

»Ich habe ihr ein paarmal von dir erzählt«, sagte er. »Daß du Spezialist für Ehescheidungen bist und so.«

»Und so«, sagte ich. »Wenn ich ihr Anwalt wäre, würde ich ihr raten, erst einmal abzuwarten, bis das neue Eherecht durch ist.« Er blickte mich rasch an. »Ich sah da keine Probleme.«

»Du bist auch kein Anwalt«, sagte ich. »Was wirst du jetzt tun?«

»Nichts«, sagte er mit leerem Gesicht.

»Der Lamborghini im Hof gefällt mir«, sagte ich. »Was müßte ich draufzahlen?«

»Fahre noch zwei Jahre mit deinem Ferrari«, sagte er und stand auf. Er schob die Hände in die Taschen, trat zum Fenster und blickte hinaus. Es war schon dunkel draußen. Vielleicht erinnerte er sich, wie es war, als er mit Helga die beiden Nächte in der zerklüfteten Bergwelt der Seealpen verbracht hatte. Ich ging zu ihm, legte ihm die Hand auf die Schulter und sagte: »Vielleicht ist sie eines Tages ganz plötzlich wieder da, Dieter. Ich glaube nicht, daß sie dich vergessen hat.«

»Sie kann jeden vergessen«, sagte er. »Sie ist wie ein Kind, das jedes Jahr ein neues Spielzeug haben will. Ich war ein Idiot, Fred. Als es darauf ankam, habe ich einen Augenblick lang gezögert und habe in diesem einen Augenblick mehr verloren, als einem Mann üblicherweise zugemutet wird. Ich habe damals nicht nur sie, sondern auch Marianne verloren. Bevor ich in meinem Leben noch einmal nach Nizza fahre, visiere ich mit zweihundertfünfzig einen Baum an. Paß auf, daß es dir mit Franziska und der anderen nicht genauso ergeht.«

»Ich verliebe mich nie so heftig wie du«, sagte ich. »Ich verliebe mich in schöne Frauen, weil Schönheit mich fasziniert und weil sie vergänglich ist. Du solltest es genauso machen: Schönheit bewundern, aber die betreffende Frau nicht gleich für alle Zeit besitzen wollen, du wirst sonst, wie bei deinen Gebrauchtwagen, ständig draufzahlen. Wollte Marianne nicht, daß du das Kind mal kennenlernst?«

»Ich wünschte es hier kennenzulernen und nicht bei einer Ziehtante«, sagte er. Ich schüttelte über so viel Eigensinnigkeit den Kopf, sagte jedoch nichts. Er schaute mich an. »Du verstehst das nicht, Fred?«

»Es ist nicht mein Problem, es zu verstehen. Wie bist du eigentlich darauf gekommen, daß sie dich betrügen würde?«

»Das habe ich dir nie gesagt«, antwortete er rasch. Tatsächlich hatte ich erst von Helga zuverlässig erfahren, daß er einen ernsthaften Verdacht hatte; vorher war ich immer nur auf Vermutungen angewiesen gewesen. Ich antwortete: »Es war mir schon lange klar, daß du mir, was Marianne betraf, nicht mehr recht über den Weg trautest. Eigentlich ist es, wenn man sich so gut kennt wie wir beide, üblich, sich in solchen Fällen auszusprechen. Das fing damals an, als sie bei mir übernachtet hat.«

»Hat sie das wirklich?« fragte er ruhig. Ich schwieg. Er sagte: »Ich bin nicht blöd, Fred, ich weiß, wie sie aussieht, wenn sie eine Runde hinter sich hat; bei ihr hinterläßt das immer vorübergehende Spuren.«

»Man sieht nur solche, die man sehen will«, sagte ich. »Vielleicht hast du es dir eingeredet.«

»Sie war auch jedesmal in ihrem Wesen verändert«, sagte er. »Wenn es tatsächlich einen anderen gibt, woran ich unverändert glaube, kann sie jetzt natürlich genausogut bei ihm wie bei dem Kind sein.«

»Hat sie dir keine Nachricht hinterlassen?«

»Nein«, sagte er. »Kein Wort.« Ich nahm die Hand von seiner Schulter und trank am Tisch mein Glas leer. »Um noch einmal auf den Lamborghini zu kommen ...« sagte ich. Er schnitt mir das Wort ab: »Nicht den, Fred; der Motor hat schon über hunderttausend und war vorher nicht in guten Händen. Ich hätte ihn in diesem Zustand gar nicht hereingenommen, aber der Mann hat einen neuen bei mir gekauft. Außerdem könnte es dir passieren, daß du auf der Straße von einigen Damen, wenn sie dich in diesem Wagen sehen, mit dem ehemaligen Besitzer verwechselt wirst.« Ich hörte, daß er grinste. »Was für Damen?« fragte ich, obwohl ich bereits einen Verdacht hatte. Er kam zu mir an den Tisch und sagte: »Er hat sich mir gegenüber als Kaufmann ausgegeben, sah aber eher wie ein Zuhälter aus. Ich kann mir meine Kundschaft nicht aussuchen. Willst du ihn noch immer haben?«

»Unter diesen Umständen verzichte ich«, sagte ich. »Kann ich noch etwas für dich tun?«

»Vielleicht war Helga doch einmal bei ihrem Vater in Essen«, sagte er. »Ruf du ihn noch einmal an; dich kennt er besser als mich.«

»Ich glaube nicht, daß sie bei ihm ...«, sagte ich. Er fiel mir wieder ins Wort: »Sie hatte, als sie nach Köln kam, kaum mehr einen Pfennig in der Tasche; sie muß sich mit ihm in Verbindung gesetzt haben. Vielleicht auch mit ihrer Mutter oder mit ihrem Bruder. Ich habe ihn nach ihren Adressen gefragt; er wollte nicht damit herausrücken. Das deutet darauf hin, daß er etwas weiß. Kann sein, daß er dir gegenüber weniger zugeknöpft ist. Es macht mich krank, untätig herumzusitzen.«

»Ich rufe ihn morgen an«, sagte ich. »Warum kommst du nicht für ein paar Tage zu mir? Ich meine, die leere Wohnung hier, die schafft dich doch.« Er grinste. »Nicht mehr, als ich es schon bin.«

Während ich zu meiner Wohnung zurückfuhr, machte ich mir Sorgen um ihn. Seit ich ihn kannte, hatte ich ihn noch nie so viel auf einmal reden hören wie heute abend.

Vor meiner Haustür stand ein strohgelber Alfasud; Marianne hatte ihn in der gleichen Farbe; ein Geschenk Dieters zu ihrem sechsundzwanzigsten Geburtstag. Ich wollte mir ihn näher ansehen, stellte dann jedoch fest, daß in meinem Wohnzimmer Licht brannte. Ich ging hinauf und sah Marianne in einem Sessel sitzen. Sie hatte sich an meiner Hausbar bedient; ihr sonst immer blasses Gesicht war gerötet. Ich brauchte sie nicht zu fragen, wie sie hereingekommen war; sie wußte, daß Frau Schwartz, meine Sekretärin, immer einen Wohnungsschlüssel hatte. Ich küßte sie auf die Wange und fragte: »Wartest du schon lange?«

»Seit drei Tagen«, sagte sie. »Wo warst du?«

»Familienbesuche«, sagte ich. »Ich komme gerade von Dieter.«

»Das habe ich mir gedacht«, sagte sie. Ich schenkte mir etwas zu trinken ein, setzte mich zu ihr und fragte: »Wo wohnst du neuerdings?«

»In einem Hotel«, antwortete sie. »Du hast mir gefehlt.«

»Du mir auch«, sagte ich. »Ein bißchen unglücklich, was?«

»Ein bißchen sehr«, sagte sie und griff nach ihrem Glas. »Das wievielte ist das?« fragte ich.

»Ich habe sie nicht gezählt«, sagte sie. »Hast du ihm etwas von Karl erzählt?«

»Wozu auch?« sagte ich. »Warum bist du nicht bei ihm?«

»Das war einmal«, sagte sie und wippte mit den Füßen. Ich fragte ungläubig: »Wirklich?«

»Das wollte ich schon lange mal tun«, sagte sie und schleuderte mir einen Schuh auf den Schoß. Ich fing ihn auf, küßte seine Spitze und legte ihn neben mich. »Und jetzt hast du es gleich doppelt getan«, sagte ich. »Ob du dich da nicht ein wenig übernommen hast?«

»Keine Ahnung«, sagte sie, mir auch den zweiten Schuh zuschleudernd. »Du bist blau«, sagte ich. »Außerdem habe ich ja immer noch dich«, sagte sie. »Kann ich heute nacht bei dir schlafen?«

»Bei mir oder mit mir?«

»Wie es dir lieber ist«, sagte sie. »Im Hotel ist es mir zu langweilig geworden; in den nächsten Tagen suche ich mir eine kleine Wohnung. Frau Schwartz wußte angeblich nicht, wo du stecktest.«

»Sie wußte es tatsächlich nicht«, sagte ich.

»Aha«, sagte sie. »Du siehst auch sehr mitgenommen aus.«

»Nicht von solchen Dingen«, sagte ich. »Ich war noch nie so keusch wie in den letzten drei Tagen. Du hast mit Karlchen wirklich Schluß gemacht?«

»Natürlich«, sagte sie. »Ich weiß jetzt, was ich wissen wollte; mehr steckte nie dahinter, ob du es mir glaubst oder nicht.«

»Ich glaube dir alles«, sagte ich. »Worum ist es dir gegangen? Ob er potent ist?«

»Das sieht man ihm doch an«, sagte sie. »Um das zu erfahren, braucht man nicht erst mit ihm ins Bett.«

»Du hast wirklich zuviel getrunken«, sagte ich besorgt.

»Dieter fand mich zuletzt im Bett langweilig«, sagte sie. »Karl nicht.«

»Das hättest du auch von mir erfahren können«, sagte ich. »Vielleicht hast du zu wenig getan, Dieter zu zeigen, daß er dir noch etwas bedeutet. Wenn er dich gefühllos fand, dann lag das sicher nicht allein bei ihm.« Sie nickte. »Jetzt kommen wir der Sache etwas näher. Er hat dir also gesagt, ich sei gefühllos?« Sie war doch nicht so betrunken, wie ich angenommen hatte, ich antwortete: »Nicht direkt, und selbst wenn er es so gesagt hätte, würde das nichts daran ändern, daß er über dein Verschwinden todunglücklich ist. Darf ich ihn anrufen und ihm sagen, daß du hier bist?«

»Nein«, sagte sie, und ihre Stimme klang zum erstenmal kühl. »Es ist ein schönes Gefühl, endlich wieder ganz frei zu sein.«

»Bestimmt«, sagte ich. »Deshalb hast du es in deinem Hotelzimmer auch nicht mehr ausgehalten. Ich weiß nicht, was du dir davon versprichst, wenn du dir selber etwas vormachst, Marianne. Diese Geschichte mit Karlchen, die hat weder dir noch Dieter geschadet, aber mit dem, was du jetzt tust, kannst du alles zwischen euch kaputtmachen.« Sie sagte gleichgültig: »Ich werde noch viel mehr kaputtmachen, Fred. Soll er doch mit dieser Hure schlafen; die weiß sicher, was man sich bei einem Mann alles einfallen lassen muß, um ihn bei der Stange zu halten. Bei mir geht das eben nicht so rasch wie bei der.«

»Hör mir zu, Marianne ...«, sagte ich. Sie sagte kurz: »Nein, hör jetzt du mir zu, Fred. Ich habe bei Dieter einen Komplex bekommen. Seit diesen Auseinandersetzungen wegen meiner Tochter waren wir ständig gereizt. Das hat sich auch noch auf andere Dinge übertragen. Vorher hat zwischen uns alles geklappt, aber ich kann, wenn ich mich über einen Mann ärgern muß, im Bett nicht so tun, als sei nichts gewesen. Ich konnte ihm das, was er von mir erwartet hat, nicht einfach auf Wunsch vorführen. Ich bin an mir selber unsicher geworden. Karl war für mich eine Möglichkeit, mir mein Selbstvertrauen wiederzuholen. Ich dachte anfangs, es würde sich darauf beschränken lassen; vielleicht hatte ich mich überschätzt, ich fand später den Absprung nicht mehr. Ich habe mit Karl auch nicht überlegt angefangen; ich hing plötzlich mittendrin und fand nicht mehr heraus. Jetzt ist er drei Monate unterwegs; das war für mich die beste Gelegenheit, mit ihm Schluß zu machen. Und mit Dieter auch. Solange er diese Frau im Kopf hat, wird doch nichts mehr zwischen uns. Ich weiß nicht, wie oft er sich inzwischen mit ihr getroffen hat . . .«

»Überhaupt nicht«, sagte ich. »Ich bin fest davon überzeugt, daß er sie inzwischen nicht mehr gesehen hat.«

»Es würde auch genügen, wenn er nur an sie denkt«, sagte sie. »Seit Nizza war er kaum mehr ansprechbar. Wenn er zu mir ins Bett wollte, so nur, um sich von ihr abzulenken. Dafür bin ich mir zu schade, Fred. Heute bin ich froh, daß wir nicht geheiratet haben. Er hätte sich mit dieser Frau auch dann eingelassen.«

»Oder sie gar nicht erst kennengelernt«, sagte ich. »Das sind doch alles Hypothesen, Marianne.« Ich stand auf und ging mir noch einen Whisky holen. Sie sagte: »Sie hat auch kein uneheliches Kind wie ich.«

»Und dafür willst du dein Leben lang büßen«, sagte ich. »Nimm es mir nicht übel, aber das ist doch auch nichts anderes als ein Komplex.«

»Ich hindere dich nicht daran, es so zu sehen«, sagte sie und trank ihr Glas leer. Ich setzte mich neben sie auf die Sessellehne und legte einen Arm um ihre Schultern. »Wovor hattest du eigentlich Angst?« fragte ich. »Daß es mit euch dreien nicht gut gegangen wäre?«

»Ihre Anwesenheit hätte ihn nur ständig daran erinnert, daß sie nicht seine Tochter ist«, sagte sie. »Er hätte ihr seine eigenen Kinder später vorgezogen. Ich wollte nicht, daß sie unter solchen Umständen aufwachsen muß.«

»Und wie wächst sie jetzt auf?«

»Sie braucht nichts zu entbehren«, sagte sie. »Ich bin müde, Fred.« Sie stand auf und ging ins Bad. Ich kümmerte mich währenddessen um das Gästezimmer und legte ihr einen von meinen Pyjamas aufs Bett. Im Wohnzimmer wartete ich, bis sie aus dem Bad käme, aber ich konnte sie nicht mehr hören, und als es mir zu lange dauerte, ging ich nach ihr schauen, zuerst im Bad, wo sie nicht mehr war, und dann im Gästezimmer. Sie stand, mir den Rücken zukehrend, vor dem Bett und hatte den Pyjama in der Hand. Als sie mich hörte, drehte sie sich langsam nach mir um. Bis dahin hatte ich schon so viel von ihr gesehen, daß ich die Hand von der Klinke nahm und mich nicht mehr von der Stelle rührte. Ich konnte einfach nicht anders. Sie erwiderte stumm meinen Blick, und als die Stille zwischen uns peinlich wurde, sagte ich: »Ich wollte dir nur noch gute Nacht sagen.«

»Dann tu es doch«, sagte sie und warf den Pyjama auf das Bett. Ich sagte: »Du bist wahnsinnig hübsch, Marianne. Ich verstehe deine Komplexe nicht.«

»Warum hast du nicht angeklopft?« fragte sie. Es war nur aus Gedankenlosigkeit geschehen. Ich sagte: »Es tut mir leid.« Sie setzte sich auf das Bett, verschränkte die Hände im Schoß und sagte: »Jetzt bist du hier. Oder habe ich dich enttäuscht?« Mir wurde klar, daß sie mir nicht glaubte. Ein paar Sekunden lang wußte ich nicht mehr weiter, dann setzte ich mich zu ihr und sagte: »Es steckte wirklich nichts dahinter; ich wußte nicht, daß du schon im Zimmer bist.«

»Jetzt weißt du es«, sagte sie. »Und noch einiges dazu. Ich habe es mir nicht gewünscht, aber was spricht eigentlich dagegen?«

Ihre gleichgültige Art machte mir Angst, ich sagte: »Eine ganze Menge. Auch wenn ich deine Schönheit immer bewundert habe.«

»Dann bewundere sie auch jetzt«, sagte sie. Ich küßte sie auf die Wange: »Das wäre eine Sache von zehn Minuten, Marianne. Du bist zu intelligent, um nicht zu wissen, worauf wir uns da einließen. Spätestens morgen früh täte es dir genauso leid wie mir. Ich möchte, daß du auch künftig zu mir kommen kannst, weil du einen Freund in mir hast und keinen, den du überall finden würdest.«

»Wie lyrisch«, sagte sie. »Würde es deine Kreise stören?«

»Das auch«, sagte ich. »Ich tu mir schon schwer genug damit. Das ließe sich aber arrangieren. Du weißt genau, woran ich denke. Es würde alles zwischen uns verändern.«

»Und so viel ist es dir nun doch wieder nicht wert«, sagte sie. Sie hatte zwar getrunken, jedoch nicht genug, um nicht genau zu wissen, was sie tat und worüber wir sprachen. Ich sagte: »Im Augenblick schon. Ich bemühe mich nur, etwas weiter zu schauen. Dir würde es die Trennung von Dieter nicht leichter machen, und ich müßte mir einen anderen Freund suchen. Was zwischen ihm und mir ist, verdanke ich in erster Linie dir. Aber vielleicht gehört das auch zu jenen Dingen, die du jetzt kaputtmachen willst. Das meintest du doch vorhin damit?«

»Eben«, sagte sie. »Und was weiter?« Ich hatte sie noch nicht davon überzeugen können, daß ich nicht mit einer bestimmten Absicht hereingekommen war; wenn ich sie jetzt allein ließe, würde sie sich in ihrer derzeitigen Verfassung Gott weiß was einreden. Ich legte, ihre Brust umfassend, den Arm um ihre aufregende Wespentaille und sagte lächelnd: »Klein, aber keß, genauso, wie ich sie mir vorgestellt habe. Ich würde dir, wenn ich es nicht besser wüßte, keine fünfjährige Tochter zutrauen. Du willst also wirklich, daß ich hierbleibe?« Sie blickte mich wieder stumm an. »Oder willst du es nicht?« fragte ich.

»Was willst *du*?« fragte sie.

»Natürlich mit dir schlafen«, sagte ich. »Ich hoffe jedoch, du redest es mir noch aus, obwohl ich wahrscheinlich mein Leben lang bereuen werde, diese einmalige Gelegenheit nicht beim Schopf gefaßt zu haben.« Sie nahm meine Hand von ihrer Brust und sagte: »Du bist nicht ungeschickt, Fred. Ich für meine Person habe keinen Grund mehr, auf Dieter noch Rücksicht zu nehmen. Bei dir ist das aber vielleicht anders. Laß mich jetzt allein.«

»Es fällt mir nicht leicht«, sagte ich, ihre Hand festhaltend. Sie sagte: »Du bist von uns allen der Vernünftigste. Ich bin dir nicht böse, wenn du jetzt gehst. Ich komme noch einmal hinaus, ja?« Diesmal küßte ich sie auf den Mund.

Dann ging ich wieder einen Whisky trinken, ich kippte ein halbes Glas unverdünnt hinunter und ließ mich in den nächsten Sessel fallen. Etwas später kam Marianne herein, mit ihren gelösten Haaren und in meinem Pyjama sah sie sehr süß aus. Sie setzte sich auf meinen Schoß und sagte: »Er ist mir zu groß.«

»Trotzdem kleidet er dich gut«, sagte ich. »Du kannst anziehen, was du willst, du wirst immer wie eine Lady aussehen.«

»Ach, hör doch auf damit«, sagte sie und legte, das Gesicht gegen meine Wange drückend, das Kinn auf meine Schulter. »Ich bin in einer Sackgasse, Fred. Ich habe nicht mehr die Kraft, noch einmal umzukehren. Was ich in den letzten Jahren getan habe, war alles falsch, auch mein Verhältnis mit Dieter. Ich traue mir nicht mehr zu, ihn noch halten zu können. Ohne das Kind würde ich es mir zutrauen, auch gegen diese Frau, aber mit einem Kind ist es genauso, als ob dir die Hände gebunden wären. Vielleicht habe ich es auch nur nie gelernt, mich zur Wehr zu setzen; in unserer Familie war das nie üblich.«

Damit hatte sie vermutlich nicht unrecht, Frauen wie sie kämpfen nicht um einen Mann, sie lassen sich von ihm erobern. In der Regel ist ihr Weg auch immer vorgezeichnet, sie machen sich entweder im elterlichen Geschäft nützlich oder sie beginnen, wenn sie es nicht vorziehen, spätestens drei Jahre nach ihrem Abitur zu heiraten, ein überflüssiges Studium. Ich fragte: »Wie ist es zu dem Kind gekommen? Du hast diesen Mann doch nicht geliebt?«

»Er war mir nicht gleichgültig«, sagte sie. »Wir hatten gemeinsame Interessen, gemeinsame Ansichten; ich merkte erst später, daß er sich mir, um zu erreichen, was er wollte, nur anpaßte. Ich wußte nicht einmal, daß er aus einfachen Verhältnissen kam, er erzählte mir, er habe mit seiner Familie gebrochen. Ich habe ihn, unerfahren wie ich damals war, bemitleidet. Er hat verstanden, das auszunutzen.«

»Weiß er von dem Kind?«

»Selbstverständlich nicht. Als es passiert war, ließ mein Vater Erkundigungen über ihn einholen; ich will dir nicht erzählen, was dabei alles zum Vorschein gekommen ist. Glücklicherweise schlägt Ingeborg nur mir nach; ich hoffe es wenigstens.«

Sie mußte sie so sehr lieben, daß sie ihretwegen sogar bereit war, Dieter aufzugeben, und das nur, weil sie von ihrem alten Schuldkomplex nicht loskam. Aber Frauen wie sie konnten wohl nicht anders. Ich sagte: »Diese andere Frau ist nicht stärker als du; sie ist genauso in einer Sackgasse. Sie hat kein uneheliches Kind, dafür eine verkorkste Seele. Die hast du noch nicht, Marianne, aber wenn du jetzt damit anfängst, mit allen möglichen Männern zu schlafen, wirst du genauso verkorkst werden wie sie. Geh zu Dieter zurück; er wünscht sich nichts sehnlicher. Wegen deiner Tochter werde ich noch einmal mit ihm reden. Wie hattest du es dir denn ursprünglich mit ihr vorgestellt? Ich meine, in diesem Punkt muß es zwischen dir und Dieter doch wenigstens zeitweilig eine Übereinstimmung gegeben haben, sonst wärst du sicher gar nicht zu ihm gezogen?«

Sie nahm den Kopf von meiner Wange und sagte: »Nein. Wir haben uns nie klar darüber abgesprochen. Ich bin jetzt wirklich müde, Fred. Vielleicht können wir morgen weiterreden.«

»Einverstanden«, sagte ich und gab ihr einen Gutenachtkuß. Viel später, als ich schon lange in meinem Bett lag und noch über sie nachdachte, kam sie aus dem Gästezimmer zu mir, legte sich an meine Seite und sagte: »Ich kann nicht einschlafen.«

Wir haben in dieser Nacht nichts anderes getan, als miteinander zu sprechen, und als vor dem Fenster der Tag graute, kannte ich ihre schöne Seele fast so gut wie meine eigene. Sie zog sich dann in das Gästezimmer zurück und ließ mich mit meinen Gedanken und neuen Erfahrungen allein. Während sie noch schlief, verließ ich gegen acht Uhr leise die Wohnung. Den Vormittag über war ich so stark beschäftigt, daß ich mich um nichts anders kümmern konnte. Gegen Mittag rief ich bei Helga an, ich sagte ihr, daß ich wenig Zeit hätte, sie jedoch unbedingt am nächsten Tag sprechen müsse. Ich schlug ihr vor, diesmal nach Düsseldorf in ihre Wohnung zu kommen. Zu meiner Erleichterung war sie damit einverstanden; schließlich konnte ich es, da mir Mariannes weitere unberechenbare Absichten nicht bekannt waren, schlecht riskieren, daß sie sich in meiner Wohnung gegenseitig auf die Füße oder sonstwohin traten. Ihre Frage, wie mein Besuch in Vernante verlaufen sei, beantwortete ich ausweichend. Anschließend fuhr ich, nachdem ich mich telefonisch bei ihm angemeldet hatte, zu Dieter; wir gingen zum Essen in ein Restaurant, das er früher, als Marianne noch nicht bei ihm gewohnt hatte, regelmäßig besuchte. Zu seiner wie auch zu meiner Überraschung hatte sie sich als eine vorzügliche Köchin erwiesen, die es ihm hatte leicht werden lassen, alten Essensgewohnheiten zu entsagen und sich ihrer eigenen Küche anzuvertrauen. Er sagte: »Seit ich wieder hier essen muß, merke ich erst recht, was ich an ihr gehabt habe. Hast du schon mit Helgas Vater telefoniert?« Daß er einerseits Marianne bei jedem banalen Anlaß vermißte, andererseits sich im gleichen Atemzug nach Helga erkundigte, konnte mich ein bißchen aufregen, ich sagte: »Du solltest dir vor allem einmal darüber klarwerden, wer dir wichtiger ist, die eine oder die andere.«

»Darüber bist du dir bei deinen Weibern ja auch nie klar geworden«, sagte er und griff nach seinem Bierglas. Ich nahm mir vor, mich nicht mehr über ihn zu ärgern, und sagte: »Herr Borchert weiß nichts von Helga, aber ich weiß etwas von Marianne. Als ich vorhin von daheim wegfuhr, schlief sie noch in meinem Gästezimmer.« Er stand, ohne sich länger um sein Essen zu kümmern, augenblicklich auf, aber ich zog ihn am Rockärmel auf seinen Stuhl zurück und sagte: »Nur noch eine kleine Frage. Warum wolltest du unbedingt ihre Tochter bei dir haben?«

»Das verstehst du nicht?« fragte er überrascht. Ich antwortete: »Nein. Was geht dich ihre Tochter an? Wenn sie ihre Ehe mit dir nicht damit belasten will, so ist das ausschließlich ihre Angelegenheit und nicht die deine, Dieter.«

»Dann denken wir ebenso verschieden darüber«, sagte er. »Ich gehe davon aus, daß eine Ehe ohne ein gewisses Maß an gegenseitigem Vertrauen nicht möglich ist. Ich kann ihre Argumente nicht akzeptieren, Fred, weder daß sie sich in der Öffentlichkeit nicht zu ihrer Tochter bekennen will noch daß es in deren Interesse wäre, wenn sie mich vorläufig nicht kennenlernt. Wenn sie Vertrauen zu mir hätte, würde sie solche Argumente nicht gebrauchen.«

»Warum sollte sie Vertrauen zu dir haben?« fragte ich. »Ich glaube nicht, daß die Sache zwischen dir und Helga anders gelaufen wäre, wenn du Marianne schon vor zwei Jahren geheiratet und Ingeborg ins Haus genommen hättest. Sie sieht das wohl so, daß sie ihrer Tochter zu all den Problemen ihrer Herkunft nicht auch noch einen Stiefvater zumuten will, der eines Tages an einer anderen Frau größeres Interesse gewinnen könnte als an ihrer Mutter.« Er sagte gereizt: »Das ist doch hypothetisch.«

»Neuerdings habe ich es fast nur noch mit Hypothesen zu tun«, sagte ich und machte mich mit gutem Appetit über mein Rahmschnitzel her. Er sah mir eine Weile dabei zu, schließlich sagte er: »Ich gehe trotzdem zu ihr.«

»Ich glaube nicht, daß sie dir die Wohnungstür aufmachen wird«, sagte ich. »Nicht einmal die Haustür; sie muß, nachdem sie die halbe Nacht in meinem Bett verbracht hat, ziemlich müde gewesen sein.«

»Du hast mit ihr geschlafen?« fragte er ungläubig. Ich lächelte. »Nicht so wie du. Wir haben über alte Zeiten geplaudert und fanden es im Bett gemütlicher als im Wohnzimmer. Falls sie dir einmal erzählen sollte, sie hätte tatsächlich heute nacht mit mir geschlafen, so wäre das eine reine Zweckbehauptung, um dich eifersüchtig zu machen. Laß ihr ihren Willen, Dieter. Du mußt diese Sache erst einmal aus der Welt schaffen, um dir objektiv darüber klarwerden zu können, wer dir wichtiger ist, sie oder Helga. Solange du das nicht tust, gerätst du immer in Gefahr, sie als Vorwand für Entscheidungen zu nehmen, die gar keinen brauchen.« Er fragte ruhig: »Du glaubst, es geht mir nur um ein Alibi?«

»Worum geht es dir sonst?« fragte ich. Er widmete sich lustlos seinem Essen. Hinterher sagte er: »Rede du mit ihr, Fred. Ich bin damit einverstanden, daß wir zu ihren Bedingungen heiraten.«

»Und wenn morgen Helga auftaucht?«

»Daran glaube ich jetzt nicht mehr«, sagte er. Ich legte eine Hand auf seinen Arm. »Ich mache dir einen Vorschlag, Dieter. Überleg es acht Tage; ich rede in diesem Sinne mit Marianne. Sie wohnt in einem Hotel, bei mir ist sie nur besuchsweise. Ihr braucht beide eine kleine Denkpause. Einverstanden?« Er nickte. Ich hatte den Eindruck, daß er erleichtert war, und ich war es auch. Wenigstens hatte ich etwas Zeit gewonnen. Ich nutzte sie, nachdem ich mich vor seinem Geschäft von ihm verabschiedet hatte, zuerst einmal dazu, um nach Marianne zu schauen. Insgeheim hoffte ich sie schon wieder in ihrem Hotel, traf sie jedoch in meiner Küche an, wo sie noch im Pyjama ein kleines Frühstück mit Kaffee und zwei gekochten Eiern zu sich nahm. Sie sagte lächelnd: »Eigentlich habe ich erwartet, du würdest mich heute zum Mittagessen einladen, Fred. Deine Reinemachefrau habe ich wieder weggeschickt; ich sagte ihr, ich würde die Wohnung heute ausnahmsweise selbst aufräumen. Sie hat mich ein bißchen dumm angeschaut, aber dafür konnte sie wohl nichts?«

»Vor allem nicht, weil ich ihr einmal erzählt habe, du seist Dieters Frau«, sagte ich und gab ihr einen kleinen Kuß. »Irgendwo müssen noch frische Brötchen liegen.« Sie sagte: »Du weißt, daß ich morgens nur zwei Eier esse. Warst du schon sehr rührig?« Ich mußte lächeln. »Da du es nicht bist!«

»Ich bin drei Jahre lang jeden Morgen um halb acht aufgestanden, um Dieter das Frühstück zu machen«, sagte sie.

»Sonntags nicht«, erinnerte ich sie. »Da hat er es dir ans Bett gebracht. Ich habe ihm, weil er dich sofort nach Hause holen wollte, zu einer Denkpause von acht Tagen geraten. Hoffentlich entspricht das deinen eigenen Intentionen.«

»Ich habe dir nicht erlaubt, ihm zu sagen, wo ich bin«, sagte sie und leckte sich etwas Eigelb von den Fingern. Ich sagte: »Da ich euch beide für nicht mehr ganz zurechnungsfähig halte, habe ich mir erlaubt, die Dinge selbständig in die Hand zu nehmen. Er hat sich dazu entschlossen, zu deinen Bedingungen zu heiraten. Trotzdem hielt ich es für besser, wenn er sich das noch einmal acht Tage lang überlegt.«

»Warum nicht vierzehn?« fragte sie. Sie war jetzt wieder so wie immer, kühl und überlegen. Unser kleines Techtelmechtel von gestern abend hatte sie inzwischen wohl schon seelisch verarbeitet. Ich sagte: »Verlängern kann man diese Frist immer noch nach Belieben. Ich nehme an, du brauchst jetzt deine Sachen aus dem Hotel. Wieviel Koffer sind das, fünf oder sechs?«

»Im Hotel habe ich nur einen«, sagte sie. »Meine anderen Kleider sind bei Ingeborg. Im übrigen habe ich nicht vor, dir länger zur Last zu fallen, Fred. In spätestens einer Stunde bist du mich los. Was müßten deine Freundinnen sonst von mir denken!«

»Sie erwarten mich erst übermorgen zurück.«

Sie heftete den Blick in mein Gesicht. »Beide?«

»Ich habe mir inzwischen eine dritte zugelegt«, sagte ich einigermaßen geistesgegenwärtig; sie wäre sonst sicher wieder auf meine Reise zu sprechen gekommen. Sie sagte lächelnd: »Bei ganz wichtigen Entscheidungen würde ich dich nicht zu Rate ziehen, Fred. Einer, der sein eigenes Leben nicht in Ordnung bringen kann, ist vielleicht wenig kompetent dafür. Franziska gefällt mir gut. Warum heiratest du sie nicht?«

»Sie ist leider schon verheiratet«, sagte ich. Sie behielt ein paar Sekunden lang den Mund offen, dann fragte sie: »Hat Dieter das gewußt?«

»Er weiß nur, daß es sie gibt«, sagte ich. »Also auch nicht mehr als du.« Sie nickte. »Das hätte ich dir, wenn es anders gewesen wäre, auch sehr übel genommen. Und die andere, die du uns nie hast sehen lassen, ist auch verheiratet?«

»Reden wir lieber von dir«, sagte ich. »Du willst also vorläufig im Hotel wohnen bleiben?«

»Bei dir kann ich es ja nicht«, sagte sie und stand auf. Sie ging in die Diele hinaus; ich hörte sie die Badezimmertür öffnen und hinter sich schließen. Als sie eine Viertelstunde später zu mir ins Wohnzimmer kam, schien, äußerlich gesehen, alles an ihr in Ordnung zu sein. Ich gab ihr eine Zigarette und fragte: »Was hast du vor, Marianne?«

»Ich weiß es noch nicht«, antwortete sie. »Bevor ich zu Dieter ging, hatte ich einen großen Bekanntenkreis. Die meisten haben mich schon einmal mit ihm gesehen, sie glauben, wir seien verheiratet. Mir ist in den letzten Tagen bewußt geworden, daß wir, wenn ich einmal von dir und Karl absehe, immer sehr isoliert gelebt haben. Dieter geht ja völlig in seinem Beruf auf, und ich habe mich dem anzupassen versucht. Ich weiß plötzlich nichts mehr mit mir anzufangen – wie ein Vogel, der im Käfig das Fliegen verlernt hat.«

»Vielleicht hast du es nie gelernt«, sagte ich. Sie blickte mich geistesabwesend an. »Daran habe ich auch schon gedacht. Frauen wie ich sind völlig überflüssig auf der Welt.«

»Du hast eine Tochter«, sagte ich. »Außerdem wäre die Welt ohne Frauen, wie du eine bist, für uns Männer noch weniger erlebenswert, als sie es schon ist.«

»Im Bett?« fragte sie. Ich lächelte. »Nach einer demoskopischen Umfrage sind es angeblich nur die Achtzehn- bis Vierundzwanzigjährigen, die sich für Sex interessieren. Dann muß der Rest wohl die Aktenschränke der Anwaltsbüros füllen. Du hast nie materielle Sorgen gehabt, Marianne, und wenn es zutrifft, was ich von Dieter gehört habe, hängst du an deiner Tochter. Was macht dich unzufrieden?«

»Ich weiß nicht, ob es genügt, als Frau eine uneheliche Tochter und keine materiellen Sorgen zu haben«, sagte sie.

»Zumindestens einen guten Freund hast du auch.«

»Das hört auf, sobald du verheiratet bist«, sagte sie. »Man weiß ja, wie das geht.«

»Vielleicht bleibe ich ledig«, räumte ich ein. »Was ich über Ehen weiß, kann mich nicht dazu ermuntern, denselben Fehler zu begehen. Du hast, auch wenn du sie begreiflicherweise ablehnst, mehr mit Helga Borchert gemeinsam, als du nach Lage der Dinge einsehen kannst. Möglicherweise lehnst du sie vor allem deshalb ab, weil sie dich an dich selber erinnert.«

Sie lächelte dünn. »Du bist verrückt, Fred.«

»Jeder auf seine Art«, sagte ich. »Du bist genauso auf der Suche wie sie. Man könnte euch vielleicht dabei helfen, wenn man wüßte, was ihr sucht. Weißt du es?« Sie drückte ihre Zigarette im Aschenbecher aus und stand auf. »Vor allem eine eigene Wohnung.«

»Das würde bedeuten, daß du auf keinen Fall zu Dieter zurückkehren willst«, sagte ich. Sie schüttelte den Kopf. »So weit bin ich noch nicht. Vielleicht bin ich es in vier Wochen. Bis dahin möchte ich so oder so nicht im Hotel wohnen bleiben. Wenn du gestern abend nicht so edel gewesen wärst, wäre ich einstweilen bei dir geblieben und hätte Dieter dann vielleicht gefragt, ob er mich noch haben will. Du warst wirklich seltsam.« Ich fand, daß ich diese Einschätzung nicht verdient hatte, und fragte: »Weshalb? Weil ich dich nicht gebumst habe?« Sie wurde tatsächlich rot, aber nur so viel, daß man aufmerksam in ihr Gesicht schauen mußte, um es festzustellen. Sie sagte: »Ja, so heißt das wohl neuerdings. Ich habe mich an diese Vulgärsprache nie gewöhnen können.«

»Wenn du bedenkst, wie man es früher formuliert hat . . .« sagte ich.

»Nicht dort, wo ich herkomme«, sagte sie und gab mir die Hand. Ich hielt sie fest. »Du hast mir nicht geantwortet.«

»Darauf werde ich dir auch nie eine Antwort geben«, sagte sie. »Ich lasse wieder von mir hören, Fred.«

»In welchem Hotel wohnst du?«

»Du warst sehr süß«, sagte sie und küßte mich.

Vom Fenster aus beobachtete ich, wie sie in ihren Alfasud stieg. Solange sie ihn Dieter nicht zurückgab, war vielleicht noch nicht alles verloren. Ich rief ihn an und berichtete ihm, was ich erreicht, beziehungsweise nicht erreicht hatte. Er hörte mir stumm zu und sagte dann nur: »Danke, Fred.«

»Bis jetzt ist alles noch offen«, sagte ich.

»Du kennst sie nicht ganz so gut wie ich«, sagte er und legte auf. Ich hatte mir schon oft vorgestellt, wie man die menschliche Natur ändern könnte, vielleicht dadurch, daß man sie ihres freien Willens beraubt und durch Institutionen steuern läßt, die wiederum von übergeordneten Institutionen überwacht und kontrolliert werden, damit sie ihre Machtbefugnisse nicht mißbrauchen. Das Problem schien mir mitunter weniger darin zu bestehen, wie frei sich die Menschen, um glücklich zu werden, fühlen müssen, sondern darin, daß sie mit der ihnen gegebenen Freiheit nichts anzufangen wissen.

Da Helga erst nach siebzehn Uhr zu Hause anzutreffen war, hatte ich mich zum Abendessen mit ihr verabredet. Ich kam am nächsten Tag jedoch viel zu früh nach Düsseldorf; sie mußte mich, weil sie noch in der Badewanne saß, ein paar Minuten vor der Tür warten lassen und öffnete mir im Bademantel. Während sie sich anzog, konnte ich mich etwas umschauen. Die Wohnung war im zwölften Stock eines neuen Hochhauses untergebracht und wohl deshalb gerade frei gewesen, weil sie für ihre Größe vermutlich viel zu teuer war. Der Wohnraum hatte nicht mehr als fünfundzwanzig Quadratmeter; das Schlafzimmer dürfte noch kleiner ausgefallen sein, Küche und Bad sicher ebenso. Die Möbel waren neu; sie sahen genauso aus wie jene in ihrem Mädchenzimmer im Haus ihres Vaters; Marianne hätte über ihren Geschmack wahrscheinlich die Nase gerümpft. Vom Fenster aus konnte ich über die Dächer schauen. Um Düsseldorf zu lieben, muß man hier geboren sein, und ob sich eine Frau, die ein Jahr lang unter dem blauen Himmel von Vernante gelebt hatte, hier wohl fühlen würde, wußte nur Helga allein. Sie küßte mich beim Hereinkommen auf die Wange und sagte: »Entschuldige bitte, ich habe dich so früh nicht erwartet. Gefällt dir die Wohnung?«

»Sehr hübsch«, sagte ich. Sie lachte. »Ich brauchte die Möbel sofort und mußte Ladenhüter nehmen, sonst hätte ich ein paar Wochen warten müssen. Trinkst du etwas?«

»Vor dem Essen nicht«, antwortete ich. Sie setzte sich mir gegenüber auf die Couch; ihre neue Tätigkeit für die Damenoberbekleidungsindustrie hatte ihren persönlichen Geschmack offensichtlich noch nicht verdorben; ich sagte: »Du siehst wieder prächtig aus. Ich kann Stefano verstehen, wenn er sich nicht scheiden lassen will.«

»Ich habe es nicht anders erwartet«, sagte sie sachlich. »Was ist mit Antonio?«

»Sorry«, sagte ich. Sie wurde blaß und starrte sekundenlang vor sich auf den Boden, dann blickte sie rasch auf und sagte: »Bitte, erzähl, Fred!« Sie hörte mir, ohne mich ein einziges Mal zu unterbrechen, aufmerksam zu. Erst als sie so ziemlich alles wußte, fragte sie: »Und was meinst du dazu?«

»Stefano hat auch einen jungen Mann erwähnt, mit dem du angeblich geschlafen haben sollst«, sagte ich. »Gibt es den?« Sie antwortete ohne Zögern: »Ja. Wie hat er es herausbekommen?«

»Das hat er mir nicht verraten«, sagte ich. »Vielleicht hat sich der junge Mann bei Bekannten damit gebrüstet und diese haben es weitererzählt. Das wird, falls Stefano es vor Gericht zur Sprache bringen sollte, die Scheidung natürlich erschweren, Helga.« Sie nickte, als hätte sie es nicht anders erwartet. »Lorenzo hat mir in Cuneo die Pille besorgt; er arbeitet in einer Apotheke; da ich kein Geld dafür hatte, mußte ich ihn dazu überreden, sie dort heimlich für mich mitzunehmen. Das paßt sicher zu dem Bild, das du inzwischen schon von mir gewonnen hast, nicht wahr?«

»Ich bin noch immer auf der Suche nach deinem Bild«, erwiderte ich. »Ich wundere mich nur, wie es dir gelungen ist, euer Verhältnis in einem kleinen Ort wie Vernante geheimzuhalten.« Sie zuckte gleichgültig mit den Schultern. »So schwierig war das nicht. Wir trafen uns außerhalb des Ortes, meistens dort, wo ich mich auch mit Dieter versteckt gehalten habe, bis wir entdeckt worden sind. Als wir uns zum erstenmal allein begegneten, wußte ich nur, daß er Lorenzo hieß und in einer Apotheke arbeitete. Ich hatte mir schon, als Stefano mich einmal auf der Straße mit ihm bekannt machte und mir von seinem Beruf erzählte, fest vorgenommen, ihn um seine Hilfe zu bitten, fand jedoch nie den Mut dazu. Bis wir uns dann am Bach trafen. Ich nehme an, er hatte mich schon vorher mehrmals heimlich beim Baden beobachtet.«

»Ohne Bikini?« fragte ich. Sie lachte. »Das hätte ich mich nicht getraut, Fred. Er behauptete, ganz zufällig vorbeigekommen zu sein. Damals wohnte ich bereits ein Vierteljahr in Vernante. Ich hatte es schon nach den ersten vierzehn Tagen bereut, weil ich bald merkte, daß ich mich unter diesen Leuten nie einleben würde. Die Pille hatte ich mir von daheim vorsorglich für drei Monate mitgebracht, wäre aber, als diese Sache zwischen Lorenzo und mir passierte, kaum mehr länger als noch acht oder zehn Tage damit hingekommen.«

»Und dann hast du ihm ein Kompensationsgeschäft vorgeschlagen?« fragte ich lächelnd. Sie schüttelte den Kopf. »Das ging von ihm und nicht von mir aus. Er nahm mich, während wir uns darüber unterhielten, plötzlich in die Arme und küßte mich. Ich hatte die Wahl, mich darauf einzulassen oder von Stefano ein Kind zu bekommen.«

»Worauf du das kleinere Übel vorgezogen hast«, sagte ich. Sie runzelte die Stirn. »Es gefällt mir nicht, wie du das sagst, Fred. Zu jener Zeit hatte ich mit Stefano schon laufend Auseinandersetzungen, weil ich mich weigerte, in Vernante die kirchliche Trauung nachzuholen. Ich hatte ihm schon bei der standesamtlichen Trauung in Essen gesagt, daß eine andere für mich nicht in Frage komme, weil ich schon einmal verheiratet war, wenn auch nicht kirchlich getraut. Davon hat er seiner Familie auch nichts erzählt; es wäre ihm sicher peinlich gewesen. Eine Zeitlang kam jeden Tag der Pfarrer ins Haus, um mir ins Gewissen zu reden. Er versuchte mich auch dahin zu bringen, Stefano sonntags in die Kirche zu begleiten, aber dann hätte ich auch wieder beichten und kommunizieren müssen, und dazu konnte ich mich beim besten Willen nicht mehr aufraffen. Du wirst es mir vielleicht nicht glauben: seit ich hier in Düsseldorf wohne, gehe ich sonntags manchmal in die Kirche; hier kennt mich ja vorläufig noch keiner. Sicher klingt es absurd, aber es heimelt mich jedesmal ein bißchen an. Vielleicht bin ich auch nur sentimental; es erinnert mich an meine Jugend, und an Gott habe ich eigentlich immer geglaubt. Ich finde nur, daß dieses ganze Drum und Dran mit der Beichte und was die katholische Kirche einem sonst noch zumutet, nicht mehr zeitgemäß ist. Heute tun die Leute alle so, als wären sie wahnsinnig aufgeklärt, aber für einen loyalen Katholiken hat sich doch in den letzten fünfundzwanzig Jahren so gut wie nichts geändert, und in Vernante sind die meisten loyal katholisch. Wenn ich von Stefano ein Kind bekommen hätte, ich hätte nichts unversucht gelassen, es loszuwerden, und wenn ich meinen Vater hätte bitten müssen, mich nach Hause zu holen. Stefano war ja komisch; einerseits ist er für die Kommunisten, andererseits geht er fast jeden Sonntag zur Kommunion. Mir wurde seine Mentalität, je länger ich es mit ihm zu tun hatte, immer unbegreiflicher. Lorenzo war da genauso, es hat ihm nichts ausgemacht, Stefano Hörner aufzusetzen, aber beichten und kommunizieren ist er regelmäßig gegangen. Mir ist erst viel später bewußt geworden, daß der Pfarrer von Vernante in fast allem über mich Bescheid wissen mußte. Ich wollte mich ja auch nach dem ersten Mal gar nicht mehr mit Lorenzo treffen, aber dann haben wir uns eben doch noch öfter gesehen; es hat sich nicht vermeiden lassen.«

»Wie oft?« fragte ich.

Sie erwiderte meinen Blick. »Ich habe kein Tagebuch darüber geführt. Hat das eine Bedeutung?«

»Nein«, sagte ich. »Vielen Dank für deine Offenheit, Helga.« Sie lächelte wieder. »Ich war immer offen zu dir; Lorenzo hatte ich, als ich dir von Vernante erzählte, ehrlich vergessen. Er hat mir, abgesehen von dem Zweck, den ich damit verfolgte, nichts bedeutet. Ich hatte vorher schon für weniger mit Männern geschlafen. Er war ein hübscher Junge, aber das liegt hinter mir und ist tot. Was können wir also tun?«

»Da du ja innerhalb der nächsten Monate sicher nicht schon wieder heiraten . . .«

Sie unterbrach mich: »Das ist nicht der Grund, weshalb ich mich scheiden lassen möchte, Fred. Ich möchte nur klare Verhältnisse schaffen und nicht länger Stefanos Namen tragen müssen. Es gab da übrigens noch etwas, was ich dir nicht erzählt habe. Ich rede von diesen jungen Männern, die uns bei Hilde überrascht haben. Sie waren seitdem auf der Suche nach Stefano. Ich habe ihn Hilde gegenüber zwar nie erwähnt, auch später nicht, aber sie gingen alle davon aus, daß es sich um einen Freund von mir gehandelt haben müsse. Wenn sie ihn erwischt hätten, wer weiß, was dann passiert wäre. Eines Abends, das war vielleicht ein Vierteljahr nachdem diese Sache passiert war, sah ich zwei von ihnen vor unserem Haus herumlungern. Ich dachte mir sofort, daß sie hinter Stefano her seien. Das war mit ein Grund, weshalb wir so rasch geheiratet haben. Ich hatte Angst um ihn, aber auch Angst um mich.«

»Wie konnten sie deine Adresse erfahren haben?« fragte ich. »Doch sicher nicht von Hilde?«

»Nein, obwohl sie deshalb ein paarmal bei ihr angerufen und damit gedroht haben, es würde ihr etwas geschehen, wenn sie ihnen nicht sagen würde, wie er heißt und wo er wohnt. Die beiden, gegen die er sich mit seinem Messer verteidigt hat, mußten anschließend ins Krankenhaus; der Arzt benachrichtigte die Polizei. Sie scheinen aber in ihrem eigenen Interesse geschwiegen zu haben. Ich nehme an, sie haben meine Adresse von Wolfram erfahren; er muß mir, bevor es zu jenem Abend gekommen war, einmal heimlich nach Hause gefolgt sein. Hilde hat sie ihm jedenfalls nicht verraten, auch nicht an Walter und Horst; sie kannten nur meinen Vornamen. Das war zwischen Hilde und mir so verabredet gewesen; ich hätte mich sonst niemals mit ihnen eingelassen. Ich wollte allein schon aus diesem Grund nicht mehr bei meinem Vater leben müssen. Vielleicht suchen sie auch heute noch nach mir und Stefano.«

»Und er sucht dich«, sagte ich. »Ich finde es auch besser, du wohnst nicht mehr in Essen. Bist du deshalb auch von deiner Freundin weggegangen?« Sie wich meinem Blick aus. »Sie muß durch ihre vielen Männerbekanntschaften inzwischen völlig verkorkst worden sein; sie hatte es plötzlich nur noch auf mich abgesehen. Ich habe ihr erklärt, daß ich dafür nicht gebaut sei. Als sie es trotzdem versuchte, habe ich Schluß gemacht. Sie drohte mir damit, sich umzubringen, aber ich mußte zuerst an mich selbst denken. Ich wäre dort kaputtgegangen.«

Etwas Ähnliches hatte ich befürchtet, ich fragte: »War nach deiner Rückkehr aus Nizza etwas zwischen euch?« Diesmal wich sie meinem Blick nicht aus, sie sagte gleichgültig: »Nicht so wie früher.

Hilde war zu jener Zeit der einzige Mensch, zu dem ich gehen konnte.«

»Aber mir hast du bei einem deiner ersten Besuche erzählt, sie hätte sich, gegenüber früher, verändert«, warf ich ein. »Wenn ich es jetzt richtig sehe, war das nicht der Fall?«

Sie zuckte wieder mit den Achseln. »Da kannte ich dich noch nicht so gut wie heute, Fred. Du darfst auch nicht übersehen, daß ich nach meiner Rückkehr ziemlich am Ende war. In der ersten Zeit wollte ich nur wieder leben, sonst nichts. Ich habe jetzt den Absprung gefunden; Hilde nicht.«

Ich war mir da nicht ganz so sicher wie sie, hielt es jedoch für besser, ihr das nicht zu sagen. Wenn sie nicht sehr bald in die richtigen Hände käme, würde sie aus dem Teufelskreis, in den sie sich selbst hineinmanövriert hatte, nicht mehr herausfinden. Ich war davon überzeugt, daß sie es in ihrer jetzigen Stellung nicht lange aushalten würde, und als ich sie später beim Essen, das wir in einem kleinen Gasthaus in Breitscheid zu uns nahmen, danach fragte, wie sie sich eingearbeitet habe, bestätigte sie meine Befürchtungen indirekt, indem sie antwortete: »Ich bin es eben noch nicht gewohnt, in einer abhängigen Stellung zu arbeiten, aber das wird sich sicher noch geben. Als ich für meinen Vater gearbeitet habe, konnte ich morgens ins Büro kommen, wann ich wollte, und es jederzeit wieder verlassen. Mein Chef ist ganz nett, aber . . .« Sie sprach nicht weiter und erwiderte den aufdringlichen Blick eines Mannes, der uns von einem Nebentisch aus unverwandt anstarrte. Mir war bereits während der Fahrt hierher aufgefallen, daß ihre Person noch mehr Interesse erregte als mein Ferrari, und auch der Kellner des Restaurants, ein junger, schwarzhaariger Bursche, schwänzelte ständig um unseren Tisch und ließ sie kaum aus den Augen. Ähnliches hatte ich bisher nur erlebt, wenn ich einmal mit Marianne zum Essen ausgegangen oder mit ihr und Dieter über ein Wochenende weggefahren war. Frauen wie sie und Marianne hatten es schon immer schwerer, sich ihre moralische Integrität zu erhalten, als andere, denen sie wegen ihres guten Aussehens ein permanentes Ärgernis sind. Selbst der Wirt, ein bieder wirkender Mann, kam öfter an unseren Tisch, als ich es erforderlich fand. Der Eindruck, den Helga auf ihre Umwelt machte, war sicher nicht allein darauf zurückzuführen, daß sie ein hübsches Gesicht und einen gutgewachsenen Körper hatte. An hübschen Frauen mit gutgewachsenen Körpern mangelte es auch hierzulande nicht. Sie hatte, genau wie Marianne auch, jene besondere Note, die nicht jeder hübschen Frau gegeben ist. An diesem Abend trug sie ein raffiniert einfaches, hellblaues Kleid, nicht lang genug, um ihre braungebrannten Schenkel zu bedecken, aber auch nicht so kurz, daß empfindsame Gemüter daraus Schlüsse über die charakterlichen Eigenschaften einer sich solchermaßen zur Schau stellenden Frau hätten ziehen können. Sicher zog auch ihr extrem kurzgeschnittenes Haar sowohl Männer- wie Frauenblicke auf sich. Ich fragte sie, ob es ihr nichts ausmache, überall so aufdringlich angestarrt zu werden. Sie antwortete: »Das merke ich schon gar nicht mehr, Fred«, aber ich war mir sicher, daß sie es merkte. Sie sagte lächelnd: »In Italien war das noch viel schlimmer als hier. In den ersten Tagen mußte ich mit Stefano täglich durch den Ort spazierengehen, damit mich nur ja alle seine Bekannten zu Gesicht bekamen. Samstags fährt er mit seinen Brüdern immer nach Cuneo in ein Schwimmbad, ich habe ihn ein paarmal begleitet, wurde jedoch so oft angepöbelt, daß ich es bald leid wurde. Ihm hat es Spaß gemacht, mich unter seiner Aufsicht herumzeigen zu können.«

»Vielleicht wollte er deshalb auch unbedingt, daß du sonntags mit ihm in die Kirche gehst«, sagte ich lächelnd. Ich blickte neugierig in ihr Gesicht. »Das ist sicher eine indiskrete Frage, aber sind die italienischen Männer wirklich so feurig?«

Sie mußte lachen. »Ich glaube, da wird bei uns zuviel Wind gemacht, Fred. Zuerst überschütten sie dich mit wahnsinnig hübschen Koseworten und Komplimenten, und nachher liegen sie, genau wie die Deutschen auch, neben dir und gähnen. Es ist ähnlich, als ob du zu einem großen Feuerwerk eingeladen würdest, und nachher brennt nur eine kleine Rakete ab. Ich wärme mich lieber an einem Holzkohlen- als an einem Strohfeuer. Ich kann natürlich nur von den Italienern reden, die ich persönlich kennengelernt habe. In Vernante haben die meisten mehr als vier Kinder, aber das sagt wohl nicht viel aus?«

»Nein«, sagte ich belustigt. »Vielleicht ist ihre Moral besser als unsere eigene.« Sie verzog abfällig die blaß geschminkten Lippen. »Als Frau kriegst du von ihnen fast ununterbrochen zu hören, was sich schickt und was sich nicht schickt, und wenn du dich nicht danach richtest, bist du für sie ein Luder. Aber das hat er bei mir ja schon vorher gewußt.« Sie sah nicht traurig aus, als sie das sagte; ich fühlte mich durch ihre gelassene Art zu der kessen Frage ermuntert:

»Dann hat er dich als Mann enttäuscht?« Sie wurde ein wenig rot. »Gott, das möchte ich nicht sagen, Fred. Er war nur . . . ich weiß nicht, wie ich das formulieren soll.«

»Wie ein Hahn?« schlug ich vor. Sie nickte überrascht. »Ja, so könnte man es sagen.«

»Außerdem hängen Hähne an ihrem Besitz«, sagte ich. »Ich habe dir, als ich dich von Cuneo aus angerufen habe, schon gesagt, daß du vorsichtig sein mußt; er hat dich noch nicht aufgegeben und wird es auch so rasch nicht tun. Ich halte ihn fast zu allem fähig.« Ihr Gesicht wurde ernst. »Ich habe nach deinem Anruf sofort mit meinem Vater telefoniert; er hat bei unseren Angestellten rumgehört; von ihnen hat keiner mehr Stefano gesehen. Es kann natürlich sein, daß er einen seiner Brüder nach Essen geschickt oder einen seiner Landsleute, die noch in Deutschland arbeiten, damit beauftragt hat, Erkundigungen über mich einzuziehen. Habe ich dich vorhin richtig verstanden, daß du mir dazu raten würdest, mit der Scheidungsklage noch etwas zu warten?«

»Sobald das neue Eherecht Gesetz ist, würden wir uns beide viel leichter damit tun«, sagte ich. »Ich gehe auch davon aus, daß er mit der Zeit vielleicht ruhiger darüber urteilen wird.«

Ich stellte fest, daß unsere Weinflasche leer war, aber als ich den Kellner rufen wollte, hinderte Helga mich daran und sagte: »Fahr mich noch etwas spazieren, Fred. Es war für mich vorhin ein komisches Gefühl, wieder in demselben Auto zu sitzen wie damals. Hat Dieter eigentlich jemals etwas darüber gehört, ob der Werksfahrer, als er deinen Wagen abgeholt hat, in Vernante angehalten worden ist?«

»Dieter hat nie davon gesprochen«, antwortete ich. »Ich vermute es, aber dem italienischen Werksangehörigen konnten sie ja nichts anhaben.«

Ich bezahlte unsere Rechnung und fuhr mit ihr in der einsetzenden Dunkelheit zur holländischen Grenze. Da ich die Hauptverkehrsstraßen mied, war ich beim Fahren nicht sehr abgelenkt. Ich merkte, daß Helga tief in Gedanken versunken war, die Erinnerung an ihre Erlebnisse in diesem Wagen mußte sie stark beschäftigen. Einmal fragte sie mich, ob ich ihn noch länger behalten oder mir bald einen neuen kaufen wolle. Ich antwortete: »Einen neuen bestimmt nicht. So aufregend diese Wagen sind, so schnell verlieren sie ihren Neuwert. Du brauchst nur vom Händler auf die Straße zu fahren, schon kannst du zwanzigtausend Mark abschreiben.« Sie lachte. »Das ist doch sicher übertrieben, Fred?«

»Nicht sehr«, sagte ich. »Würde es dir leid tun, wenn ich ihn verkaufe?«

»Ein wenig«, sagte sie. Ich berührte ihre Hand. »Marianne hat Dieter verlassen, Helga. Sie ist vorläufig in ein Hotel gezogen und will sich nach einer eigenen Wohnung umschauen.«

Sie blieb eine Weile still, dann fragte sie mit normaler Stimme: »Wie ist es dazu gekommen?« Ich erzählte ihr alles, was ich in den letzten Tagen erfahren hatte, und schloß: »Es braucht nicht endgültig zu sein.«

»Zumal er ihr ja schon nachgegeben hat, indem er einwilligte, ihre Tochter vorläufig bei ihrer Tante zu lassen«, sagte sie. »Klingt es verrückt, wenn ich sage, daß sie mir imponiert?«

»Leider hat sie nicht dieselbe gute Meinung von dir«, sagte ich. »Ich möchte ihr im Laufe der nächsten acht Tage von dir erzählen, Helga, und zwar genauso offen, wie ich dir von ihr erzählt habe. Ich kann in der jetzigen Situation auch Dieter gegenüber nicht länger schweigen.«

»Bist du deshalb heute zu mir gekommen?«

»Ja«, sagte ich. »Ich kann es vor mir und auch vor ihm nicht länger verantworten, so zu tun, als wüßte ich nichts von dir. Du bist mir inzwischen schon so lieb geworden wie Marianne und er. Deshalb möchte ich auch dir gegenüber offen sein. Vielleicht verstehst du das.«

»Ich verstehe das sehr gut«, sagte sie. »Trotzdem möchte ich ihn vorläufig nicht sehen, und wenn du ihm meine Adresse verrätst . . .«

»Warum willst du ihn nicht sehen?« fiel ich ihr ins Wort. »Dies wäre vielleicht die beste, vielleicht auch die letzte Gelegenheit, euch auszusprechen.«

»Nein«, sagte sie kalt. Dann drückte sie meine Hand und sagte: »Es wäre irgendwie unfair, Fred. Ich habe dir gesagt, daß Marianne mir imponiert, egal, was und wie sie über mich denkt; ich hätte an ihrer Stelle vermutlich genauso gehandelt, auch was das Kind betrifft. Ich erwarte von keinem Menschen, von mir eine hohe Meinung zu haben, am wenigsten von ihr. Dieter hat mir immer nur von einer Freundin erzählt, mit der er zusammen lebe. Er hat auch erzählt, daß sie ihn betrüge. Stimmt das eigentlich?«

»Dazu möchte ich nichts sagen«, antwortete ich. Sie ließ meine Hand los. »So wie er sie behandelt hat, könnte ich es verstehen. Ich habe ihn nicht für so konservativ gehalten. Für stur schon. Wenn er nicht so stur wäre, hätte er mich nicht über die Grenze gebracht. Jedenfalls habe ich mir nach allem, was er mir über sie erzählt hat, ein vollkommen falsches Bild von ihr gemacht. Wenn das inzwischen endgültig auseinandergeht, werde ich vielleicht noch einmal mit ihm reden, aber ich möchte nicht dazu beitragen, daß es dahin kommt. Er muß diese Entscheidung ohne meinen Einfluß treffen.« Ich sagte verwundert: »Ist das nicht ein wenig zu selbstlos?«

»Im Gegenteil«, sagte sie. »Ich möchte nicht daran schuld sein, wenn er sich eines Tages vorwerfen muß, die falsche Entscheidung getroffen zu haben. Ich habe auch meine Komplexe, als Alternative tauge ich nicht mehr, Fred. Ich hätte, wenn ich mich auf so etwas einließe, keine ruhige Minute an seiner Seite. Bei den Männern, mit denen ich mich vor ihm eingelassen hatte, stand ich nie zur Wahl. Sie haben es immer nur auf mich abgesehen gehabt, und unter anderen Bedingungen würde ich mich auch an keinen Mann binden. Ich würde ihm nicht zumuten, einen Engel für ein Flittchen aufzugeben.«

»Aber erlaube mal ...«, sagte ich schockiert. Zu meiner Erleichterung hörte ich sie lachen. »Ich fühle mich nicht so, Fred, aber ich bin eben kein konservativer Mensch. Ich bin vielleicht alles, nur nicht konservativ. Erzähl ihm nichts von mir, ich bitte dich darum. Er hat jetzt so lange warten müssen, da kommt es auf einige Wochen mehr oder weniger nicht mehr an. Wenn es sich bis dahin nicht mehr zwischen ihm und Marianne einrenkt, werde ich dich vielleicht bitten, mich mit ihm zusammenzubringen. Vorher auf keinen Fall. Kann ich mich auf dich verlassen?«

»Es ist eine schlichte Zumutung«, sagte ich verstimmt.

»Ich weiß, Fred.« Sie beugte sich rasch zu mir herüber und küßte mich. Trotzdem war mir der Abend verdorben. Ich sagte: »Vielleicht willst du wieder umkehren?«

»Darum wollte ich dich gerade bitten«, sagte sie.

Auf der Rückfahrt sprachen wir nicht mehr viel, und als ich vor ihrem Haus anhielt, blieb sie ein paar Sekunden lang unschlüssig neben mir sitzen. Schließlich sagte sie: »Du hast mich heute abend in eine große Versuchung gebracht, Fred. Vielleicht bin ich billig, aber ich mache es mir im Grunde nie ganz so billig, wie es aussieht. Ich kann dir nicht sagen, wie schwer mir das alles in den vergangenen Wochen gefallen ist, ich meine, von Hilde wegzugehen, diese Arbeit anzunehmen, in dieser Stadt, zu der ich überhaupt keine Beziehungen habe, leben zu müssen, mich nicht mit Dieter zu treffen. Denkst du, das läuft an mir ab wie Wasser?«

»Nein«, sagte ich und griff wieder nach ihrer Hand. »Ich hoffe nur, du denkst immer daran, daß du in mir einen Freund hast.«

»Du bist sehr lieb«, sagte sie und stieg rasch aus. Ich beobachtete, wie sie, ohne sich noch einmal umzudrehen, im Haus verschwand. Ich hatte das lästige Gefühl, einen entscheidenden Fehler gemacht zu haben, ich wußte nur noch nicht, welchen.

15

Eine Übereinstimmung zwischen Stefano und DC hatte ich insofern feststellen können, als ihr Beruf gleichzeitig auch ihr Hobby war, und wie viele Männer gibt es schon, die das von sich behaupten können! Wenn Stefano nicht an fremden Autos zu arbeiten hatte, beschäftigte er sich mit seinem eigenen. Nach Helgas Flucht reparierte er an seinem Alfa Romeo die eingebeulte Wagentür und tauschte Kurbelwelle, Kolben, Zündspule und Vergaseranlage gegen leistungsfähigere Elemente aus. In die Tuningsarbeiten des Zylinderkopfes und der Ventile hatte er alleine vier Wochen gesteckt. Es gelang ihm, die serienmäßige PS-Zahl um weitere fünfundzwanzig und die Spitzengeschwindigkeit auf fast einhundertneunzig Stundenkilometer zu erhöhen. In Limone arbeitete er mit seinem Bruder Francesco täglich bis zu zehn Stunden. Sie hatten nicht nur ortsansässige Kunden, sondern auch solche, die in Limone ihre Ferien verbrachten und bei dieser Gelegenheit Wartungsarbeiten an ihren Autos erledigen ließen, für die sie zu Hause nie Zeit gefunden hatten. Den Samstagvormittag verbrachte Stefano regelmäßig im Schwimmbad von Cuneo, nachmittags wusch er seinen Wagen oder führte weitere Tuningsarbeiten aus. Nebenher half er seiner Mutter an der Tankstelle. Am Sonntagmorgen schlief er zwei Stunden länger als sonst, ging dann in die Kirche und anschließend in die Osteria von Signor Ludovici in Vernante, wo er sich mit Freunden oder Verwandten vor dem Mittagessen noch zu einem Glas Vino traf. Nach dem Essen, zu dem sonntags auch Filippino und Luigi anwesend waren, um sich wenigstens einmal in der Woche bei ihrer Mutter sehen zu lassen, legte sich Stefano eine Stunde schlafen. Nachmittags erwarteten er und seine Mutter dann Antonio und Francesco mit ihren Familien zu Besuch, wozu sich in der Regel auch Signor Marchetti einfand. Nach dem gemeinsamen Kaffee gingen Stefano und Francesco bis zum Abendessen noch zwei oder drei Stunden mit ihren Gewehren auf die Jagd, wobei, weil es in den Bergen von Vernante und Limone kaum mehr etwas zu jagen gab, mehr geschossen als getroffen wurde. Es passierte sonntags jedoch oft, daß sie auf dieses Vergnügen verzichten und Wochenendausflüglern helfen mußten, die auf den steilen Gebirgsstraßen mit einer Autopanne hängengeblieben waren. Als Antonio noch lebte, waren sie mit ihm hin und wieder auch zu einem Fußballspiel nach Cuneo gefahren. Unter den Brüdern war er der einzige, der an dieser Sportart wirklich Spaß gehabt hatte, und sie hatten sich ihm meist nur deshalb angeschlossen, um ihm eine Freude zu bereiten. Höhepunkte in ihrem Leben waren die Familienfestlichkeiten, eine Verlobung oder Hochzeit, die Geburt eines neuen Marchetti oder Benedetti, Kindstaufen, eine Geburtstagsfeier, aber auch Todesfälle wie der von Antonio. Stefano hatte an seinem offenen Grab geschworen, er werde nicht umsonst gestorben sein, und alle, die dabei waren, hatten es vernommen. Er hatte seitdem die meisten seiner Gewohnheiten geändert, schloß sich, wenn er zu Hause nicht an seinem Alfa arbeitete, stundenlang in sein Schlafzimmer ein, redete kaum mehr und machte seiner Familie große Sorgen.

Am Tag nach meinem Besuch fuhr er zu Filippino an die Grenze und bat ihn, ihm eine Pistole zu besorgen. Filippino erschrak fast zu Tode und sagte: »Das kann ich nicht, Stefano. Wozu brauchst du sie?« Stefano nahm ihn mit zu seinem Wagen, gab ihm sein Gewehr und sagte: »Tausch es mir gegen eine Pistole ein, Filippino; es ist nur vorübergehend. Du bekommst sie zurück. Wenn du keine bekommst, gibst du mir deine eigene.«

»Das darf ich nicht«, sagte Filippino wieder. Stefano sagte ruhig: »Ich habe dich noch nie um eine Gefälligkeit gebeten, Filippino. Besorg mir die Pistole oder ich rede, solange ich lebe, kein Wort mehr mit dir. Du hast Zeit bis Freitagabend.« Er wandte seinem völlig verstörten Bruder den Rücken zu und fuhr in die Werkstatt nach Limone zurück. Dort sprach er mit Francesco. »Ich fahre über das Wochenende«, sagte er. »Du mußt drei oder vier Tage ohne mich zurechtkommen. Der Anwalt wird inzwischen schon wieder mit Helga gesprochen haben. Ich darf jetzt keine Zeit mehr verlieren.«

»Du hast schon einmal nach ihr suchen lassen«, gab Francesco zu bedenken. »Wo willst du sie finden, wenn sie nicht mehr bei ihrem Vater wohnt?«

»Ich habe eine Vermutung, wo sie sein könnte«, erwiderte Stefano. »Ich hätte schon früher daran denken sollen. Ich fahre mit dem Alfa.«

»Ich komme mit dir«, sagte Francesco in einem Ton, der Stefano nicht widersprechen ließ. Sie unterhielten sich noch eine Stunde, dann setzten sie ihre Arbeit fort und verloren die ganze Woche kein Wort mehr darüber. Von Filippino bekam Stefano schon am Mittwochabend die gewünschte Pistole, er schob sie in die Hosentasche und sagte: »Sprich mit keinem darüber, Filippino, auch mit Luigi nicht. Francesco und ich fahren übermorgen nach Deutschland und holen Helga zurück.«

»Sie wird nicht freiwillig mit dir kommen«, sagte Filippino.

Stefano nickte. »Auch daran haben wir gedacht.« Er gab ihm die Hand und sagte: »Vergiß, worüber wir gesprochen haben. Ciao, Filippino.«

Am Freitag kam er schon kurz nach sechzehn Uhr aus Limone zurück und wusch seinen Wagen. Seiner Mutter, die sich darüber wunderte, sagte er: »Wir brauchen für die Werkstatt einen neuen Kompressor; ich bekomme ihn kurzfristig nur in Milano, Mamma. Francesco und ich fahren morgen hin.« Sie fragte befremdet: »Morgen sind die Geschäfte doch geschlossen!« Er lächelte. »Francesco und ich wollen uns bei der Gelegenheit ein wenig in Milano umschauen. Am Montagabend sind wir zurück.« Er war, seit er in Deutschland gearbeitet hatte, noch nie über ein ganzes Wochenende weggeblieben; seine Mutter fragte mißtrauisch: »Warum sprichst du erst heute darüber, wenn ihr schon morgen fahren wollt?«

»Weil wir erst heute festgestellt haben, daß wir einen neuen Kompressor brauchen, Mamma. Stör mich jetzt nicht bei der Arbeit.« Sie ging ins Haus, legte sich eine schwarze Stola um und lief zu ihrem Bruder. Eine halbe Stunde später kam sie mit ihm zurück, er nahm Stefano auf die Seite und sagte: »Ich weiß, daß ihr keinen neuen Kompressor braucht, Stefano. Was hast du vor?«

»Helga holen«, antwortete Stefano. Signor Marchetti nickte. »Ich habe es mir gedacht. Ihr Anwalt wird inzwischen vielleicht schon die Scheidungsklage eingereicht haben, Stefano. Überleg dir, was du tust.«

»Ein Grund mehr, nicht länger zu warten«, erwiderte Stefano. Er blickte in sein todernstes Gesicht. »Niemand kann mich davon abhalten, Onkel Marco. Versuch es bitte nicht.« Signor Marchetti küßte ihn auf beide Wangen. Bevor er wieder zu seiner Schwester ging, wischte er sich die Augen ab. »Sie brauchen wirklich einen neuen Kompressor«, sagte er. »Mach dir keine Sorgen um sie; es ist ganz gut, wenn Stefano hier einmal rauskommt; es wird ihn ablenken.« Er verabschiedete sich von ihr und kehrte in sein Haus zurück; mit Stefano sprach er nicht mehr.

Als Stefano am nächsten Morgen, noch ehe es hell wurde, das Haus verließ, schlief seine Mutter noch. In Cuneo stieg Francesco zu ihm; er hatte nur einen kleinen Koffer als Reisegepäck. Sie fuhren zuerst nach Torino und von dort auf der Autostrada über Milano nach Como. In Lugano aßen sie zu Mittag, Stefano sagte bei einem Glas Rotwein: »Wenn alles so klappt, wie ich es hoffe, können wir morgen abend schon wieder daheim sein, Francesco.« Er blickte durch eines der großen Fenster des Restaurants auf den See. Francesco sagte: »Es ist schön hier. Ich wollte schon immer einmal in die Schweiz. Man leistet sich viel zuwenig.«

»Womit willst du es dir leisten?« fragte Stefano. »Es ist ein teures Land. Hier kannst du nur leben, wenn du eine gute Arbeit hast.«

»Das Essen war nicht schlecht«, sagte Francesco und wischte sich mit der Serviette den Mund ab. Er legte seine großen, schweren Hände auf den Tisch und schloß ein paar Sekunden lang die Augen. Als er sie wieder öffnete, lächelte er. »Wenn sie wirklich dort ist, wo du sie vermutest, schaffen wir es Stefano. Ich bin jetzt auch zuversichtlich. Sie wird lieber mit dir leben als mit dir sterben wollen, und ohne sie bist du ja schon so gut wie tot. Ich werde mich mit jeder anderen Lösung leichter abfinden als mit der derzeitigen. Ihr Anwalt wird sie natürlich zuerst in Vernante suchen.«

»Sie wird ihn wegschicken oder mit mir sterben«, sagte Stefano. »Ich werde ihr das vorher erklären, und sie wird sich dann entscheiden müssen. Andernfalls wirst du alleine nach Hause fahren, Francesco. Es kann sein, daß wir, wenn es soweit ist, keine Zeit mehr finden, darüber zu reden. Wenn du Luigi einarbeitest, würde er dir eine genauso gute Hilfe sein wie ich. Die Überführung würde nicht billig sein; verkaufe meinen Alfa, so, wie er jetzt dasteht, bekommst du bei einem guten Händler mindestens siebenhunderttausend Lire dafür; das müßte reichen.« Francescos Gesicht hatte sich bei seinen

Worten verdüstert. »Darüber sollten wir noch nicht sprechen, Stefano.«

»Es ist besser, wir tun es«, sagte Stefano und trank sein Weinglas leer. Er bezahlte die Rechnung. Bevor sie zu ihrem Wagen zurückkehrten, gingen sie noch ein wenig auf der Uferpromenade spazieren; die Bäume in den Grünanlagen trugen gelbe Blätter, auf dem See wimmelte es in der milden Herbstsonne von Motor- und Segelbooten. Die Berge sahen violett aus. Francesco betrachtete die schönen Villen am anderen Ufer und sagte: »Ich möchte nicht hier arbeiten müssen, Stefano. Es ist kein Land für mich. In Limone fällt es mir nicht schwer, von morgens bis abends zu schuften; hier würde ich vielleicht durchdrehen. Schau dir nur diese Scheißbürschchen in den Booten an! Die nehmen es von ihrem Papa und bedanken sich nicht einmal dafür. Im Restaurant haben sie uns angestarrt, als hätten wir kein Geld in der Tasche. Was ist eigentlich an uns? Riechen wir nach Scheiße?« Stefano betrachtete ihn lächelnd; sein Sonntagsanzug hatte ihm einmal vor fünf Jahren gepaßt; jetzt sah er darin aus, als hätte er ihn gestohlen. »Für mich riechst du gut, Francesco. Auch ich möchte hier nicht leben müssen.«

»Obwohl die Frauen nicht übel sind«, sagte Francesco und betrachtete zwei gertenschlanke Mädchen in einem kleinen Motorboot; sie trugen Bikinis. »Sind aber für was Besseres geboren«, setzte er hinzu. »Für so einen Ferrarifahrer wie diesen Scheißdeutschen. Was tun wir, wenn sie schon bei ihm wohnt? Du weißt nicht einmal, wie er heißt.«

»Ich habe seine Autonummer«, antwortete Stefano. »Wenn wir sie nicht dort antreffen, wo ich es vermute, fahren wir nach Köln. So viele rote Ferraris gibt es nicht. Ich bin überzeugt, wir finden sie. Komm!« Er drehte sich um. Francesco spuckte, bevor er ihm folgte, in den Lago di Lugano. Er hatte sich schon lange gewünscht, ihn einmal zu sehen; sie waren deshalb auch über Como gefahren. Die direkte Route von Torino hätte sie über Aosta nach Montreux geführt. Francesco löste Stefano am Lenkrad ab. Da die Alpenpässe noch schneefrei waren, fuhren sie über den St. Gotthard; sie hätten ihn auch im Tunnel mit der Bahn passieren können; die Transportgebühren waren ihnen jedoch zu hoch. Francesco sagte: »Wenn wir über den Paß fahren, kostet es uns höchstens zehn Liter Super.« Während sie nach Zürich fuhren, schimpfte er aus diesen und jenen Gründen auf die Schweizer, er nannte sie ein Kapitalistenvolk, aber

Zürich gefiel ihm so sehr, daß er sich die Stadt etwas näher anschauen wollte. Stefano sagte: »Wir haben noch eine weite Strecke vor uns.« Sie tauschten wieder die Plätze. Am späten Nachmittag kamen sie nach Basel. Nachdem sie die Grenzkontrolle passiert hatten, schimpfte Francesco auf die deutschen Zöllner: »Unsere sind höflicher.« Und zwischen Basel und Freiburg sagte er: »Den Schwarzwald habe ich mir ganz anders vorgestellt; viel höher.« Dann verfiel er in sorgenvolles Schweigen. Erst als hinter Mannheim der Verkehr noch dichter wurde und sie kaum mehr überholen konnten, öffnete er erneut den Mund und sagte: »Autofahren können sie auch nicht; sie haben keine Disziplin. Ich bin froh, wenn wir wieder daheim sind.«

»Ich auch«, sagte Stefano.

Zum Abendessen kehrten sie zwischen Frankfurt und Köln in einer Raststätte ein; sie waren beide müde. Francesco sagte: »Eine Rast in Zürich hätte uns nicht geschadet, Stefano. Wie weit ist es noch?« Stefano zuckte mit den Schultern. »Ich bin diese Strecke noch nie gefahren, aber weit kann es nicht mehr sein.« Mit dem Essen war Francesco zufrieden, er probierte ein Glas Bier und bestellte sich, weil es ihm schmeckte, noch eins. »Das einzige, was hier gut ist«, sagte er und wischte sich mit dem Handrücken den Mund ab. »Ich würde in diesem Land krank werden. Ich glaube, es besteht nur aus Wald. Seit Basel habe ich kaum etwas anderes gesehen. Wie hast du es hier nur so lange aushalten können, Stefano! Ich mag diese Tedesci nicht.«

»Für mich sind sie Helgas Landsleute.«

»Trotzdem würde ich für keinen von ihnen sterben«, sagte Francesco rauh. Stefano berührte seinen Arm. »Ich weiß selbst noch nicht, ob ich noch einmal mit ihr leben kann, Francesco, aber ich möchte es erfahren. Ich gebe ihr und mir noch eine Chance. Ich will sie fragen, warum sie davongelaufen ist und weshalb sie kein Kind von mir haben wollte. Ich will sie fragen, worüber sie sich bei uns hat beklagen können, aber ich möchte sie das in Vernante fragen, und nicht in diesem Land. Schon gar nicht dort, wo ich sie vermute. Wenn ich das alles weiß, sehen wir weiter. Was ich heute mittag gesagt habe, ist nur für einen bestimmten Fall. Oder wäre es dir lieber, wenn ich den Rest meines Lebens in einem deutschen Gefängnis verbringen müßte?«

»Vorher würde ich dir, wenn du noch keine hättest, selber eine

Pistole besorgen«, antwortete Francesco. Später, als sie weiterfuhren, kam er auf Filippino zu sprechen: »Er wird sich wegen der Pistole jetzt Vorwürfe machen, und wenn du sie tatsächlich brauchst . . .«

»Die Zeit war zu kurz, um eine andere aufzutreiben«, sagte Stefano. »Ich wünschte, Filippino würde endlich eine Frau finden, sonst wird nie ein Mann aus ihm.« Francesco betrachtete das hügelige Gelände beiderseits der Autobahn. »Er könnte, wenn er wollte, ein Dutzend Frauen haben, Stefano. Ich habe euch schon vor drei oder vier Jahren mal gesagt, daß mit ihm was nicht stimmt. Ich weiß nicht, wem er nachschlägt, jedenfalls keinem von uns. Ich glaube, er will gar nicht heiraten.«

»Das ist sein Problem«, sagte Stefano kurz. Da viele der entgegenkommenden Autos bereits mit Licht fuhren, schaltete er die Scheinwerfer ein. Der Verkehr wurde auf den Abend hin immer zähflüssiger, auf beiden Fahrbahnen bewegten sich die Wagenkolonnen mit ständig sinkender Geschwindigkeit. Francesco sagte: »Schlimmer kann es auch in Rom nicht zugehen, Stefano. Ist das hier immer so?« Stefano nickte. »Die meisten kommen aus dem Urlaub.« Er erzählte ihm, daß der Verkehr im Ruhrgebiet noch dichter sei. »Kann sein, daß wir es heute doch nicht mehr schaffen«, sagte er. »Ich möchte nicht zu spät an der Tür läuten, sonst öffnen sie vielleicht nicht. Es ist mir auch lieber, ich kann mich vorher etwas umsehen.«

»Wenn du bei Tag . . .«

»Nein«, sagte Stefano rasch. »Wir warten dann bis morgen abend und übernachten in einem Hotel. Vorher muß ich aber wissen, ob sie tatsächlich dort wohnt.«

»Wo willst du das erfahren?«

»Im Hotel«, sagte Stefano. Francesco schwieg verwundert.

Als sie nach Essen kamen, war es fast zehn Uhr. Francesco, der Stefano wieder das Lenkrad überlassen hatte, war vor Müdigkeit eingeschlafen. Stefano mußte ihn wecken. Er starrte verdrossen durch die Windschutzscheibe und sagte: »Nicht für zehn Millionen Lire wollte ich in dieser Stadt wohnen, Stefano.«

»Mir hat sie gut gefallen«, sagte Stefano und brachte den Wagen in einer dunklen Nebenstraße vor einem kleinen Hotel zum Stehen. »Damals war es sehr billig«, sagte er. »Signor Borchert hat es mir, als ich hierherkam und noch kein Quartier hatte, empfohlen. Vielleicht ist es noch derselbe Besitzer.«

»Du hast in einem Hotel gewohnt?« fragte Francesco überrascht. Stefano antwortete: »Nur vier Tage, dann fand ich das Quartier, von dem ich dir erzählt habe. Wir schliefen zu fünft in einem Zimmer; es kostete für jeden hundert Mark im Monat.«

»Das war billig«, sagte Francesco anerkennend. Stefano lächelte nur. Sie wurden von dem Inhaber empfangen; es war noch derselbe, aber er erkannte Stefano nicht wieder. Als er sie fragte, wie lange sie bleiben würden, antwortete Stefano, daß sie es noch nicht genau wüßten, jedoch keinesfalls länger als zwei Nächte. Er füllte das Anmeldeformular aus. »Sie sind Italiener?« sagte der Besitzer. Er hieß Kehrer wie sein Hotel, war mittelgroß, glatzköpfig und trug zu seinem dunklen Anzug eine schwarze Fliege. Stefano bestätigte es ihm; Herr Kehrer sagte: »Dann sprechen Sie ausgezeichnet Deutsch, Herr Benedetti. Suchen Sie Arbeit in Deutschland?« Stefano schüttelte den Kopf. »Unsere Schwester lebt hier; wir wollen sie besuchen.«

»Ich verstehe«, sagte Herr Kehrer und betrachtete Francescos knappsitzenden Anzug. Stefano sagte: »Es soll eine Überraschung werden; sie heiratet am Montag einen Deutschen. Darf ich Ihr Telefonbuch haben?« Herr Kehrer gab es ihm und beobachtete, wie er darin blätterte. Stefano zeigte ihm eine Telefonnummer und sagte: »Das ist sie. Würden Sie für uns anrufen und nach ihr fragen? Unsere Stimmen würde sie vielleicht erkennen. Wir wollen wissen, ob es die richtige Adresse ist.« Herr Kehrer nickte. Dann blickte er ihn prüfend an und fragte: »Fräulein Benedetti?«

»Ja«, sagte Stefano. »Aber bitte, ohne Ihr Hotel zu nennen. Ich habe schon einmal bei Ihnen gewohnt; sie würde sonst erraten, daß ich es bin, der anrufen läßt.« Herr Kehrer vergewisserte sich angenehm berührt: »Sie haben schon bei mir gewohnt?«

»Vor zwei Jahren«, antwortete Stefano. »Sie werden sich nicht mehr an mich erinnern. Wie geht es Ihrer Frau und Ihren beiden Söhnen?« Herr Kehrer lächelte wieder; er sagte entschuldigend: »Ich kann mich tatsächlich nicht mehr erinnern, Herr Benedetti. Bei uns wechseln jeden Tag die Gäste. Meiner Familie geht es gut, danke.« Er wählte die Telefonnummer und blickte auf seine Armbanduhr. »Vielleicht schlafen sie schon«, sagte er, als die Verbindung nicht sofort klappte. »Sie können mithören.« Er gab Stefano eine kleine Hörmuschel. Fast im selben Moment meldete sich eine weibliche Stimme. Herr Kehrer fragte, ob Fräulein Benedetti im Hause sei.

»Wen darf ich melden?« fragte die weibliche Stimme nach kurzem Zögern. Stefano drückte die Gabel nieder und sagte: »Das war unsere künftige Schwägerin. Vielen Dank, Herr Kehrer.«

»Eine gute Wohngegend«, sagte Herr Kehrer beeindruckt. »Da kann man Ihnen und Ihrer Schwester sicher gratulieren?«

»Ja, sie hat hier ihr großes Glück gemacht«, sagte Stefano. »Wir freuen uns alle darüber. Kann ich Ihnen das Gespräch gleich bezahlen?«

»Ich setze es Ihnen auf die Rechnung«, sagte Herr Kehrer und fragte nach ihrem Gepäck. »Wir holen es später herauf«, sagte Stefano. Herr Kehrer führte sie persönlich zu ihrem Zimmer und wünschte ihnen einen guten Aufenthalt. Als sie alleine waren, setzte sich Francesco auf das Bett und blickte Stefano stumm an. »Sie konnte nirgendwo anders sein«, sagte Stefano, aber er fühlte sich sehr erleichtert. Francesco sagte: »Dann könnten wir es noch heute abend tun, Stefano.«

»Nein.« Stefano sah sich im Zimmer um; es war billig möbliert. »Der Anruf wird sie mißtrauisch gemacht haben. Bis morgen abend haben sie ihn vielleicht vergessen. Wir haben jetzt Zeit, Francesco. Mehr als ich hoffte.«

»War sie am Apparat?«

Stefano erzählte ihm, was er Herrn Kehrer aufgetragen und welche Antwort dieser am Telefon bekommen hatte. Francesco grinste. »Für so raffiniert habe ich dich nicht gehalten, Stefano. Mir wäre das nie eingefallen. Ich glaube nicht, daß sie, wenn sie selbst am Apparat gewesen wäre, deine Stimme erkannt hätte. Du hättest aber sicher ihre erkannt.«

»Es war besser so«, sagte Stefano. »Man hört, wenn ich Deutsch spreche, daß ich nicht von hier bin.« Er öffnete das Fenster und blickte auf die dunkle Straße hinab. Francesco kam zu ihm und sagte: »Wonach riecht es hier?«

»Nach Fabriken«, sagte Stefano. »Ich muß schlafen, Francesco. Morgen nacht werden wir kein Auge zutun.« Er ging das Gepäck holen. Als sie im Dunkeln in ihren Betten lagen, sagte Francesco: »Daß ich einmal unter solchen Umständen nach Deutschland kommen würde, hätte ich mir auch nie träumen lassen, Stefano, aber je länger ich darüber nachdenke, desto besser verstehe ich dich. Sie soll wissen, daß sie einem Benedetti nicht einfach davonlaufen kann. Wenn ich Octavia mit einem anderen Mann im Bett erwischte, ich würde sie beide töten und mich dazu. Ich könnte mit diesem Gedanken nicht mehr leben. Octavia würde mir das auch nie antun. Sie ist heute zwar nicht mehr so schön wie damals, als ich sie kennenlernte, trotzdem könnte sie noch genug Männer finden, die mit ihr ins Bett gingen. Vielleicht sind deutsche Frauen da anders. Donati, mit dem ich in Cuneo gearbeitet habe, behauptete, sie wären nur so lange anständig, bis sie eine Gelegenheit fänden, es nicht mehr zu sein. Was ich nie verstanden habe, Stefano: warum wolltest du nicht, daß wir uns Lorenzo vorknöpfen? Nur weil er behauptet hat, von ihr verführt worden zu sein?«

»Sie wollte kein Kind von mir«, sagte Stefano. »Um das zu erreichen, war ihr jedes Mittel recht. Lorenzo war damals siebzehn. Ich vergreife mich nicht an einem unreifen Jungen, wenn er sich von einer Frau wie Helga hat verführen lassen. Sie hat das schon bei anderen Männern getan.«

»In Vernante?« fragte Francesco bestürzt.

»Nein.«

Francesco schwieg. Nach einer Weile sagte er: »Du hast nie darüber gesprochen, Stefano. Ich nehme an, du willst es auch jetzt nicht tun. Hat es mit dem Haus zu tun, wo sie jetzt wohnt?«

»Ich möchte schlafen«, sagte Stefano. »Gute Nacht, Francesco.« Aber er konnte dann doch nicht einschlafen. Als sie durch die Stadt gefahren waren, hatte das Wiedersehen mit ihr sein Herz wie mit einem Hammer getroffen. Er starrte mit trockenen, brennenden Augen in die Dunkelheit, und neben ihm fragte Francesco: »Woran denkst du, Stefano? An sie?«

»An Antonio«, antwortete Stefano. »Wir werden morgen in einer Kirche eine Kerze für ihn anzünden. Warum schläfst du nicht?«

»Ich mußte eben auch an ihn denken«, sagte Francesco mit belegter Stimme. »Wenn sie morgen abend bei uns im Auto sitzt, haben wir das getan, wofür er gestorben ist.« Stefano wandte ihm im Dunkeln das Gesicht zu. »Er ist für eine Dummheit gestorben, Francesco. Wenn du das nicht endlich begreifst, ist es besser für uns alle, wir nehmen sie gar nicht erst mit. Sein Tod war überflüssig und grausam wie jeder Tod. Du wirst es nicht verstehen, aber ich habe diese Heirat nie bereut, auch nach Antonios Tod nicht. Sie hat mir so viel bedeutet, daß diese Zeit für mich durch nichts aufzuwiegen ist. Sie kann vorüber sein, aber sie wird nie aufhören, mein Herz zu bewegen. Ich hätte für diese Frau alles aufgegeben, auch dich, wenn es erforderlich gewesen wäre, und du weißt, wie sehr ich dich und euch alle liebe. Ich bin dem Himmel dankbar dafür, daß er mich mit euch und unter euch hat aufwachsen lassen, aber ich bin ihm auch dafür dankbar, daß er es mir vergönnt hat, eine Frau wie sie zu finden. Als sie mich damals fragte, ob ich sie heiraten würde, konnte ich ihr nicht antworten. Ich bin vor ihr auf die Knie gefallen, und es war für mich auf einmal nicht mehr die gleiche Welt wie bisher, und auch ich war durch sie nicht mehr derselbe der ich früher war. Die Fahrt mit ihr nach Vernante, ich erinnere mich an sie kaum mehr, ich war wie im Fieber, ich saß ihr gegenüber und begriff es nicht, daß sie mit mir verheiratet war. Und sie war genauso glücklich wie ich, ich werde nie vergessen, wie glücklich sie war und wie oft sie mein Gesicht in die Hände genommen und mich geküßt hat. Von Milano bis nach Cuneo waren wir allein in einem Abteil, wir standen am Fenster, und ich habe ihr gesagt, wie die Dörfer und die Berge heißen, und erinnerst du dich noch, wie es war, als ihr uns am Bahnhof abgeholt habt und sie die vielen Blumen an deinem Wagen gesehen hat? Ich habe sie vorher nie weinen sehen, sie hat euch alle umarmt, und dich hat sie, als ich ihr sagte, daß du der älteste von uns bist, geküßt als seist du ihr eigener Bruder, den sie seit zwanzig Jahren nicht mehr gesehen hat. Es war, als ob sie nach Hause gekommen wäre. Sie hat nie ein richtiges Zuhause gehabt, sie hat sich hier in Essen nie glücklich gefühlt, und dann kam sie zu uns und war glücklich, und schon ein Vierteljahr später hat sie Lorenzo verführt, damit sie von ihm die Pille bekam. Ich bin genauso schuld wie sie, Francesco, ich habe mich, als wir nach Vernante kamen, zu viel um die Werkstatt und zu wenig um sie gekümmert. Ich hätte öfter mit ihr wegfahren sollen, vielleicht auch einmal nach Deutschland, um kein Heimweh in ihr aufkommen zu lassen. Statt dessen habe ich sie von morgens bis abends an dieser Scheißtankstelle stehen lassen...«

»Es war für uns alle eine schwere Zeit«, warf Francesco ein. »Sie hätte nur zwei oder drei Jahre zu warten brauchen, bis wir über den Berg gewesen wären. Sie kommt selber aus einem Geschäft, sie hätte wissen müssen, wie wichtig es für einen Mann ist, sich selbständig zu machen und keinem anderen mehr die Stiefel putzen zu müssen. Von einer Frau, die mich liebt, erwarte ich, daß sie so viel Verständnis aufbringt.« Er beugte sich zu ihm hinüber. »Wir wollen nicht mehr darüber diskutieren, Stefano. Octavia hat in den vergangenen eineinhalb Jahren genauso auf mich verzichten müssen wie Helga auf dich, aber sie wäre deshalb, selbst wenn die Kinder nicht wären, nie auf den Gedanken gekommen, sich von mir vernachlässigt zu fühlen. Ich glaube auch, daß Helga noch etwas für dich empfindet, sie hätte dich sonst nicht geheiratet. Ich sehe nur nicht recht, wie du sie daran hindern kannst, dir bei der ersten Gelegenheit wieder davonzulaufen. Du kannst sie weder in einen Keller sperren noch in der Werkstatt anbinden, und je weniger Spielraum du ihr läßt, desto früher wird sie es wieder versuchen, auch wenn du sie vorübergehend einschüchtern kannst. Ich begreife deine Absichten nicht, Stefano. Ich begreife, daß du sie zurückholen willst; deshalb sind wir beide hier, und ich glaube, daß sie mitkommen wird, auch wenn sie es nicht will. Ich begreife nur nicht...«

Stefano unterbrach ihn: »Laß das meine Sorge sein, Francesco. Ich habe mir etwas dabei gedacht.«

»Dann will ich darauf warten«, sagte Francesco. Er legte sich wieder auf den Rücken und war innerhalb von zwei Minuten eingeschlafen.

Stefano schlief in dieser Nacht nicht.

16

DC meinte einmal nach seiner Rückkehr aus Nizza, daß bei allen großen Liebesaffären die Sexualität ein primäres Element sei und daß ihm Menschen, die in ihr nicht viel anderes sehen könnten als eine spezifische Art von Notdurft, leid täten, weil ihnen anscheinend nie bewußt geworden sei, daß es in der wahren Liebe eine Identifikation von Körper und Seele gibt. Am meisten konnte er sich über Leute ärgern, die sich in der Öffentlichkeit über Sex mokierten, obwohl er ihnen, zumindest einmal in ihrem Leben, sicher auch nicht gleichgültig gewesen war. Er erzählte mir, daß Helga und er am ersten Tag ihrer Flucht, als sie noch nicht so geschwächt waren wie später, jede Gelegenheit wahrgenommen hätten, um sich gegenseitig zu liebkosen und zu erregen. Er habe dabei jedoch keinen Augenblick lang den Eindruck gehabt, daß sie verdorben oder auch nur außergewöhnlich sinnlich sei. Sie sei nur auf eine unwiderstehlich naive Art neugierig gewesen, wie überhaupt Naivität zu ihren besonderen Merkmalen gehöre. Dies habe ebenso auf ihre Redseligkeit zugetroffen, da die meisten ihrer Argumente eher aufgelesen als überzeugend geklungen hätten. Ihre Pseudophilosophie habe ihn jedoch mehr gerührt als zum Widerspruch herausgefordert, weil er immerhin ein ernsthaftes Bemühen um Aufrichtigkeit gespürt habe.

Meine Frage, ob es nicht in erster Linie ihre gemeinsamen erotischen Erlebnisse gewesen seien, die ihn auch heute noch faszinierten und seine Gedanken nicht von ihr loskommen ließen, beantwortete er damit: bei allem, was sie getan hätten, habe sie immer das unbestimmbare Gefühl geleitet, daß ihr Zusammensein nicht von Dauer und deshalb für sie beide unwiederholbar sei. Aus diesem Gefühl heraus habe er auch die erotischen Erlebnisse in einer viel intensiveren Weise empfunden als unter weniger dramatischen Umständen. Es gelang mir, indem ich gewisse Zweifel an dem Bild äußerte, das er mir von Helga zu vermitteln versuchte, ihn dazu zu provozieren, mir auch Details aus ihren Gesprächen und aus ihren erotischen Beziehungen zu erzählen. So konnte ich mir, auch ohne unmittelbar beteiligt gewesen zu sein, einen sehr präzisen Eindruck von ihnen verschaffen. Auf meine skeptische Frage, mit welcher Potenz man als Mann ausgestattet sein müsse, um solchen Anforderungen gerecht zu werden, sagte er mir, er hätte, ob ich es ihm nun glaubte oder nicht, die ersten Tage kaum anders als in einem Zustand permanenter Erregung verbracht, und selbst dann, wenn es während ihres Marsches zu keinen Intimitäten gekommen sei, zumindest den Wunsch danach verspürt. Mir gegenüber äußerte er das noch etwas drastischer, als ich es hier wiedergeben möchte. Da ich aus meiner Anwaltspraxis über sexuelles Vermögen und Unvermögen hinlänglich unterrichtet bin, hatte ich keinen Anlaß, seine Ausführungen anzuzweifeln.

Nach meinen letzten Begegnungen mit Marianne und Helga tat sich in den darauffolgenden zwei Tagen nicht viel. Da beide nichts von sich hören ließen, nahm ich an, daß Marianne durch die Suche nach einer eigenen Wohnung und Helga durch ihren Beruf hinreichend beschäftigt waren. Trotzdem hatte ich, besonders nach meinem abendlichen Gespräch mit Helga in Düsseldorf, ständig ein ungutes Gefühl, und auch die Erinnerung an die nächtlichen Plauderstunden mit Marianne beschäftigte mich fast unausgesetzt. Ich begann einerseits an der Richtigkeit meiner Handlungsweise zu zweifeln, andererseits war ich noch immer der Meinung, daß ich zu diesem Zeitpunkt in unserer aller Interesse gar nicht anders hätte handeln dürfen, auch wenn ich das Bild, wie sie nackt im Gästezimmer gestanden hatte, nicht mehr aus dem Kopf brachte. Dieser innere Widerspruch machte mir stark zu schaffen. Wäre Marianne nur ein klein wenig beharrlicher gewesen, so hätte ich der Versuchung, sie wenigstens einmal in meinen Armen zu halten, sicher nicht länger widerstehen können. Ich ertappte mich in den folgenden Tagen mehrmals dabei, daß ich sehnsüchtig auf ihren nächsten Besuch wartete, sie kam jedoch erst wieder am Freitagabend zu mir. Das war nach meinem entscheidenden Gespräch mit DC am vorangegangenen Tag, als ich, zermürbt von meinen Zweifeln und enttäuscht über einen Prozeßausgang, am späten Nachmittag vom Gericht aus direkt zu ihm fuhr. Ich traf ihn in der Werkstatt mit einem Kunden, sie schienen sich über eine Sache nicht einig zu werden, ich konnte jedoch nicht mehr hören, worum es ging, weil DC, als er mich sah, ihm einfach den Rücken zukehrte, mich beim Arm faßte und in seine Wohnung begleitete. Dort griff er nach der erstbesten Flasche, setzte sie an den Mund und nahm einen großen Schluck; ich sah erst hinterher, daß es sich um Brandy handelte. Ich hatte ihn noch nie Brandy aus der Flasche trinken sehen. »Bist du krank?« fragte ich besorgt. Er blickte mich forschend an. »Du siehst ja auch nicht gerade wie das blühende Leben aus.«

»Ich habe eben für einen guten Klienten einen Prozeß verloren«, sagte ich. »Kann ich auch einen haben?« Er stellte mir ein Glas hin, goß es randvoll und holte sich dann selber eins. »Manchmal wünschte ich, der Laden wäre damals wirklich hops gegangen«, sagte er. »Ärger?« fragte ich. Er winkte ab. »Reden wir nicht davon. Marianne hat sich noch nicht gemeldet. Morgen sind es acht Tage her, seit sie weggegangen ist. Anscheinend hast du nicht groß auf sie eingewirkt – oder hat sie inzwischen wieder von sich hören lassen?«

»Seit gestern abend nicht«, sagte ich, denn da hatte er ihretwegen zuletzt bei mir angerufen. Ich sagte: »Vielleicht wäre es gar nicht mehr in deinem Interesse gewesen, wenn ich groß auf sie eingewirkt hätte, Dieter. Wenn du meine Meinung hören willst: Ihr habt euch auseinandergelebt, und Helga war dann nur noch das auslösende Element. Vermißt du sie noch immer?« Er blickte mich stumm an. Ich griff nach meinen Zigaretten und sagte, während ich mir eine anzündete: »Immerhin sind es nun bald zwei Monate her, seit du sie zuletzt gesehen hast.«

»In zwei Jahren wird es für mich auch nicht viel anders sein«, sagte er und griff nach seinem Glas. Ich sagte: »Marianne wird sich diese Woche sicher noch bei mir melden. Was soll ich ihr sagen?« Er trank das Glas halb leer und antwortete dann: »Darüber haben wir bereits gesprochen. Ich heirate sie zu ihren Bedingungen. Daran hat sich nichts geändert.«

»Das freut mich für euch«, sagte ich. »Hoffentlich kommt ihr dein Angebot nicht zu spät. Ich glaube nämlich nicht, daß sie von dir nur weggegangen ist, um Druck auf dich auszuüben. Sie hat es vermutlich getan, weil sie Helgas Schatten zwischen euch gespürt hat, und solange sich das nicht ändert, wird sie, das ist mein Eindruck, auch nicht zurückkommen.«

»Dann kann ich ihr nicht helfen, Fred«, sagte er ruhig. »Wenn ich mit der Erinnerung an Helga fertig werden muß, dann werde ich auch mit der Erinnerung an sie fertig. Ich habe ihr in letzter Zeit ein paar Dinge gesagt, die mir heute leid tun, aber sie hat mich dazu provoziert. Sie war vom ersten Moment an eifersüchtig auf Helga, obwohl sie in ihren Augen nur ein Flittchen ist. Ich wünschte, sie hätte das Kind damals abtreiben lassen; sie macht sich damit ihr ganzes Leben kaputt, sie ist seelisch nie damit fertiggeworden, uneheliche Mutter zu sein, und das hat sich auch auf unser Zusammenleben ausgewirkt.«

»Sie ist eben nicht der Typ, um so etwas zu tun«, sagte ich. Er winkte müde ab. »Das hat doch nichts mit dem Typ zu tun, Fred, sie ist so erzogen worden, sie kommt aus diesen Kreisen, die sich für das ungeborene Leben einsetzen, ohne sich dann darum zu kümmern, was später aus ihm wird. In dieser Beziehung hatte Helga recht: Das ungeborene Leben ist ihnen wichtiger als die Millionen Menschen, die jedes Jahr an Hunger oder an sonst einem überflüssigen Dreck sterben müssen. Wenn sie sich mehr um die Lebenden als um die Ungeborenen kümmerten, sähe diese Welt um einiges anders aus, und von den Politikern denkt kaum einer viel weiter als bis zum nächsten Wahltermin. Wie geht es Franziska?«

»Willst du nicht wissen, wie es Helga geht?« fragte ich. Er starrte mich verständnislos an, dann verfärbte er sich und sagte: »Du hast von ihrem Vater etwas erfahren?«

»Nicht von ihm«, antwortete ich. »Sie kam vor etwa eineinhalb Monaten zum ersten Male zu mir; wir haben uns seitdem mindestens einmal in der Woche gesehen. Sie hat ohne Wissen ihres Vaters in Düsseldorf eine Stellung angenommen, wohnt auch dort. Sie will dich vorläufig nicht sehen, Dieter.« Sein eben noch blutleeres Gesicht begann sich zu röten, bis es fast kupferrot war. Ich beugte mich zu ihm hinüber. »Ich mußte ihr versprechen, dir nichts davon zu sagen, Dieter. Sie kam als Klientin zu mir. Über das vergangene Wochenende war ich in Vernante; sie wünschte, daß ich mit Stefano über die Scheidung rede; er hat sie abgelehnt. Antonio ist damals ums Leben gekommen; ich nehme an, das ist für Stefano ein Grund mehr, nicht in die Scheidung einzuwilligen.« Er starrte mich noch eine Weile stumm an, dann stand er schwerfällig auf, ging zum Fenster und sah auf den Hof hinab. Ich griff nach meinem Glas und nahm einen kleinen Schluck. Als ich es auf den Tisch zurückstellte, drehte sich DC nach mir um und sagte mit normaler Stimme: »Gib mir ihre Adresse.«

»Genau das werde ich nicht tun«, sagte ich. »Sie weiß, daß Marianne dich verlassen hat. Laß ihr Zeit, daran glauben zu können.«

»Dann hast du sie jetzt wieder gesehen?« fragte er sachlich. Ich nickte. »Am Dienstagabend in Düsseldorf. Sie hat, soweit ich das absehen kann, bisher mit einem guten halben Dutzend Männern geschlafen, zuletzt mit einem jungen Mann in Vernante, der ihr die Pille besorgt hat; sie sah keine andere Möglichkeit, um an sie ranzukommen. Stefano weiß, was ihre Vergangenheit betrifft, noch einige andere Dinge von ihr. Sie befürchtet vermutlich, daß er sie dir eines Tages erzählt, ja sie lebt in der Furcht, du könntest dich, wenn du erst einmal alles über sie erfährst, Mariannes Meinung über sie anschließen. Es gibt da noch eine alte Schulfreundin, mit der sie vermutlich ein kleines Verhältnis hatte, und es gab ein paar junge Männer, mit denen sie beide kreuz und quer geschlafen haben. Ich glaube trotzdem nicht, daß sie ein Flittchen ist, aber sie geht wohl davon aus, daß *du* es glauben wirst. Was erwartest du da von ihr?«

»Ihre Adresse«, sagte er wieder. Ich trank das Glas leer und wollte aufstehen, aber er war mit ein paar schnellen Schritten bei mir, stieß mich in den Sessel zurück und sagte leise: »Die Adresse, Fred.«

»Außerdem hat sie ihren Vater dazu veranlaßt, für zweihunderttausend Mark bei deiner Bank zu bürgen«, sagte ich. Diesmal hatte ich mehr Glück; er richtete sich langsam auf, kehrte zu seinem Sessel zurück und ließ sich hineinfallen. Ich beobachtete, wie er eine Weile mit hängendem Kopf dasaß und immer grauer im Gesicht wurde. Dann sagte er: »Danke für diese Lektion, Fred.« Ich lächelte erleichtert. »Sie will Marianne nicht verdrängen, Dieter. Wenn du jetzt zu ihr gehst, wird sie sich vielleicht einen Komplex holen, der euch endgültig auseinanderbringt. Laß ihr noch ein paar Wochen oder Monate Zeit. Sie soll das mit dem Herzen tun und nicht, weil sie sich einreden müßte, dich für zweihunderttausend Mark gekauft zu haben. Wenn du sie nimmst, wie sie ist, kriegst du sie fürs ganze Leben. Anders nicht.«

»Ich muß das alles erst verdauen«, sagte er. »Vielleicht ist sie doch so, wie sie sich selber sieht.«

»Zumindest bist *du* so, wie sie befürchtet, daß du bist«, sagte ich. »In Vernante hatte sie die Wahl, von Stefano ein Kind zu bekommen oder mit diesem jungen Mann, der ihr die Pille besorgt hat, zu schlafen. Das läßt sich einigermaßen psychologisch erklären. Für die Dinge, die sie vor ihrer zweiten Ehe getan hat, dürfte die Erklärung einzig und allein in ihrem Wesen liegen.«

»Du meinst, in ihrem Charakter«, sagte er. Ich zuckte mit den Achseln. »Es gibt viele kreuz und quer schlafende Leute, die deshalb keinen schlechten Charakter zu haben brauchen; für die ist das andere eben zu langweilig geworden. Besser so als mit der eigenen Tochter.«

»Oder als Frau mit einer anderen zu schlafen«, sagte er. Ich sagte: »Was heißt da schlafen! Was zwischen den beiden vorgefallen ist, das hast du mit ihr genauso gemacht und es nicht als anstößig empfunden. Ihre Freundin wird das nicht schlechter gekonnt haben als du.«

»Halt den Mund«, sagte er. Ich lächelte wieder. »Sie war damals knapp vierundzwanzig, Dieter. Warum sollen sich zwei junge Mädchen nicht ein wenig gern haben! Daß sie nicht lesbisch ist, dafür spricht doch, wenn du mal ruhig darüber nachdenkst, einiges mehr. Daran hat nicht einmal Stefano ernsthaft geglaubt, obwohl er über solche Dinge sicher weniger liberal denkt als du.« Er blickte wieder eine Weile vor sich auf den Boden, dann fragte er: »Woher wußte er das alles? Von ihr selbst?« Ich erzählte ihm von den Geschehnissen in Hildes Haus und was sonst noch für ihn von Interesse war. Er sagte dann wieder längere Zeit nichts und schließlich nur: »Wieso hatte sie zu dir größeres Vertrauen als zu mir? Mir hat sie die meisten Dinge ganz anders dargestellt.«

»Ich nehme an, weil sie in mich nicht verliebt ist«, sagte ich ein wenig erschöpft. »Sie befindet sich, psychologisch gesehen, in einer ähnlichen Situation wie Marianne; sie hat Angst, irgendwann von ihrer Vergangenheit eingeholt und überrollt zu werden. Möglicherweise hat sie, bei ihren schlechten Erfahrungen mit Männern, insgeheim befürchtet, in dir könnte auch eine Spießerseele stecken. Ich war mir ja, obwohl wir uns jetzt schon so lange kennen, auch nicht ganz sicher, wie du auf ihre alten Geschichten reagieren würdest, ich hätte sie sonst gleich beruhigen können. Das wollte ich jedoch, solange ich nicht mit dir darüber gesprochen habe, keinesfalls riskieren. Ich weiß auch jetzt noch nicht, wie du darüber denkst.«

»Dann bist du ein Trottel«, sagte er. Dies war sonst nicht unser

Umgangston, dennoch fühlte ich mich eher erleichtert als gekränkt. Ich sagte: »Wenn es dir hilft, warum nicht!«

»Entschuldige bitte«, sagte er. »Aber es ist mir scheißegal, mit wem und wie oft sie geschlafen hat. Wenn diese Sache in Nizza nicht passiert wäre . . .«

»Sie wird darüber hinwegkommen«, sagte ich. »Wenn sie es nicht könnte, wäre sie nicht ausgerechnet bei mir gelandet; für die Scheidung hätte sie sich jeden anderen Anwalt nehmen können. Ich war nur deshalb für sie interessant, weil sie sich bei mir nach dir erkundigen konnte. Bei unserer nächsten Begegnung sage ich ihr, daß Marianne sich endgültig von dir getrennt hat. Du wirst ihr, wie ich sie einschätze, nach spätestens vierzehn Tagen so leid tun, daß sie nicht länger widerstehen kann, sich mit dir in Verbindung zu setzen.« Er stand rasch und entschlossen auf. »Ich kann keine vierzehn Tage mehr warten, Fred. Ich muß zu ihr, und zwar noch heute. Wo wohnt sie in Düsseldorf?« Ich holte tief Luft. »Entschuldige bitte, Dieter, aber davon wollen wir nun wirklich nicht mehr neu anfangen. Ich habe dich immer für einen vernünftigen Argumenten zugänglichen Menschen gehalten. Willst du dir noch mehr kaputtmachen?« Er fuhr mich gereizt an: »Das verstehst du nicht!«

»Du verstehst *sie* nicht«, sagte ich. »Wenn diese Begegnung nicht von ihr ausgeht, wird sie dir nichts einbringen, im Gegenteil. Was willst du ihr, wenn du nach Düsseldorf fährst, denn sagen? Daß du dich für die zweihunderttausend Mark bedanken und ihr ihr Vorleben verzeihen willst? Sie würde daraus nichts anderes entnehmen, als daß ich ihr Vertrauen mißbraucht und mein Versprechen, dir nichts von ihr zu erzählen, gebrochen habe. Daß ich mich zu so etwas nicht hergebe, müßtest du eigentlich wissen. Schließlich kannst du ihre Adresse nicht aus mir herausprügeln.« Ich lächelte. »Du würdest dich damit bei ihr nur unbeliebt machen. Sie scheint ein Faible für mich zu haben.« Er starrte mich düster an. »Ich habe sie ausdrücklich vor dir gewarnt.«

»Diesen Eindruck hatte ich nicht«, sagte ich. »Sie wußte sogar von dir, daß ich seidene Pyjamas bevorzuge. Ich fand das ein wenig indiskret, Dieter.« Er erwiderte weiterhin finster meinen Blick, dann grinste er plötzlich und fragte: »Wann siehst du sie wieder?«

»Ich hoffe, bald«, sagte ich. »Vielleicht über das Wochenende. Ich rufe, falls sie mir nicht zuvorkommt, morgen bei ihr an.«

»Sie hat Telefon?« fragte er rasch. Ich schüttelte den Kopf. »Privat nicht; streng dich nicht vergeblich an. Und wo sie arbeitet, verrate ich dir auch nicht, falls dir das noch auf der Zunge liegen sollte.« Ich trank mein Glas leer; mir war jetzt viel leichter. »Was soll ich, wenn sie sich wieder bei mir sehen läßt, Marianne sagen?«

»Daß ich sie um eine Aussprache bitte«, sagte er. Damit schienen die Würfel gefallen zu sein. Er begleitete mich zum Wagen und beugte sich, als ich mich von ihm verabschiedet hatte, noch einmal zu mir herunter. »Ich bin froh und traurig zugleich, Fred«, sagte er. Mir erging es nicht viel anders. Irgendwo zieht immer einer den kürzeren, und wenn es sich dabei auch noch um eine Frau handelt, konnte ich manchmal sogar eines gewonnenen Prozesses nicht froh werden. Ich bezweifelte oft, ob ich mich für den richtigen Beruf entschieden hatte.

Glücklicherweise hatte ich am nächsten Tag wieder viel zu tun; das lenkte mich ab. Als abends Marianne zu mir kam, hatte ich gerade ein längeres Telefongespräch mit Franziska hinter mir. Sie war depressiv wie lange nicht mehr, ich versuchte ihr, so gut das am Telefon möglich ist, Mut zu machen, hatte jedoch das Gefühl, ihr diesmal keine große Hilfe zu sein. Hinterher war ich fast genauso deprimiert wie sie, und als ich Marianne an der Tür auf die Wange küßte, sagte sie: »Ich komme wohl ungelegen?«

»Der Schein trügt«, sagte ich. »Ich freue mich, daß du wieder hier bist, Marianne; du hast mir in den vergangenen Tagen sehr gefehlt. Ich habe mir deinetwegen Sorgen gemacht.«

»Das hättest du nicht zu tun brauchen«, sagte sie. »Kann ich ausnahmsweise noch einmal bei dir schlafen oder erwartest du Besuch?«

»Heute nicht mehr«, sagte ich und half ihr aus dem Mantel. »Du hast noch keine Wohnung gefunden?«

»Noch nicht die passende«, antwortete sie und legte sich, die Hände im Nacken verschränkt, im Wohnzimmer auf die Couch. »Ich bin den ganzen Tag herumgelaufen und todmüde«, sagte sie. »Schon gegessen?« fragte ich. Sie nickte. »Im Hotel. Ich habe es mir nicht so schlimm vorgestellt, dort allein wohnen zu müssen. Wenn ich abends länger als zwei Stunden in meinem Zimmer sitze, bin ich nahe daran, durchzudrehen.«

»Du könntest deine Tochter zu dir holen«, sagte ich. »Hast du das, wenn die Wohnungsfrage geklärt ist, vor?«

»Sie ist bei meiner Tante besser aufgehoben«, sagte sie. »Ich weiß ja vorläufig gar nicht, was aus mir wird. Vielleicht müßte ich sie nach einiger Zeit wieder an sie zurückgeben. Dann wäre Ingeborg zweimal aus ihrer gewohnten Umgebung gerissen worden. Nein, das werde ich nicht tun, Fred.« Ich setzte mich zu ihr. »Du hast mir einmal gesagt, daß Karlchen kein Mann zum Heiraten wäre. Siehst du das heute noch genauso?« Sie antwortete gleichgültig: »Er hat so viele Verehrerinnen, daß er seinen Verpflichtungen gar nicht nachkommen kann. Übrigens weiß er auch nichts von Ingeborg; ich habe mit ihm sowenig darüber gesprochen wie mit dir.«

»Ach so«, sagte ich. Sie ließ sich von mir eine Zigarette geben. »Ich war damals wieder mal maßlos enttäuscht von Dieter«, sagte sie. »Es hat sich eben so ergeben; ich habe es nie bereut.«

»Nein?« fragte ich. Sie erwiderte kühl meinen Blick. »Und wenn, würde ich es dir nicht auf die Nase binden, Fred. Ich habe mir den Luxus geleistet, mich in einen anderen Mann zu verlieben, und ich sah keinen Anlaß mehr, es nicht zu tun. Für dich war Dieter immer wichtiger als ich. Er ist es dir auch jetzt noch. Hat er es sich inzwischen wieder mal anders überlegt?«

»Wie kommst du darauf?« fragte ich, um Zeit zu gewinnen.

»Du hast mir eben mehr oder weniger nahegelegt, Karl zu heiraten«, sagte sie. »Das hast du noch nie getan. Wann hast du Dieter zuletzt gesehen?« Ich holte uns etwas zu trinken, setzte mich wieder zu ihr und antwortete: »Er will sich mit dir aussprechen.«

»Das scheint mir jetzt nicht mehr nötig zu sein«, sagte sie. Ich beobachtete, wie sie das Glas an die Lippen setzte, einen kleinen Schluck trank und ein paar Sekunden lang die Augen schloß. Als sie sie wieder öffnete, fragte sie: »Was ist geschehen?« Ich nahm ihr das Glas aus der Hand und stellte es neben mein eigenes auf den Tisch. Dann erzählte ich ihr von Helgas Besuchen und von meinem heutigen Gespräch mit DC. Sie unterbrach mich kein einziges Mal. Auch ihr Gesicht verriet mir nichts von ihren Empfindungen. Die Bankbürgschaft von Helgas Vater erwähnte ich nicht. Sie drückte ihre Zigarette aus und sagte: »Und davon hast du mir in diesen ganzen Wochen kein Wort verraten.«

»Ich habe auch Dieter nichts davon verraten«, erinnerte ich sie.

»Am Dienstag sagtest du mir noch, daß er mich zu meinen Bedingungen heiraten wolle«, sagte sie.

»Du hast mir nicht gesagt, ob auch du es willst.«

»Darum handelt es sich jetzt nicht«, sagte sie. »Du hast seit

Wochen Verbindung mit ihr. Welchen besonderen Anlaß gab es für dich, ihm ausgerechnet heute davon zu erzählen? Wenn du noch ein paar Tage damit gewartet hättest, wären wir uns vielleicht einig geworden. Das sieht doch ganz so aus, als ob du mich bei ihm noch rasch hast austricksen wollen.«

»Natürlich«, sagte ich. »Seit ich dich kenne, habe ich gegen diese Heirat intrigiert.«

»Zumindest heute«, sagte sie, und ihre Stimme klang zum erstenmal kalt. »Du hast meine Entscheidung nicht abgewartet, sondern vollendete Tatsachen geschaffen.«

»Entschuldige bitte«, sagte ich. »Ich war wohl der irrigen Meinung, die seien von dir ausgegangen, Marianne. Oder warum hast du ihn verlassen?«

»Weil ich ihm Gelegenheit geben wollte, über uns nachzudenken«, sagte sie. »Du hättest mich rechtzeitig davor warnen müssen, daß sie noch immer hinter ihm her ist.«

»Das war schon deshalb nicht möglich, weil du mir von deinen Absichten nichts erzählt hast«, sagte ich. »Wenn ich einen Fehler gemacht habe, dann höchstens den, dich falsch eingeschätzt zu haben, Marianne.« Sie blickte mich eine Weile stumm an, dann sagte sie: »Würdest du mir das bitte näher erklären?« Ich zuckte mit den Achseln. »Er war entschlossen, dich zu deinen Bedingungen zu heiraten. Als ich ihm heute aber von Helga erzählt habe, hat er diesen Entschluß, wenn auch sicher nicht leichten Herzens, so doch innerhalb von zehn Minuten umgestoßen. Vielleicht sagt dir das aber nicht so viel wie mir.« Ich stand auf, ging ins Bad und spülte mit einem Schluck Wasser meinen trockenen Mund aus.« Als ich etwas später zu ihr zurückkehrte, saß sie mit weißem Gesicht auf der Couch und hatte sich wieder eine Zigarette angezündet. Ich setzte mich zu ihr und sagte: »Du hast das doch gar nicht nötig, Marianne. Auch wenn ich ihm heute nichts von ihr erzählt hätte: Eines Tages hätte er doch davon erfahren und sich dann eingeredet, dich nur deshalb geheiratet zu haben, weil wir beide gegen eine Begegnung zwischen ihm und Helga intrigiert hätten. Ich allein hätte das noch auf meine Kappe nehmen können, aber wenn auch du von ihren Besuchen bei mir gewußt hättest, und er nicht ...« Sie unterbrach mich: »Du brauchst das nicht näher zu erläutern, Fred. Ich muß für ein paar Augenblicke lang meine Sinne nicht beisammen gehabt haben. Bitte verzeih mir. Ich bin damit fertig.«

»So siehst du nicht aus«, sagte ich erleichtert und besorgt zugleich. Sie sagte: »Wenn er nur zehn Minuten dafür gebraucht hat, dann brauche ich auch nicht viel länger. Mir ist jetzt nach einem heißen Bad zumute. Du hast doch nichts dagegen?« Ich holte aus dem Wäscheschrank ein frisches Badetuch, ließ Wasser einfließen und kehrte dann zu Marianne zurück. Im Vorbeigehen berührte sie mit den Lippen meine Wange. Sie blieb fast eine Stunde im Bad; ich machte mir bereits Sorgen um sie, glücklicherweise unbegründet, denn als sie schließlich ins Wohnzimmer kam, wirkte sie völlig gefaßt. Sie trug meinen Bademantel; das gelöste Haar bedeckte ihre Schultern; ich konnte kaum den Blick von ihr wenden. Während sie sich in einen Sessel kauerte, goß ich ihr Glas voll, gab es ihr und küßte sie auf die Stirn. Sie blickte mich nur merkwürdig an. Ich würde wohl nie begreifen, daß man eine Frau wie sie im Bett langweilig finden könnte; als DC ihr das zu verstehen gegeben hatte, mußte er im selben Augenblick für sie gestorben sein, auch wenn sie mit den Konsequenzen noch eine Weile gewartet hatte. Sie fragte: »Wie geht es deinen Angebeteten?«

»Nicht viel besser als dir«, sagte ich.

»Du bist melancholisch«, sagte sie. »Das ist mir schon vorhin aufgefallen; es paßt nicht zu dir. Du hast heute so einen abwesenden Blick in den Augen. Machen sie dir Sorgen?« Ihre Fähigkeit, in ihrer eigenen Situation auch noch Nebensächlichkeiten wahrzunehmen, war nicht erstaunlicher als ihre Selbstbeherrschung. Ich sagte: »Es gibt nichts Undankbareres für einen Mann, als einer Frau, die nichts mehr mit sich anzufangen weiß, dauernd ausreden zu müssen, sich das Leben zu nehmen. Du bist da wenigstens vernünftiger.«

»Das wollte ich auch einmal tun«, sagte sie. »Als der Arzt mir damals sagte, daß ich schwanger sei.«

»Ich bin froh, daß du es nicht getan hast«, sagte ich.

»Ich hatte nicht den Mut dazu«, sagte sie. »Eine Zeitlang trug ich mich auch mit dem Gedanken, das Kind nicht zur Welt zu bringen, aber in meinem damaligen Bekanntenkreis gab es keinen, mit dem ich darüber hätte reden können. Ich hatte auch keine Adresse von solchen Ärzten. Heute bin ich froh darüber, obwohl...«

»Ja?« sagte ich, als sie nicht weitersprach. Sie betrachtete geistesabwesend ihr Glas. »Als Frau, die noch etwas auf sich hält, kannst du nur das eine oder das andere haben«, sagte sie. »Ich kann keinen Mann gebrauchen, der mir erst vergeben oder den Großzügigen spielen muß. Ich käme mir mein Leben lang nur wie geduldet vor. Deshalb hat es wohl auch zwischen Dieter und mir nicht mehr geklappt. Sicher kam noch hinzu, daß ich ihm im Bett nicht das sein konnte, was er sich erhoffte. Mir bedeutet das nicht so viel wie anderen Frauen. Seit mir das mit Ingeborg passiert ist, bin ich nicht mehr unbefangen. Ich assoziiere zu viele unangenehme Erinnerungen damit.«

»Bei Karlchen anscheinend nicht«, sagte ich. Sie erwiderte gleichgültig: »Ihm habe ich ja nichts von Ingeborg zu erzählen brauchen. Wir haben uns beide nichts anderes davon versprochen als das, was es war. Wäre ich mit Dieter verheiratet gewesen, wäre es nicht dazu gekommen. Karl hat mir schon vor zwei Jahren gesagt, daß ich Dieter eines Tages davonlaufen und dann mit ihm schlafen würde.«

»Aber so lange hat er dann doch nicht mehr gewartet«, sagte ich. Sie lächelte flüchtig. »Es ist nicht jeder so wie du, Fred. Für ihn stellten sich meine Beziehungen zu Dieter nie anders als ein loses Verhältnis auf Zeit dar. Er kannte ihn ja auch etwas länger als ich.«

»Und er hat dir nie einen Heiratsantrag gemacht?«

»Du mir ja auch nicht.«

»Ich habe auch nicht mit dir geschlafen.«

»Dann tu es doch jetzt«, sagte sie. »Außerdem habe ich von Karl sogar zwei Heiratsanträge bekommen. Ich sagte ihm, daß dies die sicherste Art sei, um mich rasch wieder loszuwerden.«

»Ach so«, sagte ich. Ich hatte mich immer darüber gewundert, weshalb Karlchen sich damit begnügt hatte, sie nur im Bett zu haben. »Dann wäre es auch zwecklos gewesen, wenn ich dir einen gemacht hätte.«

»Du hast ja schon deine beiden Angebeteten«, sagte sie. »Wenn Franziska nicht so attraktiv wäre, würde ich annehmen, daß du für sie nur eine Art von Seelentröster bist. Warum ziehst du eigentlich immer nur verheiratete Frauen vor? Ist das Absicht?«

»Sie ziehen *mich* vor«, sagte ich. »Außerdem verabscheue ich Männer, die ihre Frauen psychisch quälen. Als Anwalt muß ich täglich Emotionen unterdrücken, die ich dann hin und wieder in Aktion umsetze.«

»Indem du dich nebenberuflich zum Psychiater unverstandener Ehefrauen machst«, sagte sie und kam zu mir. Sie setzte sich auf meinen Schoß und legte einen Arm um meine Schultern. »Warum lassen sie sich nicht scheiden?«

»Doch nicht wegen seelischer Grausamkeit des Ehegatten?« fragte ich. »Versuch das mal einem Volksvertreter aus Hinterweidental zu erklären. Unser Eherecht wird zum Teil von Männern gemacht, denen eine eigene Ehescheidung für die politische Karriere abträglich wäre.« Mein Bademantel war ihr zwei Nummern zu groß. Ich konnte der Versuchung, ihn wenigstens halb zu öffnen, nicht länger widerstehen. Sie maß mich mit einem eigentümlichen Blick und sagte: »Jetzt steht dir ja nichts mehr im Weg.«

»Das weiß man bei dir nie, Marianne«, sagte ich. »Gib das Hotelzimmer auf und komm zu mir. Ich habe dir das schon einmal vorgeschlagen.«

»Es würde mich in eine zu große Abhängigkeit von dir bringen«, sagte sie. »Wie stellst du dir das vor?«

»Wie ich es sagte. Dies war ein Heiratsantrag, Marianne, und ich werde ihn dir nur einmal machen.«

»Dann habe ich dich falsch verstanden«, sagte sie. Ich lächelte. »Das ist eben meine unkonventionelle Art. Was hältst du davon?« Sie betrachtete mit gerunzelter Stirn mein Gesicht, dann sagte sie: »Kann ich mir das ein paar Tage überlegen?«

»Wegen Ingeborg?« fragte ich. »Ich akzeptiere jede Lösung.«

»Nicht nur wegen ihr«, sagte sie. »Das kommt etwas plötzlich für mich, Fred. Darüber muß man doch wohl nachdenken!«

»Einverstanden«, sagte ich und mußte unwillkürlich lachen. »Ich habe dich noch nie außer Fassung erlebt, Marianne. Wer sich über deine Wesensart erst einmal klargeworden ist, wird von dir auch nicht erwarten, daß du sie im Bett ablegst. Ich persönlich ziehe passive Frauen anderen vor; sie ermüden mich nicht so rasch. In diesem Punkt wird es zu keinen Problemen zwischen uns kommen.«

»In welchen sonst?« fragte sie. Ich antwortete: »Vermutlich kenne ich dich lange genug, um auch andere ausschließen zu können. Ich finde dich rundherum hinreißend. Außerdem bewundere ich dich.«

»Mir hat heute ein Mann den Laufpaß gegeben«, sagte sie mit einem ärgerlichen Unterton. »Ich weiß nicht, was daran bewundernswert ist.«

»Auch das braucht dich nicht zu bedrücken«, sagte ich. »Erstens bist du ihm um eine Nasenlänge zuvorgekommen, und zweitens solltest du es dir abgewöhnen, von den erotischen Wünschen eines Mannes Schlüsse auf dich selber zu ziehen. Euer Hauptproblem scheint mir gewesen zu sein, daß ihr euch in kaum einer Beziehung ergänzen konntet. Mir ist das leider zu spät bewußt geworden; ich hielt dich bestenfalls für extravagant. Daß du mit ihm nicht glücklich warst, habe ich, offen gestanden, nie richtig mitbekommen. Du brauchst dir auch wegen Nizza keine Vorwürfe zu machen, Marianne. Er war, nach allem, was ich heute weiß, Helga damals schon so sehr verfallen, daß es dieser Auseinandersetzung gar nicht mehr bedurft hätte, um für ihn die Weichen zu stellen.« Sie sagte: »Ich habe sie nie bereut. Er hat damals endlich ausgesprochen, was er insgeheim über mich dachte; anders hätte ich es wohl nie erfahren. Wie gefällt sie dir?« Ich antwortete ehrlich: »Sie ist der Typ, auf den ich fliege.«

»Ich dachte es mir«, sagte sie. Ich öffnete ihren Bademantel ganz und sagte: »Was ihre Erscheinung betrifft. Als Ehefrau wäre sie mir zu aufreibend. Dieter hat vielleicht die körperliche und seelische Kondition, um mit ihr glücklich zu werden. Sie ist übrigens ziemlich fair, auch dir gegenüber; du hast sie beeindruckt, sie wollte dich von deinem Platz nicht verdrängen. Sie steckt, so paradox das für dich klingen mag, voller Komplexe.«

»Wie du auch«, sagte sie. »Oder genügt es dir, mich nur anzuschauen?« Ich trug sie auf den Armen ins Schlafzimmer. Wir sprachen kein Wort miteinander, und sie gab auch sonst keinen Laut von sich. Ich hörte sie nur an meiner Wange atmen und dann, als ich ihren Schoß kühl werden fühlte, ihren Atem plötzlich stocken. Ihr Gesicht ließ sie mich kein einziges Mal sehen, sie bedeckte es fortwährend mit den Armen. Ich mußte sie ihr, um auch ihren Mund küssen zu können, fast gewaltsam wegziehen. Sie sagte: »Ich mag das nicht, Fred.« Aber ich bereute nicht, es getan zu haben; ich hatte sie noch nie so schön erlebt wie in diesem Augenblick. Als ich uns später etwas zu trinken holen wollte, hielt sie mich fest und sagte: »Bleib hier, Fred. Ich brauche dich jetzt. Ich bin so deprimiert.«

»Ich hoffte dich glücklich«, sagte ich. »Wir hatten immer ein etwas gespanntes Verhältnis zueinander, Marianne. Wie zwei, die gerne miteinander wollen und durch die Widrigkeit der Umstände daran gehindert sind. Von mir weiß ich, was ich will, von dir nicht. Das hier scheint es jedenfalls nicht gewesen zu sein, du hättest sonst keinen Anlaß, depressiv zu reagieren.«

»Ich weiß, daß ich zu passiv bin«, sagte sie. Ich küßte sie. »Ich fand dich nicht passiv. Es hätte mich nur enttäuscht, wenn du nichts dabei empfunden hättest. Warum versuchst du, deine Gefühle zu verbergen? Schämst du dich ihrer?«

»Vielleicht«, sagte sie. Ich zog sie zärtlich an mich und sagte: »Ich liebe dich, Marianne. Ich liebe dich so sehr, daß ich alles darum geben würde, um dich zur Frau zu bekommen. Ich fürchte nur, deine Empfindungen für mich sind anderer Art. Vielleicht vermag ich dir etwas zu geben, das du bei Dieter nicht gefunden hast, aber für die richtige Liebe reicht dir das anscheinend nicht. Bei Dieter hast du dich in seinen Typ verliebt. Was du an mir findest, ist vorläufig dein kleines Geheimnis. Oder willst du es mir verraten?«

»Vielleicht ist es dein Wesen«, sagte sie. Ich streichelte ihr Gesicht. »Das ist ein hübsches Kompliment, über das ich mich freue«, sagte ich. »Du wirst dich nur, fürchte ich, schwer damit tun, einen Mann von meinem Wesen und von Dieters Vorzügen zu finden. Denke noch einmal darüber nach; ich dränge dich nicht. An meiner Einstellung hat sich nichts geändert. Mich hast du nicht enttäuscht. Du bist genauso, wie ich dich mir wünsche.« Sie machte sich stumm von mir los und ging ins Bad. Ich fühlte mich wieder melancholisch. Im Wohnzimmer goß ich mir einen Whisky ein und rauchte eine Zigarette. Als sie zu mir kam, hatte sie den Bademantel angezogen. Sie setzte sich vor mir auf den Boden, schlang die Arme um meine Beine und legte das Gesicht auf meine Knie. »Ich fühle mich zum Sterben«, sagte sie. »Ich bin so leer, daß ich überhaupt nichts mehr empfinden kann. Was soll ich nur tun, Fred?« Etwas Ähnliches hatte ich befürchtet. »Mich heiraten«, sagte ich. »Du hast eine häßliche Zeit hinter dir, Marianne. Warum willst du nicht wenigstens den Versuch machen, sie bei mir zu vergessen? Wenn ich dir keine Hilfe sein kann, hast du immer noch die Möglichkeit, dich anders zu besinnen. In dieser Verfassung lasse ich dich jedenfalls nicht ins Hotel zurück. Morgen holen wir dort deine Sachen ab, und du quartierst dich hier ein, so lange du es willst. Wenn es nicht das wird, was ich mir davon erhoffe, helfe ich dir eine Wohnung suchen.«

»Das geht nicht«, widersprach sie mir. »Ich möchte erst dann zu dir kommen, wenn ich über alles nachgedacht habe, Fred. Daran hat sich auch jetzt nichts geändert. So wichtige Entscheidungen treffe ich nicht von einer Minute zur anderen. Ich glaube auch, daß wir in vielen Dingen zusammenpassen würden. Wir haben, seit ich dich kenne, nie Streit miteinander gehabt. Ich habe dich auch nie mit Dieter streiten hören. Du bist um die Portion vernünftiger, die ihm und mir fehlt, aber ich weiß nicht, ob das für eine Ehe ausreicht.« Sie hob den Kopf und blickte in mein Gesicht. »Ich versuche, so offen wie möglich zu sein, Fred.«

»Dann verrate mir auch, weshalb du mit mir geschlafen hast«, sagte ich. »Aus Resignation?«

»Ach, laß das«, sagte sie und stand auf. Sie holte ihr Glas vom Tisch und setzte sich mit übereinandergeschlagenen Beinen in einen Sessel. Ich sagte: »So kommen wir miteinander nicht weiter, Marianne. Wenn du nichts für mich empfindest ...«

»Das ist nicht wahr«, sagte sie rasch. »Ich mag dich sehr, Fred. Ich mag dich, von Ingeborg abgesehen, heute mehr als jeden anderen Menschen. Vielleicht werde ich, bis ich mir über uns schlüssig geworden bin, zu der Schwester meines Vaters ziehen, wo auch Ingeborg lebt. Es würde aber zu nichts führen, wenn ich ständig dort wohnen bliebe. Meine Tante ist in vielen Dingen wie meine Mutter; deshalb haben sie sich auch nie vertragen. Sie versucht wie sie, sich dauernd in mein Privatleben einzumischen. Es würde sowieso nicht gutgehen, wenn wir uns beide den ganzen Tag um Ingeborg kümmerten.« Daß ihre Tante die Schwester ihres Vaters war, hatte ich bisher nicht gewußt. Ich fragte: »Wie alt ist sie?«

»Dreiundfünfzig. Sie wurde mit fünfundzwanzig von einem Mann enttäuscht und hat sich seitdem nie wieder mit einem eingelassen. Bevor sie Ingeborg bei sich aufnahm, arbeitete sie als Bibliothekarin; sie hat ein Hüftgelenkleiden. Mit dem Geld, das mein Vater ihr damals dafür angeboten hat, daß sie Ingeborg zu sich nimmt, konnte sie ihren Beruf aufgeben. Ich könnte heute gar nicht mehr anders, als sie finanziell zu unterstützen, auch wenn Ingeborg bei mir lebte. Sie hat nur eine kleine Rente, und mit ihrem kranken Hüftgelenk könnte sie auch in keiner Bibliothek mehr arbeiten.«

»Das ist doch nach dem Tod deines Vaters sicher eine große finanzielle Belastung für dich?«

»Ich habe kein schlechtes Einkommen«, sagte sie. »Der Nachfolger meines Vaters hat nicht nur das Geschäft, sondern auch das Haus mit zwölf Mietwohnungen übernommen.«

»Das hast du mir nie erzählt«, sagte ich verwundert. Sie lächelte ein wenig. »In unserer Familie war es nie üblich, über Vermögensverhältnisse zu sprechen. Wenn wir das Haus und das Geschäft nicht auf Rentenbasis verkauft hätten, wäre es mir nicht schwergefallen, Dieter die zweihunderttausend Mark zu beschaffen; ich hätte nur eine Hypothek aufzunehmen brauchen. Finanziell bin ich ganz unabhängig, Fred. Wenn ich nicht heirate, schicke ich Ingeborg eines Tages in ein gutes Internat und werde mir dort, um sie in meiner Nähe zu haben, auch eine Wohnung suchen.«

»Ich hoffe, das wird nicht nötig sein«, sagte ich. Da sie ihr Glas leergetrunken hatte, füllte ich es wieder; sie betrachtete mich ein wenig neugierig. »Falls es dich stört . . .«, sagte ich. Sie schüttelte den Kopf. »Dieter machte das auch immer so. In der ersten Zeit mußte ich mich erst daran gewöhnen. Feine Leute ziehen sich hinterher immer etwas über.«

»So wie du«, sagte ich, in ihren Bademantel fassend. Ich setzte mich neben sie auf die Sessellehne und wartete darauf, daß sie meine Liebkosung erwiderte, sie begnügte sich jedoch damit, meinen Körper zu beobachten, und einmal fragte sie: »Bei wie vielen hast du das schon getan?«

»Ich bin siebenunddreißig«, sagte ich. »Was stellst du dir da vor? Zwei oder drei?«

»Wie du es tust, läßt darauf schließen, daß es einige mehr waren«, sagte sie. »Ich habe oft daran gedacht, dich zu verführen. Erinnerst du dich noch?«

»Eigentlich ging das von uns beiden aus«, sagte ich. Sie legte eine Hand in meinen Nacken und küßte mich. Als ich mir ihrer Erregung sicher war, zog ich sie neben mich auf den Boden. Sie gab auch diesmal keinen Laut von sich. Um zu verhindern, daß sie ihr Gesicht wieder mit den Armen bedeckte, behielt ich sie auf mir und nahm es, als ich sie kommen fühlte, in die Hände. Es wirkte in einem Maße verzückt, wie ich es niemals für möglich gehalten hatte; ihre Augen waren geschlossen; aus ihrem rechten Mundwinkel floß ein wenig Speichel zu ihrem Kinn. Ich hielt sie auf mir fest, bis ich alles, was ich ihr an Liebe geben konnte, in ihr hatte. Dann bettete ich ihren Kopf an meine Brust und fühlte nur noch ihre Nässe an meinem Schoß und sonst nichts mehr. Irgendwann machte sie sich von mir los und ging wieder ins Bad. Ich folgte ihr, sie hatte jedoch bereits die Tür hinter sich abgeschlossen. Als sie viel später zu mir ins Schlafzimmer kam, war sie ohne Bademantel. Sie legte sich an meine Seite und blickte nachdenklich in mein Gesicht. »Noch immer depressiv?« fragte ich.

»Es ist anders mit dir«, sagte sie. »Warum bleiben wir nicht einfach gute Freunde?«

»Weil ich dich mit keinem mehr teilen möchte«, sagte ich. »Ich wäre mir deiner nur sicher, wenn ich mit dir verheiratet wäre, du Katholikin.«

»Das ist vorbei«, sagte sie. »Diesen Weg habe ich endgültig verlassen, und ich werde ihn auch nie wieder einschlagen. Ich habe an diese Dinge geglaubt, bis ich merkte, daß sie dann, wenn man sie wirklich brauchen könnte, gegen einen gerichtet werden.«

»Das verstehe ich nicht«, sagte ich offen.

Sie lächelte. »Du bist auch vermutlich in keiner katholischen Umgebung aufgewachsen. Wenn einer Frau so etwas passiert wie mir, merkt sie plötzlich, daß sie mit den Leuten, die ihr bisher etwas bedeutet haben, mit denen sie befreundet oder sonstwie verbunden war, nicht darüber reden kann. Die meisten sind intolerant, ein uneheliches Kind macht dich in ihren Augen zur Außenseiterin. Vielleicht bin ich durch sie so geworden. Ich muß immer daran denken, wie sie reagieren würden, wenn sie wüßten, daß ich nicht nur ein uneheliches Kind habe, sondern auch seit Jahren im Konkubinat lebe. Ich verkenne nicht, daß die katholische Kirche gerade auf sozialem und humanitärem Gebiet sehr viel tut, aber ihre moralischen Maßstäbe stellen Frauen in meiner Situation in den Augen der meisten Gläubigen ins gesellschaftliche Abseits. Mit dir bin ich, aus deren Perspektive gesehen, jetzt sogar noch eine Stufe tiefer gesunken.«

»Inwiefern?« fragte ich überrascht.

»Du bist raffiniert«, sagte sie. »Es fällt mir bei dir leichter, mich gehenzulassen. Du könntest mich vielleicht zu Dingen überreden, die gegen meine Art sind. Du bist auf eine hinterhältige Weise zärtlich. Ich mag das nicht so, Fred.«

»Da muß ich aber sehr lächeln«, sagte ich.

»Ich meine das sehr ernsthaft«, sagte sie, meine Brust streichelnd. »Du bist auf eine kultivierte Art obszön, und davon möchte ich mich nicht anstecken lassen. Eigentlich bist du genauso, wie ich dich eingeschätzt habe.«

»Weshalb du auch mit mir schlafen wolltest«, sagte ich. »Du hast dir eine neue Erfahrung davon versprochen und sie vielleicht auch bekommen. Wenn du mich heiratest, wirst du noch mehr von mir erfahren.«

»Nur dann?« fragte sie.

»Es könnte dich sonst möglicherweise abschrecken und deine

Entscheidung negativ beeinflussen«, sagte ich. »Mit Pornographie hast du dich wohl nie beschäftigt?«

»Nein«, sagte sie überdeutlich. Ich lächelte. »Das solltest du aber tun. Dem lieben Gott ist es egal, wie die Kinder gezeugt werden, und dir könnte es vielleicht deine Unbefangenheit zurückgeben, weil du feststellen wirst, daß du eine sehr züchtige und anbetungswürdige Geliebte bist.«

»Du bist schamlos!« sagte sie verwundert.

»Und du bist sehr reizend«, sagte ich. »Wozu soll ich dich überreden?« Sie mußte erst nachdenken, dann sagte sie zurechtweisend: »So war das vorhin wirklich nicht gemeint.«

»Es ist nicht so schwierig, wie du dir das noch einredest«, sagte ich. »Beim ersten Mann, zumal wenn eine Frau noch nicht mit ihm verheiratet ist, meint sie oft, ihre Karten nicht alle aufdecken zu dürfen. Aber das ist vorläufig leider nicht unser Problem, Marianne.«

»Wo siehst du es?« fragte sie, sich einer Berührung meines Körpers entziehend. Ich antwortete: »Entweder wolltest du heute abend nur etwas kaputtmachen oder Dieter beweisen, daß du mit ihm wirklich fertig bist. Es kann aber auch sein, daß dies schon unser Abschied war und daß du dir bei dieser Gelegenheit noch eine Erfahrung, eine Erinnerung, Genugtuung oder sonst was hast mitnehmen wollen. Daß es das sein könnte, was ich mir unverändert erhoffe, hast du mich bisher noch nicht glauben machen.«

»Was hätte ich damit kaputtmachen können?« fragte sie, und diesmal ließ sie die Berührung meines Körpers zu. Ich antwortete: »Wenn es so wäre, wirst du nie darüber sprechen.« Sie überließ mir einige Sekunden lang ihre Hand und fragte: »Gehört das zu den Dingen, zu denen du mich überreden möchtest?«

»Diese Anregung ging von dir aus«, sagte ich. »Wir unterhielten uns eben über eine viel wichtigere Sache.« Sie entzog mir ihre Hand und sagte: »Ich wäre für dich doch nicht viel mehr als ein abgelegtes Kleidungsstück von Dieter. Würdest du bitte das Licht ausmachen.« Ich gehorchte. Als ich dann im Dunkeln neben ihr lag, wurde mir bewußt, daß ich heute abend den ersten ernsthaften Versuch unternommen hatte, mein Leben grundlegend zu ändern, und ich hatte es gar nicht einmal vorgehabt. Aber sie bedeutete mir jetzt schon zuviel, als daß ich es hätte bereuen können. Irgendwann fühlte ich ihre Lippen auf den meinen und sie sagte: »Gute Nacht, Fred. Wir reden ein andermal darüber. Ja?« Ich nickte nur. Vielleicht hatte ich sie in diesem Augenblick schon verloren. Sie war hingebungsvoll gewesen, aber nicht zärtlich, engagiert, jedoch nicht leidenschaftlich. Sie hatte meine Liebkosungen geduldet, ohne sie zu erwidern, ich hatte sie besessen, ohne sie zu besitzen, ihre Seele war mir letztlich doch fremd geblieben, ich wußte von ihr nur, daß sie verwundet und mir verborgen war wie am ersten Tag unserer Bekanntschaft. Ich erinnerte mich an ihren Körper, an ihre überschlanken Beine und schmalen Fesseln, an ihre hoch angesetzten Brüste, die ich mit einer Hand mühelos hatte umfassen können und die sie doch so auszufüllen vermochten, daß ich meinte, ihren Druck auch jetzt noch zu fühlen. Ich erinnerte mich an jedes Detail, an ihre Art, die Beine anzuwinkeln oder mir mit den Hüften auszuweichen, wenn sie sich zu stark bedrängt fühlte, an ihr seidig glänzendes Muschelhaar und an das Leuchten in ihrem Gesicht, als ihre verströmende Kühle mich anrührte.

Sie war schon lange eingeschlafen, als ich leise aufstand und ins Gästezimmer ging. Ich hatte am nächsten Morgen einen früh angesetzten Gerichtstermin, der Wecker sollte nur mich und nicht auch Marianne aus dem Schlaf schrecken. Ich hätte ihn nicht zu stellen brauchen: Schon kurz nach sechs Uhr wachte ich auf, blieb noch eine Stunde liegen und ging dann ins Bad. Den Frühstückstisch deckte ich gleich für zwei Personen, fuhr noch rasch in die Stadt, um einen großen Rosenstrauß zu besorgen. Ich legte ihn auf den Küchentisch neben Mariannes Gedeck, frühstückte und ging, bevor ich die Wohnung endgültig verließ, zur Schlafzimmertür. Ich öffnete sie einen Spaltbreit, der Fensterladen war jedoch noch geschlossen. Das Licht wollte ich nicht einschalten, um Marianne, falls sie noch schlief, nicht zu stören.

Im Gericht hatte ich bis kurz nach zehn Uhr zu tun. Von meinem Büro aus rief ich Helga an, mußte mir jedoch von einer nicht gerade freundlichen Dame sagen lassen, daß sie heute nicht zur Arbeit gekommen sei. Die Gründe dafür konnte oder wollte sie mir nicht mitteilen; ich war, als ich das Gespräch beendete, stark beunruhigt. Es gab eine ganze Reihe harmloser Erklärungen für Helgas unentschuldigtes Fernbleiben. Trotzdem wurde ich meiner Unruhe den Vormittag über nicht Herr, zumal auch Marianne, als ich in meiner Wohnung anläutete, nicht an den Apparat ging. Ich verließ das Büro eine halbe Stunde früher als sonst, mußte daheim jedoch feststellen, daß Marianne, ohne eine schriftliche Nachricht zu hinterlassen, bereits weggegangen war. Die Blumen hatte sie mitgenommen; als ich noch einen Blick ins Schlafzimmer warf, entdeckte ich auf dem Kopfkissen meines Bettes eine rote Rose. Ich setzte mich daneben und war für eine Weile unfähig, mich zu etwas aufzuraffen. Im Zimmer roch es noch nach ihrem Parfüm, auch das Kopfkissen roch nach ihm. Marianne! Schließlich trug ich die Rose in die Küche, stellte sie dort in eine kleine Vase und die Vase auf einen Tisch im Wohnzimmer. Ich war mir noch immer nicht schlüssig geworden, was ich tun sollte. Bei sämtlichen Kölner Hotels anzurufen und mich nach ihr zu erkundigen, wäre wohl ein sinnloses Unterfangen gewesen, zumal sie das Hotel auch bereits verlassen haben konnte. Ich machte mir jetzt heftige Vorwürfe, sie heute morgen vor meinem Weggehen nicht geweckt zu haben. Andererseits ließ mich die Rose auf dem Kopfkissen hoffen, daß dies kein Abschied für immer war, obwohl sie ebenso das eine wie das andere bedeuten konnte. Wer, außer Marianne selbst, hätte das schon mit Sicherheit zu sagen gewußt! Helga fiel mir wieder ein. Wenn sie heute im Geschäft telefonisch nicht zu erreichen war und das Büro, wie anzunehmen, am Samstag geschlossen hatte, würde ich sie frühestens erst wieder am Montag antreffen können, aber um so lange zu warten, war meine Unruhe zu groß. Kurz entschlossen kehrte ich zu meinem Wagen zurück, aß in der nächsten Autobahnraststätte eine Kleinigkeit, und fuhr dann weiter nach Düsseldorf. Zu ihrer Wohnung brauchte ich mich gar nicht erst hinaufzubemühen, ich stellte schon von unten fest, daß die Läden ihres Zwei-Zimmer-Appartements heruntergelassen waren; auch auf mein Läuten an der Haustür rührte sich nichts. Etwa eine Viertelstunde lang blieb ich noch wartend im Wagen sitzen, erst als ich merkte, daß ich von mehreren Fenstern aus beobachtet wurde, entschloß ich mich, nach Köln zurückzufahren. Eine schriftliche Nachricht zu hinterlassen, dazu konnte ich mich nicht aufraffen. Da sich die Briefkästen im Haus befanden und die Haustür verschlossen war, wollte ich, zumal mein Ferrari bereits einiges Aufsehen erregt hatte, nicht noch mehr Neugierde entfachen, indem ich mir mit Hilfe eines Hausbewohners Zutritt verschaffte.

Wieder in meinem Büro, kämpfte ich eine Weile mit mir, ob ich DC von meinem vergeblichen Besuch in Düsseldorf berichten sollte, beschloß jedoch, damit noch eine Weile zu warten. Er rief mich dann am Abend in meiner Wohnung an, ich sagte ihm lediglich, daß ich

Helga im Büro telefonisch nicht erreichen konnte und es deshalb noch einmal am Montag versuchen würde. Nach einer liederlich verbrachten Nacht, die ich Helga ebenso zuzuschreiben hatte wie Marianne, fuhr ich, da ich ohnedies nichts mit mir anzufangen wußte, am Samstagvormittag noch einmal nach Düsseldorf, diesmal allerdings, um weniger aufzufallen, mit einem alten Mercedes 200 D, den ich schon besessen hatte, bevor ich mir als Zweitwagen zuerst einen Jaguar und dann den Ferrari zulegte. Ich benutzte ihn hauptsächlich für Stadtfahrten oder Klientenbesuche. Der Anblick eines Ferrari hätte manchen meiner Klienten zu Fehlschlüssen über meine Honorarforderungen und würdige Gerichtspräsidenten zu Zweifeln an meiner beruflichen Seriosität verleiten können. Da meine Garage für zwei Wagen nicht groß genug war, stand der 200 D, wenn ich ihn nicht brauchte, in einer Hochgarage der Innenstadt. Insgeheim rechnete ich gar nicht ernsthaft damit, daß ich bei meinem zweiten Besuch in Düsseldorf mehr Glück haben würde als gestern, ich war daher auch nicht sonderlich enttäuscht, daß die Fensterläden an Helgas Wohnung immer noch geschlossen waren; diesmal machte ich mir auch gar nicht erst die Mühe, den Klingelknopf zu betätigen. Ich überlegte, ob ich noch zu ihrem Vater nach Essen fahren sollte, unterließ es jedoch; er hätte von mir, wenn sie nicht bei ihm war, nur wieder ihre Adresse zu erfahren versucht. Daß ich sie wußte, war ihm bekannt, weil Helga ihm gesagt hatte, sie sei in dringenden Fällen über mich zu erreichen. Da ich ihm anläßlich seines letzten Besuches in meinem Büro die Herausgabe ihrer Adresse hatte verweigern müssen, war er ohnehin schlecht auf mich zu sprechen.

Den Rest des Tages verbrachte ich mit belanglosen Dingen in meiner Wohnung, immer eines Anrufs von Helga oder Marianne gewärtig, aber nichts geschah, auch den ganzen Sonntag über nicht. DC gegenüber schützte ich, als er mich am Nachmittag zu einer Spazierfahrt einladen wollte, um, wie er mir sagte, auf andere Gedanken zu kommen, eine Verabredung mit Franziska vor. Tatsächlich blieb ich in meiner Wohnung. Ich wollte mich gar nicht von meinen Gedanken ablenken lassen, mußte ständig an Marianne denken und daran, daß sie mir immer viel und doch nie so viel bedeutet hatte, daß meine augenblickliche Verfassung begründet gewesen wäre. Zumindest die wachsende Sehnsucht nach ihr, die mich von Stunde zu Stunde unerträglicher quälte, war nicht einfach damit begründbar, daß sie mir nun auch die Gunst gewährt hatte, mit ihr schlafen zu dürfen.

Schließlich hatte ich schon lange vorher gewußt, daß sie eine außergewöhnlich attraktive Frau war, ich hatte meine Erwartungen nur bestätigt gefunden – kein besonderer Anlaß also, mich jetzt so anzustellen. Aber mit dem Intellekt allein ist, wenn erst einmal, aus welchem Anlaß auch immer, das Herz mit im Spiel ist, noch nie viel anzufangen gewesen.

Gegen Abend setzte ich mich dann doch noch in den Ferrari und fuhr rund zwei Stunden ziellos durch die Landschaft. Autos dieser Art haben wenn auch sonst kaum mehr einen anderen, so doch immerhin den Vorteil, daß man, will man ihnen wieder heil entsteigen, gezwungen ist, seine Gedanken auf die Straße zu konzentrieren; nichts konnte mich von beruflichen und privaten Problemen mehr ablenken als die schon fast tollwütige Kraft eines Zwölfzylindermotors, die zu bändigen oder zu entfesseln immer noch ein Hobby ist, das sich auch solche Leute wünschen, die es nie zugeben würden. Wobei man natürlich in Kauf nehmen muß, daß sie einen entweder ihre Verachtung oder ihren Ärger darüber fühlen lassen, wie wenig es unserem sozialen Gesellschaftssystem bisher gelungen ist, Menschen wie mich zu eliminieren.

Es war schon kurz nach elf, als ich meine Rundfahrt beendete und bei meiner Rückkehr aus der Garage vor der Haustür von einem dünn gewachsenen Mädchen angesprochen wurde, das mich dort offensichtlich erwartet hatte, denn es fragte: »Herr Doktor Lutz?« Ich schätzte sie auf etwa fünfundzwanzig, sie sagte, ohne meine Antwort abzuwarten: »Ich habe Sie an Ihrem Wagen erkannt. Ich bin Helgas Freundin Hilde. Es ist etwas passiert, Herr Lutz.« Mir wurde einen Augenblick fast übel. »Was ist mit ihr?« fragte ich. Sie blickte sich unschlüssig um. »Ich kann Ihnen das nicht mit zwei Worten erklären. Können wir in Ihrer Wohnung darüber sprechen? Ich habe versucht, Sie telefonisch zu erreichen; als Sie sich nicht meldeten, habe ich mich in den nächsten Zug gesetzt und bin hierhergefahren. Ich warte schon seit einer halben Stunde auf Sie.« Ich schloß stumm die Haustür auf und führte sie in meine Wohnung. »Trinken Sie einen Whisky?« fragte ich. Sie nickte und sah sich im Zimmer um. Sie war etwa so groß wie Marianne, ein schmalhüftiges, langbeiniges Mädchen, blaßhäutig, sommersprossig und lange nicht so unansehnlich, wie ich sie mir vorgestellt hatte. Außer ihrer engen Cordhose und einem dünnen Rollkragenpullover schien sie nicht viel auf der Haut zu tragen. Als ob sie meine Gedanken erraten hätte, sagte sie: »Ich hatte keine Zeit mehr, mich umzuziehen, sonst hätte ich den Zug nicht erwischt.« Sie musterte mich abschätzend. »Ich nehme an, Helga hat Ihnen von mir erzählt.«

»Alles«, sagte ich und gab ihr ein volles Glas. »Daß Sie gelegentlich mit ihr schlafen, im Hause Ihres zumeist abwesenden Vaters kleine Partys veranstalten und auch sonst ein aufgeschlossenes Mädchen sind. Erzählen Sie mir, was passiert ist. Etwas Schlimmes?« Sie blickte mich mit ihren großen, mandelförmigen Augen etwas verwundert an, dann sagte sie: »Sie wissen ja noch mehr, als ich befürchtet habe. Aber so, wie Sie das jetzt meinten, ist es doch nicht zwischen uns, und ob das, was passiert ist, etwas Schlimmes ist, weiß ich selber noch nicht recht. Helga war seit Donnerstagabend bei mir; sie wollte sich wieder mal ausflennen. Sicher wissen Sie, warum.«

»Sie hat mir von diesem Besuch vorher nichts erzählt«, sagte ich. »Ich habe auch keine Ahnung, weshalb Sie zu Ihnen gefahren ist.« Sie zuckte mit den schmalen Schultern. »Ich sagte Ihnen doch schon, daß sie sich wieder mal bei mir ausflennen wollte. Sie haben ihr doch erzählt, daß Dieter sich mit seiner Freundin aussöhnen will.« Ich blickte sie stumm an. »Da drehte sie eben wieder mal durch«, sagte sie. »Wenn sie nicht mehr weiter weiß, kommt sie jedesmal zu mir gelaufen. Ich habe ihr gesagt, sie soll diesen Scheißkerl...« Sie verstummte. Ich sagte: »Sprechen Sie sich nur ungezwungen aus, Fräulein Hilde.«

»Ist er doch auch«, sagte sie. »Zuerst macht er sie verrückt, und dann schickt er sie mehr oder weniger davon. Vor etwa zwei Stunden wurde bei uns an der Haustür geläutet. Ich machte auf, weil ich dachte... ich dachte eben nicht an ihren Italiener. Wie hätte ich auch wissen können, daß er es war! Darauf brauchte man ja als normaler Mensch nicht unbedingt zu kommen!« Ich zwang mich zur Ruhe. »Natürlich nicht, Fräulein Hilde. Erzählen Sie weiter. Was geschah dann?« Sie zuckte wieder mit den Schultern. »Sie ist mit ihm weggegangen. Er war nicht allein, hatte noch so einen bulligen Typ bei sich. Sie schoben mich an der Tür einfach zur Seite und durchsuchten das Haus, bis sie Helga fanden; ich hatte gar keine Gelegenheit mehr, sie zu warnen. Ihr Mann war dann allein mit ihr im Zimmer, worüber sie gesprochen haben, weiß ich nicht, der andere ließ mich nicht zu ihnen. Nach einiger Zeit kam Helga mit ihrem Mann auf die Diele. Sie sagte mir, daß sie mit ihm weggehen wolle, um sich mit ihm auszusprechen. Ich wäre deshalb nicht gleich zu Ihnen gefahren, wenn sie, als sie mir das sagte, nicht so beschissen ausgesehen hätte. So habe ich sie noch nie gesehen.«

»War außer Ihnen beiden niemand im Haus?« fragte ich. Sie schüttelte den Kopf. Ich bat sie, sich ein paar Augenblicke zu gedulden, und rief von der Diele aus DC an. Anscheinend war er noch wach gewesen, er meldete sich sofort. Ich sagte: »Du mußt zu mir kommen, Dieter; es ist wichtig.« Er schwieg einen Augenblick, dann fragte er: »Handelt es sich um Helga?«

»Ich erzähl es dir hier«, sagte ich und legte auf. Ich kehrte zu Hilde zurück und starrte sie eine Weile geistesabwesend an, bis sie unvermittelt fragte: »Mit wem haben Sie telefoniert?«

»Mit diesem Scheißkerl«, sagte ich. Sie stand augenblicklich auf, aber ich war noch rascher und drückte sie in den Sessel zurück. »Er wohnt ganz am anderen Ende; vor einer Viertelstunde ist er nicht hier. Sie können Ihr Glas noch leertrinken. Was bedeutet Helga Ihnen?«

»Das geht Sie nichts an«, sagte sie aufsässig.

»Sicher nicht«, sagte ich. »Sie sollten aber nicht den Fehler begehen, diese beiden Männer zu unterschätzen. Den einen davon haben Sie inzwischen ja kennengelernt, und der andere ist genauso. Er wird, wenn er hört, was vorgefallen ist, vermutlich mit dem Kopf durch die Wand gehen. Was Helga Ihnen über seine Freundin erzählt hat, stimmt nicht; er hat sich endgültig von ihr getrennt.«

»Davon wußte sie nichts«, sagte sie überrascht. Ich nickte. »Es hat sich erst dieser Tage so ergeben. Sie sollten, wenn Helga es nicht selber zustande bringt, mit ihr Schluß machen. Oder bedeutet sie Ihnen so viel, daß Sie das nicht können?« Sie blickte auf ihre Armbanduhr; sie mußte, soweit ich das abschätzen konnte, ziemlich teuer gewesen sein. »Kommt er wirklich nicht vor einer Viertelstunde?«

»Sie können sich darauf verlassen«, sagte ich. »Ich habe auch kein Interesse daran, daß er Sie hier noch antrifft.« Sie sagte: »Das zwischen Helga und mir sehen Sie falsch. Ich habe ihrem Glück nie im Weg gestanden.«

»Vielleicht Ihrem eigenen?« fragte ich. Sie lächelte dünn. »Ich habe ihr einmal, als sie mir von Ihnen erzählte, gesagt, daß Sie besser Pfarrer als Anwalt geworden wären.«

»Sehe ich so aus?« fragte ich. Sie musterte mich wieder abschätzend. »Bei Ihnen weiß man nicht so recht, woran man ist. Helga kam jedesmal von alleine zu mir; ich habe sie nie mehr dazu überredet. Ich hatte aber auch keinen Grund, sie wegzuschicken.«

»Jetzt haben Sie künftig einen«, sagte ich. »War sie in letzter Zeit schon einmal bei Ihnen?«

»Jedes Wochenende«, sagte sie. »Sie kam sonst aber erst am Freitagabend; diesmal kam sie schon am Donnerstag. Sie sagte, sie würde Schluß machen.

»Womit?« fragte ich. Sie zuckte mit den Schultern und trank ihr Glas leer. Dann stand sie auf. Diesmal hinderte ich sie nicht am Gehen. Ich begleitete sie noch zur Tür und sagte: »Falls Sie etwas von ihr hören sollten, rufen Sie mich bitte sofort an. Ich bin Ihnen sehr dankbar, daß Sie sich die Mühe gemacht haben, hierherzukommen. Sie haben Helga damit vielleicht einen großen Dienst erwiesen. Sie hatten nicht den Eindruck, daß sie ihrem Mann freiwillig gefolgt ist?«

»Bestimmt nicht«, sagte sie. »Ich weiß nicht, wie er sie dazu gebracht hat, aber freiwillig ist sie auf keinen Fall mitgegangen; sie hat sogar ihre Handtasche mit all ihren Papieren bei mir liegenlassen.« Sie gab mir die Hand. »Als ich Sie vorhin in Ihrem Wagen gesehen habe, hätte ich sie eher für einen Playboy als für einen Anwalt gehalten.« Ich lächelte. »Wie man sich so in seinen Mitmenschen täuscht. Ihnen sieht man Ihr progressives Privatleben ja auch nicht an. Haben Sie noch immer einen so großen Bedarf an Männern?« Sie erwiderte unbefangen meinen Blick. »Wollen Sie mal eingeladen werden?«

»Postkarte genügt«, sagte ich. »Einen schönen Gruß an den Herrn Papa.«

»Gegen Sie hätte der bestimmt nichts einzuwenden«, sagte sie, aber ich war mir nicht ganz sicher, ob es sich dabei um ein Kompliment handelte oder nicht, und sie fügte keine Erklärung hinzu. Ich beobachtete, wie sie leichtfüßig die Treppe hinabstieg; ich hoffte, ich hatte ihr nicht zu weh getan. Dieter kam kaum drei Minuten später; ich erkannte den Wagen, als er vor dem Haus vorfuhr, schon am Motorgeräusch. »Was ist los?« fragte er an der Tür. Ich räumte Hildes Glas weg, stellte ihm unaufgefordert ein volles hin und sagte: »Stefano hat vor zwei Stunden Helga abgeholt. Ich nehme an, nach Vernante.« Er sagte nichts, ich hörte ihn nur laut atmen, und sein Gesicht sah, wenn ich Hildes Vokabular gebrauchen will, beschissen aus. Um ihm überflüssige Fragen zu ersparen, erzählte ich ihm gleich alles, er blieb auch dann noch in seinem Sessel hocken und atmete laut. Schließlich stand er auf und wandte sich der Tür zu; mich schien er völlig vergessen zu haben. Ich hielt ihn am Arm zurück und fragte: »Was hast du vor?«

»Ich bin noch vor ihm an der Schweizer Grenze«, sagte er. Ich sagte: »Das ist kaum möglich, Dieter. Es kann auch sein, daß er bewaffnet ist und Helga lieber umbringt, als sie sich noch einmal wegnehmen zu lassen. Ein Mann wie er ist jetzt zu allem fähig.« Er starrte mich mit kalten Augen an. »Du erwartest doch nicht im Ernst von mir . . .« Ich fiel ihm ins Wort: »Was ich von dir erwarten muß, weiß ich genau, und wenn dir Helga lieber tot als lebend ist, will ich dich auch nicht daran hindern. Sie ist keine Frau, die man nur an der Hand zu fassen und hinter sich herzuziehen braucht. Sie hätte sich, wenn er sie nicht in Todesangst versetzt hätte, zumindest gesträubt oder Hilde damit beauftragt, die Polizei oder einen von uns zu verständigen.« Er sah eine Weile unschlüssig vor sich auf den Boden, dann kehrte er an den Tisch zurück, trank das Glas auf einen Zug leer und sagte dann: »In Ordnung, Fred. Wenn es zwei Stunden her ist, seit er sie abgeholt hat, schaffe ich es auf dieser Drecksstrecke doch nicht mehr, ihn noch vor Basel einzuholen.«

»Außerdem ist vermutlich Signor Marchetti oder Francesco bei ihm«, sagte ich. »Hildes Beschreibung könnte auf einen der beiden zutreffen. Sie werden sich gegenseitig am Lenkrad ablösen und pausenlos durchfahren. Wir könnten das natürlich auch tun.«

»Wer wir?« fragte er.

»Du und ich«, sagte ich. »Ich muß vorher nur noch in mein Büro und Frau Schwartz eine Nachricht hinterlassen. Morgen habe ich keinen Gerichtstermin, und was sonst anliegt, hat vierundzwanzig oder achtundvierzig Stunden Zeit. Ich packe nur rasch ein paar Sachen ein.«

»In einer halben Stunde hole ich dich ab«, sagte er und rannte hinaus. Er brauchte tatsächlich nicht viel länger als eine halbe Stunde und kam mit einem quittengelben, fast neuen Ferrari GT 4/BB vorgefahren; ich wußte, daß er über dreihundert Stundenkilometer schnell war. »Woher hast du den?« fragte ich.

»Vorführwagen«, antwortete er kurz. Ein Blick auf das Armaturenbrett zeigte mir, daß er bereits eingefahren war. Wir fuhren zuerst zu meinem Büro und dann auf die Autobahn. Die Nacht war mondhell, es herrschte nur noch wenig Verkehr. »Sie werden die direkte Strecke über Montreux nehmen«, sagte ich, während meine

Gedanken bei Marianne waren. »Ich nehme an, er hat Helgas Reisepaß aus Vernante mitgebracht; er käme sonst mit ihr nicht über die Grenze. Vielleicht fahren sie auch eine andere Route.«

Er sagte: »Es ist mir egal, welche Strecke sie fahren. Es wird ihm so und so leid tun.«

»Wenn er bewaffnet ist...«, sagte ich. Er klappte den Handschuhkasten auf und sagte: »Faß hinein!« Ich betrachtete die Pistole; es war eine Parabellum. »Geladen?« fragte ich. Er nickte. Ich legte sie in den Handschuhkasten zurück und sagte: »Ich wußte nicht, daß du eine hast.«

»Warum nicht?« fragte er. »Dieses Auto kostet allein über einhunderttausend Mark, und manchmal habe ich vier oder fünf dieser Preisklasse im Hof stehen, ohne die Gebrauchtwagen. Tut es dir jetzt leid, daß du mitgekommen bist?«

Ich schwieg.

17

Daß Helga fest davon überzeugt war, Stefano sei in seiner Eifersucht zu allem imstande, hatte ich, ebenso wie DC, aus einigen ihrer Bemerkungen entnehmen können. Mein persönlicher Eindruck von ihm war zwiespältig. Einerseits erschien er mir durchaus als ein auch zum Äußersten fähiger Mann, andererseits wiederum wirkte er zu besonnen und sympathisch, als daß ich ihm sein späteres Verhalten zugetraut hätte. Ich hätte es mir jedoch schon lange abgewöhnen sollen, mich vom Äußeren eines Menschen in meiner Meinungsbildung beeinflussen zu lassen. Es steht keinem auf der Stirn geschrieben, wozu er in sogenannten Grenzsituationen fähig ist, und anders als in solchen habe ich Stefano ja nie kennengelernt. Die Details seiner Reise nach Essen habe ich mir unter Berücksichtigung dessen, was ich im Laufe der Zeit durch Helga über seine und Francescos Persönlichkeit erfahren habe, selber zusammenreimen müssen, glaube jedoch, daß sie der Wirklichkeit zumindest sehr nahe kommen. Helgas Verhaltensweise bei seinem überraschenden Auftauchen in Essen läßt sich wohl nur damit erklären, daß sie nach ihren letzten Erfahrungen mit ihm die Überzeugung gewonnen hatte, er werde keinen Augenblick lang zögern, seine an diesem Abend ausgesprochenen Drohungen auch wahrzumachen. Ihre Erlebnisse während ihrer Flucht scheinen doch einen weitaus stärkeren Schock bei ihr hinterlassen zu haben, als ihre unbefangene Art, davon zu erzählen, mir verraten hatte. Tatsächlich hatte ich mich auch durch die jüngsten Probleme, die sich für sie nach ihrer Heimkehr ergaben, allzu leichtfertig von ihren früheren ablenken lassen und deren denkbare Entwicklungen nicht ernst genug genommen. Ich hätte Helga sonst noch eindringlicher vor Stefanos Entschlossenheit gewarnt, sich mit den Gegebenheiten nicht abzufinden, vor allem aber hätte ich ihr mit unserem letzten Gespräch bei meinem Besuch in Düsseldorf keinen Anlaß geliefert, sofort wieder zu Hilde zu fahren, und dadurch Stefano, wenn auch unbewußt, in die Hände gearbeitet. Ich hatte mich bei jenem Gespräch von einer Fehleinschätzung Helgas leiten lassen, die ich mir wohl nie ganz verzeihen werde, auch wenn alles, was ich bei dieser Gelegenheit gesagt habe, nur den besten Absichten entsprang. Frauen wie sie bringen es eben immer wieder fertig, ihre wirklichen Empfindungen zu verbergen und ein Wesen an den Tag zu legen, das in völligem Widerspruch zu ihrer inneren Verfassung steht. Ich hätte an jenem Abend merken müssen, daß sie mit ihrer Widerstandskraft fast am Ende war und es nur noch eines kleinen Anlasses bedurfte, um sie in ihrer inneren Zerrissenheit wieder einmal in die Arme ihrer Freundin Hilde flüchten zu lassen. Rückschauend muß ich mich jedoch noch anderer Fehleinschätzungen und Versäumnisse schuldig bekennen, vor allem was ihre offenen Geständnisse über die Vorgänge im Hause ihrer Freundin Hilde betrifft. War ich ursprünglich davon ausgegangen, sie wolle sich nur einmal mit einem Menschen ihres Vertrauens darüber aussprechen, so wurde mir erst viel später bewußt, daß sie sich davon doch einiges mehr erhofft hatte. Allerdings hat sie es mir durch ihren Wunsch, ich solle DC nichts von ihren Besuchen bei mir erzählen, praktisch unmöglich gemacht, sie in der von ihr erwarteten Weise beruhigen zu können. Denn ohne vorherige Rücksprache mit DC wäre ich, was seine Reaktion auf ihre erotischen Erlebnisse vor ihrer Ehe mit Stefano betraf, doch nur auf Spekulationen angewiesen gewesen. Ich hätte mich eben, und das ist mir inzwischen klargeworden, über ihren Wunsch, ihm nichts von meinen Gesprächen mit ihr zu erzählen, schon viel früher hinwegsetzen sollen; vielleicht wäre dann manches anders gelaufen.

Meine geheimen Befürchtungen erwiesen sich jedenfalls als begründet. Bei dem kurzen Gespräch zwischen Helga und Stefano in Hildes Zimmer war sie von ihm genötigt worden, ihn zu begleiten. Sie hatte, als er plötzlich in das Zimmer trat, halb betrunken und nur mit einem kurzen Perlonnachthemd bekleidet, neben Hildes Plattenspieler am Boden gelegen und, während sie Musik hörte, in einer Frauenzeitschrift geblättert. Kurz zuvor war sie noch mit Hilde im Schwimmbecken gewesen; gegessen hatten sie an diesem Abend noch nichts. Als Stefano hereinkam, setzte sie sich aufrecht und starrte stumm in sein Gesicht. Er nahm ihr Kleid und ihre Wäsche von einem Stuhl, warf sie ihr in den Schoß und sagte auf italienisch: »Zieh dich an; du kommst mit uns.« Als sie sich nicht rührte, nahm er eine Pistole aus der Hosentasche, setzte ihr den Lauf an die Schläfe und sagte: »Willst du lieber sterben? Dann sterben wir zusammen.« Sie sagte: »Du bist verrückt geworden, Stefano.«

»Francesco ist auch hier«, sagte er. »Erwarte von deiner Freundin keine Hilfe. Steh auf!« Sie sah, wie er den Finger krümmte, und stand auf. »Du wirst deiner Freundin erzählen, daß du mit mir weggegangen bist, um dich mit mir auszusprechen«, sagte er. »Wenn du etwas anderes erzählst, schieße ich dich augenblicklich tot. Ich schwöre es dir beim Andenken meines Vaters.« Sie wußte, als er das sagte, daß er keine Sekunde zögern würde, seine Worte wahr zu machen. Während sie sich anzog, versuchte sie unablässig, sich einen Ausweg einfallen zu lassen, aber es gab keinen, und je öfter sie Gelegenheit hatte, in Stefanos kalte Augen zu schauen, desto bewußter wurde ihr, daß sie, wenn sie nicht sterben wollte, keine andere Möglichkeit hatte, als ihm zu gehorchen. Sie hatte an diesem Abend zusammen mit Hilde zwei Flaschen schweren Moselwein getrunken und beim Anziehen ständig das Gefühl, sich übergeben zu müssen. Nachdem sie Francesco gesehen und mit Hilde gesprochen hatte, folgte sie den beiden Männern auf die Straße. Der rote Alfa stand unter einer Laterne, sie mußte neben Stefano im Fond Platz nehmen, Francesco übernahm das Steuer; sie hatte nichts mitgenommen, sogar ihre Handtasche hatte sie in Hildes Zimmer liegen lassen. Sie fuhren durch die Stadt, blieben vor Ampeln stehen, einmal sah sie einen Streifenwagen, aber die beiden Beamten schenkten dem roten Alfa Romeo mit dem italienischen Kennzeichen keinen Blick. Als sie aus der Stadt heraus waren und auf die dunkle Autobahn kamen, weinte sie lautlos. Von den beiden Männern sprach keiner ein Wort mit ihr. Sie rückte noch weiter von Stefano weg in ihre Ecke, sie konnte nichts begreifen. Sie wurde allmählich nüchtern, und je nüchterner sie wurde, desto weniger begriff sie. Manchmal schien es ihr, als müßte es sich um einen häßlichen Traum handeln, sie schloß die Augen und versuchte sich einzureden, es sei tatsächlich nur ein Traum, aber jedesmal, wenn sie die Augen öffnete und die entgegenkommenden Scheinwerfer auf der anderen Fahrbahn sah, wußte sie wieder, daß es kein Traum war, und einmal sagte Stefano: »Ich habe deinen deutschen Reisepaß mitgebracht. Du wirst an der Grenze kein Wort sagen, auch nicht, wenn wir unterwegs einmal angehalten werden sollten. Denk immer daran, daß ich dich auf der Stelle totschießen werde und daß es mir nichts ausmacht, mit dir zu sterben. Du wirst uns, wenn du den Mund öffnest, beide töten. Ich wiederhole das jetzt nicht mehr und das gilt, bis wir in Vernante sind. Versuch zu schlafen.«

»Mir ist schlecht«, sagte sie. »Ich muß aussteigen.« Er sprach mit Francesco darüber und sagte dann: »Hier kannst du nirgendwo aussteigen; du mußt warten, bis wir hinter Köln in den Wald kommen. Wenn du dich übergeben mußt, wird Francesco langsamer fahren; du kannst es zum Fenster hinaus tun.« Es war ihr nicht nur schlecht, sie hatte auch einen fast unerträglichen Druck auf der Blase, Stefano hatte ihr nicht mehr erlaubt, bei Hilde das WC zu benutzen, sie hätte nach dem vielen Wein schon vor einer Stunde gehen müssen, war jedoch immer zu träge gewesen, sich vom Boden zu erheben. Sie sagte: »Ich halte es wirklich nicht mehr aus. Verstehst du nicht, du Dummkopf!« Er sprach wieder mit Francesco, und als sie bald darauf in einem Waldstück einen Parkplatz entdeckten, hielt Francesco an, und Stefano forderte Helga auf, sitzenzubleiben, bis er ihr die Tür öffnete. Vor ihnen standen noch zwei Autos auf dem dunklen Parkplatz, von ihren Insassen war jedoch nichts zu sehen. Stefano stieg aus und öffnete Helga die Tür. Er faßte sie bei der Hand, zog sie zwischen die Bäume und blieb neben ihr stehen, bis sie fertig war. Sie steckte, weil ihr in der frischen Luft noch schlechter wurde, zwei Finger in den Hals und würgte, aber es verschaffte ihr keine Erleichterung, und Stefano führte sie an der Hand wieder zum Wagen zurück. Später schlief sie vor Müdigkeit und Aufregung neben ihm ein, und als sie aufwachte, begann schon der Tag zu grauen. Sie trank einen Schluck eiskalten Kaffees, den Stefano ihr in einer Thermosflasche bot. Er zündete zwei Zigaretten an, gab ihr eine und sagte: »Wir sind bald an der Grenze. Wir werden über Como fahren; damit rechnen deine Freunde sicher nicht.«

»Sie werden mich auch in Vernante finden«, sagte sie, und er sagte: »Dann laß sie dich finden. Bis dahin wirst du schwanger sein und, wenn sie mit den Carabinieri anrücken, zusammen mit deinem ungeborenen Kind sterben. Du wirst jetzt bei mir bleiben, Helga. Du hast nur noch die Wahl zwischen mir und dem Tod. Du wirst das immer mehr verstehen, je länger du darüber nachdenkst. Es gibt für dich ohne mich kein Leben mehr.«

»Ich werde dir bei der ersten Gelegenheit wieder davonlaufen«, sagte sie. Er sagte: »Ich werde dich künftig immer beobachten, Tag und Nacht. Du wirst dich in Limone um die Büroarbeiten kümmern; für Francesco und mich wird das jetzt zuviel, und wenn ich wegfahren muß, wirst du mich begleiten. Nachts werden wir in Vernante bei Mamma sein.«

»Ich scheiß auf deine Mamma«, sagte sie. Er schlug ihr mit dem Handrücken schnell und hart auf den Mund und sagte ruhig: »Merk dir das für alle Zeit.« Sie war so schockiert, daß sie kein Wort mehr sagte. Ihr Zahnfleisch blutete, sie fühlte ihre Lippen anschwellen, sie schluckte das Blut hinunter und preßte die Hand an den Mund. Francesco beobachtete im Rückspiegel ihr Gesicht, sagte jedoch nichts. Es war schon hell, als sie den Grenzübergang bei Basel erreichten. Den deutschen Zoll passierten sie ohne Kontrolle, auf der Schweizer Seite prüfte ein Grenzbeamter unlustig ihre Pässe, er fragte auf italienisch, ob sie etwas zu deklarieren hätten, Stefano antwortete: »No, Signore.« Während der ganzen Zeit fühlte Helga unausgesetzt seinen Blick auf ihr ruhen. Sie hätte nur ein einziges Wort zu sagen, eine einzige verdächtige Bewegung zu machen brauchen, aber sie tat keines von beidem, und als sie weiterfuhren, hatte sie kalten Schweiß auf der Stirn. An einem Rastplatz hinter Basel übernahm Stefano das Lenkrad, sie mußte sich wieder neben ihn setzen, Francesco schlief, übermüdet von der langen Fahrt, im Fond ein. Es war jetzt schon so hell geworden, daß Stefano die Scheinwerfer ausschalten konnte, er rauchte wieder eine Zigarette, hielt auch Helga die Packung hin, sie schüttelte den Kopf. Bei Zürich verließen sie die Autobahn, die kleinen Ortschaften an der Straße wirkten noch leer, aber es waren schon viele Frauen und Männer auf Fahrrädern unterwegs zu ihren Arbeitsplätzen, der Himmel war dunstig, aus Fabrikschornsteinen stieg Rauch über bewaldete Hügel, einmal blockierte eine Viehherde die Straße, Francesco wachte auf und fragte: »Wo sind wir?« Da weder Stefano noch Helga ihm antwortete, schlief er wieder ein. Auch Helga konnte sich jetzt kaum mehr wachhalten, sie betrachtete im Rückspiegel ihre geschwollenen Lippen, und einmal sagte sie: »Ich werde lieber sterben, als noch einmal mit dir zu leben.«

»Das hättest du schon haben können«, sagte er lächelnd. Sie haßte ihn für dieses Lächeln mehr, als sie jemals einen Menschen gehaßt hatte. Sie sagte: »Du wirst eines Tages nicht mehr lachen, Stefano.«

»Dann wirst auch du es nicht mehr tun«, sagte er. Sie lehnte sich in ihre Ecke zurück und schwieg. Zwischendurch schlief sie ein paarmal ein, jedoch nie lange, weil Stefano auch später, als sie über den St.-Gotthard-Paß fuhren, die Geschwindigkeit nur unwesentlich verringerte und den Wagen oft so scharf durch die engen Serpentinen zog, daß sie sich, um die Berührung seines Körpers zu vermeiden, an der Armlehne festklammern mußte. Auch Francesco wachte wieder auf und betrachtete mit übernächtigtem, unrasiertem Gesicht die Landschaft. Helga hatte keinen Blick dafür, sie verfiel in einen Zustand müder Apathie, und als sie vor Como die italienische Grenze erreichten, blickte sie von Haß und Widerwillen bewegt in die freundlichen Gesichter der jungen Doganieri. Stefano wechselte einige Worte mit ihnen, er erzählte ihnen, daß sein Bruder auf dem Colle di Tenda bei den Doganieri Dienst tue, worauf sie noch freundlicher wurden und sie, ohne noch einen Blick in das Wageninnere zu werfen, weiterfahren ließen. Der Himmel hatte sich schon über dem Tessin aufgehellt, er wurde, je weiter sie nach Süden kamen, immer blauer, beiderseits der Autostrada standen lange Pappelreihen im herbstlichen Gewand, das Rot und Gelb ihrer Blätter leuchtete kräftig in der Sonne.

Auf einem leeren Parkplatz zwischen Mailand und Turin legten sie eine kurze Rast ein, Stefano fragte Helga, ob sie aussteigen wolle, sie schüttelte den Kopf. Voller Abscheu beobachtete sie, wie die beiden Männer am Straßenrand urinierten und sich dabei unterhielten. Den Zündschlüssel hatte Stefano steckenlassen, aber da sie nicht fahren konnte, war ihr damit nicht geholfen. Obwohl sie seit nun bald zwanzig Stunden nichts mehr gegessen hatte, verspürte sie keinen Hunger, sie hätte aber auch wenn sie hungrig gewesen wäre keinen Bissen hinuntergebracht. Sie nahm Stefanos Zigarettenpackung aus dem Handschuhfach und zündete sich eine an. Dann fiel ihr auf, daß er verschwunden war, sicher steckte er in dem halbhohen Gesträuch, das den Parkplatz von den Wiesen neben der Autostrada abschirmte. Francesco stand, die Hände in den Hosentaschen, hinter dem Wagen und blickte durch die Heckscheibe.

Kurz darauf kam er zu ihr, öffnete ihre Tür und sagte: »In zwei Stunden sind wir daheim.« Es waren die ersten Worte, die er mit ihr sprach.

Sie erwiderte: »Ihr, aber nicht ich. Ihr werdet das alles noch bereuen, Francesco. Du auch. Dich hätte ich für klüger gehalten. Ihr könnt mich nicht mein Leben lang gegen meinen Willen in Vernante festhalten. Ihr seid verrückt, wenn ihr das glaubt.«

»Dann wird er dich eben töten«, sagte er ruhig. »Du kennst Stefano nicht so gut wie ich. Er sagt so etwas nicht nur, um dir Angst zu machen. Meinetwegen hättest du bleiben können, wo du warst. Ich habe dich keinen Augenblick lang vermißt.«

»Ich dich auch nicht«, sagte sie kalt. »Ich wünschte, du wärst damals genauso tot gewesen wie Antonio.« Er verfärbte sich, sagte aber nichts mehr. Als Stefano zurückkam, fuhren sie weiter. Am östlichen und südlichen Horizont zeichneten sich bereits die blassen Konturen der Piemonteser Alpen vom Himmel ab; Helga empfand, als sie sie wahrnahm, wieder Übelkeit. Sie beobachtete mit starrem Gesicht, wie sie immer deutlicher wurden; es war ihr wieder zum Weinen, aber ihre Augen blieben trocken. Sie steckte zu voll mit Haß, um noch weinen zu können. Stefano verließ, um nicht durch die Stadt fahren zu müssen, die Autostrada schon einige Kilometer vor Torino auf einer Nebenstraße. Eine halbe Stunde später kamen sie südlich der Stadt auf die N 231 nach Cuneo. Die Landschaft wurde gebirgig, dichte Wälder säumten die Hügel, Helga sagte: »Ich muß mal.«

»Das hättest du schon vorhin tun können«, sagte Stefano. Sie sagte verächtlich: »Ich bin nicht wie ihr.«

»Wie meint sie das?« fragte Francesco. Stefano lächelte. »Daß sie eine Signora ist, die es nicht am Straßenrand tut.« Er hielt nach einem Waldweg Ausschau, und als er bald darauf einen entdeckte, fuhr er ein Stück weit zwischen die Bäume und ließ Helga aussteigen. Er blieb an ihrer Seite, bis sie sagte: »Verschwinde! Ich habe nicht einmal Papiertaschentücher dabei. Du hast mich nichts mitnehmen lassen, sogar meine Handtasche nicht.«

»Morgen kaufen wir dir in Cuneo alles, was du brauchst«, sagte er. »Im Wagen liegen welche.« Er ging sie holen und gab sie ihr. Als er ihr noch weiter in den Wald folgen wollte, blieb sie stehen und sagte mit vor Wut heiserer Stimme: »Ich habe dir gesagt, du sollst mich allein lassen, du Bauer!« Er wurde kreidebleich und ging rasch auf sie zu. Erschreckt von seinem Gesichtsausdruck drehte sie sich um und rannte in den Wald. Es bereitete Stefano in dem steil ansteigenden Gelände mit seinem dichten Unterholz keine Mühe, sie einzuholen. Mit ein paar großen Schritten war er an ihrer Seite, ließ sie über seinen Fuß stolpern, so daß sie der Länge nach hinstürzte. Ehe sie sich wieder aufraffen konnte, kniete er über ihr, drehte sie auf den Rücken und sagte mit vor Zorn rauher Stimme: »Ich werde dir zeigen, was ein Bauer ist.« Er holte mit der Hand zum Schlag aus, sie begann, während sie das Gesicht mit den Armen bedeckte, zu schreien. Er sagte: »Du kannst es auch anders haben«, und schob ihr Kleid hinauf. Obwohl sie sich sträubte, konnte sie nicht verhindern, daß er ihr den Slip auszog. Dann kniete er sich auf ihre Arme, öffnete seine Hose und streifte sie hinab. Sie stammelte: »Tu es nicht, tu es nicht, Stefano.«

»Warum soll ich es nicht tun?« fragte er. »Du bist meine Frau.« Der Anblick ihres Körpers, den er so viele Wochen nicht mehr gesehen hatte, ließ seinen Zorn in Erregung umschlagen. Er küßte ihren Mund, und als sie ihm ins Gesicht spuckte, lachte er nur. Hinter sich vernahm er Francescos Stimme zwischen den Bäumen, er rief ihm zu, beim Wagen zu warten, und sagte zu Helga: »Erinnerst du dich noch, als du mich im Wald aufgefordert hast, dich zu küssen und mir sagtest, daß ich ein hübscher Junge sei? Bin ich heute weniger hübsch? Hier schau?« Er zerrte sich das Hemd über den Kopf und warf es neben sich. »Gefalle ich dir heute weniger?« fragte er. »Erklär mir, was an mir anders ist als damals. Warst du nicht verrückt nach mir, du kleine Deutsche!« Sie spuckte wieder nach ihm und versuchte, ihre Arme loszubekommen, aber genausogut hätte sie versuchen können, einen Baum auf die Seite zu wälzen, er legte sich, als ihre Kräfte nachließen, auf sie, und als sie ihn in sich kommen fühlte, drehte sie das Gesicht zur Seite und schloß die Augen. Er tat ihr weh, sie öffnete, da es unerträglich wurde, die Beine und grub die Zähne in den Handrücken. Er blieb bis zum Schluß in ihr und hielt sie auch dann noch eine Weile am Boden fest. Schließlich stand er auf, zog Hemd und Hose an und streifte ihr, da sie sich noch immer nicht rührte, die Schuhe von den Füßen. »Jetzt weißt du, was ein Bauer ist«, sagte er. »Ich warte hinter dem Gebüsch auf dich. Versuch nicht, davonzulaufen; ohne Schuhe wirst du nicht weit kommen.« Als sie etwas später zu ihm kam, kniete er vor ihr nieder, zog ihr die Schuhe an und kehrte mit ihr zum Wagen zurück. Sie schenkte ihm keinen Blick. Er sagte: »Jetzt wird dir die Pille nicht mehr geholfen haben.« Sie schwieg. Francesco stand neben dem Wagen, er musterte sie prüfend, verlor jedoch kein Wort und setzte sich hinters Lenkrad. Stefano öffnete Helga die Tür. Im Wagen sagte er: »Wenn es heute nichts war, dann eben morgen. Ein Mädchen wird deinen Namen tragen, ein Junge meinen eigenen. Du wirst dich damit abfinden, daß ich dein Mann bin und daß ich dich überall, wo ich es will, haben kann. So will es auch die Kirche.«

»Ich scheiß auf deine Kirche«, sagte sie. Er berührte lächelnd ihren Schoß. »Tut es noch weh?« Es tat ihr nicht mehr weh, aber sie hätte sich lieber die Zunge abgebissen, als es ihm zu sagen. Trotzdem duldete sie seine Berührung. Sie war inzwischen anderen Sinnes geworden.

In Cuneo wollte Francesco bei seiner Familie vorbeifahren; er hatte in dem neueren Südwestteil der Stadt eine Dreizimmerwohnung. Stefano sagte: »Nicht jetzt. Du kannst das heute mittag tun.«

»Ich wollte sie nur beruhigen«, sagte Francesco. Stefano blickte Helga an und sagte: »Es ist besser so.« Francesco nickte. Während sie durch die Stadt fuhren, vermied Helga es, aus dem Fenster zu schauen, sie hatte diese Stadt am Rande der Seealpen nie gemocht, obwohl sie mit ihrer großen Kathedrale, ihren alten Arkaden und ihrer schönen Flußlage viele Touristen anzog; sie war ihr zu provinziell. Sie saß reglos in ihrer Ecke, fühlte ihren geschwollenen Mund schmerzen, ihren leeren Magen knurren, aber sie vermochte jetzt, da sie den ersten Schock über ihre unfreiwillige Reise überwunden hatte, wieder klar zu denken. Selbst wenn es Stefano ernst damit war, sie künftig nicht mehr aus den Augen zu lassen, würden sich immer wieder Gelegenheiten ergeben, sich seiner Aufsicht zu entziehen, andernfalls würde sie solche Gelegenheiten selber herbeiführen müssen, und das würde nur möglich sein, wenn sie in ihm den Eindruck aufkommen ließ, als hätte sie sich mit den Gegebenheiten abgefunden. Widerstand würde ihre Situation nur verschlimmern; den vorhin im Wald gefaßten Gedanken, sich seiner Pistole zu bemächtigen, hatte sie rasch wieder fallenlassen, zumal sie damit nicht umzugehen wußte und sich auch nicht dazu hätte überwinden können, auf ihn zu schießen. Ihr Haß war durch ihr jüngstes Erlebnis mit ihm nicht größer geworden, sie hatte schon zu oft widerwillig mit ihm schlafen müssen, als das es ihr noch viel ausgemacht hätte, es auch jetzt zu tun, und daß er ihr ein Kind machen wollte, hatte er ihr schon gestern abend gesagt. Sie würde, sobald sie erst wieder daheim war, Mittel und Wege finden, es nicht zur Welt zu bringen, und sie würde um so rascher wieder daheim sein, je früher es ihr gelang, Stefano sich ihrer sicher werden zu lassen. Sie war auch fest davon überzeugt, daß Hilde schon alles getan hatte, ihren neuen Aufenthalt in Vernante nicht unerträglich lang werden zu lassen. Sie hatte sogar schon bestimmte Vorstellungen von dem, was Hilde inzwischen unternommen hatte, und je länger ihr Gelegenheit blieb, darüber nachzudenken, desto ruhiger wurde sie. Der Gedanke an Dieters Gesicht, wenn er davon erfahren würde, erfüllte sie sogar mit Genugtuung. Als sie am späten Vormittag in Vernante eintrafen, war sie innerlich eiskalt.

Es war inzwischen sehr warm geworden, die Dorfstraße lag verlassen, die meisten männlichen Bewohner arbeiteten in Cuneo, die Frauen waren zu dieser Zeit in der Küche beschäftigt, sie begegneten auf der ganzen Fahrt durch den Ort nur einem älteren Mann und zwei Kindern, die ihnen keine Beachtung schenkten. Auch die Tankstelle lag verlassen in der warmen Septembersonne, als sie ausstiegen, erschien Stefanos Mutter in der Haustür, sie verschwand jedoch bei Helgas Anblick sofort wieder. Francesco, der mit einem anderen Wagen nach Cuneo zurückfuhr, verabschiedete sich mit einem Handschlag von Stefano; Helga blickte er nicht mehr an. Als Stefano zu ihr kam, sagte sie: »Ich möchte im Bach baden. Hol mir ein Handtuch und Seife.« Er ging ins Haus, sie hörte ihn laut und heftig mit seiner Mutter reden, wenig später kam er zurück und fuhr mit ihr zu ihrem Badeplatz. Er setzte sich, eine Zigarette rauchend, ans Ufer und beobachtete, wie sie sich auszog, in das flache Wasser stieg und ihren Körper einseifte. Dann spülte sie die Seife ab und kehrte ans Ufer zurück. Als sie sich nach dem Handtuch bückte, zog Stefano sie neben sich in das dürre Gras und sagte: »Du kannst morgen in Cuneo baden; wir werden jetzt wieder regelmäßig hingehen.« Er berührte ihre Brust und lächelte. »Du bist noch genauso schön wie damals, als ich dich kennenlernte. Wir werden auch öfter zusammen wegfahren, nach San Remo und wohin du willst. Es wird dir nicht leidtun, wieder hier zu sein.« Sie gab ihm keine Antwort und betrachtete das dichte Gesträuch mit seinem herbstlichen Laub am anderen Ufer. Stefano sagte: »Ich kann nicht mehr ohne dich leben, Helga, es gab vor dir keine Frau in meinem Leben, und es wird nach dir auch keine mehr geben. Du wirst müde sein, du kannst den ganzen Tag schlafen oder dich auf der Terrasse in die Sonne legen. Deine Kleider hängen noch alle im Schrank; was dir fehlt, besorgen wir morgen.«

»Und wenn ich dir verspreche, nicht mehr wegzulaufen?« fragte sie, ohne ihn dabei anzusehen. Er lächelte. »Darauf möchte ich mich nicht verlassen. Du hast es mir schon einmal versprochen, auf dem Standesamt in Essen. Lorenzo wirst du nicht mehr sehen; er wohnt heute in Cuneo und hat dort ein Mädchen. Du wirst jetzt nur noch mich haben. Morgen früh fahren wir nach Limone; ich werde dich dort in deine Arbeit einweisen. An der Tankstelle wird künftig Onkel Marco helfen; er wollte sich nächstes Jahr sowieso zur Ruhe setzen, jetzt tut er es ein halbes Jahr früher und verdient sich sein Geld bei uns.« Er nahm ihr das Handtuch weg, trocknete sie am ganzen Körper ab und stand auf. »Wir werden zuerst essen«, sagte er. »Du wirst hungrig sein; Mamma wartet schon auf uns.«

»Ich will sie nicht sehen«, sagte sie. Er lächelte wieder. »Sie dich auch nicht, wir essen in unserem Zimmer. Wenn du erst einmal ein paar Tage hier bist, werdet ihr euch auch wieder vertragen.«

»Wir haben uns noch nie vertragen«, sagte sie. »Du weißt das so gut wie ich. Sie hat mich vom ersten Tag an gehaßt.«

»Sie wird sich bessern, ich verspreche es dir«, sagte er. Während sie zur Straße zurückfuhren, mußte sie noch immer an Dieter denken. Sie fühlte sich wieder zum Weinen. Auf der Straße zwischen den hohen Pappeln lag das erste welke Laub. Als sie zur Tankstelle kamen, ging sie sofort in ihr Zimmer hinauf; ihrer Schwiegermutter begegnete sie nicht. Sie setzte sich an den Tisch und blickte durch das Fenster auf die Straße hinab. Unten hörte sie wieder Stefano mit seiner Mutter sprechen, ihre Stimmen klangen laut, sie schienen sich zu streiten, eine Tür wurde heftig zugeschlagen. Etwas später kam Stefano mit gerötetem Gesicht ins Zimmer, er sagte: »Das Essen ist noch nicht fertig; kannst du noch etwas warten?«

»Warum gibst du es nicht auf?« fragte sie. »Sie sind alle gegen mich, Francesco auch. Sie machen mich für Antonios Tod verantwortlich. Wie kann ich hier noch einmal leben!«

»Sie werden sich daran gewöhnen, daß du hier lebst«, sagte er und setzte sich zu ihr. Er griff über den Tisch hinweg nach ihrer Hand und sagte: »Sobald sie merken, daß zwischen uns alles wieder in Ordnung ist, werden sie es anders sehen. Du mußt ihnen noch etwas Zeit lassen.«

»Mir haben sie nie Zeit gelassen«, sagte sie und blickte in sein Gesicht. Nun, da sie wieder mit ihm an diesem Tisch saß, an dem sie so oft mit ihm gegessen hatte, empfand sie keinen Haß mehr auf ihn; er war ihr nur noch gleichgültig. Er sagte: »Als ich dich vorhin baden sah, da wurde wieder alles wach in mir, wie ich dich zum erstenmal sah und du zum erstenmal meinen Blick erwidertest. Von da an habe ich immer an deine Augen denken müssen, ich sah sie auch noch vor mir, wenn ich meine eigenen schloß. Ich habe diesen Blick von dir nie vergessen können. Nachts träumte ich von dir und wachte oft schweißgebadet auf. Du hast mich nur einmal anzusehen brauchen, und ich war verhext von dir. Wir waren, als wir hierherkamen, glücklich, und wir werden es wieder sein. Ich werde das, was uns daran hindern könnte, in meinem Gedächtnis auslöschen, als wäre es nicht gewesen. Ich habe dich in meinen Armen vor Glück schreien hören und weinen sehen. Du kannst das so wenig vergessen wie ich. Du hast mich genauso geliebt wie ich dich, Helga. So etwas stirbt nicht in eineinhalb Jahren. Mir war Antonios Tod genauso schlimm wie den anderen, aber ich habe ihn viel weniger vermißt als dich. Ich habe feststellen müssen, daß ich ohne ihn leben kann. Ohne dich kann ich es nicht. Es schmerzt mich, so von ihm zu reden, trotzdem sage ich dir, wie es ist. Für seinen Tod bin alleine ich verantwortlich, nicht du, ich hätte ihn damals nicht mitnehmen sollen. Sie werden das endlich begreifen oder sich daran gewöhnen müssen, daß du mir wichtiger bist als sie alle. Wann hast du diesen Deutschen zuletzt gesehen?« Sie antwortete: »Wir haben uns in Nizza getrennt; er hat mir noch ein Flugticket besorgt; seitdem habe ich ihn nicht mehr getroffen.«

»Das glaube ich dir nicht«, sagte er. Sie zuckte gleichgültig mit den Schultern. »Ein Mann, der soviel für dich getan hat!« sagte er. »Ich möchte es dir glauben, aber ich kann es nicht. Hast du mit ihm geschlafen?«

»Ja«, sagte sie.

»In Nizza oder schon vorher?«

»In Nizza wurde er von seiner Verlobten erwartet«, sagte sie. Er blickte sie ein paar Sekunden lang prüfend an, dann sagte er: »Vielleicht sagst du die Wahrheit. Wir werden nicht mehr darüber sprechen.« Er ging aus dem Zimmer und kehrte bald darauf mit zwei großen Tellern Gemüsesuppe zurück. »Es gibt noch Polenta«, sagte er. »Mamma hatte kein Fleisch im Haus, sie hat uns erst heute abend zurückerwartet. Onkel Marco hat ihr gestern erzählt, daß wir deinetwegen weggefahren sind; sie glaubte, wir seien geschäftlich in Milano. Iß, sonst wird die Suppe kalt.« Beim Essen sprachen sie nichts. Obwohl es sie Überwindung kostete, aß Helga die Suppe auf, und auch die Hälfte des fetten Maisbreis, den Stefano danach auf den

Tisch stellte. Da sie durstig war, trank sie ein Glas Rotwein dazu, Stefano trank zwei Gläser und ließ die Flasche, als er das Geschirr wegbrachte, auf dem Tisch stehen. Helga hörte ihn wieder unten mit seiner Mutter reden, sie konnte jedoch nicht verstehen, worüber sie sprachen. Sie beobachtete die vorüberfahrenden Autos, manchmal hielt eines an der Tankstelle, dann kam ihre Schwiegermutter aus dem Haus. Einmal fuhr ein quittengelber, extrem niedriger Wagen vorbei, Helga hatte ihn jedoch zu spät gesehen, er fuhr sehr rasch, und ehe sie ihn richtig bemerkte, war er bereits vorüber. Der Form nach hätte es ein Ferrari sein können, aber von ihrem Platz aus war es ihr nicht möglich gewesen, festzustellen, ob er ein deutsches oder italienisches Kennzeichen hatte. Sie dachte auch nicht länger an ihn, weil sie wußte, daß Dieter, selbst wenn er das täte, womit sie insgeheim rechnete, nicht vor morgen vormittag hier sein könnte, sie war sich jedoch nicht einmal ganz sicher, ob sie sich das überhaupt wünschte, er würde ihr bei Stefanos derzeitiger Wachsamkeit doch nicht helfen können, und mit dem Wagen hätte er genausowenig Chancen über den Colle die Tenda oder nach Torino zu kommen wie bei ihrem ersten gemeinsamen Versuch. Sie nahm Stefanos Drohungen auch viel zu ernst, als daß sie es riskiert hätte, ihr Leben aufs Spiel zu setzen, sie hing unverändert daran, selbst in diesem Augenblick noch. Sie würde es, um ihm zum zweiten Male zu entkommen, ganz anders anstellen müssen, sie wußte nur noch nicht, wie. Sie legte sich auf das Bett und schloß die Augen. Als Stefano zurückkam, stellte sie sich schlafend, er sagte: »Ich weiß, daß du nicht schläfst. Zieh dich aus!« Sie öffnete die Augen und beobachtete, wie er seine Hose ablegte. Obwohl sie ihn in dieser Sekunde wieder haßte, gehorchte sie ihm. Je williger sie sich zeigte, desto unbedenklicher würde er werden. Sie hatte nicht damit gerechnet, daß er sie schon wieder begehrte, in den letzten Monaten ihres Zusammenlebens hatte er nicht öfter als zwei- oder dreimal in der Woche mit ihr geschlafen. Er sagte: »Du hast mir gefehlt, Helga«, und legte sich zu ihr. Er bedeckte ihr Gesicht mit Küssen und wälzte sich dann sofort auf sie. Er war noch heftiger als heute vormittag im Wald, sie hatte Mühe, ihm zu verbergen, daß der Anblick seines sonnenverbrannten, schmalhüftigen Körpers und seine Leidenschaft sie erregten, aber wahrscheinlich hätte jeder Mann von seinem Aussehen sie in solchen Augenblicken erregen können, es hatte nichts mit seiner Person zu tun, und nachdem sie nun fast zwei Monate lang mit keinem Mann mehr geschlafen hatte, reagierte sie normal. Sie hätte, wenn er etwas liebevoller vorgegangen wäre, auch schon im Wald normal reagiert, und daß sie dann, als er sehr rasch auf ihr zusammenbrach, seine leidenschaftlichen Küsse erwiderte, geschah nur aus Berechnung. Sie sträubte sich auch nicht dagegen, daß er wieder bis zum Schluß in ihr blieb. Sie mußte sogar, als er sie hinterher nicht aus dem Zimmer lassen wollte, insgeheim über ihn lächeln. Daß er in solchen Dingen nur das wußte, was sich Männer erzählten, wenn sie sich untereinander gute Ratschläge erteilten, hatte sie schon längst erfahren. Er schob einen Arm unter ihren Nacken und fragte: »Was hat dein Anwalt inzwischen unternommen?«

»Er hat mir geraten, mit der Scheidung noch zu warten«, sagte sie. Er nickte. »Du wärst damit auch nicht durchgekommen; ich habe dir keinen Anlaß gegeben, dich von mir scheiden zu lassen. Vielleicht kommt er, wenn er erfährt, was geschehen ist, wieder hierher. Du wirst ihm in meiner Gegenwart sagen, daß du es dir inzwischen überlegt hast und bei mir bleiben willst. Wenn du ihm etwas anderes sagst . . .«

»Muß ich sterben«, sagte sie. »Ja, ich weiß. Ich werde tun, was du sagst.« Er blickte sie forschend an, sagte jedoch nichts mehr dazu, sondern kam noch einmal auf Antonio zu sprechen. »Wenn das nicht passiert wäre«, sagte er, »wärt ihr mir nicht entkommen. Er lebte noch, als ich zu ihm kam. Wäre er schon tot gewesen, so hätte ich euch nicht laufenlassen.«

»Du hast auf uns geschossen«, sagte sie. »Wolltest du uns treffen?«

»Ja«, sagte er. »In jenem Augenblick hätte ich dich töten können. Jetzt bin ich froh, daß ich euch verfehlt habe. Ich hätte damit weder Antonio noch mir selber einen Dienst erwiesen. Ich blieb bei ihm, bis er starb.«

»Ich habe das nicht gewollt«, sagte sie leise. Er streichelte ihr Gesicht. »Wir haben es alle nicht gewollt, aber es ist geschehen. Ich habe ihn noch am selben Tag zusammen mit Onkel Marco, Luigi und Filippino heimgebracht.« Er ging zum Tisch, setzte die Flasche an den Mund und trank sie fast leer. Sie hatte ihn noch nie so viel auf einmal trinken sehen; sie bekam wieder Angst. »Kann ich mich auf die Terrasse legen?« fragte sie.

»Komm mit«, sagte er. »Das Kleid läßt du hier.« Sie zog nur ihren Slip an und folgte ihm auf bloßen Füßen die Treppe hinunter. Seine

Mutter stand in der Tür zum Wohnzimmer, sie ging an ihr vorbei, ohne sie anzusehen. Stefano stellte ihr den Liegestuhl auf, er fragte, ob sie auch den Sonnenschirm haben wolle, sie schüttelte den Kopf. Er schloß, als er ins Haus zurückging, die Tür hinter sich ab; im Slip hätte sie ihm kaum davonlaufen können. Sie mußte wieder über ihn lächeln, aber sie tat es ohne Zuneigung und nur so, wie eine erfahrene Frau über einen unwissenden Mann lächelt. Sie schob den Liegestuhl in den sonnigen Teil der Terrasse, setzte sich hinein und streckte die Beine von sich. Hier war sie völlig unbeobachtet, zwischen der Tankstelle und den nächsten Häusern war ein breiter Obstgarten, dessen dichtbelaubte Bäume nur ihre Dächer sehen ließen, und hinter der Terrasse waren nur noch Wiesen; am Fuße der Berge wurden sie von Wald gesäumt. Sie brauchte auch nicht zu befürchten, von einem einsamen Wanderer beobachtet zu werden, das Terrassengeländer schützte sie, und auf den hohen, kahlen Berggipfeln mit ihren unzugänglichen Steilwänden hatte sie, seit sie in Vernante lebte, noch nie einen Menschen gesehen. Sie kannte sie alle beim Namen, in Gedanken war sie schon oft hinaufgestiegen und hatte sich vorzustellen versucht, wie die Welt dahinter aussehen würde, aber sie sah nicht anders aus als in Vernante.

Ein Geräusch in ihrem Rücken lenkte ihre Aufmerksamkeit dem Haus zu. Als sie den Kopf hob, bemerkte sie ihre Schwiegermutter, sie stand am Fenster ihres an der Terrassenseite gelegenen Schlafzimmers im oberen Stockwerk und blickte zu ihr herunter. Anders als in langen, schwarzen Kleidern hatte Helga sie noch nie gesehen; sonntags, wenn sie in die Kirche ging, trug sie noch ein schwarzes Kopftuch. Ihr hageres Gesicht mit den grauen Haarsträhnen war ihr vom ersten Tag an unsympathisch gewesen, sie hätte sie, auch wenn sie von ihr freundlich aufgenommen worden wäre, nie zu lieben vermocht. Daran, daß sich ihre Empfindungen für Stefano so rasch abgekühlt hatten, war die Rücksicht, die er auf seine Mutter nahm, zu einen wesentlichen Teil mitschuldig; diese Rücksichtnahme war stets größer gewesen als sein Verständnis für ihr Problem, wie sie es schaffen sollte, in diesem Haus heimisch zu werden. Bei Auseinandersetzungen hatte er sich zumeist auf die Seite seiner Mutter geschlagen, und als sie der vielen Differenzen mit ihr, die sich fast ausschließlich aus Nichtigkeiten entzündeten, müde geworden und zu dem Entschluß gekommen war, sie künftig dadurch zu vermeiden, daß sie ihre Schwiegermutter ignorierte, war das Zusammenleben noch unerträglicher geworden. Sie hatte ihre stumme Anwesenheit immer mehr wie eine permanente psychische Bedrohung empfunden, die über ihre Kräfte ging, sie zermürbte und beim geringsten Anlaß außer Fassung brachte. Für Stefano, der den ganzen Tag in Limone arbeitete, war dieses Problem nie recht deutlich geworden. Wenn sie einmal mit ihm darüber hatte sprechen wollen, hatte er Müdigkeit vorgeschützt oder ihr empfohlen, darauf Rücksicht zu nehmen, daß sie seine Mutter war. Allerdings hatte sie auch von sich aus nie versucht, ihr Verhältnis zu ihr dadurch zu verbessern, daß sie sich im Haushalt nützlich machte; in der Küche hatte sie ohnehin höchstens Geschirr spülen dürfen. Ihre Pflichten hatten sich darauf beschränkt, sich um die Tankstelle zu kümmern und das Haus sauberzuhalten, eine Beschäftigung, die ihr noch nie gelegen hatte und deren sie schon nach wenigen Wochen überdrüssig geworden war, zumal sie ihrer Schwiegermutter nur selten etwas recht machen konnte. Ihr Widerwille gegen sie war am Schluß so groß geworden, daß sie ihr, wo es sich nur hatte einrichten lassen, aus dem Weg gegangen war, und auch jetzt, als sie sie an ihrem Schlafzimmerfenster stehen sah und ihren feindseligen Blick erwiderte, empfand sie kaum etwas anderes als Widerwillen. Weil es ihr lästig wurde, von ihr angestarrt zu werden, fühlte sie sich versucht, ihr die Zunge zu zeigen, kam jedoch, da sie für so etwas wohl doch schon zu erwachsen war, wieder davon ab. Sicher nahm die Frau nur Anstoß daran, daß sie ihre Brüste nicht bedeckt hatte, aber wenn sie das störte, brauchte sie ja nicht dauernd am Fenster zu stehen und sie anzustarren; möglicherweise haßte sie sie nur, weil sie noch jung und hübsch und keine so alte Frau war wie sie. Sie erinnerte sich, wie es ihr bei früheren Anlässen gelungen war, sie vom Fenster zu vertreiben. Mit einem lässigen Griff in ihren Slip zog sie ihn aus und drehte sich so, daß ihre Schwiegermutter nun ihren ganzen Körper sehen konnte. Das Mittel wirkte auch diesmal wieder, sie verschwand, nachdem sie sich hastig bekreuzigt hatte, augenblicklich vom Fenster und ließ sich nicht mehr sehen. Obwohl ihr nicht danach zumute war, mußte Helga kichern. Irgendwann schlief sie in der warmen Nachmittagssonne ein, und als sie aufwachte, stand Stefano neben ihr und betrachtete sie lächelnd. Er sagte: »Ich muß für eine Stunde weg. Geh so lange in dein Zimmer.«

»Ohne Kleid kann ich dir nicht davonlaufen«, sagte sie schlaftrunken. Er bückte sich nach ihrem Slip, gab ihn ihr und sagte: »Ich bin ruhiger, wenn ich dich in deinem Zimmer weiß.« Sie zog den Slip an und folgte ihm die Treppe hinauf. Oben fragte er sie, ob sie etwas essen oder trinken wollte; sie schüttelte den Kopf. »Dann schlaf noch eine Stunde«, sagte er. »Zum Abendessen bin ich zurück.« Er küßte sie und verließ das Zimmer; sie hörte ihn die Tür abschließen. Vom Fenster aus beobachtete sie, wie er in den Alfa stieg und nach Limone hinauffuhr; vielleicht wollte er noch in die Werkstatt oder zu Filippino auf den Colle di Tenda.

Sie verbrachte, in den Anblick ihres Körpers versunken, eine Weile vor dem Spiegel ihres Frisiertischs, dann öffnete sie den Schrank und probierte, um festzustellen, ob sie in den vergangenen Wochen zugenommen hatte, einige ihrer Kleider, sie war jedoch eher dünner als dicker geworden. Während sie noch damit beschäftigt war, hörte sie einen Wagen an der Tankstelle vorfahren, sie hätte ihm keine Beachtung geschenkt, wenn ihr nicht sein Motorgeräusch aufgefallen wäre. Sie ging rasch zum Fenster und sah ihre Schwiegermutter aus dem Haus kommen und zu den Zapfsäulen gehen. Dort stand der quittengelbe Wagen, der Helga schon heute mittag aufgefallen war. Auf dem Beifahrersitz saß ein langhaariges, blondes Mädchen. Der Fahrer, ein junger Mann, war ausgestiegen; sie konnte hören, daß er ihre Schwiegermutter auf französisch aufforderte, den Tank zu füllen. Er trug einen dunkelbraunen Blouson mit Reißverschlußtaschen und eine enge, gelbe Hose; er sah genauso aus, wie sich die Leute in Vernante ein Fabrikantensöhnchen aus Turin oder Mailand vorstellten, das von seinem Vater als Geburtstagspräsent einen Ferrari bekommen hat. Denn daß es sich um einen Ferrari handelte, dessen glaubte Helga ganz sicher zu sein, und ebenso klar war ihr, daß es der gleiche war, den sie heute mittag nach Limone hatte hinauffahren sehen. Es fiel ihr auf, daß der junge Mann, während ihre Schwiegermutter den Tank füllte, aufmerksam das Haus betrachtete, etwas später entdeckte er sie am Fenster. Er nahm seine dunkle Sonnenbrille ab, musterte sie prüfend und beugte sich dann zu seiner Begleiterin nieder. Sie blickte ebenfalls herauf, nickte, sah jedoch sofort wieder weg. Auch der junge Mann sah nicht mehr herauf. Da der Wagen unmittelbar unter ihrem Fenster stand, konnte Helga sein Kennzeichen auch diesmal nicht sehen; weil sich der junge Mann mit ihrer Schwiegermutter französisch unterhalten hatte, vermutete sie jedoch, daß er aus Nizza war. Offensichtlich befand er sich auf der Rückfahrt von Limone. Sie beobachtete, wie der junge Mann bezahlte, in den Wagen stieg, auf der Straße wendete und wieder nach Limone hinauffuhr. Da sich ihre Schwiegermutter im gleichen Moment dem Haus zuwandte, trat sie schnell vom Fenster zurück und blieb mit klopfendem Herzen neben dem Tisch stehen. Der Ferrari kam aus Deutschland, als er wegfuhr, hatte sie sehen können, daß er in Köln zugelassen war. Sie hatte plötzlich keine Kraft mehr in den Beinen und mußte sich hinsetzen. Sie zwang sich, daran zu denken, daß alles nur ein Zufall sein könnte, und sie wußte gleichzeitig, daß es kein Zufall war; sie hatte ein fast physisches Gefühl von Dieters Nähe.

Sie blieb eine Weile am Tisch sitzen, dann legte sie sich auf das Bett und versuchte, einen klaren Gedanken zu fassen, sie war jedoch unfähig dazu, und solange sie in diesem Zimmer eingeschlossen war, würde sie auch nichts unternehmen können. Außerdem müßte ein Zusammentreffen zwischen Dieter und Stefano die schlimmsten Folgen haben, sie wagte gar nicht, daran zu denken, was geschehen würde, wenn sie sich begegneten – falls sie sich nicht schon begegnet waren! Stefanos plötzlicher Entschluß, noch einmal wegzufahren, ohne ihr zu sagen, wohin, erschien ihr jetzt in einem ganz anderen Licht, vielleicht hatte er bereits Verdacht geschöpft oder einen Hinweis auf Dieters Anwesenheit bekommen; er kannte die meisten Leute in Limone.

Sie ertrug es nicht länger, auf dem Bett zu liegen, und setzte sich wieder an den Tisch. Dafür, daß Dieter nicht selber an der Tankstelle vorgefahren war, gab es genug Erklärungen. Andererseits: wer waren die jungen Leute in dem Ferrari? Vielleicht Bekannte, die er hierhergeschickt hatte, um sich Gewißheit zu verschaffen. Vielleicht war er selber noch gar nicht in Italien, sondern wartete erst eine Nachricht von den beiden jungen Leuten ab, aber letztlich war alles, was sie sich jetzt durch den Kopf gehen ließ, hypothetisch. Wäre ihr sicheres Gefühl nicht gewesen, daß er tatsächlich in der Nähe war, hätte sie sich wieder von Zweifeln überwältigen lassen.

Sie blieb am Fenster sitzen, bis sie Stefano vorfahren sah. Er kam sofort zu ihr herauf und fragte, ob sie vor dem Essen noch einen kleinen Spaziergang mit ihm machen wolle. Sie zog daraus erleichtert den Schluß, daß ihre Befürchtungen, seine Fahrt nach Limone betreffend, unbegründet waren. Da sie seine Absicht, sich von den Dorfbewohnern mit ihr sehen zu lassen, durchschaute, lehnte sie seinen Vorschlag ab: sie sei zu müde für einen Spaziergang. Er sagte:

»Du kannst dich nach dem Essen gleich schlafen legen. Ist es dir recht, wenn wir auf der Terrasse essen?« Dagegen hatte sie nichts einzuwenden. »Wir werden allein sein«, sagte er. Unten wartete er in der Diele, bis sie aus dem WC kam, er schien ihr, wenn sie nicht gerade nur einen Slip auf der Haut trug, keinen Augenblick lang zu trauen. Bei dem Gedanken, daß er künftig vielleicht immer mit einer Pistole in der Tasche vor dem WC auf sie warten würde, hätte sie ihm beinahe ins Gesicht gelacht.

Auf der Terrasse war es jetzt angenehm kühl, die Sonne war schon lange hinter den Bergen verschwunden, Stefano servierte wieder eigenhändig das Essen, zuerst eine Fischsuppe und zum Hauptgericht Seezunge; er wußte, daß sie das gerne aß, trotzdem hatte es, bevor sie ihm weggelaufen war, nur selten Seezunge gegeben, vielleicht wollte er ihr die unfreiwillige Heimkehr nicht gleich wieder mit Spaghetti zusätzlich verdrießen. Auch der Wein war besser, als sie ihn von früher her gewohnt war, Stefano erzählte ihr beim Essen, daß er ihn aus Limone mitgebracht habe. Zum Nachtisch gab es noch Rosinen mit Mandeln; sie war am Schluß so gesättigt, daß sie den Reißverschluß ihres Kleides öffnen mußte. Das Erlebnis mit dem Ferrari schien sich zumindest vorteilhaft auf ihren Appetit ausgewirkt zu haben, das Essen hatte ihr schon lange nicht mehr so gut geschmeckt. Sie raffte sich sogar dazu auf, es Stefano zu sagen, er antwortete lächelnd: »Es gibt in Vernante wenig Frauen, die so gut kochen können wie Mamma.« Helga wußte es, es fehlte seiner Mutter jedoch meistens an der Lust oder der Zeit, täglich so gut zu kochen, wie sie konnte, und einer Frau, die in Vernante fünf Söhne hatte großziehen müssen, war es vielleicht zur Gewohnheit geworden, am Essen zu sparen. Stefano gab ihr eine Zigarette und sagte: »Ich habe vorhin noch einmal mit ihr gesprochen. Deine Rückkehr kam eben etwas überraschend für sie.«

»Für mich auch«, sagte sie trocken. Er lächelte. »Du wirst dich genauso damit abfinden wie sie. Laß ihr ein paar Tage Zeit. Sie hatte sich inzwischen daran gewöhnt, daß Antonios Frau mit ihrem Kind bei uns wohnte. Das ging jedoch nur, solange du weg warst. Sie lebt jetzt bei ihren Eltern. Ich wollte nicht, daß du nachts durch das Kind aufgeweckt wirst. Auch die Tankstelle werden wir künftig abends schließen, wir sind heute nicht mehr so sehr darauf angewiesen wie noch vor einem Jahr. Sobald Onkel Marco mithelfen kann, hat Mamma auch nicht mehr so viel Arbeit damit. Hier wird manches anders werden, Helga, das verspreche ich dir, du wirst nur noch arbeiten, wenn du Lust dazu hast, und sobald wir eigene Kinder haben, brauchst du dich nur noch um sie zu kümmern.«

»Wie deine Mutter«, sagte sie. »Sie ist nie aus Vernante herausgekommen, und als ihr erwachsen genug wart, um euch selbständig zu machen, war sie eine alte Frau. Das ist nicht das Leben, das ich mir wünsche, Stefano.« Er fragte ruhig: »Was hast du erwartet, als du mich geheiratet hast? Ein Leben wie eine Fürstin? Zu Hause hättest du auch arbeiten und eines Tages Kinder großziehen müssen.«

»Nicht unter solchen Verhältnissen wie hier«, sagte sie. »Ich hatte, als ich dich heiratete, über all diese Dinge nicht genug nachgedacht; das war ein Fehler, den ich nicht abstreite, Stefano. Zu Hause hätte ich mir mit eigenen Kindern auch noch ein paar Jahre Zeit gelassen oder gar keine zur Welt gebracht. Wenn die Leute weniger Kinder machten, sähe die Welt ganz anders aus. Daran ist nicht zuletzt deine Kirche schuld, die sie unwissend aufwachsen läßt.«

»Es ist auch deine Kirche«, sagte er.

»Das ist lange her«, sagte sie. »Du gehst auch nur noch hinein, weil deine Familie hineingeht. Ein Kommunist kann nicht für die Kirche sein.« Er sagte: »Ich bin kein Kommunist, ich wähle die KPI nur; das ist nicht dasselbe. In diesem Land kannst du, wenn du zu den kleinen Leuten gehörst, nichts anderes, als die Kommunisten wählen, alle anderen Parteien und Politiker sind korrupt. Die Kirche ist heute auch nicht mehr gegen die Kommunisten.«

»Bei uns schon«, sagte sie. »Sie paßt sich den jeweiligen Gegebenheiten an, aber immer nur dort, wo es zu ihrem eigenen und nicht zum Vorteil ihrer Mitglieder ist. Sie ist genauso opportunistisch wie die Politiker. Ich scheiß auf Opportunisten, ich möchte mir eine eigene Meinung bilden können.«

»Und mit soviel Männern schlafen, wie du willst«, sagte er.

»Das möchten die meisten«, sagte sie. »Ich tue es eben; Männer tun es auch, ich sehe da keinen Unterschied. Mir bedeutet das Bett gar nicht so viel, wie du dir das vielleicht einredest, ich bin jetzt fast zwei Monate ohne das ausgekommen, und wenn ich erst mal fünfundzwanzig oder dreißig Jahre älter bin, werde ich vielleicht auch so tun, als hätte ich mir nie etwas daraus gemacht, aber bis dahin will ich noch was davon haben.« Er lächelte wieder. »Das sollst du auch. Hast du dich jemals über mich beklagen können? Was ein Tedesco kann, das kann ich auch.«

Sie stand auf. »Ich bin wirklich müde, Stefano. Ich möchte, daß du mich heute nacht in Ruhe läßt.«

»Ich möchte das nicht«, sagte er. Sie ging in das Schlafzimmer hinauf. Einen Augenblick lang überlegte sie, ob sie die Tür von innen abschließen sollte, aber vielleicht würde er dann mit einer Leiter ans Fenster kommen und sie für die Scheibe, die er einschlagen müßte, verhauen, falls er nicht verrückt genug wäre, vor Zorn auf sie zu schießen. Sie entschied sich jedenfalls, es nicht darauf ankommen zu lassen, und bei geschlossenem Fenster hätte sie auch nicht schlafen können. Im Schlafzimmer ihrer Schwiegermutter war es nicht so warm wie hier auf der Südseite des Hauses, auch der Straßenlärm war dort nicht so stark zu hören. Leider hatte sich Stefano nie dazu entschließen können, seine Mutter darum zu bitten, die Schlafzimmer zu tauschen, obwohl ihr eigenes größer war als dieses, und wozu brauchte eine alte Frau wie sie noch so ein großes Zimmer! Sie empfand schon wieder Haß auf sie. Da Stefano sie über seine Wünsche nicht im unklaren gelassen hatte, legte sie sich ohne Hemd ins Bett. So begehrlich wie heute war er nur in den ersten acht Wochen gewesen, in manchen Nächten hatte er sie drei- oder viermal aufgeweckt, aber damals hatte er es ihr nicht oft genug tun können. Nachdem sie nun schon zweimal mit ihm geschlafen hatte, empfand sie, wenn sie daran dachte, nur noch Überdruß.

Er blieb lange weg, sicher diskutierte er wieder mit seiner Mutter im Wohnzimmer oder in der Küche, einmal glaubte sie auch die Stimme seines Onkels zu hören. Daß dieser nicht lange auf sich warten lassen würde, hatte sie vorausgesehen; seit dem Tod von Stefanos Vater fühlte er sich als dessen Stellvertreter. Trotz seines mürrischen Wesens hatte sie mitunter den Eindruck gehabt, daß er sie mochte, aber gesagt hatte er das nie.

Da es ihr im Bett zu langweilig wurde und Stefano sie, wenn sie einschlief, doch nur wieder wecken würde, stand sie noch einmal auf, zog einen Morgenrock an und setzte sich an den Frisiertisch. Sie öffnete die kleinen Schubladen, eigentlich brauchte sie vorläufig noch nichts aus Cuneo, ihr Eigentum war noch vollständig da, sie blätterte ein altes Notizbuch auf, probierte einen in der gleichen Schublade liegenden Kugelschreiber aus und schrieb Dieters Initialen hinein. Sie sah eine Weile darauf nieder, schließlich riß sie das Blatt heraus, zerfetzte es in kleine Stücke und ging damit zum Fenster. Sie warf sie hinaus und betrachtete den Sternenhimmel. Damit sie von einem vorüberkommenden Autofahrer nicht gesehen werden könnte, löschte sie die Zimmerlampe. Als sie zum Fenster zurückkehrte, blitzte auf der anderen Straßenseite ein Licht auf, und dann noch einmal. Sie blickte mit angehaltenem Atem hinüber. Häuser gab es dort drüben keine, nur eine kleine Obstplantage, die dem Pfarrer von Vernante gehörte, sie war erst vor fünf Jahren angepflanzt worden. Während sie noch hinüberstarrte, bemerkte sie plötzlich die Gestalt eines Mannes. Er mußte sich bisher zwischen den Bäumen aufgehalten haben. Jetzt kam er langsam über die Straße. Die Lampe an den Zapfsäulen brannte nicht mehr, jedoch fiel aus dem Wohnzimmerfenster unter ihr genug Licht, daß sie ihn, sobald er die Straßenmitte erreicht hatte, erkennen konnte; es war Dieter. Ihr blieb fast das Herz stehen, aber ihre Gedanken arbeiteten so rasch wie noch nie. Sie rannte, da sie annehmen mußte, er würde sie vor dem dunklen Hintergrund ihres Zimmers nicht sehen können, zur Nachttischlampe, schaltete sie ein und war mit ein paar Schritten am Fenster. Sie winkte ihm mit beiden Händen zu, von der Straße wegzugehen, er verstand ihr Zeichen augenblicklich und verschwand wieder zwischen den Bäumen. Eine Weile blieb sie mit hämmerndem Herzen unschlüssig am Fenster stehen, dann erinnerte sie sich des Notizblocks. Sie holte ihn hastig aus der Schublade, kritzelte, am offenen Fenster sitzend, mit dem Kugelschreiber einige Zeilen hinein, riß das Blatt heraus und hielt es gut sichtbar aus dem Fenster. Als sie vorhin die Schubladen durchsucht hatte, war sie auch auf einen kleinen Geldbeutel aus schwarzem Leder gestoßen. Sie holte ihn, steckte das Blatt Papier hinein und beugte sich, nach unten blickend, aus dem Fenster. Auch das Wohnzimmerfenster stand halb offen, sie hörte Stefanos Stimme und die seiner Mutter. Verstehen, worüber sie redeten, konnte sie von ihrem Platz aus nicht, sie würden sicher am Tisch sitzen, und von dort war nur eine der beiden Zapfsäulen zu sehen. Es fiel ihr ein, daß es besser war, den Geldbeutel noch etwas schwerer zu machen, sie fand jedoch, obwohl sie in den Schubladen fieberhaft danach suchte, kein Kleingeld, ein Lippenstift würde es aber sicher auch tun. Sie steckte ihn zu dem Zettel und blickte vom Fenster wieder zur Obstplantage hinüber. Bevor sie den Geldbeutel hinter die rechte Zapfsäule auf die Straße warf, vergewisserte sie sich mit einem schnellen Blick, daß unten niemand am Fenster war. Ein paar Augenblicke verstrichen, ohne daß etwas geschah, sie befürchtete bereits, daß Dieter von seinem dunklen

Versteck aus nicht recht mitbekommen habe, was sie bezweckte, aber dann sah sie ihn rechts von den Zapfsäulen wieder auf der Straße auftauchen, sah ihn sich rasch nähern und sich bücken, Sekunden später war er von der Straße verschwunden. Sie war so aufgeregt, daß sie sich hinsetzen mußte, sie hoffte, daß er sich jetzt entfernen und keinen Versuch mehr machen würde, noch einmal an das Haus heranzukommen, und je mehr Zeit verstrich, ohne daß etwas geschah, desto ruhiger wurde sie. Als sie sicher zu sein glaubte, daß er nicht mehr in der Nähe war, löschte sie die Nachttischlampe und legte sich im Dunkeln aufs Bett. Sie preßte beide Hände gegen ihr klopfendes Herz, und sie war so glücklich, daß sie weinen mußte. Ohne Zeitgefühl blickte sie mit offenen Augen in die Dunkelheit, und als sie irgendwann Stefano heraufkommen hörte, zog sie rasch den Morgenrock aus, deckte sich zu und erwartete ihn mit offenen Augen. »Du schläfst noch nicht?« fragte er lächelnd. Er schloß das Fenster, sie sagte: »Nicht, es ist so warm im Zimmer, Stefano.«

»So auch?« fragte er und zog ihr die Decke weg. Er setzte sich neben sie und küßte ihren Körper. Dann zog er sich aus und legte sich auf sie. Sie schlang die Hände um seinen Nacken und blickte während der ganzen Zeit lächelnd in sein Gesicht. Er fragte: »Bin ich gut genug für dich, du kleine geile Deutsche?« Und sie antwortete: »Ja, du bist sehr gut. Gib es mir ordentlich, Stefano. Du bist ein Hahn.« Er begann zu stöhnen, und weil sie wußte, daß er sie gerne schreien hörte, schrie sie, aber nicht zu laut, damit seine Mamma es nicht hörte. Dann sagte sie: »Jetzt bin ich aber fix und fertig, Stefano. Heute hast du es mir ordentlich gegeben.«

»Ja?« fragte er geschmeichelt. Sie wälzte sich unter ihm hervor und fragte: »Willst du wieder mit hinuntergehen?«

»Das ist nicht nötig«, antwortete er lächelnd. »Ich habe die Haustür abgeschlossen.«

»Du bist ein ganz Kluger«, sagte sie und küßte ihn, bevor sie hinausging, auf den Mund. In der Diele hörte sie wieder ihre Schwiegermutter mit Onkel Marco reden, sie öffnete leise die Tür zum WC, und als sie zu Stefano zurückkam, fragte sie: »Was reden die heute so lange?«

»Vielleicht über das Wetter«, sagte er faul. Sie nickte. »Ja, etwas anderes fällt ihnen in Vernante auch nicht ein. Darf ich jetzt schlafen?«

»Solange du willst«, sagte er. Aber mitten in der Nacht wachte sie durch seine Berührungen auf. Sie stellte sich noch eine Weile schlafend und ließ sich, indem sie sich vorstellte, es seien Dieters Hände, die sie berührten, von ihm so stark erregen, daß sie es bald nicht mehr ertrug und zu seufzen anfing. Sie preßte sich mit dem Rücken heftig an ihn und hörte ihn keuchen; sie fühlte sich ihm überlegen wie noch nie, und da er diesmal sehr lange brauchte, war er am Schluß so erschöpft, daß er augenblicklich einschlief. Sie aber lag noch lange wach neben ihm, und während sie ihn im Schlaf atmen hörte, summte sie ein Lied. Einmal knipste sie die Nachttischlampe an und betrachtete ihn. Er war tatsächlich immer noch ein hübscher Junge, aber seit sie DC kennengelernt hatte, zog sie einen reiferen Mann vor. Sie mußte, während sie sein Gesicht mit dem im Schlaf halbgeöffneten Mund und seinen erschlafften Körper betrachtete, über ihn lächeln, und sie sagte leise: »Es wäre mir auch lieber, wenn ich dir nicht weh zu tun brauchte, Stefano, aber ich kann nicht mein ganzes Leben mit einem Hahn verbringen, nur weil er mich liebt. Ein Hahn ist ein Hahn, und ein Mann ist ein Mann, und du hast, wenn ich nicht mehr bei dir bin, noch immer deine liebe Mamma.« Sie küßte ihn auf die Brust, löschte das Licht und beobachtete durch das offene Fenster wie es draußen Tag wurde. Sie dachte, daß dies der schönste Morgen ihres Lebens sei. Mit diesem Gedanken schlief sie ein, und als Stefano sie weckte, war er schon angezogen und hatte ihr das Frühstück auf den Tisch gestellt. Er küßte sie und sagte: »Leider muß ich dich wecken; es ist schon neun Uhr. Wir wollen heute noch nach Cuneo fahren.« Sie mußte sich erst besinnen, wo sie überhaupt war, dann zuckte die Erinnerung wie ein Blitz durch die schlafdunklen Räume ihres Gedächtnisses, sie murmelte: »Das ist nicht nötig. Ich habe alles gefunden, was ich für die nächsten Tage brauche.«

»Das ist mir auch recht«, sagte er erfreut. »Dann können wir, wenn du gefrühstückt hast, nach Limone fahren. Ich werde dich dort gleich in deine künftige Arbeit einweisen.«

»Das kann ich kaum abwarten«, sagte sie, obwohl sie noch viel zu müde war, um das, was er sagte, auch richtig zu begreifen, aber dann fiel ihr Dieter und ihr nächtliches Erlebnis mit ihm ein, und sie setzte sich kerzengerade hin und fragte: »Was hast du gesagt?«

»Daß ich dich in deine neue Arbeit in Limone einweisen werde«, sagte er lächelnd und streichelte ihren Kopf. »Ich habe schon gefrühstückt. Bist du glücklich, meine Geliebte?«

»Du warst heute nacht arg zudringlich«, sagte sie und stieg aus dem Bett. Sie setzte sich vor den Frisierspiegel, verschränkte die Hände im Nacken und drückte die Brust heraus. »Ich bin wie gerädert«, sagte sie. Er betrachtete sie bewundernd im Spiegel und sagte: »Ich weiß nicht, woran es liegt, aber du kommst mir wirklich noch schöner vor, Helga. Du bist so schön, daß ich, wenn ich dich anschaue, fast verbrenne. Sag mir, daß ich dich heute nacht glücklich gemacht habe!«

»Du hast mich müde gemacht«, sagte sie, seinen Blick erwidernd. Er fragte enttäuscht: »Nur müde?« Sie lächelte. »Bei einer Frau ist das dasselbe.« Mit einem Blick zum Fenster vergewisserte sie sich, daß auch heute schönes Wetter war; in Essen und Düsseldorf hatte es in den letzten Wochen fast nur geregnet; sie hatte oft an den blauen Himmel über Vernante denken müssen, aber schließlich konnte man nicht alles haben! Sie beobachtete im Spiegel, wie Stefano hinter sie trat und ihre Brüste umfaßte; daß er seine Fingernägel nie ganz sauber bekam, ließ sich bei einem Mann seines Handwerks sicher nicht ändern. Mit den Ellbogen fühlte sie heimlich seine Taschen ab; die Pistole schien er im Augenblick nicht bei sich zu tragen. Sie sagte: »Dafür haben wir jetzt wieder viel Zeit, Stefano. Sei ein lieber Junge; ich muß mal, und zwar ganz dringend. Holst du mir bitte den Morgenrock?« Er half ihr hinein; sie stellte fest, daß er wieder erregt war, an diesem Morgen hatte sie jedoch wichtigere Dinge im Kopf. Er ging mit ihr die Treppe hinunter und sagte: »Du brauchst dich nicht zu beeilen. Wenn wir nicht nach Cuneo fahren, kommt es auf eine halbe Stunde nicht an.« Sie fand das großzügig von ihm.

Als sie aus dem WC kam, hörte sie ihn durch die offene Tür des Wohnzimmers mit seiner Mutter sprechen. Sie stieg in den Keller hinab; dort war unter der Terrasse noch ein Raum, den ihre Schwiegermutter als Waschküche benutzte. Er diente gleichzeitig als Badezimmer, aber außer einer Duschecke und einem kleinen Handwaschbecken gab es keinen Badekomfort. Zu einer richtigen Badewanne hatte sich ihre Schwiegermutter nie aufraffen können, sie benutzte noch immer eine alte Zinkbadewanne, die, wenn sie nicht gebraucht wurde, in einer Ecke lehnte. Das warme Wasser mußte, wenn jemand baden wollte, in Eimern von der Küche heruntergeschafft werden. Stefano hatte zwar die Dusche an einen Propangaserhitzer angeschlossen, dieser reichte jedoch nicht aus, um auch eine Badewanne mit warmem Wasser zu füllen; Stefano benutzte sie ohnehin kaum, ihm genügte es, samstags zum Baden nach Cuneo zu fahren. Helga wußte, daß allein schon die Dusche für Vernanter Verhältnisse einen beachtlichen Komfort darstellte. Allerdings hatte sie es im vergangenen Jahr bis spät in den Herbst hinein vorgezogen, an ihrem Platz im Bach zu baden, und als es dafür zu kalt geworden war und sie die Lust daran verloren hatte, Stefano zum Baden nach Cuneo zu begleiten, hatte sie eben mit der alten Zinkbadewanne vorliebnehmen müssen. Sie hatte schon Stefanos Vater und den heranwachsenden Söhnen zu einer gründlichen wöchentlichen Säuberung Dienste geleistet. Die Dusche hatte Stefano erst vor drei Jahren eigenhändig installiert. Leider war der Raum nicht beheizbar, es gab nicht einmal einen kleinen Kohlenofen. Die Leute von Vernante waren eben abgehärteter als in Essen und anderswo. Sie duschte sich nur flüchtig und kehrte dann, ohne Stefano oder seiner Mutter zu begegnen, in ihr Zimmer zurück. Ihre Unruhe war so groß, daß sie zum Frühstück nur ein Brötchen hinunterbrachte. Anschließend zog sie sich rasch an, legte, weil sie ihr Gesicht blaß fand, etwas Rouge auf und wartete dann, während sie am Tisch eine Zigarette rauchte, auf Stefano. Anscheinend war er noch in der kleinen Autowaschhalle neben dem Haus beschäftigt gewesen, denn als sie einmal aus dem Fenster blickte, sah sie ihn dort aus der Tür kommen. Er bevorzugte enge Hosen, die er in einem Spezialgeschäft in Cuneo kaufte, und meistens trug er ein kurzärmeliges Hemd dazu. Ein Jackett zog er nur an kühlen Tagen und sonntags an. Als sie etwa zehn Minuten später mit ihm nach Limone hinauffuhr, erzählte er ihr von seiner Absicht, die Werkstatt neben der Waschhalle zu vergrößern, indem er im Laufe des nächsten oder übernächsten Jahres noch einen Raum anbaute, weil die Werkstatt in Limone manchmal nicht ausreichte. Er sagte: »Francesco kann dann oben arbeiten und ich hier unten. Wir nehmen dann auch wieder die Waschhalle in Betrieb. Es gibt in Vernante genug Leute, die ihren Wagen bei uns waschen lassen würden, auch Feriengäste in Limone. Dort haben wir nicht genug Platz dafür.«

»Ob sie deshalb extra nach Vernante hinunterfahren werden?« fragte Helga zweifelnd. Er sagte: »Das erledige ich. Wenn mir in Limone einer den Wagen zum Waschen gibt, hat er ihn in einer Stunde zurück. Viel schneller ginge es auch nicht, wenn ich ihn in Limone waschen würde.« Er schien voller neuer Pläne und Initiativen zu stecken, auch für das Büro in Limone wollte er einen größeren Raum haben, das Haus gehörte einem Bäckermeister, der sich vor zwei Jahren ein neues gebaut hatte, weil der Laden und die Backstube zu klein geworden waren. Im Laden war heute die Werkstatt untergebracht, die Wand zur Backstube hatten Stefano und Francesco, um Platz für zwei Hebebühnen zu gewinnen, herausreißen lassen müssen. Helga, die auch das kleine Büro hinter der Werkstatt kannte, fragte, woher er einen größeren Raum bekommen wolle. Er erzählte ihr, daß die im Obergeschoß wohnende Tochter des Bäckermeisters sich von ihrem Mann trennen und zu ihren Eltern in das neue Haus ziehen würde. Für die Wohnung seien bereits andere Mieter vorgesehen, ein Rentnerehepaar, das von den drei Zimmern im Obergeschoß nur zwei benötigte. In das dritte sollte dann das Büro verlegt werden, während der bisherige Büroraum als Ersatzteillager vorgesehen war. Sie sagte: »Da hast du dir ja sehr viel vorgenommen.«

»Das tue ich alles nur für dich«, sagte er. »In ein paar Jahren haben wir so viel Geld, daß wir auch einmal zusammen eine größere Reise machen können.«

»Nach Torino?« fragte sie. Er lachte nur.

Während der ganzen Fahrt mußte sie an Dieter denken. Als sie das Haus mit der Notrufstelle des IAC passierten, betrachtete sie den schmalen Weg, der hinauf zum Waldrand führte. Dort oben zwischen den dunklen Fichten hatte sie Dieter von Florenzo erzählt, ohne ihm jedoch alles zu erzählen. Sie erinnerte sich an jedes Wort und auch daran, was sie ihm in Limone eröffnet hatte. Sie fand jetzt, daß sie ihm nur die Hälfte davon hätte verraten sollen; vielleicht wäre er dann in Nizza bei ihr geblieben.

Es war schon zehn Uhr, als sie nach Limone kamen. Sie hielt nach dem gelben Ferrari Ausschau, konnte ihn jedoch auf der kurzen Wegstrecke zu Stefanos Werkstatt nirgendwo entdecken. Das Haus stand in einer engen Straße, vor der Werkstatt parkten einige Autos, Francesco, schon wieder im blauen Overall, hatte einen kleinen Fiat auf der Hebebühne und ließ Motoröl ab. Er nickte, ohne seine Arbeit zu unterbrechen, Stefano zu, nickte auch Helga zu und fragte: »Gut geschlafen?«

»Sehr gut«, sagte sie und lächelte. Er starrte sie überrascht an. Stefano sagte: »Wir gehen gleich ins Büro.« Der Raum war kaum größer als drei mal vier Meter, an dem uralten Schreibtisch hatte schon Stefanos Vater gesessen, auf der uralten Schreibmaschine hatte schon er Kundenrechnungen ausgestellt, das schmale Fenster führte zu einem handtuchförmigen Garten mit einigen Olivenbäumen und einer klapprig aussehenden Sitzbank an der Rückseite einer etwa eineinhalb Meter hohen Mauer, die das Grundstück nach drei Seiten begrenzte. Obwohl Helga den Garten schon einmal gesehen hatte, erinnerte sie sich nicht mehr an die Mauer, damals hatte sie nur einen kurzen Blick in den Garten geworfen, sie war auch nicht länger als höchstens zehn Minuten hier gewesen. Sie sagte, während sie am Fenster stand und die Mauer betrachtete: »Das hast du dir sehr gut ausgedacht, Stefano.«

»Wovon redest du?« fragte er. Sie drehte sich nach ihm um. Er stand am Schreibtisch und sah die gestern und heute eingegangene Post durch. Dann blickte er auf und fragte: »Bitte?« Sie sagte: »Du redest dir doch nicht im Ernst ein, daß ich den ganzen Tag in diesem Loch sitzen werde?«

»Wir stellen noch eine Couch herein«, sagte er und deutete auf die leere Wand neben der Werkstattür. »Du kannst dich auch, wenn du Lust hast, draußen im Garten aufhalten. Ich habe das mit dem Hausbesitzer bereits abgesprochen.«

»Wie großzügig von dir«, sagte sie. Er kam zu ihr. »Das sind nur einige Monate, Helga, und wir werden nicht den ganzen Tag hier sein.«

»Wieviel Monate?« fragte sie. Er lächelte. »Bis man dir das Kind ansieht. Sobald man es dir einmal ansieht, wirst du mir nicht mehr davonlaufen. Wie lange dauert das bei dir? Fünf oder sechs Monate?«

»Ich habe noch keine Erfahrung«, sagte sie. »Ich verspreche dir, bei allem was mir heilig ist . . .«

»Was ist dir heilig?« fragte er. »Nenn mir ganz rasch etwas.« Sie gab keine Antwort. Er lächelte. »Siehst du!«

»Du hast doch einen Knall«, sagte sie auf deutsch. »Für mich brauchst du hier keine Couch hereinzustellen.« Er sagte: »Ich habe mir das schon so ausgemalt. Ich will künftig auch tagsüber etwas von dir haben.«

»Auf der Couch?« fragte sie. Er lächelte wieder. »Warum nicht? Dann bin ich noch nicht so müde wie abends. Wir werden alles nachholen, was wir versäumt haben. Maschinenschreiben kannst du doch?«

»Nicht auf dieser hier«, sagte sie. »Dann wirst du es lernen«, sagte er. Sie beobachtete, wie er zu einem alten Kleiderschrank ging, dessen Tür entfernt und der mit einigen rohen Brettern zu einem Büroregal umgebaut worden war. Er nahm einen Aktenordner heraus und sagte: »Das muß alles neu eingeteilt werden, wir haben noch keine Zeit gefunden, Kunden- und Lieferantenrechnungen getrennt einzuordnen. Wir müssen auch eine Kundenkartei anlegen, bis heute haben wir es einfach so gemacht, daß wir, wenn ein neuer Kunde zu uns kam, einen Durchschlag seiner Rechnung abgelegt und ihn bei seinem nächsten Besuch wieder herausgesucht haben. Das ging, solange wir noch nicht so viele Kunden hatten wie heute. Jetzt wird es langsam zu unübersichtlich, ich möchte eine Kartei haben, wo ich mit einem Griff die betreffende Kundenkarte herausfinden und feststellen kann, wie oft, wann zuletzt und weshalb er bei uns war. Wir haben hier vorläufig noch so gut wie kein System; es fehlte uns an der Zeit, uns darum zu kümmern, sonst wäre ich abends noch später heimgekommen.« Diesen Eindruck hatte Helga inzwischen auch gewonnen, sie fragte: »Und deine Buchführung?«

»Ich brauche keine«, sagte er. »Ich bewahre die Rechnungen meiner Kunden und die Rechnungen meiner Lieferanten auf. Ich kann dir fast auf den Lire genau sagen, was ich im Monat verdiene. Wer das nicht glaubt, kann meine Einnahmen und meine Ausgaben miteinander vergleichen; er wird zu keinem anderen Ergebnis kommen als ich. Die meisten unserer Kunden bezahlen bar, dafür haben wir ein Kassenbuch, und für die Banküberweisungen liegen die Bankauszüge vor.«

»Und in dein Kassenbuch trägst du alles ein?« fragte sie. Er antwortete gleichmütig: »Was ich für erforderlich halte.« Sie lächelte. »Dann bist du auch so einer! Vielleicht erwischen sie dich mal.«

»So dumm bin ich nicht«, sagte er. »Ich mache das nur bei Ausländern. Sie bekommen, wenn sie bar bezahlen, eine Quittung; im Kassenbuch erscheint der Betrag nicht. Für das Finanzamt arbeiten wir in Cuneo mit einem Steuerberater zusammen. Der gibt uns sogar Tips, wie wir illegal Steuern sparen können. Das tut hier jeder. Wer die NATO haben will, der soll sie auch finanzieren; ich will sie nicht.« Er gab ihr den Aktenordner. Die meisten Rechnungen waren fast unleserlich mit der Hand geschrieben, sie sah sie flüchtig durch und sagte: »Für so etwas würde man bei uns daheim eingesperrt werden.«

»Wir sind hier nicht bei euch«, sagte Stefano. »Die Kundenkartei ist mir am wichtigsten, um die wirst du dich zuerst kümmern. Wenn du eine Adresse nicht lesen kannst, fragst du mich oder Francesco. Hier ist zum Beispiel eine Rechnung von Signor Serbelloni aus Limone. Er ist Stammkunde bei uns. Francesco hat meistens nicht darauf geachtet, in welchem Ordner er die Rechnungen ablegte, du mußt sie also durchblättern, sämtliche Rechnungen von Signor Serbelloni heraussuchen und Datum sowie Rechnungsbetrag auf die neue Kundenkarte übertragen. Mit den anderen Kunden machst du es genauso. Das ist ganz einfach.«

»Natürlich«, sagte sie. »Einfacher geht es nicht.«

»Und die Rechnungen wirst du künftig auf der Maschine herausschreiben«, sagte er. »Das liegt jetzt alles in deinen Händen. Ich erkläre dir das morgen oder übermorgen noch ausführlicher. Hier ist das Kassenbuch, wir machen an jedem Monatsersten einen Abschluß.« Er ließ sie auch noch die Bankauszüge sehen, das Konto wies etwas über dreihunderttausend Lire auf. Sie fragte: »Hast du noch eine andere Bankverbindung?«

»Keine offizielle«, sagte er. »Um die brauchst du dich nicht zu kümmern.« Sie sagte: »Ich verstehe. Dort sparst du das Geld für einen Porsche, wenn du ihn aber kaufst, wirst du dem Finanzamt nachweisen müssen, womit du ihn bezahlt hast.«

»Den Porsche habe ich vorläufig abgeschrieben«, sagte er. »Es gibt jetzt Dinge, die wichtiger sind. Willst du noch etwas wissen?« Sie stand auf. »Danke, für den Augenblick reicht es mir. Kann ich mir den Garten anschauen?« Er kehrte mit ihr in die Werkstatt zurück, wo Francesco noch immer mit dem Fiat beschäftigt war. Von der Werkstatt führte eine Tür in den Hausflur. Dieser hatte zwei Türen, eine zur Straße und eine zweite zum Garten. Ins Obergeschoß führte eine Treppe mit ausgetretenen Holzstufen. Stefano sagte: »Da oben kommt das neue Büro hin, das Zimmer ist noch bewohnt, ich zeige es dir später.« Er öffnete die Tür zum Garten. Er war etwa zwanzig Meter lang und halb so breit. Unter den Olivenbäumen war es angenehm kühl, das Gras am Boden schien erst vor kurzer Zeit geschnitten worden zu sein. Neben der alten Sitzbank stand ein kleiner Handrasenmäher. Die aus Feldsteinen errichtete Mauer hatte keinen Durchgang zu den Nachbargrundstücken. Da sie auf beiden Seiten an das Haus angrenzte, konnte man den Garten nur durch den Hausflur verlassen. Jenseits der Mauern waren wieder Gärten mit

Obstbäumen und Gemüsebeeten. Helga ging bis zu der Sitzbank und blickte von dort aus über die Mauer hinweg. In dieser Richtung gab es nur noch steil abfallende Wiesen, und weiter unten konnte sie die Straße sehen. Fast unbewußt stellte sie fest, daß es ihr möglich sein müßte, von der Sitzbank aus über die Mauer zu klettern und mühelos die Straße zu erreichen. Sie nahm sich vor, Dieter bei der ersten Gelegenheit davon zu verständigen. Sie sagte zu Stefano: »Solange es noch so warm ist, würde ich lieber hier als in dem kleinen Büro arbeiten; man könnte einen Tisch herausstellen.« Er erklärte sich sofort damit einverstanden und sagte: »Der Hausbesitzer wird sicher nichts dagegen haben, und Signora Fontanelle auch nicht; ich werde mit ihnen darüber reden.«

»Ist das seine Tochter?« fragte sie. Er nickte und blickte über die Schulter hinweg zu einem kleinen Balkon über der Haustür. »Sie sitzt tagsüber meistens da oben; ihr Mann arbeitet in Robilante.«

»Warum will sie sich scheiden lassen?«

»Das weiß ich nicht«, sagte Stefano. »Er trinkt gerne, vielleicht hat es damit zu tun. Es soll eine Liebesheirat gewesen sein; ihre Eltern waren dagegen; sie wollten einen Schwiegersohn, der später das Geschäft übernehmen kann.« Er blickte auf seine Armbanduhr. »Wir fahren jetzt nach Vernante zurück. Ich habe dort noch einiges zu tun. Du kannst dich heute den ganzen Tag ausruhen.« Helga schwieg. Sie wäre lieber in Limone geblieben.

18

Meine Gründe, DC auf seiner nicht ungefährlichen Reise nach Vernante zu begleiten, waren vielschichtig. Es wirkte dabei nicht nur mit, daß ich ihn in einer solchen Situation nicht allein lassen wollte, ich ging auch von der Überlegung aus, ihn durch meine Anwesenheit vielleicht vor unbedachten Handlungen zu bewahren, die alles nur noch hätten verschlimmern können. Vor allem aber fühlte ich mich für die jüngsten Ereignisse mitverantwortlich. Ich hätte es gar nicht erst dazu kommen lassen dürfen, daß Helga die bereits abgebrochene Verbindung mit Hilde E. wiederaufnahm. Dies wäre jedoch nur dann möglich gewesen, wenn ich mich dazu hätte entschließen können, eine sie beide überraschende Begegnung zwischen Helga und DC herbeizuführen, was sich in meiner Wohnung leicht hätte arrangieren lassen. Sicher wäre es dabei zu einer Aussprache gekommen, die den Geschehnissen einen ganz anderen Verlauf gegeben und Helga die erzwungene Rückkehr nach Vernante erspart hätte, aber hinterher ist man bekanntlich immer klüger. Ich hatte mich von zu viel Rücksichtnahme leiten lassen und nicht dazu beitragen wollen, den Bruch zwischen DC und Marianne endgültig herbeizuführen. Ganz davon abgesehen, daß eine Begegnung von Helga und DC in meiner Wohnung mir von Marianne nie verziehen worden wäre. Die Erkenntnis, daß Helga, trotz ihres ausdrücklichen Verbots, DC etwas von ihren Besuchen bei mir zu erzählen, insgeheim gehofft hatte, ich würde mich darüber hinwegsetzen, kam mir leider viel zu spät. Sie mußte auch von mir am Schluß so sehr enttäuscht gewesen sein, daß meine Eröffnungen über die bevorstehende Einigung zwischen DC und Marianne anläßlich unseres Treffens in Düsseldorf nur noch der letzte Anstoß für sie waren, sich wieder völlig in Hildes

Abhängigkeit zu begeben. Ich hatte auch noch in anderer Weise dazu beigetragen, indem ich, was von Helga sehr frühzeitig erkannt worden war, versucht hatte, ihr, in Mariannes Interesse, DC auszureden. Ich ging damals, nach Lage der Dinge, allerdings noch davon aus, daß dies auch in ihrem eigenen Interesse geschähe, weil ich mir einen endgültigen Bruch zwischen DC und Marianne nie ernsthaft vorzustellen vermochte und keinen Sinn mehr darin sah, Helgas Interesse für einen Mann wachzuhalten, der sich vielleicht doch nie dazu aufraffen würde, ihretwegen Marianne den Stuhl vor die Tür zu setzen. All mein Taktieren hatte jedoch letztlich nur dazu geführt, die Dinge eher zu komplizieren als zu vereinfachen, und schon deshalb fühlte ich mich moralisch verpflichtet, DC nicht alleine nach Vernante reisen zu lassen. Ich hätte zu Hause doch keine ruhige Minute gehabt. Glücklicherweise kam DC schon auf unserer langen Fahrt über Basel nach Lausanne und Montreux so weit zur Vernunft zurück, daß er sachlichen Argumenten wieder zugänglich war. Er mußte ohnehin wissen, daß Stefano, als wir in Köln losfuhren, einen Vorsprung von mindestens zweihundert Kilometern gehabt hatte; er wäre, selbst wenn wir Kopf und Kragen riskiert hätten, nur unwesentlich zu verringern gewesen, zumal die zahllosen Geschwindigkeitsbeschränkungen auf Autobahnen und anderen Straßen es ohnehin nicht zuließen, das Leistungsvermögen des Ferrari auszunutzen. Hinter Montreux, noch auf Schweizer Boden, konnte ich ihn sogar, bevor wir durch den Straßentunnel des St. Bernardo fuhren, zu einem Frühstück in einer kleinen Raststätte am Straßenrand bewegen. Immerhin war es inzwischen fast acht Uhr geworden, und auf der Straße rollte ein so starker Lastwagenverkehr, daß wir nur noch ganz langsam vorankamen, aber wir hatten jetzt wenigstens den größten Teil unserer Fahrt hinter uns. Ich hatte DC wiederholt angeboten, das Lenkrad zu übernehmen, damit er eine Stunde schlafen könne, er hatte es jedoch mit der Begründung abgelehnt, daß er viel zu unruhig sei. Er mußte deshalb viel erschöpfter sein als ich, denn wenn ich neben ihm im Auto sitze, macht es mir nichts aus, hin und wieder für eine halbe Stunde einzunicken, während ich sonst in der Rolle des Beifahrers viel zu sehr damit beschäftigt bin, auf Fahrfehler meines Chauffeurs zu achten, als daß ich mich ihm mit geschlossenen Augen anvertrauen würde.

Der starke Kaffee tat uns beiden gut, DC verzehrte vier Brötchen und zwei gekochte Eier; zumindest sein Appetit hatte unter den jüngsten Ereignissen nicht gelitten. Nach dem Frühstück rauchten wir noch eine Zigarette. Für unsere Reise schienen wir schönes Wetter erwischt zu haben, bis Lausanne war der Himmel bedeckt gewesen, er klarte jedoch, je weiter wir nach Süden kamen, zunehmend auf, und während wir an einem Fenster der kleinen Gaststätte saßen, unsere Zigaretten rauchten und den starken Verkehr auf der Straße beobachteten, schien uns warm die Sonne ins Gesicht. Wir unterhielten uns über belanglose Dinge, denn darüber zu diskutieren, was wir, sobald wir in Vernante einträfen, unternehmen würden, war vorläufig zwecklos. Wahrscheinlich wußte DC es ebensowenig wie ich; als ich in der vergangenen Nacht vorgeschlagen hatte, die Carabinieri einzuschalten, hatte er gar nicht erst reagiert. Später hatte ich den Gedanken fallenlassen; Stefano war nach allem, was er in den letzten vierundzwanzig Stunden riskiert hatte, nicht der Mann, vor einer Polizeiuniform klein beizugeben. Solange wir nicht wußten, mit welchen Mitteln es ihm gelungen war, Helga zur Mitfahrt zu bewegen, konnten wir es nicht verantworten, sie vielleicht durch ein zu forsches Vorgehen in Gefahr zu bringen. Andererseits war mir absolut unklar, wie wir es nach allem, was DC bei seinem ersten Versuch, Helga gegen Stefanos Willen über die Grenze zu helfen, erlebt hatte, diesmal besser anpacken könnten. Daß eine Pistole kein brauchbares Mittel war, hatte ich ihm während unserer Fahrt mehrfach verständlich machen wollen, er war jedoch jedesmal schweigsam geblieben.

Marianne fiel mir ein. Ich würde versuchen, sie, sobald wir im Hotel waren, anzurufen. Vielleicht wußte ihre Mutter, wo sie steckte. Andernfalls würde ich bei ihr eine Nachricht für sie hinterlassen. Nachdem ich schon ein paarmal einen vergeblichen Anlauf unternommen hatte, DC über die neugeschaffene Situation zu informieren und dieses Thema auch keinen Tag mehr länger hinausschieben wollte, sagte ich unvermittelt: »Wenn Marianne damit einverstanden ist, werde ich sie heiraten. Du hast doch nichts dagegen?« Eines hatte er mit ihr gemeinsam: Wenn ihn etwas sehr schockierte, ließ er es sich nicht anmerken, ich konnte, während ich sein Gesicht beobachtete, kaum eine Regung darin feststellen. Auch seine Stimme klang vollkommen normal: »Wann hast du dich dazu entschlossen?«

»Erst als sie mir sagte, daß sie nicht mehr zu dir zurückkehren will«, antwortete ich. »Bis dahin war nichts zwischen uns.«

»Und jetzt ist etwas?« fragte er, mich aufmerksam anschauend. Ich wich seinem Blick aus; es war schwieriger, als ich es mir vorgestellt hatte. »Es hat sich eben so ergeben, Dieter. Sie hat, weil sie sich im Hotel alleine gefühlt hat, wieder bei mir übernachtet. Sie brauchte einen Menschen, dem sie sich ganz hingeben konnte.«

»Und da hat sie sich dir eben hingegeben«, sagte er. Ich ärgerte mich. »Das ist nicht der passende Ton, Dieter. Sie hat mir immer mehr bedeutet als jede andere Frau. Wir haben das wie eine überfällige Sache vollzogen, an der du durch dein eigenes Verhalten ja nicht ganz unbeteiligt warst. Ich habe sie nicht verführt und bin auch nicht von ihr verführt worden. Wir waren uns lediglich darin einig, miteinander ins Bett gehen zu wollen, und das haben wir dann auch getan. Für mich war es vielleicht mehr als für sie; das muß sich noch herausstellen. Sie hat dir keins auswischen, sondern dich für ein paar Stunden vergessen wollen. Kannst du mir sagen, an wen sie sich sonst hätte wenden sollen? An ihre Mutter?« Er schwieg. In meiner Tasse war noch ein Rest Kaffee, ich trank sie leer und sagte dann: »Das war vorgestern abend. Ich brauchte, bevor ich mit dir darüber sprach, ein paar Stunden Zeit, um mit mir ins reine zu kommen. Vielleicht heiratet sie mich, vielleicht auch nicht; sie war, als ich gestern mittag nach Hause kam, verschwunden, ohne eine Nachricht zu hinterlassen. Vielleicht hinderte sie nur noch unsere Freundschaft daran, sich sofort zu entscheiden.«

»Du meinst *unsere* Freundschaft?« fragte er. Ich nickte. »Kann sein, daß ich sie zu sehr an dich erinnere. Ich hatte mir meinen Heiratsantrag vorher so wenig überlegt wie das andere. Beides ergab sich aus dem Augenblick heraus, und ich habe es inzwischen auch nicht bereut. Im Gegenteil, ich gewöhne mich, je mehr Zeit mir bleibt, immer mehr an den Gedanken, sie zu heiraten. Ich möchte sie, unabhängig von dem, was zwischen euch beiden war, nicht mehr missen. Sie würde mir mehr fehlen als dir, Dieter.« Er sah von mir weg und sagte: »Ihr paßt sicher besser zusammen als sie und ich. Es würde mir nur leid tun, wenn sich dadurch etwas zwischen uns änderte. Sie wird Helga nie akzeptieren, und Helga sie vermutlich ebensowenig. Wenn du sie heiratest, wird es zwischen uns nicht mehr dasselbe sein wie bisher.«

»Ist das ein Grund, sie nicht zu heiraten?« fragte ich. Er winkte dem Kellner und sagte: »Ich fürchte, nein.« Im Wagen kam er noch einmal darauf zu sprechen: »Helga würde es vielleicht nicht stören;

von daher sehe ich keine Probleme für uns. Ich nehme jedoch an, daß Marianne dich, bevor sie in eine Heirat einwilligt, vor eine Alternative stellen wird.«

»Unter halbwegs vernünftigen Menschen kann man sich über jedes Thema unterhalten«, sagte ich. »Nun gut, es wird vielleicht nicht mehr so sein wie bisher, aber es braucht damit nichts zu Ende gehen. Ich lasse mich in meinen Empfindungen für einen Menschen auch nicht durch meine eigene Frau beeinflussen. Sie wird sie tolerieren oder Konsequenzen daraus ziehen müssen. Ich bin mit Marianne noch nicht so weit, daß auch dies Thema zur Sprache hätte kommen können, irgendwann wird es auf dem Tisch liegen und vielleicht nicht ohne Einfluß auf unsere jeweilige Verhaltensweise bleiben, aber vielleicht wird es auch gar nicht dazu kommen.« Er betrachtete mich nachdenklich. »Du liebst sie echt?«

»Mehr als ich es bisher für möglich gehalten habe.«

»Dann solltest du den zweiten Schritt nicht vor dem ersten tun, Fred«, sagte er und berührte einen Augenblick lang meinen Arm. »Ich würde mich freuen, wenn es zwischen euch klappt, auch für Marianne. Ich bin mir noch nie in meinem Leben so beschissen vorgekommen wie ihr gegenüber, ich fühle mich noch immer für sie verantwortlich, und es ist mir nicht gleichgültig, was aus ihr wird, aber um zu verstehen, weshalb ich von Helga nicht mehr loskomme, hättest du damals dabei sein müssen. Es wäre auch passiert, wenn ich mit Marianne verheiratet gewesen wäre. Solange ich aber annehmen mußte, ich hätte Helga in Nizza so sehr enttäuscht, daß sie nichts mehr für mich empfindet, mußte ich damit fertig zu werden suchen. Das war keine Sache, die man mit der linken Schulter erledigt, und Marianne hat das natürlich gespürt, ich konnte es nicht verhindern, aber wenn ich nichts mehr von Helga gehört hätte, wäre ich früher oder später endgültig bei Marianne gelandet und hätte mein Erlebnis mit Helga irgendwann überwunden. Jetzt ist alles anders geworden, ich kann mein Herz nicht auseinanderreißen, ich kann nicht, wie du das bisher immer getan hast, an zwei Frauen gleichzeitig hängen. Vielleicht kannst du es jetzt auch nicht mehr und wirst mich besser verstehen als früher.« Er ließ den Motor an und blickte durch die Windschutzscheibe auf die Straße. »Eines ist sicher, Fred, ich werde ohne Helga nicht heimfahren, egal was passieren sollte.«

»Wenn du Stefano erschießt, wirst du dein Leben lang nichts mehr von ihr haben und sie auch nichts von dir«, sagte ich. »Willst du ihr erst wieder begegnen, wenn sie eine alte Frau ist?«

»Ich würde eher das akzeptieren, als sie künftig wieder in seinem Bett zu wissen.«

»Er vielleicht auch«, sagte ich. »Dann seid ihr euch im Grunde ja einig und könnt euch gegenseitig totschießen. Dazu hättest du mich eigentlich nicht gebraucht.«

»Ich habe dich nicht gebeten, mitzukommen.«

»Nein, das hast du nicht.«

»Außerdem ist er kein guter Schütze«, sagte er grinsend. »Er hat schon einmal auf uns geschossen und nicht getroffen. Ich gehe davon aus, daß ich die Pistole nicht brauchen werde, Fred. Wir werden uns etwas Besseres einfallen lassen, ich weiß zwar noch nicht, was, aber das wird sich, sobald wir dort sind, von selbst ergeben. Ich denke es mir so, daß wir direkt nach Limone fahren, uns dort bei Signor Mignard einquartieren und dann weitersehen. Vielleicht brauchen wir zwei Wagen; wir werden in Cuneo versuchen, einen unauffälligen Mietwagen zu bekommen.«

»Wozu?« fragte ich verwundert. Er zuckte mit den Achseln. »Das weiß ich noch nicht, Fred. Es ist mehr so ein Gefühl, daß wir ihn brauchen werden.«

Ich dachte, während wir weiterfuhren, darüber nach. Der Ferrari würde in Limone sicher Aufsehen erregen; vielleicht wäre es nützlich, wir hätten noch einen anderen.

Da ich die Strecke über den Großen St. Bernhard noch nie gefahren war, widmete ich in der nächsten Stunde meine Aufmerksamkeit der Landschaft. Als wir nach Aosta kamen, überließ DC das Lenkrad mir, ich war schon etwas neugierig darauf geworden, den 365 GT 4/BB einmal selber zu fahren, ich wußte, daß er 380 DIN-PS hatte und war deshalb auch nicht überrascht, daß er, kaum daß ich das Gaspedal berührte, katapultartig losschoß. Leider bewegten wir uns wieder in einer fast endlosen Autoschlange, so daß ich mich von seinen sonstigen Fahrqualitäten kaum überzeugen konnte. DC sagte: »Du fährst ihn am besten ohne Schuh, dann kriegst du rascher ein Gefühl dafür. Er ist eine Wildsau.«

»Aber eine teure«, sagte ich und dachte an die über hunderttausend Mark, die er als Neuwagen kostete. Solange es noch Leute gab, die sich solche Autos leisten konnten, sah ich für unsere wirtschaftliche Situation daheim nicht so arg schwarz, wie das seit der Ölkrise zum guten Ton gehört. DC erzählte mir, daß er den Wagen von einem Autogroßhändler in Mailand, mit dem er gelegentlich zusammenarbeitete und der ihn als Vorführwagen benutzt hatte, preisgünstig übernommen und in Köln auch schon einen ernsthaften Interessenten dafür an der Hand habe. Er sagte: »Zum Neupreis sind diese Modelle kaum mehr absetzbar, und seit der Verkauf in Amerika um über fünfzig Prozent zurückgegangen ist, sitzen sie auch in Modena auf ihren Halden fest und sind froh um jeden, den sie noch loskriegen.«

»Bis wir nach Köln zurückkommen, ist er wieder zehntausend Mark weniger wert«, sagte ich. Er lächelte. »Im Gegenteil: Wenn ich selber eine größere Strecke damit gefahren bin, haben die Interessenten viel mehr Vertrauen in einen solchen Wagen. Sie wissen dann, daß er gut eingefahren und auch sonst in Ordnung ist. Ich habe ihn für sechzigtausend Mark übernommen, unter siebzigtausend verkaufe ich ihn nicht, und die bekomme ich auch dafür. Ich konnte mich dieser Tage mit meiner Bank darüber einigen, daß sie auch wieder meine Kundenfinanzierungen übernimmt.«

»Wie schön von ihr!« sagte ich. Er wandte mir das Gesicht zu. »Ich würde Helga schon allein deshalb zurückholen, um auch dieses Hühnchen mit ihr rupfen zu können. Seit wann hast du es gewußt?«

»Ich weiß nicht, wovon du redest«, sagte ich. Er sagte: »Du weißt es sehr wohl. Wann hat sie dir von der Bankbürgschaft ihres Vaters erzählt?« Ich lächelte nur. »Einmal hat sie mich nach meinen Bankverbindungen ausgefragt«, sagte er. »Und ich Trottel habe nicht gemerkt, was sie im Schilde führte. Bis Ende des Jahres hat er sein Geld zurück.«

»Das wird sie aber sehr erleichtern«, sagte ich. »Dann kann auch ich vielleicht darauf hoffen, bis dahin mein Geld von ihr zurückzukriegen.« Er fragte perplex: »Sie hat sich Geld von dir geborgt?«

»Nur dreitausend Mark«, sagte ich. »So viel ist sie mir auch noch in zehn Jahren wert. Sie hatte Schulden bei ihrer Freundin.«

»Ich hatte dich immer für geizig gehalten«, sagte er.

»Bin ich auch«, sagte ich. »Aber als ich ihr das Geld gab, machte ich mir noch selber Hoffnungen auf sie. Ich habe sogar versucht, dich ihr auszureden. Leider erfolglos.« Er grinste. Da es im Wagen bereits warm wurde, schaltete ich die Klimaanlage ein und überholte kurz darauf einen Lastwagen mit Anhänger. Ich schaffte es nur noch mit Not, vor einem entgegenkommenden schnellen Wagen wieder rechts einzuscheren. Der überholte Lastwagenfahrer hupte hinter uns her. DC blickte mich mit hochgezogenen Augenbrauen an, ich sagte: »Pardon. Ich halt' es jetzt selber schon kaum mehr aus, bis wir nach Limone kommen. Wir sind in Vernante beide bekannt, hoffentlich sieht uns keiner mit dem Ferrari an der Tankstelle vorbeifahren.«

»Das erledige ich«, sagte er. »Du wirst in dem Mietwagen sitzen.«

»Ist mir auch lieber«, sagte ich. Da wir uns Turin näherten, konzentrierte ich mich wieder auf die Straße. Als wir kurze Zeit später durch die Stadt fuhren, sagte DC einmal: »Die Sankt Giovanni Battista.«

»Fiat nicht zu vergessen«, sagte ich. »Die müssen hier auch zu Hause sein, wenn ich mich nicht täusche.« Er grinste wieder. Auf der Strecke nach Cuneo wurde die Straße freier. Ich griff mit einer Hand in die Reisetasche hinter meinem Sitz und tastete nach dem Waschbeutel. DC beobachtete, wie ich ihn, noch immer mit einer Hand, auf meinen Knien öffnete, Rasierwasser und einen Elektrorasierer herausnahm und beides auf seinen Schoß legte. »Bediene dich«, sagte ich. »Es ist ein Batterierasierer.« Während er sich rasierte, fragte ich: »Wo tauschen wir Geld um?«

»In Cuneo. Vorher brauchen wir nicht zu tanken. Bist du noch einigermaßen klar?«

»Die Luft hier belebt mich«, sagte ich und betrachtete durch die Windschutzscheibe die blauen Silhouetten der Piemonteser Alpen am südlichen Horizont. DC sagte: »Ich versuche mir vorzustellen, was Helga bei ihrem Anblick empfunden hat. Er muß ihr ins Herz geschnitten haben.«

»Du kannst direkt lyrisch sein«, sagte ich verwundert. Gegen elf Uhr kamen wir nach Cuneo und fragten einen Verkehrspolizisten nach einer Autovermietung. Er schickte uns in die Via Roma. Vorher ging DC noch in eine Bank. In der Autovermietung brauchte er kein Geld, der Geschäftsführer akzeptierte, als er den Ferrari sah, sofort seine Kreditkarte. Er entschied sich für einen kleinen Fiat 124 Special T und sagte: »Er fährt etwa hundertsiebzig; schneller brauchst du nicht zu sein. Ich warte bei Signor Mignard auf dich. Frag in Limone nach ihm. Wie man mit dem Auto hinkommt, weiß ich nicht.«

»Ich weiß es«, sagte ich und gab ihm die Hand. »Stell vorher nichts an, Dieter.« Er nickte nur. Mein Gepäck ließ ich im Ferrari. Da ich die Straße nach Vernante noch von meiner ersten Reise mit dem Taxi kannte, hatte ich keine Mühe, sie zu finden. Ich fuhr bei offenem Fenster gemächlich durch die Landschaft, die Wälder waren inzwischen noch herbstlicher geworden, ich genoß ihren Anblick, ohne richtig froh darüber werden zu können; DC würde es nicht anders ergangen sein. Den paar Ortschaften am Straßenrand schenkte ich keine Aufmerksamkeit, und als ich nach Vernante kam, war es kurz nach eins. Die Dorfstraße lag völlig verlassen in der warmen Mittagssonne, ich sah nur zwei Katzen auf einer Haustreppe. Auch die Tankstelle lag verlassen, hinter den Zapfsäulen stand ein roter Alfa Romeo. Um nicht aufzufallen, fuhr ich rasch daran vorbei. Auf der steilen Strecke nach Limone konnte ich feststellen, daß der kleine Fiat ein hervorragender Kletterer war; ich brauchte kaum einmal in den zweiten Gang zurückzuschalten. Auch in den Straßen von Limone herrschte wenig Betrieb. Als ich vor zehn Tagen hier gewesen war, hätte ich mir nicht träumen lassen, es so rasch wiederzusehen. Es fiel mir sofort auf, daß der Ferrari nicht vor der Pension stand; DC mußte doch mindestens eine halbe Stunde vor mir eingetroffen sein. In dem kleinwüchsigen Mann, der mich an der Haustür begrüßte, durfte ich wohl Signor Mignard vermuten, ich fragte ihn auf französisch nach DC, er sagte lächelnd: »Ja, Monsieur Christiansen war schon hier und hat ein Zimmer für Sie bestellt.« Ich erfuhr, daß DC noch einmal weggefahren war, wohin, wußte er nicht. Ich war, als ich in meinem Zimmer auf ihn wartete, ziemlich nervös. Da ich ihm unterwegs nicht begegnet war, mußte er sich entweder im Ort aufhalten oder zum Colle di Tenda hinaufgefahren sein. Dafür sah ich allerdings keinen einleuchtenden Grund. Das Zimmer hatte in der kleinen Diele eine Dusche mit WC, mein Gepäck stand neben dem Bett. Ich duschte und rasierte mich, zog einen anderen Anzug an und bestellte mir einen kalten Fruchtsaft aufs Zimmer. Ich nahm ihn mit auf den Balkon, setzte mich in einen Liegestuhl und fühlte mein Herz klopfen. Ich war so aufgeregt wie vielleicht noch nie in meinem Leben. Wenn es nach mir gegangen wäre, hätten wir doch die Carabinieri verständigt. Ich hatte nicht die geringste Vorstellung davon, wie wir es fertigbringen sollten, Helga zu befreien.

Auf dem Balkon war es bereits schattig, ich betrachtete die neuen Appartementhäuser, die meisten Fenster und Balkontüren standen offen, auf den grünen Wiesen, die sich bis zu den Bergen der anderen Talseite hinzogen, sah ich Kinder spielen. Von dort her mußten Helga und DC, als sie den Wagen stehengelassen und den restlichen Weg nach Limone zu Fuß zurückgelegt hatten, gekommen sein. Die kahlen Berggipfel ragten sandsteinfarben in das leuchtende Blau des Himmels. Als DC unvermittelt zu mir auf den Balkon trat, kämpfte ich gerade mit mir, ob ich mich aufmachen und ihn suchen solle. Ich war so sehr in Gedanken versunken gewesen, daß ich ihn gar nicht hatte ins Zimmer kommen hören. Er brachte sich gleich einen Stuhl mit und setzte sich wortlos neben mich. Ich sagte: »Ich habe mir Sorgen gemacht. Wo hast du so lange gesteckt?«

»Ich habe mich nach einer Garage umgesehen«, sagte er. »Vor der Pension wäre der Ferrari zu sehr aufgefallen. Es gibt etwas weiter unten ein neues Appartementhaus; die Hälfte der Ferienwohnungen steht noch leer. Der Hausmeister verdient sich nebenher etwas Geld, indem er die Garagen der unverkauften Appartements vermietet. Ich habe es, als ich mir eine Straßenkarte kaufte, an einer Tankstelle erfahren.« Er zündete sich eine Zigarette an, hielt mir die Packung hin und sagte: »Ich habe zwei junge Leute kennengelernt; sie wohnen in dem Appartementhaus und betrachteten, während ich mit dem Hausmeister sprach, den Ferrari. Sie kommen aus Cannes und fahren einen Montreal. Ein nettes Pärchen, er vielleicht fünfundzwanzig, sie zwei oder drei Jahre jünger. Die Ferienwohnung gehört seinen Eltern. Verheiratet sind die beiden nicht, er stellte mir das Mädchen als seine Freundin vor. Als sie mir sagten, es sei schon lange ihr Wunsch, auch einmal in einem Ferrari zu sitzen, lud ich sie zu einer kleinen Probefahrt ein.«

»Sonst hast du hier ja keine anderen Probleme«, sagte ich verwundert. Er grinste dünn. »Mir kam da, während ich mich mit ihnen unterhielt, ein Gedanke. Wir sind ein Stück weit nach Vernante hinuntergefahren, ich ließ den jungen Mann ein paar Kilometer ans Lenkrad sitzen; er kam mit dem Wagen sofort zurecht. Wenn einer einen Montreal fährt, kann er auch einen Ferrari fahren. Ich fragte sie, ob sie Lust hätten, heute mittag mal ohne mich einen kleinen Abstecher nach Vernante zu machen.«

»Mit dem Ferrari?« fragte ich. Er blickte mich an. »Sie werden ihn unten auftanken lassen und sich bei der Gelegenheit ein wenig nach Helga umschauen.« Ich fragte ungläubig: »Du hast ihnen . . .« Er fiel mir ins Wort: »Wenn du einem jungen Franzosen erzählst, daß du ein Auge auf die Frau eines eifersüchtigen Italieners hast, brauchst du ihm sonst keine Erklärung zu geben. Sie waren sofort damit einverstanden. Falls sie Helga sehen sollten, werden sie sie nicht ansprechen. Ich habe sie allerdings gebeten, vor der Tankstelle ein paarmal ordentlich auf das Gaspedal zu treten. Wenn Helga im Haus ist, wird sie es hören und aus dem Kölner Kennzeichen vielleicht die richtigen Schlüsse ziehen. Hast du, als du an der Tankstelle vorbeigefahren bist, den roten Alfa gesehen?« Ich nickte. Vielleicht war sein Einfall gar nicht so schlecht, wie ich im ersten Moment befürchtet hatte, ich fragte: »Und wenn sie Helga nicht sehen?« Er klopfte die Asche von seiner Zigarette. »Dann fahre ich, sobald es dunkel ist, mit dem Fiat hinunter. Gegenüber der Tankstelle ist eine Obstplantage; von dort aus kann ich unbemerkt das Haus beobachten. Hast du, als du Stefano besucht hast, sehen können, in welchem Zimmer sie schläft?«

»Es ist das linke Fenster über den Zapfsäulen im oberen Stock«, sagte ich. »Wann fahren die beiden hinunter?« Er blickte auf seine Armbanduhr. »Ich habe ihnen gesagt, daß sie noch zwei Stunden warten sollen. Wenn Helga wirklich im Haus ist, wird sie sich nach der langen Fahrt erst einmal ausruhen müssen. Ich habe ihnen schon die Autoschlüssel und Wagenpapiere gegeben und mit ihnen verabredet, daß sie nach ihrer Rückkehr zu mir in die Pension kommen. Übrigens habe ich dasselbe Zimmer genommen wie damals; es war zufällig frei. Hast du morgen keinen Gerichtstermin?« Ich schüttelte den Kopf. »Notfalls kann ich bis übermorgen bleiben. Ich werde nachher Frau Schwartz anrufen.«

»In deinem Büro«, sagte er grinsend. Ich wußte, weshalb er grinste, aber ich hatte es mir nie angewöhnen können, von meiner Kanzlei zu sprechen; ich fand das antiquiert und hochtrabend. Er sagte: »Am besten erledigst du das gleich; später hast du vielleicht keine Zeit mehr dafür. Ich nehme inzwischen ein Bad.« Er trat die Zigarettenkippe am Boden aus und stand auf. »Weißt du, wie ich mich fühle, Fred?« Ich konnte es mir denken.

Signor Mignard führte mich zum Telefonieren in sein Büro. Auf die Verbindung mit Frau Schwartz brauchte ich nur wenige Minuten zu warten. Dann rief ich bei Mariannes Mutter an. Ihre Pflegerin meldete sich, ich fragte sie, ob Marianne im Hause sei, aber sie hatte sie angeblich seit zwei Tagen nicht mehr gesehen. Vorsorglich hinterließ ich ihr Signor Mignards Telefonnummer; ich war mir nicht sicher, ob sie Marianne von meinem Anruf erzählen würde. Ihre Stimme hatte ziemlich unfreundlich geklungen. Signor Mignard hatte vor der Tür gewartet, ich wechselte einige Worte mit ihm, er erzählte mir, daß sein Geschäft seit der Ölkrise merklich nachgelassen habe. Daß er sich mit mir in seiner Heimatsprache unterhalten konnte, schien ihn zu freuen, er wollte wissen, ob ich Arzt sei, und als ich ihm Aufschluß über meinen Beruf gab, wurde er noch liebenswürdiger und wünschte mir einen schönen Nachmittag. Da ich vorläufig doch nichts unternehmen konnte, legte ich mich aufs Bett. Ich hatte nicht vorgehabt, zu schlafen, war jedoch so müde, daß mir unvermittelt die Augen zufielen, und als ich wieder aufwachte, war es schon später Nachmittag geworden. Ich stand schlaftrunken auf, wusch mir im Bad das Gesicht ab, zog mein Jackett an und trat auf den Flur hinaus. Da ich nicht wußte, in welchem Zimmer DC wohnte, fragte ich bei Signor Mignard nach ihm, er sagte mir, daß Monsieur Christiansen vor einer Stunde Besuch von einem jungen Mann und einem jungen Mädchen bekommen habe und anschließend mit ihnen weggegangen sei. Eine Nachricht für mich hatte er nicht hinterlassen. Ich erinnerte mich, daß ich meine Zimmertür vor dem Einschlafen nicht abgeschlossen hatte, vielleicht hatte er einen Blick hineingeworfen, mich schlafen sehen und nicht stören wollen. Da ich jeden Augenblick mit seiner Rückkehr rechnete, ging ich wieder in mein Zimmer, mußte jedoch noch eine halbe Stunde auf ihn warten, und als er hereinkam, sah ich ihm sofort an, daß er gute Nachrichten hatte. Er sagte, noch ehe er richtig im Zimmer war: »Sie haben Helga gesehen, sie kam, als sie tankten, ans Fenster. Wir haben eben noch zusammen einen Aperitif getrunken.« Er setzte sich lächelnd an den Tisch und sagte: »Jetzt müssen wir uns nur noch einfallen lassen, wie wir sie herausholen können.«

»Und wie willst du das anstellen?« fragte ich. »Mit einer Leiter? Vielleicht hat er sie ins Zimmer eingeschlossen. Wer hat die beiden an der Tankstelle bedient?«

»Seine Mutter«, sagte DC. »Vielleicht kann ich heute abend Kontakt mit ihr aufnehmen. Wenn das nicht klappt, fahre ich morgen offiziell bei ihr vor und hole sie heraus.«

»Das wäre vermutlich das Dümmste, was du tun könntest«, sagte ich.

»Auch wenn sie alleine im Haus ist?« fragte er. »Ihre Schwiegermutter wäre kein ernsthaftes Problem, und sobald sie bei mir im

Wagen sitzt, ist sie so gut wie in Sicherheit. Diesmal werden wir nicht über den Colle di Tenda, sondern direkt nach Mailand fahren. Ich glaube nicht, daß er uns dort finden wird.«

»Sie hat sicher wieder keine Papiere für den Grenzübertritt bei sich«, gab ich zu bedenken. »Ihren Reisepaß wird er ihr bestimmt nicht zurückgegeben haben.« Er nickte. »Daran habe ich auch schon gedacht. Das könntest du für uns erledigen, Fred. Ich möchte sie keine Minute mehr aus den Augen lassen. Du mußt zu ihrer Freundin nach Essen und dir Helgas Handtasche mit ihrem Personalausweis geben lassen. Wenn du in Mailand ein Flugzeug nimmst, schaffst du es noch am gleichen Tag nach Essen. Wir warten in einem Hotel in Mailand, bis du zurückkommst. Auf die italienische Post möchte ich mich in einer so wichtigen Sache nicht verlassen. Wirst du das für uns tun?«

»Zuerst mußt du sie einmal haben«, erinnerte ich ihn. »Ich fürchte, du stellst dir das einfacher vor, als es ist. Stefano wird sicher damit rechnen, daß du versuchen wirst, sie zurückzuholen, oder daß ich als ihr Anwalt bei ihm aufkreuze. Er hat sich für diese Entführung fast acht Wochen lang Zeit gelassen und sie in ihren Konsequenzen sicher gründlich durchdacht, sonst hätte er sich nicht dazu entschlossen. Es muß da irgendwo einen Haken geben, den wir noch nicht kennen, Dieter. Wir sollten erst herauszufinden suchen, wo er liegt.«

»Deshalb sind wir ja hier«, sagte er und verließ für ein paar Minuten das Zimmer. Bei seiner Rückkehr sagte er: »Ich habe uns etwas zu trinken bestellt. Du hast recht, Fred, es muß einen Haken geben. Er arbeitet tagsüber in Limone, und er kann nicht gleichzeitig in Limone arbeiten und in Vernante auf sie aufpassen. Auf seine Mutter wird er sich nach seinen letzten Erfahrungen nicht mehr verlassen. Vielleicht hat ihre Freundin sich getäuscht, und sie ist tatsächlich freiwillig mit ihm gegangen. Wenn du ihr erzählt hast, daß Marianne und ich uns aussöhnen wollten, hat sie möglicherweise keinen Wert mehr darauf gelegt, noch länger in Deutschland zu bleiben. Entschuldige bitte, wenn ich das so offen sage, aber du hast da ganz schön Mist gebaut, Fred.«

»Jetzt verwechselst du die Personen«, sagte ich. Er sagte gereizt: »Ich hatte doch gar keine Möglichkeit mehr, ihr eine Erklärung zu geben. Du warst es doch, der in den vergangenen Wochen mit ihr gesprochen hat, und nicht ich. Ich habe dir hundertmal gesagt, daß sie mir inzwischen nicht gleichgültig geworden ist und daß ich sie unverändert vermisse. Ich habe, um ihre Adresse herauszufinden, nichts unversucht gelassen. Ich mußte ja annehmen, daß sie an mir nicht mehr interessiert sei. Oder was hast du von mir erwartet? Daß ich Marianne aus dem Haus schicke, nur um mit meinem Liebeskummer allein zu sein? Dazu bin ich nicht der Typ. Nicht nur Stefano, auch ich hatte in den vergangenen Wochen Zeit, über Helga nachzudenken. Ich habe in Nizza nicht das getan, was sie von mir erwartet hat. Das war ein Fehler, ich war mir, was ihre Person betrifft, noch zu unsicher, sie hat ein paarmal gesagt, daß sie mir genauso davonlaufen würde wie Stefano, und sie hat sich in zu viele Widersprüche verwickelt, als daß ich Marianne ihretwegen innerhalb einer einzigen Sekunde hätte fallenlassen können. Damals konnte ich es jedenfalls noch nicht.« Er öffnete dem an die Tür klopfenden Zimmermädchen, wechselte lächelnd einige Worte mit ihr, gab ihr einen Geldschein und sagte, als sie gegangen war: »Sie erkannte mich wieder und wollte wissen, ob ich diesmal ohne die Signora unterwegs sei.« Er hatte Whisky kommen lassen, ich trank einen Schluck und sagte: »Der Ferrari wird sich hier rasch herumgesprochen haben; sicher haben dich etliche Leute in den Ort fahren sehen.«

»In einem Kurort treffen immer fremde Leute ein«, sagte er achselzuckend. »Der Tankstellenbesitzer, bei dem ich die Autokarte gekauft und nach einer Garage gefragt habe, hat mich allerdings ein bißchen schräg angeschaut. Ich hatte vorher schon unseren Wirt danach gefragt; der hat mich an die Tankstelle verwiesen. Hätte ich den Wagen vor der Haustür stehenlassen, wäre noch mehr darüber gesprochen worden.« Die Sache mit dem Tankstellenbesitzer gefiel mir nicht, ich sagte: »Sicher gibt es nicht viele Tankstellen hier, und Stefano wird durch seine Werkstatt bei allen bekannt sein. Du hättest besser woanders gefragt.«

»Dann hätte ich noch länger durch den Ort fahren müssen und wäre noch mehr aufgefallen«, sagte er ungeduldig. »Wenn ich nicht davon ausgegangen wäre, daß wir den Wagen hier vielleicht noch dringend brauchen werden, hätte ich ihn bei der Autovermietung in Cuneo deponiert. Ganz ohne Risiko kommen wir hier ohnehin nicht mehr heraus. Es gibt aber für uns keinen besseren Platz als Limone. In Vernante hätten wir ja nicht gut in einem Hotel absteigen können – falls sie dort überhaupt eins haben.« Er trank sein Glas halb leer und wischte sich mit dem Handrücken den Mund ab. Mir fiel auf, daß er immer wieder durchs Fenster auf die Berge schaute. »Erinnerungen?« fragte ich. Er lächelte. »Na ja, wir saßen an jenem Abend noch lange auf dem Balkon, haben viel geredet, und die Sonne ging genauso hübsch unter wie heute. Wir haben uns auch über Marianne unterhalten; Helga sagte, daß sie mich in keine unangenehme Situation bringen würde. Außerdem sagte sie, die Liebe würde vergehen und das Bett bleiben. Wenn ihre Liebe für mich inzwischen vergangen sein sollte, werde ich ihr sagen, daß es mir auch genügt, sie nur im Bett zu haben. Hast du mit Frau Schwartz telefoniert?« Ich nickte. »Mit Marianne auch?« fragte er.

»Ich weiß nicht, wo sie steckt«, antwortete ich. »Bei ihrer Mutter war sie angeblich seit zwei Tagen nicht mehr.«

»Ich dachte mir, daß du versuchen wirst, sie anzurufen«, sagte er. »Wenn du mich vorher um meine Meinung gefragt hättest, hätte ich dir abgeraten. Hast du hinterlassen, wo du bist?«

»Warum hättest du mir abgeraten?« fragte ich. Er sagte kurz: »Ich habe kein gutes Gefühl dabei, Fred.« Er trank sein Glas leer und stand auf. »Wir werden jetzt zuerst etwas essen. Helga und ich haben damals eine provenzalische Platte bestellt; ich kann sie dir empfehlen. Worauf hast du Appetit: Wein oder Bier?« Ich entschied mich, weil ich durstig war, für Bier. Er sagte: »Wir essen in meinem Zimmer; dort haben wir mehr Platz.« Während er sich um das Essen kümmerte, rauchte ich auf dem Balkon noch eine Zigarette und sah zu, wie die Sonne von den Bergen verschwand; es wurde rasch kühl.

Beim Essen sprachen wir wenig. Da wir seit dem Frühstück nichts mehr in den Magen bekommen hatten, griffen wir heißhungrig zu. Ich ertappte mich ein paarmal dabei, daß ich das breite Bett betrachtete. Als DC mir von ihrer gemeinsamen Nacht hier erzählt hatte, war er randvoll mit Whisky gewesen, und trotzdem war er mir völlig nüchtern erschienen. Vermutlich hätte er mir, wenn er noch ernsthaft an ein Wiedersehen mit Helga geglaubt hätte, nichts davon erzählt. Über seine Betterlebnisse mit Marianne hatte er jedenfalls kaum gesprochen. Vielleicht ahnte er etwas von meinen Gedanken, denn nach dem Essen fragte er unvermittelt: »Du hast gegenüber Helga doch nie etwas von dem, was ich dir von uns erzählt habe, durchblicken lassen?« Obwohl er es eher beiläufig fragte, fühlte ich, wie wichtig ihm meine Antwort war, ich sagte: »Das ist doch lächerlich, Dieter.« Er nickte. »Ich weiß heute nicht mehr, was ich dir alles erzählt habe, Fred. Ist auch sonst nicht meine Art, aber wahrscheinlich mußte ich mich mit einem Menschen darüber aussprechen. Als Anwalt ist dir ja auch nichts Menschliches mehr fremd. Vielleicht tat ich es nur, um deine Meinung über sie zu erfahren. Ich habe manchmal darauf gewartet, daß du sagtest, sie würde nichts taugen oder sonst einen Scheißdreck. Es hätte mir die Erinnerung an meine Verhaltensweise in Nizza vielleicht leichter werden lassen. Ich hatte ein schlechtes Gewissen und versuchte es zu neutralisieren, indem ich nach Argumenten suchte, die gegen sie gesprochen hätten. Ich ging davon aus, du könntest Menschen, wenn du nur genug über sie erfährst, katalogisieren.«

»Und das war der einzige Grund, weshalb du darüber gesprochen hast?« fragte ich. Er grinste. »Ich habe beim Erzählen alles noch einmal nacherlebt. Wenn ich heute darüber nachdenke, sind es gar nicht so sehr die erotischen Erlebnisse, die mich nicht mehr von ihr loskommen lassen, es ist ihr Wesen, ihre Art, Mensch zu sein, sich dazu zu bekennen, so zu sein, wie sie ist. Ich glaube auch nicht daran, daß man Frauen, was das Bett betrifft, katalogisieren kann, sie reagieren differenzierter als wir. Bei uns ist das doch nur Aktion, bei ihnen vielleicht eine Art von Persönlichkeitsentfaltung. Ich wenigstens habe noch keine kennengelernt, die mich an eine andere erinnert hätte, und Helga schon gar nicht.« Er trank sein Glas leer und stand auf. »Es wird Zeit für mich.«

»Ich komme mit«, sagte ich. Er lehnte es bestimmt ab: »Bei dem kann ich dich nicht gebrauchen, Fred. Zwei Männer würden auch mehr auffallen als nur einer. Ich nehme den Fiat, lasse ihn vor der Brücke stehen und gehe zu Fuß hin. Vielleicht habe ich Glück und sehe sie, damit ich ihr ein Zeichen geben kann.«

»Etwas anderes hast du nicht vor?« fragte ich. Er legte eine Hand auf meine Schulter. »Ehrenwort, Fred, es sei denn, es würde sich eine Gelegenheit ergeben, mit ihr zu sprechen. Dich brauche ich erst, wenn wir wissen, wie wir sie von hier wegbringen können.«

»In Ordnung«, sagte ich. »Ich warte in meinem Zimmer auf dich, egal, wie spät es wird. Sollte ich eingeschlafen sein, weckst du mich.« Ich gab ihm Autoschlüssel und Papiere und kehrte in mein Zimmer zurück. Etwas später konnte ich ihn wegfahren hören. Vielleicht hätte ich darauf bestehen sollen, daß er mich mitnahm, aber in solchen Situationen war er vernünftigen Argumenten nicht mehr zugänglich. Ich zog das Jackett aus, schloß, weil es im Zimmer empfindlich kühl wurde, die Balkontür und legte mich aufs Bett. Das reichliche Essen und das Bier hatten mich wieder müde werden lassen, aber ich konnte nicht einschlafen, meine Unruhe war zu groß, und als Signor Mignard an die Tür klopfte und mir ein Ferngespräch meldete, wußte ich sofort, daß es nur Marianne sein konnte. Ich sprach mit ihr, während Signor Mignard diskret die Tür hinter sich zuzog, von seinem Büro aus, sie fragte sofort: »Was tust du in Limone?« Sie hörte mir stumm zu, ich sagte abschließend: »Als ihr Anwalt konnte ich nicht anders, als mich jetzt um sie zu kümmern, Marianne. Bist du bei deiner Mutter?«

»Ja«, antwortete sie und machte eine kleine Pause. Dann sagte sie leise: »Es ist für uns alle besser, wir sehen uns nicht mehr, Fred. Sage Dieter, daß ich ihm viel Glück wünsche. Lebewohl.« Sie legte so schnell auf, daß ich kein Wort mehr sagen konnte, und jetzt erst wurde mir bewußt, daß ich insgeheim mit keiner anderen Reaktion von ihr gerechnet hatte. Eine Weile blieb ich unschlüssig neben dem Telefon stehen und kämpfte mit mir, ob ich bei ihr zurückrufen solle, aber wie ich sie kannte, würde sie sich nicht mehr melden. Ich kehrte in mein Zimmer zurück, legte mich wieder auf das Bett und fühlte mich zum Heulen. So lag ich auch noch, als DC hereinkam. Mir fiel sofort sein blasses Gesicht auf. Er setzte sich zu mir und reichte mir wortlos einen Zettel. Anscheinend war er aus einem Taschenkalender herausgerissen worden, ich entzifferte mit einiger Mühe die paar handgeschriebenen Zeilen und erwiderte dann seinen Blick. »Von Helga?«

Er erzählte mir, wie er dazu gekommen war, und schloß: »Er muß jetzt vollends den Verstand verloren haben.« Ich las Helgas Zeilen noch einmal, sie schrieb, daß Stefano sie und sich selbst bei ihrem nächsten Fluchtversuch erschießen und daß er sie künftig im Haus an der Tankstelle oder in seiner Werkstatt in Limone einsperren wolle. Am Schluß schrieb sie ihm noch, daß sie ihn liebe. Ich gab ihm den Zettel zurück und sagte: »Dann wissen wir jetzt alles. Was wirst du tun?«

»Das Haus an der Tankstelle kennen wir, die Werkstatt noch nicht«, sagte er. »Wir werden sie uns morgen, sobald es einigermaßen hell genug dafür ist, ansehen. Falls wir tagsüber nichts erreichen sollten, versuche ich es morgen abend noch einmal an ihrem Fenster.«

»Unter den gegebenen Umständen ist das ein Spiel mit dem Feuer«, sagte ich. »Du wirst, wenn es ihm tatsächlich ernst damit ist, und eigentlich zweifle ich jetzt nicht mehr daran, durch eine Unvorsichtigkeit nicht nur dein, sondern auch Helgas Leben aufs Spiel setzen.«

»Das weiß ich so gut wie du«, sagte er und stand auf. »Ich wecke dich. Wir werden uns die Werkstatt von allen Seiten anschauen, vielleicht gibt es dort noch einen Nebenraum. Es ist schade, daß ich nicht mit ihr sprechen konnte, aber es wäre zu gefährlich gewesen. Wenigstens weiß sie jetzt, daß ich hier bin.«

»Du mußt damit rechnen, daß Stefano es auch schon weiß«, sagte ich. »Das sieht alles noch schlimmer aus, als ich befürchtet habe, Dieter. Wenn es so ist, wie sie schreibt, wird er sie sich nicht einmal mehr von den Carabinieri wegnehmen lassen. Er scheint jetzt zu allem entschlossen zu sein.« Er nickte. »Ich habe Zeit, Fred, und wenn ich vier Wochen hierbleiben müßte. Irgendwann wird sich eine Gelegenheit ergeben, er kann nicht ununterbrochen Tag und Nacht auf sie aufpassen. Versuch, ein paar Stunden zu schlafen.« Er ging ohne ein weiteres Wort hinaus. Ich blieb noch eine Weile auf dem Bett sitzen. Schließlich zog ich mich aus, putzte mir die Zähne und betrachtete vom Fenster aus eine Weile den Sternenhimmel und die dunklen Silhouetten der Berge. Erst als mir kalt wurde, legte ich mich unter die Bettdecke, aber einschlafen konnte ich noch nicht. Ich mußte immerzu an Marianne, aber auch an Stefano denken. Ich verstand ihn so gut, daß mein Mitgefühl für ihn fast ebenso groß war wie mein Mitgefühl für Helga und DC, aber ich konnte nicht anders, als mich zu ihrem Verbündeten zu machen. Wenn bei dieser verfahrenen Sache schon jemand auf der Strecke bleiben müßte, dann standen sie mir immerhin näher als Stefano, und daran änderte auch mein Mitgefühl für ihn nichts.

Irgendwann gegen Morgen schlief ich dann doch ein, und als DC mich weckte, war es vor dem Fenster noch dunkel. Er war bereits angezogen und sagte: »In einer Stunde wird es hell. Wir müssen uns die Werkstatt angesehen haben, bevor er sie öffnet. Hältst du es ohne Frühstück zwei Stunden durch?« Ich nickte nur. Später, als ich kalt geduscht und mich rasiert hatte, fühlte ich mich etwas munterer. Ich ging in das Zimmer von DC. Er stand am Fenster und sah zu, wie es draußen grau wurde. »Hast du einen Haustürschlüssel?« fragte ich. Er antwortete: »Ich habe mir gestern abend einen geben lassen.

Wir brauchen Signor Mignard nicht zu wecken. Nehmen wir den Mantel mit?«

»Ich weiß nicht«, sagte ich unschlüssig. Wir verließen die Pension dann ohne Mantel. Draußen war es so kühl, daß es mir sofort leid tat, keinen mitgenommen zu haben, aber da DC kein Wort darüber verlor, tat ich es wie er und steckte die Hände in die Hosentaschen. »Wie willst du die Werkstatt finden?« fragte ich fröstelnd. Er gab keine Antwort und führte mich durch die halbdunkle Straße an Häusern mit geschlossenen Fensterläden vorbei. Ich fragte: »Du kennst die Werkstatt schon?«

»Ich habe mich gestern an der Tankstelle nach ihr erkundigt«, antwortete er. Ich sagte: »Dann weiß Stefano bestimmt, daß du hier bist.«

»Vielleicht auch nicht«, sagte er. Ich schwieg; mir war hundeelend. Die Straße führte steil bergab, es brannten nur wenige Laternen, das Kopfsteinpflaster war miserabel, mit meinen dünnen Schuhsohlen hatte ich Mühe, DC, der große Schritte machte, auf den Fersen zu bleiben. Die Straße mündete bald in eine andere, etwas breitere ein; ich erkannte sie trotz der Dunkelheit an den zweistöckigen alten Häusern wieder. Auf ihr war ich heute mittag in den Ort gekommen. Wir folgten ihr bis fast zum Ende, dann deutete DC auf ein Haus auf der linken Straßenseite und sagte: »Das muß es sein.« Es war etwas breiter als die anderen Häuser. Neben der Haustür sah ich ein großes, zweiflügeliges Holztor. Dahinter war offenbar eine Garage. Ein Fenster auf der anderen Seite war mit Ziegelsteinen zugemauert. Im Obergeschoß entdeckte ich drei Fenster mit weißen Gardinen. Einen Hinweis darauf, daß es sich um eine Autowerkstatt handelte, gab es nicht. Ich fragte leise: »Bist du dir sicher, daß wir richtig sind?«

»Ich habe auf dem Weg hierher sonst kein Haus bemerkt, das nach einer Autowerkstatt ausgesehen hat«, antwortete er. »Der Tankstellenbesitzer sagte mir, sie sei gleich hinter dem Ortseingang. Siehst du hier noch eine?« Ich betrachtete unschlüssig die dunklen Häuser. Als ich gestern mittag hier durchgefahren war, hatte ich kein Auge für sie gehabt. DC sagte: »Das Tor muß nachträglich eingesetzt worden sein; man sieht es an der unverputzten Einfassung.« Ich fand, daß wir, um das festzustellen, nicht so sehr früh hätten aufzustehen brauchen, und als er weiter die Straße hinunterging, folgte ich ihm verdrossen. Mir fiel auf, daß er halblaut die Häuser auf der linken Seite zählte. Als ich ihn fragte, wozu das nützlich sei, schüttelte er nur ungeduldig den Kopf. Hinter dem letzten Haus wurde das Gelände frei. Die Straße führte noch etwa zweihundert Meter bergab und stieß dann auf die Paßstraße. Es war jetzt schon so hell geworden, daß wir sie deutlich erkennen konnten. DC zeigte mir die Stelle, wo der Kleinpritschenwagen gestanden hatte und sagte: »Wenn wir durch den Ort gefahren wären, hätten wir ihn umgehen können, aber so schlau war ich damals noch nicht. Wir hätten nur in die Ortseinfahrt weiter oben einzubiegen brauchen. Wir sehen uns das Haus noch von hinten an.« Ich wußte jetzt, weshalb er vorhin die Häuser gezählt hatte. Wir gingen an der Rückseite des letzten Hauses vorbei auf das steil zur Paßstraße abfallende Wiesengelände. Die meisten Häuser hatten an ihrer Hinterfront kleine Gärten, sie waren alle eingezäunt, einige mit Maschendraht, andere hatten aus Feldsteinen errichtete Mauern. Auch das Haus mit der Garage hatte eine Mauer, wir konnten jedoch, als wir uns ihr weit genug genähert hatten, über sie hinwegschauen und zwischen den Stämmen einiger Olivenbäume im Erdgeschoß eine Tür und zwei Fenster entdecken. Die Fenster im Obergeschoß waren durch die dichtbelaubten Baumkronen unserem Blick entzogen. DC sagte: »Stell dich mit dem Rücken gegen die Mauer; ich will hinüber.«

»Wozu?« fragte ich nervös, aber da hatte er sich schon ohne meine Hilfe hinaufgezogen. Ich beobachtete etwas atemlos, wie er sich auf der anderen Seite hinunterließ und über den kurzgeschnittenen Rasen zur Haustür ging. Er drückte auf die Klinke und wandte sich dann den Fenstern zu. Da er immer wieder hinter den Bäumen verschwand, konnte ich nicht genau sehen, was er tat, ich fühlte mich ein paarmal versucht, ihn zurückzurufen, unterließ es jedoch, aus Sorge, in einem der angrenzenden Häuser oder in der Wohnung über der Werkstatt gehört zu werden. Er kam dann auch, zu meiner Erleichterung, bald zurück, stieg jedoch nicht dort über die Mauer, wo er hinübergeklettert war, sondern zwei Meter rechts davon. Ich beobachtete währenddessen die Fenster, glücklicherweise rührte sich nichts.

»Was hast du sehen können?« fragte ich. Er sagte: »Später. Wir müssen, bevor es noch heller wird, von hier weg. Wir gehen zur Paßstraße hinunter.«

»Wozu?« fragte ich, aber er hatte mir schon den Rücken zugekehrt, und es blieb mir nichts anderes übrig, als ihm über die steil abfallende Wiese zu folgen. Der mit dürrem Gras bewachsene Boden war wellig wie ein Waschbrett, mir wurde, während wir hinunterstiegen, warm. Die Entfernung zur Straße betrug etwa dreihundert Meter. Als wir sie erreichten, hoben sich die aufragenden Silhouetten von Limone schwarz vor dem sich im Osten rot färbenden Himmel ab. DC sagte: »Damals, als wir in aller Frühe aus Limone wegmarschiert sind, sah er genauso aus, und wir dachten, wir hätten nur einen hübschen Spaziergang vor uns.« Er betrachtete die Wiese und die Häuser dahinter. »Was hältst du davon?«

»Wovon?« fragte ich. Er sagte: »Die Haustür war abgeschlossen. Durch die Fenster konnte ich nicht viel erkennen, es war drinnen noch zu dunkel, aber das linke gehört zur Werkstatt und das rechte wahrscheinlich zu einem Büro. Wenn Helga tagsüber in Limone ist, dann sicher nicht in der Werkstatt, sondern in dem angrenzenden Raum. Vielleicht hat sie auch die Möglichkeit, sich im Garten aufzuhalten. Es gibt dort eine Sitzbank. Sie könnte hinaufsteigen und über die Mauer klettern.« Ich verstand jetzt, weshalb wir die Wiese hinuntergestiegen waren, und sagte: »Willst du meine Meinung dazu hören?« Er nickte und sagte: »Ich kann sie mir denken. Es gibt verschiedene Argumente, die dagegen sprechen, Fred. Stefano könnte sie durch das Werkstattfenster dabei beobachten und sie noch auf der Wiese einholen.«

»Du wolltest hier mit dem Wagen auf sie warten?« fragte ich.

»Nicht an dieser Stelle«, sagte er. »Möglicherweise müßte ich, bis es bei ihr klappt, ein paar Stunden warten. Das würde auf dieser leeren Straße natürlich auffallen. Ich müßte mir schon weiter oben im Wald eine Stelle suchen, von der aus ich die Wiese beobachten kann. Bis Helga auf der Straße wäre, könnte ich mit dem Wagen hier sein.«

»Immer vorausgesetzt, sie würde es überhaupt schaffen«, sagte ich. »Um einen schnellen Spurt hinzulegen, scheint mir die Wiese nicht recht geeignet zu sein.«

»Das wäre nicht einmal das eigentliche Problem«, sagte er düster. »Die Ortsstraße verläuft ein Stück parallel zur Paßstraße und mündet erst weiter unten ein. Stefano brauchte sich, wenn er Helga über die Mauer klettern sieht, nur in seinen Wagen zu setzen, die Dorfstraße bis zu ihrer Einmündung in die Paßstraße hinunterzufahren und dort auf uns zu warten.«

»Oder seine Mutter in Vernante anzurufen«, sagte ich. »Du hattest dort, wenn ich mich recht entsinne, schon einmal Probleme bei der Durchfahrt.« Er grinste unfroh. »Es ist zu schade, Fred, ich hatte es mir bereits so hübsch vorgestellt, wie sie hier heruntergelaufen kommt und ich sie in die Arme nehme.«

»Vielleicht mit einer Gewehrkugel im Rücken«, sagte ich. »Doch, das stelle ich mir auch sehr rührend vor! Wir hätten uns heute morgen ruhig ausschlafen können.«

»Daran habe ich auch gerade gedacht«, sagte er.

Damit wir nicht wieder die steile Wiese hinaufsteigen mußten, folgten wir der Paßstraße bis dorthin, wo die Ortsstraße in einem spitzen Winkel in sie einmündete. Während wir auf die Häuser zugingen, war DC wortkarg. Er betrachtete wieder den roten Himmel über den Bergen; sein Gesicht sah im kühlen Licht des Morgens grau aus. Ich sagte: »Wenigstens wissen wir jetzt, woran wir sind, Dieter. Insofern hat es sich gelohnt, daß wir uns umgeschaut haben. Wenn es überhaupt eine Chance gibt, dann nur in Vernante. Du darfst ihm keine Gelegenheit mehr geben, dir wieder den Weg abzuschneiden.«

»Das ist gar nicht so einfach, Fred«, sagte er. »Selbst wenn wir durch Vernante hindurchkommen, sind wir noch lange nicht in Sicherheit. Er wird auch in Cuneo genug Leute kennen, die uns, wenn er sie telefonisch darum bittet, auf dem Weg dorthin einen Lastwagen quer über die Straße stellen. Ich muß mir das alles noch einmal durch den Kopf gehen lassen. Heute abend werde ich mit Helga reden.«

»Das ist zu gefährlich«, sagte ich. Er wandte mir rasch das Gesicht zu. »Es ist mir jetzt egal, ob es gefährlich ist oder nicht. Wir kommen, solange wir uns nicht mit ihr absprechen können, keinen Schritt weiter. Soviel habe ich inzwischen verstanden, und wenn er in meiner Gegenwart auf sie zu schießen versucht, werde ich ihm zuvorkommen, und es wird mir gleichgültig sein, was dann aus mir wird.«

»Gefühlsmäßig kann ich ihn verstehen«, sagte ich. Er sagte: »Ich auch, aber er hat eine Deutsche geheiratet und keine Italienerin. Wenn es sich die Frauen hier gefallen lassen, wie Leibeigene behandelt zu werden, so müssen sie das selber vertreten. Helga gehört nicht zu ihnen, und damit wird er sich abfinden müssen. Sie hat sich für mich entschieden. Oder sehe ich das falsch?«

»Nein«, sagte ich.
»Dann spare dir deine Gefühle für sie und für mich auf«, sagte er kurz. Er blickte, als wir wieder an der Werkstatt vorbeikamen, kein einzigesmal hin. Sosehr ich mir auch den Kopf zermarterte, mir fiel nichts ein, womit ich ihm hätte helfen können.

Wir kehrten auf dem direkten Weg in die Pension zurück. Ich begleitete DC in sein Zimmer, setzte mich an den Tisch und zündete mir eine Zigarette an. Draußen war es schon hell geworden, die Bergspitzen jenseits des Tals wurden bereits von der Sonne angestrahlt; ich betrachtete sie melancholisch. »Mutlos?« fragte DC. Ich sah in sein Gesicht; er lächelte. Ich hatte noch nie so viel Freundschaft für ihn empfunden wie in diesem Augenblick. Er setzte sich zu mir und sagte: »Wir kriegen es schon noch hin, Fred, sei unbesorgt. Bei mir braucht alles seine Zeit. Ich habe das sichere Gefühl, daß es eine Möglichkeit gibt, sie ohne Gefahr von ihm wegzuholen. Auf die einfachsten Lösungen kommt man immer erst am Schluß, und nachher wundert man sich, weshalb sie einem nicht schon früher eingefallen sind. Wenn du nicht schon mit Stefano gesprochen hättest, wüßte ich vielleicht, wie wir vorgehen könnten, aber dich kennt er noch besser als mich, er hat mich immer nur ganz flüchtig oder aus großer Entfernung gesehen. Hätte ich mir inzwischen einen Bart zugelegt, könnte ich mit dem Fiat seelenruhig an der Tankstelle vorfahren.«

»Vielleicht könntest du den jungen Mann ...«
Er schnitt mir das Wort ab: »Den lassen wir jetzt aus dem Spiel, Fred, ich möchte ihn nicht in Gefahr bringen. Er würde sich, wenn er mit dem Ferrari noch einmal an der Tankstelle auftauchte, nur verdächtig machen. Gestern abend ist mir aufgefallen, daß die Zapfsäulen nicht beleuchtet waren. Möglicherweise ist Stefanos Mutter der Nachtdienst zuviel geworden. Was du von einer Leiter gesagt hast, war vielleicht gar nicht so schlecht. Vom Boden zum Fenster können es doch höchstens drei Meter sein.«

»Das ist doch überhaupt nicht diskutabel!« sagte ich schockiert. »Dazu noch an der Straßenseite, wo du von jedem vorüberfahrenden Auto aus gesehen werden könntest! Das wäre doch heller Wahnsinn, Dieter.«

»Seine Mutter schläft nach hinten«, sagte er geistesabwesend. Mir wurde bewußt, daß er meinen Einwand gar nicht gehört hatte, ich legte die Hand auf seinen Arm und sagte: »Vor zehn Tagen war noch

Antonios Frau mit ihrem Kind im Haus; sie haben sie bei sich aufgenommen.«

»Dann wird sie bei ihrer Schwiegermutter schlafen«, entgegnete er. »Das braucht uns nicht zu stören. Ich nehme ja auch an, daß er es nicht riskieren wird, die Schlafzimmertür offenzulassen, aber wenn er sie von innen abschließt, muß der Schlüssel im Zimmer sein.«

»Sicher«, sagte ich gereizt. »Er wird ihn unter dem Kopfkissen liegen haben, damit Helga ihn, wenn er schläft, jederzeit hervorholen kann. Und selbst wenn sie es fertigbrächte: Die Haustür ist sicher auch abgeschlossen. Ich sehe überhaupt keine Möglichkeit, wie du sie da herausholen willst. Mit einer Leiter jedenfalls nicht, selbst wenn wir eine hätten. Vielleicht wartet er nur auf so etwas, er könnte sich, wenn er dich dabei erschießt, darauf berufen, daß du nachts in sein Haus eindringen wolltest. Jedes italienische Gericht wird ihm Notwehr zubilligen. Wenn uns nichts Besseres einfällt, können wir heute noch nach Hause fahren.« Ich drückte meine Zigarette aus. »Ich lege mich bis zum Frühstück noch eine Stunde flach, Dieter. Vorläufig können wir doch nichts unternehmen. Heute abend komme ich mit dir, ob es dir gefällt oder nicht.«

»Vielleicht kann ich dich diesmal gebrauchen«, sagte er geistesabwesend. Ich verließ sein Zimmer. Schlafen hätte ich jetzt doch nicht mehr können, ich stellte mich, um etwas munterer zu werden, noch einmal unter die kalte Dusche. Danach fühlte ich mich wesentlich frischer. Dann zermarterte ich mir erneut den Kopf nach einem brauchbaren Einfall, genausogut hätte ich darüber nachdenken können, wie man ohne Rakete auf den Mond käme, und als wir uns eine Stunde später wieder zum Frühstück im Zimmer von DC trafen, war ich kein bißchen klüger geworden. Er anscheinend auch nicht, denn er redete während der ganzen Zeit kaum ein Wort mit mir, verspeiste nur ein kleines Brötchen und schlürfte geistesabwesend den heißen Kaffee in sich hinein. Nach dem Frühstück fragte er: »Kommst du mit?«

»Wohin?« fragte ich. Er sagte: »Ich muß hier heraus, sonst ersticke ich.« Mir erging es genauso. Wir setzten uns in den Fiat, Signor Mignard kam uns nachgerannt und wünschte uns von der Tür aus noch einen schönen Tag; DC sagte: »Das wünsche ich dir auch, mein Bruder«, und nickte ihm zu. Wenigstens hatte er seinen Humor zurückgewonnen, er sagte, während er den Motor anließ: »Wir müssen die obere Ausfahrt benutzen; vielleicht steht Stefano zufällig vor der Werkstatt und würde uns sehen.«

»Du willst auf die Paßstraße?« fragte ich.

»Hast du eine bessere Idee?« Natürlich hatte ich keine, denn wenn man sich in Limone ins Auto setzte, konnte man entweder durch den Ort oder auf die Paßstraße fahren; eine andere Alternative gab es nicht. Ich dachte, er wolle ein Stück weit zum Colle di Tenda hinauf und dort Erinnerungen auffrischen, aber er fuhr talabwärts in Richtung Vernante. Vielleicht hatte er schon wieder einen neuen Einfall. Ich zog es vor, zu schweigen. Wir begegneten nur wenigen Autos, einmal überholten wir einen alten Opel aus Mannheim. Der nicht mehr ganz junge Fahrer und seine nicht mehr ganz junge Begleiterin blickten mit freudlosen Gesichtern in die sonnige Landschaft. Sicher trauerten sie ihrem zu Ende gegangenen Urlaub an der schönen Côte d'Azur nach; verstehen konnte ich sie, von Mannheim wußte ich nur, daß es eine Fabrikstadt war. An der Brücke vor der Pappelallee bog DC auf den Wiesenweg ein und fuhr zum Wald hinauf. Ich fragte: »Hoffst du sie am Bach anzutreffen?« Er antwortete: »Wir gehen etwas spazieren.« Hinter der kleinen Kuppe, von der aus der Weg zum Bach hinabführte, ließen wir den Fiat stehen und kehrten zu Fuß zur Straße zurück; ich konnte mir nicht vorstellen, was DC damit bezweckte, wollte ihn aber auch nicht danach fragen. Zu meiner Erleichterung blieb er, als wir an die Brücke kamen, nicht auf der Straße, sondern überquerte sie und ging geradewegs zum Waldrand, der sich hier in einem kleinen Bogen auf die Berge der westlichen Talseite und dann an deren Fuß zum Ort hinzog. Allmählich begann ich seine Absicht zu durchschauen: Er wollte sich Stefanos Haus von hinten nähern, aber zwischen ihm und dem Waldrand gab es nichts als freies Wiesengelände und den Bach, der unter der Brücke auf die andere Straßenseite floß und parallel zu ihr irgendwo hinter den Häusern verschwand. Am Waldrand wuchs hohes, dürres Gras, einen Weg gab es nicht. Wir hielten uns dicht an den Bäumen bis auf die Höhe der Tankstelle. Hier setzten wir uns am Waldrand ins Gras und betrachteten das Haus mit seiner kleinen Terrasse an der Rückseite. Sie war, obwohl sie zum Erdgeschoß gehörte, höher als man hätte vermuten können, vermutlich war sie unterkellert, ich glaubte unter ihrem gemauerten Geländer, das den Blick auf sie verwehrte, ein kleines Fenster zu erkennen. Das Haus stand etwas abgesetzt vom Ort. Während das Gelände rechts davon entlang der

Pappelallee nur aus Wiesen bestand, reichte auf der anderen Seite ein Garten mit niedrigen Bäumen bis dicht an die Terrasse heran, vermutlich waren es Obstbäume. Sie gehörten wohl schon zum nächsten Haus, von dem wir nur das Dach erkennen konnten. DC sagte: »Kannst du sehen, ob der Garten eingezäunt ist?«

»Mit bloßem Auge nicht«, sagte ich. Er nickte. »Das ist auch etwas, woran ich nicht gedacht habe; wir hätten ein Fernglas mitnehmen sollen. Warte hier auf mich, Fred. Es kann länger dauern.« Er stand auf und verschwand zwischen den hohen Stämmen des Fichtenwaldes. Ich behielt währenddessen das Haus und die Straße im Auge. Einmal sah ich ein rotes Auto von der Tankstelle wegfahren; es sah wie Stefanos Alfa Romeo aus. Ich beobachtete, wie er zwischen den Pappeln rasch talaufwärts fuhr, bis ich ihn nicht mehr sehen konnte.

Obwohl die Sonne schon hoch am Himmel stand, war es hier am Waldrand angenehm kühl. Ich zog das Jackett aus und betrachtete wieder die Terrasse. Die Entfernung dorthin mochte etwa dreihundert Meter betragen, der Obstgarten daneben war nicht breit, reichte jedoch bis fast zum Bachufer. Im Schutz der dichtbelaubten Bäume müßte es vielleicht möglich sein, sich unbemerkt der Terrasse zu nähern, aber damit wäre ja nichts gewonnen, ich wußte zwar von Helga und DC, daß sie sich dort oft aufgehalten hatte, glaubte jedoch nicht daran, daß Stefano sie nach Einbruch der Dunkelheit ohne Aufsicht auf die Terrasse lassen würde, und tagsüber würde es für sie ausgeschlossen sein, unbemerkt den Wald zu erreichen. Sie würde von hier genausowenig entkommen können wie aus Limone. Im Grunde war alles, was wir bisher unternommen hatten, Zeitverschwendung gewesen, denn daß Helga wieder in Vernante war, hätten wir auch gewußt, wenn es uns von dem jungen Mann aus Cannes nicht bestätigt worden wäre. Um DC machte ich mir, obwohl er mir von seinen Absichten nichts verraten hatte, im Augenblick keine Sorgen. Solange er sich im Wald herumtrieb, konnte er nicht viel anstellen, ich vermutete, daß er ihm noch weiter bis zum Dorf folgen wollte, um auch dort das Gelände zu sondieren. Er blieb über eine Stunde weg, mir fiel bei seiner Rückkehr sofort auf, daß sein Hemd naßgeschwitzt war, er mußte einen anstrengenden Weg hinter sich haben. Ich erzählte ihm von dem roten Auto, er sagte: »Das könnte er gewesen sein, und wenn er es war, hat er Helga sicher mit nach Limone genommen. Vielleicht sehen wir sie zurückkommen. Ich bin bis zur

Baumgrenze hinaufgestiegen; von dort oben kannst du direkt auf die Terrasse schauen, aber ohne Fernglas ist die Entfernung zu groß. Wenn es dir nichts ausmacht, warten wir hier noch eine Weile. Es ist durchaus möglich, daß sie zum Mittagessen nach Vernante zurückfahren.«

»Was uns auch nicht weiterhelfen würde«, sagte ich. »Oder was versprichst du dir davon?«

»Keine Ahnung«, sagte er und setzte sich zu mir. Er zog die Krawatte aus, rollte die Hemdsärmel herauf und sagte: »Wenn du Hunger kriegst, kannst du den Fiat nehmen und dir in der Pension etwas zu essen geben lassen. Ich warte hier auf dich.« Vielleicht wollte er mich nur loswerden, ich fragte: »Du willst doch nicht versuchen, dich bei Tag dem Haus zu nähern?«

»Das wird ganz davon abhängen, ob es sich lohnt«, sagte er. »Falls sie einmal allein auf die Terrasse kommen sollte, möchte ich das nicht ausschließen, Fred. Seit ich sie mir von da oben angesehen habe, wüßte ich schon, wie ich es anzufangen hätte.«

»Ich auch«, sagte ich. »Aber du müßtest, um erst einmal in den Garten zu kommen, vorher über die Wiese gehen und könntest von Stefano oder seiner Mutter gesehen werden.« Er sagte: »Ich nähere mich von der linken Seite, dann habe ich die Obstbäume zwischen mir und der Terrasse. Ich habe dir eben erklärt, daß du nicht hierzubleiben brauchst.« Er legte sich auf den Rücken und schloß die Augen. Zu diskutieren war jetzt nicht mehr mit ihm; der Anblick der kleinen Terrasse, auf der Helga so viele Stunden verbracht hatte, schien seine Entschlossenheit nur noch gefestigt zu haben. Ich tastete unauffällig die Taschen seines zwischen uns liegenden Jacketts ab. Er sagte, ohne die Augen zu öffnen: »Die Pistole habe ich im Handschuhkasten des Ferrari liegenlassen.« Ertappt zog ich meine Hand zurück und sagte: »Gegen sein Gewehr würdest du auch nicht viel damit ausrichten können. Wie lange willst du hierbleiben?«

»Bis gegen eins«, sagte er. »Wenn sie bis dahin nicht zurückgekommen sind, essen sie in Limone zu Mittag. Ich glaube allerdings nicht, daß er dort mit ihr in ein Restaurant gehen wird, und er wird es ihr auch nicht zumuten, mit einem Handkäse und einem Stück Brot auszukommen. Weißt du, woran ich die halbe Nacht habe denken müssen, Fred? Daß er sicher versuchen wird, ihr ein Kind zu machen. Sie hat von daheim nichts mitnehmen können.«

»Das wäre heute ja nicht mehr so schlimm«, sagte ich. »Du wirst eben, solange bei uns noch der Klerus darüber bestimmt, ob eine Frau ein Kind austragen muß oder nicht, mit ihr eine kleine Reise nach Österreich oder Holland machen müssen.«

»Daran dachte ich jetzt weniger«, sagte er. »Ich dachte daran, daß er sie inzwischen schon wieder dazu gezwungen haben wird, mit ihm ins Bett zu gehen. Wenn ich nur daran denke...« Er sprach nicht weiter. Sein Gesicht sah ganz grau aus. Ich berührte seinen Arm und sagte: »Sie war über ein Jahr lang in seinem Bett, Dieter. Es wird sie nicht gleich umbringen; sie ist hart im Nehmen.«

»Damals kannte ich sie noch nicht«, sagte er. Ich schwieg. Es war sehr still am Waldrand, auch vom Dorf drang kaum ein Laut zu uns, nur der Stundenschlag der Kirchenglocke zertrümmerte hin und wieder die Stille. Es hörte sich an, als schlüge ein kleiner Hammer gegen eine Glasglocke, brüchig und rasch zwischen den Bergen verhallend. Hin und wieder fuhr ein Wagen auf der Pappelallee vorüber. Dann öffnete DC jedesmal die Augen und beobachtete ihn. Ich sagte: »Niemand wünscht dir mehr als ich, daß du sie kriegst, Dieter.« Er legte mir einen Augenblick lang die Hand in den Nacken und lächelte. Gemocht hatten wir uns wohl schon immer, wir hatten es uns nur nie gesagt. Ich machte mir plötzlich keine Sorgen mehr um ihn; irgendwie würde er es schon schaffen. Schließlich lebten wir nicht mehr im Mittelalter, auch wenn es genug Leute gibt, die sich noch nicht damit abgefunden haben, daß die Welt sich inzwischen ein bißchen verändert hat. Nur die menschliche Dummheit und Intoleranz sind sich gleich geblieben, und das Schlimme daran ist, daß sie vielerorts als solche gar nicht erkannt werden.

Während ich mir die warme Septembersonne ins Gesicht scheinen ließ, mußte ich wieder ständig an Marianne denken. Vielleicht hätte sie sich an meiner Seite doch nie ganz von DC freimachen können; ich vermutete, daß diese Erkenntnis ihren Entschluß entscheidend bestimmt hatte, und irgendwie war es vielleicht auch besser so. Ich würde mich eben wieder meinen beiden Angebeteten widmen, denn wenn nicht ich – wer täte es sonst! Alleine gelassen, sind sie sehr ängstlich und voller Zweifel. Wie verletzlich die menschliche Seele, zumal jene der Frauen ist, davon braucht mir keiner was zu erzählen.

Als DC sich plötzlich aufrichtete und aufmerksam zur Straße hinüberschaute, konnte ich dort nichts Ungewöhnliches feststellen. Auf der langen Pappellallee rührte sich nichts, sie machte einen völlig verlassenen Eindruck. Das herbstliche Laub leuchtete sattfarben vor dem tiefblauen Himmel, ein kleiner, das Tal heraufkommender Wind bewegte ihre schlanken Wipfel. Dann sah ich das rote Auto wieder, es tauchte in schneller Fahrt am südlichen Ende der Pappelallee, an der Brücke, auf, verringerte kurz vor der Tankstelle seine Geschwindigkeit und verschwand aus unserem Blickfeld. Ich schaute unwillkürlich auf meine Armbanduhr; es war genau halb zwölf. »War es ein Alfa?« fragte ich. DC nickte. »Er hat an der Tankstelle gehalten. Ich habe ihn schon die Paßstraße herunterkommen hören.« Mich wunderte das nicht, er konnte auch auf große Entfernung ein Autofabrikat am Motorengeräusch erkennen. Vermutlich mußte man dazu geboren sein, denn daß man es erlernen könnte, erschien mir mitunter unwahrscheinlich. Wir beobachteten etwa eine Viertelstunde lang das Haus, dann sahen wir eine Frau auf die Terrasse kommen; an ihrem blonden Haar erkannte ich sofort Helga, und der Mann, der wenig später neben sie trat, mußte Stefano sein. Ich blickte DC an. Er hatte überhaupt keine Farbe mehr im Gesicht, die Haut über seinen Backenknochen wirkte fast durchsichtig. Er sagte: »Komm mit!« und stand rasch auf. Ich folgte ihm einige Meter zwischen die Bäume; mir war klar, daß wir, wenn wir am Waldrand sitzenblieben, von der Terrasse aus gesehen werden könnten. Hier im Schatten der Bäume bestand diese Gefahr nicht. Soweit ich es aus dieser Entfernung mit bloßem Auge erkennen konnte, trug Helga ein gelbes oder orangefarbenes Kleid, und Stefano ein dunkelblaues, kurzärmeliges Hemd. Sie standen noch immer nebeneinander auf der Terrasse, augenscheinlich unterhielten sie sich. Ich konnte beobachten, wie Helga das Kleid über den Kopf streifte, dann verschwand sie hinter dem die Sicht verdeckenden Terrassengeländer, und Stefano wandte sich der Tür zu. Als ich wieder DC anschaute, grinste er und sagte: »Sie wollte sich nie mehr in ihrem Leben in die Sonne legen.«

»Ich wollte auch schon vieles nie mehr tun«, sagte ich, und es erleichterte mich, ihn grinsen zu sehen. Ich sagte warnend: »Sie wird irgendwann zum Essen ins Haus gehen, Dieter. Vielleicht kommt sie danach noch einmal heraus und bleibt länger auf der Terrasse. Aber hierherholen kannst du sie auch dann nicht.«

»Das habe ich nicht vor«, sagte er. Ich sah, wie er tief durchatmete. Er setzte sich neben dem dicken Stamm einer alten Fichte auf den weichen Waldboden und starrte eine Weile vor sich hin. Dann sah er rasch auf und sagte: »Ich muß es riskieren, Fred. Ich würde es mir, wenn ich es nicht täte, nie verzeihen. Vielleicht hat sie auch gestern mittag auf der Terrasse gelegen.« Ich setzte mich zu ihm. »Was hast du vor?«

»Das sagte ich dir bereits«, antwortete er. »Ich will ein paar Worte mit ihr reden. Sie weiß jetzt, daß wir hier sind. Kann sein, daß sie nur deshalb herausgekommen ist. Mit dem Geländer ist die Terrasse fast zwei Meter hoch. Ich werde versuchen, von den Obstbäumen aus an ihre Vorderseite zu kommen. Wenn ich mich dort niederkauere, kann ich von oben nicht gesehen werden.«

»Stefano braucht nur herauszukommen und einen Blick über das Geländer zu werfen.«

»Dieses Risiko nehme ich auf mich, Fred, und du wirst mich nicht davon abbringen.«

Mir war fast schlecht vor Aufregung. Wir rauchten, während wir das Haus beobachteten, eine Zigarette. Ob die beiden Fenster über der Terrasse geöffnet oder geschlossen waren, ließ sich aus dieser Entfernung nicht beurteilen. Die Terrassentür schien Stefano, als er ins Haus zurückgekehrt war, hinter sich zugemacht zu haben, aber nicht einmal dessen war ich mir sicher, weil wir nur ihr oberes Drittel sehen konnten. Die Terrasse war schmaler als das Haus. Rechts davon gab es auch im Erdgeschoß ein Fenster; ich erinnerte mich an die kleine Wohnküche, es mußte zu ihr gehören. Ich sprach mit DC darüber, er sagte: »Es würde mich nur dann stören, wenn es sich auf der anderen Seite befände, aber so schaffe ich es mit zwei oder drei Schritten von den Bäumen bis unter die Terrasse. Mit einem Fernglas könnte ich Helga jetzt von dem Platz, an dem ich vorhin war, wieder sehen; sie hat sich sicher in einen Liegestuhl gesetzt. Hast du sehr gute Augen?« Ich mußte trotz meiner Aufregung lächeln. »Leider nicht so gut, daß ich mehr von ihr gesehen hätte als du. Wie ich sie aus deinen Erzählungen kenne, hat sie keinen Bikini an.«

»Den hat sie damals mit nach Deutschland genommen«, sagte er.

Wir mußten uns noch eine halbe Stunde gedulden, dann sahen wir Helga wieder hinter dem Terrassengeländer auftauchen und ihr Kleid anziehen. Kurz darauf verschwand sie im Haus. DC sagte: »Sie kommt nach dem Essen bestimmt wieder heraus; ich wette meinen Kopf.« Er hätte ihn bei dieser Wette nicht verloren, bis zu ihrer Rückkehr vergingen kaum zwanzig Minuten, und diesmal schien sie ihr Kleid schon im Haus ausgezogen zu haben. Sie setzte sich jedoch so rasch hin, daß wir sie nur ganz kurz zu Gesicht bekamen. DC stand auf. »Die Autoschlüssel stecken im Jackett«, sagte er. Ich musterte ihn prüfend. »Wozu sagst du mir das?«

»Nur für alle Fälle«, antwortete er. »Könnte ja sein, daß dir die Zeit zu lang wird und du Appetit auf eine Tasse Kaffee bekommst. Tut mir leid, Fred, daß ich dich schon wieder um das Mittagessen bringe.«

»Das wäre noch das kleinste Übel«, sagte ich. »Viel schlimmer ist, daß du, selbst wenn du es schafftest, Helga in einem günstigen Augenblick von ihm wegzuholen, damit nichts gewonnen hättest. Stefano würde umgehend seinen Bruder auf dem Colle di Tenda anrufen. Hast du schon darüber nachgedacht, was dann geschehen würde?«

»Sprich weiter«, sagte er.

»Filippino wird dafür sorgen, daß alle Grenzübergänge alarmiert werden. Helga würde, auch wenn sie im Besitz von Papieren wäre, aus dem Wagen geholt und festgehalten werden, bis Stefano einträfe. Ich nehme an, es dürfte ihm als Italiener, dem die Frau entführt worden ist, nicht schwerfallen, sämtliche Doganieri bis hinauf nach Chiasso auf seine Seite zu bringen. Oder siehst du das anders?«

»Nein«, sagte er und ging ohne ein weiteres Wort davon. Anscheinend hatte er vor, einen Teil seines Weges im Schutz der Bäume zurückzulegen. Tatsächlich sah ich ihn, als ich ein paar Schritte auf die Wiese hinaustrat, etwa vierhundert Meter links von mir aus dem Wald kommen und quer über die Wiese direkt auf die Häuser zu marschieren. Da er kein einziges Mal stehenblieb, mußte er den durch die Wiesen fließenden Bach in den Schuhen durchquert haben. Er näherte sich rasch den hinter den Häusern gelegenen Gärten und wandte sich kurz vor ihnen wieder nach rechts in meine Richtung. Mir fiel ein, daß ich bemerkt werden könnte, ich kehrte unter die Bäume zurück. Mit klopfendem Herzen beobachtete ich, wie er sich dem Obstgarten neben der Tankstelle näherte. Als er unter den Bäumen verschwand, hielt ich unwillkürlich den Atem an.

19

Meine Befürchtung, Stefano könnte von unserer Anwesenheit in Limone erfahren haben, erwies sich glücklicherweise als unbegründet. Helga hätte es sicher merken müssen oder zu fühlen bekommen. Auch seine Verhaltensweise ließ nicht darauf schließen, daß er Verdacht geschöpft hätte. Er hatte nichts dagegen einzuwenden, daß sie sich vor dem Essen noch eine halbe Stunde auf die Terrasse legte, bestand jedoch darauf, daß sie dann mit ihm und seiner Mutter in der Wohnküche aß. Dabei versuchte er einige Male, ein Gespräch zwischen den beiden zustande zu bringen, da jedoch weder Helga noch seine Mutter darauf eingingen, gab er es schließlich auf. Er erklärte ihnen, daß er nach dem Essen die Werkstatt aufräumen und sich noch um einige andere Dinge im Haus kümmern wolle, und Helga sagte: »Dann kann ich mich ja wieder auf die Terrasse legen, oder muß ich im Zimmer bleiben?«

»Du kannst auf die Terrasse«, sagte er großzügig. »Mamma wird heute bestimmt noch keine Arbeit für dich haben.«

»Da ich nicht freiwillig hier bin, sehe ich auch nicht ein, weshalb ich arbeiten soll«, sagte Helga mehr zu seiner Mutter als zu ihm. Er lächelte nur. Ihre Schwiegermutter stand unvermittelt auf und verließ die Küche. Helga blickte ihr zufrieden nach und sagte auf deutsch: »Wenn sie von ihrem Humor leben müßte, wäre sie nicht alt genug geworden, um dich zur Welt zu bringen. Sie ist eine Spinatwachtel.«

»Was ist das?« fragte er. Sie lächelte. »Dafür gibt es keine Übersetzung, Stefano.«

»Ich habe das Wort auch noch nie gehört«, sagte er und folgte seiner Mutter. Helga wiederum folgte ihm bis zur Tür und hörte von dort aus zu, wie er sich im Wohnzimmer mit ihr stritt, aber sie sprachen so schnell, daß sie kaum ein Wort verstehen konnte. Sie kehrte an den Tisch zurück und aß mit gutem Appetit weiter. Während der ganzen Zeit dachte sie an Dieter und daran, wie sie ihm behilflich sein könnte, sie von hier wegzubringen, aber es fiel ihr nichts ein, und so beschloß sie, alles ihm selbst zu überlassen. Sie rechnete fest damit, daß er nach Einbruch der Dunkelheit wieder an das Haus kommen würde, und sie nahm sich vor, sofort nach dem Abendessen ihr Zimmer aufzusuchen.

Die Auseinandersetzung mit seiner Mutter hatte Stefano stark erregt, er war, als er wieder in die Küche kam, wortkarg und aß unlustig seinen Teller leer. Als Helga das Geschirr vom Tisch räumte und es in das Spülbecken legte, sagte er: »Du wolltest doch nichts arbeiten.«

»Spülen muß sie es selber«, sagte sie. »Ihre Hände sind schon kaputt, meine noch nicht. Außerdem ist mir das Zeug, das sie dafür benutzt, zu scharf. Damit würde man bei uns daheim das Klo saubermachen.« Er lächelte. »Es würde dir bestimmt nichts ausmachen, sie bald sterben zu sehen.«

»Wenn ich heute abend wieder in unserem Zimmer essen darf, kann sie meinetwegen hundertfünfzig Jahre alt werden«, sagte Helga. Er schüttelte nachdrücklich den Kopf. »Damit fangen wir nicht an. Gestern war es eine Ausnahme. Ich wollte ihr Zeit lassen, sich daran zu gewöhnen, daß du wieder hier bist.«

»Mir willst du diese Zeit nicht lassen?« fragte sie. Er stand auf, küßte sie und sagte: »Du bist viel jünger als sie. Ich habe mich früher vielleicht zu oft auf ihre Seite gestellt; damit ist jetzt Schluß. Wenn es ihr hier nicht mehr gefällt, soll sie zu Onkel Marco ziehen.« Sie sagte überrascht: »Dich kenne ich ja nicht wieder!«

»Du bist mir eben wichtiger als sie«, sagte er und streichelte durch das Kleid hindurch ihren Schoß. Dann faßte er sie bei der Hand, führte sie ins Schlafzimmer hinauf und zog sie aus. Früher hatte sie die Selbstverständlichkeit, mit der er über sie verfügte, erregen können. Jetzt hatte sie nur noch den Wunsch, es so rasch wie möglich hinter sich zu bringen. Er brauchte dann auch kaum mehr als drei Minuten. Sie hatte, als er sich von ihr herunterwälzte, gerade angefangen, etwas zu empfinden. Er sagte lächelnd: »Jetzt wirst du mindestens Zwillinge kriegen. Wenn du willst, kannst du auf die Terrasse; dein Kleid läßt du hier.«

»Da wird Mamma sich wieder freuen«, sagte sie und stand auf. Er betrachtete sie wohlgefällig und sagte: »Heute abend tun wir es einmal anders.«

»In Italien werden sie auch immer progressiver«, sagte sie und verließ ihn. Sie ging zuerst ins WC und dann in den Keller. Sie duschte sich kalt und seifte sich lange ein. Mit einem Handtuch, von dem sie wußte, daß ihre Schwiegermutter es für das Gesicht benutzte, trocknete sie sich überall sorgfältig ab. Dann ging sie auf die Terrasse und setzte sich in den Liegestuhl. Sie fühlte sich etwas erschöpft, und während sie träge in der Sonne lag und die langen Beine von sich streckte, wäre sie beinahe eingeschlafen, sie wurde jedoch durch ihre Schwiegermutter, die kurz aus ihrem oberen Zimmer schaute und bei ihrem Anblick heftig das Fenster zuschlug, aufgeschreckt und blickte eine Weile hinauf. Da sie sich nicht mehr sehen ließ, verlor sie das Interesse daran, sie durch unschickliche Stellungen noch mehr zu verstimmen, und blinzelte wieder in die Sonne. Als sie Dieters Stimme vernahm, hielt sie das zuerst für eine Halluzination, sie sagte, ohne ihre Stellung zu verändern: »Das gibt es doch nicht.« Sie war sich auch nicht ganz sicher, ob es wirklich seine Stimme war, weil er nur geflüstert hatte, aber da sie ihn auf ihrer langen Wanderung durch die Berge öfter ihren Namen hatte flüstern hören, klang sie ihr doch vertraut, und sie setzte sich, von einem jähen Schwindelgefühl erfaßt, aufrecht hin und sah sich nach allen Seiten um. Da jedoch das hohe Geländer den Blick auf die Landschaft versperrte, fragte sie, ebenfalls flüsternd: »Wo steckst du?« Er antwortete: »Hier. Kannst du etwas näher kommen?« Sie blickte dorthin, wo sie seine Stimme zuletzt vernommen hatte: an der Vorderseite der Terrasse. Während ihr das Herz bis zum Hals schlug, vergewisserte sie sich mit einem raschen Blick, daß weder von den Fenstern über ihr noch vom Küchenfenster aus eine unmittelbare Gefahr drohte. Sie stand auf und rückte den Liegestuhl dicht an das vordere Geländer, und als sie sich etwas darüberbeugte, sah sie ihn neben dem kleinen Fenster der Waschküche am Boden sitzen und zu ihr heraufschauen. Er sagte: »Tu als wäre nichts! Wo ist Stefano?«

»Du bist verrückt«, sagte sie. »Mein Gott, du bist verrückt.« Sie setzte sich, während ihr das Wasser aus den Augen schoß, wieder in den Liegestuhl und flüsterte: »Lauf weg, Dieter, lauf um Gottes willen weg.«

Er sagte: »Wenn du ihn kommen hörst, mußt du es mir sofort sagen. Wer ist sonst noch im Haus?«

»Meine Schwiegermutter«, sagte sie, und es kostete sie schreckliche Anstrengung, nicht mehr über das Geländer zu schauen. Er sagte: »Ich möchte dich heute oder morgen holen, meine Maus. Kannst du mich verstehen?«

»Ja«, sagte sie. »Aber er kann jeden Augenblick auf die Terrasse kommen. Was willst du, daß ich tue?«

»Ich nehme an, er hat deinen Reisepaß«, sagte er. »Du mußt unbedingt versuchen, ihn, ohne daß er es merkt, in die Hände zu bekommen. Hältst du das für möglich?«

»Ich werde es probieren«, sagte sie. »Vielleicht hat er ihn in seiner Brieftasche oder irgendwo im Haus versteckt. Was hast du vor?«

»Das weiß ich noch nicht«, sagte er. »Ich mußte zuerst mit dir sprechen. Fährt er heute noch einmal mit dir weg?«

»Nein«, sagte sie. »Heute nicht mehr. Morgen muß ich mit nach Limone; ich soll dort im Büro arbeiten.«

»Und er bleibt den ganzen Tag in Limone?« fragte DC. Sie sagte: »Ja. Es kann sein, daß er einmal zu einem Kunden oder einen Wagen abschleppen muß, aber auch dann wird er mich sicher mitnehmen.« Er schwieg ein paar Sekunden, dann fragte er: »Hat er auch in Limone Telefon?«

»Ja«, flüsterte sie. »Aber ich weiß die Nummer nicht auswendig. Im Telefonbuch steht sie unter Francescos Namen. Wozu willst du das wissen?« Er sagte wieder eine Weile nichts, sie hatte schon Angst, er könnte bereits weggegangen sein, aber dann hörte sie erneut seine Stimme: »Ich denke da über etwas nach, meine Maus. Angenommen, ein Kunde ruft wegen einer Autopanne an, ist es dann nicht möglich, daß Francesco zu ihm fährt und nicht Stefano?«

»Das glaube ich nicht«, sagte sie. »Francesco fährt nur dann mit, wenn es eine größere Sache ist, bei der Stefano allein nicht zurechtkommt. Wenn es nur eine Kleinigkeit ist, fährt Stefano immer allein, weil einer in der Werkstatt bleiben muß. Wieso ist das wichtig für dich?«

»Das erkläre ich dir später«, sagte er. »Ich bin mir selber noch nicht ganz sicher. Merk dir den Namen Perrone. Wenn morgen im Laufe des Tages ein Signor Perrone wegen einer Autopanne anrufen sollte, mußt du Stefano unbedingt begleiten. Hast du das verstanden?«

»Ja«, sagte sie und blickte wieder zu den Fenstern, aber dort rührte sich nichts. Trotzdem sagte sie drängend: »Du mußt von hier weg, Dieter, er ist vielleicht in der Werkstatt und könnte einmal hinter das Haus kommen. Mein Gott, Dieter!« Sie weinte wieder lautlos. Er sagte: »Streck die Hand herunter, meine Maus.« Sie griff, ohne aufzustehen, über das Geländer, und sie fühlte, wie er ihre Hand umfaßte und sie mit Küssen bedeckte, und er flüsterte: »Wirst du mir jemals verzeihen können, arme Maus?«

»Ja«, sagte sie weinend. Er hielt ihre Hand fest und sagte: »Weine nicht; es dauert jetzt nicht mehr lange, dann bist du weit weg von hier. Vergiß den Reisepaß nicht, wir müssen diesmal im Auto über die Grenze. Fred ist auch hier, er wartet drüben am Waldrand auf uns. Vielleicht kannst du uns nachher sehen.«

»Stefano hat eine Pistole«, sagte sie rasch. Sie hörte ihn leise lachen. »Sie wird ihm, wenn alles so klappt, wie ich hoffe, nicht viel helfen. Mach dir deshalb keine Sorgen. Wirst du an alles denken?«

»Ja«, sagte sie.

»Dann sind wir morgen abend in Frankreich«, sagte er und ließ ihre Hand los. Sie richtete sich schnell auf und sah ihn geduckt auf die Bäume des Obstgartens zulaufen. Sie blickte ihm nach, solange sie ihn sehen konnte, dann setzte sie sich in den Liegestuhl zurück, wischte ihre Augen ab und blickte über das Gelände hinweg zum Waldrand. Obwohl das Gespräch nicht einmal ganz fünf Minuten gedauert hatte, war ihr diese Zeit wie eine Ewigkeit vorgekommen, und erst jetzt, da sie ihn in Sicherheit wußte und sie weder von Stefano noch von seiner Mutter mehr überrascht werden konnten, merkte sie, daß sie am ganzen Körper zitterte. Ihr Mund war wie ausgetrocknet, sie überlegte, ob sie sich in der Küche etwas zu trinken holen solle, aber aus Furcht, Dieter könnte gerade in diesem Augenblick am Waldrand auftauchen, ließ sie es sein. Sie mußte jedoch noch etwa eine Viertelstunde warten, bis sie die beiden Männer am Waldrand entdeckte. Sie hätte sie mit dem bloßen Auge nicht erkannt, da sie jedoch wußte, wer sie waren, konnte sie sie sogar voneinander unterscheiden. Einmal kam es ihr so vor, als ob sie zu ihr herüberwinkten, aber sie getraute sich nicht, ihr Zeichen zu erwidern. Vielleicht stand ihre Schwiegermutter hinter der Gardine des Schlafzimmerfensters und beobachtete sie, aber ihre Augen waren schon zu schlecht, als daß sie die beiden Männer hätte bemerken können. Sie blieben auch nur ganz kurz dort stehen, dann folgten sie dem Waldrand talaufwärts. Sie blickte ihnen nach, bis sie sie nicht mehr sehen konnte, und jetzt erst stand sie auf. Stefano hatte die Terrassentür nicht abgeschlossen, sie kam unbehelligt in die Küche, öffnete den Kühlschrank und nahm eine Flasche mit Orangensaft heraus; Stefanos Mutter hatte ihn selbst zubereitet, sie schenkte sich ein Glas ein, trank es auf einen Zug leer und stellte die Flasche in den Kühlschrank zurück. Als sie sich umdrehte, stand Stefano hinter ihr. Sein Lächeln bewahrte sie vor schlimmen Befürchtungen, er nahm sie in die Arme und küßte sie. »Ich dachte mir, daß du Durst bekommen würdest«, sagte er. »Ich hätte dir jetzt etwas auf die Terrasse gebracht. Du bist seit gestern schon viel brauner geworden. Hast du Mamma gesehen?«

»Nein«, sagte sie. »Ist sie nicht im Wohnzimmer?«

»Sie wird zu Onkel Marco gegangen sein, um sich dort über mich zu beklagen«, sagte er. »Ich bin stolz, eine so schöne Frau zu haben, Helga.« Das hatte er ihr schon lange nicht mehr gesagt, sie blickte, während er ihre Brüste liebkoste, aufmerksam in sein Gesicht und fragte: »Was willst du von mir?«

»Nichts«, sagte er. »Ich bin nur glücklich, dich wieder hier zu haben, Helga. Komm, laß dich anschauen.« Er hob sie an den Hüften auf den Tisch, setzte sich vor ihr auf einen Stuhl und betrachtete sie. »Wie oft hast du mit ihm geschlafen?« fragte er. Sie sagte: »Du wolltest nicht mehr darüber reden.«

»Es interessiert mich aus einem anderen Grund«, sagte er. »Ich habe, während du weg warst, viel über dich nachgedacht. Du erinnerst dich ja sicher noch an jenen Abend im Haus deiner Freundin, als du vor den jungen Männern davongelaufen bist. Vor den anderen, die bis dahin zu ihr gekommen waren, bist du nie weggelaufen. Ich weiß, es waren manchmal drei junge Männer. Vielleicht hat dir das in Vernante gefehlt. Wolltest du deshalb nicht mehr länger hierbleiben?«

»Damit hatte es nichts zu tun.«

»Vielleicht doch. Vielleicht hast du auch dieses Mädchen vermißt. Ich wußte, wo ich dich in Deutschland finden würde, es hat dich zu ihr zurückgezogen. Sicher hast du dich auch wieder mit diesen jungen Männern getroffen. Ein Mann allein genügt dir nicht, obwohl ich mir einrede, dich nie vernachlässigt zu haben.« Er berührte ihren Schoß und sagte: »Du hast vorhin nichts empfunden, Helga. Vielleicht mache ich etwas falsch. In Vernante erfährst du als Mann über solche Dinge nichts, weder von deinen Eltern noch vom Pfarrer, und die Männer hier gestehen sich, wenn sie sich über Frauen unterhalten, gegenseitig nicht gerne ein, daß sie in Wirklichkeit unwissend sind. Sie tun zwar so, als ob sie viel davon verstünden, aber sie tun es nur, um ihre Unwissenheit voreinander zu verbergen. Ich habe erst von dir erfahren, daß einer Frau das gleiche passieren kann wie einem Mann. Ich hatte vor dir keine andere, Helga, keine, mit der ich mich über solche Dinge hätte unterhalten können. Die Mädchen in Vernante reden nicht darüber, sie sind genauso unwissend wie die Männer. Alles, was sie vom Pfarrer und ihren Lehrern gehört haben, ist, daß Mann und Frau sich zusammen ins Bett legen, um Kinder zu zeugen, und wenn du als Mann ein Mädchen küßt, bist du schon so gut wie verlobt mit ihm, weil es am nächsten Tag das ganze Dorf weiß. Als du mir zum erstenmal gesagt hast, daß es dir . . . Wie sagst du dazu?«

»Ich weiß nicht, wovon du redest«, sagte sie zurückhaltend. Er lächelte wieder. »Du weißt es sehr gut, Helga. Davon wußte ich bis dahin nichts, und es gibt auch heute noch genug Männer bei uns, die es nicht wissen. Bevor ich nach Deutschland ging, war ich fast zehn Jahre lang Ministrant, und als solcher hast du über die Liebe nie reden und auch nicht danach fragen dürfen. Mit achtzehn habe ich ein Buch von Moravia gelesen, ich hatte es mir in einer Bibliothek in Cuneo ausgeliehen. Mein Vater entdeckte es unter meinem Bett, er hat es verbrannt und mich mit seinem Gürtel halb tot geschlagen. Seitdem habe ich kein Buch mehr gelesen. Was ich heute über die Liebe weiß, habe ich von dir erfahren. Du wirst mir auch sagen, was ich noch nicht weiß. Ich weiß zum Beispiel noch nicht, warum es dich zu diesem Mädchen in Essen hinzieht. Ist es für dich, wenn du es mit ihr tust, dasselbe wie mit einem Mann?«

»Du bist ja verrückt«, sagte sie mit einem nervösen Lachen. Er fragte: »Bin ich das?« Sie wollte vom Tisch aufstehen, aber er hielt sie dort fest und sagte: »Du hast mich nicht verstanden, Helga. Ich rede mir ein, im Bett meinen Mann zu stehen, aber ich kann natürlich nicht so gut sein wie drei junge Männer und ein Mädchen, es sei denn, es würde bei dir nicht darauf ankommen, ob es sich um einen Mann oder um ein Mädchen handelt, und wenn das so ist, könnte ich es vielleicht doch.«

»Was könntest du?« fragte sie. Er sagte: »Dir drei junge Männer und deine Freundin ersetzen. Wenn ich dich hier streichle, habe ich nie das Gefühl, daß es dir die gleichen Empfindungen bereitet wie damals, als deine Freundin es getan hat.«

»Vielleicht tust du es nicht richtig«, entfuhr es ihr, und sie biß sich sofort auf die Lippen. Er nickte. »Das denke ich auch, Helga. Du mußt es mir erklären, wie du es haben willst.« Sie wurde rot und sagte: »Paß lieber auf die Tankstelle auf.«

»Ich habe die Glocke abgestellt und die Haustür abgeschlossen«, sagte er. »Gestern abend habe ich mit Mamma und Onkel Marco darüber gesprochen, daß eine Frau wie du ihr eigenes Zimmer haben muß. Wir werden das kleine, wo früher Filippino, Luigi und Antonio geschlafen haben und heute Vaters Sachen stehen, ausräumen. Du kannst es dir einrichten, wie du willst, auch einen eigenen Plattenspieler und ein Radio werde ich dir kaufen. Du wirst keinen Grund mehr haben, hier unglücklich zu sein. Du mußt mir nur verraten, was ich bei dir falsch mache.«

»Das werde ich nicht tun«, sagte sie. Er winkte mit dem Kopf zur Tür und sagte: »Dann werde ich dich so lange in den Keller einsperren, bis du es mir verrätst. Was ist dir lieber?« Sie hörte an seiner Stimme, daß es ihm ernst damit war. Tatsächlich hatte sie bei seinen gelegentlichen Liebkosungen immer den Eindruck gehabt, daß er sich über ihre Empfindungen nie im klaren gewesen war, er schien stets davon ausgegangen zu sein, daß seine eigene Befriedigung zwangsläufig auch ihre zur Folge haben müßte, und da sie gerade jetzt wenig Lust verspürte, im Keller eingesperrt zu werden, sagte sie halb belustigt und halb ärgerlich: »Du willst doch nicht, daß ich dir das auf dem Küchentisch erkläre?«

»Dann komm mit«, sagte er und hob sie vom Tisch. Er ging mit ihr in das Schlafzimmer hinauf, setzte sich neben sie auf das Bett und fragte: »Ist es so richtig?« Sie ließ ihn eine Weile gewähren, dann sagte sie: »Es geht nicht, wenn du angezogen bist.« Er zog sich aus und fuhr damit fort, sie zu streicheln. Später griff sie nach seiner Hand und führte sie. Sie war jetzt so stark erregt, daß er kaum mehr Mühe mit ihr hatte, und sie biß heftig in seine Schulter. Er bedeckte, noch immer ihren Schoß liebkosend, ihr Gesicht mit Küssen und murmelte: »Ich wußte nicht, daß es so einfach ist, Helga.« Und weil es so einfach war, versuchte er es gleich noch einmal, und dann legte er sich auf sie und sagte: »Jetzt werde ich es dir zehnmal am Tag machen, damit es dich nie wieder zu deiner Freundin zurückzieht.« Sie hatte das Gefühl, er würde sie umbringen, aber sie hatte schon lange nicht mehr so viel bei ihm empfunden, und als sie ihn mit Armen und Beinen umfaßte, sagte sie keuchend: »Du kleiner Maccheroni.« Sie hörte ihn lachen, und er blieb wieder bis zum Schluß in ihr und streichelte dann ihren verschwitzten Körper. »Wir werden wieder sehr glücklich miteinander sein, meine Geliebte«, sagte er. »So wie ganz am Anfang. Weißt du noch, wie oft wir es damals gemacht haben?«

»Das heute genügt mir auch«, sagte sie und drehte sich, um seinen Händen zu entrinnen, auf den Bauch. »Laß mich ein bißchen schlafen, Stefano. Du hast mich vielleicht fertiggemacht. Puh!« Er betrachtete sie mit einem stolzen Lächeln, dann stand er auf, zog sich an und sagte: »Wenn du mich brauchst, ich bin unten in der Werkstatt. Habe ich dich wirklich fertiggemacht?«

»Ich bin wie tot«, sagte sie. Er küßte sie auf den Rücken und auf das Gesäß und ging aus dem Zimmer. Sie hörte ihn die alte Holztreppe hinuntersteigen und kurz darauf die Haustür ins Schloß fallen. Trotzdem wartete sie noch ein paar Minuten. Dann stand sie auf, ging in den Keller und duschte sich wieder gründlich. Danach ging sie zuerst in die Küche und durchwühlte sämtliche Schubladen des kleinen Büffets. Dann durchwühlte sie sämtliche Schubladen im Wohnzimmer, hob Teppiche vom Boden, blickte unter Schränke und auch hinter sie. Sie stieg auf einen Stuhl, nahm Bilder von den Wänden und suchte sogar unter den Sofakissen. Sie begann zu verzweifeln. Das Schlafzimmer ihrer Schwiegermutter fiel ihr ein. Daß Stefano ihren Reisepaß in ihrem eigenen Zimmer versteckt haben könnte, erschien ihr unwahrscheinlich; dort kannte sie jeden Winkel. Im Zimmer ihrer Schwiegermutter griff sie unter die Matratzen und Kissen, sie durchstöberte ihre alte Nähmaschine und die wurmstichige Wäschekommode. Schließlich nahm sie sich die Nachttische und den Kleiderschrank vor. Hier hing, weil der Kleiderschrank in ihrem eigenen Schlafzimmer zu klein für ihre und Stefanos Garderobe war, noch ein Teil seiner Anzüge. Sie griff zwischen jedes Wäschestück, ohne etwas zu finden. Ganz zum Schluß durchwühlte sie noch die Taschen seiner Anzüge, und im letzten, unscheinbarsten und ältesten, der als einziger zwischen zwei Kleidern ihrer Schwiegermutter hing, entdeckte sie ihren Reisepaß in der Innentasche des Jacketts. Sie ließ ihn stecken, räumte alles wieder zurecht und betrachtete, bevor sie das Zimmer verließ, das farbige Wandbild von

Christus auf dem Ölberg über den Betten. Er blickte aus einem alten Holzrahmen nun schon so lange auf sie herab, daß er die fünffache Schwängerung ihrer Schwiegermutter und ihre fünffachen Geburtswehen miterlebt haben mußte, aber sein Blick war noch immer sanftmütig und verzeihend. Sie lächelte ihn an und sagte: »Vielen Dank, daß du mir geholfen hast, den Reisepaß zu finden.« Ihn jetzt schon mitzunehmen, erschien ihr zu riskant, sie würde es erst morgen früh tun, wenn ihre Schwiegermutter in der Küche beschäftigt war. Ihr jüngstes Erlebnis mit Stefano hatte sie in Wahrheit eher erfrischt als ermüdet, sie verspürte plötzlich keine Lust mehr, den schönen Nachmittag schlafend in ihrem Zimmer zu verbringen. Sie holte sich in der Küche ein Glas Orangensaft und nahm es mit auf die Terrasse. Sie betrachtete, während sie es leertrank, den Waldrand, wo Dieter und Fred zuletzt gestanden hatten, und sie mußte immerzu lächeln. Auch als sie wieder an Stefano dachte, mußte sie lächeln, sie empfand in diesem Augenblick sogar Zärtlichkeit für ihn, und als er eine Stunde später zu ihr auf die Terrasse kam und sagte: »Du hast es oben nicht lange ausgehalten«, antwortete sie: »Im Winter kann ich mich nicht mehr auf die Terrasse legen.«

»Nicht ohne Kleid«, räumte er ein. »Ich geh mir rasch die Hände waschen.« Bei seiner Rückkehr brachte er Zigaretten mit, er gab ihr eine und sagte: »Mamma kommt lange nicht zurück.«

»Machst du dir ihretwegen Sorgen«, fragte sie. »Sie will dir nur heimzahlen, daß du mich vor ihr in Schutz genommen hast. Sie wird sich nie damit abfinden, daß ich in diesem Haus wohne und deine Frau bin, Stefano. Du wirst dich eines Tages für sie oder für mich entscheiden müssen. Sie ist verbittert und unversöhnlich.«

»Du bist mir wichtiger«, sagte er, ihren Körper betrachtend. Sie fragte: »Sind wir morgen auch den ganzen Tag hier?« Er schüttelte den Kopf. »Nur zum Essen. Wir fahren nach dem Frühstück nach Limone. Francesco hat vier Kundenwagen oben stehen; ich muß ihm helfen. Morgen bringt er aus Cuneo Karteiblätter mit, aber wenn du noch keine Lust hast, kannst du dich oben auch in den Garten setzen. Ich weiß auch schon, wo wir eine billige Couch für das Büro bekommen. Du sollst es dort so gemütlich wie möglich haben.«

»Du auch«, sagte sie. »Du hast mir erzählt, wofür du sie brauchst.« Er streichelte sie und fragte: »Könntest du jetzt schon wieder?«

»Wofür hältst du mich?« fragte sie. »Für eine Maschine?«

»Wie oft hintereinander kannst du es?« Sie errötete. »Wenn dich jetzt dein Pfarrer hören könnte!«

»Er ist ein alter Mann«, sagte Stefano und zog an seiner Zigarette. »Vielleicht würde er das auch gerne tun. Ich habe ihn nie danach gefragt.«

»Dann frag ihn bei deiner nächsten Beichte«, sagte sie. »Erzählst du ihm alles?«

»Sonst wäre es ja keine richtige Beichte«, sagte er. Sie schüttelte verwundert den Kopf. »Dabei siehst du so erwachsen aus. Was geht es den Pfarrer an, was du mit deiner Frau machst? Das gehört doch auch zu deinen ehelichen Pflichten.«

»Nur wenn ich mit dir schlafe«, sagte er. »Was wir vorher gemacht haben, das war Sünde.« Sie fragte perplex: »Und das ist dein Ernst?«

»Wenn ich dem Pfarrer hier glauben darf«, sagte er. »Ich weiß heute nicht mehr, was unkeusch ist und was nicht. Der Pfarrer weiß es, glaube ich, selber nicht recht. Vielleicht werde ich nur noch einmal im Monat zur Kommunion gehen, dann brauche ich auch nur noch einmal zu beichten. Warum glaubst du nicht mehr daran?«

»An die Beichte?« fragte sie. Er nickte. Sie sagte: »Du lieber Gott.«

»Ich kann es heute auch nicht mehr so sehen wie früher«, sagte er. »Vielleicht tue ich es nur noch aus Gewohnheit, es gibt mir die Gewißheit, daß mein Leben in Ordnung ist. Mein Vater ist so plötzlich gestorben, daß er keinen Priester mehr zu sich rufen lassen konnte, und ich weiß, daß bei ihm nicht alles in Ordnung war, als er gestorben ist. Ich möchte so nicht sterben müssen, und wenn ich jeden Sonntag zur Kommunion gehe, dann weiß ich, daß ich nicht unvorbereitet abberufen werden kann, auch wenn mir mal im Auto was zustieße. Natürlich ist das, was wir vorhin getan haben, keine Sünde, Helga, und ich werde es auch nicht beichten. Es wäre nur dann eine, wenn ich es mit einer anderen Frau täte, aber solange ich dich habe, brauche ich keine. Ich wäre sehr froh darüber, wenn du dich doch noch zu einer kirchlichen Trauung entschließen könntest. Für meine Mutter und für die meisten meiner Verwandten und Bekannten ist eine Ehe ohne kirchliche Trauung ungültig. Meine Mutter würde sich, wenn wir kirchlich getraut wären, dir gegenüber ganz anders verhalten. Sie erzählt mir das jeden Tag. Für sie leben wir im Konkubinat. Ich weiß noch immer nicht, was du gegen eine kirchliche Trauung einzuwenden hast. Schon deine erste Ehe war in den Augen der Kirche ungültig. Ist es, weil du nicht an Gott glaubst?«

»An welchen?« fragte sie. Er runzelte die Stirn. »Ich habe dich das im Ernst gefragt, Helga.«

»Vielleicht glaube ich an einen«, sagte sie. »Ich glaube nur nicht mehr an Himmel und Hölle. Ich glaube, daß es für mich persönlich eine Rolle spielt, wie ich lebe und was ich aus meinem Leben mache, weil jeder eine Verantwortung für sich selber in sich trägt und weil du, je nachdem, ob du das Richtige oder das Falsche tust, schon auf Erden im Himmel oder in der Hölle sein kannst. Ich will dir sagen, warum ich mich nicht kirchlich trauen lassen will, Stefano: Ich möchte mich nicht von Leuten abhängig machen, die, weil es ihnen verboten ist, zu heiraten, gar nicht beurteilen können, was es bedeutet, mit einem Menschen zusammen leben zu müssen, für den man nichts mehr empfindet, Kinder zu kriegen, die man sich gar nicht wünscht, oder seinen eigenen Körper ignorieren zu sollen, nur weil sie ihn selber ignorieren müssen. Für die muß doch jede Lust identisch mit Sünde sein, für mich ist sie beinahe das, was ich mir unter dem Himmel vorstelle.« Sie lächelte. »Nicht unter dem ganzen, aber unter einer Handvoll Himmel.« Er lächelte auch. »Die Lust dauert nur nicht ganz so lange wie der Himmel. Ich kann das nicht so sehen wie du, Helga. Eine Ehe muß unauflösbar und mit Kindern verbunden sein. Wenn dies nicht so wäre, wenn meine Frau mich jederzeit verlassen oder mir Kinder verweigern könnte, wüßte ich nicht, wofür ich lebe. Nur um zu arbeiten?«

Sie drückte ihre Zigarette am Boden aus. »Wir denken zu verschieden darüber, Stefano. Wir wissen heute nie, was morgen richtig ist. Ich lebe lieber im Augenblick als in der Zukunft. Weißt du, daß du dich, seit wir verheiratet sind, noch nie auf diese Weise mit mir unterhalten hast?«

»Es ist noch nicht zu spät dafür«, sagte er und griff nach ihrer Hand. »Überleg es dir noch einmal, Helga. Eine kirchliche Trauung würde für uns alles besser werden lassen. Ich kann auch ohne sie mit dir leben, aber wir wohnen in Vernante und nicht in Essen. Ohne kirchliche Trauung habe ich hier fast alle gegen mich. Tu es für mich, nicht für sie.«

Sie sagte: »Ich kann es dir nicht versprechen.«

»Es genügt mir schon, wenn du noch einmal darüber nachdenkst«, sagte er erleichtert. »Ich muß mich wieder um die Tankstelle kümmern. Bleibst du noch lange auf der Terrasse?«

»Nein«, sagte sie und stand auf. Im Haus nahm er sie in die Arme und sagte: »Ich kann nicht so reden wie andere, Helga, ich bin in einem Dorf aufgewachsen, und mein Vater war ein einfacher Mann. Vielleicht habe ich dir früher nicht oft genug gesagt, wie schön du bist und wie sehr ich dich liebe. Ich möchte es dir jetzt wieder sagen und daß ich ohne dich nicht leben kann. Wirst du immer daran denken?«

»Ja«, sagte sie, und ihr war nach Weinen zumute, aber sie konnte ihn nicht mehr lieben. Auch jetzt nicht; sie empfand nur noch Mitleid für ihn.

Den Rest des Nachmittags verbrachte sie in ihrem Zimmer. Sie lag auf dem Bett, rauchte viel und lauschte immer mit einem Ohr auf die Rückkehr ihrer Schwiegermutter. Stefano sah zweimal nach ihr, hielt sich jedoch nie lange auf. Sie merkte, daß er sich wegen seiner Mutter Sorgen machte. Als er das dritte Mal heraufkam, sagte er: »Ich fahre rasch zu Onkel Marco. Willst du mitkommen?« Sie sagte: »Ich bin zu müde.« Daß er ihr noch immer nicht traute, merkte sie daran, daß er beim Weggehen von außen ihre Zimmertür und unten auch die Haustür abschloß. Er blieb sehr lange fort, manchmal hielten unten an der Tankstelle Autos an, fuhren jedoch nach einiger Zeit weiter, und als Stefano zurückkam, sagte er: »Sie will heute nacht bei Onkel Marco schlafen.« Sein Gesicht war blaß vor Zorn. Er setzte sich neben sie auf das Bett und rauchte eine Zigarette. Helga fragte: »Was hat sie gesagt?«

»Daß sie deinen Anblick nicht mehr ertragen könne«, antwortete er. »Ich habe ihr gesagt, daß sie dann gleich für immer bei Onkel Marco bleiben kann. Ich lasse mir meine Ehe durch sie nicht kaputtmachen. Wir haben uns schon gestern, als Onkel Marco hier war, den ganzen Abend darüber unterhalten. Er ist auf unsere Seite; Onkel Marco hat dich immer gemocht.«

»Gesagt hat er mir das nie«, erwiderte sie. »Ich glaube auch nicht, daß er mich mag, Stefano. Er mag nur dich, und mich hat er akzeptiert, weil er weiß, daß du dich nicht von mir trennen willst. Was wirst du jetzt tun?«

»Nichts«, sagte er. »Wir werden heute abend kalt essen, im Kühlschrank sind noch Wurst, Käse und Fisch; ein frisches Brot habe ich mitgebracht. Willst du Bier oder Wein dazu trinken?«

»Laß mich das tun«, sagte sie und ging in die Küche hinunter; im Grunde war sie über das Verhalten ihrer Schwiegermutter nicht unglücklich; im Gegenteil. Während sie das Essen herrichtete, zerbrach sie sich wieder den Kopf darüber, wie Dieter es schaffen wollte, sie von hier wegzubringen. Sie wurde, je länger sie über seine geheimnisvollen Andeutungen nachdachte, immer aufgeregter. Als sie etwas später in der Küche mit Stefano am Tisch saß und ihm Wein eingoß, zitterten ihre Hände so sehr, daß es ihm auffiel, er fragte: »Was hast du?«

»Ich bin nervös«, sagte sie. »Kannst du das nicht verstehen?«

»Sie wird schon wieder zurückkommen«, sagte er. »Onkel Marco wird ihr zureden. Du brauchst dir ihretwegen keine Gedanken zu machen.« Beim Essen sprachen sie nichts, und nachher setzten sie sich noch eine Weile auf die Terrasse. Helga sagte: »Wenn du dich nicht mehr um die Kundschaft kümmerst, wird sie dir davonlaufen.«

»Sie sollen nach Robilante fahren«, sagte er. »Dort ist die nächste Tankstelle. Wir kommen auch einmal einen Abend lang ohne sie aus. Ich hätte mich im vergangenen halben Jahr mehr um dich und weniger um das Geschäft kümmern sollen. Wenn dir kühl wird, hole ich dir eine Stola von Mamma.«

»Nein«, sagte sie. »Mir ist ganz heiß; das kommt vom Wein. Ich bin ihn nicht mehr gewohnt. Er ist viel schwerer als unserer daheim.« Sie betrachtete ihn nachdenklich. »Ich wußte nicht, daß du eine Philosophie hast.«

»Habe ich eine?«

»Du hast mir nie von dir erzählt, Stefano. Wenn du einmal mit mir gesprochen hast, dann nur über deine Werkstatt und den Porsche, den du dir kaufen wolltest. Du hast es mir immer sehr schwer gemacht, dich zu verstehen. Ich habe dich nur deshalb mit Lorenzo betrogen, weil ich kein Kind von dir haben wollte.«

»Das weiß ich heute«, sagte er. »Wir brauchen nicht mehr darüber zu sprechen. Ich hätte dich damals, als du mir davon erzählt hast, nicht schlagen dürfen. Es tut mir jetzt leid, Helga. Ich hoffe, du kannst mir verzeihen. Die Vorstellung, daß ein anderer dich berührt und dich mir weggenommen hat, mußte mich um den Verstand gebracht haben.«

»Du hast mich auch gestern geschlagen«, sagte sie. Er griff nach ihrer Hand. »Mamma hat es nicht verdient, daß du in diesem Ton über sie gesprochen hast. Für sie ist Antonios Tod noch immer unbegreiflich. Ich habe, als du das sagtest, daran denken müssen und für einen Augenblick lang nicht mehr gewußt, was ich tat. Es wird mir nicht mehr passieren. Ich hatte fast achtundvierzig Stunden nicht geschlafen, wir waren alle übermüdet und gereizt, sonst wäre auch das im Wald nicht geschehen.« Sie lächelte. »Das habe ich nicht so schlimm empfunden, ich hatte nur Angst, du wolltest mich wieder schlagen. Bei uns daheim ist das nicht so sehr üblich, wenigstens in den Familien nicht, die ich kenne. Bei uns schlagen nur solche Männer ihre Frauen, die keine Argumente haben oder primitiv sind. Du bist nicht primitiv, Stefano. Vielleicht glaubst du selber nicht recht an deine Argumente und meintest, ihnen auf diese Weise Nachdruck verschaffen zu müssen. Du denkst doch nicht im Ernst, du könntest mich, wenn ich dich nicht mehr liebte, dazu zwingen, Liebe zu empfinden?«

»Soll das heißen, daß du mich nicht mehr liebst?«

»Das wollte ich damit nicht sagen«, antwortete sie ausweichend. »Es ist nur manchmal nützlich, wenn man in Ruhe und unbeeinflußt darüber nachdenken kann. Vielleicht hast du mich zu früh zurückgeholt; du hättest mir noch etwas Zeit lassen sollen.« Er ließ ihre Hand los. »Das hätte ich für jeden anderen Ort gelten lassen, nur nicht für jenen, wo ich dich gefunden habe. Du bist dort wieder in schlechte Gesellschaft gekommen, ich hätte es nicht ertragen, dich noch länger in diesem Haus zu wissen. Darüber wollen wir uns nicht mehr unterhalten. Sicher sind wir in Vernante anders als die Leute in Essen, aber es ist ein kleines Dorf und keine große Stadt. Hier leben zu müssen, das bedeutet, auf manches zu verzichten. Schau dir den Himmel an, in Vernante siehst du nur ein winziges Stück davon, und so ist es mit allem hier, du bekommst nur einen kleinen Teil von dem mit, was sich in der Welt abspielt. Das färbt auf die Menschen ab. Vielleicht können wir es uns eines Tages leisten, noch eine Wohnung in Limone zu haben, die Leute dort sind, weil sie viel mit Fremden zusammenkommen, aufgeschlossener als hier. Wenn Mamma nicht wäre, würde ich das Haus verkaufen und uns für das Geld in Limone ein anderes bauen, aber solange sie lebt, wird sie sich nicht davon trennen wollen. Wenn wir in Limone ein eigenes Haus hätten, könnte ich dort auch eine größere Werkstatt einrichten und brauchte keine Miete zu zahlen. Für später kann man das alles ins Auge fassen. Du wirst dich eben noch so lange gedulden müssen.«

»Bis deine Mutter stirbt?« fragte sie. Er sagte: »Darüber soll man nicht reden.«

»Sie wird sowieso hundert Jahre alt werden, und bis dahin bin auch ich eine alte Frau«, sagte Helga. Sie stand auf. »Ich bin müde, Stefano. Ich möchte mich jetzt schlafen legen.«

»Ich komme auch gleich«, sagte er.

In ihrem Zimmer trat sie ans Fenster und betrachtete den Sternenhimmel und die schwarzen Silhouetten der Berge. Der Gedanke, daß sie vielleicht schon morgen abend bei Dieter sein würde, ließ ihr den Atem stocken, aber sie konnte noch nicht daran glauben. Sie war voller Unruhe, Angst und Zweifel. Je länger sie darüber nachdachte und je öfter sie sich vergegenwärtigte, welche Möglichkeiten Stefano hatte, um Dieters Absichten zu vereiteln, desto aussichtsloser erschien ihr alles. Als sie sich kurze Zeit später ins Bett legte, schwitzte sie. Sie hörte Stefano die Haustür abschließen und die Treppe heraufkommen.

Er sagte, während er sich auszog: »Morgen brauchst du nicht vor acht aufzustehen, es genügt, wenn wir um neun in Limone sind. Ich arbeite dafür eine Stunde länger als Francesco. Warum hast du den Pyjama angezogen?«

»Ich bin wirklich müde, Stefano«, sagte sie. Er legte sich zu ihr und sagte: »Ich muß immer daran denken, wie ich dich zum ersten Mal ohne Kleid gesehen habe. Du gingst keine drei Schritte von mir entfernt mit einem der jungen Männer in das Schlafzimmer deiner Freundin. Ich hatte, als ihr aus dem Schwimmbad kamt, keine Zeit mehr, das Zimmer zu verlassen, und versteckte mich in einer kleinen Nische neben dem Kleiderschrank im Schlafzimmer ihres Vaters. Wenn ihr das Licht eingeschaltet hättet, wäre ich von euch gesehen worden.«

»Du hast früher nie davon gesprochen«, sagte sie.

»Ich dachte mir, daß du nicht gerne daran erinnert werden wolltest, aber inzwischen warst du mir davongelaufen und wieder bei deiner Freundin gewesen. Seit ich dich dort angetroffen habe, weiß ich, daß der Deutsche, mit dem du geflohen bist, dir nichts bedeutet hat. Du hast ihn nur benutzt, um wieder zu deiner Freundin zu kommen. Hat er dir etwas von seinem Beruf erzählt?«

»Nein«, sagte sie. »Er wußte, daß wir uns in Nizza trennen würden.«

»Aber er hat deinetwegen seinen Ferrari zurückgelassen und ist mit dir drei Tage durch die Berge marschiert«, sagte Stefano. »Wie hast du ihn dazu gebracht? Indem du mit ihm geschlafen hast?«

»Wie sonst?« fragte sie. Er verschränkte die Hände im Nacken. »Für eine Frau wie dich würden die meisten Männer so etwas tun; ich hätte es an seiner Stelle auch getan. Ich nehme an, ihr habt die erste Nacht in seinem Wagen verbracht? Wo war das?«

»Ich weiß es nicht mehr genau«, antwortete sie. »Auf einem Waldweg.« Er wandte ihr das Gesicht zu. »Onkel Marco hat den Ferrari am nächsten Morgen, als er von einem Werksfahrer abgeholt worden ist, gesehen. Sie haben ihn an der Tankstelle angehalten und mit dem Fahrer gesprochen. Ihr habt nicht im Ferrari übernachtet, Helga. Wir haben uns bei Signor Paolini, wo ihr den Wagen abgestellt hattet, später danach erkundigt. Seine Frau erzählte uns, daß ihr zu Fuß nach Limone weitergegangen seid. Warum belügst du mich?« Sie fragte ruhig: »Wenn du das alles weißt, warum fragst du mich danach?«

»Weil ich sehen wollte, ob du aufrichtig bist«, antwortete er. »Es ist mir gleichgültig, wo ihr übernachtet habt, ob in Limone oder im Wald. Zieh den Pyjama aus.« Sie gehorchte stumm. Er zog sie an sich und streichelte ihren Rücken. »Ich habe ohne dich keine Nacht mehr richtig geschlafen«, murmelte er. »Ich war oft so verzweifelt, ich kann es dir nicht sagen, Helga. Ich habe mir vorgenommen, dich, wenn du wieder hier bist, genauso zu quälen, wie du mich gequält hast, aber meine Liebe zu dir ist größer als mein Haß. Ich tu dir heute nichts mehr, hab keine Angst. Ich möchte dich, wenn ich einschlafe, nur in meinen Armen halten. Wirst du es wieder lernen, mich zu lieben?«

»Vielleicht liebe ich dich noch«, sagte sie. »Ich weiß es nicht.« Er löschte das Licht aus, legte den Kopf an ihre Brust und schlief innerhalb von fünf Minuten ein. Sie machte sich vorsichtig von ihm los, drehte sich auf den Rücken und dachte wieder an Dieter, und als es vor dem Fenster hell wurde, dachte sie noch immer an ihn. Dann erst fiel sie in einen unruhigen Schlaf, wurde jedoch, als Stefano leise neben ihr aufstand, augenblicklich wach. Mit geschlossenen Augen horchte sie auf seine Bewegungen und überlegte, ob sie den Reisepaß jetzt gleich oder erst später holen solle. Sie fand es dann jedoch klüger, bis zum letzten Augenblick zu warten. Falls Stefano noch einmal in das Schlafzimmer seiner Mutter ging und ihn dort vermißte, würde alles umsonst gewesen sein.

Einschlafen konnte sie nicht mehr, sie deckte sich, weil sie vor Nervosität wieder schwitzte, ganz auf. Sie überlegte, warum es ihr, obwohl sie Stefano nicht mehr liebte, nichts ausgemacht hatte, sich ihm zum wiederholten Male hinzugeben, ohne etwas anderes dabei zu empfinden als große Lust, und weshalb sie bei ihrem letzten Zusammensein mit Dieter im Hotelzimmer in Nizza keine Lust mehr empfunden hatte. Vielleicht nur deshalb nicht, weil der Gedanke an die bevorstehende Trennung bereits stärker gewesen war als alles andere. Sie stand auf, zog ihren Morgenrock an und trat ans Fenster. Der Himmel spannte sich auch heute in wolkenloser Bläue über die kahlen, rostfarbenen Berggipfel, die Blätter in der Obstplantage des Pfarrers leuchteten rot, gelb und braun, die Luft schmeckte klar und frisch wie Quellwasser. Sie meinte, noch nie einen so schönen Morgen erlebt zu haben, und als Stefano ins Zimmer kam, sie von hinten umfaßte und ihren Nacken küßte, fragte sie: »Hast du gut geschlafen?«

»Ich habe die halbe Nacht von dir geträumt«, sagte er. »Du hättest noch eine Stunde liegenbleiben können.«

»Ich fühle mich sehr ausgeschlafen«, sagte sie und wandte sich nach ihm um. Sie blickte in sein Gesicht, das sie nun schon so gut kannte wie das Gesicht ihres Vaters, und sie berührte es mit den Handflächen und sagte: »Wenn ich dir einmal weh tue, dann nicht, weil ich es will, sondern weil ich nicht anders kann.«

»Das weiß ich«, sagte er. »Du bist eben schön und schwierig zugleich. So wie dich habe ich mir immer meine Frau vorgestellt – ich wollte keine von jenen, bei denen man immer weiß, was sie denken und empfinden. Vielleicht werde ich dich nie ganz verstehen lernen, aber wenn es anders wäre, würde ich dich auch nicht so sehr lieben können.«

»Das mußt du mir erklären«, sagte sie. Er küßte sie. »Es gab hier früher einen alten Brunnen; man hat ihn inzwischen zugeschüttet. Er war so tief, daß man einen hinabgeworfenen Stein nicht aufschlagen hörte. Als Kinder haben wir immer darüber gerätselt, wie tief er wirklich ist, aber keiner von den alten Leuten im Dorf wußte es noch. Du erinnerst mich an ihn. Was willst du frühstücken?«

»Das ist mir egal«, sagte sie. »Ist deine Mutter noch immer nicht zurückgekommen?«

»Nein«, sagte er. »Sie wird sicher warten, bis wir weggegangen sind. Sie weiß, daß ich heute morgen mit dir nach Limone fahre. Wir frühstücken in der Küche. Ist dir das recht?« Sie nickte. Er hatte, als sie vom Duschen kam, das Frühstück schon fertig. »Du kannst dich später anziehen«, sagte er. Während sie am Tisch saßen, blickte er sie ein paarmal an, sagte jedoch nichts, und als sie ihn fragte, weshalb er sie ansehe, sagte er: »Du kommst mir heute noch schöner vor.« Er wollte nicht, daß sie hinterher den Tisch abräumte. »Das erledige ich«, sagte er. »Zieh dich schon an.« Sie ging die Treppe hinauf. Vor ihrer Zimmertür zog sie die Hausschuhe aus und ging, damit er es in der Küche nicht hören konnte, auf bloßen Füßen in das Schlafzimmer ihrer Schwiegermutter. Sie nahm den Reisepaß zu sich und schob ihn, als sie sich anzog, in ihren Slip. Zehn Minuten später verließ sie mit Stefano das Haus. Den Schlüssel legte er für seine Mutter unter eine gelockerte Steinplatte hinter den Zapfsäulen. Auf der Fahrt nach Limone schaltete er das Radio ein und sagte: »Am Sonntag fahren wir vielleicht nach Imperia. Hast du Lust?«

»Ja«, sagte sie. »Darauf freue ich mich, Stefano.« Sie achtete auf alle entgegenkommenden Autos, und einmal fragte sie: »Bist du wirklich den ganzen Tag in der Werkstatt?« Er antwortete: »Das habe ich dir schon gesagt. Warum fragst du?«

»Es interessiert mich eben«, sagte sie und wandte ihm das Gesicht zu. »Wo hast du die Pistole?«

»Sie gehörte Filippino«, antwortete er. »Ich habe sie ihm gestern zurückgegeben.« Seine Antwort überraschte sie, sie fragte: »Womit willst du mich dann erschießen?«

»Ich hoffe, das wird jetzt nicht mehr erforderlich sein«, sagte er. »Außerdem kann ich mit einem Gewehr besser umgehen als mit einer Pistole.«

»Du würdest es noch immer tun?« fragte sie. Er schaute sie merkwürdig an.

Francesco wischte sich, als sie die Werkstatt betraten, mit einem Lappen die öligen Hände ab. Er nickte Stefano zu; Helga schenkte er keinen Blick. Sie hielten sich nicht bei ihm auf und gingen sofort in das kleine Büro. »Was hat er?« fragte sie. Stefano nahm einen Overall vom Türhaken und sagte: »Sicher hat Mamma ihn heute früh von Onkel Marco aus angerufen. Kümmere dich nicht um ihn. Zum Mittagessen gehen wir in eine Trattoria. Die Karteikarten liegen auf dem Schreibtisch. Findest du dich damit zurecht?« Sie betrachtete sie. »Sie sind nicht viel anders als bei uns daheim. Du mußt mir noch sagen, mit welchem Ordner ich anfangen soll.«

»Das ist egal«, sagte er und gab ihr einen. »Nimm diesen Füllfederhalter; der andere kleckst.« In dem Overall wirkte er breiter und größer. Sie sagte: »Du solltest ihn waschen lassen.«

»Willst du das für mich tun?« fragte er und zog sie an sich. Aus Furcht, er könnte sie wieder streicheln und den Reisepaß entdecken, entzog sie sich ihm rasch und sagte: »Francesco kann hereinkommen. Du bist unersättlich geworden. Früher warst du nicht so.«

»In unseren Flitterwochen?« sagte er. »Oder hast du das schon vergessen? Damals wolltest du zehnmal am Tag.«

»Ich erinnere mich noch sehr gut, wer von uns beiden das wollte und nicht konnte«, wies sie ihn zurecht. Er ging lächelnd in die Werkstatt. Sie lehnte sich mit dem Rücken gegen die Tür und schob ihr Kleid hinauf. Unter dem dünnen Slip hob sich der Reisepaß gut sichtbar ab. Herausrutschen konnte er dort nicht, aber nach ihren jüngsten Erfahrungen mit Stefano durfte sie nicht davon ausgehen, daß es ein gutes Versteck für ihn war. Sie schob ihn versuchshalber seitlich und dann auch noch hinten hinein; hinten ging es jedoch schon gar nicht, denn dort hob er sich sogar noch unter dem Kleid ab. Sie überlegte, ob sie ihn, bis sie ihn brauchte, im Büro verstecken sollte, kam aber, weil ihr das zu unsicher war, von dem Gedanken ab. Schließlich ließ sie ihn dort, wo er schon die ganze Zeit gesteckt hatte. Auf dem Schreibtisch neben dem Telefonapparat lag eine angebrochene Zigarettenpackung. Sie nahm eine heraus und suchte nach Feuer; in der Schublade entdeckte sie Zündhölzer. Auf einem Fetzen Papier probierte sie den Füllfederhalter aus, er war ihr ungewohnt, bei ihrem ersten Versuch auf einem Karteiblatt verschrieb sie sich, sie zerriß es in kleine Stücke und warf sie in den Papierkorb. Sie war jetzt sehr nervös und schwitzte an den Händen. Während sie die nächste Karte ausfüllte, mußte sie die Hände immer wieder am Kleid abwischen. Unter den Rechnungen waren viele, deren Adresse sie nicht entziffern konnte, sie legte sie gesondert auf den Schreibtisch und füllte innerhalb einer Stunde dreißig Karteikarten aus.

Stefano kam während dieser Zeit zweimal zu ihr und konnte die meisten unleserlich geschriebenen Rechnungen auch nicht entziffern, er sagte: »Sie wurden von Francesco geschrieben. Du kannst ihn später danach fragen. Willst du im Garten eine Pause machen?« Sie wäre, hätte sie nicht jede Minute den von Dieter angekündigten Anruf erwartet, sofort damit einverstanden gewesen. So aber lehnte sie seinen Vorschlag ab und sagte: »Ich will bis zum Mittagessen hundert Karten fertig haben.«

»Du bist sehr fleißig«, sagte er und verschwand wieder in die Werkstatt; sie verstand nicht, weshalb Dieter nicht anrief. Vielleicht würde er erst anrufen, wenn sie mit Stefano schon zum Mittagessen weggegangen war. Oder das Telefon war kaputt. Sie nahm den Hörer ab und stellte zu ihrer Erleichterung fest, daß es funktionierte. Sie sagte: »Hallo, hier bin ich«, und noch einige andere unnütze Dinge in das Telefon. Sie legte den Hörer wieder auf und rauchte am Fenster eine Zigarette. Sie war nervlich so angespannt, daß sie, um sich Luft zu schaffen, laut aufseufzte, und als das Telefon, während sie noch am Fenster stand, tatsächlich läutete, drehte sie sich langsam nach ihm um und starrte es unverwandt an. Dann starrte sie Stefano an, der rasch hereinkam, ihr zulächelte, den Hörer abnahm und sich meldete.

Er sagte zweimal hintereinander: »Si, Signore«, lauschte noch eine Weile, und legte dann auf. »Wir müssen wegfahren«, sagte er. »Jemand hat eine Panne.« Er zog den Overall aus, hängte ihn an den Türhaken und drehte sich nach Helga um. Sie sah so blaß aus, daß er besorgt fragte: »Ist dir nicht gut?«

»Doch«, sagte sie. »Ich muß mich nur erst wieder an die dünne Luft hier gewöhnen.«

»Dann wären wir heute besser nicht nach Limone gefahren«, sagte er, noch immer besorgt. Sie schüttelte den Kopf und sagte: »Ich brauche nur etwas Bewegung. Es trifft sich ganz gut, daß du wegfahren mußt.«

»Du hast zuviel gearbeitet«, sagte er. »Nach dem Essen legst du dich in den Garten.« Seine Stimme klang so fürsorglich, daß sie sich schämte. Sie folgte ihm in die Werkstatt. Er wechselte mit Francesco, der seine Arbeit nicht unterbrach, einige Worte, und ging dann mit Helga auf die Straße zu seinem Wagen. Sie fragte: »Wohin fahren wir?« Er lächelte. »Auf einen Waldweg. Da haben sich wieder mal zwei geliebt, und als sie weiterfahren wollten, ist der Motor nicht mehr angesprungen. Vielleicht ist ihnen auch nur das Benzin ausgegangen.«

»Mußt du dann keines mitnehmen?« fragte sie, während sie sich zu ihm in den Alfa setzte. Er sagte: »Ich habe immer einen vollen Kanister im Kofferraum.« Als sie zur Paßstraße hinabfuhren, legte er einen Arm um ihre Schultern und sagte: »Vielleicht willst du nach dem Essen im Bach baden. Ich fahre dich hinunter. Das wird dich wieder frisch machen.«

»Ich fühle mich jetzt schon viel besser«, sagte sie, und ihre Stimme klang ein wenig heiser, aber es fiel ihm nicht auf, er sagte: »Am Sonntag fahren wir gleich nach dem Frühstück weg und nehmen uns etwas zu essen mit. Ich wollte schon lange wieder mal im Meer baden. Zwischen Imperia und Laigueglia gibt es eine kleine Bucht, die noch nicht so überlaufen ist wie die anderen Badestrände.«

»Dann brauche ich vorher noch einen Bikini«, sagte sie, während ihr Herz immer heftiger schlug. Er nickte. »Den holen wir am Samstag in Cuneo. Schreib dir bis dahin auf, was du sonst noch brauchst. Jetzt bist du nicht mehr so blaß. Dreh dein Fenster herunter. Es ist sehr warm heute.«

»Ja, es ist sehr warm«, sagte sie und betrachtete den nahen Wald. Stefano sagte belustigt: »Hier seid ihr an mir vorbeigefahren; er hat mich ganz schön aufs Kreuz gelegt.«

»Wer?« fragte sie geistesabwesend. Er beugte sich zu ihr hinüber, küßte sie auf die Wange und sagte: »Du hast mir noch immer nicht verraten, wie oft du mit ihm geschlafen hast.«

»Warum fängst du immer wieder davon an?« fragte sie. »Ich möchte nicht mehr daran denken.«

»Tut es dir leid?« fragte er. Sie sagte: »Ja, das hat mir hinterher alles sehr leid getan, Stefano. Wer hat dich angerufen?« Er antwortete: »Der Inhaber einer Pension in Limone. Es handelt sich um Gäste von ihm, ein junger Mann und seine Freundin. Sie fahren einen Fiat. Vielleicht ist ihnen auch nur der Motor heiß geworden.«

»Weißt du, wie der junge Mann heißt?« fragte sie. Er nahm, weil die Straße jetzt kurvig wurde, den Arm von ihrer Schulter und antwortete: »Perrone oder so.« Sie schwieg, aber sie konnte jetzt kaum mehr atmen. Zwischen den grünen Talwänden war in der grellen Mittagssonne so viel Licht, daß ihr die Augen weh taten. Sie schloß sie und fragte: »Welcher Waldweg ist es?«

»Wir sind ihn schon einmal gefahren«, sagte er. »Er verläuft parallel zur Straße.«

»Auf der linken Seite?« fragte sie. Er nickte. »Von hier aus gesehen.«

»Ja, an den erinnere ich mich noch«, sagte sie. »Der ist doch für Privatwagen verboten.«

»Dann sind sie auch nicht gestört worden«, sagte er. »Sicher waren sie bei Signor Paolini vom IAC-Notruf und haben von dort die Pension verständigt. Hier sind wir schon.« Er bog von der Straße auf den Waldweg ein. Helga fragte: »Kann ich eine Zigarette haben, Stefano?« Er nahm die Packung aus seiner Hosentasche, gab sie ihr und sagte: »Früher hast du nicht so viel geraucht.« Sie sagte: »Stefano!« Er blickte sie an. »Hättest du mich wirklich erschossen, wenn ich dir noch einmal davongelaufen wäre?« fragte sie. Er sagte: »Das weiß ich nicht, Helga. Aber ich hätte es versucht. Es gibt nichts mehr, was mir wichtiger ist als du; nicht einmal mein eigenes Leben. Vielleicht hast du recht damit, daß ich jetzt alle gegen mich habe, aber darauf kommt es mir nicht mehr an. Ich habe mich für dich entschieden, und eines Tages werden sie es anders sehen als heute. Auch Francesco, Luigi und Filippino.« Sie sagte, ohne ihn anzusehen: »Ich bin deiner gar nicht wert, Stefano. Wenn mir etwas schiefgeht, suche ich die Schuld immer bei den anderen und nicht bei mir.«

»Das tun wir mehr oder weniger alle«, sagte er. Dann sah er hinter einer Wegekrümmung einen Fiat stehen und etwa fünfzig Meter weiter, halb verdeckt in der nächsten Wegekrümmung, einen zweiten Wagen. Er registrierte mit einem Blick, daß sie beide italienische Zulassungsnummern hatten, er konnte, weil sie aus derselben Richtung gekommen sein mußten wie er, nur ihr Heck sehen. Der hintere stand neben einem großen Felsbrocken, der an der Bergseite zwischen den hohen Fichten aus dem moosbewachsenen Waldboden ragte. Bei dem zweiten schien es sich um einen Alfa zu handeln, er war sich dessen jedoch nicht ganz sicher. Da er auf dem schmalen Waldweg an dem Fiat nicht vorbeifahren konnte, stellte er den Motor ab, stieg aus und warf einen Blick in den leeren Fiat; der Zündschlüssel steckte. Dann hörte er den Motor des Alfas anspringen, es war ihm jedoch von seinem Platz aus nicht möglich, den Fahrer zu sehen. Er kehrte zu Helga zurück und sagte: »Warte hier; ich sehe nach, was da vorne los ist. Vielleicht haben sie schon Hilfe bekommen.« Sie nickte stumm und beobachtete, wie er zu dem Alfa ging. Er hatte ihn schon fast erreicht, als dieser plötzlich anfuhr und in der Wegekrümmung verschwand. Fast gleichzeitig vernahm sie in ihrer unmittelbaren Nähe ein Geräusch, sie drehte den Kopf und sah Dieter neben dem großen Felsbrocken auftauchen. Er sagte: »Da bin ich, meine Maus«, und setzte sich zu ihr. Sie preßte, vor Erleichterung aufschluchzend, den Kopf an seine Schulter. Er küßte sie rasch, vergewisserte sich, daß der Schlüssel steckte, und ließ den Motor an. Zu diesem Zeitpunkt hatte Stefano, noch immer dem wegfahrenden Alfa folgend, die Wegekrümmung erreicht und drehte sich bei dem jähen Motorengeräusch in seinem Rücken schnell um, aber zwischen ihm und seinem eigenen Wagen stand noch immer der Fiat auf dem Waldweg, so daß er erst einige Schritte zurücklaufen mußte, um ihn wieder zu sehen, dann kam er mit großen Sätzen angehetzt. Bis dahin hatte DC bereits den Rückwärtsgang eingelegt und fuhr los. Er beobachtete mit einem Auge, wie Stefano seinen Lauf neben dem Fiat abbremste und sich hineinsetzte, dann verschwand er vorübergehend in einer Kurve aus seinen Augen. Er trat auf die Bremse, steckte den Kopf aus dem Fenster und lauschte. Erst als er den Fiat näher kommen hörte, fuhr auch er im Rückwärtsgang weiter. Er sagte: »Bis jetzt verhält er sich genauso, wie ich es erwartet habe, meine Maus.« Sie sagte verstört: »Ich verstehe das alles nicht. Was sind das für Wagen? Hattest du nicht einen Ferrari mitgebracht, oder gehörte der den jungen Leuten?«

»Ich erkläre dir das alles noch«, sagte er. »Dieser Motor hier ist zwar stärker als der des Fiat, aber bergabwärts zahlt sich das nicht groß aus. Hast du den Reisepaß?«

»Ja«, sagte sie. Er grinste erleichtert und beugte sich, um den Weg hinter dem Heck besser sehen zu können, wieder aus dem Fenster. Auf den letzten vierhundert Metern zur Straße verlief er steil abschüssig, jedoch einigermaßen gerade, so daß DC die volle Drehzahl ausfahren konnte. Den Fiat sahen sie erst wieder, als sie die Straße erreichten, er kam in halsbrecherischer Fahrt rückwärts den Weg herunter. Helga sagte heiser vor Furcht: »Er wird uns einholen.«

»Dann muß er sich aber sehr anstrengen«, sagte DC und fuhr im zweiten Gang an. Er zog den Alfa auf die rechte Straßenseite und sagte: »Jetzt mußt du dich etwas festhalten, meine Maus.« Er fuhr, so rasch wie es die kurvenreiche Straße erlaubte, talwärts nach Vernante, überholte zwischen engen, jedoch übersichtlichen Kurven mehrere Personenwagen und drosselte das Tempo erst, als er den Fiat im Rückspiegel aus den Augen verloren hatte. Helga, die mit blassem Gesicht neben ihm saß, fragte: »Wieso hast du ihm den Wagenschlüssel zurückgelassen?«

»Wenn ich es nicht getan hätte«, antwortete er, »wäre er quer durch den Wald zur Paßstraße hinuntergerannt und hätte von der Notrufstelle aus seinen Bruder auf dem Colle di Tenda angerufen.

Eine halbe Stunde später wären sämtliche Grenzstationen davon verständigt gewesen, daß ich die Frau eines Italieners entführt habe. Warte noch, bis wir durch Vernante sind, dort wird die Straße besser und ich werde dir alles erzählen.«

Bis zur Brücke mußten sie noch drei andere Wagen überholen, aber als sie die Pappelallee erreichten, tauchte auch der Fiat wieder im Rückspiegel auf. DC sagte: »Er fährt wie eine Sau. Ist dir schlecht?«

»Nein«, sagte sie gefaßt.

Die Tankstelle lag verlassen in der warmen Herbstsonne. Wie immer zur Mittagszeit war auch die Dorfstraße menschenleer. DC vergewisserte sich im Rückspiegel, daß sich der Abstand zu dem Fiat nicht verkleinert hatte. Er fuhr im oberen Drehzahlbereich des zweiten Gangs über die zuerst steil ansteigende Dorfstraße. Obwohl sie sehr schmal war, mußte er wieder einen langsam fahrenden Wagen überholen, dann senkte sie sich ebenso steil in die Tiefe und dort, wo die letzten Häuser standen, führte sie ein Stück weit übersichtlich durch das Tal. Innerhalb weniger Sekunden gelang es ihm, den Abstand zu dem Fiat fast zu verdoppeln, er sagte: »Das ist kein serienmäßiger Motor. Was hat er daran geändert?«

»Ich weiß es nicht«, sagte sie. »Ich kenne mich in solchen Dingen nicht aus. Wo willst du hinfahren? Nach Cuneo?«

»Wir zweigen vorher ab und fahren über den Colle di Maddalena nach Frankreich«, sagte DC. »Ich habe mir die Strecke gestern mittag und heute früh genau angesehen. Es gibt dort wenig Verkehr und keine Ampeln.«

Die Straße wurde jetzt wieder so kurvenreich, daß er sich ganz dem Lenkrad widmen mußte. Kurz darauf holten sie einen kleinen Renault mit französischen Kennzeichen ein, und vor ihm fuhr ein großer Lastwagen. Obwohl der Abstand zwischen beiden kaum drei Wagenlängen betrug, rangierte sich DC noch vor dem Renault ein; sein Fahrer mußte stark abbremsen und hupte wütend. DC sagte: »Ich mußte es tun, auf den nächsten Kilometern gibt es kaum mehr eine Möglichkeit zum Überholen, erst vor Robilante wieder.« Er blickte in den Rückspiegel. Stefano war jetzt hinter dem Renault und setzte ein paarmal zum Überholen an, mußte jedoch vor dem immer neu auftauchenden Kurven jedesmal auf die rechte Straßenseite zurück; DC konnte deutlich sein Gesicht sehen; es sah grau aus. Zwischen zwei engen Kurven überholte DC noch den Lastwagen. Da dieser kaum zur Seite wich, kam der Alfa mit den linken Rädern in den flachen Straßengraben, es gelang DC jedoch, ihn noch vor der nächsten Kurve wieder auf die Straße zu bringen, er zwang den Lastwagenfahrer durch scharfes Schneiden zu einer Notbremsung. Sein Hupen dröhnte ihnen noch in den Ohren, als sie ihn längst hinter sich gelassen hatten. DC griff beruhigend nach Helgas Hand und sagte: »Es war leichtsinnig, aber ich mußte es riskieren. Jetzt haben wir für die nächsten Kilometer Luft. Stefano hätte uns sonst, wenn wir ihn hier nicht abgeschüttelt hätten, vielleicht von hinten zu rammen versucht. Hat er seine Pistole bei sich?«

»Nein«, sagte sie, und sie konnte kaum reden. »Wenn uns einer entgegengekommen wäre . . .«

»Hast du einen gesehen?« fragte er lächelnd. Sie gab keine Antwort. Er sagte, um sie abzulenken: »Die Geschichte war ganz einfach, meine Maus. Wir haben die beiden Wagen gemietet, den zweiten heute vormittag in Cuneo; den Fiat hatten wir schon mitgebracht; Fred fährt einen Alfa. Er sollte Stefano von dir weglokken, was ihm auch gelungen ist. Stefano hatte dann nur noch die Möglichkeit, mit dem Fiat entweder uns oder Fred nachzufahren. Wäre er ihm nachgefahren, hätte er vor uns auf der Paßstraße sein können, weil wir ein ganzes Stück in Richtung Limone zurück mußten. In diesem Falle hätte Fred den abgeschlossenen Alfa irgendwo stehenlassen müssen, damit Stefano auf dem Weg nicht weitergekommen wäre. Ich habe mir aber gedacht, daß er uns und nicht Fred nachfahren würde.«

»Er könnte auch jetzt noch vom nächsten Telefon aus Filippino anrufen«, warf sie ein. DC sagte: »Natürlich könnte er das, aber er würde uns dabei aus den Augen verlieren, und vorläufig wird ihm mehr daran gelegen sein, uns auf den Fersen zu bleiben, weil er nicht weiß, wohin wir wollen. Wir könnten auch nach Turin oder Mailand fahren und uns dort aufhalten, bis Fred dir deinen alten Personalausweis herbeigeschafft hat. Stefano wird nicht riskieren wollen, daß wir irgendwo in Italien untertauchen. Er wird uns so lange nachfahren, wie er sich einreden kann, den Nachteil seines schwächeren Motors durch besseres Fahrvermögen ausgleichen zu können. Männer unseres Handwerks sind meistens davon überzeugt, daß sie besser fahren können als andere. Er wird zumindest erfahren wollen, welche Richtung wir einschlagen.« Sie dachte darüber nach, dann fragte sie: »Wo ist Fred jetzt?«

»Sicher schon auf dem Weg nach Cuneo«, antwortete DC. »Er gibt dort den Alfa ab und wird sich dann um den Fiat kümmern, aber das erkläre ich dir nachher.« Er griff, von Erleichterung überwältigt, nach ihrer Hand und sagte: »Ist das nicht ein schöner Tag, meine Maus?« Sie nickte, sagte jedoch: »Ich komme mir beinahe erbärmlich vor, Dieter, und wie ihr das gemacht habt, das war doch fast gemein.« Er fragte verwundert: »Wovon redest du?« Sie antwortete: »Wie ihr ihn vorhin reingelegt habt. Hast du ihn in der Werkstatt angerufen?«

»Das war Signor Mignard«, antwortete er. »Wir haben bei ihm gewohnt.«

»In der Pension?« fragte sie ungläubig. Er blickte wieder in den Rückspiegel; von dem Fiat war jedoch noch nichts zu sehen. »Ich habe sogar im selben Zimmer gewohnt wie damals«, sagte er und erzählte ihr von den beiden jungen Leuten. »Wir haben Signor Mignard ein wenig anschwindeln müssen«, sagte er dann. »Er hätte sonst vielleicht nicht mitgespielt. Wir haben ihm erzählt, wir hätten auf dem Waldweg ein junges Pärchen, das auf dem Weg zu ihm gewesen sei, mit einer Autopanne angetroffen. Wir baten ihn, Stefano in ihrem Auftrag anzurufen. Ich konnte es nicht tun, sicher wäre es Stefano sofort aufgefallen, daß ich kein Italiener bin; wir mußten alles vermeiden, was ihn hätte mißtrauisch machen können. Der Ferrari steht unterhalb des Colle di Maddalena auf einem kleinen Waldparkplatz hinter Argentera; das ist der letzte Ort vor der Grenze. Bis dorthin müssen wir Stefano hinter uns herziehen. Er wird dann wissen, wohin wir wollen und alles daran setzen, uns noch vor der Grenze einzuholen.« Sie dachte wieder darüber nach und sagte dann: »Da er weiß, daß dieser Wagen schneller ist als der Fiat, wird er vielleicht von Argentera aus die Grenzstelle verständigen. Wie willst du das verhindern?«

»Das wirst du gleich sehen«, sagte er. »Wir hängen ihn kurz vor dem Parkplatz ab und steigen dort in den Ferrari um. Wenn er seinen Alfa sieht, wird er glauben, wir hätten eine Panne und seien zu Fuß weitergegangen. Ich vermute, daß er sich dann nicht um den Alfa kümmern, sondern uns nachfahren wird, weil er annehmen muß, er würde uns, wenn wir ohne Auto sind, rasch einholen können. Bis er seinen Irrtum erkennt, sind wir bereits über der Grenze.« Er beugte sich zu ihr hinüber, küßte sie und sagte: »Davon habe ich seit Nizza Tag und Nacht geträumt. Was ich dir sonst noch zu sagen

habe, hole ich in Frankreich nach. Warum fragst du nicht nach Marianne?«
»Es ist nicht meine Sache, von ihr zu sprechen«, antwortete sie.
Er sagte: »Sie hat mich nicht mehr sehen wollen.«
»Das wußte ich nicht«, sagte Helga.
Er fuhr mit gedrosselter Geschwindigkeit bis kurz vor Robilante. Am Ende eines kerzengeraden Straßenstücks trat er auf die Bremse und sagte: »Wir haben keine Panne; ich tue nur so. Bleib sitzen.« Er öffnete die Verriegelung der Motorhaube, stieg aus und öffnete sie; den Motor ließ er laufen. »Er hat einiges hineingesteckt«, sagte er. »Der Vergaser ist auch nicht serienmäßig.« Er blieb neben dem Wagen stehen, bis er den Fiat am anderen Ende der langen Geraden auftauchen sah, und wartete noch, bis er sicher sein konnte, daß Stefano die offene Motorhaube gesehen hatte. Dann warf er sie zu, setzte sich in den Wagen und fuhr mit durchgetretenem Gaspedal an. Trotzdem verringerte sich die Entfernung zu dem Fiat auf wenige Dutzend Meter, erst dann machte sich der stärkere Motor des Alfas bemerkbar, und DC konnte die Distanz wieder vergrößern. Helga fragte mit vor Schreck rauher Stimme: »Warum hast du das getan?«
»Er soll glauben, wir hätten mit dem Motor Schwierigkeiten«, sagte er. »Das wird ihn erst recht darin bestärken, uns noch einholen zu können. Diesmal sind wir es, die mit ihm Katz und Maus spielen.«
In der nächsten halben Stunde ließ er Stefano nie näher als bis auf Sichtweite herankommen, er schnitt die Kurven oft so knapp, daß Helga sich ein paarmal an seinem Arm festklammerte. Erst als sie wenige Kilometer vor Cuneo die Abzweigung zum Colle di Maddalena erreichten, ließ er Stefano so nahe auffahren, daß er ihre Richtungsänderung bemerken mußte. Später vergrößerte er auf der steil ansteigenden Paßstraße wieder die Distanz, bis er ihn im Rückspiegel aus den Augen verlor. Auf einem übersichtlichen Straßenstück inmitten eines breiten Tals mit schneebedeckten Berggipfeln hielt er mit offener Motorhaube erneut an, und auch diesmal fuhr er Stefano wieder im letzten Augenblick davon. Die wenigen Ortschaften an der Straße mit ihren viereckigen Kirchtürmen wurden, je tiefer sie in die Berge kamen, immer unansehnlicher, oft waren es nur ein paar armselige Hütten am Straßenrand. Helga betrachtete sie geistesabwesend, und einmal sagte sie: »Ich kann noch immer nicht recht

daran glauben, Dieter, ich meine immer noch, es müßte etwas schiefgehen. Ich kann mich nicht einmal richtig freuen. Vielleicht erschießt er sich, wenn wir ihm entwischen?«

»Wäre es dir lieber, er würde auch dich erschießen?« fragte er. Sie hielt zum ungezählten Male durch das Heckfenster nach dem Fiat Ausschau. Da die Straße jedoch in vielen Kurven steil bergan führte, konnte sie ihn nicht sehen, sie fragte: »Was wird mit dem Fiat geschehen? Du mußt ihn doch sicher dort, wo du ihn bekommen hast, wieder abgeben.«

»Darum kümmert sich Fred«, sagte er. »Stefano wird ihn, wenn er sich in seinen eigenen setzt, auf dem Parkplatz stehenlassen. Fred fährt heute abend von Cuneo aus mit einem Taxi hin und holt ihn ab.«

»Er wird keinen Schlüssel haben«, sagte sie. »Ich glaube nicht, daß Stefano, wenn er in seinen eigenen Wagen umsteigt, den Schlüssel im Wagen lassen wird.«

»Fred hat einen Ersatzschlüssel«, sagte DC. Sie mußte, obwohl ihr nicht danach zumute war, ein wenig lächeln. »Du hast wirklich an alles gedacht.«

»Ich habe, seit ich gestern mit dir gesprochen habe, nichts anderes mehr getan.«

»Aber an eines hast du nicht gedacht«, sagte sie. »Stefano hätte, als er auf dem Waldweg ausgestiegen ist, den Zündschlüssel genausogut abziehen wie steckenlassen können. Das war doch reines Glück, Dieter.« Er griff wieder nach ihrer Hand und sagte: »In diesem Fall hätte ich ihn auch ohne Zündschlüssel zum Laufen gebracht oder wir wären in den Fiat umgestiegen und Fred nachgefahren. Sein Alfa ist kaum langsamer als dieser hier.«

»Stefano hätte sich uns in den Weg gestellt.«

»Um uns anzuhalten? Das hätte er nur mit der Pistole tun können.«

»Du wußtest nicht, daß er sie nicht mitgenommen hatte«, sagte sie. »Oder hast du auch das gewußt?«

»Nein«, sagte er. »Aber dieses Risiko warst du mir wert.« Sie führte seine Hand an den Mund und küßte sie. Dann betrachtete sie die hohen Berge auf beiden Seiten und sagte: »Da hinüber hätten wir es zu Fuß nicht geschafft, Dieter. Es sind viele dabei, die über dreitausend Meter hoch sind. Ich war mit Stefano einmal hier, aber das ist schon über ein Jahr her; ich weiß auch nicht mehr, wie der Ort geheißen hat; wir haben in einem kleinen Gasthaus zu Mittag gegessen. Wie weit ist es noch bis zur Grenze?«

»Vielleicht zwanzig Kilometer«, antwortete er. »Wir kommen jetzt noch durch Pontebernardo, und der nächste Ort ist schon Argenterea.«

»Pontebernardo«, sagte sie. »Das klingt mir bekannt. Ich glaube, dort waren wir.« Sie erinnerte sich auch wieder, als sie den Ort durchfuhren, und zeigte DC das kleine Gasthaus. Unmittelbar hinter dem Ortsausgang führte die Straße in vielen Serpentinen die steile Talwand hinauf. An einer übersichtlichen Stelle wartete DC wieder auf den Fiat, er öffnete, als er ihn aus dem Ort kommen sah, die Motorhaube, startete diesmal jedoch frühzeitiger, als er es bisher getan hatte, und als er weiterfuhr, ließ er Stefano immer näher kommen.

Er sagte: »Jetzt wird er fest davon überzeugt sein, daß mit dem Motor etwas nicht stimmt. Er weiß, daß ich ihn auf dieser Steigung mühelos abhängen könnte.«

»Ich kann schon nicht mehr hinschauen«, sagte Helga blaß. »Warum läßt du ihn so nahe herankommen?«

»Damit er an unsere Panne glaubt«, sagte DC. »Hab keine Sorge, meine Maus. Auf der anderen Seite liegt schon Argentera. Wir müssen nur verhindern, daß er doch noch auf den Gedanken kommt, von dort aus telefonieren zu wollen. Je dichter wir ihn auffahren lassen, desto sicherer wird er sich seiner Sache werden. Er wird sich ausrechnen, daß ihm die Zeit, die wir für die Grenzabfertigung brauchen, bei unserer jetzigen Geschwindigkeit reichen wird, um unseren Vorsprung einzuholen. Wenn er natürlich wüßte, daß ein Ferrari auf uns wartet, würde er vermutlich anders reagieren.«

Die Serpentinen endeten auf einer kleinen Paßhöhe, von hier aus sahen sie auch die Häuser von Argentera inmitten einer Landschaft himmelhoher, schneebedeckter Berge. Sie konnten jedoch keinen Blick dafür verwenden, weil Stefano auf den letzten Serpentinen noch näher gekommen war und jetzt kaum mehr als hundert Meter entfernt hinter ihnen herfuhr. Da die Straße jenseits des kleinen Passes steil in die Tiefe führte, gelang es DC trotz waghalsiger Fahrweise nicht, die Entfernung wesentlich zu vergrößern, er sagte grinsend: »Er wäre ein guter Rallyefahrer geworden. Hat er nie davon gesprochen?«

»In Vernante fühlen sie sich fast alle als verhinderte Rennfahrer«, sagte Helga. »Du hättest nicht so lange auf ihn warten sollen, Dieter. Du bringst uns noch alle um.«

»Auf der leeren Straße nicht«, sagte er. Trotzdem schwitzte er, als sie die ersten Häuser erreichten, an den Händen. Er fuhr mit überhöhter Geschwindigkeit durch die schmale Ortsdurchfahrt, aber Stefano fuhr noch schneller und bedenkenloser, der Abstand zwischen ihnen verringerte sich auf kaum zwanzig Meter und wurde erst wieder größer, als die Straße am Dorfende steil in ein bewaldetes Tal anstieg. DC schaltete in den zweiten Gang zurück und beobachtete, während er das Gaspedal voll durchtrat, im Rückspiegel, wie sich der Abstand zwischen den beiden Wagen rasch vergrößerte; einen kleinen Fiat, der fast im Schrittempo die Steigung hinaufkroch, überholte er ohne Schwierigkeiten, dann verlor er hinter einer Kurve Stefano aus den Augen. Und jetzt erst atmete er auf und sagte: »Er hat nicht angehalten. Er hat eben seine letzte Karte verspielt, ohne es zu wissen.« Er warf einen prüfenden Blick auf Öl- und Wasserthermometer, sie standen beide im roten Bereich, durch die offenen Fenster drang der scharfe Geruch erhitzten Gummis. In den nächsten zehn Minuten nahm er den Fuß nicht mehr vom Gaspedal, das Tal wurde immer enger, die Straße noch steiler, dann tauchte hinter einer Kurve links der Straße eine kleine Wiese auf, und ihr gegenüber, auf der anderen Seite, stand auf einem Parkplatz am Waldrand der Ferrari. Bei seinem Anblick atmete DC zum zweiten Mal auf. Er brachte den Alfa unmittelbar hinter ihm zum Stehen, sprang aus dem Wagen und öffnete die Motorhaube. Er zog zwei Zündkabel heraus, steckte sie oberflächlich zurück und lief zum Ferrari, wo er von Helga bereits erwartet wurde. Bevor er den Motor startete, hörte er hinter sich bereits den Fiat zwischen den engen Talwänden dröhnen; es klang, als nähme Stefano die Steigung im ersten Gang. Helga sagte mit blassem Gesicht: »Wenn er jetzt nicht anspringt!« DC lächelte nur, und als sie Augenblicke später weiterfuhren, fragte er: »Für wen hältst du mich?« Sie preßte, ohne zu antworten, die Hände gegen die Brust. Später fragte sie: »War das nicht gefährlich, Dieter, ihn so lange allein hier stehenzulassen?« Er blickte auf seine Armbanduhr und sagte: »Er stand nur knapp vier Stunden hier. An einer befahrenen Straße hätte sich kaum einer getraut, ihn aufzubrechen, und auch dann wäre ihm damit nicht geholfen gewesen: Der Wagen hat eine dreifache Diebstahlsicherung.«

»Wie klug du bist«, sagte sie. Die Straße wurde jetzt so steil, daß

DC den zweiten Gang nehmen mußte, sie führte in vielen Kurven talaufwärts zur Baumgrenze und dann wieder in engen Serpentinen aus dem Tal heraus zur Paßhöhe hinauf, die, eingebettet zwischen zwei schneebedeckten Berggipfeln, am oberen Ende der kahlen geröllbedeckten Talsohle hinter der letzten Serpentine für sie sichtbar wurde. DC sagte: »Gib mir den Reisepaß.« Sie holte ihn aus ihrem Slip und sagte: »Er ist leider etwas warm geworden; ich mußte ihn hier verstecken.«

»Kluges Mädchen«, sagte DC, aber diesmal lächelte er nicht; der letzte Teil ihrer Fahrt war nicht ganz so verlaufen, wie er sich das vorgestellt hatte, auch der Ferrari konnte nichts mehr daran ändern, daß Stefano kaum drei oder vier Minuten später als sie die Paßhöhe erreichen würde, und wenn sie Pech hatten, standen dort schon einige Wagen zur Abfertigung. Helga hatte recht gehabt: Er hätte Stefano nicht so dicht auffahren lassen dürfen, aber das eine Risiko war so groß gewesen wie das andere. Auf dem letzten Kilometer ließ er den Motor im roten Drehzahlbereich arbeiten, dann sahen sie auf der Paßhöhe das kleine, steinerne Gebäude der italienischen Grenzstation auftauchen, und es stand kein einziges Auto dort. Sie wurden von zwei Doganieri erwartet, die schon aus dem kleinen Gebäude traten, bevor sie es ganz erreicht hatten. Zur französischen Grenzstation waren es kaum mehr als fünfzig Meter, und dazwischen lag ein leeres, von schroff ansteigenden Felswänden gesäumtes Straßenstück. Während einer der italienischen Beamten ihre Reisepässe kontrollierte, umkreiste der zweite mit vorgeschobener Unterlippe den Ferrari und wechselte, nachdem er seinen Rundgang beendet hatte, mit seinem Kollegen einige Worte. Dieser ließ ihn Helgas Paß sehen. Sie waren beide jung und groß gewachsen; in ihren gutsitzenden Uniformen wirkten sie unbestechlich und souverän. Der Beamte, der die Pässe kontrolliert hatte, beugte sich zum Fenster herunter und fragte auf italienisch, ob sie Waren mit sich führten. DC verneinte. Sie blickten jetzt beide Helga an und der zweite fragte, ob sie Italienerin sei. Sie antwortete ihm, daß sie einen Italiener zum Mann habe. Der andere gab DC die Pässe zurück und wünschte ihnen eine gute Fahrt. Im Rückspiegel konnte DC sehen, daß sie ihnen nachschauten. Er wischte sich den Schweiß von der Stirn. An der französischen Grenzstation trat nur ein Beamter zu ihnen an den Wagen, er betrachtete mit undurchdringlicher Amtsmiene zuerst die Pässe, dann den Wagen, und sagte dann: »Merci,

Monsieur.« Es geschah etwa im selben Augenblick, als DC im Rückspiegel den Fiat am italienischen Schlagbaum vorfahren sah. Er sah Stefano rasch aussteigen, an den Schlagbaum treten und zu ihnen herschauen, und Helga, die ihn jetzt auch gesehen hatte, öffnete unvermittelt die Wagentür und ging an dem verwunderten französischen Zöllner vorbei auf der leeren Straße zu ihm hin. DC, der ihr sofort nachlief, fragte bestürzt: »Was hast du vor?« Sie blieb stehen und sagte: »Laß mich allein mit ihm reden, Dieter. Er wird jetzt, wenn ich freiwillig zu ihm hingehe, niemandem mehr erzählen können, daß ich gegen meinen Willen von dir entführt worden sei. Ich möchte ihm Lebewohl sagen, und du darfst mich nicht daran hindern.«

»Du weißt nicht, was du tust«, sagte er blaß. Sie legte die Hand auf seine Brust und sagte: »Ich habe das in meinem Leben oft nicht gewußt, Dieter, aber diesmal weiß ich es. Bitte hindere mich nicht daran, ich komme gleich zurück.« Ihre Stimme klang so bestimmt, daß er keinen Versuch mehr machte, sie zurückzuhalten. Er blieb stehen und beobachtete, wie sie rasch zu Stefano ging, der noch immer vor dem heruntergelassenen Schlagbaum stand und ihr reglos entgegenschaute. Die beiden italienischen Grenzbeamten hielten sich etwas auf der Seite, sie hatten die Hände auf dem Rücken verschränkt und beobachteten mit neugierigem Interesse das ihnen unverständliche Geschehen.

Als Helga zu Stefano kam, sagte sie so laut, daß auch sie es hören konnten: »Was willst du noch von mir, Stefano?« Ihr unerwartetes Verhalten verwirrte ihn so sehr, daß er keiner Antwort fähig war. Er starrte sie nur an. Sie sagte: »Ich kann nicht mehr zu dir kommen, Stefano. Bitte verzeih mir, aber ich kann es wirklich nicht. Ich liebe dich nicht mehr. Du kannst mich deshalb nicht totschießen und auch nicht einsperren lassen. Ich werde dich bestimmt nie vergessen, aber bitte laß mich jetzt meinen eigenen Weg gehen. Ich weiß, daß das von mir nicht richtig ist und daß ich dir damit sehr weh tue, aber wenn ich bei dir bliebe, würde ich immer zwischen dir und deiner Familie stehen. Ich weiß, wie sehr du an ihr hängst, und daß du ohne sie nicht mehr richtig froh werden könntest. Kannst du mir verzeihen, Stefano?«

Er blickte an ihr vorbei zu DC hin und dann zu dem gelben Ferrari. Einen Moment lang sah es aus, als wollte er zu einer Erwiderung ansetzen, aber dann biß er sich auf die Lippen, drehte sich plötzlich um und ging schnell zu dem Fiat. Sie beobachtete, wie er hineinstieg, auf der Straße wendete und davonfuhr. Vielleicht hatte er sie nicht mehr sehen lassen wollen, daß er weinte. Ihr Blick fiel auf die beiden Doganieri, sie sprachen halblaut miteinander. Ihre jungen Gesichter sahen ernst aus. Sie wandte ihnen den Rücken zu und ging über die leere Straße zu DC zurück. Er stand noch an derselben Stelle, und sie fragte ihn: »Wohin fahren wir jetzt, Dieter?«

»Vorläufig nach Nizza«, sagte er und führte sie an der Hand zum Wagen. Er öffnete ihr die Tür, schloß sie hinter ihr und setzte sich dann neben sie. Während der französische Grenzbeamte aufmerksam zu ihnen herblickte, griff DC nach der Zigarettenpackung, zündete zwei an und gab Helga eine. Er sagte: »Vielleicht liebst du ihn mehr, als du es weißt, meine Maus. Hast du dir sehr weh tun müssen?« Sie wischte sich die nassen Augen ab und sagte: »Als wäre wieder mal ein Stück von mir kaputtgegangen.«